1920年的卡夫卡（护照相片）

卡夫卡父亲——赫尔曼·卡夫卡

卡夫卡母亲——尤莉叶·洛韦

少女时期的卡夫卡母亲

新娘时期的卡夫卡母亲

年届不惑的卡夫卡母亲

上图是布拉格古城环形路通过的竖立在马利亚柱的广场左侧的第三幢楼房的"斯美塔娜之家",是卡夫卡母亲少女时期的住处。下图是卡夫卡父亲的诞生地——皮赛克县的沃赛克镇(南波希米亚)

卡夫卡的祖父母。祖父雅考普·卡夫卡系沃赛克镇的屠户

上图是卡夫卡祖父的磨刀石,一侧刻有希伯来语 koscher(正品)
下图标⊗的镇上 30 号是卡夫卡祖父成长的地方,
五个兄弟姐妹住一室

左侧是旧式新犹太教教堂,右侧是犹太人的议会大厦
(1896年的景观)

上图是"向塔"街27号甲,即卡尔普芬街,亦称窄街(后称麦塞尔街)
即是卡夫卡的诞生地
下两图是卡夫卡父母新婚时期的照片

约一岁时的卡夫卡

约两岁时的卡夫卡

约四岁时的卡夫卡

约五岁时的卡夫卡

上图左起分别是：三妹奥特拉（1892生）、大妹艾莉（1889生）、二妹瓦莉（1890生）
下图左起为瓦莉、艾莉、奥特拉（约摄于1893年）

穿上节日盛装的三姐妹

卡夫卡最喜欢的小妹奥特拉,约五岁

从"小"环城路看"大"环城路：后面是泰恩教堂；中左侧是带有12使徒钟的议会大厦的钟塔；左边的截图是"米诺塔"楼，卡夫卡一家在这里从1889年住到1896年

左侧标有⊗记号的地方,即采尔特纳街2号,是"西斯廷之家",卡夫卡一家在那里住了一年(1888—1889);右边第二幢楼的"角药店"是后来卡夫卡经常光顾的文学沙龙

布拉格古城肉市街 16 号是当年的德语男童人民学校，1889 年至 1893 年卡夫卡在这里上的学

约十岁的卡夫卡与他的两个妹妹——瓦莉(左)与艾莉(中)

约十三岁时的卡夫卡

吉普赛犹太教堂

P. T.

Ich lade Sie höflichst zur Confirmation meines Sohnes

Franz,

welche am 13. Juni 1896 um ½10 Uhr Vormittag in der Zigeuner-Synagoge stattfindet.

Hermann Kafka,
Zeltnergasse 3.

上图是卡夫卡父亲根据习俗为儿子举行坚信礼
向亲友发出的邀请函
下图是卡夫卡家迁居布拉格的头几年经常做礼拜的
粉红色犹太教堂

采尔特纳街12号,第二层是父亲的妇女时尚用品商店
(1906年至1912年)

采尔特纳街3号,即"通三王之家",卡夫卡一家在这里从1896年住到1907年,卡夫卡从四年级一直上到中学毕业。这也是父亲的妇女时尚用品商店所在地
(1896年至1906年)

盛年时期的卡夫卡双亲
下图是父亲的店徽：乌鸦的捷克文是 Kavka，主要象征德意志族；下面的树枝象征政治中立

上图右侧是古城环形路上的金斯基宫，
其第三层是卡夫卡的中学所在地
中图是莫尔道的平民游泳学校，卡夫卡父子经常光顾
下图右侧前面是苏菲岛旁的游泳学校，卡夫卡亦喜欢前往

卡夫卡最早的手迹（1897）

约 1899 年的一帧卡夫卡照片

约1899年的一帧卡夫卡照片

严格的惩罚法学家汉斯·格罗斯,他为卡夫卡的小说《在流刑营》(一译《在流放地》)提供了所有过时的惩罚手段,系著名德国表现主义画家奥托·格罗斯的父亲

卡夫卡的舅舅西格弗里德·洛韦,医生,单身汉,系卡夫卡短篇小说名作《乡村医生》中主人公的原型

上图是后来的西格弗里德舅舅可以骑机动车行医了
下图是西格弗里德舅舅的住所

卡夫卡《一次战斗纪实》的手稿（1904）
布拉格德语大学生的"读讲报告厅"，
卡夫卡和勃罗德在那里属于"创作艺术小组"

在施万恩疗养院期间的卡夫卡，1905与1906年他在那里待了好几个星期，并"变得相当活泼"。后来他承认：在那里他爱上了一位女子，"此事深深地触动着我的内心。"这一经历后来反映在他的断片性的长篇小说《乡村婚事》中

上图是布拉格中心大街旧景:有了电车以后的街景(1905)
下图是弗兰茨·约瑟夫(亦称伊丽莎白)大桥,卡夫卡的《判决》主人公最后也是从这么一座桥上跳下去的

温泽尔广场的"大公爵饭店",1912年12月,卡夫卡在这座饭店的"镜廊"朗诵他不久前完成的短篇小说《判决》

卡夫卡曾于1910年和1911年两度去巴黎度假,每次一周左右。上图是当时卢浮宫里的马戏表演,后成为他的短篇小说《在楼座上》的原型

大妹夫卡尔·赫尔曼的工厂。卡夫卡的父亲要卡夫卡参与其工厂的管理。卡夫卡为此痛心疾首,他恨不得以死来表示抗议(后该工厂关闭)。两个星期后卡夫卡写出了短篇小说成名作《判决》

《判决》手稿的第一页

DAS URTEIL

EINE GESCHICHTE
VON
FRANZ KAFKA

LEIPZIG
KURT WOLFF VERLAG
1916

卡夫卡短篇小说《判决》的封面

《判决》的另一版的封面

《判决》手稿的最末一页

卡夫卡的第一批短篇小说发表在慕尼黑出版的杂志《许佩里翁》上。图为这家杂志社的总编辑汉斯·韦伯

《徐佩里翁》的封面,1906 年

卡夫卡的第一本小说《观察》的封面

卡夫卡的小说《司炉》的封面,
由库尔特·沃尔夫出版社出版

卡夫卡《变形记》的封面

上图是意大利加尔达湖畔里瓦市的疗养院和水疗所的主楼下二图分别为该疗养院的沙滩躺休厅和餐厅。卡夫卡在这里待了三个星期,并爱上一位这里的18岁的姑娘,有过"与一位被爱女人关系的甜蜜"。里瓦是卡夫卡的短篇小说《猎人格拉胡斯》的背景

卡夫卡《在流刑营》封面

1916年11月小妹奥特拉租下了位于哈拉庆的阿尔希密斯滕街22号的房子提供给哥哥使用。这里诞生了《乡村医生》小说集中的好几篇小说

Gesammelte Werke Kafkas

卡夫卡全集 第1卷

〔奥〕卡夫卡 著

叶廷芳 主编

洪天福 叶廷芳 译

中央编译出版社
Central Compilation & Translation Press

图书在版编目 (CIP) 数据

卡夫卡全集（插图本）：全9卷 ／ 叶廷芳主编. —北京：中央编译出版社，2015.3（2024.9重印）
ISBN 978-7-5117-2394-9

Ⅰ. ①卡… Ⅱ. ①叶… Ⅲ. ①卡夫卡，F.（1883～1924）–全集 Ⅳ. ① I521.15

中国版本图书馆 CIP 数据核字 (2014) 第 265280 号

卡夫卡全集（插图本）

责任编辑	韩慧强　王媛媛
责任印制	李　颖
出版发行	中央编译出版社
地　　址	北京市海淀区北四环西路 69 号（100080）
电　　话	（010）55627391（总编室）　（010）55627392（编辑室） （010）55627320（发行部）　（010）55627377（新技术部）
经　　销	全国新华书店
印　　刷	北京环球画中画印刷有限公司
开　　本	880 毫米 × 1230 毫米　1/32
字　　数	3565 千字
印　　张	134
版　　次	2015 年 3 月第 1 版
印　　次	2024 年 9 月第 7 次印刷
定　　价	780.00 元（全9卷）

新浪微博：@中央编译出版社　　　微　信：中央编译出版社（ID：cctphome）
淘宝店铺：中央编译出版社直销店（http://shop108367160.taobao.com）（010）55627331

本社常年法律顾问：北京市吴栾赵阎律师事务所律师　闫军　梁勤
凡有印装质量问题，本社负责调换，电话：（010）55627320

总 目

第一卷 短篇小说 　　　　　　　　　　洪天富　叶廷芳　译
第二卷 长篇小说《失踪者》《诉讼》　　张荣昌　章国锋　译
第三卷 长篇小说《城堡》　　　　　　　　　　　赵蓉恒　译
第四卷 随笔＊谈话录　　　　　　　　　黎　奇　赵登荣　译
第五卷 日记（1910-1923）　　　　　　　　　　孙龙生　译
第六卷 书信（1900-1921）　　　　　叶廷芳　黎　奇
　　　　　　　　　　　　　　　赵乾龙　谢建文　何　敏　译
第七卷 书信（1922-1924）　　叶廷芳　黎　奇　谢建文　译
　　　　家书　　　　　　　　王建政　张荣昌　黎　奇　译
第八卷 致菲莉斯情书（Ⅰ）　　卢永华　等　译　叶廷芳　校
第九卷 致菲莉斯情书（Ⅱ）　　卢永华　等　译　叶廷芳　校
　　　　致密伦娜情书　　　　　　　　　叶廷芳　黎　奇　译

总　序

叶廷芳

在思想文化领域，每个不同的时代都产生过不同于别的时代的思潮及其代表人物，他们的存在既是时代的见证，又是这个时代精神特征的标志。如果没有了他们，则这个时代的轮廓就会模糊。

20世纪无疑是个伟大的，而且别具特征的世纪。仅就思想文化领域而言，它的一大批时代精英，不仅纵向上迥异于前人，横向上亦各各有别，甚至同一个"主义"也可以划出许多界线来，如同为存在主义的克尔恺郭尔（他生活在19世纪，但他的思想生命是属于20世纪的）、海德格尔和萨特，仅仅论述他们的差别，就需要写出一本书来。文学亦然：乔伊斯、普鲁斯特、勃洛赫均属"意识流"小说家，但他们之间却个性鲜明、轮廓悬殊。

在进入主题以前，写这么一段引语，无非想说明，评论我们这个时代的作家，任何套语或通行例则都会失灵。

现在该请本文主人公、本全集作者弗兰茨·卡夫卡（Franz Kafka, 1883—1924年）出场了。他也是有资格代表时代，因而有理由载入史册的本世纪杰出人物之一。

像本世纪前叶西方文学艺术界许多出类拔萃的人物一样，卡夫卡降生在19世纪80年代，具体说1883年7月3日。这是个"世纪末"阴云笼罩的年代：德法战争的炮声刚停，俾斯麦的"铁血政策"正雷厉风行；社会主义运动风起云涌，资本主义世界危机重重，"前途未卜"的灰暗情绪困扰着人们，令人不安、憋闷。这股情绪郁结的结果，三十年后终于在表现主义运动中找到突破口，大声地"呐喊"了出来。这种呐喊的情绪,确定了卡夫卡一生的精神基调。

现代哲人尼采说过:只有经历过地狱磨难的人,才有建造天堂的力量。此乃至理名言。欧洲知识精英经过世纪末的不安岁月的折磨和彷徨的求索,一部分走向了革命,一部分激发了智慧和灵感,成为本世纪新型文学艺术的扛鼎人物。在这个意义上说,卡夫卡所诞生的那个不祥的年代,也是个为新世纪的新型文艺"育苗"的年代:与卡夫卡这茬差不多时间出生的就有穆西尔、勃洛赫、霍夫曼斯塔尔、里尔克、T·S·爱略特、乔伊斯、马拉美、普鲁斯特、伍尔芙、福克纳、毕加索、康定斯基、柯柯施卡、蒙克、勋伯格、斯特拉文斯基、格罗皮乌斯、文丘里……可以说人才辈出。

卡夫卡的出生地波希米亚王国首府布拉格,历来是欧洲有名的大都市之一,当时约有 80 万人口,五分之一讲德语。这里是缪斯经常出没的地方,她不仅有辉煌的建筑,还有美妙的音乐,而在文学方面,除了卡夫卡和里尔克,还有韦尔弗、梅林格、基希、福克斯、勃罗德等。他们全都是用德文写作的,从此出现了"布拉格文学"的新概念和新学科。

卡夫卡属于犹太血统。这个民族长期没有固定的家园,历来是受歧视的,这给卡夫卡的心灵从小就罩上了阴影。无家可归的漂泊感是他的精神结构的重要构成部分,成为他的创作内发力的重要来源,因而增加了他的作品的思想内涵的丰富性和深邃性。

卡夫卡的父亲赫尔曼·卡夫卡智力不算出众,但作为犹太人经商是有方的,所以白手起家,成为富裕的妇女时装礼品店的老板。他只关心他的生意,对儿子的写作事业并不理解,更谈不上支持,加上他对子女的家长制管教方法,使卡夫卡在心理上从小就笼罩着威权的压力。这成为卡夫卡创作中"代沟"主题和慑强主题的生活原型。

卡夫卡的大学年代上的是布拉格的德语大学,学的是法律,但他的兴趣是文学,爱读斯宾诺莎、黑贝尔(戏剧学)、达尔文、尼采等人的作品,并开始习作。他的最早一本集子《观察》中的作品约于 1902 年即已写成。由于他结交了成名较早的同窗作家马克斯·勃罗德,经常随勃罗德参加布拉格的文学活动，以致后来认识了表现主义运动的重要活动家和作家韦尔弗并参与某些活动。

卡夫卡于1906年取得法学博士学位，实习一年后，于1908年开始在官办的波希米亚王国劳工工伤保险公司供职，虽然多次想摆脱以利于创作，但始终未能如愿，直到1922年因病势恶化被迫退休为止。但只要他在办公室一天，他总是"恪职守"的，以至得到他的上司的赏识。这是符合卡夫卡的性格逻辑的：内心极为执拗，外表却十分谦和。所以他在办公室里，在日常生活中人缘很好。这里不妨录一段他的朋友韦尔奇对他的回忆：

> 他身材修长，性情温柔，仪态高雅，举止平和，深暗的眼睛坚定而温和，笑容可掬，面部表情丰富。对一切人都友好、认真；对一切朋友忠实、可靠，……没有一个人他不倾注热情；他在所有的同事中受到爱戴，他在所有他所认识的德语、捷语文学家中受到尊敬。①

卡夫卡的文品和人品是完全统一的。

在回顾他的贡献的时候，笔者想起五年前访问德国文学界的世纪老人、著名文学批评家和文学史家汉斯·马耶尔时听他讲过的一段话："在我从事德语文学史期间，发现有两个人是从文学外走来的，一位是19世纪初的毕希纳，一位是20世纪初的卡夫卡。"所谓"从文学外走来"，即是说他们的作品是不符合固有的文学概念和规范的，是行外的，但随着时间的推移，他们的作品从"野"的变成正宗的了。因此马耶尔认为，

---

① 见《当他向我走来》第73页，瓦根巴哈出版社，1995年版。

卡夫卡"改变了德意志语言"①。这里值得注意的是，不是卡夫卡"违背了"德意志语言，一种语言被违背，那只是个别人的行为，违背者未必是正确的。但一种语言被改变了，这是非同小可的事，说明改变者的行为已经变成了大家的行为，成了一种不可逆转的事实。

所谓语言被改变，指的主要不是语言的使用规则诸如句法、词法等被改变，而是一种话语方式的改变，亦即思维惯性，在文学领域还包括审美惯性的被改变，说到底是一种固有的文学观念被改变。正是因为文学观念改变了，衡量文学的尺度不同了，卡夫卡那些一度被认为"非文学"的作品被公认为真正的文学，卡夫卡也就由"文学外"走到了文学内，而且成了左右20世纪文学主潮的"现代文学"奠基者之一。

卡夫卡的成功，首先应归因于他的时代意识，他适时地感知到时代的思想脉搏，较早地探悉到属于本世纪的或未来的审美信息。在卡夫卡成长的年代，西方以"理性"为主旨的价值秩序已经受到怀疑和动摇，马克思宣告与资产阶级思想体系实行"彻底决裂"与尼采宣告"价值重估"可谓殊途同归，代表了西方不同思想派别的知识界对传统价值观的唾弃；马克思创立共产主义学说与尼采决心"自己来当哲学家"都表明他们要以自己的价值观来取代它，在本世纪，特别是头30年，他们的学说在西方第一流知识精英中都找到了大批信徒。在德语文学中，布莱希特和卡夫卡堪称这两方的不同代表。西方非马克思主义知识界在颠覆旧价值观的人们中，至少有两人对卡夫卡产生过影响，即除尼采外，就是存在主义的创始人、丹麦哲学家克尔恺郭尔。当然，卡夫卡对现存价

---

① 关于语言的改变，这有一个背景：在19、20世纪相交时期，西方知识界开始出现所谓"语言危机"。许多人感到传统语言束缚人们的思想，不能充分表达人的思考和感受，那时人们要求"用心来思考"，而既存的语言"一说话就失灵"（卡夫卡的朋友韦尔弗语）。尼采、盖奥尔格、霍夫曼斯塔尔、黑塞等人都慨叹过这个问题。卡夫卡更经常抱怨所写非所思，以为自己写的是"射出去的箭，结果却成了对准自己的矛"。因此"我的力气再也不够我写成一个句子"（1910年12月日记，载《卡夫卡日记》德文版34页）。甚至"许多句子把我撕得粉碎"。（1910年12月致勃罗德信，载《卡夫卡书信集》德文版第85页）这些话当然都是夸张的说法。卡夫卡在一生的努力中确实改变了许多语言习惯，如他把非逻辑语言或怪诞的语句结构带进语言，有时整页整页用一个标点符号等等，为的是追求一种当下情境的完美表达，不过他的作品基本上还是按照传统的语法规则写成的。

值观的厌弃和对现代人类生存境况的洞悉主要是根源于自身的生存体验和紧张思考。奥匈帝国的专制主义统治与欧洲现代潮流的悖逆,犹太民族的无家可归与受歧视、受压抑的处境,父亲的家长制威权从小对他儿童心理的威胁,社会上法制形式的完整性与法的实质的不存在……这一切都导致他对这个世界的陌生感和异己感,因而无法接受这个世界。于是,现代哲学家们对现代社会从理论上概括出来的"异化"概念,他却用生命作了体验和证实。一种对人类生存的危机感充溢在他的心头,他的内心因此成了一个"庞大的世界",借助文学手段将它宣泄出来,成了他"巨大的幸福",否则就要"绽破"。卡夫卡就这样走上了文学的道路。但与其说他想要当作家,毋宁说他为了内心表达。他的一篇篇作品,无论是幻想性的故事,还是隐喻性的寓言,杂感性的随笔,哲理性的箴言,乃至大量的书信日记,都是为世人发出的紧急报告。理解了他的写作的这种性质,就不难理解他为什么生前每发表一篇作品,都必须经过他的友人勃罗德的"强求硬讨",不难理解他虽然一直想要有更多的写作时间,却始终没有将写作当作他的职业,不难理解他晚年为什么要嘱咐友人把他的作品"统统付之一炬",而不想用它们在死后换取作家的殊荣。了解他的这一特点对于我们理解他的作品的第一性质是至关重要的:他的作品都不是凭作家的技巧"做"出来的文章,而是作者自身生命的一部分。一如他笔下的那位"饥饿艺术家",表演的无限性和艺术的完美性是他唯一的追求,至于因此他的生命会消失他是全然不顾的,实际上他是在用生命换取他的表演(在卡夫卡是写作)的可能性。

尽管卡夫卡并不缺乏哲人的头脑,但他毕竟不是作为哲学家,而是作为艺术家名世的。因此他在艺术表现方法上,或者说在美学上所取得的成功,甚至更为世人所注意。在这方面,他执著地以他独特的审美方式,改变了人们多少个世纪形成的审美习惯,影响了整整一个时代的审美意识和观念。

在欧洲文学史上,将近两千年来,人们一直是把古希腊人亚里士多德提出的"模仿论"作为永恒不变的艺术法则和美学信条的。欧人在"模仿论"的目标下在文学、艺术上所进行的追求确实取得了极大的成就,这种成就在19世纪的批判现实主义那里达到了高峰。但一个事物的发展一旦达到了高峰，那就意味着它的时代到此为止，下坡已经开始；意味着一个新的事物已经在孕育，准备取代它了！孕育的基因，来自历史上处于非正统、受排挤地位而生命力顽强的文学、艺术形态或美学特征，这在17、18世纪集中体现在"巴洛克"的艺术和文学身上。它在19世纪，已陆续呈现出具有现代特征的端倪，从德国浪漫派的美学理论，美国霍桑、爱伦坡的小说到法国波特莱尔以及后来象征派的诗歌……，越来越多、越来越显著的迹象至19世纪末已形成山雨欲来风满楼的危机，预示着一场美学革命的大潮正在到来。它的主旨是：弃模仿，重表现；弃客观，重主观；弃写实，重想象，整个审美视角从外向内转移。卡夫卡出于自我表达的需要，竭力从自我的体验出发，正好适应了这一美学变革的潮流，同时他亲身投入了这场变革的实践运动。这场美学革命运动，通称先锋运动或现代主义运动，从19世纪末到本世纪头30年，前后持续了半个世纪，先后有过一大串"主义"，其中以表现主义运动声势最大。它从美术到建筑到文学，前后经历了二十来年，其中心在德国或德语国家，波及欧洲许多地方，它不是纯美学运动，带有鲜明的社会反抗色彩。这场运动的一个领袖人物叫弗兰茨·韦尔弗，也是布拉格人，卡夫卡与他结为知交。运动对卡夫卡的影响是明显的，他的创作的旺盛期（1912—1922年）恰好是运动的高潮时期（1910—1920年）。1912年，当他开始写第一部长篇小说《失踪者》（又名《美国》）的时候还宣称，这是"对狄更斯不加掩饰的模仿"。小说固然有不少卡夫卡自己的色彩，但更多的则是批判现实主义的线条。然而两年以后即1914年开始写第二部长篇《诉讼》—译《审判》，特别是1922年写最后一部长篇《城堡》的时候，风格就迥然相异，显然已经"改变了德意志语言"了。

但如果给卡夫卡简单地贴一个"表现主义"的标签，那也会上当，那会妨碍你看清卡夫卡之所以成为卡夫卡的全部特质。卡夫卡之所以成为卡夫卡完全在于他的"独特性"和不可替代性。他不是某一个阶段的或某一个流派的现象，他是属于一个时代的、一个世纪的现象。如果他是属于某一个流派的,也许他早就像某些流派的代表人物那样,生前就红极一时,但在文学史上不过是颗一闪而过的流星。在卡夫卡的美学特征里,既有他所倾向的流派的烙印(如对怪诞和神奇的爱好),又有其他流派的痕迹(如对梦境的追求和象征、譬喻的运用);既有同时代人的这些标记,又为未来着了先鞭(如对荒诞的强烈表达和黑色幽默的成功尝试)。这就不奇怪,在他身后出现的一些重要流派,无不跟他攀亲结缘:三四十年代的超现实主义"余党"视之为同仁,四五十年代的荒诞派尊他为先驱,六十年代的美国"黑色幽默"奉他为典范……卡夫卡的创作就像一张涂了各种化学试剂的白纸,其斑斓的色彩是随着时间一步步显现出来的,最后才构成壮丽的图景,成了一个世纪的文学星空中的"彗星"。因此卡夫卡的成功和不平凡,不在于他在某一种艺术方法或审美特征的追求上达到了极致,而在于他对正在急速变革和逐步形成中的属于整个大时代的美学风范作了全景式的呈现,仿佛他在时代的春季(他在本世纪正好生活了约四分之一个世纪,至1924年),即看到了夏季、秋季、冬季要开的花,在这里显示了他的超前性和非凡性。

在谈论卡夫卡的时候,人们很容易把他与那个本世纪普遍流行的哲学范畴——荒诞相联系。是的,从卡夫卡思想和创作的前提看,他是与存在主义相关的。存在主义哲学自上个世纪中叶由丹麦哲学家克尔恺郭尔主创以后,影响日渐,经尼采、海德格尔到萨特,至本世纪中叶形成一股很大的思潮,对文学的影响相当广泛而深远(从某种程度上说,卡夫卡的走红与这股思潮的流行有很大关系)。存在主义探讨人的生存处境,它与弗洛伊德心理学可谓异曲同工,都与"人学"发生更密切的关系。在存在主义看来,人不知从哪里来,也不知到哪里去,他的存在是荒诞的,因为存在主义是从形而上绝对自由观念来看待人的处境的。它摒除了人的一切外在关系:社会的、历史的、伦理的、道德的、法律的、宗教的等等价值法则,认为这些千百年来形成的东西都是人为地强加在人身上的,它们像"黏滞"的胶状物一样,使你不能自由行动,处处让你感到"恶心"。存在主义否认人的行为和事件的因果联系:警察追小偷,他只看到两个人在一逃一追;一个惊恐万状,唯恐被抓到,一个则处心积虑,非抓到不可;两个都是人,何以会这样?所以存在主义者很重视危机中的个人,强调人的"此在"性——此时此景的处境。

不少认识卡夫卡的人都提到,卡夫卡对一切日常的事情也表现出惊讶的神情,甚至像一个赤身裸体的人处在衣冠楚楚的人群当中那样尴尬。这说明他是以"自由人"的姿态去感受生存的。这样,他仿佛是个从天外抛入到世界里来的,一切都是陌生的,值得怀疑的。所以他不止一次说到,要对世界"重新审察一遍",甚至这成了他的"当务之急"。(从这层意义上讲,他的写作过程就是"审察世界"的过程,只是晚年他不止一次慨叹,要对世界进行这样一次全面审察,时间已经来不及了)越到晚年,他的荒诞感越强,1922年写的《城堡》、《饥饿艺术家》,特别是稍晚一些的《一条狗的研究》都涉及这个问题。后者写一群"空中的狗"因找不到可吃的食物而绝望,与那位饥饿艺术家因找不到适合自己胃口的食物而弃世一样,表明这个世界不适合于他们生存,因而不接受它。作品主人公的这种处世态度,完全是作者荒诞意识的产物。

存在主义哲学家与以往的许多哲学家有一个不同之点,即他们不满足于抽象的逻辑语言来阐述自己的观点,而总想通过形象的文学语言来图解它。从克尔恺郭尔、尼采、海德格尔,特别是萨特和加缪那里,我们都看到了他们的这种努力,并且都有其独到之处,从中可以看出他们是从"此在"的体验出发的。在这过程中,他们把哲学变成了美学。卡夫卡从未用哲学语言阐述过存在主义或有关荒诞的观点,但他用文学语言所表达的生存感受显然比上述任何职业哲学家都来得鲜明、真切、强烈。这就是说,在把哲学变成美学这一层上,卡夫卡是首屈一指的。

当然在卡夫卡与荒诞这一问题上,国际学术界不无争论。笔者最近在与德国著名卡夫卡专家H·宾德尔的交谈中,就听到他对这一问题的不同看法。他认为卡夫卡与荒诞没有多大关系,人们之所以常常把卡夫卡看作是写荒诞的作家,那多半都是受了法国作家加缪的影响,加缪写过那么一篇文章①。这个看法是值得商榷的。加缪那篇文章对我国读者来说，直到80年代后期才有机会读到，而他们对于卡夫卡与荒诞的关系，在这以前就有印象了，这主要是读了他的作品以后获得的。在知道加缪的观点以后，只是有了更多的理论认识罢了。何况，看到卡夫卡作品中的"荒诞"的，远不止是加缪、尤奈斯库、贝凯特……至少有一群。再说，正如加缪对自己观点所作的解释，在关于荒诞问题上，他"所追求的并不是一种哲学，而是一种方法"②。人们看待卡夫卡笔下的荒诞，主要也是从这个角度出发的，即他把哲学变成了美学。

我国读者在接触卡夫卡的作品的时候，还涉及另一个哲学命题："异化"。"异化"的概念首先出现在19世纪德国的一些思维巨人的著作中：黑格尔、费尔巴哈、马克思等。马克思在批判地消化了前两位哲人的观点以后，沿着资本对劳动的剥削的思路对这一概念作过如下的概括："物对人的统治，死的劳动对活的劳动的统治，产品对生产者的统治"③。显然，新的哲学概念的这些创始人，已经注意到社会化的机器生产的出现给人的生存造成的威胁：他们由对生产体系的支配地位变成了被支配地位。现代主义哲学思潮兴起以后，"异化"概念的内涵大为伸延，仿佛人类文明创造的一切努力都在向自身利益和愿望的反面转化，从而导致人的生存陷入更为全面、深刻的危机和困境，不仅表现在人与客观世界（社会的、自然的）的关系日趋异常和对立，而且人的主观世界也发生疑问，又面临"我是谁？我从哪里来？我到哪里去？"的困惑，仿佛古人镌刻在古希腊神庙墙上的那句铭语"认识你自己"又复活了！

哲学与文学"嫁接"，总要发生一些变异。"异化"思潮反映在文学作品中，就出现各种面貌，概括起来看，表现在人与客观世界的关系

---

① 指加缪于1942年写的《卡夫卡作品中的希望与荒诞》一文，译文见拙编《论卡夫卡》，中国社会科学出版社，1988年版。
② 见《轰动事件》第六辑第336至337页，法兰克福／美茵，1963年版。
③ 见之于马克思《资本论》第六章的初稿，转引自《新德意志报》文化周刊《星期日》1963年第31期。

中，要么人不接受世界，要么世界不接受人；表现在人的自身矛盾中，是人的自我失落与迷惘。现代心理学，尤其是以弗洛伊德为代表的精神分析学，在这当中起了推波助澜作用，它为"寻找自我"扩充了一条重要渠道。卡夫卡在理论上对"异化"没有发表过什么看法，甚至连"异化"这个词"Entfremdung"也很少使用；偶尔见到，那都不是在哲学的意义上使用它，而是作"疏远"解释。然而卡夫卡的作品，作为一种精神现象，它所显现的世界，正是哲学家们想阐述的"异化"世界：作品中人的那种陌生感、孤独感、恐惧感、放逐感、压抑感；客观世界的那种障碍重重的"黏滞"性，那种无处不在的威权的可怖性，那种捉弄人的生命的"法"的滑稽性，那种屠害同类的凶残性……正是哲学家们想描绘而不能的令人沮丧的世界。至少它在萨特那里引起强烈共鸣，无怪乎卡夫卡成为萨特笔下提及得最多的作家之一。

在"审察世界"，或者说在揭示人类生存的"异化"现象的时候，卡夫卡常常是从日常生活入手的，他正是从人们习以为常的生活现象中提取出怪异事件来，让大家惊诧，发现自己平时忽视了什么，好比一个魔术师突然从观众席中吊出一条鱼来，这时人们才恍悟：身边有鱼怎么没有注意呢！当然，卡夫卡使用了一种艺术手法，一种"间离"技巧，或曰"陌生化手段"，借以使熟悉的事物陌生化，启悟人们从另一个角度去洞察现实，进而向人们提供一条思路，认清自己的可虑的境况。生活往往由于太熟悉而不能看清它，所以"当事者迷，旁观者清"乃至理名言。从某种意义上说，卡夫卡所做的，无非是把人们从"当事者"推到"旁观者"地位，为此他常常借助于动物题材以增加他的"推"力。动物没有被文明化、社会化，它们不懂得什么伦理、道德、宗教、法律等种种社会规范，与原始阶段的人类较近似。卡夫卡在观察和表现人类社会"异化"现象的时候，总想追溯人类久远的生存状貌，唤回在文明发展过程中被遗忘了的记忆，以启悟我们明白今天少了些什么，又多了些什么。他认为动物没有累赘，通过动物更容易达到上述目的。因此他那些以动物为题材的作品都不是童话，也不是适合于儿童阅读的寓言，而是思想深奥的譬喻性小说，因而那些动物主人公，不论是较高等的，还是低等的，是哺乳动物还是昆虫，都是人格化的化身。

卡夫卡的思维特点乃至创作特点都与一个哲学术语有关，这个哲学术语就是"悖谬"（paradox）。悖谬，一个事物两条逻辑线的相互矛盾与抵消。这在卡夫卡那里，既是一个哲学概念，也是一种美学特征或艺术方法。这是一个关键性术语，不了解这个术语的涵义，就很难理解卡夫卡的作品。在他的随笔或笔记里，常有这样的描写：看见一个熟悉的姑娘，但又说不认识她；一个阳光灿烂、游船如梭的地方，他描写得很详细，但最后却说没有见过它；《法的门前》的门警不让那位乡下人进去，却又说这门只是为他而开的；当约瑟夫（《诉讼》主人公）被宣布逮捕时，他是那样激昂慷慨，为洗清自己的罪名而不遗余力地奔走，但最后被提出去处决时，他却毫无反抗，态度平静，仿佛罪有应得——在这部小说里，显然有两层意思：在形而下即现实的法庭上他是无罪的，（他犯什么法！）但在形而上即真理或道义的法庭上他又是有罪的（因为他作为银行襄理也无视过平民的求告）。这种悖谬思维甚至也贯彻于他的生活原则：他那么渴望婚姻和家庭，却数次订婚又解约；他视写作为生命，最后又要把他的全部作品"付之一炬"；他几乎一生都与父亲不和，曾写了那么长的信（三万五千字）谴责父亲"专制有如暴君"，最后却又对父亲表示同情，以致那封信交都没有交出去；他分明说，他生就的只有弱点，以致任何障碍都能把他摧毁（很像是），但别的场合又不止一次地说，他"身上有一种不可摧毁的东西"（确实是）……他似乎总是在不停地建构，又在不停地解构。他到底是谁？自己都表示怀疑。

但当卡夫卡把这种思维特点作为艺术表现方法加以运用时，却构成一种绝妙的审美情趣。《饥饿艺术家》中那位主人公以饥饿作为表演手段并作为艺术追求，他饿的时间越长，意味着他的艺术成就越高，他一心要把他的艺术推向顶峰，这就构成悖谬：他的艺术达到顶峰之日，即是他的肉体消亡之时。小说中另一个悖谬结构是：饥饿艺术家死后，他表演时所呆的那只铁笼子里代之而来的是一只年轻的小豹，它响亮的吼叫,表明它"浑身上下直到每个牙缝都充满了力"。于是,在这只铁笼子里,一个奄奄一息的虚弱的生命消失了,一个血气方刚的强壮的生命出现了。仿佛后者是前者的"涅槃"——多么有意思的新陈代谢!再看《城堡》主人公K.,他为在城堡(官府所在地)管辖下的村子里取得一个临时户口,奋斗终生而不得,最后临死时,当他不需要这个户口时,却又给他了!你看,一个求之而不得,一个想要又扑空!上一段举的关于他的思维方法的例子,都可以从审美角度去欣赏。如果把诸如此类的地方联系起来看,就会发现卡夫卡笔下常出现这样的情景:忽明忽暗,似有若无,似是而非,似非而是,若即若离——处于不断地来回滑动或摆荡之中。

卡夫卡的作品之所以有这样持久的生命力,最根本的原因在于它的真实性。真实性这里不仅指作者观察生活的精确,角度的独特和研究的认真,还在于作者体验和感受生活的真实。前面说过,卡夫卡不是把写作当作当作家的阶梯,而是内心表达的手段。所以他作品都不是凭写作的技巧或虚构故事的才能一挥而就,而是让生命的火焰锻造出来的。无怪乎他笔下的人物画廊经常晃动着一个似曾相识的身影,其实那就是作者本人的投影,故姓名中常少不了一个"K."的标记。卡夫卡本人在写完《判决》后所记的日记中也毫无保留地记下了这个秘密。我们不仅从他的前期作品如《判决》、《变形记》、《司炉》、《失踪者》(一名《美国》)、《诉讼》中察觉这个秘密,而且还可以从他的晚期作品如《城堡》、《饥饿艺术家》、《地洞》直至他的最后一篇小说《歌女约瑟芬,或耗子民族》发现同样情形。

但这里引起我们注意的并不是卡夫卡小说的自传性本身,而是它们没有流于一般传记小说或自传体小说的通病:追求事件的纵向发展和人物外部特征的近似。卡夫卡不愧是真正的艺术家,他懂得艺术想象的奥秘,抛弃了那些陈规俗套,只在某一点切入,专于心理的真实,从心理真实来反射性格特征。至于纵向事件和外部特征根本不是他所关心的内容。尤其晚年写的上述作品,一律着以伪装:时而是一幅瘦骨嶙峋的躯壳（《饥饿艺术家》），时而是一个奇异女人的外貌（《歌女约瑟芬》），时而是动物的皮毛（《地洞》主人公）。无疑，这些怪诞的形象与卡夫卡英俊的外表毫不相干，但它们却寄寓着卡夫卡的灵魂。难怪，卡夫卡去世前一个多月，当他在病床上校完包括《歌女约瑟芬》在内的短篇集《饥饿艺术家》时，人们看到他泪流满面。如果不是看到自己的心魄在其中跳动，如何会引起他如此动容？然而卡夫卡在描写他们时，时而挖苦，时而讥诮，简直不相信他已将自己的身心融入。——当然，有时也用了同情的笔调。

总之，自传性，但又像又不像。又是一个悖谬的秘诀。

在《城堡》的另一个稿本的头一章里，主人公K.在一家旅馆要求一位女招待帮助他，说他要完成一件紧要任务，为此他必须把其他一切不利于这一任务完成的东西"都要残酷地镇压下去"。

这个紧要任务就是前面提及的，他要把世界"重新审察一遍"。这可以说是卡夫卡的终身使命，是他创作的总宗旨。自从他在文学上初露锋芒（1912年），直到去世，始终都在身体力行。时间对他是最宝贵的，工伤保险公司的那个饭碗成为他最大的苦恼，他曾要求父亲资助他两年，以便暂时离开这个职业，以专心于创作，可惜为商的父亲没有这个眼光，未予答应。他只能利用一切业余时间，为此他恨不得弃绝一切与亲友的往来和社交活动，躲在一个地下室的角落里，除了吃饭，都用来写作。他睡眠很糟糕，失眠还得写作，常忍着头痛。他不愧是个"多情的种子"，先后爱过好几个女子。他也渴望有个家庭，有孩子，为此先后和两位姑娘订过三次婚，但最后都解约了！除了最后一次迫于父亲的反对，前两次都是自己考虑的结果。为什么？笔者研究过他的日记，根本原因还是为了文学。他把写作视为"最大的幸福"，实际上把最大的爱献给文学了，他和文学结下了"姻缘"，有排他性了。一切有碍于这一"姻缘"的，都要受到"残酷的镇压"。"残酷"，这里是痛苦的代词。和菲莉斯的马拉松式的"结婚准备"扯拉了5年之久，婚约订了又吹，吹了又订，说明他是多么矛盾，这个决心是多么难下，最后还是吹了，是经过多长的精神折磨的结果!不难想象,这个"残酷"的决定,使他付出了健康的代价;他自己最清楚,"肺病是菲莉斯",是"镇压"婚姻欲望造成的后果。

问题不仅在于他如何地挚爱文学,还在于他对文学要求之高。晚年毁稿之念的原因之一,就是这种要求的反映。这一点他通过晚年的两篇重要小说,即前面提到的《饥饿艺术家》和《歌女约瑟芬》表达得尤为强烈而清楚:前者主人公为了使自己的艺术达到"最高境界"不惜付出生命的代价;后者主人公为了在艺术上"拿到最高处的桂冠",把身上不利于自己歌唱(即艺术)的一切都"榨干"了,以致一阵风吹来都能把她吹倒。这是卡夫卡内心世界的真实写照,这位现代艺术的探险者,仿佛上天降大任于斯,为了文学,他把"一切生之欢乐"都搭上了!这是一个艺术殉难者的形象,41岁的天年为他作了证。过去我们只知道,出于革命信念有人赴汤蹈火;为了科学实验有人不顾安危;自从有了卡夫卡我们也可以有把握地说:在艺术革新领域也有人为之献身!

为任何一种事业殉难都不是一件容易的事情,不要说胆小鬼做不到,窝囊废做不到,一般的凡夫俗子也做不到。这需要一种顽强的意志和毅力,还需要一种把性命豁出去的牺牲精神。也许有人会说,卡夫卡自己都承认:一切障碍都能把他摧毁。是的,表面看,他确实不是一个进攻型的斗士,而是防守型的小民,某种程度上,《地洞》中那位精心营造了他的防御工事的主人公就是他自己的写照,他甚至还通过这位主人公的口说:对于任何一种比较认真的进攻,他都准备退让。但是前面说过,那个悖论的逻辑不仅左右着他的思维方式,而且还指导着他的生存方式,甚至可以说,他的整个精神结构根本就是一个悖谬:一个方面表现的软弱,正意味着另一个方面必定是坚强;或者说他在一个方面对软弱的牺牲,在另一方面必定是对坚强的增添。因此我们固然不应忘记他"手杖上"的上述铭语,我们同样不能忘记他在不止一个场合写的箴言:人是不可能没有一种"不可摧毁的东西"而活着的。他认为他自己身上就有这种东西,因此他的内心是"好斗"的。这一正负型的精神结构导致他的命运的悲壮性，使他成为作家中"生活上最没有成就的人"，而在现代艺术的探险中却是"表现主义文学中最有成就的人"①。但在生活上那"负"的一方经常规劝他"放弃吧！"②承认自己的失败，把婚约解除；而"正"的一面却始终坚持一个音响：解除了，再爱，再订，……因此第三次婚约的解除，并没有妨碍他不久又热烈爱上密伦娜，失败后又爱上多拉·狄曼特，并且要与她结婚，只是对方家长的反对而作罢，最后还是以同居方式让多拉陪伴他到死。而在成就上，那"负"的一方经常使他感到"没有找到适合于自己口味的食物"，艺术上并不成功，不应该作为作家而存在，应把文稿统统烧掉；而"正"的一方却始终坚持：一定要"把艺术推向顶峰"（《饥饿艺术家》），拿到"那顶放在最高处的桂冠"（《歌女约瑟芬》），即便因此导致肉体毁灭也在所不惜。因此，嘱咐焚稿后他并没有停止写作，甚至直到生命最后一个半月，还在病床上校阅清样。你看他生活上的每一次失败，生命血本的每一次偿付，都意味着他艺术上的再一次奋起。卡夫卡就是凭着这种悲壮性的坚韧精神，把他完成"紧急使命"的努力一步一步坚持下去的。这是一种尼采式的抗衡悲剧命运的精神秉性。无怪乎法国加缪在寻找他的美学建构方法时，很快在卡夫卡的作品中看到了"希望和荒诞"，他无疑在那些诸如进不了"法的大门"等到老死也不后撤的乡下人身上，在得不到城堡批准的户口证永远不停止抗争的土地测量员K.身上，在找不到适合自己胃口的食物决不进食，宁可饿死的饥饿艺术家身上……看到了西绪福斯的现代原型。

卡夫卡也许确实不能像巴尔扎克那样能够"粉碎一切障碍"，但他在实现自己目标的"专线"上可以说把"一切障碍"给粉碎了！过程当然是残酷的，代价是巨大的：实际上他把生命价值的一半交给了魔鬼，以成全他另一半的成功。也可以说他为了"灵"的完美，作出了"肉"的牺牲。

---

① 这是著名卡夫卡研究专家瓦尔特·索克尔的看法，见索克尔《文学的表现主义》第282页，慕尼黑，1959年版。
② 这是他晚年写的一篇"超短篇"小说的题目。

卡夫卡的个人牺牲和殉难给他人、给后人，特别是给世界文学带来了福音。由于他的个人牺牲所换来的贡献，为本世纪的世界文学史增添了奠基性的篇章。作为享受这一福音的后人，我们除了对卡夫卡本人表示敬意外，对促成他成功的一些有关人员也表示钦佩。第一位无疑是马克斯·勃罗德。这位卡夫卡大学年代的犹太同窗，在卡夫卡尚未成名的时候，就已经是小有名气的作家。他是卡夫卡价值的最早发现者和鼓励者。早在1916年，在卡夫卡写出了《判决》、《变形记》、《司炉》、《在流刑营》和《失踪者》以及《诉讼》一部分的时候，他就指出，卡夫卡是一个堪与当时的第一流作家如霍普特曼等人相提并论的大作家。卡夫卡在作家中是个罕见的现象：他只对朗诵自己的作品有浓厚的兴趣，但对发表却很少关心，以致他生前几乎每篇作品的发表，都要经过勃罗德"强求硬讨"。马克斯·勃罗德的最大贡献是他出于慧眼没有执行卡夫卡要他烧毁其全部书稿的遗言，而把它们一一整理发表，尤其是三部未写完而稿页零乱的长篇小说《诉讼》（1925年）、《城堡》（1926年）和《失踪者》（1927年，勃罗德为其改题为《美国》），并于1935、1936年和1949、1950年先后两次编纂了卡夫卡文集六卷集和九卷集，从而使卡夫卡的作品迅速走向世界。勃罗德作为作家和学者，又是卡夫卡的最亲密的知己，由他来从事卡夫卡的遗稿整理工作是最理想不过的。作为见证人他所撰写的《卡夫卡传》和有关卡夫卡的学术著作提供了大量的第一手材料。幸哉卡夫卡，"人生得一知己足矣！"

另一位卡夫卡的发现者当推莱比锡的库尔特·沃尔夫出版社及其同名社长。他认识卡夫卡时（1912年6月），卡夫卡还才出版过一本薄薄的《观察》，其他名篇均尚未问世。但他一开始就喜欢卡夫卡的作品。此后，凡是卡夫卡的作品经马克斯·勃罗德动员交出来发表的，沃尔夫几乎来者不拒，在他写给卡夫卡的一封信里这样表示："凡是您自己能决定的、能给我们的任何手稿都欢迎，并保证以书的形式出版。"① 后

---

① 库尔特·沃尔夫：《作者卡夫卡》，载《卡夫卡回忆录》第99页，瓦根巴哈出版社，柏林，1995年版。

来他完全履行了自己的诺言。

这里值得提及的还有两位先后和卡夫卡相爱过的女性——菲莉斯·鲍威尔和密伦娜·耶辛斯卡。前者和卡夫卡恋爱了五年，前后订了两次婚，又都解除了，原因如前所述，多半在卡夫卡，他自己也承认：先后给两位姑娘带来了痛苦（另一位是1919年与卡氏订婚的沃里切克）。菲莉斯后来嫁给别人了，但是她并没有记恨卡夫卡，相反她精心保存着卡夫卡写给她的525封信件，成为卡夫卡文学遗产的重要组成部分。密伦娜与卡夫卡相爱了半年，这期间卡夫卡的爱火几经挫折不但丝毫未减，其烈焰程度反而达到顶点。他在几个月里写给密伦娜的18万字（按：译成的汉语文字）情书按笔者浅见是最具文学价值的。它们也由密伦娜相当完好地保存了下来，特别是在法西斯追捕期间，她想方设法辗转交到了可靠的朋友手里。1921年1、2月份，就在她与卡夫卡的关系破裂以后不久，她在致勃罗德的信里依然对卡夫卡作了很高的评价："我相信，我们大家，整个世界，所有的人都有病，唯独他是唯一健康的、理解正确的、感觉正确的、唯一纯粹的人。我知道，他不是反对生活，而仅仅是反对这一种生活。"① 这两位女性，密伦娜和菲莉斯，都表现了不平凡的眼光和胸怀，是值得称道的。

卡夫卡从30年代后期开始越出国界，历经英国、法国、美国，形成巨浪后又返回欧洲大陆，并向拉丁美洲、亚洲、非洲铺开，60个春秋过去，其势头迄今方兴未艾，他的作品被选进德语国家甚至更多的国家的中学课本、大学讲坛；他的书一版再版，翻译的语种越来越多；至少每两年有一次国际学术讨论会，研究他的著作不计其数，产生了一大批研究专家和不止一个国际学术团体。卡夫卡研究已成为一门独立的学科。研究他的人来自各种不同的世界观——从天主教徒到马克思主义者。研究方法不拘一格，既有社会学的，也有宗教神学的；有心理学的，也有传记学的；有存在哲学的，也有实证论的；有现象学的，也有语言学的……这使卡夫卡的作品更加多彩多姿，深邃难测，从而为其多义性、

---

① 《当卡夫卡向我走来……》第73页，瓦根巴哈出版社，柏林，1995年版。

多重解释性的特征获得了科学依据，并丰富了现代诗学的内涵。

卡夫卡的原始资料主要存放于英国牛津。勃罗德死后，一部分资料由他的妻子I·E·霍弗掌握，可惜她于1986年把它卖给了一家拍卖行，曾引起学术界的愤懑。80年代以来，由卡夫卡的一位外甥女授权，G·诺伊曼教授、J·波尔恩教授、M·帕斯莱教授等五位德、英学者联手合作，利用牛津的资料，经过多年努力，完成了卡夫卡著作的校勘工作，出版了校勘本。这个版本纠正了旧版本中的某些疏漏，并标出了被作者删去或涂改过的段落和字句，可以看到卡夫卡在创作过程中的各种动机（motiv）和想法，为进一步研究卡夫卡的作品提供了十分有利的条件，这是国际卡夫卡学术界近年来的一个重大进展。当然从专家角度看，新版本也不是没有缺点的。

由于众所周知的原因，我国读者对西方现代文学包括卡夫卡的接触比较晚。60年代中期出了一本《〈审判〉及其他小说》作为"反面教材"在"内部发行"，那只有少数专业人员有机会看到。70年代末，随着我国开放时期的到来，卡夫卡和其他许多西方现代主义作家终于获得我国的"签证"，并受到越来越多的读者的欢迎。尤其是卡夫卡，无论他的"文格"还是"人格"都受到我国读者的充分肯定和看重。17年来，各报刊、出版社争相发表和出版他的作品和关于他的评论。现在我国已有卡夫卡著作的译本十余种，传记四种，评论几十篇，专著——显少一些——两种。这些读物在我国问世，对我国文学观念和审美习惯的更新起了明显的促进作用。如果说，西方读者对卡夫卡的"热"度已趋于稳定，那么我国读者仍在剧增。我国德语文学界的卡夫卡研究也在迅速取得进展，已开始走向世界，并有学者参加关于卡夫卡的国际学术讨论会，其发言受到与会者注意。正是根据这一形势，河北教育出版社在计划出版《世界文豪书系》的时候，卡夫卡成了入选的重点对象之一。应该社之约，笔者欣然与之合作，负责卡夫卡全集中文版的编纂工作。

作为一位世界级的大作家，卡夫卡的作品数量不算多，共约三百余万字。但作为一位业余作家，特别是作为一位多年疾患在身、年寿夭折的业余作家,这个数量已经是相当可观的了!事实上,卡夫卡是一个非常勤奋的作家,他的业余时间已经利用到极限——不,超过了极限,就是说都是用必要的休息和睡眠时间换来的。而且每个字都是在灵魂深处饱浸了作者心血后迸发出来的,因此这些文字"水分"很少。

这些文字的构成有个特点:想象性文字,即属于通常概念"创作"的作品如小说,比例不高,仅占三分之一,而书信却占了总数的一半略强,其中情书又占了书信的一半以上。但卡夫卡的书信不能等闲视之,它们都是卡夫卡思想和情感的真实流露,具有很高的文学性。特别像《致父亲》这封超级长信,不啻是一篇杰出的政论。还有他的情书,尤其是《致密伦娜情书》,也是非常出色的抒情散文。至于他的日记、笔记、随笔、箴言等,也都是用生命写成的,都有很高的思想和文学价值。

提到卡夫卡的书信,我们有个幸运:卡夫卡的家书即那本《卡夫卡致家属和奥特拉》中的晚年部分有好多空缺,这部分散佚信件直到1986年才在布拉格被发现,但迟迟未见出版。去年春天,卡夫卡全集译稿即将截稿,正准备写几句向读者表示遗憾的话,这时突然收到一位德国友人给我寄来的一本小书,打开一看,正是这部分空缺的信件,不啻是"及时雨"!这样,卡夫卡的家书终于以近乎完璧的面貌与读者见了面。这位寄书的德国朋友叫韦伯夫人,与她相识15年来,她经常关心我的卡夫卡研究,随时注意这方面的信息,有时主动给我寄书来,使我获益匪浅。趁此机会,向韦伯夫人表示敬意和谢忱。

这部全集基本上是根据马克斯·勃罗德的版本翻译和编纂的。但勃罗德编的文集是以单行本的面貌出现的,有的篇幅很少,如《致父亲》,也算一集,反之亦然,如《致菲莉斯》,800多页,并且不分顺序。根据国内外通行的惯例,我们的这部翻译的全集由笔者作了重新编排,以各集的篇幅不太悬殊为原则,或分或合,恰好归纳成九集。其中,古斯塔夫·雅诺施的《卡夫卡谈话录》(一译《卡夫卡对我说》)的真伪问题学术界不无争议。但根据马克斯·勃罗德的鉴定,内容是可信的,故作为卡夫卡作品的一部分一并编入。短篇小说集主要是根据保尔·拉贝编的版本编纂的,但作了较大的调整,编者从《八本八开本笔记簿》和散页笔记中抽出一些短篇或超短篇小说补充进去,这样使读者对卡夫卡短篇小说的全貌有个较完整的了解,特别是对他的大量的"超短篇"小说有个较深的印象。(卡夫卡堪称"超短篇小说"或"微型小说"的鼻祖!)全集中每一卷或每部作品都加了前言,有些地方根据情况由译者或编者名义增添了一些注释。

　　上述校勘本出版的时候,本全集的组译工作早已完成,有的译者已交了译稿,故改换版本已不可能。这多少有些遗憾。但笔者认为,对于一般读者来说,老版本是可以接受的,而且作为中国第一部卡夫卡全集,老版本很能给人一种历史感。

　　这部全集是在忙里偷闲情况下编成的,部分译文不够成熟。而这篇序言更是在国外考察、东奔西跑、没带资料卡片情况下写成的,粗浅更可想见,谨向读者表示歉意。

1996年春于伯尔尼—斯图加特

短篇小说

洪天富 叶廷芳 译

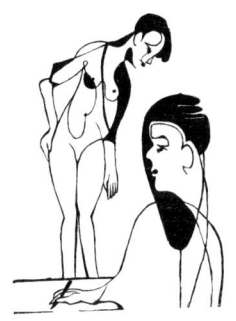

《短篇小说》根据保尔·拉贝的《卡夫卡短篇小说集》和马克斯·勃罗德的《乡村婚事》重编。费歇尔简装书出版社，法兰克福/美茵，1977，1980

　　Die Erzählungen, wieder Herausgegeben nach der Ausgabe von Paul Raabe»Sämtliche Erzählungen«und der Ausgabe von M.Brod»Hochzeitsvorbereitung auf dem Lande«, Fischer Taschenbuch Verlag GmbH, Frankfurt am Main, 1977 und 1980

编者前言

短篇小说在卡夫卡的创作生涯中居于重要地位，这不仅是因为作者生前首先是以短篇小说名世的（尽管范围不大），而且他本人每每有得意之感：或者在他的作品里标上献给某某亲属或情人的字样，或者在友人面前满怀激情地进行朗诵，甚至到了晚年，在他决心要把他的所有著作"统统付之一炬"的时候，仍有五六个短篇使他留恋，但是更为重要的，是他的短篇小说不同凡响的独创性在很大程度上决定了他作为西方现代文学奠基者的地位。如果说，他的长篇小说在十分深刻的层面上揭示了现代人类根本性的尴尬处境，那么，他的短篇小说则在极为强烈的程度上表现了某些现代人的特殊境况。与此同时，他成功地找到了一种与这种表现内容相适应的崭新的艺术语言，从而刷新了西方小说美学的面貌，对西方乃至世界的当代小说创作产生了巨大影响。

卡夫卡的创作态度十分严肃，对自己的作品艺术上的要求极为严格，每次发表作品几乎都要经过马克斯·勃罗德的"强求硬讨"，因此他生前发表的作品并不多，先后只出版了7个薄薄的小册子，其中3个是短篇小说集，即《观察》（1912年，共18篇）、《乡村医生》（1917年，共14篇）和《饥饿艺术家》（1924年，共4篇），总共是36篇，绝大多数篇幅都很小。其他作为单行本出版的4个单篇是：《判决》、《司炉》、《变形记》、《在流刑营》（一译《在流放地》）等，都是重头作品。《司炉》原是长篇小说《失踪者》（又名《美国》）的第一章，作者生前相当看重这篇作品，特地将它从中抽出单独发表。此外，短篇集《乡村医生》中有两篇也是作者自己从别的长、短篇小说中抽出收入该集的，即《在法的门前》（抽自《诉讼》）和《一道圣旨》（抽自《中国长城建造时》）。国外的选家们依然尊重作者的态度，编选集子时都单独保留。这里也照惯例行事。另有《铁桶骑士》等4篇已问世作品没有被作者收入任何集子。这样卡夫卡生前发表过的小说一共是44篇。

卡夫卡生前没有发表的短篇作品绝大部分都见之于《八本八开本笔记簿》和其他笔记本以及散页篇什中。国外收得最多的卡夫卡短篇小说集当推德国保尔·拉贝编纂的《卡夫卡短篇小说全集》，共收78篇，除上述44篇外，其余大部分都是从这些本子中选的。但拉贝的这部短篇"全集"其实并不算全，卡夫卡有许多堪称精彩的短篇和超短篇被他忽视了。而这些篇幅短小（有的短小到只有64个字）的短篇和超短篇（不妨称之为"微型小说"）恰恰是卡夫卡短篇小说创作的一大特色。它们继承了德国文学史上克莱斯特、黑贝尔等人有名的"轶事风格"的优良传统，又加以发扬。这是公认的。

为了使读者对卡夫卡的短篇小说创作风格有更全面的了解和领略，编者这里又从上述各种笔记本和散页文字中"借"来48篇短小作品作为"微型小说"单独成辑，其中600字以下者约有36篇，堪称超短篇，包括拉贝选本中的9篇超短篇。在国外所有的卡夫卡短篇小说选本中，尚未见过从这一角度着眼的版本。这可以说是本卷的一个特色。

卡夫卡偶尔也把他的作品写在日记本里，如本卷的《乡村的诱惑》和《回忆卡尔达铁路》就分别记在1914年6月11日和8月15日的日记里。《乡村的诱惑》是后来《城堡》的试笔。它与《乡村婚事》（即《乡村婚礼准备》）一样，就其结构和规模看是长篇的架势，严格讲是不能算作短篇的，但苦于不好"安置"，又因其篇幅较短或不太长，只得让这卷短篇集来"收编"了。

因此，我们的这卷卡夫卡短篇小说集，就篇数而论，比拉贝的所谓"全集"要多出40篇，共达119篇。

真正的卡夫卡短篇小说全集是很难产生的，因为卡夫卡的许多短篇速记，其小说与杂文的界线已经被选家们弄模糊了，例如被拉贝选入小说集的《关于法律问题》（本卷也照收了），说它是政论又未尝不可。而像这类作品，见之于马克斯·勃罗德编纂的《乡村婚事》一书中还有不少。这就只好尊重"仁者见仁，智者见智"的原则了。

叶廷芳

目录 CONTENTS

总　序
编者前言
第一辑　生前问世之作

观　察 003
公路上的孩子们 004
揭穿拙劣的骗子 008
突然外出散步 010
下定决心 011
山间远足 012
单身汉的不幸 013
杂货商 014
心不在焉地向外眺望 016
归　途 017
过路人 018
乘　客 019
衣　服 020
拒　绝 021
为男骑手们考虑 022
临街的窗户 023
希望成为印第安人 024
树 025
不　幸 026

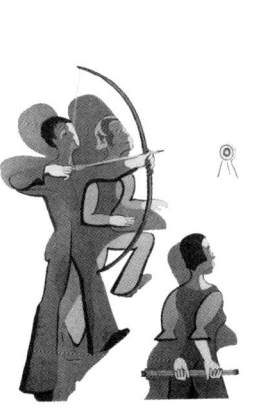

判　决　030
司　炉　041
在流刑营　065
变形记　088

乡村医生　130
新律师　136
在剧院顶层楼座　138
往事一页　140
在法的门前　142
豺狗和阿拉伯人　144
视察矿山　148
邻　村　151
家长的忧虑　152
一道圣旨　154
十一个儿子　155
兄弟谋杀　160
一场梦　163
一份为某科学院写的报告　165

最初的痛苦　174
小妇人　177
饥饿艺术家　184
约瑟芬，女歌手或耗子的民族　193

和祈祷者谈话 209
和醉汉谈话 215
巨大的吵闹声 219
铁桶骑士 220

第二辑 遗作中之佳作

一次战斗纪实 225
乡村婚事 255
村子里的诱惑 276
回忆卡尔达铁路 284
乡村教师（巨鼹） 292
布鲁姆费尔德，一个上年纪的单身汉 304
桥 324
猎人格拉胡斯 326
中国长城建造时 331
叩击庄园大门 341
邻居 343
一次日常的混乱 345
杂种 346
塞壬们的沉默 348
普罗米修斯 350
城徽 351
海神波塞冬 353
拒绝 355

关于法律问题 360
征兵 362
考试 365
陀螺 367
回家 368
代言人 369
一条狗的研究 371
夫妇 402
地洞 407

第三辑 微型小说

桑丘·潘沙真传 437
集体 438
夜晚 439
兀鹰 440
舵手 441
小寓言一则 442
起程 443
算了吧 444
论譬喻 445
〔中国人来访〕 446
〔巷战〕 448
〔小伯爵的课外课〕 449
〔驯蛇〕 450

〔招魂会议〕 451
〔无言的哀求〕 452
〔士兵的权力〕 453
准新郎与饿狼 454
〔考　官〕 455
〔爱的险境〕 456
绿龙的造访 457
猫与鼠的对话 458
〔K.的愣劲〕 459
〔统治的魔力〕 460
〔信　号〕 461
马戏场里的出水芙蓉 462
驯人的动物 463
〔切不开的面包〕 464
〔坑道下的家庭〕 465
〔歌声的诱惑〕 466
误入荆棘丛 467
少女的羞涩 468
〔新　灯〕 469
〔驯　鹤〕 471
在阁楼上 473
〔在墓穴里做客〕 475
〔棺　材〕 478
〔建　城〕 480
〔难念的家经〕 482

包厢里的奇遇 485
夜行船的惊讶 487
〔世界冠军〕 489
〔巩　固〕 491
〔督学与老师的对话〕 493
〔室内滂沱〕 495
〔女人的力量〕 496
〔本性使然〕 499
〔教堂里的"紫貂"〕 501
〔恐　惧〕 505

第一辑　生前问世之作*

洪天富　等译

* 卡夫卡生前已发表的短篇小说共有 44 篇,其中先后三次结集出版的有 36 篇,此外有 4 篇名作是单独出版的,即《判决》、《司炉》、《变形记》和《在流刑营》。这些作品的篇目均按写作和出版先后顺序加以编排。其中有几篇篇幅极短的"微型小说",为保持各集子的原来风貌,未予抽出另外归辑。——编者

观　察

　　编者附记：这一组小品共16篇，长短不一，长则三千字，短则百把字；写作时间也不一，早则1903年，晚则1911年；风格也不一。总的说它们属于卡夫卡创作早期的试作。但它们已经不同程度地初露了卡夫卡特色的端倪，甚至总题目也带有当时正在兴起的表现主义的主张：弃观看（sehen），凭观察（betrachten）。该作初版于1912年11月，这是卡夫卡最早出版的一本小册子，也是他的创作进入鼎盛期的前奏。

公路上的孩子们 *

我听见马车驶过花园的栅栏,有时,我也看到它们穿过树叶上那些微微飘动的缺口。在炎热的夏天,车上的木制轮辐和辕杆叽叽嘎嘎地响个不停!从地里干活归来的劳动农民欢声笑语,这真是岂有此理。

我坐在我的小秋千上,正在我父母花园里的林间休息。

栅栏外面,来往的行人和车辆络绎不绝。此刻,孩子们正奔跑着经过这里;运粮用的马车满载着禾把,在它们的上面和四周坐着男男女女,当马车经过的时候,花坛顿时变暗;傍晚时分,我看到一位绅士拿着手杖在慢慢散步,几位姑娘互相挽着臂向他迎了过来,她们向他致敬,然后走进路旁的草地。

这时,鸟儿像喷雾似地飞起,我用目光追随着它们,看它们一口气向上飞去,直到我不再觉得它们在向上飞,而是我在降落,于是,由于懦弱,我紧紧抓住秋千绳索,开始轻轻悠荡。不久,我便更加用力地打秋千,此时,凉风习习,飞鸟已经归巢,满天闪烁着星星。

我在烛光下吃晚饭。我常把双臂放在木板上,因为我已经累了,同时咬一口奶油面包。那些网眼密布的窗帘被暖风吹得鼓起来了,有时候,窗外某个过路人会用双手把它们抓住,以便更清楚地看到我,也好跟我说话。通常,蜡烛很快就熄灭,在暗色的烛烟中,聚集在一起的蚊子还乱飞了一阵。要是有人从窗外问我,我便仔细地打量他,仿佛凝视一座远山或者一片空地,而他对回答也不怎么感到兴趣。

然而,要是有人翻过窗子的栏杆,报告说其他的人已经在门外,那

---

* 该作是作者《一次战斗纪实》第二个稿本中的第三章,根据马克斯·勃罗德的判断约写于1903—1904年,是卡夫卡最早的作品之一。——编者

我就得起床，当然是长吁短叹。

"这不行，你干吗这样长吁短叹？到底发生了什么事？是不是遇到了一种特殊的、永远无法弥补的不幸？难道我们再也不能从中恢复过来吗？一切都真的完了吗？"

一切都是好好的。我们跑到了房子前面。"谢天谢地，你们总算在这里！""你就是总是迟到！""为什么这样说我？""就是要这样说你，要是你不想来，你就待在家里吧！""饶我这一回吧！""怎么？饶你这一回？你说些什么？"

我们一头扎进暮色里。忘记了白天与黑夜。很快，我们背心上的纽扣就像牙齿一样地彼此摩擦；不久，我们拉开一定的距离奔跑，口干舌燥，就像是些热带动物。我们像古代战争里的骑士[①]，一会儿踏着沉重的脚步，一会儿高高地跳起来，我们并肩冲下那条短胡同，凭借两条腿的这一冲力，一直跑到了公路上。个别人走进了公路排水沟，他们刚一消失在那阴暗的斜坡后面，就又像陌生人一样站在上面的田间小路上，并且朝下面看。

"你们下来吧！""你们先上来吧！""你们休想把我们从上面推下来，这点我们还明白。""你们这些胆小鬼。你们想说，你们害怕了。来吧，来吧！""真的要我们来？你们？正是你们想把我们推下去吗？你们想得倒美，但能成吗？"

我们开始进攻，胸部被推，然后自愿地躺倒在公路排水沟的草丛里。一切都是和谐和暖烘烘的，在草丛里，我们既感觉不到燥热，也感觉不到寒冷，只是感到疲乏。要是向右侧翻过身，把一只手枕在耳朵下面，你就会昏昏欲睡。你虽然想抬起下巴再次振作起来，但只会掉入更深的沟里。要是你把一只胳膊横着向前伸，把双腿斜着伸进吹动着的风里，那你就会遭风袭击，肯定会跌入一个更深的沟。而你绝不想就此罢休。

你可以在最后这个沟里尽量伸开四肢，特别是把膝盖伸平，好好地睡上一觉，但你几乎还没有想到这点，而是像个病人似的仰面躺着，摆

---

① 原文为 Kürassiere，指 15—19 世纪的穿胸铠的骑士或骑兵。——译者

出要哭的样子。有时，一个男孩两肘贴腰，从斜坡上跳到公路上，他那黑糊糊的鞋底从我们的头顶上掠过，这时，我们眨巴着眼睛。

月亮已升起老高，月光下有一辆邮政马车驶过。到处刮起了微风，在沟里也能感觉到它，附近的树林开始沙沙作响。这时，没有人再想独自待在沟里了。

"你们在哪儿呢？""上这儿来吧！""大家集合！""你干吗躲起来，别胡闹了！""你们不知道邮政马车已经过去了吗？""哎，不知道！已经过去了吗？""当然，你睡着的时候，它就开过去了。""我睡着了吗？没有这回事！""别说了，我们可是看到你睡着了。""这怎么可能呢？""你们跟我来吧！"

我们跑拢在一起，有些人相互搀着手，因为是向下跑，所以头无法高昂起来。有人大声呼喊印第安人的战斗口号。我们以前所未有的速度向前奔跑，我们跳跃时，风儿托住髋部把我们举起。任何事情也无法阻止我们前进；我们拼命跑，以至超过了别人，得以交叉着双臂，不慌不忙地向四周张望。

我们在山涧小桥上停了下来；那些越过小桥继续朝前跑的人，又跑了回来。桥下的流水拍击着溪石和树根，仿佛天色还早。大家不约而同地跳到小桥的栏杆上。

在远处丛林的后面，驶出了一列火车，所有的车厢都亮着灯，当然，玻璃窗都放了下来。我们当中的一个开始唱起了流行小调，可我们大家全都想唱。我们唱得比列车行进还要快，因为我们的声音不够响亮，我们便挥动起手臂，我们挤在一起放声歌唱，感到非常愉快。当你的声音和其他人的声音混合起来，你就感到像是被一只鱼钩钩住一样。

我们就这样唱着，身后是丛林，唱给远方的旅客们听。大人们还在村里守护，母亲们在为晚间整理床铺。

是该回家的时候了。我吻了吻站在我身旁的人，和另外三个靠近我的人握手告别，开始跑回家去，没有人喊我回来。在第一个十字路口——在这里，他们再也见不到我——我拐了弯，沿着田间小路又跑进了丛林。我向南方的那座城市奋力奔去，关于这座城市，我们村里的人这样谈论过：

"那儿的人真怪！你们想想看，他们从来不睡觉！"

"他们到底为什么不睡觉？"

"因为他们不会感到累。"

"他们为何不会感到累？"

"因为他们是些傻瓜。"

"难道傻瓜不会感到累吗？"

"傻瓜怎么会感到累呢！"

洪天富　译

揭穿拙劣的骗子 *

终于,在晚上10点钟左右,我和一个从前跟我只有一面之交的人来到了那幢富丽堂皇的房子前面,应邀参加在里面举行的晚会,这次,他是意外地与我做伴,缠着我在大街小巷里转悠了两小时之久。

"好啦!"我说道,一面鼓掌,表示我坚决要跟他告别。我已经作了几次不太明显的告别尝试。我早就精疲力竭了。

"您马上就要上去吗?"他问。我听到他嘴里发出一种类似牙齿相互敲打的噪声。

"是的。"

我可是受人邀请的,我一碰见他,便把此事告诉了他。但是,我是应邀走到上面去的,我早就希望能进到这幢房子里,而不是应邀站到下面的大门口,从面对我站着的这个人的耳朵望过去。可是现在,我还得和他默不做声地站在一起,仿佛我们决心长久地待在这个地方。与此同时,我们四周的房屋立刻加入到这种沉默之中,还有房屋上空的黑暗,一直到天上的星星。看不见的散步者的脚步声,至于他们往哪儿走,我们不想猜出,那一再吹打着对面街道的风,还有冲着某间房子紧闭的窗子唱着的留声机——所有这一切,你都能从这沉默中听到,仿佛它们向来就存在,而且永远存在下去。

我的同伴先是以自己的名义,然后,他微笑了一下,也以我的名义,默认了这一切,他顺着墙伸出他的右臂,闭起了双眼,把他的脸贴在伸出的右臂上。

---

* 该作约写于1911年。作者在1912年8月8日的日记中称:"骗子手完成得还算满意。"
——编者

可是，我不再把这种微笑整个地看完，因为由于羞愧，我突然感到很伤心。正是从这种微笑，我认出他是一个专门欺骗农民的骗子，如此而已，岂有他哉。我毕竟在这座城市里待了好几个月，曾以为完全了解这些骗子，知道他们在夜间从横街里走出来，伸出手像旅店主一样向我们迎来；知道他们此时就站在附近的广告柱周围闲荡，像是在玩捉迷藏，同时至少用一只眼睛，从圆形的广告柱后面，探头探脑地刺探情报；知道他们在各个十字路口，趁我们害怕的时候，突然出现在我们的眼前，站到我们所走的人行道的边上！我毕竟很了解他们，因为他们是我在这些小酒店里最先结识的城里的熟人，多亏他们，我才初步认识到那种顽强的求生意志，它深深地印入我的脑海，现在，我很难将它从人间清除，就在我的内心深处，我已经开始感到了它。即便你早就逃离他们，即便早就不再有什么东西可以攫取，他们依旧站在你的对面！他们既不坐下，也不倒下，而是用目光死死地盯住你，尽管这目光从远处射来，但它总是充满了自信！而他们的手段总是相同的：他们站到我们跟前，尽量分开两腿，力图阻止我们去到我们渴望去的地方；为了取代我们的住所，为我们准备好了他们心目中的住宅，而当我们心里凝聚已久的感情终于奋起反抗的时候，他们便把它当做一种拥抱，头朝前地朝它扑了过来。

这一次，我和我的同伴长久地待在一起，才使我有可能识破这些故技。我把指尖放到一起，用力地搓着，以便抹去这一耻辱。

我的同伴仍然像从前那样靠在那里，始终认为自己是个骗子，他对自己的命运感到满意，不由得双颊上泛起红晕。

"总算认清你了！"我说道，还轻轻地拍了一下他的肩膀。然后，我奔上楼梯，楼上接待室里仆人们那几张无缘无故地显得真诚的脸，使我像得到一件美好而意外的礼物一样感到高兴。我依次看了看他们大家，他们脱下了我的大衣，掸去了我靴子上的灰尘。

我舒了口气，尽量伸展了一下四肢，然后步入了客厅。

洪天富 译

突然外出散步 *

当你看来终于下了决心,在晚上待在家里;当你在晚饭后穿上便服,坐在点着灯的桌旁,从事某件工作或某种游戏,完成后出于习惯上床;当户外天气阴雨寒冷,理所当然地,你只好待在家里;当你一直在桌旁久久地保持不动,以致出外会引起大家的惊讶;当楼梯间早已一片漆黑,住房大门也已关闭;当你不顾一切,突然感到不舒服而站起来,换下便服,立即穿上外出穿的衣服,解释说你必须出门一趟,简短的告别之后,你也这样做了,你迅速地砰的一声关上住房门,或多或少给人留下了不快;当你又一次走在街上,用特别灵活的四肢报答你为它们弄到的这种意想不到的自由;当你由于这一决定,感到自己内心里蕴藏着全部的决断能力;当你比平时更加深刻地认识到,你的力量的确大于你的需要,凭借这大于需要的力量,你将轻而易举地引起和轻松愉快地忍受极其迅速的变化;当你带着这种心情,向那些长长的街道跑去,——那么,在这个晚上,你彻底地走出了你的家庭,它正化为乌有,而你自己呢,非常结实,由于轮廓清晰而显得黑黑的,你拍打着大腿,昂首阔步地前进,恢复了自己本来的面目。

要是在这夜深人静的时候去探望一位朋友,查看一下他的身体情况,这还会增强上述一切的印象。

洪天富 译

---

* 该作见于作者 1912 年 1 月 5 日的日记,付印时略事加工。——编者

下定决心 *

把自己从一种恶劣的处境中挣脱出来，只要自己乐于用力去做，想必轻而易举。我挣脱了安乐椅，围绕着那张桌子跑，活动一下头和脖子，让眼睛闪闪发光，把它们周围的肌肉绷紧。要控制住感情，要是甲现在来看我，就热烈地欢迎他；要是乙在我的房间里，就友好地对待他；要是在丙家里，就把他所说的一切大口大口地吸进肚里，尽管会感到费力和痛苦。

但是，尽管我这样去做，整个事情，轻而易举的和困难重重的事情，也将因为每个无法避免的错误而中止，于是，我将不得不回到我原来的圈子里转悠。

所以，最好的办法依旧是：忍耐一切，采取一种麻木不仁的态度，随波逐流，切莫让人哄骗，做出不必要的举动，用动物的眼光观察别人，也不要感到后悔，总之，要用自己的手压住幽灵般的生活中还剩下的东西，也就是说，要继续扩大那最后的、像坟墓一般的安宁，除此之外，什么也别让存留下来。

在这种状况下的特有的动作，便是用一只小指擦一擦眉毛。

洪大富 译

---

* 本篇原出作者1919年2月5日日记，出版时做了些改动。——编者

山间远足*

"我不知道。"我悄悄地喊道,"我的确不知道。如果没有人来,那就谁也不会来。我没有伤害过任何人,任何人也没有伤害过我,但谁也不愿帮助我。尽是些无名小卒。但这并不要紧。只是眼下谁也不帮助我,——否则的话,无名小卒也能顶用。我很想——为什么不呢——同一群无名小卒进行一次远足。当然是到山里去,难道还有别的地方可去吗?瞧,这些微不足道的人相互挤着,这种许许多多横着伸出去挽在一起的手臂,这许许多多分开几步的脚!当然,他们全都穿着燕尾服。我们勉强地走着,风吹过我们四肢之间的空隙。在山里,我们的脖子不再受到约束!奇怪的是,我们并没有歌唱。"

洪天富 译

---

* 该作约写于1903—1904年之间,原为《一次战斗纪实》的第二稿本中的片断。——编者

单身汉的不幸*

　　看来，单身汉的日子真不好过，年老的时候，如果他想同大伙儿一起共度黄昏，就得请求人家接纳他，同时尽量保持自己的尊严；生病的时候，只能从自己床铺所在的角落一连数星期注视着空荡荡的房间；总是在住房大门口向落日告别，从未伴着自己的妻子挤上楼梯；自己的房间里只有几扇侧门通向别家；用一只手端着晚饭，并把它带回家；不得不赞叹别人家的孩子们，而且有时不让再说："我连一个孩子也没有。"在外表和举止上，得向年轻时记得的一个或两个单身汉学习。

　　将来还会是这样的，的确，不但是今天，而且在往后，他将独自站在那里，带着一副身躯，一颗真实的脑袋，还有一个前额，那是为了用手在上面捶打。

洪天富　译

＊ 本篇原名《入睡之前》，最初见于作者1911年11月14日日记，结集时作者作了压缩。——编者

杂货商[*]

可能会有一些人同情我，但我压根儿就没有感觉到。我的小商店让我忧心忡忡，搞得我的前额和太阳穴疼痛不堪，但是没有任何让我感到称心的希望，因为我做的是小本生意。

我得提前几小时做出各种决定，例如，吩咐勤杂工事事都要加以注意，还得告诫他不要犯以往那些可怕的错误，至于我呢，我得在本季度里就要考虑到下一季度的热门货，不是我圈子里的那些人所需要的热门货，而是乡下那些落落寡合的人所需要的流行商品。

我的钱在别人的手里；我并不清楚他们的情况；他们可能会遭到的不幸，我也毫无所知；我怎么能防止它呢！也许他们已经过着挥霍的生活，正在一家酒店的花园里开庆祝会，而另一些人也来参加这次庆祝会，但只是把它当做逃往美国途中的短暂停留。

每天傍晚，当一天的工作结束，我便锁上店门，突然发现我还有几个小时的时间，在这些时间里，我将不会去做任何事情以满足我业务上永无止境的需求，于是，在早上被我事先打发到远处的我的激动心情，像一股回落的潮水，在我心里翻腾，而且势不可挡，将我漫无目的地卷走。

但是，我一点儿也不想利用这种心情，只想走回家去，因为我的脸和双手全是汗水，龌龊不堪，我的衣服污渍斑斑，满是灰尘，工作帽还戴在头上，靴子被板条箱上的钉子划破了。我就像是在波浪上行走，把两只手的手指弹得格格作响，还摸了摸朝我走来的孩子们的头发。

然而，路程太短。我马上就到了家，打开电梯门，走了进去。

我发现，我此刻突然独自在电梯里。其他的人得爬楼梯，而且爬得

---

[*] 本篇约写于1907年，首次发表于《徐佩里翁》1908年第1期。——编者

有点累，不得不气喘吁吁地等着，直到有人来给他们打开住房的门，在这期间，他们当然有理由生气和急躁，此时，他们来到住宅的穿堂，把帽子挂到那儿的衣帽钩上，然后穿过有几扇玻璃门的走廊，走进自己的房间，他们也成了孤独的人。

但是，我一进电梯就成了孤独的人，我跪了下来，凝视那面狭窄的镜子。当电梯开始上升的时候，我说：

"你们安静一下吧，你们往后退吧，你们想到树阴里，窗帘的后面，或者走进拱形的凉亭吗？"

我咬牙切齿地说。电梯外面的那些楼梯扶手，就像往下泻的水一样，顺着电梯上的毛玻璃窗滑了下去。

"你们飞走吧，但愿你们那些我从未见过的翅膀把你们带进乡间的山谷，或者带到你们想去的巴黎。

当游行的队伍从所有三条街走来，你们就凭窗享受一下这壮观的场面吧。它们互不相让，弄得乱糟糟的，直到最后的队伍走来，在它们之间又才出现空旷的广场。挥动手巾吧，感到吃惊吧，受感动吧，赞美那位驱车路过的漂亮的女士吧。

凭借木桥越过溪流，向正在洗澡的孩子们点头打招呼吧，赞叹成千上万的水兵在遥远的装甲战舰上发出的乌拉声吧。

跟踪那个不显眼的人吧，要是你们把他推进没有大门的通道，就动手抢他，然后，你们当中的每个人把双手插在口袋里，目送着这个悲伤的人走进左边的胡同里。

骑着快马向四处散开的警察，勒住了他们的马，逼着你们往后退，随他们去吧，我知道，这些空荡荡的胡同将会使他们倒霉。我求你们成双搭对地离开，求你们飞快地离开这些广场，慢慢地转过街角。"

于是，我得走出电梯，让它再降下去，然后按了按门铃，女仆打开了门，我问候了她。

洪天富 译

心不在焉地向外眺望*

在眼下正在迅速降临的这些春日里，我们将做些什么呢？今天清早，天空灰蒙蒙的，可是，如果你现在走到窗子旁边，你就会大吃一惊，并把你的面颊靠到窗子的把手上。

在窗子下面，你看到显然已经开始下沉的太阳把自己的光投射到那个天真无邪的姑娘的脸上，她不慌不忙地走着，不时回头看看，与此同时，你还看到一个男子在她身后快步赶来，用自己的影子遮住她的脸。

然后，这男子从她身旁走了过去，于是，这女孩的脸庞又重新明亮起来。

洪天富 译

---

* 本篇约写于1907年，初次发表于《徐佩里翁》1908年第1期，后以《在窗边》为题发表于《波希米亚报》1910年3月27日。——编者

归　途*

瞧，雷雨过后，空气的说服力有多大！我的功劳显而易见，令我陶醉，我无须否认这一点。

我迈步前进，我的速度就是侧面的这条胡同、这条胡同和这个市区的速度。理所当然，我对这里发生的一切负有责任：无论是对敲门、捶击桌面、祝酒词，还是对床上、新建筑物脚手架上、紧挨房墙的黑胡同里、乃至妓院无靠背矮沙发上的对对情侣，我都负有责任。

我把我的过去和我的未来进行了对比，发现两者都非常好，不能说哪一方面更好，我得加以指责的，只是对我十分有利的天意的不公正。

只是当我走进我的房间的时候，不免若有所思，可是在上楼梯的时候，我似乎没有发现某种值得思索的东西。我把窗子完全打开，听到某家的花园里还演奏着音乐，但这对我都无济于事。

洪天富　译

---

* 本篇写作的年代与首次发表的年代与上篇同。——编者

过路人 *

当我们在夜间散步，正穿过一条胡同的时候，老远看见一个人——因为我们眼前的这条胡同向上伸展，而且正是月圆的时候——朝我们跑来，这时，我们千万不要抓住他，即使他身体虚弱、衣衫褴褛，即使他身后有人呼喊着追来，也不要去管他，而是让他继续往前跑。

因为这是黑夜，对我们眼前这条在满月照耀下向上伸展的胡同，我们没有过错；此外，这两个人也许是追着玩的，或者说不定他俩正在追逐第三者，也可能第一个人是无辜的，但受到追逐，也可能是第二个人想杀害他，要是我们抓住他，很可能就会成为参与谋杀的罪犯，也许这两个人彼此并不认识，只是各自跑回家去睡觉，也许他们是夜游者，也许第一个人还带有凶器。

总而言之，难道我们没有权利感到疲乏吗？我们不是喝了好多的葡萄酒吗？我们感到高兴的是，第二个人已经跑远了，我们再也看不到他。

洪天富 译

---

* 本篇写作的年代与首次发表的年代与上篇同。——编者

乘 客

  我站在电车供乘客上下的平台上，考虑到我在这个世界、这座城市以及我的家庭中的地位，我竟一时感到完全不知所措。我还可以郑重其事地指出，我能否在某个方面有权提出某些要求。我甚至无法为以下一些事情辩护：例如，我为什么要站在这个平台上，抓住这个皮圈，让这辆电车把我载着走，为什么人们要给电车让路，或者静静地走，或者伫立在橱窗的前面。的确，谁也没有要求我这样做，不过，这无关紧要。

  电车渐渐驶近一个停车站，一位姑娘走近梯级，准备下车。我觉得她眉目清秀，仿佛我刚才还摸过她。她身穿黑色的衣服，裙褶几乎纹丝不动，短上衣紧贴着身子，衣领是用网眼小的白色花边做成的。她的左手平直地放在电车的内壁上，右手里的伞搁在从上往下数的第二级梯级上。她的脸呈褐色，鼻子不停地上下翕动，以致两侧的肌肉有点儿紧张。她有许多棕色的头发，一小绺细发在右鬓角上随风飘动。她的小耳朵紧贴着脸，因为我就站在她的附近，所以能够看到她整个的右耳廓，还能看到右耳根部的阴影。

  这时，我不禁自问：她怎么对自身不感到惊奇呢？她干吗要紧闭双唇，一句这样的话也不说呢？

洪天富 译

衣 服*

我常常看到一些满是皱褶和垂悬物的衣服,它们披在好看的身体上,显得格外漂亮,于是我就在想,它们不会老是这样光彩夺目,而是会生褶儿,再也无法熨平,它们会染上灰尘,这灰尘在这些装饰物里积得厚厚的,再也无法去除,而且谁也不愿意每天穿上同一件珍贵的衣服,早穿晚脱,以免使自己显得寒酸和可笑。

然而,我也看到一些姑娘,她们的确长得漂亮,露出多种多样诱人的肌肉和骨节,还有丰满光滑的皮肤和浓浓的细发,但她们每天总是穿着那套落落大方的乔装衣服露面,总是把同一副脸蛋支撑在同一双手掌里,让她们的镜子反射出自己的容貌。

只是在某些晚上,当她们从某个庆祝会迟迟归来的时候,她们身上的衣服在镜中才显得破旧、膨胀和满是灰尘,已经被所有的人看到,而且几乎再也不能穿用了。

洪天富 译

---

* 本篇约写于1903—1904年间,原为《一次战斗纪实》第一稿本中的一段,出版前先后在《徐佩里翁》1908年第1期和《波希米亚报》1910年3月27日上发表。——编者

拒　绝＊

如果我遇到一位漂亮的姑娘，并且求她："劳驾，请跟我来吧"，而她却默不做声地走了过去，那么，她的意思是：

"你既不是威名远扬的伯爵，也不是有着印第安人体格的宽肩阔背的美国人，后者有一双大胆而冷静的眼睛，还有那被草地的空气和流经草地的河流按摩过的皮肤；而你呢，既没有到过那些大江大海，也没有到过那些我一时讲不出的地方。所以，请问，我，一个美丽的姑娘，为什么该跟你走呢？"

"你忘记了，没有汽车会带着你长时间地颠簸着穿过高低不平的小巷；我没看到有绅士们追随在你身后，他们紧缩在自己的衣服里，在你身后形成一个半圆走着，为你喃喃地说着祝福的话语；你的胸部因为有了紧身的胸衣而显得很整齐，可是你的大腿和臀部却显得放荡不羁；你穿着一件饰有细条子折裥的塔夫绸连衣裙，在去年秋天，它使我们大家非常高兴，然而你偶尔还在微笑——这身体上的致命伤。"

"是的，我们两个都说得对，但是，为了意识到我们所说的并非是不可辩驳的，我们不妨各自回家吧，你说对吗？"

洪天富　译

＊ 本篇约写于 1906 年，与上面数篇一样，曾无题首次发表于《徐佩里翁》1908 年第 1 期。——编者

为男骑手们考虑 *

要是考虑一下的话，你绝不会蠢蠢欲动，希望在一场赛跑中成为最佳骑手。

作为国内最佳骑手受到承认，这份荣誉当然会使你感到无比的高兴，乐队开始演奏，为你祝贺，但是在第二天的早上，你就会感到后悔。

我们的对手是些奸诈和颇有影响的人。当我们骑马穿过狭窄的围栏，朝平坦的跑道疾驰而去的时候，他们充满了忌妒，而我们却感到痛苦。这是因为，我们前面的跑道上，除了少数被我们超过一圈的骑手正气馁地朝地平线的边缘冲去以外，很快就空无一人。

我们的许多朋友正忙着对中奖的彩票，只是从遥远的银行窗口扭过头来向我欢呼；而我们那些最要好的朋友却根本不把赌注压到我们的马上，因为他们担心，要是我们输了，他们定会生我们的气，可是现在，我们的马名列第一，而他们什么也没有得到，于是，当我们经过的时候，他们转过脸，宁可沿着看台望过去。

落在我们后面的那些竞争者，稳稳地坐在马鞍上，试图展望他们所遭到的不幸，以及他们突然遭受到的冤屈；他们满面春风，精神焕发，仿佛一场新的比赛就要开始，仿佛在这场儿童游戏之后，一场认真的比赛就要开始。

许多女士觉得这个胜利者滑稽可笑，因为他自吹自擂，根本就不知道如何去应付无休止的握手、致敬、鞠躬和遥祝，而失败者们却紧闭双唇，漫不经心地拍一拍他们那些经常嘶鸣的马的脖子。

终于，早已阴霾密布的天空开始下雨了。

洪天富 译

---

* 本篇首次发表于《波希米亚报》1910 年 3 月 27 日，写于发表前不久。——编者

临街的窗户 *

谁孤独地生活,却有时想和别人交朋友;谁考虑到日时、气候、职业情况以及诸如此类的变化,却随随便便地想看到任何一只他可以抓住的手臂——那么,没有一扇临街的窗户,他是难以坚持下去的。而他的情况却是这样的:他根本什么也不寻求,不过是感到厌倦的人,让自己的目光在民众和天空之间上下地移动,他走到自己窗子的栏杆旁边,但他什么也不想做,只是把头微微向后仰,所以,下面的马匹得以把他拉下去,拉进马匹身后的车子和喧哗之中,从而也把他拉进人世间的和睦之中。

洪天富 译

---

* 根据瓦根巴哈估计,本篇的写作时间约在1906—1909年之间。——编者

希望成为印第安人 *

  但愿你成为一名印第安人，这样，你就会乐意骑在奔跑的马上，在空中斜着身子，越来越短促地战栗着驰过颤抖的大地的上空，直至你丢开马刺。因为在你扔掉缰绳之前，并没有马刺，因为实际上并没有缰绳，当你刚刚看到你眼前的土地是一片割得光光的草原的时候，却早已看不见马脖子和马头了。

洪天富 译

---

* 本篇写作时间和首次发表情况不详。——编者

树[*]

因为我们就像是雪中的树干。表面上看,它们平放着,只要轻轻地一推,就可把它们移开。不,这是办不到的,因为它们牢牢地和大地联结在一起。不过,你要知道,即使那样也仅仅是个外表。

洪天富 译

---

* 本篇写于1903—1904年之间,见于作者《一次战斗纪实》的第二个稿本,1908年在《徐佩里翁》发表时作了重写。——编者

不　幸*

当天气已经变得难以忍受的时候——那是11月里的一天晚上，临近黄昏的时候——我在我房间里像是跑道一样的窄地毯上跑着，由于看到胡同里的灯亮了起来，我吓了一跳，便重新转过身子，可是，在房间的深处，在镜子的底部，我又发现一个新的目标，不禁大声叫了起来，不过，只是为了听我喊叫，它没有任何反响，也没有遇到任何使它失去力量的东西，这也就是说，它在上升，没有停止，即使它静了下来，也不会停止。就在这时，墙上的门迅速地打开了，因为毕竟需要迅速，就连下面石子路上拉大车的马匹也扬起头来，像战场上变野的马匹一样，大声嘶叫起来。

一个就像小小的幽灵的孩子，从那尚未点灯、因而漆黑一团的走廊里钻了出来，踮着脚尖站在微微晃动的大方木料做成的地板上。我房间里微弱的灯光顿时使他目眩，他正想迅速地用双手遮住脸，却意外地朝窗子看了一眼，使自己安静下来，在十字形的窗棂前面，街灯袅袅上升的烟雾终于被黑暗笼罩住。他站在开着的房门前面，用右肘倚着房墙，让外面的气流从四面八方抚摩他的脚关节、脖子和太阳穴。

我朝他看了看，然后说了声"你好"，一面从炉前的护热板上拿过我的外套，因为我不想半裸着身子站在那里。我把嘴张开了一会儿，以便把激动从嘴里排遣出去。我嘴里不是滋味，脸上的眼睫毛不停地颤动，一句话，我什么也不缺，缺少的恰恰是这孩子突如其来的拜访。

这孩子依然原地不动地站在墙边，右手紧紧贴在墙上，两颊绯红，似乎对这堵表面粗糙、刷成白色、并且擦伤他指尖的墙百看不厌。我说：

---

* 本篇为卡夫卡第二本日记本的开篇，约写于1910年11月6日之前不久。——编者

"您真的愿意到我这儿来吗？您没有弄错吧？在这幢大楼里是挺容易搞错的。我叫某某，住在四楼。我是你要找的人吗？"

"别做声，别做声！"这孩子回过头说，"我一点儿也没有搞错。"

"那么，就进屋来吧，我想把门关上。"

"我刚才已把门关上。别费心了，您尽管放心好了。"

"谈不上什么费心。不过，在这个走廊里住着许多人，当然，他们全都是我的熟人；大多数人这时正下了班回来；如果他们听到有人在房间里讲话，他们当然认为有权打开门，查看一下发生了什么事。这已经是他们的习惯。这些人干完了一天的工作，在这临时获得的晚间的空闲时间里，他们决不会听命于任何人！此外，您也是知道这点的。让我把门关上吧。"

"到底发生了什么事？您怎么啦？就我来说，整个屋子里的人都可以进来。况且我曾说过：我已经把门关上，难道您认为，只有您才可以关门吗？我甚至用钥匙把门锁上。"

"那就好。更多的我就不想说了。其实，您根本用不着锁门的。现在，既然您已经来了，那就请随便坐吧。您是我的客人。您可以完全信赖我。请随便吧，用不着害怕。我既不会强迫您留在这里，也不会把您赶走。我非得告诉您这些话不可吗？您真的不了解我吗？"

"不。您的确不该说这些话。还有，您根本不应该说这些话。我是个孩子，您干吗跟我这样客气？"

"这没什么关系。当然，是个孩子。可不算很小吧。您已经长大成人了。如果您是个女孩子，您千万不可把您和我关在一间屋子里。"

"我们不必为此事担忧。我只想说：我很了解您，您保护不了我，您用不着当我的面说这些假话。然而，您却一味恭维我。别这样，我求您，别这样。此外，我并非时时处处都了解您，尤其是在这片黑暗中。要是您让人把灯打开，这兴许会更好一些。不，宁肯不要打开。无论如何，我将记住，您一直都在恐吓我。"

"什么？我一直都在恐吓您？千万别这样说。我非常高兴，您终于在这里。我说'终于'，是因为天色已经很晚了。我真不理解，您为何这么晚到我这儿来。也许,当您来的时候,我由于高兴,胡言乱语了一阵,而您恰恰是这样理解我的意思的。不错,我十倍地承认,我是这样说过的,不错,我用您所希望的一切威胁了您。——天呀,千万别吵架!——可是,您怎么会认为我当面对您撒谎呢?您怎么能这样伤害我的感情呢?您干吗想尽一切办法破坏您和我待在一起的这短暂的时间呢?一个陌生人也许比您更加和蔼可亲。"

"这我相信,这并不是什么大智大慧。我生来就跟您非常亲近,一个陌生人哪能跟我相提并论呢。这您也知道,何必为此忧伤呢?告诉我,您是不是想耍花招,是的话,我马上就走。"

"真的吗?您也敢对我说这样的话吗?您未免有些太放肆了。说到底,您毕竟在我的房间里。您像疯了似的在我的墙上擦您的手指。我的房间,我的墙!此外,您所说的话,不仅厚颜无耻,而且滑稽可笑。您刚才说,您的天性迫使您以这种方式跟我说话。真是这样吗?您的天性迫使您这样做吗?有这样的天性,真好。您的天性也就是我的天性,如果我生来就友好地对待您,那您也应该友好地对待我。"

"这叫友好吗?"

"我说的是从前。"

"您知道,我往后会是什么样的人吗?"

"一点儿也不知道。"

接着,我朝床头柜走去,点燃了上面的蜡烛。在那个时候,我房间里既没有煤气,也没有电灯。然后,我在床头柜旁坐了一会儿,直到我对它感到厌倦,于是,我穿上大衣,从长沙发上拿起帽子,吹灭了蜡烛。走出去时,我被沙发的一只腿绊住。

在楼梯上,我碰见了住在同一层楼的一位房客。

"又要出去吗,您这小子?"他问道,伸开双腿,站在两个梯级上。

"我该做些什么呢?"我说,"我刚刚在我的房间里碰见一个鬼。"

"您说这话时很不高兴,就像在汤里发现了一根头发。"

"您在开玩笑。不过请您记住,一个鬼就是一个鬼。"

"完全正确。不过,要是根本就不相信有鬼,那会怎样呢?"

"您真的认为,我会相信鬼吗?可是,我不相信,又有什么办法呢?"

"很简单。假如有一个鬼真的到您这儿来,您同样无须感到害怕。"

"不错,但是毕竟是次要的恐惧。真正的恐惧是对幽灵出现的原因的恐惧。而这种恐惧是持久的。我此时心里感到的,恰恰是这种超乎寻常的恐惧。"由于紧张不安,我开始搜遍我所有的口袋。

"可是,既然您对幽灵本身并不感到害怕,您本该能够不慌不忙地打听一下它的原因的!"

"您显然还从未跟幽灵说过话。从它们那里,您是永远无法得到明确的答复的。它们只会讲来讲去,但毫无结果。看来,这些幽灵比我们更加怀疑它们自己的存在,这一点并不奇怪,因为它们本身就很羸弱。"

"可是,我曾经听说,人们可以喂养它们。"

"这方面您消息倒很灵通。是可以喂养它们。可有谁会去干呢?"

"为什么没有人去干呢?譬如说,假如这是一个女鬼。"他说,一边跃上更高一级梯级。

"啊,原来是这样,"我说,"但是,即使这样,也还是不值得。"

我静心地想了想。我的这位熟人已爬得老高,为了看到我,他不得不在楼梯间的拱顶下面躬身向前。"尽管这样,"我抬头喊道,"如果您在上面夺走了我的鬼,那我们之间就一刀两断,永远一刀两断。"

"哎呀,我不过开开玩笑而已。"他说,一面把头缩了回去。

"那么好吧。"我说。要是在平时,现在我倒真的能够到外面安静地散步了。可是,由于我感到格外孤独,我宁愿走上楼去,然后躺下睡觉。

洪天富 译

判 决[*]

献给费丽丝·鲍[①]小姐的故事

在最美好的春季里一个星期天的上午。年轻的商人格奥尔格·本德曼正坐在二层楼自己的房间里，他的住所是沿河一长溜构造简易的低矮的房屋中的一座，这些房屋几乎只是在高度和颜色上有所区别。他刚写完一封信给居住在国外的青年时代的朋友，漫不经心地将信装进信封，然后双肘撑在书桌上，凝望窗外的小河、桥梁和对岸淡绿的小山冈。

他寻思着他的这位朋友如何由于不满自己在国内的前程，几年以前当真逃到俄国去了。现在他在彼得堡经营一家商店，开始时买卖兴旺，但长久以来生意显然清淡，他归国的次数越来越少，而每逢归国来访时总要这样抱怨一番。他就这样在国外徒劳无益地苦心经营着，外国式的络腮胡子并不能完全遮盖住他那张从孩提时代起我就很熟悉的脸庞，他的皮肤蜡黄，看来好像得了什么病，而且病情正在发展。据他自己说，他从来不和那儿的本国侨民来往，同俄国人的家庭也几乎没有什么社交联系，并且准备独身一辈子了。

对于这样一个显然误入歧途、只能替他惋惜而不能给予帮助的人，在信里该写些什么呢？或许应该劝他回国，在家乡定居，恢复同所有旧

---

[*] 该篇于1912年9月22日晚10时至翌日清晨6时"一气呵成"。这是作者献给他刚结识不久的女友费丽丝·鲍威尔的礼物。1913年首次发表在由马克斯·勃罗德主编，莱比锡库尔特·沃尔夫出版社出版的创作年鉴《阿卡迪亚》上。这是卡夫卡的创作进入成熟期和旺盛期的第一个成果，也是他的创作生涯中自己颇为得意的五六个短篇作品之一。——编者

[①] 费丽丝·鲍威尔，卡夫卡第一个未婚妻。1912年8月卡夫卡与之认识并先后于1914年、1917年两度订婚，又两度解除婚约。——译者

日友好的关系，——这不会有什么障碍的——此外还要信赖朋友们的帮助？但是这样做不就等于告诉他，他迄今为止的努力都已经成为泡影，他最终必须放弃这一切努力，回到祖国，让人们瞪大着眼睛瞧他这个回头的浪子；这不就等于告诉他，只有他的朋友才明白事理，而他只是个大孩子，必须听从那些留在国内并已经取得成就的朋友的话去行事。你愈是爱护他，却愈加会伤害他的感情。更何况使他蒙受这一切痛苦烦恼，是否就一定有什么意义呢？也许，要他回国是根本不可能办到的——他自己说过，他已经不了解家乡的情况。这样的话，他将不顾一切地继续留在异乡客地，而朋友们的规劝又伤了他的心，使他和朋友们更加疏远一层。如果他真的听从了朋友的劝告回归祖国，而在国内又感到抑郁——当然不是故意这样，而是由于事实所造成的——既不能和朋友相处，又不能没有他们，他会抱愧终日，而且当真觉得不再有自己的祖国和朋友了，那倒不如听凭他继续留在外国，岂不更好吗？考虑到这些情况，怎能设想他回来后一定会前程似锦呢？

鉴于这些原因，如果还想要和他继续保持通信联系的话，就不能像对一个即便是远在天涯的熟人那样毫无顾忌地把什么话都原原本本地告诉他。这位朋友已经有三年多没有回国了，他的解释完全是敷衍文章，说是俄国的政治局势不稳，容不得一个小商人离开，哪怕是短暂的几天都不行。然而，就在这段时间内，成百上千的俄国人却安闲地在世界各地旅行。但是，恰恰对于格奥尔格自己来说，在这三年间发生了许多变化。格奥尔格的母亲去世，——那是大约两年前的事，从那时起，他就和父亲一起生活——他这位朋友可能得悉了噩耗，在一封来信中表示了哀悼，但是毫不动情，其原因只能是，对这种不幸事件的悲痛是身居异国的人所完全无法想象的。不过格奥尔格从那时起，以全副精力从事他的商业以及所有别的事情。也许是他的母亲在世时，他的父亲在经营上独断独行，阻碍了他真正按自己的主意行事；也许是他的母亲过世后，他的父亲虽然还在商行里工作，但已经比较淡泊，不再事必躬亲；也许是鸿运高照，意外侥幸，——很可能就是如此——不管怎么说，这两年来商行有了意想不到的发展，职工人数不得不增加了一倍，营业额增加了五倍，往后的买卖无疑会更加兴隆。

可是格奥尔格的这位朋友对这种变化却一无所知。先前，最后一次也许就在那封吊唁信里，他曾劝说格奥尔格移居俄国，并且详述了格奥尔格家若在彼得堡设分号，前景将如何如何。他所列的数字同格奥尔格现在所经营的范围相比，简直是微不足道。可是格奥尔格一直不愿意把自己商业上的成就写信告诉这位朋友，假如他现在再回过头来告诉他，那当真会令人惊讶的。

所以格奥尔格在给这位朋友的信中，始终仅限于写些无关紧要的、一如人们在安闲的星期天独自遐想时杂乱地堆积在记忆中的琐事。他所希望的只是不要打扰他的朋友，让他保持自己在出国后的长时期里所形成的对于故乡的看法，并以此来安慰自己。于是发生了这样的情形，格奥尔格在三封隔开相当长时间的信中，接连三次把一个无关紧要的男人和一个同样无关紧要的女人订婚的事告诉了他的朋友，结果完全违背了格奥尔格的意图，这位朋友竟开始对这件不寻常的事情发生了兴趣。

格奥尔格却宁可在信中同他谈这类事情，而不愿承认他自己在一个月前已经同一位富家小姐名叫弗丽达·勃兰登菲尔德的订了婚。他常常和未婚妻谈起这位朋友，以及他们在通信中这种特殊的情形。"那么他不会来参加我们的婚礼了，"她说，"然而，我是有权利认识你所有的朋友的。""我不想打扰他，"格奥尔格回答说，"不要误会我的意思，他可能会来的，至少我认为他要来的，但他会感到非常勉强，自尊心受到损害，也许他会忌妒我，而且一定会不满意，可是又没有能力消除这种不满，于是只好孤独地再次出国。孤独——你知道这是什么意思？""是的，难道他不会通过另外的途径获悉我们结婚的消息吗？""这个我当然不能阻止，但是由于他的生活方式，这是不太可能的。""既然你的朋友都是这个样子，格奥尔格，你就根本不应该订婚。""是的，这是我们俩的过错；不过我现在不愿意再改变主意了。"她在他的亲吻下尽管气喘吁吁，却还说道："不管怎样，我总觉得挺生气的。"这时，他真的认为，如果他把这一切写信告诉他的朋友，也不会有什么麻烦。"我就是这样的人，他也正应该这样来认识我。"他自言自语地说，"我无法把自己变成另外一种人，这种人也许比我更适宜于承担同他的友谊。"

事实上，他在这个星期天上午写的这封长信中，已经把他订婚的事告诉了他的朋友，信里这样写道："我把最好的消息留到最后才写。我已经和一位名叫弗丽达·勃兰登菲尔德的小姐订婚了，她出身富家，是你出国以后很久才迁居到我们这里来的，所以你可能不会认识。将来反正还有机会告诉你关于我未婚妻的详细情况，今天我只想说，我非常幸福；你我之间的相互关系只在这一点上起了变化：你现在有了我这样一个幸福的朋友，而不再是一个普普通通的朋友了。此外，我的未婚妻——她嘱我向你致以亲切的问候，不久还会自己写信给你的——也将成为你的真诚的女友，这对于一个单身汉来说，不会是无所谓的吧。我知道，以往你由于种种原因而不能来看我们，难道我的婚礼不正是一次可以扫除一切障碍的极好的机会吗？但是，不管怎样，你还是不要考虑太多，而只是按照你自己的愿望去做吧。"

格奥尔格手里拿着这封信在书桌前坐了很久，把脸转向窗户。有一个过路的熟人从小巷里跟他打招呼，他正想得出神而在微笑，刚好作为对人家的回礼。

他终于把信放入口袋，走出房间，穿过狭小的过道来到对面他父亲的房间里，他已经有好几个月没有来过了。事实上，他也没有必要到他父亲的房间里去，因为他在商行里经常同父亲见面，他们又同时在一个餐厅用午餐，晚上虽然各干各的，可是除非格奥尔格出去会朋友——这倒是常事，或者如现在这样去看望未婚妻——他们总要在共同的起居室里坐上一会儿，各人看自己的报纸。

格奥尔格感到非常惊讶，甚至在这个晴朗的上午，他父亲的房间还是那样阴暗。耸立在狭窄庭院另一边的高墙投下了这般的阴影。父亲坐在靠窗的一个角落里，这个角落装饰着格奥尔格亡母的各种各样的纪念物，他正在看报，把报纸举在眼前的一侧，以弥补一只眼睛视力的不足。桌子上放着剩下的早餐，看来他并没有吃多少。

"啊，格奥尔格！"父亲说着就站起来迎上去。走动时他的厚厚的睡衣敞开了，下摆在身体的周围飘动。"我的父亲仍然是一个魁伟的人。"

格奥尔格心里说。

"这里黑得真受不了。"他接下去说。

"是的,确实是很黑。"父亲回答。

"那你还把窗户关着?"

"我喜欢这样。"

"外面已经很暖和了。"格奥尔格说,好像是接着前面那句话,随后坐了下来。

他父亲把早餐的杯盘收拾起来,放进一个柜子里去。

"我只是要告诉你,"格奥尔格接着说,他茫然地望着老人的动作,"我写了一封寄彼得堡的信宣布我订婚的事。"他把信从口袋中抽出一点儿,然后又放了回去。

"为什么要写信到彼得堡去?"父亲问。

"告诉我在那儿的朋友。"格奥尔格说着,用目光追寻他父亲的眼睛。"在商行里他可完全是另外一种样子,"他想,"瞧现在他劈开两腿坐在这里,双臂在胸前交叉着。"

"哦,告诉你的朋友了?"父亲以特别强调的口吻说道。

"父亲,你知道,我一开始并不想把订婚的事告诉他。这主要是考虑到他的情况,并不是由于别的原因。你自己也知道,他是一个很难相处的人。我寻思,他也会从别处获悉我订婚的消息,——这我可无法阻止——虽然他离群索居,几乎没有这种可能,但是他反正决不会从我自己这里知道这件事情。"

"这么说你现在已经改变了主意?"父亲问道,一边把大张的报纸放到窗台上,把眼镜放在报纸上,并用一只手捂住了眼镜。

"是的,现在我已经仔细考虑了。我想,如果他是我的好朋友,那么我的幸福的婚约对他讲来也是一件高兴的事。因此我不再犹豫,一定要把这事通知他。可是在我发信之前,我先要把这件事告诉你。"

"格奥尔格,"父亲说,撇了一下牙齿都已脱落了的嘴,"听我说!你是为这件事到我这里来想要同我商量,毫无疑问你这样做是值得赞许的。但是,如果你现在不把全部事情的真相告诉我,这等于什么也没说，甚至比不说更令人恼火。我不愿意提到与此无关的事情。自从你亲爱的母亲去世后，已经出现了好几起很不得体的事情。也许谈这些事情的时候到了，也许比我们想象的要来得早一些。商行里有些事情我不太清楚，这些事情也许并不是背着我做的——现在我可不是说这是背着我做的——我已经精力不济了，记忆力也在逐渐衰退，有许多事情我已无法顾全。这首先是自然规律，其次是你母亲的去世对我的打击比对你的要大得多。——但是既然我们正在谈论这件事，谈论这封信，我求你，格奥尔格，不要欺骗我。这是一件小事情，可以说是微不足道的，所以你千万不要欺骗我。难道你在彼得堡真有这样一个朋友？"

格奥尔格非常困惑地站起来，"别去管我的朋友了。一千个朋友也抵不上我的父亲。你知道，我是怎样想的？你太不注意保重你自己了。年岁可不饶人。商行里的事没有你我是不行的，这你知道得很清楚，但是如果因为做生意而损坏了你的健康，那么我明天就把它永远关门。这样可不行。我们必须改变一下你的生活方式。并且要彻底改变。你坐在这黑暗里，如果待在起居室里就有充足的阳光。你每顿早餐都吃得很少，不好好增加营养。你坐在紧闭着的窗户旁，而新鲜空气对你来说是多么需要呀。不行，父亲！我要请个医生来，我们都遵照医嘱行事。我们要把房间换一换，你搬到我前面那个房间去，我搬到这儿来。你不会有什么不习惯的，你的全部东西都将一起搬过去。但是办这些事要有时间，现在你要上床睡一会儿，你非常需要休息。来吧，我帮助你脱衣服，你可以看到，我会做得很好的。或者你现在就愿意到前面房间去，你可以暂时睡在我的床上。这是再合适不过的了。"

格奥尔格紧挨着他父亲站着，他父亲白发蓬乱的头低垂到胸前。

"格奥尔格！"父亲轻声地说，身子一动也不动。

格奥尔格立刻在父亲身旁跪了下来，在父亲疲惫的脸上，他看到一对瞳孔从眼角直定定地望着他。

"你没有朋友在彼得堡。你总是一个爱开玩笑的人，连我也想愚弄。在那儿你怎么会有一个朋友呢！我根本就无法相信。"

"你再好好想一想，父亲，"格奥尔格说，一边将他父亲从椅子上扶起来,一边乘他父亲虚弱地站着的时候替他脱掉了睡衣,"自从上次我的朋友来看我们,到现在已快三年了。我还记得,你不是很喜欢他。至少有两次我避免让你看到他,虽然他那时正坐在我的房间里。我非常清楚你为什么对他反感,我的朋友有些怪癖。可是后来你和他就相处得很好了。你听他谈话,点着头,还提问,当时我还感到很自豪呢。如果你想一想,你一定会回忆得起来的。他当时谈了一些关于俄国革命的令人难以置信的故事。譬如有一次,他为了营业上的事来到基辅,遇上群众骚动。他看到一个教士站在阳台上,往自己的手心里刻了一个粗粗的血淋淋的十字,还举起手来,向人群呼唤。后来你自己在某些场合还讲过这个故事呢。"

说话中间格奥尔格已经扶他父亲坐下,并且小心地替他脱掉穿在亚麻布衬裤外面的针织卫生裤,又脱掉了袜子。当看到父亲的不太清洁的内衣时,他责怪自己,对父亲照顾不够。经常替父亲更换洁净的内衣,这是他应尽的责任。他还没有开口同未婚妻商量过,将来他们准备怎样安置父亲,因为他们心里早已有了这样的想法,父亲会独自留在老宅子里的。可是他现在迅速而明确地决定,要把父亲接进未来的新居。如果仔细考虑一下,搬进新居后再去照顾父亲,看来可能为时已经太晚了。

他把父亲抱到床上,当他向床前走这几步路的同时,他注意到父亲正在他怀里玩弄他的表链。于是产生了一种惊恐的感觉。他一时无法把父亲放到床上,因为父亲紧紧地抓住表链不放。

但是等到父亲刚在床上躺好时,看来一切又恢复了正常。老人自己盖上被子。还把被子盖过了肩膀,他用并非不亲切的眼光仰望着格奥尔格。

"你已经想起他了,是不是?"格奥尔格问道,愉快地向他点点头。

"我现在已经盖严实了吗?"他父亲问,好像他自己无法看到,两只脚是否也盖住了。

"你躺在床上感到舒服些了吧。"格奥尔格一边说,一边把被子盖好。

"我已经盖严实了吗?"父亲又一次地问道,似乎特别急于要得到回答。

"你放心好了，你盖得很严实。"

"不！"他父亲打断了他的答话喊道，并用力将被子掀开，一刹那间被子全飞开了，接着又直挺挺地站在床上。他只用一只手轻巧地撑在天花板上。"你要把我盖上，这我知道，我的好小子，不过我可还没有被完全盖上。即使这只是最后一点力气，但对付你是绰绰有余的。我当然认识你的朋友。他要是我的儿子倒合我的心意。因此这些年来你一直在欺骗他。难道不是这样吗？你以为我没有为他哭泣过吗？因此你把自己关在办公室里，——经理有事，不得打扰——就是为了你可以往俄国写那些说谎的信件。但是幸亏父亲用不着别人教他，就可以看透儿子的为人。现在你认为，你已经把他征服了，可以一屁股坐在他的身上，而他则无法动弹，因为我的儿子大人已经决定结婚了！"

格奥尔格抬头望着他父亲这一副骇人的模样。父亲突然之间如此了解这位身居彼得堡的朋友，而这位朋友的景况还从来没有像现在这样打动过格奥尔格。他看见他落魄在辽阔的俄罗斯。他看见他站在被抢劫一空的商店门前。他正站在破损的货架、捣碎的货品和坍塌的煤气管中间。他为什么非要到那么遥远的地方去呢！

"你看着我！"父亲喊道。几乎是心不在焉的格奥尔格奔向床前，准备忍受一切，但是在中途他又站住了。

"因为她撩起了裙子，"父亲开始用甜丝丝的声音说道，"因为她这样地撩起了裙子，这个讨厌的蠢丫头，"为了做出那种样子，他高高地撩起了他的衬衣，让人看到了战争年代留在他大腿上的伤疤，"因为她这样地、这样地、这样地撩起了裙子，你就和她接近，就这样使你毫无妨碍地在她身上得到了满足，你可耻地糟蹋了我们对你母亲的怀念，你出卖了朋友，你把你父亲按倒在床上，不叫他动弹。可是他到底能动还是不能动呢？"

说完他放下撑着天花板的手站着，两只脚还踢来踢去。他由于自己能洞察一切而面露喜色。

格奥尔格站在一个角上，尽可能地离他父亲远一点。长久以来他就已下定决心，要非常仔细地观察一切，以免被任何一个从后面来的或从上面来的间接的打击而弄得惊慌失措。现在他又记起了这个早就忘记了的决定，随后他又忘记了它，就像一个人把一根很短的线穿过一个针眼似的。

"但是你的朋友毕竟没有被你出卖！"他的父亲喊道，一面摆动食指以加强语气，"我是他在这里的代表。"

"你真是个滑稽演员！"格奥尔格忍不住也喊了起来，但立刻认识到他闯下了祸，并咬住舌头，不过已经太晚了，他两眼发直，由于咬疼了舌头而弯下身来。

"是的，我当然是在演滑稽戏！滑稽戏！多好的说法！一个老鳏夫还能有什么别的安慰呢？你说——你只要马上回答我，你还是我的活着的儿子——除此以外我还剩下什么呢？我住在背阴的房间里，已经老朽不堪，周围的一批职工又是那样的不忠实。而我的儿子却欢乐地走遍全世界，因为我已经做了准备，他就很容易把生意做成，兴高采烈，忘乎所以，俨然摆出一个高尚的人那种冰冷的面孔，走过他父亲的跟前！你以为我不曾爱过你这个我亲生的儿子吗？"

"现在他的身子将往前弯曲了，"格奥尔格想道，"要是他倒下来摔坏了怎么办！"这句话在他的头脑中一闪而过。

他父亲向前弯曲身子，不曾摔倒。他又伸直了身子，因为格奥尔格没有如他希望的走近他。

"站在你那里别动，我不需要你！你在想，你还有力量走到我这里来，只因为你不愿意过来才站在那里不动。你别搞错了！我还是要比你强得多。如果单靠我一个人也许我不得不退缩，但是你的母亲把她的力量给了我，我已经和你的朋友建立了良好的关系，你的顾客的名单也都在我的口袋里！"

"他甚至连衬衣也有口袋！"格奥尔格寻思道，并且相信，他如果把这些谈话公之于世，就会使父亲不再受人尊敬。他也只是在一刹那间想到这些，因为他不断地又把一切都忘记了。

"挽着你的未婚妻走到我的跟前来吧！我会让你还不知道是怎么一回事，就将她从你的身边赶走的！"

格奥尔格做了一个鬼脸,仿佛他不相信这些。他父亲只是朝格奥尔格待着的角落点点头,表示他一定会说到做到的。

"今天你真使我非常快活,你跑来问我,要不要把你订婚的消息写信告诉你的朋友。他什么都知道了,你这个傻小子,他什么都知道了!我一直在给他写信,因为你忘了拿走我的笔。因此他这几年就一直没有来我们这里,他什么都知道,比你自己还清楚一百倍呢,他左手拿着你的信,连读也不读就揉成了一团,右手则拿着我的信,读了又读!"

他兴奋得把手臂举过头顶来回挥动。"他什么都知道,比你清楚一千倍!"他喊道。

"一万倍!"格奥尔格说这话本来是想嘲笑他父亲的,但是这话在他嘴里还没说出来时就变了语调,变得非常严肃认真。

"这些年来我一直注意着,等你来问这个问题!你以为,我关心的是其他的事吗?你以为,我在看报纸吗?你瞧!"说着,他扔给格奥尔格一张报纸,这张报纸是他随便带上床的。这是一张旧报,它的名字格奥尔格是完全不知道的。

"你打定主意之前,犹豫的时间可真不短啊!先得等你母亲死了,不让她经历你的大喜日子;你的朋友在俄国快要完了,早在三年以前他就已经十分潦倒;至于我呢,也到了你现在眼见的这副样子。你不是有眼无珠,我是怎么个状况你是看得见的嘛!"

"这样说来你一直在暗中监视我!"格奥尔格喊道。

他父亲替他遗憾地随口说道:"你可能早就想说这句话了。现在这么说可就完全不合适了。"

接着,他又大声地说:"现在你才明白,除了你以外世界上还有什么,直到如今你只知道你自己!你本来是一个无辜的孩子,可是说到底,你是一个没有人性的人!——所以你听着,我现在判你去投河淹死!"

格奥尔格觉得自己被赶出了房间,父亲在他身后倒在床上的声音一直在他耳中回响。他急忙冲下楼梯,仿佛那不是一级级阶梯而是一块倾斜的平面。他出其不意地撞上了正走上楼来预备收拾房间的女佣人。

"我主耶稣!"女佣人喊道,并用围裙遮住自己的脸,可是,格奥尔格已经走远了。他快步跃出大门,穿过马路,向河边跑去。他已经像饿极了的人抓住食物一样紧紧地抓住了桥上的栏杆。他悬空吊着,就像一个优秀体操运动员;在他年轻的时候,他父母曾因他有此特长而引以自豪。他那双越来越无力的手还抓着栏杆不放,他从栏杆中间看到驶来了一辆公共汽车,它的噪声可以很容易盖过他落水的声音。于是,他低声喊道:"亲爱的父母亲,我可一直是爱着你们的。"说完他就松手让自己落下水去。

这时候,正好有一长串车辆从桥上驶过。

孙坤荣 译

司　炉*

　　十六岁的卡尔·罗斯曼，受了家里一个女仆的引诱，和她生了一个孩子，因而被他可怜的父母逐出家门，送往美国。当他乘坐的船只徐徐驶入纽约港时，首先映入他眼帘的是那早已被他察觉到的自由女神雕像，它矗立在突然强烈起来的阳光下，持剑的手臂仿佛刚刚伸出来一样，高高地伸向天空，阵阵自由之风在他的身躯周围轻轻吹拂。

　　"好高呀！"卡尔自言自语地说。他甚至还没有想到下船的事，便被从他身旁经过的行李搬运夫汇成的那股人流慢慢地推到了甲板的栏杆旁。

　　一个他在旅途中结识的年轻人走过他身旁时说道："喂，您还不想下船吗？""不，这就走。"卡尔说着向他莞尔一笑，由于高兴得忘乎所以，也由于他是个身强力壮的小伙子，他便把自己的箱子扛到肩上。可是，正当他目送那个轻轻地摆动手杖的熟人随同他人一道离去的时候，突然发现自己的雨伞给忘在船舱里了。他马上叫住这个年轻的朋友，求他照看一下自己的箱子，可这个年轻人看上去似乎不怎么乐意。卡尔再次向四周看了一下，以便回来时能找到归路，随即便匆匆地离开了。可是，下了船舱，事不凑巧，他发现一条本可以缩短不少路的过道被堵死了，他还是头一回看到这条过道被挡住呢，也许是由于全体乘客都已经出了船舱的缘故。这下子，他不得不穿过众多的小房间，下了一道接一

---

* 此篇为长篇小说《失踪者》（一译《美国》）的第一章，但作者是把它当做独立的短篇小说看待的。作者当时在致他的女友费丽丝·鲍威尔的信中称：他于1912年冬至1913年春写的这篇50页的故事是以550页废稿为代价的。他曾想将这篇小说与《判决》、《变形记》集成一册，题为《儿子们》，后放弃了，于1913年夏单独发表在莱比锡库尔特·沃尔夫出版社出版的创作年鉴《末日审判》第3卷上。——编者

道的矮楼梯，经过老是要拐弯的走廊，又穿过一个其中孤零零地摆放着一张写字台的空房间，费力地寻找着自己的路，因为这条路他只走过一两次，而且总是同好多人结伴而行的。他终于晕头转向，完全迷了路。他感到茫然失措，又看不见一个人影，只听到自己头顶上成千只脚不断发出的擦地而过的声响，以及机器最后转动时发出的一种喘息的声音。这时，就在他徘徊的地方，他不假思索地对着一扇小房门敲了起来。

"门开着哩。"屋里有人喊道。卡尔如释重负地舒了一口气，并打开了门。"您干吗这样发疯似的敲门？"一个彪形大汉问道，勉强地朝卡尔看了一眼。透过一扇天窗，一束混浊的、被上面的烟雾和灰尘弄得昏暗不堪的光线落进这间凄凉的机舱。在这简陋的机舱里，摆放着一张床，一只柜子，一张沙发椅，再就是那个男子，就像一件挨一件堆放着的货物。"我迷了路，"卡尔说，"在旅途中我根本没有注意到这是一条大得吓人的船。""可不是，您说得一点不错。"这大汉有些自豪地说，同时在一个小行李箱的锁上摆弄着，他不停地用两只手压小箱子上的锁，像医生给病人叩诊那样，听锁簧扣入的声响。"您倒是进来嘛！"大汉继续说，"别站在门外！""我不会打扰您吧？"卡尔问道。"嘿，哪儿的话！""您是德国人吗？"卡尔为了弄清对方的身份，再次问道，因为他曾听说过好几起初到美国的人横遭不测的事情，尤其是爱尔兰人爱干这种坏事。"是的，是的。"这人回答说。卡尔仍犹豫不前。于是，这大汉突然抓住门把，连门带人朝他自己拉过去，然后猛地把门关上。"我可受不了别人从过道里朝我张望，"这人说道，同时继续摆弄他那只箱子，"打这儿过的人，总是探头朝里张望，真叫人受不了！""可现在走道里空空的。"卡尔说，局促不安地紧挨床柱子站着。"不错，现在是没有人。"大汉说道。"我说的就是现在嘛，"卡尔心里这样想着，"同这人说话真够难。""您躺到床上去吧，那儿地方大点。"大汉说道。卡尔想纵身跳上床去，但试了几次都没有成功，只好爬进床去，一边哈哈大笑自己的无能。他刚爬到床上，便失声叫了起来："天哪，我把我的箱子给忘了！""它到底在哪儿？""上面甲板上，由一个熟人照看着。可他叫什么来着？"卡尔从他母亲为他出远门缝在上衣里子上的一个暗袋里掏出一张名片。"布特包姆,弗兰茨·布特包姆。""您急需这只箱子吗?""当然。""是啊,那您干吗把它交给一个陌生人呢?""我把雨伞忘在下面的船舱里了,所以回来取,但又不愿随身拖着这只箱子。后来我迷了路。""就您一个人吗?没有旅伴?""就我一个人。""也许可以求他帮帮忙,"卡尔的脑海里闪过这个念头,"眼下我到哪里去找比他更好的朋友呢?""可现在您连箱子也丢失了,雨伞的事情就更甭提了。"大汉坐到了沙发椅上,似乎对卡尔的事情产生了几分兴趣。"但是我相信,那只箱子还不至于丢失。""有信念的人是非常幸福的,"这人说,一边用力地搔着他那黑而密的短发,"在船上生活,换一个码头,就换一种风尚。要是在汉堡的话,您那位布特包姆也许还能帮您照看那只箱子,可是在此地,多半连人带箱子都找不着了。""这么说,我得赶紧上去瞧瞧。"卡尔说着环顾四周,看自己怎样才能出去。"您给我待在这儿吧。"这人说道,并用手顶住卡尔的胸口,粗鲁地将他推回床上。"到底为什么?"卡尔恼火地问道。"因为上去毫无意义,"这人说道,"过一会儿我也走,咱俩一起上去。行李箱要么已被偷走,找也无济于事;要么那人把它丢在原处没动,等旅客统统上岸后,反倒更容易找到它。同样我们也可以找到您的那把雨伞。""您熟悉这艘船吗?"卡尔怀疑地问,船撤空以后更容易找到他的失物,这种说法听起来很有说服力,但他觉得,事情的确有些棘手。"我可是船上的司炉。"那大汉说道。"您是司炉!"卡尔高兴地叫了起来,似乎这出乎他的意料,于是,他用胳膊肘支撑着,仔细端详面前这个大汉。"就在我同那个斯洛伐克人睡觉的舱房前面,装有一扇天窗,透过它可以看到机器房。""不错,我就在那儿干活。"司炉说。"我一向对技术感兴趣,"卡尔按着自己原有的思路说道,"假若我不是非来美国不可的话,今后我肯定能成为一名工程师。""那您干吗非去美国不可呢?""噢,甭提了!"卡尔说道,并挥手做了一个不提往事的手势,一边微笑着瞧着司炉,似乎是在请求对方谅解自己不便说的苦衷。"总有原因的。"司炉说道,他这句话的意思是想要卡尔讲出原因来呢,还是不必道出,的确难以捉摸。"现在我也可以去当司炉了,"卡尔说,"我想成为什么样的人,我父母现在反正管不着了。""我的位子就要空出来了。"司炉说道。他对此确信不疑,并将双手插进裤袋,把穿着起皱的、似皮革的铁灰色裤子的双腿搁到床上展一下。这一来,卡尔只得再往墙壁那边挪动身子。"您要离开这条船吗?""是的,我今天就开路。""究竟为什么?您不喜欢司炉这一职业吗?""是的,这是环境造成的。我做出这样的抉择,并非总是出于我个人的好恶。不过您说的也对,我也不喜欢当司炉。您恐怕也不是真想当司炉吧!但是,如果您真的想当司炉,这是最容易不过的事。所以,我坚决劝您别干这一行。假若您打算在欧洲学习的话,那您为何不在这儿学习呢?美国的大学比欧洲的可强多了,简直无法相比。""有这种可能,"卡尔说,"可我几乎没钱上大学。我过去虽然读到过,有那么一个人,白天在一家商店里干活,夜里上学,直到获得了博士学位,我记得,他甚至还当上了市长,但是,这需要有很强的毅力,对不对?我怕我缺乏这样的毅力。另外,我的功课不是特别好,对我来说,同学校告别,心情的确并不那么沉重。这儿的学校也许更加严格。我几乎不会英语。再说,我觉得这儿的人对外来的人怀有偏见。""这个您也听说了?这就好。这下咱们就合得来啦!您瞧,咱们是在一条德国船上,这条船是汉堡—美国航运公司的,可船上的人员为什么不是清一色的德国人?为什么总机械师却是个罗马尼亚人?他名叫舒巴尔。简直没法相信。这个无赖竟然在一条德国船上虐待我们德国人!您千万不要认为,"他上气不接下气,摆了一下手,又往下说,"我是为诉苦而诉苦。我知道,跟您说没什么用,您自己也是个穷小子。但这家伙实在欺人太甚!"他一次次地用拳头敲击桌子,而且敲打时目不转睛地盯着自己的拳头。"我不知在多少船上干过活,"他一口气连续列举出二十条船名,卡尔完全被他的言谈和举动弄糊涂了——"我干得很出色,受过夸奖,是个合船长们口味的工人,我甚至在同一艘商船上连续干了好几年。"——他站起身来,仿佛这段时间是他一生的顶峰——"可是在这条船上,一切都得循规蹈矩,不需要幽默风趣,在这里,我是个废物,总碍舒巴尔的事,我是个懒虫,只配让人赶出去,靠别人的恩赐才挣得一份工资。这一切您弄得懂吗?我可搞不懂。""那您可不能忍气吞声哪!"卡尔激动地说。他开始时觉得自己在一条船上,在一个陌生的大陆的海岸,举目无亲,很不安全,但他现在几乎不再有这种感觉了,此时此地,他待在司炉的床上,犹如置身于自己的家乡。"您去找过船长没有?您找他讲过道理没有?""呸,您走吧,您趁早走吧。我不希望您待在这儿。您根本没有注意听我讲话,倒给我出了这些主意。我干吗要去找船长!"司炉又颓然坐下,两手捂住了脸。

"我还能给他出什么更好的主意呢?"卡尔自言自语地说。他终于感到,与其在这儿为司炉出这些被认为是愚不可及的主意,倒不如去取自己的箱子好。他的父亲把这只箱子交给他时,曾经开玩笑地问道:"你能把这只箱子保存多久?"可现在呢,这只珍贵的箱子也许真的给丢失了。唯一的安慰是,即使父亲追问起来,也不可能知道他目前的处境。除非与他一起乘船到纽约来,这样,船上的乘客还能告诉他。卡尔感到可惜的是,箱子里的东西还没有动用过,尽管他的汗衫早就需要更换了。这就是说,不该省的地方他倒是省了。而现在,才刚刚开始自己的生涯,需要穿干净衣服出场的时候,却不得不穿着肮脏的衬衫去同别人打交道。不然的话,丢失这只箱子,也许就不那么糟糕了,因为他穿在身上的这套西服要比箱子里那套好,箱子里的那一套本来只是临时应急时穿的,就在卡尔动身出发前不久,母亲还不得不把它缝补了一下。现在,他还想到,行李箱里还有一段意大利维罗纳熏肠,那是他母亲特地放在里面的。旅途中他毫无胃口,只吃掉很少一点,况且船舱里分发的汤食也已足够他吃的了。现在,他多么希望自己手里有这么一段香肠,可以奉送给这位司炉。因为像司炉这样的人是很容易笼络的,只要塞给他点小东西,就能把他争取过来,这一点卡尔还是从他父亲那儿知道的,他父亲就是用分送雪茄烟的手腕,把他在生意上要与之打交道的所有低级职员统统笼络了过来。眼下,卡尔可以送人的就只有他随身带着的一些钱了,万一他的箱子真的丢失了,他还不想动用这些钱,他的念头又转回到箱子上来,他现在实在弄不懂,要是这只箱子就这样轻易地让别人拿走,那他在旅途中何苦这样小心地看守着它呢?为了这只箱子他几乎好几个夜晚未曾合眼。他回想起船上的那五个夜晚,在这段时间里,他一直怀疑睡在他左边隔两个铺位的一个矮小的斯洛伐克人在打他那只箱子的主意。这个斯洛伐克人一直在窥伺时机，只等卡尔精疲力竭，终于打起盹来的那一刹那，便用他在白天不停地耍弄或者练习的一根长竿把箱子钩过去。白天，这个斯洛伐克人看上去天真无邪，可是一到夜里，他就不时地从铺位上坐起身子来，愁眉苦脸地朝卡尔的箱子看。这举动卡尔看得一清二楚，因为这里那里总有某个人怀着移民的不安心理，点亮一盏小灯——尽管按照船上的规定是禁止这样做的——试图辨认移民局的令人费解的移民指南。如果近处有这样的一盏小灯，卡尔就可以闭上一会儿眼睛；若火光在远处，或漆黑一团，他就得睁大着眼睛。这种紧张状态使他精疲力竭。现在看来，这种努力完全白费了。这个布特包姆，要是有朝一日在什么地方撞见他的话，哼！

就在这时，外面较远的地方响起了阵阵短促的打击声，打破了先前的一片寂静。这声音像是孩子们的脚步声，越来越近，越来越响，最后竟变成了男子们节奏平稳的行军脚步声。这些男子显然排成一行走着，在狭窄的过道里当然只能这样，此外，还可以听到有如武器碰击发出的叮当声。卡尔早就忘了箱子和斯洛伐克人给他带来的烦恼，此时正在床上舒舒服服地睡觉，突然，他被这意外的声音惊醒了，他推了推司炉，提醒他注意，因为这一队里打头的那个正好走到门口。"这是船上的乐队，"司炉说，"他们在上面演奏完了，现在去收拾行李。现在我们可以走了。跟我来吧！"他抓住卡尔的手，就在最后的一刹那间，他还将挂在床上方墙上的一帧镶在镜框里的圣母像取下来，塞进自己前胸的口袋里，拎起他自己的箱子，拽着卡尔，匆匆离开了那个小房间。

"我现在就去办公室，向那些先生们说说我的意见。现在旅客都已下船了，用不着有所顾忌了。"这个意思司炉用不同的话重复了几次。正走着的时候，一只耗子在他前面横穿而过，他横跨一步想踩住它，却把来不及钻进洞去的耗子一脚踢进了洞里。一般地说，他的动作缓慢了一些，虽说他有一双长腿，但它们毕竟太笨重了。

他们穿过厨房的一间屋子，那儿有几个穿着肮脏围裙的姑娘——她们是故意把围裙溅脏的——在一只大圆桶里清洗餐具。司炉把一个名叫莉娜的姑娘叫到身边,用手臂搂着她的腰,一同走了一小段路,这姑娘也不停地卖弄风情,紧紧依偎在他的胳臂上。"现在发工资,你愿意一起去吗?"他问道。"干吗我要费这个心事,替我把钱捎来就得了。"她回答道,挣脱开他的手臂,抽身跑开了。"你到底在什么地方碰上了这个漂亮的小男孩?"她高声嚷道,但是并不要对方回答。在场的姑娘们放下了手中的活儿,放声笑了起来。

他俩继续往前走,来到一扇门前,门的上方有一个小小的三角楣饰,由一些镀金的小女像柱支撑着。就一艘轮船的内部装饰而言,是相当奢华的。卡尔记得,他从未到过这个地方。这地方大概是行船期间为头等和二等舱的乘客准备的。此时,在全船大扫除之前,那些隔门已被人卸了下来。他们也确实遇到了几个男人,这些人肩上扛着扫帚,还跟司炉打招呼呢,卡尔见到这么多人在忙碌,不禁吃了一惊;待在统舱里的他,自然所知甚少。过道上布着的电线,还可以听到一只铃在不停地响。

司炉毕恭毕敬地敲了敲门,当里面有人喊了声"进来"时,他打了个手势,示意卡尔别害怕,只管进去。卡尔也跟了进去,但是一进门就停住脚步。他从这个房间的三扇窗子望了出去,看到了大海的波浪,它们一起一伏,欢快异常,看到这一场面,他的心也突突地跳个不止,仿佛他五天以来还没把大海看够似的。大船来来往往,穿梭不停,并且只是在自身重量允许的范围内对海浪的冲击做一点退让。如果眯缝着眼睛看去,这些船似乎纯粹由于自身的重量而摇晃颠簸。桅杆上挂着的狭长的旗帜,船行驶时旗帜尽管绷得很直,但仍在来回飘动。响起了礼炮声,兴许是从军舰上传来的。不远处,一艘军舰平稳地向前驶去,上面的炮筒,因钢罩的反射而闪闪发光,像似在轻轻地抚摸着这些炮筒。从门口向远方望去,也可以看到一些小船和小艇,它们正成群结队地在大轮船之间驶入海口。在这片景色的后面矗立着纽约城,它那摩天大楼里数不清的窗户正凝视着卡尔。是啊,待在这间房间里,人们就知道自己所处的位置。

在一张圆桌旁坐着三位先生,一位是身穿蓝色制服的海军军官,另外两位是身着黑色美国制服的港务局官员。桌上摆着高高一摞文件,那位军官，一手执笔，同时浏览各种各样的文件，然后把它们递给另外两个人，这两个人时而阅读，时而做些摘要，时而把文件塞进公文包里，偶尔，那位几乎不停地用牙齿磨出小小噪声的先生口授些什么，他的同事则做着记录。

靠近窗子的一张写字台旁，背冲房门坐着一位矮小的先生，正忙着整理几本大开本的账簿，这些大的账册并排放在他眼前齐头高的一块结实的放书板上。他的身旁立着一个开着的钱柜，至少第一眼看去里面是空的。

第二扇窗下空无一人，可以从此极目远眺。第三扇窗子附近，站着两位先生，正在低声谈话。其中的一个靠在窗旁，身着船员制服，手里玩着佩剑柄。与他谈话的另一位先生则面向窗口，不时地把对方胸前挂着的一排勋章中的几个撩起来看看。此人身穿便服，手里拿着一根细细的竹手杖，由于他两手叉腰，这手杖也像一把剑似的斜挂着。

卡尔来不及细看这里的一切，因为过不久就有一名侍者向他们走了过来，并轻声问司炉究竟想干什么，他那鄙夷的目光仿佛在说，司炉不配到此地来。司炉就像侍者一样轻声回答道，他想和总出纳员先生谈一谈。侍者挥了挥手，表示他本人拒绝司炉的这一请求，但仍然踮起脚，绕了一个大弯避开那张圆桌子，向正在摆弄账簿的那位先生走去。在侍者说话时，人们可以清楚地看到，这位先生惊呆了，但他终于转过脸来，面向希望同他谈话的司炉，然后，他挥舞着拳头，冲着司炉，同时为了保险起见，也对侍者连连摆手，表示坚决拒绝。侍者随即回到司炉身旁，用一种像是麻烦对方的声调说："马上给我离开这房间！"

司炉听到这一回话，低头看着卡尔，仿佛卡尔是他的心，他正无声地向这颗心诉说自己的痛苦。卡尔不假思索，拔腿就跑，穿过房间，甚至轻轻地擦过那个军官坐的沙发椅。侍者弯着腰，对卡尔穷追不舍，为了抓住卡尔而张开双臂，仿佛是在追赶一只害虫，但是卡尔最先跑到总出纳员的桌子旁，用手紧抓住桌子，以防侍者把他拖开。

自然房间里顿时热闹起来。坐在桌旁的那位海军军官一跃而起，港务局的先生们冷静而留神地在一旁观望，窗口的那两位先生并排走了过来，至于侍者，眼看这些高贵的先生对屋内发生的事情表现出兴趣，觉得自己待在这里已不再合适，便往后退去。司炉站在门口，紧张地等待着需要他出来帮忙的时刻。总出纳员终于把自己坐着的有扶手和靠背的沙发椅向右转了个大圈。

卡尔从他的暗袋里掏出自己的旅行护照——他觉得，让这些人看到他的暗袋，并没有什么不光彩的——也不进一步做自我介绍，只是打开护照，把它放到了桌上。总出纳员似乎认为这护照无关紧要，随手用两个指头将它拾起来弹到了一边，卡尔随即把护照又塞回口袋里，仿佛这套手续已经办妥了。

"我冒昧地说几句，"卡尔开口道，"依我看，这位司炉先生受了委屈。在这儿有个叫舒巴尔的，他欺负了司炉。司炉本人已经在许多船上干过活，他可以向诸位一一报出这些船的名字，而且干得非常出色，他勤快，自认为干得不错。可我确实弄不懂，为什么偏偏在这艘船上他就干不好呢？何况这艘船上的活儿并不像商船上的活儿那样繁重。所以，只能说有人在中伤他，妨碍他的晋升，使他得不到赏识，要不然，他是肯定会受到表彰的。我方才说的只是有关此事的一般情况，至于他具体受到了什么样的委屈，由他向诸位说明。"这一席话卡尔是向在场的所有的先生们讲的，因为事实上他们都在注意地听，看来，在场的人当中会有一位主持公道的人，但这个人未必就是总出纳员。此外，卡尔十分机灵，避而不谈他不久前才认识司炉这件事。还有，要是卡尔没有被那位手持小竹手杖的先生的红脸搅乱了思想的话，他也许会讲得更加出色的，他从现在所站的位置上头一次瞧见这位先生涨红的脸。

"他所讲的字字句句都对。"司炉说道，虽说并没有人问他，也没有人朝他看一眼。要不是那位佩带勋章的先生明显地表示出愿意倾听司炉的意见的话，司炉的操之过急也许会铸成大错。现在，卡尔恍然大悟，此人准是船长。他伸出手，向司炉招呼道："请您过来！"声音斩钉截铁。现在，一切都取决于司炉的举止言谈了，因为卡尔深信，正义在司炉一边。

幸好，司炉在这样的场合显得镇定自若，表明他是见过世面的人。

他非常镇定地迅速从他的小箱子里掏出一束证件,像是一个笔记本,拿着它——仿佛这样做是理所当然的——像是故意冷落总出纳员似的,径直走向船长,然后把他的这些证明材料摊开在窗台上。总出纳员别无他法,只好亲自出马。"这个人是个出了名的牢骚筒子,"他解释说,"他来会计室的次数比去机器房的次数还要多。他把舒巴尔这个文静的人搞得灰心丧气。您听着!"他转向司炉,"您老是纠缠不休,实在太过分了。别人多次把您从工资室赶了出去,您活该如此,我们怎能满足您所提的那些完全无理的要求呢!您多少次从那儿又跑到总会计室!人家多少次对您好言相劝,舒巴尔是您的顶头上司,您是他的下级,得甘心听他的!现在,您还趁船长在这里的时候跑过来,纠缠他,真是恬不知耻。您竟然还厚着脸皮,带来了这么个小家伙,鹦鹉学舌,充当您那些无聊的指控的代言人,在这条船上,我还是头一回见到这小子哩!"

卡尔强行克制住自己,没有向前冲出去。但这时船长已抢先一步开了腔:"我们就听听这个人讲吧!反正我觉得这个舒巴尔有问题,他越来越自作主张了,但是我这样说,丝毫不意味着对您有所偏爱。"这后一句话是对司炉讲的,船长不可能马上替司炉撑腰,这也是理所当然的,但是看来一切都很顺当。司炉开始说明自己的情况,他一开始就克制住自己,强令自己称舒巴尔为"先生"。站在总出纳员那张空无一人的写字台旁的卡尔,此时心里有说不出的高兴,纯粹出于喜悦一再用手捻动桌上的一台邮件磅秤。——舒巴尔先生不公正!舒巴尔先生偏袒外国人!舒巴尔先生把司炉赶出机器房,让他去打扫厕所,这当然不是司炉干的事情!——司炉甚至怀疑舒巴尔先生的才干,说他表面看来似乎精明干练,实际不然。司炉讲到这里时,卡尔全神贯注地瞧着船长,显得亲切可爱,仿佛船长是他的同事似的,他这样做,只是为了不让司炉那有些笨拙的表达方式给船长产生不利于他的影响。总而言之,司炉讲了一大堆话,但听的人还是不得要领,尽管船长始终面对着司炉,眼里流露出坚定的神色,决心听他把话讲完,可是,另外几位先生已经不耐烦了,不久,在这个房间里,司炉的声音不再独占统治地位了,这让人有几分担心。穿便服的那位先生最先表现出不耐烦,他开始用自己的小竹手杖轻轻地叩击着地板。当然，另外的几位先生也在东张西望。港务局的两位先生，显然有急务在身，便重新拿起文件，开始审阅，尽管还有点心不在焉；那位海军军官又把自己的坐椅挪近桌旁；满以为自己稳操胜券的总出纳员，出于讥讽，在一旁长吁短叹。在普遍出现的心不在焉的气氛当中，只有侍者看上去保持着注意力，他对这个受大人物摆布的可怜的汉子的不幸多少有点同情，便严肃地朝卡尔点了点头，仿佛他也想以此说明些什么。

在这同时，港口繁忙的生活景象在窗外一幕幕地不停地掠过：一艘满载堆积如山的圆桶的平板货轮——这些圆桶想必堆放得十分高明，不会产生滚动——从窗前驶过，致使室内几乎成了一片黑暗；小摩托艇，风驰电掣般地咆哮着径直朝前急驶，方向盘旁笔直地站着一个男子，双手震得直抖。现在，要是卡尔有时间的话，他会把这情景看个仔细的。小艇驶过后，从动荡的水里，时而冒出一些奇特的漂浮体，它们刚一露出水面，随即又被海水淹没，沉了下去，令看的人惊异不已。远洋轮的小艇，由水手卖力地向前划去，小艇里坐满旅客，就像是被人塞进去似的，默不做声，满怀期望地互相挤坐在一起，不过他们当中的某些人禁不住转过头来，瞧那些变幻着的景色。这些心绪不宁的旅客的无休止的举动，传染给了束手无策的人和他们的行动！

这一切提醒人们需要抓紧时间，办事要快，说话也要简单明了。可是，司炉又怎么做的呢？他讲得满头大汗，由于双手颤抖，连窗台上的证明文件也早已捏不住了；对舒巴尔的抱怨，从四面八方一齐涌上了他的心头，按照他的想法，只要其中的一条，就足以彻底葬送舒巴尔的前程，但是，他能向船长陈述的，仅仅是一大堆杂乱无章的、让人糊涂的东西。那位手持小竹手杖的先生早已对着天花板轻声地吹起了口哨；港务局的先生们也已经把那位军官留在他们的桌旁，看来不想再让他走开；总出纳员显然只是由于船长不动声色才没有插嘴，侍者留神地站在一旁，时刻等候着船长发出有关司炉的命令。

这时，卡尔不能再袖手旁观。于是他慢慢向他们走去，边走边加紧考虑，如何尽可能巧妙地干预这件事情。这的确到了关键的时候，必须抓紧良机，不然的话，只需片刻工夫，他和司炉就会被他们双双赶出办公室。不错，船长可能是个好人，卡尔感到，恰恰在此时此刻，如果船长想要找个特别的理由来表明自己是个正直的上司的话，他会很好地利用这个时机，但是，船长毕竟不是别人随意利用的工具，而此时司炉恰恰把他当成了这样一种工具，当然，他是出于无比愤怒的心境才这样做的。

于是，卡尔对司炉说："您应该讲得简单点，明白点，照您这样讲下去，船长先生是不屑听的。他知道所有的机械师和做听差的小伙子的名字，甚至教名吗？您讲出一个名字，他能马上知道您说的是谁吗？您应该把自己要说的事整理一下，先讲最重要的，然后再讲其他的，绝大部分的事情，或许压根儿没有必要对他讲。您向我讲的时候，不是很清楚的吗？"在美国既然可以偷箱子，那么也可以说谎，卡尔自我辩白地想道。

要是卡尔的这席话能帮上司炉的忙该多好啊！难道已经太迟了？司炉听到这熟悉的声音时，虽然打住不往下讲了，但是，由于他男子汉的荣誉受到了侮辱，加上可怕的回忆和万分焦急的心情，泪水汩汩涌出，完全蒙住了双眼，以至看不清卡尔。他现在该如何——卡尔默默地站在此刻默不做声的司炉面前，心想——他现在该如何突然改变自己的叙述方式呢？因为司炉一方面感到，该讲的东西已经讲了，可丝毫没有得到别人的重视；但另一方面，仿佛他什么也没说，因此不可能指望这些先生把他所讲的话从头到尾再仔细地听一遍。而就在此刻，卡尔，他唯一的支持者还走过来，想好好地教训他一番，但是事与愿违，卡尔给他指出的仅仅是一切都完了。

"我要是不看窗外的景物，早一点过来就好了。"卡尔自言自语道。他在司炉面前低下了头，双手拍打裤缝，表示没有任何希望了。

但是司炉误解了卡尔的意思，以为卡尔在暗暗地责怪自己，而且正打算说出这些责怪的话，便马上和卡尔吵了起来。这时，圆桌旁的先生们早已被这无谓的吵闹声激怒了，因为这吵声打扰了他们的重要工作。总出纳员逐渐对船长的耐心感到不可理解，正欲发作；侍者又完全站到他的主子们那一边,用粗野的目光打量着司炉;那位拿着小竹手杖的先生——船长不时地亲切地朝他看看——也已经对司炉的话完全感到厌烦,他的确对司炉产生了反感,于是,他掏出一个小笔记本,显然在思考着其他的事情,让自己的目光在笔记本和卡尔之间来回溜动。

"我明白,我明白。"卡尔说着,努力抵挡司炉朝他发泄的滔滔不绝的话。尽管这样,在整个争吵过程中,卡尔仍向司炉友好地微笑着:"您是对的,对的,我从来没有怀疑过。"由于害怕司炉挥拳向他打来,卡尔很想抓住司炉那双胡乱挥舞的手,但是他并没有这样做,而是将对方逼到墙角里去,悄悄向他讲了几句别人不该听到的安慰话。但是司炉已失去控制,怒不可遏。卡尔甚至这样想着来安慰自己:希望司炉在万不得已的情况下凭着他绝望挣扎的力量去战胜在场的七个男人。他用目光示意司炉,写字台上放着一只装有好多电线按钮的瞄准器,只消用一只手按动这些电钮,就可以使全船各条过道里心怀敌意的人造起反来。

可是就在这时,那位手持竹杖、对眼前的事情漠不关心的先生朝卡尔走来,用明显超过司炉的喊叫声的话音问道:"您到底叫什么名字?"就在这当儿有人敲门了,仿佛有人站在门背后等着这位先生开口似的。侍者朝船长看了看,船长点了点头。侍者于是走去开门。门外站着一个着老式帝国上衣、中等个子、身材匀称的男人,从他的外表上看,他根本不适合在机器房工作,可他确实就是——舒巴尔。要不是卡尔在所有的人——连船长也不例外——的眼睛里,看到某种满意的神情的话,那么,他会为司炉此时的那种神情大吃一惊:司炉绷直了双臂,捏紧拳头,似乎这对捏紧的拳头是他身上最重要的东西,并准备为它们献出他整个的生命。现在,他所有的力量,包括使他挺立不动的力量,都凝聚在这双拳头里了。

现在,司炉的仇人就站在门口,他神情潇洒,衣着整齐,腋下夹着一个账本,可能是司炉的工资单和工作证件。他逐个地打量在场的人的眼睛,丝毫也不掩饰他首先要断定每一个人的情绪。这七个人都已经是他的朋友了,因为连船长此时看上去也丝毫没有再责难舒巴尔的意思,虽说他方才还非难过他,但这也许只是一种借口,以防司炉找他的麻烦。

对待像司炉这样的人，应该更加严格，如果舒巴尔该受什么责备的话，那就是他在这段时间内未能制服司炉的倔强态度，以致这家伙今天还胆敢到船长这儿来。

现在也许还可以做这样的假设，司炉同舒巴尔在众人面前的对质，可以起到高级法庭对质的作用，因为即使舒巴尔善于伪装，无论如何不能装到底，只要把他的恶劣行径稍许暴露一下，就足以让这些先生看清楚他的本来面目，卡尔想，这点他已经在做到了。卡尔毕竟了解到每位先生的机敏、弱点和脾气，就此而论，他并没白白地度过在船上的这段时间。要是司炉此时的表现好一些就行了，但是看上去他已经完全没有战斗力了。如果人家把舒巴尔送到他面前去，司炉肯定会用拳头敲开他那可恨的脑袋。可是，司炉连朝舒巴尔走几步的能力都没有了。舒巴尔终归会来，不是他自己跑来，就是船长把他叫来，为什么这样一桩很容易料到的事情，卡尔竟然没有料到呢？为什么卡尔在来的路上没有预先同司炉讨论一个周密的作战计划，而像他们实际所干的那样，毫无准备地直接进了这扇房门呢？司炉究竟还能说些什么呢？要是万一盘问起来——要能这样，当然最为有利——司炉还能不能说"是"与"不是"呢？他站在那儿，两腿叉开，膝盖在颤抖，头微略抬起，张大嘴巴呼哧呼哧地喘着气，仿佛他体内没有换气的肺似的。

卡尔却感到浑身充满力量，神志清醒，这种状况他在家里也许从未有过。要是他的父母能看到他在异国、在这些有名望的人物面前主持公道，那该多好啊！即使现在他尚未取得胜利，但他已完全做好准备去夺取最后的胜利！父母会修正对他的看法吗？会让他坐在他们中间并称赞他吗？会瞧一瞧他那双如此顺从他们的眼睛吗？干吗在这种极不恰当的时候提出这些没有把握的问题呢？

"我到这里来，是因为我相信司炉在指责我诡诈。厨房里的一位姑娘告诉我，她看到他上这儿来了。船长先生和诸位先生，我准备用我的文件，必要的时候，用没有偏见和不受影响的证人的证词，证人都在门外，来反驳对我的任何指控。"舒巴尔这样说道。这当然是一个男子汉讲的话，清清楚楚，从听者们脸上表情的变化来看，可以认为，在过了好一段时间之后，他们这才又听到了正常人的声音。他们自然没有觉察到，就连这番漂亮的话也有些漏洞。为什么舒巴尔说的第一个词是"诡诈"？也许对他的指控应该从这方面开始，而不是从他的民族偏见入手。厨房里的一个姑娘看见司炉到办公室去，而舒巴尔马上明白这姑娘话的意思，这是为什么？之所以这样敏感，不正是他心中有鬼，感到自己有错吗？他马上把证人都带来了，还说他们是没有偏见和不受人左右的，这是为什么？欺骗，这纯粹是欺骗！而这些先生竟加以容忍并把这种欺骗看作是正确的行为，这难道对吗？从厨房的姑娘告诉他到他来到这里中间隔了许多时间，毫无疑问，他在磨蹭时间，这又是为什么？他无非是存心想让司炉把这些先生弄得疲惫不堪，以便他们逐渐失去清醒的判断力，而清醒的判断力正是舒巴尔最为害怕的。舒巴尔肯定在门外站了好久，不正是他听到了那位先生提了个小问题把司炉难倒，这才开始敲门的吗？

事情完全清楚了，舒巴尔的表演正好适得其反，但现在还需用另外一种方式，把舒巴尔拙劣的表演，更加明确地告诉这些先生。需要让他们清醒清醒。于是，卡尔决定，在证人尚未出场，尚未像洪水般把一切淹没之前，他必须迅速地、至少要充分地利用这一时间！

但是，正在这个时候，船长却挥手止住舒巴尔，他立即——因为他的事情看来得往后搁一会儿了——退到一边，开始与那个向他走近的侍者轻声交谈起来，一边斜眼瞧着司炉与卡尔，一边非常自信地打着各种手势。舒巴尔看上去正在练习他即将发表的宏论呢。

"您不想向这年轻人问点什么吗，雅可布先生？"当大家静下来的时候，船长问这位拿竹手杖的先生。

"当然要问。"这位先生说道，同时微微躬身，感谢船长的细心。接着便再次问卡尔道："您到底叫什么名字？"

卡尔心想，要是尽快地对付掉这位执拗的问话者的问题，兴许对那件大事是会有利的，便不按自己以往的习惯出示护照——不然的话，他还得把它从暗袋里掏出来——而是简单地回答道："卡尔·罗斯曼。"

"可真凑巧。"这个被人称呼作雅可布的人说，几乎不相信地微笑着往后退去。船长、总出纳员、海军军官、乃至那名侍者，一听卡尔的姓氏，也都明显地表现出一种极度惊讶的神情。只有港务局的那两位先生和舒巴尔漠然置之。

"可真凑巧，"雅可布先生又重复了一遍，迈着有点僵硬的步子朝卡尔走去，"那么我就是你的舅舅雅可布，你就是我亲爱的外甥。方才那段时间里，我可一直有这样的预感！"他对船长说道，随后，他拥抱和亲吻卡尔，卡尔则默默地听任他这样做。

"您贵姓？"卡尔在感到对方松开手之后，虽然非常客气、但却完全无动于衷地问道，并且尽力去想象这一新的事件会给司炉带来什么样的后果。暂时还看不出舒巴尔能从这件事情中捞到什么好处。

船长觉得卡尔的这一提问有损于雅可布先生的尊严，便对卡尔说道："您可要明白，年轻人，这可是您的造化，您多走运。"而雅可布先生已经走向了窗口，不时地用一块手帕轻轻地擦拭着面孔，显然是为了不让别人看到他那张激动万分的脸。"这位是爱德华·雅可布参议员，他已经向您承认是您的舅舅。同您迄今为止的期望截然相反，现在等待着您的，可是光辉的前途啊。您好好想想，事情一开头就这么顺利，您得冷静点！"

"我是有个叫雅可布的舅舅在美国，"卡尔转过脸对船长说，"可是，要是我没搞错的话，雅可布只是这位参议员先生的姓氏。"

"正是这样。"船长充满希望地说。

"就算是这样吧，可是我的舅舅雅可布，是我母亲的兄弟，他的教名是雅可布，他的姓氏自然得同我母亲的一样，我母亲娘家姓本德尔迈耶。"

"诸位先生！"在窗旁恢复了平静的参议员，一听卡尔的这番说明，禁不住喊了起来，并精神焕发地转回身来。所有的人，除去港务局的官员外，都迸发出笑声，有的像是由于感动，有的却是莫名其妙。

"我刚才讲的这些话，显得这样可笑吗？不会的，绝对不会的。"卡尔心里这样想。

"诸位先生，"参议员重复道，"您们都参与到一件小小的家庭事务中来了，这既违反了敝人的意愿，也违反了诸位的意愿，因此，我不得不向诸位做一番解释，因为我相信，只有船长先生——提到这一点时，双方互相鞠了一躬——完全清楚这回事。"

"现在我可真的要注意他讲的每一句话了。"卡尔思忖道，同时斜过脸看了看，发现生命又开始返回到司炉的身子里，不禁高兴了起来。

"自从我在美国逗留这么多年以来，——逗留这个词此时用到美国公民身上，显然很不恰当，因为我是个地地道道的美国公民——我同我在欧洲的亲戚完全断了往来，原因很多，有的同眼前的事情无关，有的讲起来确实很费神。我甚至害怕这样的时刻，即我也许不得不向我亲爱的外甥讲述这些原因，而讲述这些原因的时候，可惜我还将不可避免地会坦率地谈到他的父母和他们的家属。"

"这是我的舅舅，不用再怀疑了，"卡尔自言自语道，一边聚精会神地听雅可布讲话，"也许他叫人把他的名字改了。"

"我亲爱的外甥如今被他的父母——我们现在只讲跟事情真正有关的话吧——撂到一边了，就像把一只惹人生气的猫扔出大门一样。我一点也不想掩饰我外甥所干的那件事，他是应该受到这样的惩罚的，不过，他的过错算不上什么大过失，只需简单地一提，就足以取得别人的原谅的。"

"这倒要听一听，"卡尔心想，"不过我不希望他把这事讲给所有的人听。此外，他也不可能知道这件事。他从何知道呢？"

"就是说，他。"舅舅接着说，并将身子略略俯在撑在他面前的那根小竹手杖上，这样一来，就驱散了不必要的庄严气氛，要不然的话，在这种场合下，肯定是会有这种气氛的，"就是说，他被一个大约三十五岁的女佣人约翰娜·布鲁默尔勾引了。我用'勾引'这个词，绝不是想以此来伤害我外甥的心，但一时又很难找出另外一个适当的字眼来。"

已经相当靠近舅舅的卡尔，这时回转身来，看看在场的人的面孔，从他们的脸上看出他们对舅舅这番话的反应。没有一个人在笑，每个人都耐心而认真地听着。虽说他们头一次听到一位参议员的外甥的丑事，但他们毕竟没有笑话他，也没有什么可取笑的。司炉正对着卡尔微笑，尽管只是那么一丝微笑，但是它却表明，第一，司炉为卡尔即将开始的新生活感到高兴；第二，他已经原谅了卡尔，因为刚才在舱房里，卡尔还向他隐瞒了这桩事。

"就是这个布鲁默尔，"舅舅继续说，"同我的外甥生了一个孩子，一个健康的男孩子，洗礼时取名雅可布，这无疑是记挂鄙人的缘故，而鄙人，尽管我的外甥肯定只向她讲了一些无足挂齿的小事，想必给这位姑娘留下了深刻的印象。我是说，幸亏如此。因为，这个时候，我外甥的父母为了免付私生子的抚养费，也是为了避免其他的丑闻向他们自己袭来，于是就把他们的儿子、我的外甥送到美国来了。就像各位所看到的，只让他随身携带很少的行装和旅费，这是很不负责任的。这里我得强调一下，我既不了解那儿的法律，也不清楚他父母的其他情况。我只想指出，在这样的情况下，这个小伙子，要是没有恰恰还在美国出现的奇迹，将只好自食其力，这样的话，他过不了多久就会在纽约港的某条小巷里堕落下去。幸亏那个女仆在写给我的那封信中——这封信由于误投，几经周折，前天才到我的手里——向我讲了整个事情的经过，描述了我外甥的容貌体形，还很聪明地写上了他所乘轮船的名字。诸位先生，要是我有意为各位排遣的话，我是可以把那封信的某几个段落"——他从口袋里掏出两张写得密密麻麻的大信纸，晃了晃——"在这儿念一念的。我想，这封信肯定会产生影响的，因为它写得有些狡诈，但用心良苦，充满着对孩子父亲的厚爱。但是，我不想用它给诸位取乐，只想说明一下情况，也不想伤害我外甥可能还存在的愿意接受这封信的感情，如果他愿意的话，可以在已经为他准备好的房间里，静悄悄地把这封信读一读，以便从中吸取教益。"

但是，卡尔对那个姑娘并无感情。追溯往事，历历在目：当年，她坐在厨房里的碗柜旁，两肘撑着柜面。他有时到厨房去，为父亲取喝水的杯子，或传达母亲的某一指示，这时，她就死死地盯着他。有时，她歪斜着身子在碗柜旁写信，并从卡尔的脸上吸取灵感。有时，她用手捂住眼睛，逼得卡尔没法招呼她。有时，她跪在厨房边上自己狭小的房间里，对着一个木制十字架祈祷；卡尔走过时，只好胆怯地透过那微微开着的门缝瞧她。有的时候，她在厨房里乱转，当卡尔迎面向她走来时，她就像个女妖似的哈哈大笑，往后倒退。有的时候，卡尔进了厨房后，她便把门关上，手抓着门把，直到卡尔要求离开。有几次，她取来一些他根本不想要的东西，默默地塞到他的手里。有一次，她叫了声"卡尔"，正当他对这突如其来的称呼惊异不已的时候，她却向他扮鬼脸，喘息着将他引入自己的小室，随即关上了门，死紧地搂住他的脖子，一边请他给她宽衣，一边自己动手脱掉了他的衣裳，并把他放倒在她的床上，仿佛从现在起她决计不再把他让给别人。她要抚摩他，照料他，直到世界末日。"卡尔，你呀，我的卡尔！"她喊道，仿佛用眼睛看着他，并证实自己属于他似的。可他呢，正相反，什么也没有看到，只感到躺在太暖和的床褥上很不舒适，看来这床褥是特意为他铺垫上的。随后，她也躺到他身边，想听他吐露内心的秘密，可是他没有什么秘密可以向她吐露的，于是，她半开玩笑、半当真地生气起来，一边摇晃他，一边把耳朵贴在他胸脯上听他的心跳，也凑过自己的胸脯让他听。可是，卡尔对她并没有言听计从，于是，她就把自己赤露的肚子压到他的身上，用手在他的两腿之间摸来摸去，弄得卡尔十分厌恶，使劲把头和脖子摇到了枕头外面，可这时，她却连续几次地用肚子撞他的身子，——他觉得，仿佛她是自己身体的一部分，也许出于这个原因，他迫切地需要别人来解救自己。末了，在她几次三番希望再度相会之后，他哭泣着回到了自己的床上。这就是过去所发生的一切，可是舅舅却懂得用它大作文章。这么说，这位厨娘真的惦记着他，并把他将到美国去的事告诉了舅舅。她干得很漂亮，而他也许还要再报答她一次。

"现在，"参议员大声说道，"我想听你当众讲一讲，我究竟是不是你的舅舅。"

"你是我的舅舅。"卡尔回答说，还吻了吻他的手，作为回报，他吻了一下卡尔的额头。"我碰上了你，感到非常高兴，但是，如果你以为我的父母只讲你的坏话的话，那你就错了。撇开这一点不谈，你的话中和事实有一些出入，这就是说，我认为，事实并非完全如此。不过，你身居美国，单凭这封信是不可能把这些事情搞清楚的。另外，我也相信，由于这种事情同在座的先生们没有多大关系，因此在向他们讲述的时候，即使在细节上有些出入，也不会造成特别的损失。"

"说得好。"参议员说，随即将卡尔带到那位显然关注着事态发展的船长的面前，并问道："我不是有一个出色的外甥吗？"

"我有幸，"船长做了个只有受过军事教育的人才会做的姿势躬身答道，"结识您的外甥，参议员先生。我的轮船能成为这样一次会面的地点，乃是一种殊荣。不过，您外甥在旅途中一直待在统舱里，想必是非常难受的。可谁能知道船上载的是谁呢？当然，我们正在尽一切努力，让统舱里的旅客尽可能地松快一些，至少要比好些美国的航线松快得多。但是，要将这样的航行变为一种娱乐享受，那我们始终还未能办到。"

"我并没有感到什么不好。"卡尔说道。

"他并没有感到什么不好！"参议员大笑着重复了一遍卡尔的话。

"我只担心我的箱子丢了……"他说着想起了刚才发生的以及还需要去做的事情。他环顾四周，发觉所有在场的人出于尊重和惊讶，仍默默地站在原来的位置上，眼睛都盯着他。只有港务局的那两位官员——只要看一看他们那副严肃而自鸣得意的面孔，便可想而知——表现出一种来得很不是时候的遗憾神情，对于他们来说，现在放在面前的怀表，可能比房间里已经发生的以及也许还会发生的事情更为重要。

继船长之后，第一个表示自己关怀的是司炉，令众人惊讶不已。"我衷心祝贺您！"他说着，并握住卡尔的手，也许是想借此表达诸如赞赏之类的意思。当他接着也想向参议员讲同样的话时候，后者往后退去，仿佛司炉这样做是超出了他的权力；司炉也马上作罢了。

但是，其余的人现在都领悟到该干些什么，便争先恐后地乱作一团，把卡尔和参议员围在中间。于是出现了这样的情形，卡尔甚至受到了舒巴尔的祝贺，这个他也接受了，并表示感谢。待一切重新安静下来之后，港务局的官员最后走上前来，说了两句英语，给人一种可笑的印象。

参议员兴致勃勃地尽情享受这份快乐，也乐于使自己和别人回忆起一些次要的事情，当然，大家不仅耐心地、而且饶有兴味地听着。他提醒大家注意，他已将厨娘在信中提到的卡尔身上最突出的标记登记在他的笔记本上，以备一时之需。刚才，他对司炉喋喋不休的废话感到无法忍受，仅仅是为了分散自己的注意力，便掏出笔记本来，把厨娘的观察结果——当然不像侦探那样正确无误——同卡尔的外表对照了起来。他这样做不过是闹着玩的，可是，"外甥就这样找到了！"他结束这番话时的语调，仿佛是想再次得到别人的祝贺似的。

"现在对司炉该怎么办呢？"卡尔接着舅舅的话音问道。他以为自己处在一种新的地位上，心里想什么，都可以讲出来了。

"司炉该怎么办就怎么办，"参议员说，"船长先生认为怎么好就怎么办。我想，我们对司炉已感到厌烦，非常之厌烦，在座的各位先生肯定都会同意我的这个看法的。"

"牵涉到正义的事情，是不能用这种办法解决的。"卡尔说道。他站到了舅舅和船长之间，并认为以目前的地位或许可以掌握决定权。

尽管如此，司炉看来不再指望别人替他说话了。他把双手半插在裤腰带上，那皮带由于他那激动的动作而同花格子衬衫的条纹一起露了出来。这一点他毫不在意；他受的苦已经全部诉说完了，现在该让人家看看他身上穿着的这些破衣烂衫，然后再把他带走。他心想，侍者和舒巴尔，这两个船上级别最低的人，准会对他施这份最后的恩典。舒巴尔从此可以安宁了，不会像总出纳员所说的那样，再次陷入绝望了。船长将可以雇用清一色的罗马尼亚人，船上到处将可以听到罗马尼亚话，这样一来，今后的一切也许会比现在更好。总会计室里将再也听不到司炉的闲扯，只有他最后的这次闲话，或许会留在人们的记忆里，成为一段令人感到相当愉快的往事，因为，正如参议员所强调指出的，正是司炉的喋喋不休直接促成了外甥和舅舅的相认。再说，在此之前，这位外甥还常常设法帮助司炉，所以，对司炉在他俩重逢方面所起的作用，可以说早就给予大大的感激了；眼下，司炉根本没有想到，他还要向卡尔提什么要求。此外，虽说他是参议员的外甥，但毕竟不是船长，而那不祥的话最后还将从船长嘴里说出来。——司炉心里明白这一切，尽力不去瞧卡尔，但遗憾的是，在这间充满敌意的房间里，他的目光无处可以停留。

"别把事情搞糟了,"参议员对卡尔说,"这也许是一桩有关正义的事情,但同时又是一件牵涉到纪律的事情。这两者,尤其是后者,在此地,都将由船长做最后的裁决。"

"是这样。"司炉嘟哝着说。觉察到司炉的嘟哝并理解它的意思的人,都诧异地微笑了。

"此外,船刚刚抵达纽约港的时候,船长先生的公务定然堆积如山,我们已经麻烦他好久了,因此,现在我们该离开这条船了,别再节外生枝,毫无必要地干预这两个机械工之间无谓的争吵,以免再闹出什么事来。亲爱的外甥,我完全理解你的举动,然而,正是由于这点,我才有理由赶紧带你离开此地。"

"我马上为您放一条小艇下去。"船长说道。出乎卡尔的意料之外,船长对舅舅的这番话丝毫也不反对,无疑这番话被人看做是舅舅自谦的表现了。总出纳员急忙冲到写字台旁,打电话把船长的命令通知艇长。

"时间紧迫,"卡尔自言自语道,"但是,要想不得罪所有在场的人,我就什么事都干不成。舅舅刚刚才把我找到,我现在当然不能离开他。船长虽说客气,但仅此而已。一讲到纪律,他就不客气了,而舅舅肯定说出了船长的心意。我不愿再和舒巴尔讲话,甚至后悔不该和他握了手。此地其余的人统统是废物。"

他就是带着这种想法慢慢地走向司炉,把他的右手从裤带上扯下来,放在自己的手掌中抚摩着。"你干吗一言不发?"他问,"干吗要逆来顺受,强忍这一切?"

司炉只是皱眉头,仿佛是在寻找他所要说的话的表达方式。此外,他低头瞧着卡尔和他自己的手。

"船上的人,只有你受了不公正的待遇,这一点我完全清楚。"卡尔把自己的手指在司炉的手指间来回地移动,司炉则用闪烁的目光环顾四周,仿佛他获得了莫大的幸福,为此,任何人也不会见怪的。

"你得自卫,你得说是'是'或是'不是',否则人家是不会知道事实的真相的。你得听从我的劝告,因为我有许多理由担心今后我再也帮不上你的忙了。"说到这里,卡尔哭了,一边吻着司炉的手,把这只几乎毫无血色的大手紧贴在自己的面颊上,仿佛那是一件不得不放弃的宝贝。——这时,参议员舅舅也已经来到他的身旁,略带强迫地把他拽开了。

"看来司炉已迷住了你的心窍。"舅舅说,并从卡尔的头顶上向船长送去会意的眼色,"你亲身感受过被遗弃的痛苦,就在那时,你找到了司炉,现在你感激他,这是很值得称赞的。但是,看在我的面上,不要把事情做过了头,应该学着了解自己的地位才是。"

就在这时,门外响起了一片吵闹声,还可以听到有人在喊叫,甚至像是有人在粗野地撞门。一个水手闯了进来,举止有点粗野,身上围着一个姑娘的围裙。"弟兄们在门外!"他喊道,并用胳臂肘向周围撞了一下,仿佛他还在拥挤的人群之中。终于,他又恢复了理智,正想对船长举手敬礼,却发现自己身上那条姑娘的围裙,便扯了下来,扔到了地上,大声叫道:"真是讨厌,他们给我围上了姑娘的围裙。"随后,他喀嚓一声碰拢鞋后跟,敬了一个礼。目睹这一场面的人,有的禁不住想笑,但船长却厉声说道:"真是随心所欲。谁在外面?"

"是我的证人,"舒巴尔走上前来说,"我最诚恳地请求原谅他们不适当的举动。航行结束后,弟兄们有时就像疯了一样。"

"您马上叫他们进来!"船长命令道,同时朝参议员转过身去,彬彬有礼但却很快地说道:"尊敬的参议员先生,劳驾您带着您的外甥先生跟这个水手走,他这就把您们领上小艇。有句话,我早该说了,参议员先生,我个人能认识您,是多么愉快,多么荣幸。我只希望,参议员先生,不久能有机会同您再次继续进行我们那场被打断了的关于美国舰队情况的谈话,到那时,我们之间的交谈也许又会像今天一样,以一种愉快的方式再度被打断。"

"暂且如此吧!眼下,这样一位外甥已让我感到心满意足了。"舅舅笑着说,"感谢您的一番盛意,再会。另外,将来如有机会,"说着,他亲切地搂住卡尔,"下次我们去欧洲旅行时,或许能有较长的时间同您聚会的。"

"那我将感到由衷的高兴。"船长说。于是,这两位先生相互握手,至于卡尔呢,他只能默默地、仓促地把手伸给船长,因为这时大约有十五个人要见他,这些人在舒巴尔带领下,虽然有些惊慌失措,他还是大声地叫着开了进来。那位水手请参议员走在前面,随即叫这批人为参议员和卡尔让开一条出路,就这样,舅甥二人轻松地从躬身行礼的人群中穿过。看来,这些平常心地善良的人,只把舒巴尔同司炉的争吵看作为一场儿戏,其可笑的性质即使在船长面前也不会消失。卡尔发现人群当中也有厨娘莉娜,她正滑稽地对他眨眼示意,一边系上水手扔掉的那条围裙,因为围裙原来是她的。

他们继续跟着水手,离开了办公室,拐进一条狭小的过道,沿过道走了几步之后,就是一扇小门,从小门出去,一条短梯通向下面为他们准备好的那只小艇。当他们的艇长一个箭步跳入艇内时,小艇里的水手们,都站起来敬礼。卡尔刚踏上最高一级阶梯,参议员正开口提醒他下梯子千万小心时,他却放声大哭起来。参议员用右手托住卡尔的下巴,让他紧紧地贴在自己身上,又用左手抚摩着他。他们就这样一级一级地慢慢走下去,紧紧地偎倚着下了小艇,在艇内,参议员为卡尔找了个刚好面对他自己的好座位。参议员一挥手,水手们便把小艇从轮船旁撑开,随即划了起来。他们刚离开轮船几米远,卡尔就意外地发现,他们正巧在总会计室窗户的那一侧。三扇窗口全部被舒巴尔的证人占了,他们非常友好地在挥手致意,舅舅甚至还道谢了一声,一个水手来了个绝招,他一边有规律地不停地划着小艇,一边用手向大船上送去一个个飞吻。真的,好似司炉已不复存在了。卡尔面对舅舅坐着——舅舅的膝盖差点儿就碰上他的膝盖——更加仔细地打量着对方。这时,他心中产生了怀疑:眼前的这个男人究竟能否在任何时候代替司炉呢?舅舅也躲避开他的目光,去瞧那使小艇左右摇晃的波浪。

洪天富 译

在流刑营*

"这是一台独特的装置。"那军官对考察旅行者说,同时用有点儿惊羡的目光瞥了一眼这台自己早就十分熟悉的装置。看来,旅行者似乎仅仅出于礼貌才接受司令官的邀请的,因为司令官曾请他来此观看对一个不服从命令、侮辱上司、因而被判处死刑的士兵的处决。对这次处决,就连流刑营本地的人也没有表现出多大兴趣。在这多沙的、四周被光秃秃的斜坡封闭的小深山坳里,除了军官、旅行者、罪犯和一个士兵以外,就没有别人了,罪犯神情迟钝、张大着嘴巴、蓬头垢面;在场的一个士兵,手里拿着一根沉重的铁链,它的末端是一些小链子,它们之间又都有链条连接着,就是这些小链紧紧缚住罪犯的手腕、脚踝和脖子。此外,罪犯看上去活像一条听话的狗,使人觉得尽可以让他在周围的山坡上乱跑,处决开始时,只需吹个口哨,他就会应声而来。

旅行者对这台装置并无多大兴趣,只是漠然地在犯人后面踱来踱去;而军官却在张罗不停,对装置作最后的检查,他一会儿钻到深深陷在地里的装置的底部,一会儿又沿梯而上,检查上面的部件。这些工作本应是机修工人干的,可军官却干得非常起劲,不知是他特别喜爱这台机器呢,还是别有原因,不肯把这项工作托给别人。"这下成了!"他终于喊道,随即从梯子上爬了下来。他显然疲惫不堪,张大嘴巴呼哧呼哧地呼吸,还把两条柔软精致的女用手绢塞在制服的领口里。"热带地区穿这样的制服,想必是够人受的。"旅行者说,却没有像军官希望的那样,

---

* 此篇写于1914年8月4日至18日,即在他与费丽丝·鲍威尔第一次解除婚约后不久。起初不愿发表,后由于勃罗德和莱比锡库尔特·沃尔夫出版社的催促,他于1916年打算把它与《判决》、《变形记》合成一集,以《惩罚》作书名出版,但未果,最后才于1919年由莱比锡库尔特·沃尔夫出版社以单行本出版。——编者

问问机器方面的事。"那当然啦!"军官答道,一面在一只事先准备好的水桶里洗他那双满是油污的手,"但这套制服意味着家乡;我们不愿忘记家乡。——别谈这个吧,还是请您看看这台装置。"他随即补充说,同时用一块毛巾拭干双手,并朝机器上指了一指,"我先得用手操作一下,从现在起,装置就完全自动运行了。"旅行者点点头,继续听军官作介绍。军官为了怕发生什么偶然事件使自己出丑,又加了几句:"当然,也会出现故障;我当然希望今天不致如此,但我们总得估计到这种可能性。这台装置得连续运行十二小时。即使出现故障,也只不过是些小毛病,马上就能排除的。"

"您不想坐一坐吗?"军官终于问道,并从一大堆藤椅里抽出一张,并把它端给旅行者;后者无法拒绝,只好坐了下来。他现在坐在土坑的边上,用目光朝坑里匆匆地瞥了一下。这坑不太深。在坑的一边是用挖出来的土堆积而成的一堵墙,在另一边则是这台装置。"我不知道,"军官接着说,"司令官是否已经向您解释过这台机器?"旅行者做了一个含混的手势;这正中军官的下怀,因为这样他就可以亲自解释这台机器了。"这台机器,"他说道,顺势抓住一个曲柄,把身子靠在上面,"是我们前任司令官的一项发明。我从一开始就参加了机器的所有试验工作,直至使之最后完成。不过,发明的功劳还是应该归他一个人。您听说过我们的前任司令官吗?没有?那好,我可以毫不夸张地告诉您,整个惩罚营的设施都是他一手缔造的。作为他的朋友,我们在他归天的时候就已知道,惩罚营的设施已经十全十美,故他的继任者,即使头脑里装着上千个新的计划,至少在好多年之内也无须更动一下原来的设施。我们的预言果然应验了;新上任的司令官也不得不认清这一点。遗憾的是,您并没有结交上这位前任司令官!"军官打断了自己的话,"瞧,我乱扯到哪里去了,他所发明的机器就在我们眼前。您可以看到,它由三个部分组成。随着岁月的流逝,每一个部分都获得了通俗的称呼。底下的部分叫做'床',最高的部分叫'绘图师',在中间能上下移动的悬着的部分叫'耙子'。""耙子?"旅行者问。他刚才没有留心听军官讲话,阳光久久地滞留在无阴影的山谷里,叫人难于集中自己的思想。使旅行者感到更加惊叹的是，军官穿着紧身的阅兵时才穿的军服，佩有肩章，饰有丝带，他热心地向来访者解释他的机器，一面用一只扳子在这儿和那儿的螺丝上扳弄着。士兵的情况看上去跟旅行者的有些相像。他把犯人的铁链绕在自己的两只手腕上，一只手按在枪上，耷拉着脑袋，对什么都不关心。旅行者对此并不感到诧异，因为军官说的是法语，而士兵和犯人根本不懂法语。但尽管这样，囚犯仍努力地谛听军官的解释，这一点倒是更加引人注目的。他一边不停地发困，昏昏欲睡，但一边又打起精神，死死地盯着军官手指指向的地方，每逢旅行者提问打断了军官的话，他也和军官一样，朝旅行者看看。

"是的，就叫'耙子'，"军官说，"这是名副其实的耙子。它上面安着像耙齿一样的针，整个耙子的操作也和普通耙子的一样，只不过它只用于一个地方，而且工艺水平要高得多。这一点您马上就会明白的。犯人就躺在这儿的床上。——我想，先给您描述一下这台装置，然后再让您看一看操作程序，这样您就能更好地了解它的工作程序了。而且，绘图师上有一个齿轮已经严重磨损；机器一开动，就会发出尖锐刺耳的吱嘎声；在这种情况下，人们互相之间几乎听不清；遗憾的是，这里很难弄到机器备件。——瞧，这里就是我刚才所说的床。它上面铺满了一层棉花；至于床的作用，您马上就会知道。犯人就躺在这层棉花上，腹部朝下，当然是赤条条一丝不挂的；这里是绑手用的皮带，这是绑脚的，这是绑脖子的，这就可以把他紧紧地捆住。这儿，在床头上，有一小块破毡，我刚才说过，犯人最先是脸朝下躺在这儿，所以这块破毛毡正好塞到他嘴里。这块很容易调整的破毛毡，其用途一是为了不让他叫，一是为了不让他咬破舌头。当然，犯人嘴里得衔着这块毛毡，否则捆脖子的皮带就会让他一命呜呼。"这是棉花吗？"旅行者问道，并把身子向前弯了弯。"是的，当然是棉花军官，"微笑着说，"您自己用手摸一下吧。"他握住旅行者的手向床伸去。"这是一种特制的棉花，所以看上去和普通的不一般；我下面会告诉您它有什么作用。"旅行者已经对这架机器产生了一点儿兴趣，他把一只手放在眼睛上挡住阳光，抬头往这部装置的高处看去。这的确是一座高大的建筑物。床和绘图师大小一样，看上去像两只深色的箱子。绘图师安装在床上两米高的地方；这两个部件的四角由四根黄铜棍连接起来，棍子在太阳光下熠熠生辉。在这两个箱子之间，耙子就顺着一根钢条上下移动。

那军官几乎没有发觉旅行者最初的冷淡态度，现在却非常清楚地察觉对方开始出现的兴趣，所以他中断了自己的解释，好让旅行者静静地观察一段时间。那罪犯模仿着旅行者的动作；由于他无法把手放到眼睛上，只得眯起自由的眼睛向装置的高处望去。

"那么，人是躺着的。"旅行者说，向椅背上一靠，叉起了腿。

"是的，"军官说着，把帽子微微往后推了推，用手摸摸他那发烫的脸庞，"请您继续往下听！不仅床，连绘图师也都安了电池；床的电池是供自己用的，绘图师的电池是供耙子用的。一旦犯人拴紧在皮带上，床就开始动起来。它以很快的速度同时向两侧和上下颤动起来。您在医院里大概也看到过类似的机器；只是我们床的动作是精确地计算好的；也就是说，床的动作必须非常准确地配合耙子的动作。耙子才是执行判决的真正工具。"

"那么，判决是如何进行的呢？"旅行者问道。"您连这点也不知道？"军官吃惊地问，咬了咬嘴唇，然后继续说道："要是我的解释条理不清，请您多加原谅；我真的要请您原谅。早先时候，通常是由司令官来做解释的；可如今，新的司令官摆脱了这项光荣的义务；可是对您这样一位高贵的客人"——旅行者用双手做了个拒绝这种尊称的手势，可军官仍坚持用这种尊称——"这样一位高贵的客人，却事先不让他知道我们判决的礼仪，这又是新司令官的一种革新，而这种革新，"他嘟哝着发出一声诅咒，但马上克制住自己，然后说道："事先也没有人告知我，这不是我的错。不过此事无关紧要，我毕竟非常擅长解释我们各种各样的判决，因为我这里有"——他拍了拍自己胸前的口袋——"我们前任司令官亲笔绘制的草图。"

"司令官亲手绘制的图？"旅行者问，"难道他一身能兼数职？他难道既是士兵、法官，又是设计师、化学家和制图师？"

"是的。"军官点头说，用沉思的目光凝视着对方，接着，他用探究的目光细细察看自己的手；手看上去不太干净，不好去拿图纸；所以他走向水桶，再次洗一洗手。随后，他从口袋里抽出一只小皮夹子，说："我们的判决并不严。只不过用耙子把犯人触犯的戒条写在犯人的身上。这个犯人，比方说吧，"——军官指了指那个人——"他的身上将要写上：尊敬你的上司！"

　　旅行者瞥了犯人一眼；军官指着他的时候，他低垂着头，看来正全神贯注地谛听别人的话。然而，从他那闭紧的厚墩墩的嘴唇的翕动中明显可以看出，他一点儿也不明白军官说话的意思。旅行者本想提些各式各样的问题，可是见到这个犯人，他仅仅问："他知道自己的判决是什么吗？""不知道。"军官说，急于要往下解释，可是旅行者打断了他："他不知道对他所作的判决吗？""不知道，"军官重复道，然后停顿了片刻，似乎在要求旅行者进一步论证自己的问题，然后说，"压根儿没有必要向他宣布判决。他会从自己的身上知道对他的判决的。"旅行者不想再问什么了，可是就在这时，他感到犯人的目光转向了他，仿佛在问他是否赞同军官所做的这一番解释。本来他已经靠在椅背上了，这一来，他又把身子向前倾了一下，提出了另一个问题："可是他的确已被判刑，难道这点他也不知道吗？""他连这点也不知道。"军官说道，朝旅行者笑笑，似乎在等待对方再提出一些稀奇古怪的问题。"不知道，"旅行者说，摸了摸自己的前额，然后继续问道，"那么这犯人现在也不知道他的辩护是如何进行的吗？""他压根儿没有机会为自己进行辩护。"军官说，并朝旁边看了一看，似乎他是对自己说的，不想让这些自己所讲述的、并认为是理所当然的事情使对方感到难堪。"可是他总得有机会为自己辩护吧。"旅行者说，并从椅子上站起身来。

　　军官意识到，他为了解释这台装置耽误了很长时间，这是一种危险；因此，他朝旅行者走去，拉住他的手臂，另一只手向犯人指指，犯人发现自己显然成了注意的中心，便笔直地站立着——士兵也扯了扯链条——军官接着说："事情是这样的。我在惩罚营里被委任为法官，虽然我还年轻。因为我在所有的刑事案件中都协助过前任司令官，所以对这架机器知道得也最多。我裁决时所依据的原则是：罪责总是用不着怀疑的。其他的法庭可以不遵守这一原则，因为它们有许多法官，而且上面还有较高一级的法庭。这里的情况就两样了，至少，在前任司令官的时代可以这样说。新上任的司令官显然想干预我的法庭，但到目前为止我都成功地把他顶了回去，将来也照样能把他顶回去。——您大概曾想要我解释一下这个案子，这非常简单，跟所有的案子一样。今天早上，有位上尉向我告发，说派给他做勤务兵的这个男人在他的门口睡觉，结果由于睡过头而玩忽职守。本来，他的责任是每小时打钟的时候起来向上尉的门口敬礼。这当然不是繁重的义务，而只是一种必要的义务，因为无论是作为哨兵还是作为勤务兵，他都应该保持清醒的头脑。昨天夜里，上尉想去查看一下，他的仆人是否在忠于自己的职责。两点钟打响的时候，他打开了房门，发现仆人蜷缩成一团在睡觉。于是，上尉取来了马鞭，朝仆人的脸上猛抽。可这仆人非但不起来求饶，反而抱住主子的双腿，摇他，还嚷道：'把鞭子丢开，不然我把你吃掉。'——这就是案情的经过。一个小时以前，上尉找到了我，我写下了他的报告，紧接着就做出了判决。然后，我让人给这仆人戴上手铐。这一切都很简单。要是我首先传唤和盘问这个仆人，这只会产生混乱。他会撒谎，即使我成功地驳倒他的谎言，他又会用新的谎言来取代这些被驳倒的，就这样没完没了。可现在呢，我抓住了他，并且不再放过他。——您现在一切都清楚了吧？瞧，时间过得很快，处决马上就要开始，可我还没有解释完这架机器呢。"他把旅行者按回到椅子里，又走到机器前说：\"您可以看到，耙子的形状是和人的身体相符的；这是对付人的上身的耙子，这是对付双腿的耙子。这把小的雕刻刀是用来对付头的。这下您该清楚了吧？"他友好地朝旅行者躬了一下身子，准备做非常详尽的解释。

旅行者皱起眉头仔细观看耙子，有关诉讼程序的报告并没有使他满意。他不得不一再地提醒自己，这儿是一座惩罚营，这儿有必要采取特殊的措施，应该尽可能地像军人那样行事。但是，除此之外，他对这位新上任的司令官寄予一定的希望，他显然打算采用——虽然是逐步地——一种新的司法程序，而这一点对于思想狭隘的军官来说是难于接受的。出于这种考虑，旅行者提出另一个问题："司令官会来观看处决吗?""不一定。"军官答道,这个猝不及防的问题使他非常狼狈,他那和善的面部表情顿时走了样,"正因如此,我们必须抓紧时间。非常抱歉,我甚至不得不压缩一下我的解释。不过当然,待到明天,当这台装置重新擦洗干净以后——它唯一的缺点就是很容易弄脏——我可以进一步作些补充说明。现在我们只谈最必要的事情。——当犯人躺在床上,床开始震动的时候,耙子便垂落到犯人的身体上面。耙子自动进行调整,使针尖刚好接触到身体;调整好之后,耙子上的钢绳就立即绷紧成为一根坚硬的钢条。这下正戏开场了。不知内情的人从外表上看是分不清各种刑罚之间的区别的。耙子看上去似乎在单调地进行工作。它颤动着把自己的尖端刺入犯人的身体,此外,身体也随着床的抖动而抖动。为了使每个人都能检查判决的执行情况,耙子是用玻璃制成的。把针固定在玻璃上曾经引起某些技术上的困难,但是经过多次试验之后终于取得了成功。我们本来就不辞辛劳嘛。现在,谁都可以透过玻璃看到身上的字是怎样刺出来的了。您愿意走近一些看看这些针吗?"

　　旅行者慢慢地站了起来,走上前去,俯身在耙子的上面。"您瞧,"军官说,"有两种排列成各种形式的针。每根长针旁边配有一根短针。长针管刺字,短针喷出用以把血洗掉的水,使刺的字始终保持清楚。接着,血水被引入好几条小沟,然后流进这条主沟,主沟有一根排水管通到坑里。"军官用手指详细地指了指血水流经的途径。为了尽可能地做到直观生动,他在排水管的出口处用双手郑重其事地做了个接血水的姿势,当他这样做的时候,旅行者抬起了头,用手在背后摸索,似乎想坐回到椅子上去。正在这时,他吃惊地发现,犯人同他一样应军官的邀请正在近处仔细观察耙子的机构呢。那犯人把链子旁边的无精打采的士兵拖向前来,自己也俯身在玻璃上。可以看到,他也在用他那双疑惑不定的眼睛寻找着这两位先生刚才观察过的东西,但由于缺少解释,他终究无法探出个究竟来。他东张张西望望,眼光不停地在玻璃上溜来溜去。旅行者想把他往后赶,因为他现在的行为可能会招致惩罚。可是军官用一只手紧紧抓住旅行者,用另一只手从土堆上抄起一块土朝士兵身上扔去。士兵猛地抬起眼睛,看到犯人竟如此大胆,就扔下步枪,脚跟死劲地抵住地面，把犯人往后拖，犯人立刻倒了下来。士兵朝倒下的犯人看去，只见他在地上翻滚，身上的链条发出叮当的响声。"把他拉起来！"军官嚷道，因为他发现旅行者的注意力由于这个犯人而大大地分散了。旅行者甚至忘记了自己俯身在耙子上，对之置于不顾，只想弄明白犯人会遭到什么样的下场。"好好地收拾他！"军官又嚷道。他绕过机器跑到犯人跟前，亲手抓住犯人的胳肢窝，在士兵的帮助下，把双脚老是绊跤的这个犯人拖了起来。

"现在我全明白了。"旅行者对回到他身边的军官说。"还剩下最重要的一点，"军官说，顺势抓住旅行者的手臂，朝高处指去，"上面的绘图器中有一套齿轮传动装置，它决定着耙子的运动，而这套齿轮传动装置是按照判决的内容，即图纸加以排列。我还使用前任司令官留下的各种图纸。就在这儿，"——说着，他从皮夹里抽出几张来——"不过我很抱歉，我不能把它们交到您手里，它们可是我最珍贵的财产。请您坐下，我从这个距离让您看，这样您就可以把所有的图纸看个一清二楚。"他拿出了第一张图纸。旅行者本想说几句夸奖的话，可是他看到的却是一些迷宫式的、相互交叉重叠的线条，密密麻麻地布满了整张纸，要费很大的劲才能看出中间的空白处。"请您读一下。"军官说。"我看不清。"旅行者说。"它可是清楚的。"军官说。"它具有很高的艺术性，"旅行者支吾搪塞地说，"可是我无法辨认这些字迹。""对了，"军官笑着说，并把图纸重新放进皮夹里，"这可不是给小学生临摹的书法。得好好研究才行。我相信您最后也会把它辨认出来的。当然，这可不是普通的文字；它不许一下子就把犯人杀死，而是一般地说，在十二个小时之后；转折点按计算在第六个小时上。就是说，在真正的字的周围得配上许许多多的饰物；真正的文字像一条狭窄的腰带围绕着肚子，身体的其余部分则配有饰物。您现在能够正确地判断耙子和整个装置的价值了吧？——您看我的吧！"说着他跳上梯子，转动了一个轮子，向下面喊道："注意，靠边上站！"接着整个装置便开始运转起来。要是齿轮不发出吱吱声，那可真是好极了。军官似乎被这突如其来的吱吱声所惊扰，于是用拳头对齿轮做了个威胁的姿势，又向旅行者摊了摊手，表示抱歉，接着又迅速地爬下来，从底下观察装置的运转。机器还有一点毛病，这只有他才能看出来。于是他再次爬上梯子，把双手伸进绘图器的内部，弄好之后，为了快一些下来，就不用梯子，而从一只黄铜杆上滑了下来，然后，他放开嗓子，用盖过机器噪音的声音，冲着旅行者的耳朵大声喊道："您明白全部的过程了吗？耙子正开始写字；等它在人的背上写完第一回字以后，棉花层就滚了过来，将犯人的身体慢慢地翻过来，好让耙子有新的地方刺字。在这当儿，被耙子刺伤的部位贴在棉花上，由于棉花是特制的，马上就止住血，并为进一步加深刺文做好准备。接着，身子又翻过来，这时，耙子边上的这些尖角将伤口上的棉花撕下来，扔进坑里，好让耙子继续工作。就这样，耙子连续写了十二个小时，越写越深。头六个小时里，犯人几乎和平时一样，只不过感到疼痛。两个小时之后，那块毛毡从他的嘴上拿掉了，因为犯人再也叫不动了。在这个时候，床头上有一只电烤盆，里面盛有热的稀饭，犯人若想吃，便可用舌头舔取。没有一个犯人会错过这大好机会。我不知道有哪个犯人错过这机会，我看得够多的呢。只是大约在第六个小时上，犯人才失去任何食欲。这时，我通常爬到下面观察这种现象。犯人很少有把最后一口粥吞下去的，他只是让它在嘴里打转转，然后吐到坑里。这时我就得弯腰，不然他就会啐在我的脸上。可是一到第六个小时的时候，犯人就变得多么安静！这个像大傻瓜一样的犯人顿时恢复了理智。先是从眼睛周围开始，然后从这里扩散开来。看到这种情景，人们情不自禁地也会想到愿和犯人一起躺到耙子的下面。这时没有别的情况，只是犯人开始辨认文字了，他撅起嘴，仿佛在谛听什么。您已经看到，用眼睛去辨认文字尚属不易；可是我们的犯人却凭他的伤口来辨认的。这当然需要付出很大的劳动；他花六个小时才完成辨认文字的工作。之后，耙子把他整个的人叉起来，扔进了土坑，坑里的血水和棉花在他被扔进来的时候发出了噼啪的响声。至此，判决算是执行了，于是我们，那士兵和我，就把他埋了。"

旅行者仔细地听完军官的解释之后，两手插在上衣口袋里，留神地观察着机器的运转。犯人也在观看，但一点也不明白。他微微弯着腰，目不转睛地注视着来回摆动的针,这时军官向士兵做了个手势,士兵便用短刀从背后划破犯人的衬衫和裤子,使它们从犯人身上掉了下来;犯人正想抓住往下掉的衣服把自己赤裸裸的身子遮住,可是士兵把他举起来,抖落了他身上剩下的所有碎片。军官关上机器,就在这鸦雀无声的片刻里,犯人被放到了耙子底下。铁链子松开了,代之却捆上了皮带;起先,犯人还几乎感到一阵轻松。可是紧接着耙子往下降了降,因为他是一个瘦子。针尖触及他身子的时候,他皮肤上顿时起了寒战;士兵忙着拴紧犯人的右手,可犯人却盲目地把左手也伸了出来,手正好指向旅行者所站的地方。军官不停地斜过眼睛瞟旅行者,似乎想从对方的脸上看出对这次处决的反应,至少,军官对这次处决只对旅行者做了肤浅的解释。

这时,用来捆绑犯人手腕的皮带断了,可能是士兵拉得过猛造成的。军官得帮一下忙,士兵让他看了看扯断了的皮带。军官也的确向士兵走过去,把脸朝着旅行者说道:"这是一台由许许多多部件组成的机器,所以总免不了这儿那儿出现断裂或破裂的现象;但这不应该影响对它的总的评价。再说,我们马上能弄到皮带的代用品;我将使用一根链条,不过这样一来,右臂上的柔和的振动当然会受到影响。"就在他给犯人捆上铁链的时候,他又说:"现在,用于维修机器的费用大大地削减了。在前任司令官当权的时候,我可以自由支配用于这一目的的一笔款项。这里还有一个仓库,里面存放着各种各样的备件。我承认,我在使用这些备件时几乎有点浪费,我指的是在过去,而不是像新司令官所断言的现在,他目前正在寻找一切借口跟旧的那一套作斗争。现在,他自己掌管机器的费用,要是我派人去领根新皮带,他竟要求把断了的旧皮带拿去作证,而新的皮带呢,要在十天之后才发下来,而且质地较差,不大顶用。至于在十天之内我怎样在没有皮带的情况下让机器运转,谁也不会来过问。"

旅行者私下思忖着:断然干预别人的事务,总是有危险的。他既非惩罚营里的公民,又不是统辖这个地方的国家的公民。要是他想谴责或甚至阻止这次处决的话,别人会对他说:你是外国人,请少管闲事。对人家的这种指责,他似乎无话可答,只能赶紧打圆场,说自己无意干预这桩案子,他旅行到此的目的只是为了看看,绝对不是为了改变别人的司法状况。不过,这里的情况的确非常诱惑人。案件的审理无疑是不公正的,对犯人的处决无疑是残忍的。谁也不会想到旅行者在这件事里有什么自私的打算,因为他与犯人素昧平生,既非同胞,也不是轻易对别人同情的人。旅行者本人持有上级机关的介绍信,在这里受到了礼遇,人家请他来参观处决,这件事本身看来甚至表明,人家需要他对这一案子发表自己的看法。事实上,他完全有可能直言自己的看法,因为他刚才十分清楚地听到,司令官并不支持这种处决方式,而且对军官抱着几乎是敌视的态度。

正在这时,旅行者听军官狂怒地大吼一声。他刚刚好不容易把毡块塞到犯人的嘴里,犯人却禁不住一阵恶心,闭上眼睛呕吐起来。军官急忙把犯人从毡块那儿拖开,想把他的头扭转向土坑;可是已经太晚了,从五脏六腑里冲出的脏物已经顺着机器流了下来。"全是司令官的过错!"军官喊道,疯狂地摇动着面前的那几根黄铜杆,"机器给弄得猪圈一样的脏了。"他用颤抖的手向旅行者指了指犯人刚才吐出来的东西,"我曾一连花了几个小时试图让司令官明白,犯人在行刑前必须饿一整天,可是他听了没有?他可听不进去。这位奉行温和的新方针的司令官有另外的看法。他的太太们总是要用糖果点心塞满犯人的喉咙,然后才让人把他带走。他一生是靠臭鱼养活的,现在得让他吃糖果点心!这也许是可能的,我对此并无任何异议,但为何人们不去弄一块新的毡片呢,三个月以前我就提出了这个请求。这犯人嘴里塞进这块上百个犯人临死前啜咬过的毡片,怎不叫他恶心呢?"

犯人低垂着头,看上去显得很平静;士兵则忙着用犯人的衬衫擦拭机器。军官朝旅行者走去,后者怀着某种预感,向后退了一步,但军官抓住了他的手,把他拉到一边去。"我想私下里和您谈几句话,"军官说,"行吗?""当然可以。"旅行者答道,接着就垂目洗耳恭听。

"您正在欣赏的这种审理程序和处决方式,在我们这儿再也没有人公开支持了。我是它们唯一的代表,也是前任司令官遗产的唯一继承人。

我也不再想进一步发展这种司法制度，为了维持现状，我就已经耗尽了我所有的精力。老司令官在世时，惩罚营里尽是他的信徒；他的信仰力量我还保持了几分，可完全缺少他那样的权力，所以，他那些信徒一个个先后溜走了，目前虽然还有不少，可是谁也不敢承认。要是今天，也就是处决犯人的这个日子，您到茶馆去听他们聊天，您听到的也许尽是些模棱两可的言论。这就是那些忠于老司令官的信徒，可是在现任司令官和他的新方针的统治下，他们对我毫无用处。现在我可要问您：这样一个毕生的杰作"——他指了指机器——"会不会由于新司令官和那些影响着他的女士们而毁灭？能让它毁灭吗？即使是一个只到我们岛上来几天的外地人，难道也应该听之任之吗？现在时间已经紧迫，有人正在密谋反对我的审判权；司令官的办公室里已经开过多次会议，我是被排斥在外的；甚至您今天的来访，在我看来也是对整个形势的清楚说明；他们都是胆小鬼，所以预先把您这样的外来者打发到这里。——要是在以前，逢到处决犯人，那是什么气势！就在行刑前的那一天，整个的山谷里人山人海；所有的人只是来这里看热闹的；一清早，司令官就和女眷们来了；军号声唤醒了整个营地里的人，我向司令官报告一切都已准备就绪；社会名流们——大官是不可缺少的——整齐地坐在机器的周围；这堆藤椅就是那个时代的可怜的遗迹。那时候，机器擦得锃亮锃亮，几乎每一次行刑，我都给机器换上新的备件。在几百双眼睛注视下——所有的观众都踮着脚一直站到那边山冈上——犯人被司令官本人带到耙子底下。今天一个普通士兵就能干的事，当时却由我这个审判长去做，可我感到光荣。接着行刑开始了！机器运转时听不到任何的噪音。有些观众根本不再去看行刑，他们闭上眼睛躺在沙地上；他们都知道：现在正义得到了伸张。在一片寂静中，人们听到的只有犯人被毡块堵得发闷的呻吟声。如今，机器已不再能从犯人嘴里榨出更加强烈的呻吟声，倒是破毡片能将他窒息。当年，书写的针能滴出一种酸液，可如今这种酸液已不再许可使用了。嗯，第六个小时终于来到了！人人都希望在近处看，但哪能办得到呢。司令官目睹这种情况，于是下令首先满足孩子们的要求；我因公务在身，当然一直站在犯人的旁边；我常常蹲在这儿，左右手臂上各抱着一个年幼的孩子。我们大家看到犯人那备受折磨的脸上焕发出的幸福的表情时,是多么高兴啊!我们的脸颊沐浴在终于出现但又马上消逝的正义的光辉之中!那是多么美好的时光啊,我的同志!"军官显然忘了他在跟谁说话;他抱住旅行者,把头压在对方的肩膀上。旅行者一时感到非常狼狈,不耐烦地越过军官的头向别处望去。士兵已打扫完毕,现在正从一个罐子里取出稀饭倒到盆子里。犯人这时好像完全恢复了过来,他一看到士兵往盆里倒稀饭,便用舌头去舐。士兵一再把他推开,因为稀饭是为往后一点的时间准备的。而士兵自己却毫不讲理,将两只脏手伸进盆里,当着贪吃的犯人的面捧起粥吃了起来。

军官很快就镇定了下来。"我并不想打动您的心,"他说,"我知道,要让今天的人理解那样的时代是不可能的。不过,这机器还能运转,它本身还是有用的。它现在仍然发挥着作用,尽管它孤零零地矗立在这山沟里。最后,尸首还会像从前那样以令人难以置信的轻飘飘的姿态掉进土坑,尽管情况和从前有所不同,那时候,成百上千的人像苍蝇逐臭似地簇拥在土坑周围,所以,我们不得不在土坑边上筑起一道坚固的栏杆,可惜栏杆早就给推倒了。"

旅行者想把自己的脸避开军官的视线,便漫无目的地朝四周看了看。军官以为旅行者在观察荒凉的山谷;于是,他抓住对方的双手,在对方周围转来转去,以便理解他目光的含意,然后问道:"您注意到这奇耻大辱吗?"

但旅行者沉默不语。军官只好暂时不去管他;自己却叉开双腿,两手叉腰,一动不动地站着,眼睛凝望着地上。接着,他向旅行者鼓励地笑了笑,说道:"昨天司令官邀请您的时候,我就在您的附近。我听到了他邀请您的话。我了解这位司令官。我立即明白,他邀请您的目的何在。虽然他大权在握,足以采取措施来对付我,但他还不敢下手,看来,他是想借助您这样一位有名望的外国人的看法来反对我。他是经过仔细盘算的;您在岛上已经第二天了,您不了解前任司令官和他的思想境界,您囿于欧洲人的看法,也许您一般地在原则上反对死刑,尤其反对用这样的机器来处决犯人。此外,您也看到这次处决是如何进行的,既没有群众参加,使用的机器又有些破损,确实可悲——那么,看到这一切以后(司令官这样想),难道您还会认为我的审理是正确的吗?要是您认为不对,您也不该对此守口如瓶(我始终是站在司令官的立场上说话的),因为您毕竟相信您自己经过反复推敲而做出的那些结论的。是的,您见识过也知道尊重许多民族的种种奇风异俗,因此您不会像在贵国那样,全力反对我的做法。不过,司令官根本不需要您这样做。随随便便地甚至漫不经心地提上一句也就够了。您只需表面上迎合他的愿望,不必坚持按照您的信念去做。我深信,他会非常机灵地询问您。他的女眷们就会坐在您四周,竖起耳朵听您的高见;您大概会对她们说:'在我们国家里,被告在判决前是要经过审讯的。'或者是:'在我们那儿,被判罪的人得知道对自己做出的判决。'或者是:'在我们国家里,除了死刑以外还有其他的刑罚。'或者是:'在我们那儿,只有在中世纪才有刑讯。'这些在您看来是理所当然的话,当然也是对的,但这些天真无邪的话,一点儿也没有接触到我审理的案子。可是,司令官对您所讲的话会做出什么样的反应呢?我可以想象,他,这位好司令官,会立即推开椅子,冲向阳台,我也会看到,他的夫人们一溜烟地跟在他的后面,我会听到他的声音——女士们称之为雷霆的声音——嗯,他的话准是这样的:'一位西方的大学者,派出来考察世界各国的诉讼程序,他刚才说,我们按照古老的习俗制定的诉讼程序是不人道的。鉴于他这样一位人物的这样一种意见,我当然无法再容忍这样一种法律制度继续存在下去。因此,我命令,从今天起……'等等等等。您想干预他,说您并没有说过他刚才喊出的话,您也没有说我的审理不人道;相反,凭您深刻的眼力,您认为我的做法是人道的和最符合人类尊严的,而且您非常欣赏这架机器——可是已经太晚了;您连阳台都挤不进去,因为它早被女士们占满了;您想引起人们的注意,您想喊叫,可是一位女士的纤手会来堵住您的嘴——于是,我和老司令官的机器都双双地完蛋了。"

旅行者只好忍住了笑;如此说来,他起初认为非常艰巨的任务竟这么轻而易举地解决了。于是,他支吾搪塞地说:"您过高地估计了我的影响;司令官读过了我的介绍信,他知道我不是什么刑事审判的专家。

如果我要发表意见,这不过是我个人的一孔之见而已,不会比任何普通人的重要,比起司令官的意见,那更是小巫见大巫了,就我所知,司令官在这座惩罚营里,拥有非常广泛的权力。如果他对这种诉讼程序的看法,诚如您所想的,是这样一种明确的看法的话,那么我担心,他无须我微薄的帮助也能宣告这一制度的结束。"

军官是不是终于明白了呢?不,他还不明白。他一连摇了摇头,急促地回头向犯人和士兵扫了一眼,吓得他们不敢再去吃饭,军官走到旅行者跟前,不看他的脸,却把眼睛盯在他上衣上的某个地方,声音比以前更低地说:"您不了解司令官;您和他以及我们大家处在某种对立的——请原谅我用这样的措词——虽说是无害的状态;请您相信我,我会正确地评价您的影响的。当我听说您一个人来参观行刑时,我真是高兴极了。司令官的这种安排是想打击我,我却把它变得对自己有利。您专心致志地听到了我的解释——要是有一大群人来参观行刑,您难免要受到不恰当的窃窃私语和鄙夷的目光的干扰而分散注意力——看到机器,这会儿又正在观察处决。您肯定已经做出了自己的判断;即便还有些小地方不够明确,但一看到处决的时候,它们就都会解决的。现在我向您提一个请求:帮助我反对司令官!"

旅行者不让他说下去:"我怎么能办得到呢,"他嚷道,"这是根本不可能的。我既帮不了您的忙,也不想加害于您。"

"您能帮我的忙。"军官说。旅行者有点担心地看到军官把拳头握了起来。"您能帮我的忙,"军官重复地说,态度更加咄咄逼人,"我有一个必定成功的计划。您以为您的影响微不足道,我却认为它是举足轻重的。不过我得承认,您是对的。但话又说回来,为了维护这一司法制度,难道不该去试试一切,甚至去试试可能是理由不足的事吗?那么,就请您听听我的计划吧。为了实行这一计划,首先要做的一件事就是,您今天在营地里应尽可能地不流露您对这种司法制度的看法。要是别人不直接问您,您就别开口;问到的时候,您的回答必须简短和模棱两可;要让别人看出,您难以就此事发言,您感到愤懑,万一要您公开表态,您得马上装出非常生气的样子。我并不要求您说谎,我绝无此意;您只需简短地回答,例如:'是的,我看过行刑了。'或者是:'是的,我已经听了所有的解释。'这就行了,不必多谈。您有充分的理由流露出不满情绪,尽管这不合乎司令官的心意。当然,他会误解您的意思,并按他的理解去解释您的不快。我的计划正是建立在这种设想之上。明天,司令官的办公室里将举行一次由全体高级行政官员参加的大会,由司令官主持。司令官当然懂得把这样的会议变成为一次公演。已建好了顶层楼座,配备好了观众。我虽然很不情愿,但还是不得不参加这个大会。而您呢,反正肯定会被邀请出席这次会议;要是您今天按照我的计划行事,对您的邀请就会变为迫切的请求。要是您由于某种无法解释的原因不被邀请,那您无论如何得跟他们提一声;这样一来,就准能得到邀请。到明天,您就会和女士们一起坐在司令官的包厢里。他会不时地向上看看,确信您已经在厢座里。在讨论完各种无关紧要、令人发笑、专为听众安排的事情——通常是海港工程,没完没了的海港工程!——之后,也要讨论诉讼程序的问题。万一司令官不提出或不马上提出讨论这个问题,我将设法让他提出来。我将从座位上站起来,向他报告今天的行刑情况。非常简短,只谈处决的情况。在这样的大会上做这样的报告是异乎寻常的,但我还是要做。司令官像往常那样用亲切的微笑向我表示感谢,接着他无法控制自己了,他要利用这大好的机会。'刚才,'他会说这样的或类似的话,'有人向我报告了这次行刑的情况。我只想补充一点,这次行刑是在这位伟大的研究者的目击下举行的,诸位知道,他的来访使我们的营地感到无上光荣。我们今天的会议也由于他的光临而增加了意义。诸位想不想向这位大名鼎鼎的学者提个问题,比方他是怎样评价按古老的习俗举行的行刑以及行刑前所进行的审理的。'这当然会引起一片喝彩,大家一致同意,我的掌声最大。接着司令官向您鞠了一个躬,并且说道:'现在我以各位的名义提出这个问题。'于是,您走近包厢的栏杆。您得把手放在大家都看得见的地方,不然女士们会捉住您的手,玩弄起您的手指来。——这时您终于开始发言。我不知道,我将以怎样的心情度过这紧张和引人入胜的时刻。发言时您用不着拘束,尽可大声地道出实情,要把身子俯到栏杆上,要大声吼叫,把您的意见,您的坚定不移的意见,向司令官大声喊出来。也许您不愿意这样做,这不符合您的性格,在贵国,人们在这种情况下也许会采取另外的做法,这也是对的,这一样能博得效果,您压根儿用不着从座位上站起来,只要说很少几句话,要悄声地说,只让您下面那些官员能听清楚,这就够了,您用不着主动去谈处决缺乏公众的支持、齿轮叽嘎作响、皮带扯断、令人作呕的毡块等等情况,您用不着去谈,这一切由我来谈。您就瞧着吧,我的发言即便不能把新司令官从大厅里赶出去,也要迫使他跪下来认输:老司令官啊,我向你屈服了。——这就是我的计划;您愿帮我实现它吗?您当然是愿意的啰,岂止愿意,您必须帮助我。"于是,军官抓住旅行者的两只胳臂,气喘吁吁地看着对方的脸。他最后那几个句子是大声喊出来的,连士兵和犯人都注意起来了;虽然他们一句话也听不懂,却中止了吃粥,一面咀嚼嘴里的东西,一面向旅行者看去。

　　旅行者从一开始就明白自己该如何回答;他一生经历了太多的事情,所以决不会在这里发生动摇;他心地诚实,用不着害怕别人。尽管这样,当他现在目睹士兵和犯人的情况时,他却迟疑了足足有抽一口气的时间。最后,他终于毅然地答道:"不行。"军官连连眨眼,却没有把眼光从旅行者身上移开。"您愿意听我解释吗?"旅行者问。军官默默地点点头。"我不赞成这种审判方式,"旅行者继续说道,"在您未向我透露秘密之前——我当然在任何情况之下也不会滥用您对我的这一信任——我就已经考虑过,我是否有权干预这种审判方式,我的干预是否有一丝成功的希望。我明白,我首先必须求助于谁:当然是求助于司令官。您使我更加明白这一点,但并没有加强我的决心,相反地,您真诚的信念使我悲伤,但并没有使我动摇。"

　　军官默不做声,转向机器,抓住一根黄铜杆,接着,他稍稍向后仰,朝绘图器看去,似乎在检查一切是否正常。士兵和犯人看上去已结为好友;犯人向士兵示意,尽管在被皮带紧紧扣住的条件下这样做显得非常困难,士兵向他弯下身去;犯人对他悄声地说了些什么,士兵频频点头。

　　旅行者跟在军官的后面,说:"您还不知道我想干些什么。诚然,我要把自己对审判方式的看法告诉司令官,但不是在大会上,而是同他单独面谈；我在这里不会待得太久，没工夫参加任何会议；明天一早就乘车或乘船离开这里。"

军官仿佛并不在听。"那么，您并不信服这种审判程序。"军官自言自语地说，又微微一笑，仿佛是一位老人在笑一个孩子的胡闹似的，但在微笑的后面隐藏着他真正的思考。

"那么说时候到了。"军官终于开口说，并突然用明亮的眼睛看着旅行者，这目光里包含着某种要求，某种要求参与的呼吁。

"什么时候到了？"旅行者不安地问道，可是得不到回答。

"你自由了。"军官用犯人的语言对犯人说。那人起先还不相信。"是的，现在你自由了。"军官说。犯人的脸容第一次恢复了生气。这难道是真的吗？这会不会是军官一时的心血来潮？是不是这位外国的旅行者为他求得了宽宥？这到底是怎么一回事？他脸上表露出这种种疑问。不过这样的时间并不长。不管是真是假，只要别人肯放他，他当然希望真的得到自由，于是他开始在耙子容许的范围内挣扎起来。

"你要把我的皮带挣断了，"军官喊道，"安静些！我们马上就解开皮带。"于是他向士兵做了个手势，示意要后者一道去解开皮带。犯人一声不吭地暗自发笑，他一会儿把脸转向左边的军官，一会儿又转向右边的士兵，同时也没有忘记旅行者。

"把他拖出来。"军官命令道。因为有耙子，拖的时候得略加小心。犯人由于操之过急背上已经擦破了几处。

从这时起，军官就不再去过问犯人了。他走到旅行者跟前，重新掏出小皮夹，在里面翻了翻，终于找到了他要求的那张图纸，并展开来给旅行者看。"您念念看。"他说。"我不会念，"旅行者说，"我已经说过，我不会念这些图纸。""您再仔细看看这张。"军官说，一边走近旅行者，以便和他一道阅读。可是这同样无济于事，于是军官把小指凌空悬在图纸上，仿佛图纸是绝不可触摸的，以便用这种方式指点旅行者阅读图纸。旅行者也真的尝试着去做，想至少在这方面取悦一下军官，但就是没法念下去。于是军官一个字母一个字母地拼出来，接着把用字母拼出来的词儿念了出来。"'要公正！'这儿是这么写的，"军官说，"您现在当然能往下念了。"旅行者把身子朝图纸深深地俯下去，军官怕他碰上，就把它挪开一点；旅行者虽然不再吭声，但显然仍旧没法继续念下去。"'要公正！'这儿是这么写的。"军官又说了一遍。"也许是吧，"旅行者说，"我相信图纸上是这样写的。""那么，好吧！"军官说，至少在一定程度上满意了，于是他拿了图纸爬上梯子；他非常小心地把图纸安放在绘图器里，显然是在调整所有齿轮的位置；这是一项艰苦细致的工作，因为牵涉到非常小的齿轮，有的时候他把头整个地埋到绘图器里面去了，这说明他必须非常精确地检查整个的齿轮传动装置。

旅行者站在下面目不转睛地望着军官，连脖子也弄僵了，眼睛也因天上倾泻下来的阳光而发痛。士兵和犯人这时在一块儿忙着什么。犯人的衬衫和裤子已经扔在坑里，士兵用刺刀把它们从土坑里挑了出来。衬衫脏得可怕，犯人只得在水桶里把它洗了洗。等他把衬衫和裤子穿上，两人不约而同地忍不住大声笑了起来，因为衬衫和裤子的后面已被割开了。也许犯人觉得自己有义务逗乐士兵，便穿着这身被切割成两半的衣服在士兵面前转了又转，士兵乐不可支，蹲在地上直打自己的膝盖。要不是他俩考虑到这些先生在场，就无法控制住自己了。

军官终于结束了高处的工作，还微笑着再次通观了一下齿轮装置的各个大小部件，然后把在此之前一直开着的绘图器的盖子砰地关上，接着，他爬下梯子，先往坑里看了看，再瞧瞧犯人，满意地发现这人已将自己的衣服从坑里拿了出来，然后他到水桶跟前去洗手，可这才发现里面的水脏得叫人恶心，他因此时不能在桶里洗手而感到难过，便想出个解决的办法，干脆把手插到沙土里去——这个替代的办法虽有不足之处，但他只好将就了——然后，他站起身来，开始解开上衣的扣子。就在这时，他早些时候塞在领子后面的两块女用手绢首先掉进了他的手里。"这是你的手绢。"他说，并把它们扔给了犯人。然后又向旅行者解释道："是女士们送的礼物。"

他显然急于脱去制服上衣和身上其他所有的衣服，尽管这样，他脱下每件衣服时总要把它恋恋不舍地拿在手里，他甚至还用手指去抚摩军服上的银绶带，把一条缨穗抖抖整齐。但是，一等他处理完一件衣服，就厌恶地把它猛甩到土坑里，这跟他处理时的细心态度很不相称。他身上最后剩下的东西，就只有一把系有皮带的短剑。他拔剑出鞘，将剑折断，把弄断的剑、剑鞘和皮带收拾到一块儿，扔进了坑，他扔得那么猛，以致坑里发出了它们相互碰击的清脆的声响。

现在，他一丝不挂地站着。旅行者咬紧嘴唇，一声不吭。他虽然知道下一步将发生什么事，但他无权阻止军官的任何行动。难道军官所留恋的诉讼程序真的就要完了——也许这还是他干预的结果呢，他感到自己有责任这样去做——果真这样，军官现在所采取的行动就是完全对的；要是旅行者处在军官的地位上，也只可能走这条路。

士兵和犯人起先不明白出了什么事，他们最初甚至没有往这边看。犯人由于拿回来了手绢而兴高采烈，但这只是暂时的，因为士兵出其不意地迅速从他手里抢走了手绢。犯人想从士兵的腰带下面——手绢就藏在这里——把手绢抢回去，可是士兵保持着高度警惕。就这样，他俩就半开玩笑地扭打起来。直到军官完全赤身裸体，才引起他俩的注意。特别是这个犯人，似乎已预感到即将有重大的转变发生。过去在他身上发生的事，现在竟在军官身上发生。也许会发展到极端的地步。大概这位外来的旅行者已下达了这方面的命令。就是说，要报仇。他自己并未历尽痛苦，到头来却报了仇。于是，在他的脸上漾出一股宽广的无声的笑容，而且不再消失。

可是，军官早已转向机器走去。读者早已知道，军官非常熟悉这台机器，但是现在，当你看到他怎么操纵机器，机器又怎样服从指挥，仍然不免大吃一惊。他刚把手伸近耙子，它就多次地上下移动，直至找到正确的位置将他抓住；他刚抓住床边，床就开始抖动起来；毡块也向他的嘴移了过来，你会看到，他并不想含毡块，不过只犹豫了片刻，便顺从地把它含进了嘴里。一切均已就绪，只有皮带还垂挂在两边，可是这显然没有用，军官是用不着捆绑的。可是犯人发现了松弛的皮带，在他看来，不把皮带扣上，处决就不算完满，于是他一个劲儿地向士兵招手，要他一道去捆绑军官。军官业已伸出一只脚想去推动曲柄，以便开动绘图器；这时他看见两人朝他走来，便缩回了伸出去的脚，让他们将自己系紧。可是他再也够不到曲柄；士兵和犯人是不会找到曲柄的；而旅行者则决定待在原地不动，在他看来，这没有必要。士兵和犯人刚把皮带给军官扣上，机器便开动了起来；床颤动着，针在皮肤上跳来跳去，耙子上下滑动着。旅行者呆呆地看了一会儿，突然，他想起绘图器里有个齿轮该发出吱嘎的响声了；可是一切都很寂静，丝毫听不到嗡嗡声。

机器无声地运转着，不再引起大家的注意。旅行者观察起士兵和犯人来。在这两人里，犯人显得更为活跃，他对机器上的一切都感兴趣，他一会儿弯下腰来，一会儿又伸直身子，频频伸出食指，在给士兵指点些什么。旅行者感到痛苦。他决心在这里待到底，可是看到这两人的所作所为，他无法再继续忍受下去。"你们回家吧。"他说。士兵倒很情愿，可是犯人把这命令看成了惩罚。他合着掌央求让他留下来，看到旅行者摇头拒绝，他甚至跪了下来。旅行者感到命令在此无济于事，正想走过去把他们撵走。就在这里，他听到头顶上的绘图器里发出一种噪声。他抬起头来看看。莫非哪个齿轮发生了故障？但他看到的却是另外的一幅图景。绘图器的盖子缓缓升起，接着又啪嗒一声地完全打开。一只齿轮的牙齿露了出来，逐渐升高，不一会儿，整个齿轮也露了出来，仿佛有一股巨大的力量在挤压绘图器似的，以致齿轮不再有搁置的地方，它旋转着升到了绘图器的边缘，接着掉了下去，在沙子上还滚了好大一段，然后停着不动了。但马上又有另外一个齿轮升了起来，后面又随着升起了许许多多、大大小小、几乎无法区分的齿轮，它们都一一从绘图器的边缘上掉了下来。人们总以为，这下子绘图器一定可以倒空，然而又出现了一组新的、数目特别多的齿轮，升了起来，掉了下去，在沙里滚动，然后停着不动。看到这一情景，犯人完全忘记了旅行者的命令，这一个个往下掉的齿轮把他完全迷住了，他总想去抓取一个，同时催促士兵帮他的忙，可是手刚一伸出去就吓得缩了回来，因为马上又有另外一个齿轮跟着掉了下来，初看它滚动时他甚至吓了一跳。

相反地，旅行者显得非常不安；机器显然正在化为碎片；它那无声的运转只是一种假象；他甚至感到，现在有必要照顾一下军官，因为后者不再能照料自己了。但由于齿轮的落下吸引了他全部的注意力，他竟忘了瞧瞧机器的其余部分；这时，最后一个齿轮已离开了绘图器，他便向耙子俯下身去，却发现一个新的、更加让人吃惊的现象。耙子并没有在写字，而是乱戳乱刺，床也没有翻动军官的身体，而是颤巍巍地把他的身体举起来送进针里。旅行者想进行干预，可能的话，使整个机器停下来，因为现在已经不是军官所希望实现的刑讯了，这简直就是谋杀。旅行者伸出双手想去救军官，可此时耙子已将叉起的身体举到一旁，这一点在平时要到第十二个小时才会发生。血流成了上百条小河（并没有搀水，喷水的小管这次也失灵）。还有一件失灵的事：军官的身体并没有从长针上落下来，而是悬在土坑的上空，不断地流血，却不掉下来。耙子也想恢复原位，可是当它发现自己尚未摆脱身上的负担时，就只好停在土坑的上空。"快帮帮忙吧！"旅行者朝士兵和犯人喊道，自己则抓住军官的双脚。他心想，他在这边压住军官的双脚，那两人在另一边抓住军官的头，这样就可以慢慢地把军官从针上卸下来。可是那两人不肯过来帮忙；犯人正一个劲儿地转着圈子；旅行者不得不向他们走过去，强迫他们走近军官的头部。在这里，他几乎是违愿地看到了尸首的面孔。面容一如生前（没有发现一丝期望拯救的痕迹）；别人从机器中所得到的东西，军官并未得到；他紧闭着双唇，睁大两眼，神情与生前一模一样，目光镇定而自信，那根大铁钉的针尖则穿透了他的前额。

当旅行者在士兵和犯人伴随下向营地的头一批房子走去的时候，士兵指着其中的一所说道："这就是茶馆。"

在这所房子的底层，有一个深而矮的类似洞穴的房间，它的墙壁和天花板已被烟熏黑。临街的这面，房间完全敞开着。尽管茶馆跟营地的其他房屋——除司令官宫殿般的建筑以外，所有的房屋均已荒芜——并没有多少区别，它却给旅行者留下了深刻的印象，仿佛这是一座历史的纪念碑，让他感到了已往时代的力量。他朝前走了几步，在陪伴者跟随下穿过了几张停放在茶馆前面街道上的空桌子，吸到了屋子里涌流出来的阴冷、潮湿而有霉气的空气。"那老头儿就葬在这里，"士兵说，"神父拒绝给他在公墓上留下一块地方。起先，人们一时拿不定主意该把他葬在哪里，最后决定将他埋在这儿。此事军官肯定没有对您讲，因为他对此尤其感到羞愧。在几次夜里，他甚至想把老头儿挖出来呢，可是每一回都给人撵走了。""坟墓在哪儿？"旅行者问道，他并不相信士兵所说的话。士兵和犯人立即双双跑到旅行者的前面，伸出手朝坟墓所在地指去。他们领着旅行者一直沿后壁走，有些顾客在那儿的几张桌子旁坐着。他们看来都是码头工人，身强力壮，满脸留着短而乌黑发亮的胡子。他们谁也没有穿上衣，衬衣也是破破烂烂的，都是些贫贱穷苦、受人凌辱的汉子。旅行者走近时，有几个人站了起来，紧贴墙壁，对着他看。"是个外国人，"旅行者周围响起了低低的耳语声，"他想看看坟墓。"他们把一张桌子推向一边，桌子底下果然露出了一块墓碑。这是一块普通的石头，矮矮的，以便可以藏在桌子底下。碑上有些很小的铭文，为了念这些铭文，旅行者甚至不得不跪了下来。墓碑上写道："老司令官长眠于此。他的信徒们为他挖了这个坟，立了这个碑，现在只好隐姓埋名，可以预言，司令官在若干年后又将复活，从这个屋里率领他的信徒重新占领这块营地。请你们相信并等着瞧吧！"读完这段文字，旅行者就站起身来，发现周围站着不少男人，他们在微笑，仿佛同他一道念过了铭文，觉得非常可笑，正期待着他同意他们的看法。旅行者装作并未发现这点似的，把一些硬币分给他们，等了一会儿，直至桌子重新推过来盖住了坟墓，然后离开茶馆，向港口走去。

士兵和犯人在茶馆里碰上了熟人，被留了下来。但不久他们就得离开这些熟人，因为旅行者才走到通向小船的那长长的石级的半路上，他们还来得及追赶上他。也许，他们这样做的目的，是想在最后的时刻迫使旅行者把他们带走。正当旅行者在下面跟一位船夫商谈引渡到轮船的价钱的时候，这两人飞速地奔下石级，一声不吭，因为他们不敢声张。可是等他们来到下面，旅行者已经上了小船，船夫正把小船撑离岸边。他们本来还想跳进小船，但旅行者从船板上拾起一根沉甸甸的、打了结的缆绳，向他们发出威胁，这才阻止了他们往下跳。

洪天富 译

变形记 *

一

一天早晨，格里高尔·萨姆沙从不安的睡梦中醒来，发现自己躺在床上变成了一只巨大的甲虫。他仰卧着，那坚硬得像铁甲一般的背贴着床，他稍稍一抬头，便看见自己那穹顶似的棕色肚子分成了好多块弧形的硬片，被子在肚子尖上几乎待不住了，眼看就要完全滑落下来。比起偌大的身躯来，他那许多只腿真是细得可怜，都在他眼前无可奈何地舞动着。

"我出了什么事啦？"他想。这可不是梦。他的房间，一间略嫌小了些、地地道道的人住的房间静卧在四堵熟悉的墙壁之间。在摊放着衣料样品的桌子上方——萨姆沙是旅行推销员——挂着那幅画，这是他最近从一本画报上剪下来并装在了一只漂亮的镀金镜框里的。画上画的是一位戴毛皮帽子围毛皮围巾的贵妇人，她挺直身子坐着，把一只套没了她的整个前臂的厚重的皮手筒递给看画的人。

格里高尔接着又朝窗口望去，那阴暗的天气——人们听得见雨点敲打在窗格子铁皮上的声音——使他的心情变得十分忧郁。"还是再睡一会儿，把这一切晦气事统统忘掉吧。"他想，但是这件事却完全办不到，因为他习惯侧向右边睡，可是在目前这种状况下竟无法使自己摆出这个

---

* 这是卡夫卡短篇小说的代表作。从作者当时致其未婚妻费丽丝·鲍威尔的信中可以看出，该作写于1912年11月中下旬至12月上旬。卡夫卡曾想以《儿子们》为题，将它与《判决》、《司炉》结集出版，未果。后于1915年发表在勒奈·布克尔编辑的《白色书页》上。同年由莱比锡库尔特·沃尔夫出版社出版了单行本。作者曾为此书的封面设计致函这家出版社："封面上可千万别画上那只昆虫啊。"最后，封面上的图像画的是一个孤苦的青年哭泣着走出家门。——编者

姿势来。不管他怎么使劲扑向右边,他总是又摆荡回复到仰卧姿势。他试了大约一百次,闭上眼睛,好不必看见那些拼命挣扎的腿,后来他开始在腰部感觉到一种还从未感受过的隐痛,这时他才不得不罢休。

"啊,天哪,"他想,"我挑上了一个多么累人的差事!长年累月到处奔波。在外面跑买卖比坐办公室做生意辛苦多了。再加上还有经常出门的那种烦恼,担心各次火车的倒换,不定时的、劣质的饮食,而萍水相逢的人也总是些泛泛之交,不可能有深厚的交情,永远不会变成知己朋友。让这一切都见鬼去吧!"他觉得肚子上有点痒痒,便仰卧着慢慢向床头挪近过去,好让自己头抬起来更容易些;看清了发痒的地方,那儿布满了白色小斑点,他不明白这是怎么回事,想用一条腿去搔一搔,可是立刻又把腿缩了回来,因为这一碰引起他浑身一阵寒颤。

他又滑下来回复到原来的姿势。"这么早起床,"他想,"简直把人弄得痴痴呆呆的了。人必须要有足够的睡眠。别的推销员生活得像后宫里的贵妇。譬如每逢我上午回旅店领取已到达的订货单时,这帮老爷们才在吃早饭。我若是对老板来这一手,我立刻就会被解雇。不过话说回来,谁知道被解雇对我来说就不是一件很好的事呢。我若不是为了我父母亲的缘故而克制自己的话,我早就辞职不干了,我就会走到老板面前,把我的意见一股脑儿全告诉他。他非从斜面桌上掉下来不可!坐到那张斜面桌上并居高临下同职员说话,而由于他重听,人家就不得不走到他跟前来,这也真可以说是一种奇特的工作方式了。嗯,希望还没有完全破灭;只要等我积攒好了钱,还清父母欠他的债——也许还要五六年吧——我就一定把这件事办了。那时候我就会时来运转。不过眼下我必须起床,因为火车五点钟开。"

他看了看那边柜子上滴滴答答响着的闹钟。"天哪!"他想。六点半,指针正在悠悠然向前移动,甚至过了六点半了,都快六点三刻了。闹钟难道没有响过吗?从床上可以看到闹钟明明是拨到四点钟的;它一定已经闹过了。是闹过了,可是这可能吗,睡得那么安稳竟没听见这使家具受到震动的响声?嗯,安稳,他睡得可并不安稳,但是也许睡得更沉。可是现在他该怎么办?下一班车七点钟开,要搭这一班车他就得拼

命赶，可是货样还没包装好，他自己则觉得精神甚是不佳。而且即使他赶上这班车，他也是免不了要受到老板的一顿训斥，因为公司听差曾等候他上那班五点钟开的火车并早已就他的误车作过汇报了。他是老板的一条走狗，没有骨气和理智。那么请病假如何呢？这可是令人极其难堪、极其可疑的，因为他工作五年了还从来没有病过。老板一定会带着医疗保险组织的医生来，会责备父母养了这么一个懒儿子并凭借着那位医生断然驳回一切抗辩，在这位医生看来他压根儿就是个完全健康却好吃懒做的人。再说，在今天这种情况下医生的话就那么完全没有道理吗？除了有一种在长时间的睡眠之后确实是不必要的困倦之外，格里高尔觉得自己身体很健康，甚至有一种特别强烈的饥饿感。

他飞快地考虑着这一切，还是未能下定决心离开这张床——闹钟恰好打响六点三刻——这时有人小心翼翼敲他床头的房门。"格里高尔，"有人喊——是母亲在喊"现在六点三刻。你不想出门了？"好和蔼的声音！格里高尔听到自己的回答声时大吃一惊，这分明是他从前的声音，但这个声音中却掺和着一种从下面发出来的、无法压制下去的痛苦的叽喳声，这叽喳声简直是只在最初一瞬间让那句话保持清晰可听，随后便彻底毁坏了那句话的余音，以至人们竟不知道，人们是否听真切了。格里高尔本想回答得详细些并把一切解释清楚，可是在这样的情形下他只得简单地说："是，是，谢谢母亲，我这就起床。"隔着木头门外面大概觉察不出格里高尔声音中的变化，因为一听到这句话母亲便放下心来，踢踢踏踏地走了。但是这场简短的谈话却使其余的家里人都注意到格里高尔令人失望地现在还在家里，而这时父亲则已经敲响了侧边的一扇门，敲得很轻，不过用的却是拳头。"格里高尔！格里高尔！"他喊，"你怎么啦？"过了一小会儿他又用更低沉的声音催促道："格里高尔！格里高尔！"而在另一扇侧门旁边妹妹却轻声责怪道："格里高尔？你不舒服吗？你需要什么东西吗？"格里高尔向两边回答说："我马上就好了。"并努力以小心翼翼的发音以及在各个词儿之间加上长长的休止来使他的声音失去一切异乎寻常的色彩。父亲也走回去吃他的早饭去了，妹妹却悄声说："格里高尔，开开门，我求你了。"可是他却根本不想去开门,而是暗自庆幸自己由于经常旅行而养成的这种小心谨慎的习惯,即便在家里他晚上也是要锁上门睡觉的。

首先他想静悄悄地、不受打扰地起床,穿衣并且最要紧的是吃早饭,然后才考虑下一步的行动,因为他分明觉察到,躺在床上他是不会考虑出什么名堂来的。他记得在床上曾经常感受过某种也许是由于睡姿不好而造成的轻微的疼痛,及至起床时才知道这种疼痛纯属子虚乌有,现在他急于想知道,他今天的幻觉将会怎样渐渐消逝。声音的变化无非是一种重感冒、一种推销员职业病的前兆而已,对此他没有丝毫的怀疑。

要掀掉被子很容易;他只需把身上稍稍一抬,它自己就掉下来了。可是下一步就难了,特别是因为他的身子宽得出奇。他本来用胳臂和手就可以坐起来;可是他现在没有胳臂和手,却只有这众多的小腿,它们一刻不停地向四面八方挥动,而且他竟无法控制住它们。他想屈起其中的一条腿,这条腿总是先伸得笔直;他终于如愿以偿把这条腿屈起来了,这时所有其余的小腿便像散了架,痛苦不堪地乱颤乱动。"可别无所事事地待在床上。"格里高尔暗自思忖。

他想先让下身离床,可是他尚未见过、也想象不出是什么模样的这个下身却实在太笨重,挪动起来十分迟缓。当他最后几乎发了狂,用尽全力、不顾一切向前冲去时,他却选择错了方向,重重地撞在床腿的下端,一阵彻骨的痛楚使他明白,眼下他身上最敏感的部位也许恰好正是他的下身。

所以他便试图先让上身离床,小心翼翼地把头转向床沿。这也轻易地做到了,尽管他身宽体重,他的躯体却终于慢慢地跟着头部转动起来。可是等到他终于将头部悬在床沿外边时,他又害怕起来,不敢再以这样的方式继续向前移动,因为如果他终于让自己这样掉下去,他的脑袋不摔破那才叫怪呢。正是现在他千万不可以失去知觉;他还是待在床上吧。

但是,当他付出同样的辛劳后又气喘吁吁像先前那般躺着,并且又看到自己的细腿也许更厉害地在相互挣扎,想不出有什么办法可以平息这种乱颤乱动时,他又心想,他不能老是在床上待着,即便希望微乎其微,也要不惜一切代价使自己脱离这张床,这才是最明智的做法。可是他同时也没有忘记提醒自己，三思而后行比一味蛮干强得多。这当儿，他竭力凝神把目光投向那扇窗户，但是遗憾的是，甚至连这条狭街的对面也都裹在浓雾中，这一片晨雾实在难以让人产生信心和乐观的情绪。"已经七点了，"方才闹钟响时他暗自思忖，"已经七点了，可是雾一直还这么重。"他带着轻微的呼吸静静地躺了片刻，仿佛他也许期盼着这充分的寂静会使那种真实的、理所当然的境况回归似的。

但是随后他便心想："七点一刻以前我无论如何也要完全离开这张床。到那时候公司里也会有人来询问我的情况的，因为公司七点前开门。"于是他开始设法完全有节奏地将自己的整个身子从床上摆荡出去。倘若他以这样的方式让自己从床上掉下去，着地时他将尽量昂起脑袋，估计脑袋还不至于会受伤。后背似乎坚硬；跌在地毯上后背大概不会出什么事。他最担心的还是那必然会引起的巨大响声，这响声一定会在一扇扇门后即使不引起恐惧也会引起焦虑。可是这件事做起来得有点胆量。

当格里高尔已经将半个身子探到床外的时候——这种新方法与其说是一种艰苦的劳动，还不如说是一种游戏，他永远只需要一阵一阵地摆荡——他忽然想起，如果有人来帮他一把，这一切将是何等的简单方便。两个身强力壮的人——他想到了他的父亲和那个使女——就足够了；他们只需要把胳臂伸到他那拱起的背下，这么一托把他从床上托起来，托着这个重物弯下腰去，然后只需小心翼翼地耐心等待着他在地板上翻过身来，但愿细腿们一触到地便能发挥其作用。那么，姑且不管所有的门都是锁着的，他是否真的应该叫人来帮忙呢？尽管处境非常困难，想到这一层，他禁不住透出一丝微笑。

他已经到了使出更大的力气摆荡便几乎要保持不了平衡的地步，很快他就要不得不最终采取决定性的步骤了，因为再过五分钟便是七点一刻——正在这时候，寓所大门的门铃响了起来。"是公司里派什么人来了。"他暗自思忖，几乎惊呆了，而他的细腿们却一个劲儿舞动得更猛烈。四周保持着片刻的寂静。"他们不开门。"格里高尔心里在想，怀抱着某种无谓的希望。但是随后使女自然就一如既往踏着坚定的步子到门口开门去了。格里高尔只需听见来访者的第一声招呼便立刻知道这是谁——是秘书主任亲自出马了。为什么只有格里高尔生就这个命,要给这样一家公司当差,只要有一点小小的差池,马上就会招来最大的怀疑?难道所有员工统统都是无赖,难道他们当中没有一个忠诚、顺从的人,这个人即便只是在早晨占用公司两三个小时就于心不安得滑稽可笑,简直都下不了床了?若是派个学徒来问问真的不顶事——假若压根儿有必要这么刨根问底问个不休的话——秘书主任就非得亲自出马,就非得由此而向无辜的全家人表示,这件可疑的事情只能委托秘书主任这样的行家来调查吗?与其说是由于做出了一个正确的决断,还不如说是由于格里高尔想到这些事内心十分激动,他用尽全力一跃下了床。响起了一声响亮的撞击声,但并不是什么了不起的闹声。地毯把跌落的声音减弱了几分,后背也比他想象的更富有弹性,这声并不十分惊动人的闷响便是这么产生出来的。只有那脑袋他没有足够小心地将其翘起,撞在地板上了;他扭动脑袋,痛苦而愤懑地将它在地毯上蹭了蹭。

"那里面有什么东西掉下来了。"秘书主任在左边邻室里说。格里高尔试着设想,类似今天他身上发生的事会不会有朝一日也让秘书主任碰上;其实人们必须承认这种可能性是存在的。可是像是对这个问题做出了粗暴的回答似的,现在秘书主任在隔壁房间里坚定地走了几步,让他那双漆皮靴发出嘎吱嘎吱的响声。妹妹从右边的邻室里用耳语向格里高尔通报消息:"格里高尔,秘书主任来了。""我知道了。"格里高尔嘟哝道,但是他没敢将嗓门提高到足以让妹妹听见的程度。

"格里高尔,"这时父亲从左边邻室里说道,"秘书主任先生来了,他要知道为什么你没乘早班火车走。我们不知道我们该对他说什么。再者,他也想亲自和你谈谈。所以请你开开门吧。他度量大,对房间里凌乱不会见怪的。""早上好,萨姆沙先生!"秘书主任和蔼地招呼道,"他身体不舒服。"母亲对秘书主任说,而父亲则还在门旁说:"他身体不舒服,您相信我吧,秘书主任先生。要不然格里高尔怎么会误了一班火车!这孩子脑袋瓜子里一心只想着公事。他晚上从来不出门,连我瞧着都快要生气了;现在他已经在城里待了八天了,可是每天晚上他都守在家里。他和我们一起坐在桌旁,默默读报或研究火车时刻表。如果他用钢丝锯干点活儿，这对他来说就已经是一种消遣了。譬如他就用两三个晚上雕刻了一只小镜框；您会感到惊讶的，它雕刻得多漂亮；它就挂在这房间里；等格里高尔一开门，您马上就会看到它。您的光临真叫我高兴，秘书主任先生。光靠我们简直没法让他开门，他固执极了；他一定是身体不舒服了，尽管他早晨矢口否认。""我马上就来。"格里高尔慢条斯理地说，可是却寸步也没移动，生怕漏听了交谈中的一句话。"太太，我也想不出有什么别的原因，"秘书主任说，"但愿不是什么了不起的病。可是话也得说回来，我们买卖人——你可以说是晦气也可以说是福气——出于生意经往往只好不把这种小毛小病当做一回事。""秘书主任先生现在可以进去看你了吗？"不耐烦的父亲又敲门问道。"不行。"格里高尔说。左边邻室里顿时出现一片令人难堪的寂静，右边邻室里妹妹开始啜泣起来。

妹妹为什么不到其他人那儿去呢？她大概现在才起床，根本还没开始穿衣吧。那么她为什么哭呢？因为他不起床并且不让秘书主任进来，因为他有丢掉这份差使的危险，因为随后老板就又要向父母亲逼债吗？眼下这不都是瞎操心嘛。格里高尔还在这里，丝毫也不想离开他的家人嘛。眼下他好好地躺在这地毯上，哪个知道他目前状况的人都不会当真要求他让秘书主任进来的。可是格里高尔总不会由于这个小小的失礼行为马上就被开除的吧，以后很容易就可以找个借口把它掩饰过去的嘛。格里高尔觉得现在他们与其抹鼻子流眼泪苦苦哀求，还不如别来打扰他的好。但是正是这种捉摸不定的情况令其他人感到苦恼，证明着他们的态度无可厚非。

"萨姆沙先生，"秘书主任提高嗓门说，"您这是怎么回事？您把您自己关在房间里，光是回答'是'和'不是'，不必要地引起您父母极大的忧虑，还以一种简直是闻所未闻的方式疏忽了——我只是捎带提一句——您的公务职守。我现在以您父母和您经理的名义和您说话，并正式要求您立刻做出明确的解释。我感到惊讶，我感到惊讶。我原以为您是个文文静静、明达事理的人，可是现在您似乎突然要耍怪脾气了。虽然今天早晨经理向我暗示了您不露面的原因——他提到了最近委托您收取的那笔现款——但是我确实几乎以我的名誉向他担保这根本不可能。可是如今我在这里看到您执拗得简直不可思议,我完全失去了任何兴致,丝毫也不想替您去说项了。您在公司里的地位绝不是最牢固的。这些话我本来想私下里对您说的,但是既然您在这里白白糟蹋我的时间,我就不知道,为什么令尊和令堂就不可以也一起听听呢。近来您的成绩很不能令人满意;现在虽然不是做生意的旺季,这一点我们承认;但是不做生意的季节是根本不存在的,萨姆沙先生,是不允许存在的。"

"可是秘书主任先生,"格里高尔气愤地说,一激动便忘记了一切,"我马上,我这就来开门。我有点不舒服,头晕,起不了床了。我现在还躺在床上呢。但是现在我已经又有了精神了。我正在下床。请稍等片刻!情况还不像我想象的那么好。可是我已经恢复健康了。一个人怎么会突然患上这种病!昨天晚上我还好好儿的,我父母亲是知道的嘛,或许不如说,昨天晚上我就已经有所预感。想必人们已经看出我有点不对头了。我为什么没向公司告病假!我总以为,这病用不着请假待在家里我也能挺过去的。秘书主任先生!请您体谅我的父母!您现在对我所做的种种指责都是没有根据的,有关这方面的问题人们一句话也没对我说过。也许您还没看到我已经寄出的最近一批订单吧。再者,我就乘八点钟的火车上路,这几个小时的休息使我精力充沛起来了。您别耽误时间了吧,秘书主任先生;我本人马上就上班,劳您大驾,把这一点告诉经理并代我向经理问好!"

就在格里高尔急促发出这一席话,几乎不知道自己讲了些什么的当儿,分明是由于有了床上的那些锻炼,他已经轻易地渐渐接近那只柜子,现在正试图靠着它使自己直立起来。如果真想开门,果真想露面并和秘书主任谈话;他很想知道,那些现在如此渴望见到他的人一旦看见他时会说些什么。如果他们给吓住了,那么格里高尔就不再有什么责任,就可以心安理得。但是如果他们对这一切泰然处之,那么他也就没有什么理由要大惊小怪,只要抓紧时间就真的可以在八点钟赶到火车站。起先他从光滑的柜上滑落下来几次,但是他最后猛一使劲终于站直了起来:对于下身的疼痛他一点儿也不在意了,虽然它火辣辣地作痛。他向着近处一把椅子的靠背倒下，他用自己的细腿紧紧抓住靠背的边缘。这一下他却也控制住了自己的身体并且沉默不语了，因为现在他可以倾听秘书主任讲话了。

"您们也哪怕听懂了一句话了吗？"秘书主任问父母亲，"他不是在拿我们寻开心吧？""天哪，"母亲已经带着哭声在喊，"他也许得了重病了，我们还在折磨他。葛蕾特！葛蕾特！"随后她便嚷嚷。"母亲？"妹妹从另一边叫喊。她们隔着格里高尔的房间对嚷起来。"现在你赶快去找医生。格里高尔病了。快去请医生。你听见格里高尔现在的讲话声了吗？""那是一种牲畜的声音。"葛蕾特说，比起母亲的叫喊来声音显得格外的轻。"安娜！安娜！"父亲通过门厅朝厨房里喊并拍着巴掌，"马上找个锁匠来！"话音未落，那两个女孩子便奔跑着穿过门厅，只听见裙子发出飕飕的响声——妹妹怎么会这么快穿上衣服的呢？——并猛一把拉开寓所大门。人们根本没听见关门声；她们大概让大门敞开着了，哪家出了什么大不幸的事大门往往都是这么敞开着的。

可是格里高尔的心境却平静得多了。人们虽然再也听不懂他的话了，尽管他自己觉得他的话说得相当清楚，比从前清楚，也许是因为耳朵习惯了吧。可是人们总算相信他并不是完全没病，并准备帮助他了。采取这些初步措施时的那种信心和沉着令他感到欣慰。他觉得自己又被纳入到人类的圈子里，虽然其实不太清楚医生和锁匠是什么人，却希望这两个人取得了不起的、惊人的成绩。为了使自己在即将到来的重要谈话中声音尽可能清晰些，他稍微嗽了嗽嗓子，当然竭力压低声音，因为很可能这种嗽声听起来就已经不同于人的咳嗽声，这正是他自己都不再敢于决断的事。这当儿，隔壁房间里一片寂静。也许父母正和秘书主任一起坐在桌旁，在悄悄地说话，也许大家都靠在门旁，都在偷听呢。

格里高尔扒着椅子慢慢向门口移动过去，在门口撂下椅子，向房门扑过去，靠着门板直起身来——他的细腿的底部有一些黏性——在那儿休憩片刻，缓过一口气来。但是随后他便开始用嘴巴来转动插在锁孔里的钥匙。遗憾的是，他似乎没有什么真正的牙齿——他用什么来咬住钥匙呢？——不过他的下颚倒十分结实，足以担当此项任务；在它的帮助下他也果真启动了钥匙,他没有注意到他无疑给自己造成某种伤害了,因为一股棕色的液体从他嘴里流出来,淌过钥匙并滴到地上。"您们听,"秘书主任在隔壁房间里说,"他在转动钥匙。"这对格里高尔是一种很大的鼓舞;可是本来大家都应该对他喊,父亲和母亲也应该对他喊:"加油,格里高尔!"他们应该高喊:"永远向前,紧紧顶住锁孔!"以为大家都在全神贯注地注视着他的艰难动作,他竭尽全力,死命咬住钥匙。他随着钥匙的旋转而绕着锁孔舞动;现在还在用嘴使自己的身体保持直立,他按照需要或是吊在钥匙上,或是随后便用自己身体的全部重量又将钥匙压下去。锁终于啪的一声反弹回去,这个清脆的响声简直使格里高尔如梦初醒。他舒了一口气暗自思忖道:"看我没用锁匠吧!"并将脑袋搁在门把上,想将门完全打开。

由于他不得不用这种方式来开门,所以实际上这扇门已经开出相当大的一个缝隙了,而人们却还看不见他自己的身影。他必须先慢慢绕着一扇门扇旋转,而且得十分小心,如果他不想恰好在人们进入房间之前重重地仰脸摔到地上去的话。他正在艰难地挪动自己,顾不上注意别的事情,这时他却听见秘书主任大声"哦"了一声——这声音听起来就像风在呼啸——而他同时也看到,最靠近门口的他怎样用一只手捂住张开的嘴巴并徐徐向后退去,仿佛有一股无形的、均匀作用的力在驱动他们似的。母亲——虽然秘书主任在场,她照样披散着一头一夜睡眠后蓬乱森竖的头发站立在那儿——先是合掌望着父亲,随后便向格里高尔走过去两步并倒在了地上,衣裙在她四周摊了开来,脸庞垂在胸口完全隐匿不见了。父亲恶狠狠地捏紧拳头,仿佛他要将格里高尔打回房间里去似的,随即犹豫不定地扫视了一下起居室,接着便用双手捂住眼睛哭了起来,他的宽阔的胸膛颤抖着。

格里高尔根本就不到房间里去,而是从里面靠住那半扇关紧的门,所以只有他的半个身子以及那上面那个向一边倾斜的脑袋可以看得见,他正歪着脑袋在张望别人。这当儿,天色明亮得多了,可以清清楚楚地看到街对面那幢长得没有尽头的深灰色建筑的一个分段——那是一座医院——排隔一定距离安置的窗户贯穿这幢建筑的正面;雨还在下,但是落到地面上的只是一滴滴大的、个别可以看得见的并且全然也是零零星星掉下的雨点。桌子上摆着数量极其众多的早餐餐具,因为对于格里高尔的父亲来说早餐是一天里最重要的一顿饭,他一边读着各种报刊一吃就是好几个小时。正对面墙上挂着一幅他服兵役时的照片,当时他是少尉,他的手按在剑上,脸上挂着无忧无虑的笑容,分明是要人家尊敬他的军人风度和制服。门厅的门开着,由于寓所的大门也开着,所以人们可以看到寓所外面的前院和向下的那道楼梯的开头几个梯级。

"唔,"格里高尔说,他分明意识到自己是唯一保持着镇静的人,"我马上就穿好衣服,包好样品就走。你们愿意,你们愿意让我走吗?唔,秘书主任先生,您会看到,我并不是冥顽不化,我喜欢工作;出差是辛苦的,但是不出差我就没法活。秘书主任先生,您去哪儿?去公司吗?是吗?您会如实报告一切吗?人可能一时没了工作能力,但是随后就会不失时机地回忆起从前的成绩并想到,以后,等消除了障碍,他一定会更兢兢业业地工作。我是非常感激经理先生的,这一点您十分清楚。另一方面,我要为我的父母和妹妹操心。我处境困难,但是我也会重新摆脱困境的。您就不要来给我平白地增添麻烦了。请您在公司里帮我美言两句!人们不喜欢旅行推销员,我知道。人们以为,他大把大把地挣钱,过着逍遥自在的日子。人们没有什么特别的诱因去更好地考虑这种成见嘛。可是您,秘书主任先生,您比公司里别的员工都更了解情况呀,而且甚至,我们私下里说说,比经理本人还更了解情况,他作为东家在做出判断时容易受迷惑对一个员工产生不好的印象。您也很清楚地知道,旅行推销员几乎整年都不在公司里,很容易成为闲言碎语、飞短流长的牺牲品。对此他防不胜防,因为他对此等事情往往一无所知,待到他精疲力竭做完一次推销旅行,在家里亲身感受到那糟糕的、莫名究竟的后果时他才有所感悟。秘书主任先生,您先别走,您总得对我说一句话吧,向我表明,您认为我的话至少有一小部分是对的!"

可是一听到格里高尔的头几个词儿秘书主任就已经扭过身去,他只是张开嘴唇回头从耸动的肩膀上向格里高尔望去。在格里高尔讲话的期间他片刻也没有站定,而是眼睛盯住了格里高尔,向门口溜过去,一步一步地蹩过去，仿佛存在着一道不准离开房间的秘密禁令似的。他已经到了门厅了，按照他最后一次将脚从起居室抽回时的那个突然的动作来判断，人们一定会以为，他刚才一定是灼伤脚跟了。可是一到门厅他便远远伸出右手指向楼梯，好似那儿有一个超自然的救星在等待着他。

格里高尔明白，如果他不想让自己在公司里的职位受到极大的危害，他就决不可以让这位秘书主任怀着这种心情离去。父母对这一切不甚了然；天长日久，他们已经形成了这样一种信念，以为格里高尔在这家公司里工作，一辈子可以吃穿不愁了，而且现在他们一心只想着眼前的愁苦事，根本无暇顾及将来的事。但是格里高尔顾及到了。必须挽留、安慰、说服秘书主任，并在最后博得他的好感；格里高尔和他一家人的前途全系在这上面呢！要是妹妹在这儿就好了！她聪明，当格里高尔还心平气和地仰卧着的时候她就已经哭了。秘书主任，这个爱好女人的人，一定会受她的驾驭；她就会关上寓所大门，在前室里劝他不要害怕。可是妹妹还就是不在，格里高尔只好亲自出马。没有想到他还根本不了解自己眼下的活动能力，也不去想一想，他的话可能——甚至十之八九又不会被人听懂，他离开了那半扇门扇；在门洞里挤过去；想向正可笑地用双手抓住过道楼梯栏杆的秘书主任走去；可是立刻一边寻找着支撑，一边轻轻一声喊叫跌倒下来，他那众多的细腿着了地。它们刚一着地，他便在这一天早晨第一次感觉到了一种身体上的适意：细腿们踩在实地上了；他高兴地注意到，它们完全听从指挥，它们甚至竭力把他带向他想去的那个方向；他已经以为，最终摆脱一切苦难的时刻已经为期不远了。可是就在这同一个刹那间，就在他摇摇晃晃，由于动作受到遏制，在离他母亲不远处，躺在她正对面的地板上的时候，似乎正完全陷入沉思之中的母亲却霍地跳了起来，远远伸出双臂，义开十指，大喊："救命，天哪，救命！"低垂着脑袋，仿佛她想把格里高尔看得更真切些似地，可是偏偏又身不由己地向后退去；忘记了她身后摆着那张已摆好餐具的桌子，当她退到桌子近旁时便好似心不在焉地一屁股坐了上去，并且好像丝毫不曾觉察到，咖啡正从她身旁那把已打翻的大咖啡壶里汩汩地往地毯上流。

"母亲，母亲！"格里高尔轻声说并抬起头来看着她。一瞬间他把秘书主任完全忘却了；可是他的下巴却忍不住咂巴起来，因为他看到了淌出来的咖啡。母亲见状再次尖叫起来，逃离开桌子，扑进向她迎面奔来的父亲的怀里。可是格里高尔现在无暇顾及他的父母；秘书主任已经在楼梯上；下巴搁在栏杆上，他还最后一次回头看了看。格里高尔急走几步，想尽快追上他；秘书主任想必有所察觉，因为他一个大步跳过好几级，消失不见了，"嗬！"可是他一边还叫喊，这叫声响彻整个楼梯间。遗憾的是，秘书主任这一逃跑似乎使迄今一直比较镇静的父亲也慌乱了起来，因为他非但自己不去追赶秘书主任，或者起码不妨碍格里高尔去追赶，他反倒用右手操起秘书主任的手杖，那根此人连同帽子和外套一起落在椅子上的手杖，用左手从桌子上抓起一大张报纸，一边踩着脚，一边挥动手杖和报纸，要把格里高尔赶回到他的房间里去。格里高尔百般请求也无济于事，他的请求也没有人懂得，不管他多么谦恭地转动脑袋，父亲只是一个劲儿拼命踩脚。那一边，母亲不顾天气凉爽打开了一扇窗户，身子探在了窗外，她把手远伸到窗户外面捂住了自己的脸。胡同和楼梯间之间刮起一阵强劲的穿堂风，窗帘掀起来，桌子上的报纸沙沙响，有几张在地面上翻滚。父亲无情地驱赶并发出嘘嘘声，简直像个狂人。可是格里高尔还根本没练习过后退，所以确实退得很慢。假如格里高尔可以转身的话，他马上就回到他的房间里去了，但是他担心这极费时间的转身会让父亲不耐烦，父亲手中的手杖随时会照准他的后背或头部予以致命的一击。可是最终格里高尔也没有别的办法，因为他惊恐地发现，倒退起来他连方向也掌握不了；就这样，他一面始终不安地侧过头去瞅着父亲，一面开始尽量迅速、而其实却只是很慢地掉转身子。也许父亲觉察到了他的良好意愿，因为他非但不干扰他，甚至还时不时远远地用手杖尖头搞点旋转动作。父亲若不发出这种让人无法忍受的嘘嘘声那该有多好！格里高尔让这嘘嘘声搞得心慌意乱。他已经几乎完全转过身来了，可是他却始终听着这嘘嘘声，竟晕头转向，又转回去了一些。然而当他最后总算将脑袋挪到门口时，这才发现，原来他的身体太宽，一下子还挤不进去。父亲在目前的心境下自然也决不会想到应该开开另外半扇门,以便让格里高尔顺利通行。他一心只想着,格里高尔必须尽快回到自己的房间里去。他也决不会允许格里高尔做那些繁琐的准备动作的,可是为了直起身来并且也许以这种方式从门口走进去,他就必须做好这些准备。现在他反倒大声喧嚷着把格里高尔往前赶,仿佛没有什么障碍似地;这在格里高尔身后听起来已经不再像是单纯一位父亲的声音了;现在确实不是闹着玩的了,于是格里高尔便——不顾一切地——挤进门里去。他身子的一边拱了起来,他斜躺在门口,他的一面腰部完全擦伤了,洁白的门上留下了难看的斑点,不一会儿他就给卡住了,单凭自己竟丝毫也动弹不得,身子一边的细腿们悬在空中颤抖,另一边的则在地上给压得十分疼痛——这时,父亲从后面使劲推了他一把,现在这一把倒确实救了他的性命,他当即便血流如注,远远跌进了他的房间里。房门还在手杖的一击下砰地关上了,随后屋子里终于寂静了下来。

二

　　直到薄暮时分格里高尔才从像是昏厥的沉睡中醒了过来。其实过不了多久他自己也一定会醒过来的,因为他觉得已经休息好并且也睡够了,然而他却觉得,仿佛他是让一阵疾走的脚步声以及一阵小心关上那扇通向门厅的房门的响声吵醒了似的。街上的电灯在天花板上和家具的较高部稀稀拉拉投下淡淡光晕,可是下面格里高尔的身旁却是一片黑暗。他慢慢地,仍还笨拙地用自己现在才晓得珍视的触角摸索着向门口挪去,想去看一看,那儿发生了什么事了。他的左半身似乎整个儿成了一道长长的、绷得又紧又不舒服的伤疤,他的两排细腿事实上只能瘸着走了。况且,一条细腿在早晨的事件过程中受了重伤——只伤了一条腿,这几乎是一个奇迹——如今毫无生气地搭拉在后面。

　　到了门边他才发现,究竟是什么把他吸引到那儿去了:那是某种可吃的食物的味道。原来那儿放着一只盛满了甜牛奶的盆子,里面还飘浮着几小片白面包。他几乎高兴得笑了起来,因为他现在比早晨更加饿了,他当即把脑袋浸到牛奶里去,几乎把眼睛也浸没了。但是不一会儿他又失望地把头缩了回来;不单单是因为他那棘手的左半身使他吃起东西来困难重重——只有整个身体一块儿呼哧呼哧喘着气,他才能吃东西——而且他还觉得这牛奶一点儿也不好喝,而这牛奶一直是他最喜欢喝的饮料,而且妹妹一定是因此才将它放在那儿的,哟,他几乎是怀着反感地转身撇下那只盆,爬回到房间中央去了。

格里高尔从门缝里看到起居室的煤气灯点亮了,可是往日里父亲惯常在白天的这个时间提高嗓门将他的下午出版的报纸读给母亲并且有时也读给妹妹听,而现在人们却听不到一点响声。唔,也许妹妹在谈话和信中经常向他谈到的这种读报的习惯最近压根儿就改掉了吧。但是四周围也是一片寂静,虽然寓所里肯定不是空无一人。"一家人过着多么平静的日子啊!"格里高尔暗自思忖,他一边呆呆地凝视着这一片黑暗,一边在心里感到一种莫大的自豪,因为他能够让他的父母和妹妹在一幢如此美好的寓所里过上这样一种生活。可是如果现在一切宁静、一切舒适、一切满足都要恐怖地宣告结束的话,情况又会怎么样呢?为了使自己不致耽于这样的遐想,格里高尔宁可活动活动,于是便在房间里爬来爬去。

在这漫长的夜晚,有一回一扇边门,还有一回另一扇边门开了一条小缝,后来又迅速关上了;大概是谁要进来,可是又顾虑重重。于是格里高尔便在贴近起居室门边的地方停下,决心要设法把那个犹豫不决的来访者带进来,或者至少也要弄清楚此人是谁;但是现在门不再开启,格里高尔白等了。清晨那会儿,所有的门全锁着,大家都想进来见他,现在他开开了一扇门,其余的门显然在这一天里已经打开了,却又谁也不来了,而且钥匙也反插在外面。

夜阑人静时起居室的煤气灯才熄灭,这时很容易便可断定,父母和妹妹这么久一直还没睡,因为人们分明听得见,现在这三个人都在踮着脚尖离去。这下天亮前是不会有人进来看格里高尔了;所以他有充裕的时间,可以从容不迫地考虑现在他该怎样重新安排自己的生活。可是他被迫匍匐在其地板上的这间高大空旷的房间使他感到恐惧,他说不出是什么原因,因为这毕竟是他已经住了五年的房间呀——他做了一个半无意识的转身动作并且不无一种轻微的羞耻感，便急忙爬到躺椅的下面，尽管他的背部有一点受挤压，尽管他再也不能抬起头来，他在那里却顿时感到十分舒服，唯一感到遗憾的，只是他的身体太宽，无法完全藏到躺椅的下面去。

他在那里待了整整一夜，一部分时间他在假寐中度过，而饥饿则一再使他惊醒，另一部分时间却在忧愁和模糊的希望中度过。他左思右想，总是只有一个结论，那就是他目前必须态度冷静，用忍耐和极度的体谅来协助家人克服他在目前的情况下被迫给他们造成的不方便。

一大清早，天还几乎没亮，格里高尔便有机会来检验他方才所下的决心是否坚定，因为妹妹几乎完全穿好了衣服从门厅那边开开门并表情紧张地向里张望。她没有立刻找到他，但是当她发现他在躺椅下面时——天哪，他总得待在什么地方呀，他总不能从那儿飞走嘛——她大吃一惊，以致她竟情不自禁地从外面又砰地把门关上了。可是仿佛她后悔她的举动似的，她马上又打开门，像是来看望一位重病人或者甚至一位陌生人似地踮着脚尖走了进来。格里高尔把头略探出躺椅的边缘并观察她的行动。她会不会看到，他没喝那牛奶，而且并非是因为不饿，她会不会送另一种比较合他口味的食物进来？她若不自动这样做，那么他宁可饿死，也不愿去提醒她注意这一情况，尽管他其实迫不及待想从躺椅下钻出来，匍匐在她脚下，求她拿点随便什么好吃的食物来。但是妹妹立刻惊愕地发现那只盆仍然是满的，只是在四周泼洒了一些牛奶，她立即把盆拿起来，不过不是直接用手，而是用一块破布，把它端走了。格里高尔极想知道，她会拿来什么替代的食品，他做出了种种猜测。但是他永远也猜不中，妹妹一片好心实际上正在做着什么事。为了测试他的嗜好，她给他送来品种繁多的食物，全都摊在一张旧报纸上。有不新鲜的、半腐烂的蔬菜；有昨天晚饭吃剩下来的肉骨头，上面蒙着已经变稠板结的白色调味汁；一些葡萄干和杏仁；一块两天前格里高尔已经认为不可食用的乳酪；一个干面包，一个抹了黄油的面包以及一个抹了黄油、放了盐的面包。除了这一切以外，她还放上了那只盆子，往里倒了些清水，这盆子显然是永远地归他专用了。她考虑得很周到，她知道，格里高尔不会当着她的面吃东西的,所以她急忙离去,甚至还转动钥匙,让格里高尔明白,他可以舒适安乐地随意进食。眼看就要吃饭了,格里高尔的细腿们一齐奔走起来。再者,他的伤口多半也已经完全愈合了,他不再觉得有什么不方便,他感到惊讶并想到,一个多月以前他用刀割伤了一点点手指头,前天他还觉得这个伤口相当的痛呢。"难道现在我不那么敏感了?"他一边在想,一边就已经贪婪地吮吸起乳酪来了,在所有的食物中,这乳酪立刻就把他强烈地吸引住了。他眼里噙着满意的泪水,迅速地一口又一口地吞吃乳酪、蔬菜和调味汁;那些新鲜的食物他反倒不喜欢吃,连它们的气味他都忍受不了,甚至把他想吃的东西叼到远一点的地方去吃。他吃饱了,正懒洋洋地躺在原处,这时妹妹为了示意让他退回去正慢慢转动钥匙。这使他立刻惊醒了过来,虽然他几乎已经睡着了,于是他又急忙躲到沙发榻下面去。但是待在沙发榻下面,即便只是妹妹在房间里的短暂的片刻,也需要他做出巨大的自我克制,因为饱餐一顿之后他的身体有点圆鼓起来,他在那儿给挤压得几乎喘不过气来了。他憋闷得透不过气来,用略微凸出来的眼睛在一旁观看,懵然无知的妹妹怎样用一把扫帚不光把吃剩的,而且也把格里高尔根本没有碰过的食物扫成一堆,仿佛这些没碰过的食物也不再可以食用了似的,还看着她怎样急急忙忙将这一切倒进一只桶里,盖上木盖,提着它走了。她刚一转过身去,格里高尔便从沙发榻下钻出来,舒展身子,活动肢体。

　　如今格里高尔就是这样每天获得他的饭食,一次在早晨,就在父母和女仆还在睡觉的时候,第一次是在大家吃完午饭之后,因为这时父母同样也还要睡一会儿,而女仆则让妹妹打发出去办一件什么事。他们当然也不愿意让格里高尔饿死,可是也许他们只想听人说说他吃东西的情形,他们根本不忍心亲自去看一眼吧,也许是妹妹想避免给他们增添哪怕可能只是一种小小的忧伤吧,因为他们实在是够烦心的了。

　　至于在那第一天上午人们是用什么借口将医生和锁匠又从寓所里打发出去的,格里高尔便不得而知了,因为既然他的话人家听不懂,所以谁也不认为,连妹妹也不认为,他会听懂别人的话,于是乎,每逢妹妹在他房间里,他便总是不得不满足于只是偶或听到她的叹息声和向圣者的祈求声。后来,她对这一切略微有些习惯了——完全习惯当然永远不可能——格里高尔才有时听到一句怀有好意的,或者是可以被解释为怀有好意的话。"今天他倒是吃得很香。"每逢格里高尔把饭菜吃得一干二净,她便会这样说。遇到如今渐渐日益频繁出现的相反的情形时,她通常就几乎总是忧伤地说:"又是什么都没碰。"

虽然格里高尔无法直接获得什么消息,他却从隔壁房间偷听到某些话,他一听到哪儿有说话的声音,便立刻跑到那个房间的房门旁边,把整个身上贴在门上。特别是在头几天,几乎没有哪次谈话不是在一定程度上涉及他的,即便只是秘密地谈到他。整整两天,一到吃饭的时候就可以听到,全家人在商量该怎么办;但是即便在饭前饭后人们也在谈论这同一个题目,因为总是至少有两个家庭成员待在家里,这大概是由于谁也不想单独待在家里的缘故吧,而且大家也决不会全都离开这寓所。女仆也在第一天——不完全清楚,对于所发生的事她知道些什么、知道多少——马上就乞求母亲立刻辞退她,而当她一刻钟以后辞别的时候,她眼泪汪汪感受到辞退,就像感谢人们在这里为她做了一件大好事那样,并且在没有人要求她这样做的情况下居然发了一个可怕的誓言,说是她决不向任何人泄露哪怕只是一丁点儿的情况。

现在妹妹也得帮着母亲做饭了;其实这也并不很费事,因为人们几乎什么也不吃。格里高尔一再听到,一个人怎样徒劳地劝另一个人吃饭,得到的回答总不外是:"谢谢,我饱了。"或诸如此类的话。饮料大概是什么也不喝的了。妹妹经常问父亲,他想不想喝啤酒,她自告奋勇,说要亲自去买,她见父亲不吭声,为了打消父亲的顾虑她便说她也可以让看门的女人去买,但是这时候父亲终于断然地说了一个"不"字,于是大家就再也不提这件事了。

在第一天,父亲便既向母亲也向妹妹说明了家庭的经济现状和前景。他时不时从桌子旁边站起,拿来一份什么凭据或一本什么备忘记事本,这些东西都放在一只小小的保险箱里,这是五年前他的公司破产时保存下来的。人们听到,他怎样打开那把复杂的锁,拿走寻找的物件后又将其锁上。父亲的这些说明部分是格里高尔遭囚禁以来所听到的第一个令人愉快的消息。他本来以为那家公司没给父亲留下一丁点儿财产，起码是父亲没对他说过任何与此相反的话，而格里高尔则自然也没向他问起过这件事。当初格里高尔一心只想着要竭尽全力，让家里人尽快忘掉父亲事业崩溃使全家沦于绝望的那场大灾难。所以他以不寻常的热情投入工作，几乎是一夜之间便从一个小办事员变成一个旅行推销员，从此自然便有了更多的赚钱的机会，他在工作上的成就立刻便以佣金的形式转化成现金，可以放在家里桌上呈现在惊诧而又喜悦的家人面前。那真是无比美好的时刻，这样美好的时刻以后再也没有出现过，至少没有这般风光地出现过，虽然格里高尔后来挣钱很多，他有能力承担并且也确实承担了全家的开支。家里人也好，格里高尔也罢，大家都习以为常了嘛，人们感激地接过这钱，他乐意交付这钱，可是一种特殊的温暖感却怎么也生不出来了。只有妹妹还令格里高尔感到十分亲近，他秘密盘算着，想在明年送她到音乐学院去学习，她跟格里高尔不一样，她酷爱音乐，拉得一手好小提琴，进音乐学院学习势必要花一大笔钱，他会想别的法子筹措这笔钱的。格里高尔在城里短暂逗留期间，在和妹妹谈话中间就经常提到音乐学院，但是始终只把这当作一个永远无法实现的美梦；这种不着边际的话父母连听都不愿意听；但是格里高尔却念念不忘这件事，打算在圣诞前夜隆重宣布这件事。

就在他挺直身子紧贴在门上在那儿倾听的当儿，他在脑海里转悠着这些在他当前的状况下完全是毫无用处的念头。有时他疲惫不堪实在无法注意倾听，便懒懒地把头靠在门上，但是立刻又将它挺直，因为连他由此而引起的那个小小的响声也让隔壁听见了，这响声竟让所有的人都沉寂了下来。"现在他又在干什么了？"稍过片刻父亲说，这话显然是对着门说的，随后这中断了的谈话才又渐渐恢复。

于是格里高尔充分了解到——因为父亲惯常重复自己说过的话，部分是因为他自己已经很久没接触这些事情了，部分也因为这一切母亲并非听了一遍马上就明白——尽管遭到了种种不幸，还是从旧日的岁月里积攒下了一笔当然是相当微不足道的财产，在这期间没有动用过的利息使这笔财产略微有所增加。但是除此之外，格里高尔每月拿到家里来的钱——他自己只留几个零用钱——没有完全花掉，并且已经攒成一笔小小的资金。格里高尔在他的门后频频点头，对这种意想不到的谨慎和节俭感到喜悦。他原本可以用这些多余的款子再还掉一些父亲欠经理的债务的，他摆脱掉这个职务的那个日子也就可以早早地到来，但是现在看来，父亲做了这样的安排，这无疑好多了。

可是要让一家人靠吃利息过日子，这笔钱还远远不够；这笔钱也许可以维持全家一年，至多两年的生计，没法再多了。所以这只是一笔不可轻易动用、留着以备不时之需的钱；过日子的钱人们还得去挣。而父亲虽然身体健康，但是已经年迈，他已经五年没做什么事，无论如何也不敢相信自己会有什么作为了。在这五年里，在他劳累而无成就的一生中初次享受安逸的这五年里，他发胖了，并且因此而变得动作相当迟钝。年迈的母亲患有气喘病，在家里走动都很困难，每隔一天就要呼吸不畅躺在靠近敞开的窗户旁的沙发上休息，难道还要让她出去挣钱？妹妹17岁还是个孩子，她应该安享她迄今为止的这种生活方式，穿得漂漂亮亮，睡得安安稳稳，帮忙做做家务，参加一些不太花钱的娱乐活动，尤其是要拉拉小提琴，难道要妹妹出去挣钱吗？只要一谈到这种出去做工挣钱的必要性，格里高尔便离开门，一头扑到门旁那张凉丝丝的沙发上，因为他羞赧和伤心得浑身燥热。

在漫漫长夜里他往往整宵整宵躺在那儿，一刻也不睡，只是一连几小时在皮面上蹭来蹭去。要不他就不辞辛劳将一把椅子推到窗口，然后就爬到窗台上，把背顶住椅子，靠在窗户上，显然是企图回忆从前临窗眺望时的那种自由舒畅的感觉。因为他看哪怕只是稍许远一些的东西确实一天天越来越模糊了；从前他常常诅咒街对面那座医院，因为它老是逼近在他眼前，现在他却压根儿再也看不见它了，倘若他不是分明知道自己住在这条寂静、而完全是在市区的夏洛蒂街，他便会以为窗户外面是一片荒漠，灰蒙蒙的天空与灰蒙蒙的大地浑然成为一体。细心的妹妹只是两次看到椅子放在窗口，她就每次打扫完房间后把那把椅子重新丝毫不差地放回到窗口，甚至从此还让里面那层窗户开着。

若是格里高尔可以和妹妹说话并感谢她为他所做的一切，他也许心里还会好受些；可是现在他却感到很痛苦。妹妹当然试图尽量抹掉整个事件中的那种令人难堪的成分，时间过得越久，她这一点自然也就做得越成功，可是随着时间的推移，这一切格里高尔也看得透彻得多了。她走进房间的那个样子就已经令格里高尔感到惊骇。刚刚走进房间，她便不失时机地急忙将各扇房门关上，可见她平时多么留意，不让任何人看到格里高尔房间里的样子，随即便直奔窗口，仿佛她要窒息了似地猛一把打开窗户，尽管天气还相当寒冷，也要站在窗口停留片刻，做深呼吸。她每天这样奔跑、喧哗，惊吓格里高尔两次；整个这段时间里他在沙发榻下哆嗦，心里却分明知道，她只要能在一个格里高尔待着的、窗户紧闭的房间里逗留，她是一定不会这样来搅扰他的。

有一回，大概在格里高尔变形一个月以后，其实这时她已经没有理由见到他再吃惊了，她比平时进来得早了一些，恰好看到格里高尔一动不动、模样可怖地站立着向窗外张望。倘若她看到他待在那儿妨碍她立刻开窗所以就不进来了，对此格里高尔倒也就不觉得意外了，可是她不单单是不进来，她甚至还吓得朝后一退并随手关上了门；一个陌生人见了简直会以为格里高尔是埋伏在那里等候她并且想咬她一口呢。格里高尔当然马上就藏到沙发榻下面，可是他不得不一直等到中午才看见妹妹重新进来，她似乎比平时烦躁不安得多了。从中他认识到，他的模样还一直让她感到不堪忍受，今后也必定会依然让她感到不堪忍受；还认识到她一定得十分地克制自己，才不致一看到他从沙发榻下探出的哪怕只是他全身的那一小部分便逃离而去。为了连这个情景也不让她看见，有一天他用自己的后背——他做这桩活儿花了四个小时——把床单拖到沙发榻上，将它铺得完全可以遮住他的身体，妹妹即使弯下腰来也不会看得见他。如果她认为没有必要铺上这条床单，她就会将它撤走，因为对于格里高尔来说这样把自己完全封闭住绝不是什么开心的事，这是明摆着的嘛，可是她却让床单这么铺着，没去动它，当有一次格里高尔用头小心翼翼把床单拱起来一些想看看妹妹对这一新措施有什么反应时，他甚至以为看到了一丝感激的目光。

在头十四天里父母鼓不起勇气进来看他，他经常听到，他们怎样充分赞赏妹妹现在所做的工作，而迄今为止他们一直是经常对妹妹感到恼火，因为他们一直觉得她是一个没多大用处的女孩子。可是如今，就在妹妹在那儿打扫的当儿，两个人，父亲和母亲，便常常等候在格里高尔的房门口，她一出来就不得不详细讲述房间里的情形，格里高尔吃了些什么，这一回他行为举止怎么样，是否多少有些好转的迹象。母亲倒是相当早地就想来看望格里高尔，但是父亲和妹妹起先举出合乎情理的理由劝阻她，格里高尔十分注意地倾听这些理由，他完全赞同它们。可是后来他们就不得不用强力拖住她了，她就大声叫喊："让我去看看格里高尔，他是我的不幸的儿子呀！你们难道不明白我必须去看他吗？"于是格里高尔便想，也许确实还是让母亲进来看看的好，当然不是每天都来，不过也许每星期一次；她各方面都比妹妹懂事多了，妹妹虽然很勇敢，可是毕竟还只是个孩子，说到底也许只是由于少不更事才承担了一项如此艰难的任务吧。

格里高尔的看母亲的愿望不久便实现了。考虑到他父母的情况，格里高尔不愿意大白天在窗户附近露面，可是爬行，他在这几平方米的地板上也爬行不了多少，这静卧不动他在夜晚就已经难以忍受了，不久他便食不甘味，所以为了消遣他便养成了在墙上和天花板上纵横交错来回爬行的习惯。他尤其喜欢倒挂在上面天花板上；这完全不同于在地板上躺着；呼吸起来比较轻松；一阵轻微的震荡贯穿全身；处于格里高尔在那上面的这种几乎是高高兴兴、精神涣散的状态中，可能就会发生这样的情况，他令自己感到惊诧不已地松开细腿，啪的一声掉在地板上。但是现在他当然完全不同于以往地控制住了自己的身体，甚至在这样重重的一跌时也没伤着自己。于是妹妹立即发现了格里高尔为自己找到的这项新的娱乐活动——爬行时他也会在一些地方留下他的黏液的痕迹的——她顿时便想到要尽量为格里高尔在爬行时提供方便，应该将妨碍他爬行的家具，尤其是柜子和写字台搬走。可是她一个人搬不动；请父亲来帮忙她不敢；女佣人肯定不会帮她的忙的，因为这个大约十六岁的女孩子虽然自从以前的那位厨娘辞退之后勇敢地坚持下来了，但是请求主人恩准她连续不断地锁住厨房门，只有在人家特意叫她时才将门打开；

所以妹妹没有别的办法，只好有一次乘父亲不在时叫母亲来帮忙。母亲也兴冲冲叫喊着过来，到了格里高尔的房门口却闷声不响了。妹妹自然先看了看，房间里是否一切正常；然后她才让母亲进去。这时格里高尔已经急忙将床单拉得更低些并把它弄出更多的皱褶来，整个儿看起来确实就像一条偶然张在沙发榻上的床单。这一回格里高尔也不从床单下往外窥视了；他放弃了这一回就可以见到母亲的这个希望，只要她来便感到分外高兴了。"来吧，我们看不见他。"妹妹说，她显然拉着母亲的手。于是格里高尔听到，这两个弱女子怎样移动那只无论如何也是沉重的旧柜子，妹妹怎样总是自己拣最重的那部分活儿干，根本不听母亲的告诫，母亲怕她过度劳累。她们搬了很久。大概干了一刻钟以后母亲说，这只柜子还是放在这里别搬走了吧，因为首先它太沉，父亲回来之前她们搬不走，让这只柜放在房间中央就会每天都阻塞格里高尔的去路，而其次呢，根本就吃不准搬走家具是否称格里高尔的心意。说是她觉得情况恰恰相反；她一看到这空荡荡的墙壁心里简直堵得慌；干吗格里高尔就不会也有这种感觉呢，他早就习惯了这些房间里的家具了嘛，他在空落落的房间里会感到孤独的。"这样不就是，"母亲最后完全轻声地做结论说，她压根儿就几乎是在耳语，仿佛她不知道格里高尔精确的逗留地点，她想避免让他听到哪怕只是话语的声响似地，因为他听不懂她说的话，对此她深信不疑，"这样不就是，好像我们搬走家具是在表示我们放弃一切恢复健康的希望、对他撒手不管了吗？我以为，最好我们还是设法让这房间完全保持原样，以便让格里高尔一旦重新回到我们身边来时觉得一切依然如故，就更容易忘掉其间这段时光。"

听到母亲这一席话格里高尔明白了，两个月里没有与人进行任何直接交谈，加上家庭内部的这种单调的生活，这一定完全把他搞糊涂了，因为他居然真的会要求腾清他的房间，对此他无法做出别的解释。难道他真的要让人把这间温暖的、配备着舒适的祖传家具的房间变成一个洞窟，他在这个洞窟里虽然可以向四面八方不受阻拦地爬行，可是同时也得迅速、完全地忘记自己以往的人性？他现在的确已经快要忘却了，仅仅是这久已不曾听见的母亲的语声才使他醒悟过来。什么东西也别搬走，一切必须保持原样；家具对他的状况的这些良好作用他不能没有；如果说这些家具妨碍他去做这种毫无意义的来回爬行的话，那么这不是什么坏事，而是一大优点。

但是可惜妹妹持不同看法；她已经并非完全没有道理地养成了在父母面前谈论格里高尔事务时以专家身份出现的习惯，所以现在听了母亲的建议，妹妹也有充分的理由坚持不仅搬走她起先独自想到的柜子和写字台，而且也坚持搬走全部家具，只留下那张必不可少的沙发榻。促使她提出这一要求的当然不仅仅是孩子气的倔强以及那种在最近如此意想不到和含辛茹苦获得的自信；她也确实观察到格里高尔爬行需要许多地方，而这些家具他却显然根本用不着。但是也许她这个年龄的女孩子们的那种耽于梦想的意识也起了一定的作用，这种意识一有机会便要寻求满足，现在葛蕾特受它诱惑，想让格里高尔的情况激起人们更大的惊恐，然后就可以为他做比迄今更多的事。因为进入一间格里高尔完全独霸这空荡荡的墙壁的房间里去，大概除了葛蕾特以外没有第二个人敢这样做的了。

因此她不让母亲动摇自己的决心，母亲在这间房间里惴惴不安似乎也没有主见，不久便沉默不语，竭尽全力帮助妹妹把柜子搬出去。唔，不得已时这柜子格里高尔可以不要，可是这写字台得留下。妇人们哼哧哼哧推着这柜子刚离开房间，格里高尔便从沙发榻下探出脑袋，想看一看，他怎样才能小心谨慎、尽量妥善地干预此事。可是不幸的是，偏偏母亲先回来，葛蕾特则在隔壁房间里抱住那只柜子，独自将它摇来晃去，当然丝毫也搬不动它。可是母亲没看惯他的模样，他会把她吓出病来的，所以格里高尔惊恐万分急速到沙发榻的另一端，但是已经无法阻止床单在前面略微晃动。这就已经引起了母亲的注意。她止住了，静静地站住片刻，随后走回到葛蕾特那边去。

尽管格里高尔一再默默对自己说没有发生什么不寻常的事，不过就是搬动了几件家具罢了，可是他不久不得不承认，妇人们的这阵来回走动，她们的轻声叫喊，家具在地板上的扒抓却像一阵巨大的、从四面八方袭来的喧闹对他产生了影响，他拼命把头和腿蜷缩成一团并将身体贴近地面,他不得不承认,这一切他再也忍受不住了。她们全部搬出他房间里的家具;拿走他喜欢的一切东西;那只放弓形细齿锯和别的工具的柜子已经让她们给搬出去了;现在她们正在拧松已经埋紧在地板上的那张写字台,他作为商学院学生,作为市立中学学生,甚至作为国民小学学生时就已经在这张写字台上写作业了,——这时他确实没有时间去审核这两位妇女所抱有的良好意图了,况且他几乎已经忘记了她们的存在,因为她们由于精疲力竭干活时已是哑然无语,只听见她们沉重的脚步声。

于是他就这样突然冲了出来——妇人们正靠在隔壁房间里的写字台上稍事喘息——四次改变行走方向,他的确不知道,他应该先拯救什么,这时他看到此外已是空落落的墙上醒目地挂着那位穿一身毛皮衣服的女士的画像,便急忙爬上去,紧紧地贴在镜框玻璃上,那玻璃粘住他,令他那热烘烘的肚子感到很舒服。至少这幅现在完全让格里高尔遮盖住了的画像如今是谁也拿不走了吧。他把头转向起居室门,以便观看她们如何回来。

她们没有休息很久便回来了;葛蕾特用胳膊揽住母亲,几乎托住了她。"我们现在拿什么呀?"葛蕾特边说边环顾四周。这时她的目光和墙上格里高尔的目光相遇。大概只是由于母亲在场她才保持镇静,向母亲低下头去,以便阻止母亲东张西望,并且说道,声音中却是带着颤抖并且未加考虑:"来,我们还是暂且先回到起居室里去吧?"对于格里高尔来说葛蕾特的意图是清楚的,她想将母亲带到安全的地方,然后将他从墙上轰下去。唔,让她来试试看!他趴在他的画像上,决不松开它。他还想扑到葛蕾特的脸上去呢。

但是葛蕾特的话反而让母亲感到不安,她走到一边,一眼看见印花墙纸上那个巨大的棕色斑点,她还没来得及回过神来意识到她看到的是格里高尔,便扯开轻微沙哑的嗓门喊道:"啊,天哪,啊,天哪!"随即便好像完全绝望似地张开双臂,一头栽倒在沙发榻上,不动弹了。"你,格里高尔!"妹妹举起拳头,目光炯炯地说。这是自变形以来她直接对他说的第一句话。她跑到隔壁房间里去拿某种可以使母亲苏醒过来的香精;格里高尔也想帮忙——还有时间可以去拯救这幅画像——可是他粘紧在玻璃上，不得不使了很大劲才挣脱开来；随后他又跑进隔壁房间，仿佛他像已往那样可以给妹妹出个什么主意似的，可是后来却只得无可奈何地站在她后面；她正在各种各样的小瓶子堆里翻寻着，她一转过身来，便吓了一大跳；一只瓶子掉在地上，摔碎了：一块碎片划破了格里高尔的脸，一种不知什么腐蚀性的药水环绕他四周流过，葛蕾特未敢多加逗留，拿起尽可能多的小瓶子，抱着它们直奔母亲那间房里而去，那门她用脚砰地踢上。如今格里高尔和母亲隔开了，由于他的过错母亲也许濒临死亡边缘；那门他不敢开，他生怕会吓跑了必须待在母亲身边的妹妹；除了等待，他现在没有什么别的事可做；受到了自责和忧愁的压抑，他开始爬行起来，他到处爬，他在墙上、家具上和房间天花板上爬，最后在绝望中，他觉得整个房间已经开始绕着他旋转起来，便掉下来摔在那张大桌子的中央。

过了一小会儿工夫，格里高尔软弱无力地躺着，四周一片寂静，也许这是一个好兆头。门铃响了。那女孩当然是把自己锁在厨房里的，所以葛蕾特只好去开门。父亲来了。"出了什么事了？"他张口就问；想必是葛蕾特的那副神态向他泄露了天机。葛蕾特闷声闷气回答，显然她是把脸贴在父亲的胸脯上了："母亲刚才晕了过去，不过这会儿她好些了。格里高尔逃出来了。""果然不出我所料，"父亲说，"我一直告诉你们的嘛，可是你们女人就是不愿意听。"格里高尔明白，父亲把葛蕾特的过于简短的说明往坏的方面作解释，以为格里高尔犯了什么暴力行为了。所以现在格里高尔必须设法平息父亲的怒气，因为他既没有时间也不可能向他做解释。于是他便躲避到他的房门口，蜷缩在门边，以便让父亲从门厅走进来时立刻可以看到，格里高尔怀有最良好的愿望，一心想着立刻返回自己的房间，没有必要将他驱赶回去，人们只需打开房门，他立刻就会进去的。

可是父亲无情无绪，觉察不到这种细腻的感情。"啊！"他一进门就喊，声音里仿佛既有愤怒，同时也有喜悦。格里高尔把头从门上缩回来，抬起它来瞧父亲。他确实没有想象到父亲会是这样，会是他现在站在这儿的这副模样；诚然，最近他只顾得新奇地爬来爬去，竟忘了像从前那样去关心寓所里别处发生的事,其实本应对情况变化有所思想准备的。但是,但是,这还是父亲吗?还是这同一个男子吗?从前每逢格里高尔动身出差,他便总是疲惫不堪地蒙头躺在床上;晚上回来时他总是身穿睡袍坐在靠背椅里迎候他,压根儿就不太能站得起来,而是只抬一抬胳臂表示高兴,在一年里几个星期天以及重大节日全家难得在一起散步时,他在其实已经走得很慢的格里高尔和母亲之间总是还要走得更慢一些,裹着他那件旧大衣,小心翼翼拄着拐杖艰难地向前移动步子,每逢他想说什么话,几乎总是站住脚,让陪同他的人聚拢在自己周围。可是现在他身板挺得相当直;穿一身绷得紧紧的金纽扣蓝制服,这是银行杂役的穿扮;一个厚实的双下巴鼓出在上衣硬领外面;浓密的睫毛下一双黑眼睛射出活泼、专注的目光;那一头平时乱蓬蓬的白发梳成了整整齐齐、油光闪亮的分头。他将他那顶绣有金色交织字母、大概是一家银行名号首字母的帽子顺着弧线抛过整个房间扔在沙发榻上,将那件长长的制服上衣的下摆往后一甩,双手插在裤袋里,板着面孔朝格里高尔走去。他大概自己也不知道他要干什么;不过他却把脚抬得老高,格里高尔吃惊地看着他那巨大的靴后跟。然而他不多耽搁时间,他从他开始新生活的第一天起便知道,父亲认为对他只宜采取极端严厉的态度。因此他便在父亲前面奔走,父亲站住就停下,只要父亲一走动便又急忙向前奔走。他们就这样在房间里转了几圈,没有做出什么重大的动作来,甚至由于行走速度很慢,整个儿这件事就不像是一种追逐。所以格里高尔也暂且待在地板上,尤其是因为他害怕父亲可能会把往墙上或天花板上逃跑看作是特别恶劣的行径。可是格里高尔不得不暗暗对自己说,甚至连这种奔走他也坚持不了多久;因为父亲跨出一步,他就得完成大量的动作。他已经开始感到气喘了,从前他那只肺也不太强。他正这样跌跌撞撞往前冲,为了把全部精力集中在奔走上,几乎眼睛也不睁开;他愣愣怔怔除了奔跑根本就想不到还有什么别的法子可以拯救自己;几乎已经忘记自己是可以随便上墙的,这里的墙壁当然都让精雕细镂、布满尖角和花边的家具挡住了——这时,有什么东西轻轻抛出,飞落在紧挨着他身边的地方,在他前面滚动起来。那是一只苹果;立刻又有第二只向他飞来；格里高尔惊吓得站住了；继续奔走是没有用的，因为父亲已下定决心要轰炸他。他用餐具柜上水果盘子里的苹果装满了自己的衣袋，也不好好瞄准，便将苹果一只一只地扔将出来。这些小红苹果像带了电似地在地板上到处滚动，互相磕碰。一只扔得不太用力的苹果轻轻触着格里高尔的后背，但是没有伤着他便滑了下去。紧接着又飞来的一只简直陷进他的后背里去了；格里高尔想挣扎着往前爬，仿佛一换地方这突如其来的、难以置信的疼痛便会消失似的；然而他却觉得自己好像被钉住在原地，便六神无主地瘫倒在地上。他只是在投出最后一瞥时还看到，他的房门被突然用力拍开，母亲抢在尖叫着的妹妹的前头跑了过来，身穿内衣，因为为了在她失去知觉时好让她呼吸舒畅些，妹妹已经把她的衣服解开了，他还看到，母亲随后便向父亲奔去，在奔跑的路上她那已解开的衣裙一件接着一件滑落到地上，绊着衣裙向父亲扑过去，抱住他，紧紧地搂住他——可是这时格里高尔的视力已经衰退——双手抱住父亲的后脑勺请求饶格里高尔一命。

三

　　格里高尔所遭受的使他吃了一个多月苦头的重创——那只苹果作为可以看得见的纪念品还一直留在他身上，因为没有人敢取走它——好像使父亲也想起了格里高尔尽管具有他目前这种可悲的、令人憎恶的形态，却依然是家庭的一个成员，人们不可以把他当敌人对待，而是应该把吞下并忍受厌恶、彻底忍受厌恶看作是家庭义务的准则。

　　即使格里高尔现在由于受了伤也许永远丧失了灵活行动的能力，眼下像一个老弱病残需要用好多分钟才能横贯他的房间——在高处爬行已是不可能——可是他为自己状况的这种恶化还是得到了一种在他看来完全足够的补偿，这就是每到傍晚时分那扇他惯常在一两个小时前便加以严密观察的起居室门便会打开，致使他躺在自己房间里的暗处，不为起居室里的人所看见，可以看见全家人坐在照亮的桌子旁边，可以倾听他们的谈话，可以说这是得到全体应允的，所以完全不同于已往。

不过，这不再是昔日那种轻松活泼的闲谈，以往每逢格里高尔在小小的旅店房间里不得不疲惫不堪地钻进潮湿的被窝里时便常常怀着几分渴念想到那样的情景。他们现在往往很沉默。吃罢晚饭后不一会儿父亲便在扶手椅里睡着了；母亲和妹妹相互告诫保持安静；母亲把头低低地俯在灯下，给一家时装店缝制精致的内衣；已经当上了售货员的妹妹在晚上学习速记和法语，将来也许可以谋到一个较好的职位。有时父亲醒过来，仿佛他根本不知道他已睡了一觉了似地，他对母亲说："你今天又干了这么多针线活！"说罢立刻又睡着了，母亲和妹妹则神色疲倦地相视一笑。

父亲怀着一种固执，在家里也不肯脱掉他那身制服；睡袍一无用处地挂在衣钩上，而他却穿戴得整整齐齐在座位上打瞌睡，仿佛他时刻准备着应差，在这里也等候着上司的吩咐似的。因此虽然有母亲和妹妹加以悉心保护，他那身一开始就不是簇新的制服还是渐渐显得脏了起来，格里高尔常常整夜整夜地望着这身沾着层层污渍、闪着经常擦拭的金纽扣亮光的衣服，老人就穿着这身衣服极不舒服却又极安宁地睡觉。

时钟一敲10点，母亲便轻声细语，设法唤醒父亲，随后便劝说父亲上床睡觉，因为这里睡不安稳，父亲6点就要上班，极其需要睡个安稳觉。但是由于自从他当上杂役以来便犯上了这种犟脾气，他总是坚持要在桌子旁边多待一会儿，尽管他通常都会睡着，后来反正得花尽九牛二虎的力气才能说动他以床换扶手椅。不管母亲和妹妹怎样和声细语劝诫他、催促他，他总要慢慢摇上一刻钟脑袋，闭上双眼，不站起来。母亲扯他的袖管，对着他的耳朵说些奉承拍马的话，妹妹放下功课过来帮助母亲，可是父亲就是不听劝告。他更深地沉陷在他的扶手椅里。直到妇人们抓住他的胳肢窝，他才睁开眼睛，交替着望望母亲和妹妹并惯常说："这就是生活。这就是我的平静的晚年。"于是在这两位妇人的搀扶下，他站起身来，颇费周折，仿佛他对他自己便是极沉重的负担似地，让妇人们一直扶到门口，在那里挥手叫她们回去，独自继续往前走，而母亲和妹妹则急忙分别扔下针线活和笔，追上父亲，以便继续助他一臂之力。

在这个操劳过度、疲倦不堪的家庭里，除了做些必不可少的事以外，谁还有时间去为格里高尔操更多的心呢？家庭开支日益紧缩；女仆给辞退了，一个蓬着满头白发高大瘦削的老妈子一早一晚来干些最粗重的活儿；所有其余的家务活儿都由母亲在干完众多的针线活儿之余承担起来了。甚至从前每逢参加娱乐活动和节日庆典母亲和妹妹欢欢喜喜佩戴的那些各色家庭首饰也变卖掉了，这是格里高尔晚上从大家对各件首饰达到的卖价的议论中得知的。但是最感头痛的事却是，人们无法离开这幢对于眼下的境况来说太大的寓所，因为实在想不出什么迁居格里高尔的招儿来。但是格里高尔分明看出，妨碍迁居的不仅仅是因为顾及到他，因为用一只带几个通气孔的合适的板条箱很容易就可以把他装运走的；阻止家里人搬迁的主要原因其实是那种完全绝望的情绪以及他们受到了在整个亲戚和熟人圈里谁也没有遭受过的一种不幸的打击的这个念头。世人要求穷人所做的一切，他们正最大限度地尽力去做，父亲给银行小职员们送早点，母亲含辛茹苦为陌生人缝内衣，妹妹按照顾客的命令在柜台后面跑来跑去，但是再做更多的事家里人已是力不从心了。每逢母亲和妹妹将父亲送上床之后重又返回来，放下手头的活计，靠近在一起，已经是脸颊贴着脸颊地坐着的时候；每逢母亲指着格里高尔的房间说："葛蕾特，把那儿的门关上"；每逢格里高尔又身处黑暗之中而隔壁妇人们涕泪交流或欲哭无泪地凝视着桌子的时候；每逢这种时候，格里高尔便总是觉得背上的伤口好似重新疼痛了起来。

夜晚和白昼格里高尔几乎都是无眠地度过的。有时他想到在下一回开门时要完全像从前那样把家里的担子挑起来；经过了长时间之后，他的脑海里又出现了经理和秘书主任，公司伙计和学徒，那个理解十分迟钝的听差，别家商号里的两三个朋友，外省一家客店里的一个侍女，一个可爱的、萍水相逢的女子，一家帽子商店里的一位女出纳员，他严肃认真而过分缓慢地向她求过爱——他们全都和陌生人或已被忘却的人混杂在一起出现，但是他们全都冷冰冰的，根本不来帮助他和他的家人，他们一消失，他便感到高兴。可是后来他又完全没有心思为他的家人分担忧愁了，而是只有对他照料不周而窝了一肚子的火，尽管他想象不出他会喜欢吃什么,他却制订计划,企图进入食物贮藏室,即便不饿,也要把本该属于他的从那儿叼走。妹妹现在再也不考虑怎样才能让格里高尔吃上可口称心的饭食,她总是在早晨和中午去商店上班前急急忙忙用脚往格里高尔的房间里随便推进一点吃的,晚上根本不管这食物是否只是尝了几口,还是——大多数情况下——连碰也没碰一下,她便一挥扫帚将其扫了出去。她现在总是在晚上打扫这间房间,打扫起来简直是快得不能再快了。一条条肮脏的条纹沿墙伸展,到处都是一团团尘土和垃圾。起先,在妹妹到来时格里高尔总待在这类特别引人注目的角落里,算是以这样的位置提出一种指责吧。但是他大概可以在那儿待上几个礼拜,妹妹也不会有所改进的;她分明和他一样看到这污秽的环境了,可是她已经打定主意随它去了。然而她却带着一种在她身上完全是新的、压根儿就已经侵袭了全家的敏感维护着自己的这个打扫格里高尔的房间的特权。有一回母亲彻底扫除了一下格里高尔的房间,其实也不过就是用了几桶水的事儿——这一片湿漉漉的当然也伤害了格里高尔,他摊开身子、懊恼不堪、一动不动地躺在沙发榻上——但是母亲却不免受到惩罚。因为晚上妹妹刚发现格里高尔房间里的变化,她便一脸委屈地跑进起居室,不顾母亲举起双手苦苦央求,号啕大哭起来,父母——父亲当然已经从扶手椅里惊起——起先惊讶地、无可奈何地在一旁看着;后来他们也开始按捺不住了;父亲责备右边的母亲没让妹妹去清扫格里高尔的房间;随后便大声呵斥左边的妹妹,说是再也不许她去打扫格里高尔的房间;母亲则试图把激动得不能自制的父亲拉到卧室里去;妹妹啜泣得身子发抖,用自己的小拳头捶打桌子;格里高尔气得噢噢直叫唤,因为竟没有人想到要去把门关上,以避免让他看到这副景象听到这场吵闹。

可是即使妹妹一天上班下来疲惫不堪,懒得像先前那样去照料格里高尔,母亲也大可不必越俎代庖嘛,格里高尔不会受冷落的呀。因为有老妈子在呢。这位老寡妇在其漫长的一生中凭着她那副强壮的骨骼多半已经饱经风霜,其实不会对格里高尔怀有什么憎恶的。有一回她并非出于好奇,而是纯属偶然地打开了格里高尔的房门,一看到惊诧不已、没受人驱赶便开始来回奔走的格里高尔，便交叉着十指搁在胸前，惊讶地站住了脚。从此她便总是不失时机经常在早、晚稍稍打开房门，匆匆朝里瞥一眼格里高尔。起先她也招呼他往自己身边走拢过来，用她大概自以为是客气友好的话，诸如"过来吧，老屎壳郎！"或者"你们瞧这老屎壳郎！"对于这类话语格里高尔丝毫不予理睬，而是一动不动地待在原地，仿佛房门根本就没有开开似的。别让这老妈子兴致一来就这样无聊地滋扰他呀，应该命令她天天打扫他的房间嘛！有一回，是在清晨，一阵急骤的雨点敲打着玻璃窗，也许已经是春天即将来临的一个征兆了吧——老妈子又絮絮叨叨啰唆开了，格里高尔好不恼怒，他向她转过身去，像是要进行攻击似的，动作当然迟缓、赢弱无力。可是这位老妈子非但面无惧色，反而高高举起放在门旁的一把椅子，瞧她张大着嘴站在那儿的那副架势，她的企图十分明显，她手里的这把椅子不砸在格里高尔的后背上，她是不会把嘴闭上的。"那么不再往前走啦？"看到格里高尔又转过身去时她问，这才心平气和地把椅子放回墙角。

格里高尔几乎什么也不吃了。只是当他偶然从已准备好的食物旁边经过时，他才玩儿似地往嘴里送上一口，在嘴里将它衔上几个小时，然后往往又将它吐掉。起先他想，是对他房间里的这种状况感到的悲痛才使他没有胃口吃饭，可是恰恰是对房间里的这些变化他很快就不以为意了。人们已经养成了把别处放不下的东西放到这间房间里来的习惯，这类东西现在多得很，因为人们把寓所里的一个房间租给了三个房客。这样一本正经的先生——三个人全都蓄着大胡子，这是格里高尔有一次从门缝里看到的——非常讲究整齐，不仅他们的房间要整齐，由于他们既然已经住进这儿来了，所以就要求整个寓所，尤其是厨房，都要井然有序。无用的，尤其是肮脏的杂物他们容忍不了。况且绝大部分生活用品他们都是自己带来的。由于这个原因，许多物件就变得多余了，这些东西卖起来虽然不值几个钱，可是人们也不愿意将它们扔掉。所有这些东西都塞进格里高尔的房间里。厨房里的煤灰箱和垃圾箱同样也是如此。只要是眼下用不着的东西，做事总是急急忙忙的老妈子便干脆往格里高尔的房间里一扔了事；幸亏格里高尔往往只看见那件有关的物件和拿住它的那只手。老妈子也许是想什么时候有机会再来拿走这些东西或者一下子把它们一股脑儿全扔出去,可是实际上它们经由她头一回一扔,扔到哪儿便一直一动不动待在哪儿了,如果不是格里高尔蜿蜒穿行于这堆破烂货之中,使它们有所移动的话,起先是迫于无奈,因为除此之外没有可以自由爬行的地方,但是后来却是带着越来越大的乐趣了,虽然他在作了这样的行走之后疲倦和伤心得要死,又接连几个小时不动弹了。

由于这几位房客有时也在家里公用的起居室里吃晚饭,所以有些个夜晚起居室门一直都关着,可是不开门格里高尔根本也无所谓,有几个晚上门开着他也没好好加以利用,而是没让家里人察觉,在他那间房间里最昏暗的角落里一躺了事。可是有一回老妈子让起居室门敞开了一点点。当那几位房客晚上进来,点亮了灯的时候,那扇门依然这么开着。他们坐在桌子的上首,这是从前父亲、母亲和格里高尔坐的地方,展开餐巾,拿起刀叉。母亲端着一碗肉立刻出现在门口,妹妹端一大满盆土豆紧随其后。食物冒着强烈的雾气。房客们向摆在他们面前的碗盆俯下身去,仿佛他们要在吃食之前检查它们似地,个头中等、在另外两位心目中似是权威的那个,果真就在碗里切开一块肉,显然是想断定,肉是否足够熟软,要不要退回厨房。他满意了,在一旁紧张观看的母亲和妹妹这才舒心地笑了起来。

家人们自己在厨房里吃饭。尽管如此,父亲进厨房之前先到这间房间里来,手里拿着帽子,鞠上那么一躬,绕着桌子转上那么一圈。房客们一齐站起来,嚅动着胡子嘟哝几句。当他们随后单独待在一起时,他们几乎完全一声不吭地吃着。格里高尔觉得奇怪,他从饭桌上的种种响声中竟一再分辨出他们牙齿的咀嚼声,仿佛这是在向格里高尔表明,吃饭是要用牙齿的,若没有牙齿即便长着最漂亮的嘴巴也是无济于事。"我有食欲,"格里高尔充满忧愁地暗自思忖,"可是不想吃这些东西。像这几位房客这样吃法,我会一命呜呼的!"

恰好在这一天晚上——格里高尔记不得在整个这段时间里曾听到过小提琴声——厨房里响起了小提琴声。房客们已经吃罢晚饭,中等个儿已经拿出来一份报纸,给另外两位每人一张,于是他们往后一靠,一边读报一边抽烟。当小提琴开始奏响时,他们留神倾听,站起来并踮着脚尖走到门厅门口,他们挤成一团站住脚。人们在厨房里准是听到了他们的响声,因为父亲在说:"诸位听了这琴声也许觉得不舒服吧?可以马上不拉的。""相反,"中等个儿房客说,"小姐不想到我们这儿来,到这儿房间里来演奏吗,这儿宽敞、舒适多了?""哦,好的。"父亲说,仿佛是他在演奏小提琴似的。房客们回到房间里去,等候着。不一会儿,父亲拿着乐谱架、母亲拿着乐谱、妹妹拿着小提琴走过来。妹妹神情安详地做着演奏的种种准备工作;父母从前从未出租过房间,所以对房客客气得过了头,竟不敢坐在他们自己的扶手椅上;父亲靠在门上,右手插在紧扣着的号衣的两个纽扣间;母亲却得到了一把由一位房客递给她的椅子,坐在边上一个角落里,因为那位房客偶然把椅子放到那里,所以她也就坐在那里了。

妹妹开始演奏;父亲和母亲各自从自己那个方向密切注视着她双手的动作。格里高尔受到琴声吸引,壮起胆向前爬了几步,脑袋已经伸进起居室了。他几乎不感到惊奇,他最近居然很少体谅别人;从前这种对别人的体谅是他引以为自豪的。然而恰恰是现在这个时候他实在是应该藏起来才是,因为由于他房间里到处积满了灰尘,稍稍一动尘土便飞扬,他身上也蒙满了灰尘;他在背上和两腰沾着绒毛、发丝和残羹剩饭爬来爬去;他现在对一切都无动于衷,他不会再像从前那样白天要在地毯上擦净几次后背。尽管处于这种状态,他却毫不畏惧,在起居室无污点的地板上向前爬行了几步。

不过倒是谁也没有注意他。家里人的注意力全倾注在小提琴演奏上;而房客们则先是将双手插在裤兜里,站在妹妹乐谱架后面很近的地方,近到他们大家简直都能看见乐谱了,这势必会妨碍妹妹的,随后便窃窃私语低着脑袋退回到窗口,他们也就待在那儿,父亲忧心忡忡地观察着他们的表情。情况确实再明显也不过了,显然他们本以为会听到美妙动听的小提琴曲的,他们失望了,对整个儿这场表演厌倦了,只是出于礼貌才继续让人扰乱自己的平静。尤其是从他们几个打鼻孔和嘴巴向空中吐出雪茄烟烟雾的那副模样中,人们可以推断出他们很不耐烦了。然而妹妹却演奏得十分精彩。她的脸侧向一边，目光专注而忧伤地追循着一行行乐谱。格里高尔又往前爬了几下，将脑袋紧贴着地面，以便也许能与她的目光相遇。既然音乐如此打动他的心，那么他是一头动物吗？他觉得，仿佛获取久盼的不知名的食物的途径正展现在他面前。他决心要一直推进到妹妹跟前，去扯她的衣裙，以此向她暗示，她可以带着她的小提琴到他的房间里来，因为这里谁也不像他那样欣赏她的演奏。他不愿意再让她离开他的房间，至少只要他活着就不愿意；他的恐怖形象他也将第一次派上用场；他要同时守卫他的房间的各扇房门，向来犯者怒吼；可是不要妹妹勉勉强强，她应该自觉自愿留在他身边；她可以和他一起坐在沙发榻上，向他低垂下耳朵，然后他就要向她透露，他已经打定主意要让她到音乐学院去学习，倘若不是横遭不幸，他早在去年圣诞节——圣诞节已经过了吧？——当众宣布这一计划了，任何反对意见他都将置之不顾。妹妹听到之后就会感动得热泪盈眶，格里高尔就会直向着她的肩膀直起身来，去吻她的脖子，打从她在店里上班以来她便一直不系丝带或领子地敞着颈脖。

"萨姆沙先生！"那个中等个儿房客对父亲喊，不再多说一句话地用食指指着慢慢向前移动的格里高尔。小提琴声戛然而止，中等个儿房客先是摇摇头对他的朋友们笑了笑，随后便又朝格里高尔望去。父亲似乎觉得现在最要紧的不是将格里高尔赶走，而是先去安抚房客，尽管这几位房客根本没发火，他们对格里高尔似乎比对小提琴演奏更感兴趣。他急忙向他们奔去，试图用张开的胳臂把他们推到他们的房间里去，同时用他自己的身体挡住他们看格里高尔的视线。现在他们倒真的有点儿恼火了，人们不再知道，这是由于父亲的行为，还是由于他们现在才发现住在隔壁的竟是格里高尔这样的邻居。他们要求父亲做出解释，也举起双臂，烦躁地捻着自己的胡子，只是缓慢地向他们的房间退去。这当儿，妹妹已经从演奏突然中断后陷入的迷惘中回过神来，在她懒懒散散垂着手握住了一阵小提琴和弓并继续仿佛还在演奏似地看了一阵乐谱之后，一下子迅速打起精神，将提琴搁在呼吸艰难剧烈喘息着还在扶手椅里坐着的母亲的怀里，跑进在父亲催促下房客们已更快地向之移近的隔壁房间里。人们看到，床上的被子和褥垫在她那双训练有素的手下飞来腾去，铺叠得整整齐齐。房客们还没有走进房间，她就铺好床，溜了出来。父亲似乎又犯犟脾气了。他忘了对房客应有的尊敬。他一个劲儿驱赶，直至最后那个中等个儿房客在房门口重重地一跺脚，从而使父亲停住脚步。"我正式宣布，"他说，举起手，也对母亲和妹妹扫了一眼，"考虑到这个寓所和家庭里存在着的这种令人厌恶的状况，"——说到这里他往地板上狠狠啐了一口——"我立刻解除我的房间的租约。我在这里已经住了几天，这几天的房租我当然一个子儿也不付，不但不付，我还要考虑，我要不要向您提出什么——您相信我吧——极容易说明理由的要求。"他沉默不语，眼睛直勾勾看着前方，仿佛他在等待着什么似的。他的两位朋友果真立刻插嘴说："我们也立刻退租。"话音刚落，他便抓住门把手，砰的一声关上了门。

父亲用双手摸索着踉踉跄跄向他的扶手椅走去，一头栽进椅子里；看样子他似乎伸开四肢像平时那样打个瞌睡，但是他那颗晃荡不定的脑袋的猛烈点头表明，他根本不在睡觉。整个这段时间里，格里高尔一直静静地趴在房客们当场发现他的那个地方，对他的计划失败感到失望，但是也许也是因长期挨饿而造成的身体虚弱，使他无力动弹。他怀着某种明确的预感担心下一刻大家便会向他发泄满腔的怒气并等待着。就连那把小提琴在母亲手指的颤抖下从她怀里掉落下来并发出震响，他也没有受到惊吓。

"亲爱的父母，"妹妹边说边用手拍了拍桌子算作引子，"这样下去是不行的。你们也许不明白这个道理，我明白。我不愿意当着这头怪物的面说出我哥哥的名字来，所以只是说：我们必须设法摆脱它。我们照料它、容忍它，我们仁至义尽了嘛，我认为，谁也不会对我们有丝毫的指责。"

"她说得对极了。"父亲自言自语。还一直在气喘吁吁的母亲露出一种癫狂的眼神用手捂住嘴干咳起来。

妹妹急忙奔向母亲，扶住她的额头。父亲似乎听了妹妹的话产生了某些想法，坐直了身子，在房客们吃完晚饭还未从桌上撤下去的盘子之间把玩着他那顶杂役帽,偶或向安静的格里高尔瞥一眼。

"我们必须设法摆脱它,"妹妹如今是专对父亲说,因为母亲在咳嗽什么也听不见,"它还会要了你们俩的命的,我分明看到了这个结局。如果人们已经不得不在干着这么繁重的工作,像我们大家这样,那么人们就不能还在家里忍受这没完没了的折磨。我也受不了了。"说罢,她号啕大哭起来,她的眼泪掉在母亲的脸上,她用机械的动作擦拭母亲脸上的泪水。

"孩子,"父亲同情地、充分理解地说,"可是我们该怎么办呢?"

妹妹只是耸耸肩膀表示一筹莫展,刚才她还信心十足,如今这一哭她一反常态没辙了。

"如果他懂我们的话!"父亲半带着询问的口吻说;妹妹哭哭啼啼使劲一挥手,表示这是不可能的。

"如果他懂我们的话,"父亲重复说并通过闭上双眼接受妹妹认为这事不可能的信念,"那么倒也许可能和他达成一个协议。可是这……"

"他必须离开这儿,"妹妹喊道,"这是唯一的途径,父亲。你只需抛开以为这是格里高尔这个念头。我们这么久一直相信这一点,这是我们真正的不幸。可是这怎么会是格里高尔呢?如果这是格里高尔的话,他早就会认识到,人和这样一头动物是不可能共同生活在一起的,就会自愿跑掉了。我们就没有哥哥,但是能继续生活下去,会缅怀他。可是这头动物现在却在迫害我们,驱赶房客,显然是想占领整幢寓所,让我们露宿街头。你瞧,父亲,"她突然尖叫起来,"他又来了!"在一阵完全令格里高尔不可思议的惊恐中,妹妹甚至离开了母亲,简直是推开了她的扶手椅,仿佛她宁肯牺牲母亲也不愿待在格里高尔身旁似的,并急忙奔到父亲背后,父亲只是由于她的态度才情绪激动起来,也站起身,像是保护妹妹似地在她身前略略举起双臂。

可是格里高尔根本不想吓唬什么人,更不想吓唬妹妹。他只不过是开始转身,想走回到自己的房间里去,不过这动作显得很引人注目,因为由于身上有伤残,在做艰难的转身动作时他不得不用脑袋来帮忙,他多次抬起头来并用头撞击地面。他停下来,环顾四周。他的良好意图似乎让人给看出来了；这只是一种瞬间的惊恐。如今大家都默默而忧伤地望着他。母亲伸出并并拢着双腿，躺在她的扶手椅里，她疲惫不堪地几乎合上了眼睛；父亲和妹妹并排坐着，妹妹用手搂着父亲的脖子。

"现在我也许可以转过身去了吧！"格里高尔边想边重新开始干了起来。他抑制不住因过度劳累而发出的喘息声，也不得不时不时歇一口气。不过倒也没有人在催他，一切全听凭他自己做主。当他完成了转身动作时，他便立刻开始径直往回爬去。也对于他和自己的房间之间距离之大感到惊异，根本就不明白，他身体这样虚刚才是怎么几乎不知不觉走完同样这段路的。一心只惦记着赶快爬行，他几乎没注意，现在家里人不说话不吭声不滋扰他。当他已经到达门口时，他才扭过头来，没完全扭转过来，因为他觉得脖子变僵硬了，不过他总算还看到，在身后没有发生任何变化，只有妹妹站了起来。他最后瞥了母亲一眼，母亲完全睡着了。

他刚进入房间，房门就被急速关上，闩上门闩，锁了起来。听到身后这突如其来的嘈杂声，格里高尔大吃一惊，他的细腿顿时都发软了。是妹妹这么迅捷地采取了行动。她早已站直身子等着，然后她灵巧敏捷地向前跨出几步，格里高尔根本没有听见她的脚步声，她一边转动锁眼里的钥匙，一边朝父母喊了声"终于锁上了！"

"现在怎么办？"格里高尔自言自语，在黑暗中环顾了一下四周。不久他便发现，他现在几乎再也动弹不了了。他对此不感到惊异，他反倒觉得，他迄今居然一直能用这些细腿活动，这才是不自然的。此外他感到相当舒适。他虽然感到浑身疼痛，但是他觉得，疼痛仿佛正在渐渐减轻，最终似乎会完全消失。背上那只烂苹果以及四周蒙上了软乎乎的尘土的那个发炎的部位他几乎已经感觉不到。他怀着深情和爱意回忆他的一家人。他认为自己必须离开这里，他的这个意见也许比他妹妹的意见还坚决呢。在钟楼上的钟敲响凌晨3点之前，他便一直处于这种空洞和平和的沉思状态中。窗户外面的朦胧晨曦他还经历了。然后他的脑袋便不由自主地完全垂下，他的鼻孔呼出了最后一丝微弱的气息。

当清晨老妈子来时——纯粹由于力气大和性子急，不管人们怎么求她别这样，她总是乒乒乓乓摔门，整幢寓所里她一来别人就再也甭想睡安稳觉——她在做这次寻常的短暂访问时起先没发现格里高尔有什么异样。她以为，他故意这么一动不动地躺着，装出一副大受委屈的样子；她相信他具有一切可能具有的理解力。由于她偶然在手里握着那把长扫帚，所以她就试图站在门口用它逗格里高尔发痒。当这么逗还不起作用时，她火了，便使劲捅了捅格里高尔的身体，当她很快便弄清了事情真相时，就睁大着眼睛，吹了一声口哨，但没有多耽搁时间，而是一把推开卧室房门，扯着大嗓门朝黑暗中嚷嚷："您们快来瞧瞧吧，它死了；它躺在那儿，完全没气了！"

萨姆沙夫妇在双人床上坐直身子，先从老妈子带来的惊吓中镇定下来，才慢慢领悟到她说的是怎么一回事。可是随后萨姆沙夫妇便各自急忙下床，萨姆沙先生将毯子往肩上一披，萨姆沙太太只穿睡衣便出来；他们就这样走进格里高尔的房间。这当儿，起居室的门也开了，自从房客们住进来后葛蕾特便一直睡在那儿；她完全穿好了衣服，仿佛她根本就不曾睡觉似的，她那张苍白的脸也似乎证明了这一点。"死了？"萨姆沙太太说边抬头用询问的目光望着老妈子，虽然一切都可以自己检验而且甚至不用检验也可以看得出来。"我是这么认为。"老妈子一边说，一边为了证明自己所说的话还用扫帚把格里高尔的尸体往旁边推移了一大段距离。萨姆沙太太做了一个仿佛想拉住那把扫帚的动作，但没去拉。"唔，"萨姆沙先生说，"现在我们可以感谢上帝了。"他画了一个十字，那三位妇女学他的样。葛蕾特目不转睛望着那尸体说："你们看，他多瘦呀。这么长时间里他什么东西也没吃。食物拿进去了，又原封不动地拿了出来。"格里高尔的身体果然完全干瘪，人们现在才真正看出这一点，现在这身体不再由细腿们抬高，而且此外也没有任何东西转移视线了。

"来吧，葛蕾特，到我们房间里来一下。"萨姆沙太太挂出一丝忧郁的笑容说，葛蕾特依依地回头看了看那尸体便跟在父母身后走进父母的卧室。老妈子关上门，打开全部窗户。尽管是清晨，清新的空气中却已透着些许暖意。毕竟已经三月底了嘛。

那三位房客从房间走出来，惊讶地寻找他们的早餐；人们把他们忘了。"早餐在哪儿？"那位中等个儿房客阴沉着脸问老妈子。这位老妈子则把指头放在嘴上，然后匆忙地、一声不响地向房客们示意，要他们到格里高尔的房间里来。他们也来了，随后就双手插进他们那有点儿穿旧了的上衣的口袋，在这间如今已完全明亮的房间里围住格里高尔的尸体站着。

这时卧室房门开启，只见萨姆沙先生身穿他那身号衣走出来，一只胳臂挽着他的妻子，另一只胳臂挽着他的女儿。三个人都有点儿哭肿了眼睛；葛蕾特时不时将脸贴在父亲的胳臂上。

"你们马上离开我的寓所！"萨姆沙先生没有松开妇人们，指着门口说。"您这是什么意思？"中等个儿房客有点迷惑不解地说，脸上挂着甜蜜的笑容。另两位反剪着双手，不断地搓着，像是在愉快地期待着一场激烈争吵，而这场争吵的结局八成将对他们有利。"我的意思我已经说得很明白了。"萨姆沙先生回答，在两位女士的陪伴下径直朝那位房客走去。这位房客先是默默站着，低头望着地板，仿佛这种种事情在他脑子里正在形成一种新的条理。"那我们就走吧。"随后他说，并抬头看着萨姆沙先生，仿佛在一阵突然向他袭来的谦卑中他甚至要为这个决定获得新的批准似的。萨姆沙先生只是睁大着眼睛多次朝他略略点一点头。紧接着这位房客果真跨着大步走进门厅；他的两位朋友安详地垂着双手已经倾听了一阵，现在简直是蹦跳着跟在他后面，仿佛害怕萨姆沙先生会赶在他们前面走进门厅，截断和他们首领的联系似的。三个人在门厅里从衣钩上拿下帽子，从手杖架上拔出手杖，默默鞠一躬，离开了这所房子。怀着一种显然是完全没有理由的不信任，萨姆沙先生带着两个妇人走到外面的过道里；靠在栏杆上，他们看着那三个人虽然缓慢、却不停地顺着长长的楼梯下去，在每一层楼的楼梯间的某一个转弯处消失不见，过了不多一会儿又出现；他们越往下走，萨姆沙一家人对他们的兴趣便消失得越多，而当一个肉铺伙计头上顶着一只筐神态骄傲地迎着他们上楼来，随后高高地从他们头顶上越过去的时候，萨姆沙先生很快便和妇人们一道离开栏杆，大家如释重负般地回到家里。

他们决定利用今天的时间休息和散步；他们不仅理应得到这一工作间歇；他们甚至绝对需要它。于是乎，他们在桌子旁边坐下，写三封请假信，萨姆沙先生写给经理处，萨姆沙太太写给定户，葛蕾特写给店主。他们正写着，老妈子走进来说她要走了，因为她早晨该做的活儿已经做完。三个写信人起先只点点头，没有抬眼看她，只是当老妈子总是还不肯离去时，人们才生气地抬起头来。"嗯？"萨姆沙先生问。老妈子面带微笑站在门口，仿佛她要向全家报告一件大喜事，但是只有当她受到彻底盘问时，她才会把它说出来。她帽子上那根几乎挺直的小鸵鸟羽毛，那根在她整段工作时间里都惹得萨姆沙先生生气的小鸵鸟羽毛，朝四面八方轻轻摇晃。"您究竟有什么事？"萨姆沙太太问，她还最受到老妈子尊敬。"哟，"老妈子回答说，笑眯眯的简直话都说不连贯了，"是这么回事，隔壁那玩意儿该怎么弄走，你们就不必操心了。事情已经办妥了。"萨姆沙太太和葛蕾特向她们的信里头去，仿佛她们想继续写信似的；萨姆沙先生发觉老妈子就要开始详细描述一切，便伸出一只手果断地阻住了她。但是由于不让她讲，她便想到自己急着要走，就显出显然受了侮辱的样子说："那就回头见吧！"怒气冲冲地转过身去，把门甩得乒乓直响，离开了这所房屋。

"晚上就辞退她。"萨姆沙先生说，但是既没有从他妻子那儿也没有从他女儿那儿得到答复，因为老妈子似乎已经又扰乱了她们刚获得的宁静。她们站起身来，走到窗户口并待在那儿，互相搂抱着。萨姆沙先生在扶手椅里向她们转过身去，静静地观察了她们一会儿。然后他喊道："你们来呀。别管那些陈旧的事了吧。你们也稍许关心一下我吧。"妇女们立刻听从他的话，急忙走到他跟前，对他爱抚一番，并迅速写完她们的信。

随后三个人便一起离开寓所，他们已有好几个月没这样做了，他们坐电车出城到郊外去。这辆电车里只有他们这几个乘客，温暖的阳光照进了车厢。他们舒舒服服靠在椅背上商谈着未来的前景，结果表明，仔细一考虑，他们的前景一点儿也不坏，因为他们彼此还从未询问过各自的工作，原来这三份差使全都蛮不错，而且特别有发展前途。目前最能改善他们状况的当然是搬一次家；他们想退掉现在这幢还是由格里高尔挑选来的寓所，另租一幢小一些，便宜一些，但是位置更有利尤其是更实用的寓所。就在他们这么闲谈着的当儿，萨姆沙夫妇一眼看到他们这位心情变得越来越轻松愉快的女儿时几乎同时发现，最近的种种忧患尽管使她的面颊变得苍白，但她还是长成一个美丽、丰满的少女了。默不做声，几乎下意识地交换着会意的目光，他们想到，现在已经到了为她找一个如意郎君的时候了。当到达目的地时，女儿第一个站起来并舒展她那富有青春魅力的身体时，他们觉得这犹如是对他们新的梦想和良好意愿的一种确认。

张荣昌 译

乡村医生 *

我感到非常窘迫：我必须赶紧上路去看急诊；一个患重病的人在十英里外的村子里等我；可是从我这儿到他那里是广阔的原野，现在正狂风呼啸，大雪纷飞；我有一辆双轮马车，大轮子，很轻便，非常适合在我们乡村道路上行驶；我穿上皮大衣，手里拿着放医疗用具的提包，站在院子里准备上路；但是找不到马，根本没有马。我自己的马就在头天晚上，在这冰雪的冬天里因劳累过度而死了；我的女佣人现在正在村子里到处奔忙，想借一匹马来；但是我知道，这是不会有什么结果的，我白白地站着，雪愈下愈厚，愈等愈走不了了。那姑娘在门口出现了，只有她一个人，摇晃着灯笼；当然，谁会在现在这样的时刻把马借给你走这一程路呢？我又在院子里走来走去，可是想不出一点办法；我感到很伤脑筋，心不在焉地向多年来一直不用的猪圈破门踢了一脚。门开了，门板在门铰链上摆来摆去发出拍击声。一股热气和马身上的气味从里面冒出来。一盏昏暗的厩灯吊在里面的一根绳子上晃动着。有个人在这样低矮的用木板拦成的地方蹲着，露出一张睁着蓝眼睛的脸。"要我套马吗？"他问道，匍匐着爬了出来。我不知道说什么好，只是弯下腰来看看猪圈里还有什么。女佣人站在我的身边。她说："人往往不知道自己家里还会有些什么东西。"我们两人都笑了。

"喂，老兄，喂，姑娘！"马夫叫着，于是两匹强壮的膘肥的大马，它们的腿紧缩在身体下面，长得很好的头像骆驼一样低垂着，只是靠着躯干运动的力量，才从那个和它们身体差不多大小的门洞里一匹跟着一

---

* 这篇梦幻性小说也是作者自己最喜爱的短篇之一。可惜未能留下手稿。估计写于1917年，翌年首次发表在莱比锡库尔特·沃尔夫出版社出版的创作年鉴《新创作》上，1919年与其他13个短篇集成同名小说集出版。——编者

匹挤出来。它们马上都站直了,原来它们的腿很长,身上因出汗而冒着热气。"去帮帮他忙。"我说,于是那听话的姑娘就赶紧跑过去,把套车用的马具递给马夫。可是她一走近他,那马夫就抱住她,把脸贴向她的脸。她尖叫一声,逃回到我这里来,脸颊上红红地印着两排牙齿印。"你这个畜生,"我愤怒地喊道,"你是不是想挨鞭子?"但是我马上就想到,这是个陌生人;我不知道他是从哪儿来,而当大家都拒绝我的要求时,他却自动前来帮助我摆脱困境。他好像知道我在想什么,所以对我的威胁没有生气,只顾忙着套马,最后才把身子转向我。"上车吧!"他说。的确,一切都已准备好了。我注意到这确实是一对好马,我还从来没有用这样的好马拉过车呢,我就高高兴兴地上了车。"不过我得自己来赶车,因为你不认识路。"我说。"当然啰,"他说,"我不跟你去,我要留在罗莎这里。""不!"罗莎叫喊起来,并跑进屋里,预感到自己将遇到无可逃避的厄运;我听见她拴上门链发出的叮当声,我听见钥匙在锁孔里转动的声音,我还可以看到她先关掉过道里的灯,然后穿过好几个房间把所有的灯都关掉,这样别人就找不到她了。"你同我一道走,"我对马夫说,"否则我就不去了,即使是急诊也罢。我不想为这事把姑娘交给你作为代价。""驾!"他吆喝道,同时拍了拍手;马车便像在潮水里的木头一样向前急驰;我听到马夫冲进我屋子时把房屋的门打开发出的爆裂声,接着卷来一阵狂风暴雪侵入我所有的感官,使我什么也听不见什么也看不到。但这只是一瞬间的工夫,因为我已经到了目的地,好像病人家的院子就在我家的院门外似的。两匹马安静地站住了,风雪已经停止,月光洒在大地上,病人的父母匆匆忙忙地从屋里出来,后面跟着病人的姐姐。我几乎是被他们从车子里抬出来的,他们七嘴八舌地嚷嚷着,我一句也听不清楚。病人房间里的空气简直无法呼吸,炉子没有人管可是冒着烟。我想打开窗子,但是我首先得看看病人。这年轻的病人长得很瘦,不发烧,不冷,也不热,有一双失神的眼睛,身上没有穿衬衫,他从鸭绒被下坐起来,搂住我的脖子,对着我的耳朵轻声说:"医生,让我死吧。"我向四周看了一眼,没有人听到这句话;病人的父母正弯身向前默默地站着,静候我的诊断;姐姐搬来一张椅子让我放手提包。我打开提包,寻找医疗用具;这孩子还是从床上向我摸过来,要我记住他的请求;我取出一把小镊子,在烛光下检查了一下又把它放回去。"是的。"我有些亵渎神明地想,"上帝在这种情况下真肯帮忙,送来了失去的马,由于事情紧急还多送一匹,甚至还过了分多送了一个马夫——"这时我才又想起了罗莎。我该怎么办,我怎样才能救她,离她有十英里之遥,而且套的两匹马难以驾驭,在这种情况下,我怎样才能把她从马夫身下拉出来呢?现在,这两匹马不知用什么方法松开了缰绳,我也不知它们怎样从外面把窗户顶开的;每一匹马都从一扇窗户探进头来注视着病人,对于这家人的叫喊毫不在乎。"我最好马上就回去。"我想好像那两匹马在要求我回去似的,但我还是容许病人的姐姐替我脱下皮大衣,她还以为我热得有些晕眩了。老人给我斟来一杯罗姆酒,拍拍我的肩膀,他拿出心爱的东西来待客表明对我的亲切信赖。我摇了摇头;老人狭隘的思想,使我很不舒服;正是由于这个原因我谢绝喝酒。母亲站在床边招呼我过去,我顺从了,而当一匹马向天花板高声嘶叫的时候,我把头贴在孩子的胸口,他在我的潮湿的胡子下面颤栗起来。这就证实了我的看法:这孩子是健康的,只是血液循环方面有些小毛病,这是因为她母亲宠爱过分给他多喝了咖啡的缘故,但确实是健康的,最好还是把他赶下床来。我并不是个社会改革家,所以只好由他躺着。我是这个地区雇佣的医生,非常忠于职守,甚至有些过了分。我的收入很少,但我非常慷慨,对穷人乐善好施。可是我还得养活罗莎,所以这男孩想死是对的,因为我自己也想死。在这漫长的冬日里,我在这儿干些什么啊!我的马已经死了,村子里没有一个人肯借马给我。我只得从猪圈里拉出马来套车;要不是猪圈里意外地有两匹马,我只好用猪来拉车了。事情就是这样。于是我向这家人点点头。他们一点也不知道这些事,即使他们知道了,他们也是不会相信的。开张药方是件容易的事,但是人与人之间要互相了解却是件难事。好了,我的出诊也就到此结束,我又一次白跑了一趟,反正我已经习惯了,这一地区的人老是晚上来按我的门铃,使我深受折磨,但是这一次还得牺牲个罗莎,这个漂亮的姑娘多年来一直和我生活在一起,我几乎没有怎么管她——这个牺牲未免太大了，于是我必须在头脑里仔细琢磨一下，以克制自己不致对这家人训斥起来，他们无论如何也不可能把罗莎还给我了。但是当我关上提包，伸手去取皮大衣时，全家人都站在一起，父亲嗅着手里的那杯甜酒，母亲可能对我感到失望——是啊，人们还期待些什么呢？——她含着泪咬着嘴唇，姐姐摇晃着一条满是血污的毛巾，于是我打定主意做好准备，在某种情况下承认这孩子也许是真的病了。我向他走去，他朝我微笑着，好像我给他端去最滋补的汤菜似的——啊，现在两匹马同时嘶叫起来；这叫声一定是上帝特地安排来帮助我检查病人的——此时我发现：这孩子确实有病。在他身体的右侧靠近胯骨的地方，有个手掌那么大的溃烂伤口。玫瑰红色，但各处深浅不一，中间底下颜色最深，四周边上颜色较浅，呈微小的颗粒状，伤口里不时出现凝结的血块，好像是矿山上的露天矿。这是从远处看去。如果近看的话，情况就更加严重。谁看了这种情形会不惊讶地发出唏嘘之声呢？和我的小手指一样粗一样长的蛆虫，它们自己的身子是玫瑰红色，同时又沾上了血污，正用它们白色的小头和许多小脚从伤口深处蠕动着爬向亮处。可怜的孩子，你是无可救药的了。我已经找出了你致命的伤口；你身上的这朵鲜花① 正在使你毁灭。全家人都很高兴，他们看我忙来忙去；姐姐把这个情况告诉母亲，母亲告诉父亲，父亲告诉一些客人，他们刚从月光下走进洞开的门，踮着脚、张开两臂以保持身体的平衡。"你要救我吗？"这孩子抽噎着轻轻地说，他因为被伤口中蠕动的生命而弄得头眩眼花。住在这个地区的人都是这样，总是向医生要求不可能做到的事情。他们已经失去了旧有的信仰；牧师会在家里一件一件地拆掉自己的法衣；可是医生却被认为是什么都能的，只要一动手术就会妙手回春。好吧，随他们的便吧：我不是自动要去替他们看病的，如果他们要用我充做圣职，那我也只好这样；我是个上了年纪的乡村医生，我的女佣人都给人家夺去了，我还能希冀什么好事情呢！于是这家人和村子里的长者一同来了，他们

---

① 原文 Bume 为花朵，卡夫卡在这里把鲜红的伤口比作鲜红的花朵，具有一种象征意义。——译者

脱掉我的衣服；老师领着一个学生合唱队站在房子的前面，用极简单的曲调唱着这样的歌词：

>   脱掉他的衣服，他就能治愈我们，
>   如果他医治不好，就把他处死！
>   他仅仅是个医生，他仅仅是个医生。

然后我的衣服被脱光了，我的手指捋着胡子，我把头侧向一边，静静地看着这些人。我镇定自若，胜过所有的人，尽管他们现在抱住我的头、拖住我的脚，把我按倒在床上，我仍然是这样。他们把我放在朝墙的一面，靠近孩子的伤口，然后他们从小房间里走出去。门也关上了，歌声也停止了，云层遮住了月亮；被褥使我的周身感到暖和，忽隐忽现的马头在洞开的窗户前晃动。"你知道，"我听到有人在我耳边说，"我对你很少信任。你不过是从那儿被抛弃掉的，根本不是用自己的脚走来的。你不但没有帮助我，还缩小我死亡时睡床的面积。我恨不得把你的眼睛挖出来。""你说得对，"我说，"这的确是一种耻辱。但我是个医生。那我怎么办呢？相信我，我作为一个医生，要做什么事情也并不是很容易的。""你以为这几句道歉的话就会使我满足吗？哎，我也只能这样，我对一切都很满足。我带着一个美丽的伤口来到世界上，这是我的全部陪嫁。""年轻的朋友，"我说，"你的错误在于：你对全面的情况不了解。我曾经去过远远近近的许多病房，可以告诉你：你的伤口还不算严重。只是被斧子砍了两下，有了这么一个很深的口子。许多人都自愿把半个身子呈献出来，而几乎听不到树林中斧子的声音，更不用说斧子靠近他们了。""这是真的吗，或者是你趁我发烧的时候来哄骗我？""确实是这样，你安心地带着一个公家医生以荣誉担保的话去吧。"于是他相信了，他静静地安息了。可是现在我得考虑如何来救我自己了。两匹马还忠实地站在原处。我很快地把衣服、皮大衣和提包收集在一起；我不愿意把时间花费在穿衣服上；如果两匹马能像来时一样快速，那么简直就可以说我从这张床一跳就跳回到自己的床上。一匹马驯顺地从窗口退回去了；我把收拾好的那包东西扔进马车；皮大衣飞得太远了，只有一只袖子牢牢地挂在一只钩子上。这就很好了。我自己跃上一匹马。缰绳松松地拖曳着，这匹马同另一匹马几乎没有套在一起，双轮马车晃里晃荡地随在后面，皮大衣拖在最后面，就这样行驶在雪地上。"驾！"我喊道，可是马没有奔驰起来；我们像老年人似的慢慢地拖过荒漠的雪地；在我们后面长久地响着孩子们唱的一首新编的、但是错误的歌曲：

高兴吧，病人们，
医生正陪着你们躺在床上！

这样下去我可永远回不到家；我的兴旺发达的医疗业务也完了；一个后继者正在抢我的生意，但是没有用，因为他不能替代我；在我的房子里那讨厌的马夫正在胡作非为；罗莎是他的牺牲品；我不愿意再想下去了。在这最不幸时代的严寒里，我这个上了年纪的老人赤裸着身体，坐着尘世间的车子，驾着非人间的马，到处流浪。我的皮大衣挂在马车的后面，可是我够不着它，我那些手脚灵活的病人都不肯助我一臂之力。受骗了！受骗了！只要有一次听信深夜急诊的骗人的铃声——这就永远无法挽回。

孙坤荣 译

新律师[*]

我们有了位新律师,就是布塞法鲁斯博士。单凭他的外表你很少会想到,他还曾经是马其顿亚历山大国王的战马呢。当然,如果你熟悉他的情况,你就会觉察到一些东西。最近,我在法院前的露天台阶上就看到一个非常淳朴的法院差役,此人是赛马场的一个小小的常客,当他在台阶上看到这位律师高高抬起大腿,迈着雄健的步伐,铿然有声地一级一级登上大理石阶的时候,不禁钦佩地以行家的眼光投以一瞥。

一般说来,法律界人士是赞成接纳布塞法鲁斯的。他们以惊人的洞察力告诉自己,在当今的社会制度下,布塞法鲁斯的处境是困难的,所以,还鉴于他在世界史中的重要地位,他至少应受到友好的接待。如今——谁也无法否认——已没有了亚历山大大帝。诚然,有些人懂得如何谋害他人;也有些人机灵地将长矛越过筵席刺中自己的朋友;对许多人来说,马其顿的确太狭窄了,所以他们诅咒国父腓利普——然而,没有人,没有任何人能够打开一条通往印度的道路。甚至在大帝的时代,印度的大门仍然是可望而不可即的,不过,国王的宝剑倒是标出了这些大门的方向。如今,这些大门被抬到了不知什么地方,被抬到了更远和更高的地方;没有人指出方向,许多人佩戴着宝剑,但只是为了挥动它们而已;而想追随它们的目光则是茫然的。

因此,最好像布塞法鲁斯一样,埋首于法律书籍,这也许是解决问题的最好方法。如今的布塞法鲁斯,不必再受骑士大腿夹击两侧肋腹之

---

[*] 本篇写于1917年2月,见于《八本八开本笔记簿》第一本,同年7、8月间发表于《马尔斯雅斯》杂志第1期。——编者

苦，也远离了亚历山大战役的战火轰鸣，他尽可在宁静的灯光下，自由自在地翻我们古老卷帙的书页。

洪天富 译

在剧院顶层楼座 *

在马戏表演场里，如果某个羸弱且患病的女艺人骑着一匹摇摇晃晃的马，在不知足的观众面前，被冷酷无情的老板数月不停地挥鞭驱赶着绕场奔跑，她在嗖嗖而过的马上，时而向观众飞吻，时而扭动着腰肢，如果这场游戏在乐队和通风机的不停顿的咆哮声中一直延续到越来越明显的灰暗的未来，伴随着一阵去而复返的掌声，这掌声实际上不过是汽锤的冲击，那么，这时会有一个坐在顶层楼座里的年轻观众穿过层层座位，奔下长长的阶梯，冲进马戏场，在一直为表演伴奏的乐队的乐曲声中大声喊道：停下！

但是，实际情况并不是这样；那是一位漂亮的女士，皮肤白里透红，从骄傲的穿着号衣的勤务员为她拉开的帷幕中间飞身而出；剧院经理全神贯注地搜寻着她的眼睛，满怀深情地牵着马朝她迎了上来；他小心翼翼地把她扶上灰斑白马，仿佛她是他最钟爱的孙女，正要启程做一次危险的旅行；他下不了扬鞭策马的决心；最后，他总算战胜了自己，叭地甩响了一鞭；他张大着嘴，和马并排地跑着；用敏锐的目光注视着女骑手的一腾一跃；他简直无法理解她那娴熟的骑技；试图用英语大声提醒她要当心；怒气冲冲地提醒手拿（驯兽钻圈用的）大木圈的马弁切不可疏忽大意；在做大的空中连翻三个跟头的绝技之前，他高举双手，像巫师乞神那样，乞求乐队停止演奏；表演完毕，他把这个小姑娘从颤抖着的马背上抱下来，亲吻她的双颊，发现观众的喝彩并不怎么热烈；而她本人，被他搀扶着，高高地踮起脚尖，身边飘散着灰尘，伸开双臂，小

---

* 本篇未能留下手稿，见于作者《八本八开本笔记簿》第一本中的篇名目录，据此推断约写于1917年2月。——编者

脑袋向后仰着,想让马戏团的全体工作人员都来分享她的幸福——因为情形是这个样子,所以那位顶层楼座上的观众便把他的脸靠在栏杆上,沉浸在退场时的进行曲中,犹如沉溺于一场沉重的梦,他不知不觉地哭了。

洪天富 译

往事一页*

看来，我们祖国的防御工作似乎严重地被忽视了。迄今为止，我们对此漠不关心，只埋头于我们的工作；最近发生的事件却使我们忧心忡忡。

我在皇宫前的广场上开了一个鞋匠店。黎明时分，我刚推开店门，就看到武装的士兵占领了所有通向广场的胡同口。但这不是我们的士兵，而分明是来自北方的游牧民族。我不明白，首都与边疆相隔很远，他们怎么会一直推进到了首都。总之，他们已经到了这儿；看来，每天早晨，他们的人数还会增多。

依照自己的习性，他们在露天下安营扎寨，因为他们讨厌住房。他们忙于磨剑，削尖箭矢，练习骑术。他们把这宁静、总是那么小心翼翼地保持着清洁的广场变成了一个货真价实的马厩。有时，我们从店里跑出来，试图至少把最令人恶心的垃圾清扫掉，可是这种情况越来越少了，因为这种努力是徒劳的，还会使我们遭受被野马踢伤或被皮鞭抽打的危险。

和游牧民族交谈是不可能的。他们不懂我们的语言，他们甚至几乎没有自己的语言。他们像寒鸦一样互相表达自己的意思。我总是听到他们像寒鸦一样的聒噪声。我们的生活方式，我们的公共设施，他们同样无法理解，而且毫不在意。所以，他们也对任何的手势语表现出不屑一顾的态度。哪怕你扭伤了颌骨，把手旋转得脱了臼，他们仍旧不明白你的意思，而且永远也不会明白你的意思。他们常常扮鬼脸；随后又是翻

---

* 本篇见于作者《八本八开本笔记簿》第六本，约写于1917年3、4月间，发表于同年7、8月《玛尔斯雅斯》创刊号。——编者

白眼，又是吐泡沫，但是他们这样做，既不想说点什么，也不想吓唬人；他们之所以这样做，完全是一种习惯。他们需要什么，就拿什么。你还不能说他们采用了武力。他们动手抓取的时候，你只好走到一边，任凭他们为所欲为。

从我们的库存中，他们也拿去了不少好的鞋子。可是，每当我看到例如对门那位肉店老板的遭遇，我对自己的不幸不会抱怨。他刚刚运进一些货，就被一抢而空，被这些游牧民族吞食下肚。他们的马也吃肉；经常是一个骑兵躺在他的马旁边，双双共享同一块肉，各咬一端。这个屠夫胆小怕事，不敢停止供肉。我们可是明白他的处境，集资援助他。要是这些游牧民族得不到肉，天晓得他们会想出什么办法对付他；就算他们每天都得到肉，天晓得他们还会想出什么样的点子。

前不久，肉店老板想，他至少可以免去屠宰时的辛苦，便于某天早上牵来了一头活的公牛。这事他不该再做了。大约一个小时的时间，我平躺在远离他店铺的我的作坊的地板上，把我所有的衣服、被单、垫褥一股脑儿堆在身上，只是为了不要听见那头公牛的吼叫声，原来那些游牧人从四面八方向它扑去，用牙齿一块一块地撕吃它那温热的肉。长时间的寂静之后，我才壮着胆子走了出去；他们像一群围着酒桶的酒徒，精疲力竭地躺倒在这头公牛的残骸周围。

就在那时，我以为自己看到了皇帝本人站在皇宫的一扇窗户后面；平时，他从不到宫殿的这些外部的房间，他总是生活在最里面的花园中；然而这一次，至少我是这样感觉，他却站在一扇窗户旁边，正低头看着宫前发生的事情。

"这样下去会有什么结果？"我们大家不约而同地问道，"这种负担和折磨，我们还能忍耐多久？皇帝的宫殿招引了这些游牧人，但它却没有办法把他们赶走。宫门一直关闭着；往常总是壮观地进出宫门的卫队，眼下全都待在装了铁栅的窗户后边。拯救祖国的重任托付给了我们这些工匠和商人；这样的任务我们可是担当不起；我们从来也没有自夸能胜任这项任务。这是一种误会，我们将毁于这个误会。"

洪天富 译

在法的门前*

在法的门前站着一位门警。一位乡下人来到他的身边，请求进入法的大门。但门警说，他现在不能准许他进去。这个人考虑了一下，问道：那么他以后是否可以进去。"有可能，"门警说，"但现在不行。"由于法的大门一如往常总是敞开着，而门警也已走到了一旁，这人就躬下身去，以便透过大门看看内部情形。门警见此笑着说："如果它那么吸引你，那就试试，不顾我的禁令，往里走好了。不过请注意：我是强大的。而我只不过是最低级的门警。但一个个大厅都站着门警，一个比一个强大。连我看到第三个就不敢再看了。"这样多的难关真是出乎乡下人的意外；他以为，法律嘛应该是人人都有份的，随时都可以进入它的大门的，但当他现在仔细地打量了一下穿着皮大衣的门警，看到他那高高的大鼻子，他那鞑靼人的稀稀拉拉、又长又黑的胡子，他决心宁可等下去，直到他获准进去为止。门警给了他一张小板凳，让他在门旁坐下。他在那里坐了一天又一天，一年又一年。他做了很多次要求让他进去的尝试，门警都被他的请求弄疲倦了。门警时不时地对他进行三言两语的盘问，打听他是什么地方人，以及别的许多事情。但那都是些干巴巴的提问，仿佛都是些大老爷们在提似的。而末了总是对他说：他还是不让他进去。乡下人为这次出门带了很多很多东西，该花的都花了，不管如何，还得把贵重的留下，用来贿赂门警。门警呢，他什么都照收不误，但同时却说："我收下这些仅仅是为了免得你以为耽误了什么。"在这

---

* 这篇譬喻性杰作是长篇小说《诉讼》（一译《审判》）中的一节，是该书的画龙点睛之作，写于1914年秋，1916年首次发表在库尔特·沃尔夫出版社出版的新创作年鉴《末日审判》上。后收入短篇集《乡村医生》。

年年岁岁的等待过程中,乡下人几乎从不间断观察这位门警。别的门警他都忘了,而这第一位似乎是他进法的大门的唯一障碍。他诅咒这个不幸的偶然性。在头几年里他毫无顾忌地大声咒骂,后来,他老了,还在喃喃讷讷地骂个不停。他变得幼稚可笑。由于他长年研究门警,连他皮领上的跳蚤都认得出来,他也请求跳蚤帮他忙,使门警改变态度。最后他的视力变弱了,他搞不清是他周围真的变暗了呢,抑或仅仅是他的眼睛造成的错觉。但是现在他倒确实认出了一道正从法的每一重大门发出的永不熄灭的光环。眼下他活不长了。在临终前,他在脑子里把一生的全部经验集聚成迄今尚未向门警启口的问题。由于他那僵硬身体已不能再站起来了,他只向他示个意。门警不得不深深躬下身去,因为两个人个子的差别正朝着对乡下人不利的方向变化。"你现在到底还想知道什么呢?"门警问道,"你真是不知满足啊。""人人都在追求法,"乡下人说道,"但在这么许多年里却没有一个人要求进法的大门,这是何故呢?"门警看出此人已经走到他的尽头了,为了让他正在消失的听觉还能听得见,他对他大声号叫道:"这里再也没有人能够进去了,因为这道大门仅仅是为你而开的。我现在就去把它关上。"

叶廷芳 译

豺狗和阿拉伯人*

我们在沙漠里的一块绿洲上安营扎寨。旅伴们已经睡下。一个阿拉伯人,又高又白,打我身旁走过;他先照料好那几只骆驼,随即朝睡的地方走去。

我向后一仰,躺倒在草地上;我想睡;但就是睡不着;远处传来了一只豺狗的哀号;我又坐了起来。刚才听起来还那么远的哀号声,现在突然变得近在眼前。一群豺狗围住了我;它们的眼睛一闪一闪的,射出黯淡的金黄色的光;它们细长的身躯,像是被一条鞭子抽打着似的,敏捷而有节奏地扭动着。

有一只豺狗从后面挤过来,钻到我胳臂下,紧紧地贴着我,仿佛它需要我的体温似的,然后,它走到我的面前,几乎是冲着我的脸对我说:"我是方圆这一带年龄最大的豺狗。我很高兴还能在这儿欢迎你。我差一点儿就要放弃希望了,因为我们等你等得实在太久了;我的母亲,我母亲的母亲,我祖上的所有各代母亲,乃至所有豺狗的始祖,都一直在等待你的光临。这是真的,相信我吧!"

"这使我感到惊奇,"我说,竟忘了点燃那堆准备用其浓烟熏赶豺狗的柴禾,"这事听起来真让我感到百般奇怪。我从遥远的北方来到这儿,这纯属偶然,而且这只是一次短暂的旅行。豺狗们,你们到底想干什么?"

可能是我友好的访问使它们受到了鼓舞,它们步步进逼地向我围拢过来;个个气喘吁吁,不停地发出怒吼。

---

* 本篇见于《八本八开本笔记簿》第一本,约写于 1917 年 2 月,1917 年 10 月初次发表在马丁·布伯编的《犹太人》月刊上。1919 年与其他 13 个短篇一起收入《乡村医生》。——编者

"我们知道,"那只年纪最大的豺狗开口道,"你从北方来,这正是我们的希望之所在。你们北方人所具有的那种理智,在这儿的阿拉伯人当中是找不到的。这些冷酷而傲慢的人,你知道,是不会有丝毫理智的。他们杀死动物,然后狼吞虎咽地把它们吃掉,而腐尸他们是不屑一顾的。"

"别这样大声地嚷嚷,"我说,"阿拉伯人就在附近睡觉呢。"

"你真是一个外地人,"这只老豺狗说,"否则你就会知道,在世界史上还从来没有豺狗怕过阿拉伯人的。难道我们应该怕他们?我们被驱赶到这种人中间来,难道不是已经十分不幸吗?"

"也许是这样,也许是这样,"我说,"但我对那些与我不相干的事不愿妄加评论。看来这是一场由来已久的争端,原因可能在血统上,所以这场争端也许只有用鲜血来结束。"

"你真聪明。"老豺狗说。豺狗们的呼吸更加急促了;虽然它们一动不动地站着,胸部却是一起一伏的;一股强烈的、有时只有咬紧牙关才能忍受得住的恶臭,从它们张开的嘴里涌了出来。"你非常聪明;你方才所讲的话,符合我们古老的教义。所以,我们要取他们的血,这场争端也就随之而结束。"

"噢!"我不由自主地狂叫起来,"他们会进行自卫的,他们会用自己的猎枪将你们成群成群地击毙的。"

"你误解我们了,"老豺狗说,"按照人的方式行动,即使在北方高原也没有丧失这种方式。我们根本不想杀死他们。尼罗河的水再多,也不够我们洗净身上的血污。一看到他们活的身躯,我们就都跑开,跑到空气更加清新的地方,逃进沙漠里去,因此,沙漠才是我们的故乡。"

这时,周围所有的豺狗,包括这期间从远处跑来的不少豺狗,都纷纷低下了头,将其夹在两只前腿之间,用爪子加以擦拭;豺狗们这样做,似乎是想掩盖它们内心的憎恶,这种厌恶非常可怕,以致我恨不得想纵身一跳,尽快逃出它们的包围圈。

"那么,你们想要干什么?"我问道,试图站起身来;但我无法站起来;在我身后,两条小豺狗已经紧紧咬住了我的上衣和衬衫;我只好继续坐着。"它们抓住你的裙裾,"那条老豺狗一本正经地解释说,"这是尊敬你的表示。""您们应该放开我!"我大声叫喊,一会儿转向老豺狗,一会儿转向那两只年轻的豺狗。"它们当然会放开你的,"老豺狗道,"如果你这样要求的话。不过,这需要花一点时间,因为按照此地的风俗它们咬得很深,得先慢慢地松开牙齿。这期间你还是听听我们的请求吧!""你们的这种态度实在叫我无法接受。"我说。"请多多宽恕我们的笨拙,"老豺狗说,同时第一次求助于它那天生的悲哀的声调,"我们是些可怜的动物,我们只有一副牙齿;无论我们想要做什么事情,好事或者坏事,我们唯一的手段就是这副牙齿。""那么,你到底想要干什么?"我问,口气稍稍缓和了一点。

"先生,"它大声喊道,所有的豺狗也跟着嗥叫起来;这时,在很远很远的地方,我仿佛听到一首优美的乐曲。"先生,你应该结束这场使世界不和的争吵。你正是我们的祖先所描述的那个能够做到这一点的人。我们必须从阿拉伯人那里得到和平;我们需要可以呼吸的空气;需要一个被他们弄干净的广阔的地平线;不要听被阿拉伯人刺杀的绵羊的哀鸣;让所有的牲畜都平平静静地死去;应该让我们不受干扰地喝干它们的血,吃净它们的肉,只留下一些骨头。干净,我们要的仅仅是干净。"——此时,所有的豺狗都哭泣和呜咽起来——"你有着高尚的心灵和甜美的内脏,你怎么能够忍受这世界上的这等事?他们的白衣肮脏;他们的丧服污秽;他们的胡须令人胆寒;看到他们的眼角就会作呕;他们一举起胳膊,腋窝下就会展现出地狱般的深渊。所以,噢,先生,所以,噢,亲爱的先生,请用你那万能的双手,请用你那万能的双手拿起这把剪刀,割断他们的咽喉吧!"说着,老豺狗猛地摆了摆头,于是一只豺狗便叼着一把锈迹斑斑的缝纫小剪刀走了过来。

"哦,剪刀终于拿来了,这下戏该收场了!"我们商队的那位阿拉伯人向导喊道,他已迎着风蹑手蹑脚地来到我们身旁,边喊边挥舞着他那条巨大的鞭子。

所有的豺狗都飞快地散去,但在不远的地方又停了下来,一只挨一只地蹲在地上,这么多的豺狗一动不动地紧紧地挨在一起,宛如一道狭窄的、鬼火在四周飞舞的栅栏。

"这么说来，先生，你也看到和听到了这场表演。"这个阿拉伯人一边说，一边开心地笑了起来，只是因为他的部落生性矜持，他才没有太过放肆。"这么说来，你知道这些畜生想要干什么的啰？"我问。"当然，先生，"他说，"这可是众所周知的；只要有阿拉伯人在，这把剪刀就会在沙漠里游荡，并将和我们一道游荡到世界的末日。它被奉献给每一个欧洲人去干那桩伟大的事业；在豺狗们看来，每一个欧洲人正是它们心目中能胜任这一事业的理想人选。这些畜生怀着一种愚蠢的希望；①它们是傻瓜，真正的傻瓜。所以，我们喜欢它们；它们是我们的狗；比你们的狗更漂亮。你等着瞧吧，夜里死了一头骆驼，我让人把它弄到这里来了。"

四个人抬着这具沉甸甸的骆驼尸体走了过来，把它扔在我们的面前。它刚一落地，那些豺狗便高声嗥叫起来。每一条豺狗就像被绳索牵着一样身不由己地爬了过来，一会儿爬爬，一会儿停停，肚皮紧擦着地。它们忘记了阿拉伯人，忘记了仇恨，眼前这具扑灭一切、散发出刺鼻的臭味的骆驼尸体，使它们着了魔。一条豺狗早已爱上了尸体的脖子，第一口就咬住了动脉。它身体的每一块肌肉都在抽动着、颤抖着，宛如一台飞速运转的小水泵，决心然而毫无希望地想扑灭一场凶猛的大火。刹那间，它们全都爬到了尸体上面，堆积得山一样高，干起那同样的勾当来了。

这时，那个向导扬起那条锋利的鞭子，劈头盖脸地向豺狗抽去。它们抬起了头，像是陶醉，又像是晕了过去。看见阿拉伯人站在它们的面前，嘴上这才感到鞭打的疼痛。它们跳着向后退去，逃开了一段距离。但是，骆驼的血此时已流成了一大摊，还冒着热气，尸体的好几处已被撕成一个个大裂口。它们经受不住这个诱惑；于是又重新朝尸体走来；向导又再次扬起鞭子；我抓住了他的胳臂。

"先生，你做得对，"他说，"我们让它们干自己的行业吧；再说，现在也已经是动身的时候了。你已经看见了它们。了不起的动物，不是吗？可它们是多么地仇恨我们啊！"

洪天富 译

---

① 指豺狗——译者注。

视察矿山 *

高高在上的工程师们今天下到我们底层来了。经理处下达了一项什么任务,铺设新坑道,工程师来做初步测量。这些人多么年轻,可是却已经互相很不一样!他们都自由自在地发育成长起来了,年纪轻轻便无拘无束地显现出明快清醒的心性。

第一个,黑头发,活泼,两只眼睛骨碌碌向四下里张望。

第二个拿着一个笔记本,边走边记,东张西望,做比较,记记写写。

第三个,双手插在上衣兜里,弄得全身紧绷绷,挺直上身走路;保持着庄重;只是在持续不断地咬自己的嘴唇时才显露出焦躁不安的、抑制不住的青春活力。

第四个向第三个做解释,尽管人家并没要求他这样做;他比人家个头矮小,像个撒旦跟随在人家身旁,食指总是向空中伸出,他似乎喋喋不休地在向人家述说此地所见到的一切事物。

第五个,也许是级别最高的,不要别人相伴;时而在前头,时而落在后头;大伙儿按他调整自己的步伐;他脸色苍白、身体羸弱;肩负的重责使他的眼睛下陷了;他在思考问题时常常用手按着额头。

第六个和第七个走起路来微微弓着腰,脑袋挨近着脑袋,胳臂挽着胳臂,正亲切交谈着;若这里不明摆着是我们的煤矿,我们的工作地点不是在最深的坑道里,那么,人们可能会以为这两个瘦骨嶙峋、没有胡子的大鼻子先生是年轻的牧师。其中的一个往往带着猫那样的呼噜声暗自发笑;另一个,同样微笑着,边说着话边用那只空着的手打着节拍。

---

* 本篇为短篇集《乡村医生》中的一篇,因未留下手稿,写作时间很难确定,如果它与《等级偏见》是同一篇作品,那么它的成稿时间就是1917年初。——编者

这两位先生必定是对自己的职位很有把握，他们想必是年纪轻轻就已经对我们的矿山立下了多大的功绩了呀，他们竟然可以在这里，在做如此重要的视察的时候，在他的上司的面前，如此明目张胆地只沉迷于自己的、或者至少是与当前的任务无关的事务之中。抑或竟然会有这样的事，他们虽然嘻嘻哈哈、心不在焉，却把一切重要的事全看在眼里记在心里了？人们简直不敢对这样的先生做出明确的判断。

但是另一方面，却又毫无疑问，譬如这第八个就比这两个专心致志得多得多，甚至比所有其余的各位先生也更专心致志。什么他都得摸一摸，并且用一个小锤子敲一敲，他一再从口袋里掏出这个小锤子，并一再把它放在那儿。有时他不顾自己身穿讲究的衣着跪在污泥里敲击地面，然后又只是在行走时才在自己头顶上看到墙壁或天花板。有一回，他直挺挺地躺下，静静地躺在那儿；我们已经以为出什么事了；但是随后他微微一颤动，他那个颀长的身体竟一跃而起。原来是，他又仅仅是作了一次探究而已。我们以为我们了解我们的矿山和它的矿石，但是这位工程师以这样的方式在这里不停地探究着什么，这我们就不明白了。

第九个推着一辆儿童车，车里放着测量仪器。极其贵重的仪器，放在厚厚的柔软已极的棉花层里。这辆车本来是应该由仆人来推的，但是信不过仆人，只好让一个工程师来推，看得出来，这工程师乐意推它。这位工程师大概年纪最轻，也许他还根本不懂这全部仪器，但是他的目光一直停留在这些仪器上，有时他几乎因此而险些把车撞到墙上去。

但是还有另一位工程师在车旁行走，防止车子撞墙。这位工程师显然彻底熟悉这些仪器，似乎是真正保管仪器的人。他时不时地不停车就拿出仪器的一个构件来，将其透视，旋开或旋紧螺丝，摇摇敲敲，伸过耳朵，侧耳倾听；最后，就在推车人通常站住的当儿，把那个小小的、在远处几乎看不见的物件小心翼翼重新放进车里。这位工程师有点儿贪权，但是仅仅是就这些仪器而言。在车前十步我们就应该按照一个无声的指头信号向一旁避让，即便是没有地方可以避让也罢。

行走在这两位先生后面的是那位无所事事的仆人。先生们知识渊博自然早已放下了高傲的架子，而仆人则似乎积聚了一身的傲气。一只手

贴在背上，另一只手抚摩着他那件号衣的金纽扣或那质地精细的布，他频频向左右点头，就好像我们曾问候过他，如今他在回礼问候，或者就好像，他认为我们问候了他，可是他居高临下不能证实这一点。我们当然不问候他，但是人们一眼瞥见他确实几乎要以为，当矿山经理室办事处的仆人，这有点儿非同寻常。在他背后我们自然禁不住要笑，但是由于即使是一个响雷也不能使他转过身来，所以他依然作为某种不可理解的东西而受到我们的敬重。

今天干的活不会多，间断过于频繁；这样的视察使大家不能专心致志地工作。望着先生们的背影消失在试用坑道的黑暗中，这简直太诱人了。我们这一拨儿也快要下班了，我们将看不到先生们返回啦。

张荣昌 译

邻 村*

  我的祖父常说:"生命非常之短。我现在想起,生命对我来说正在凝结,以致我几乎无法理解,一个年轻人怎么会决定骑马到邻村去,而不用担心——完全撇开众多的不幸的偶然事件不谈——这寻常的、幸福地流逝的生命的时间,对这样一次骑行来说已经远远不够。"

洪天富 译

---

* 没有留下手稿,人们估计《八本八开本笔记簿》第一本中的篇目中的《一个骑手》可能就是本篇。——编者

家长的忧虑*

一部分人说,"奥德拉德克"一词源于斯拉夫语,并试图以此来说明这个词的形成。另一部分人则认为,此词源于德语,斯拉夫语只不过对此产生影响而已。但是,这两种解释均不可靠,人们完全有理由认为,两者均不准确,尤其因为它们并没有赋予这个词以一定的意义。

当然,要是的确不存在叫做奥德拉德克的生物,谁也就不会从事这样的研究了。初一看,它像是个扁平的星状线轴,而且看上去的确绷着线;不过,很可能只是一些被撕断的、用旧的、用结连接起来的线,但也可能是各色各样的乱七八糟的线块。但是,这不仅仅是个线轴,因为有一小横木棒从星的中央穿出来,还有另一根木棒以直角的形式与之连结起来。一边借助于后一根木棒,另一边借助于这个星的一个尖角,整个的线轴就能像借助于两条腿一样直立起来。

人们似乎觉得,这东西以往曾有过某种合乎目的形式,而如今它只不过是一种破碎的物品。然而事情看上去并非这样;至少没有破损的迹象;任何地方都看不到足以说明这种现象的征兆或断裂处;整个东西看上去虽然毫无意义,但就其风格来说是自成一体的。此外,有关它的情况,无法较为详细地说明,因为奥德拉德克极其灵活,不容易抓住它。

他交替地守候在阁楼、楼梯间、过道和门厅里。有的时候,他几个月不露面;在这期间,他大概移居到了其他的住所;可他又必然回到了我们的家里来。有时,每当人们走出门,恰巧看到他靠在下面的梯栏上,这时,人们想同他讲话。当然,人们并没有向他提出一个个难题,而是

---

* 本篇未留下手稿,约写于1917年夏天。后由作者收入《乡村医生》于1919年出版。——编者

像对待孩子——他的矮小就诱使人们这样做——那样对待他。"你到底叫什么名字?"人们问他。"奥德拉德克。"他回答说。"你住哪儿?""没有确定的住所。"他边说边笑;但这只是一种像是缺肺的人发出的笑声。听起来就像是落叶发出的沙沙声。谈话通常就这样结束了。此外,就连这些回答也并不是总能得到的;他常常长久地默不做声,看上去就像一块不会说话的木头。

我徒劳地自问,对他该怎么办呢?难道他会死去吗?一切正在死亡的东西,以前都曾有过某种目的,某种活动,正是它们耗尽了它的精力;这并不符合奥德拉德克的情况。由此可见,他将来会不会带着拖在身后的合股线咕噜咕噜地滚下楼梯,一直滚到我孩子和孩子的孩子的脚前呢?显然,他绝不会伤害任何人;但是,一想到他也许比我活得更长,这对我来说,几乎是一种难言的痛苦。

洪天富 译

一道圣旨*

有这么一个传说：皇帝向你这位单独的可怜的臣仆，在皇天的阳光下逃避到最远的阴影下的卑微之辈，他在弥留之际恰恰向你下了一道圣旨。他让使者跪在床前，悄声向他交代了旨意；皇帝如此重视他的圣旨，以致还让使者在他耳根复述一遍。他点了点头，以示所述无误。他当着向他送终的满朝文武大臣们——所有碍事的墙壁均已拆除，帝国的巨头们伫立在那摇摇晃晃的、又高又宽的玉墀之上，围成一圈——当着所有这些人派出了使者。使者立即出发。他是一个孔武有力、不知疲倦的人，一会儿伸出这只胳膊，一会又伸出那只胳膊，左右开弓地在人群中开路；如果遇到抗拒，他便指一指胸前那标志着皇天的太阳；他就如入无人之境，快步向前。但是人口是这样众多，他们的家屋无止无休。如果是空旷的原野，他便会迅步如飞，那么不久你便会听到他响亮的敲门声。但事实却不是这样，他的力气白费一场；他仍一直奋力地穿越内宫的殿堂，他永远也通不过去。即便他通过去了，那也无济于事：下台阶他还得经过奋斗；如果成功，仍无济于事：还有许多庭院必须走遍。过了这些庭院还有第二圈宫阙，接着又是石阶和庭院，然后又是一层宫殿，如此重重复复重重，几千年也走不完。就是最后冲出了最外边的大门——但这是决计不会发生的事情——面临的首先是帝都，这世界的中心，其中的垃圾已堆积如山。没有人在这里拼命挤了，即使有，则他所携带的也是一个死人的谕旨。——但当夜幕降临时，你正坐在窗边遐想呢。

叶廷芳　译

---

* 这是《中国长城建造时》中的一个片断，作者生前将它抽出单独成篇，收入小说集《乡村医生》，写于1917年3、4月间，初次发表于1919年9月24日布拉格的《自卫报》。——编者

十一个儿子 *

我有十一个儿子。

老大的长相很不好看,但他为人严肃认真,聪明机智;虽说我像疼爱所有其他的孩子那样疼爱他,但我并不怎么器重他。我觉得他的思想过于简单。他既不向右看也不向左看,更不朝远处看;他总是在他那狭小的思想范围内到处乱跑,或者说得更确切些,在原地旋转。

老二长得漂亮,身材修长而匀称;他击剑时的那个姿势,看了使人心醉神迷。他也聪明,而且涉世颇深;他见多识广,所以,就连家乡的人也喜欢和他亲切交谈,而不愿和待在家里不出远门的人交谈。然而我相信,他的这个长处不应该仅仅归功于他的游历,这绝不是主要的原因,主要的原因毋宁说是这孩子天生具有一种别人无法仿效的气质,这一点,每一个想模仿他的人都是承认的。例如,有人想模仿他高台花样跳水的动作。他一连几个筋斗,巧妙地控制住自己,优美、准确地跳入水中。可是他的模仿者呢,这人虽然有勇气和兴致走到跳板的边缘,可是并不想从那儿往下跳,而是突然坐下,很抱歉地举起了双臂。——尽管这样(有这样一个孩子,我实在应该感到庆幸),我和他的关系不总是纯洁无瑕的。他的左眼略小于右眼,而且老是眨巴眨巴的。当然啰,这只不过是一个小小的缺陷,有这个缺陷,他的面孔倒显得比没有这个缺陷时更加大胆放肆,跟他天生的那种令人难以接近的孤傲性情相比,眨巴眼睛不过是小小的毛病,谁也不会想到去注意和挑剔。我这个做父亲的倒是很在意的哩。当然,使我伤心的并不是这个生理上的缺陷,而是某种

---

* 这篇小说没有留下手稿,据《卡夫卡短篇小说集》德文版编者保尔·拉贝的估计,约写于 1917 年,1919 年它与其他 13 篇小说一起集成《乡村医生》,由库尔特·沃尔夫出版社分别在慕尼黑和莱比锡出版。——编者

与他的性格相符的精神上的小小的失常，某种在他的血液里彷徨的毒素，某种只有我能看出的无能，即不能充分发扬他生来就有的那种天赋。然而，从另一方面讲，恰恰是这种无能使他成为我的真正的儿子，因为他的这个毛病同时也就是我们全家人的毛病，只不过是在这个儿子的身上表现得尤为明显罢了。

第三个儿子也很美，但并不是我所喜欢的那种美。那是歌唱家的美：弧形的嘴，若有所思的眼睛，需要后面有帷幔衬托才给人以印象的脑袋，高高隆起的胸脯，一双动不动就迅速扬起、动不动就更加迅速地放下的手，以及一双由于不能支撑体重而忸怩作态的腿。此外，他的音色并不圆润，能迷惑人于一时，引起行家们侧耳细听，但过一会儿便逐渐轻微以至消失了。——尽管一般说来，这一切诱使我炫耀这个儿子，但我情愿把他隐藏起来；他自己倒也不想出风头，原因并非因为他了解自己的短处，而是出于他的单纯无知。他也感到跟我们的时代格格不入，仿佛他虽然是家里的成员，但同时还属于另一个他永远失去的家庭似的。他常常无精打采，对什么都缺乏兴趣，什么也提不起他的兴致来。

我的第四个儿子也许是所有的儿子当中脾气最随和的。他是他的时代的一个真正的孩子，人人都能理解他，他和所有的人站在一个共同点上，所以每个人都愿意向他点头打招呼。也许是由于这种普遍的赞赏，他的举止变得有些轻浮，动作变得有些随便，对人和对事的判断变得有些毫不在乎。他的某些格言人们时常想加以引用，当然只是某些格言，因为就整体而言，他毕竟又有了极端轻浮这一毛病。他就像是这样的一种人：令人赞叹地从空中跳下，像燕子一样地穿入云空，可是随后却在荒漠中悲惨地了却一生，一个微不足道的人。我看到这孩子的时候，脑海里总会出现这些使我败兴的念头。

第五个儿子可爱而善良，很少向别人许诺他办不到的事情；一向是那么微不足道，以致人们在他的面前确实会感到孤单；但是，他因此却赢得了某种声誉。如果有人问起我，这是怎么造成的，我几乎无言以答。也许单纯在这个世界上最容易穿过暴风骤雨，而他是单纯的。也许太过于单纯。对任何人都友好。也许太友好了。我承认：每当有人在我面前称赞他，我总是感到不安。称赞像我儿子这样一个显然非常值得称赞的人，这种赞誉未免太轻率了。

我的第六个儿子，至少是第一眼看上去，是所有的儿子当中情绪最消沉的。一个垂头丧气的人，但却是个饶舌者。所以，他很不好对付。处于劣势的时候，他便陷入无法克服的悲伤之中；一旦占了上风，他便用滔滔不绝的空谈来保持他的优势。然而我不否认他具有某种因陷入沉思而忘记自己周围一切的激情；他常常在大白天梦幻似的苦思冥想。没有病——相反，他非常健康——他却有时步履蹒跚，尤其是在黄昏之际，但不需要人搀扶，不会跌倒的。也许这个现象是由他身体发育不良造成的，和他的年龄相比，他长得太高了一点，使他在整体上显得不漂亮，尽管个别部位，例如双手和双脚，却异乎寻常的漂亮。此外，他的前额也不好看；皮肤以及骨骼构造不知怎么地显得干瘪。

跟所有其他的儿子相比，第七个儿子也许更合我的心意。这世界不懂得赏识他，这世界不理解他那种特殊的机智。我并没有对他估计过高，我知道，他非常微不足道；如果这世界的过错仅只是不懂得赏识他，那它还总算是完美无瑕的。但是在这个家庭的内部，我却不愿缺少这个儿子。他既带来不宁，也带来对传统习俗的敬畏，并将两者，至少我是这样感觉的，结合成为一个不容争辩的整体。当然，他自己很少知道用这个整体开始干点什么事，他不会去推动未来的车轮向前滚动的；但是他的这种天赋是非常鼓舞人心和非常富有希望的。我希望他儿孙满堂，后继有人。可惜这个愿望似乎难以实现。他怀着自满的心情（我对此既理解，又痛惜），完全不顾周围的人对他的看法，独自一人到处流浪，不为姑娘的事操心，尽管这样，他却从来也不会丧失他的良好的心绪。

我的第八个儿子是个令人忧虑的孩子，我还真说不上这是什么原因。他像个陌生人似地看着我，我却觉得有一条父爱的纽带把我同他紧紧地联系在一起。时间弥补了许许多多的东西；而在从前，我一想起他便会不寒而栗。他走他自己的路，断绝了同我的一切联系。的确，靠着他那个硬脑壳，靠着他那矮小壮实的身体——只是他那两条腿小时候就相当虚弱，不过在这期间可能已经恢复正常——不管到什么地方，只要他想干什么,准会达到自己的目的。我有好多次想叫他回来,问问他到底是怎么回事,问问他为何这般疏远父亲,他到底想干什么,可是如今他已发展到这种地步,这么多的时光已经消逝,现在也只好听其自然了。我听说,他是我儿子当中唯一蓄络腮胡子的;对这么一个身材矮小的人来说,留大胡子当然是不会好看的。

我的第九个儿子非常文雅,有着专为女人生就的那种甜蜜的目光。有的时候,我也被他那柔情似水的甜蜜目光迷惑住了,虽然我知道,一块湿海绵就足以抹去这超凡的光彩。但是,这孩子与众不同的地方却在于,他压根儿也不想引诱人;他一生所追求的,只是躺在长沙发上,痴望着天花板,或者更好是垂下眼皮闭目养神。要是他处于他所偏爱的这种状态,他便喜欢谈话,而且谈吐不俗,简洁而生动;不过,话题只局限在狭窄的范围以内,一旦超出了这些范围——由于话题范围狭小,他又难免要越出范围——他说起话来便空洞无物。人们会向他使个眼色,叫他停止讲话,如果人们希望他那充满睡意的目光能够觉察到这点的话。

我的第十个儿子被认为是个不诚实的人。我不想完全否认这个缺点,也不想完全确认它。可以肯定的是,谁要是见到他以远远超出他年龄的威严神态走过来,看见他穿着纽扣总是紧紧扣住的大礼服,头戴虽旧但却细心刷过的黑礼帽,面部毫无表情,下巴略向前突出,高高隆起的眼皮遮掩着目光,两个手指头动不动就摸摸嘴唇——谁要是见到他的这副模样,都一定会想:这是一个极端虚伪的人。不过,你还是听听他的谈吐吧!明智、慎重、待人冷淡、态度傲慢,以恶毒而生动的语言干扰问题;与整个世界保持着惊人的、自然而又愉快的一致,一种必然会使人挺直脖子、昂起头来的一致。有许多自以为聪明的人,由于这个缘故,正如他们所说的,讨厌他的外表,但由于他的谈话,却深深地喜欢上他。还有另外一些人并不在意他的外表,但却觉得他的话虚伪。我,作为父亲,不想在这里下什么断言,但我必须承认,后一种评论者无论如何比前一种评论者更值得注意。

我的第十一个儿子身体娇嫩,大概是我儿子当中最虚弱的了;但他的虚弱是一种假象;因为他有时会显得强壮而果断,然而即便在这种时候，不知是何原因，虚弱总是根本的。不过，这并非是使人感到丢脸的软弱，而只是在我们这个地球上令人觉得是软弱的某种特性。例如，鸟起飞前的准备活动，诸如摇摆身子、犹豫不定、扑打翅膀，不也是一种虚弱吗？我儿子所表现出来的就是这类特性。当然，父亲是不会为这样的特性感到高兴的；它们的目的在于破坏这个家庭。有时候他看着我，仿佛想对我说："我会带你一起去的，父亲。"这时我就想："你也许是最后一个值得我信赖的人。"他的眼神似乎又在说："那么，我至少能做这最后一个人吧。"

这就是我的十一个儿子。

洪天富 译

兄弟谋杀 *

情况表明,谋杀是以下列方式进行的:

约莫晚上 9 点钟,在月光皎洁的夜晚,凶手施马尔站在那条街的拐角处,受害者韦斯从他办公室所在的那条胡同拐进他所住的那条胡同时,必得由此经过。

夜风寒冷,令人全身战栗。而施马尔只穿着一套单薄的蓝制服;且短外衣的扣子开着。他并不感到冷;他也不断地走动着。他的杀人凶器,一半像刺刀,一半像厨房用刀,他完全将其外露,并始终紧紧地将它攥在手里。对着月光,他察看了一下那把刀子:刀刃发出闪光。施马尔还嫌不够,他举起刀子朝铺石路面的砖石砍去,顿时火光迸溅;他也许有些后悔;为了弥补这一损失,他抬起一条腿,向前弯下身子,像拉小提琴似地在他的靴底上抹擦刀口,一面倾听刀子在他靴子上发出的声音,同时窥视着这条充满灾难的胡同。

领养老金者帕拉斯从附近三楼的窗口观察着这一切,他为何甘心忍受这一切?探究一下人性吧!他的衣领翻起,肥硕的身体上紧束着睡衣,一边摇着头,一边往下瞧着。

离这儿五幢房屋远的地方,在帕拉斯的斜对过,韦斯太太身着长睡衣,外面还披了件狐皮大衣,正向外张望,寻找她的丈夫——他今天异乎寻常,迟迟未归。

终于,韦斯办公室前面的门铃响了。对于一般的门铃来说,这铃声未免太大,它响彻了整个城市,直冲云霄。韦斯这个勤勉的上夜班的人,

---

* 本篇没有留下手稿,只在作者《八本八开本笔记簿》第一本的目录中有其题目,据此推测该作约写于 1917 年 2 月以前。同年 7、8 月间发表于《玛尔雅斯》创刊号。在此之前曾以《一起谋杀》为题在 K. 沃尔夫出版社出版的《新创作》年鉴上发表过。——编者

从屋里走了出来;铺石路面上立刻响起他那富有节奏的从容不迫的脚步声。

帕拉斯把头探出窗外,他急了解下面发生的一切。韦斯太太听到铃声,心情顿时平静下来,便当啷一声关上了她的窗子。而施马尔却跪了下来;由于他此刻已彻底暴露,他只好把脸和双手紧贴在石子上。路面上全都结冰,而施马尔却全身发热。

恰恰在这两条胡同交叉的地方,韦斯停了下来,只把手杖插到对面的胡同里,支撑着自己的身子。他一时心血来潮。夜空以其深蓝和金黄的色彩吸引着他。他糊里糊涂地眺望天空,糊里糊涂地脱下帽子,摸了摸头发;天空里毫无动静,没有任何东西能向他指明即将发生的事情;一切都待在自己毫无意义和玄妙莫测的位置上。本来,韦斯继续往前走,是非常合理的行为,然而他却走到了施马尔的刀口上。

"韦斯!"施马尔喊道,他踮起脚站着,伸出一只胳臂,猛地将刀子插了下来,"韦斯!朱丽娅白等你了!"施马尔从右给韦斯的脖子一刀,从左给脖子一刀,再给肚子深深地戳了一刀。韦斯顿时发出一种类似被剖开肚皮的水耗子发出的声音。

"干掉了,"施马尔说着,把刀子——这多余的沾满血的包袱——朝附近一家门前扔去,"杀人乃至高无上的幸福!从别人的流血中会得到宽慰和鼓舞!韦斯,老夜游神,朋友,啤酒店里喝酒的伙伴,你正渗入这条街下面的深黑色的泥土里。为什么你偏偏不是一个充满血的气泡,好让我坐在你的上面,而你也会因此化为乌有。并非一切都会实现,并非所有如花似锦的梦想都会成熟,你沉重的残骸就躺在这里,对任何的脚踢已毫无反应。你无声地提出的问题又有何用处呢?"

帕拉斯强忍着胡乱吞下这一切恶果,站在他那两扇突然敞开的房门当中。"施马尔!施马尔!我看到了一切!什么也没有放过。"帕拉斯和施马尔相互打量着。帕拉斯感到心满意足,而施马尔却感到事情还没有做完。

韦斯太太夹在人群当中匆匆赶来,她的脸由于惊恐而变得十分苍老。她解下皮大衣,扑倒在韦斯的身上,这穿睡衣的身躯是属于韦斯的,而像坟墓上的草坪一样覆盖在这对夫妇身上的皮大衣则是属于这一群人的。

施马尔把嘴贴在警察的肩上,好不容易才抑制住了这最后的作呕,警察步伐轻盈地把他带走了。

洪天富 译

一场梦 *

约瑟夫·K.做了一个梦：

那是一个美好的日子，K.想去散散步。可是他刚刚跨出两步，就来到了一座公墓。那儿有几条设计得非常精巧、不切实际地迂回曲折的道路，可是他在一条这样的道路上摇摇晃晃地滑行着，仿佛漂浮在一条湍急的河流上。从老远的地方，他就注意到了一座新堆积起来的坟丘，他想在那座坟墩旁歇脚。那座坟墩对他简直有着一股诱惑力，他恨不得一下子就能滑到那儿去。可是，有时候他又几乎看不见那座坟丘，因为有几面旗帜遮住了他的视线，这些旗子翻卷着，猛力地相互拍击着；虽然看不到旗手，但却仿佛听到那儿的一片欢呼声。

就在他把目光再次投向远方的时候，他突然发现那同一座坟丘就在自己身旁的路边上，甚至几乎就在他的身后。他连忙跳进草丛里。可是，由于他跳开的脚下的那条路还在继续飞奔，他打了个踉跄，正巧跪倒在那座坟头前。两个男人站在坟的后面，把一块墓碑举在他们中间；K.刚一出现，他们马上就把那块墓碑砸进地里，于是，它便像用砖砌似的牢牢竖立在那里。从灌木丛中立刻走出来第三个男人，K.立即认出他是一位艺术家。这画家只穿着裤子和一件纽扣没扣好的衬衣，头上戴一顶天鹅绒便帽，手里拿着一支普通的铅笔；他一边向坟丘走近，一边用那支铅笔在空中写画着。

此时，他正开始动笔在墓碑上方写字；墓碑很高，他根本用不着弯腰，但不得不探身向前，因为他不愿踩的那座坟头将他和墓碑隔开了。因此，

---

* 这篇作品是长篇小说《诉讼》的大轮廓，故约写于1914—1915年，1917年初次发表于由布拉格《自卫》杂志编辑部编的作品集《犹太人的布拉格》上。——编者

他踮着脚，用左手撑住墓碑石的平面。他以其精湛的技艺，成功地用那枝普通的铅笔写下了几个金色的大字，他写道："这里安息着——"每个字母都显得那么清晰和优美，深深地镌刻在碑石上，金光闪闪。他写完这五个字后，回头看了看K.；K.正渴望知道铭文的进展情况，几乎没有注意那个写字的人，两眼只顾盯住那块墓碑石。果然，那个人又开始往下写了，但是却写不下去，有什么东西在妨碍着他，他放下铅笔，再次向K.转过身来。这回K.也定睛细看了画家，发现那个人非常狼狈，但又说不出狼狈的原因，他先前的那股轻松活泼劲儿完全消失了。K.也陷入了狼狈的境地。他们彼此交换着无可奈何的眼色，显然发生了一场讨厌的、谁也无法消除的误会。此时，送葬乐队的小钟也不合时宜地响了起来，但是艺术家举起手挥了挥，钟声于是停止了。片刻之后，它又响起来；这一次非常轻微，而且未经人干涉便立刻中断了；仿佛这次它只想试试自己的音色。K.对艺术家的这种窘况感到非常伤心，他开始哭了起来，抱头呜咽了很长时间。艺术家等到K.平静下来以后决定仍然继续写下去，因为他没有别的办法。他最初的轻轻一笔，便使K.化悲为喜，但是艺术家显然是非常勉强地写出这一笔的；字体不再那么优美洒脱，同时也失去了金色的光辉，显得苍白无力和缺乏自信，笔画向下一拖，就变成了一个很大的字母。那是一个J[①]字，就在这个字母快要写完的时候，艺术家怒气冲冲地一脚跺入了坟丘，以致泥土四下飞溅，溅到了空中。K.终于明白了艺术家想干什么；可是，已来不及求他宽谅自己了。艺术家用十个手指刨土，几乎是顺利地把土刨开了。一切看来是事先策划好了的，坟丘上的那一层薄薄的地壳只是用来做做样子的，就在它的下面，开着一个有着峭壁的大洞穴。K.感到被一股轻微的气流从背后推动了一下，随即坠入洞中。可是，当他在下面脑袋还竖立在脖子上便被这看不透的深渊接纳的时候，而在上面，他的名字正以巨大的花体字疾书在那块墓碑上。

他被这景象所陶醉，便醒过来了。

洪天富 译

---

① Josef（约瑟夫）的开头字母。

一份为某科学院写的报告 *

尊敬的科学院的先生们!

承蒙各位邀请,我向贵院呈交一份关于我过去所经历的猴子生涯的报告,我感到十分荣幸。

遗憾的是,在这方面我无法满足诸位的要求。我脱离开猴子生涯已将近五年,从日历上测算,这也许是一段很短的时间,但要快马飞奔经历这段时间,就像我曾经所做的那样,却需要无限漫长的岁月,在我行经的路程上,段段都陪有优秀的人们、忠告、喝彩和管弦乐,然而从根本上看来我是孤独的,因为所有的随行人员,为了表明他们与我不同,总是远远地离开栅栏。要是我执著地坚持自己的出身,执著于青年时代的回忆,我是不可能取得这样的成就的。恰恰是放弃任何的固执,才是我给自己规定的最高准则;我,无拘无束的猴子,甘心接受这样的约束。但是这样一来,我对青年时代的回忆也就变得越来越模糊了。如果人们曾经愿意的话,我最初是完全可以穿越上天在地球上空筑起的那座大门,回复到原来的生活,可是与此同时,我那被鞭子抽打出来的向前发展的造化就会变得越来越低级和狭隘;我觉得自己在人类的世界里更加舒服,也更加受拘束;从我的过去向我身后吹来的那股狂风平息下来了;今天,它只是一股使我的脚踵凉快的气流;而远处的那个洞,即气流从中发出和我以往从中爬出的那个洞,已变得那么狭窄,即使我有足够的力量和意志想回到洞里,在穿越入口时也非落个遍体鳞伤不可。老实说,尽管我很喜欢用形象的语言来说明这些事情,老实说,您们猴子般的生涯——先生们,只要您们经历过这样的生涯——和您们现在之间的距离,不见

---

* 这篇寓言小说写于1917年5、6月间,见于第二本《八本八开本笔记簿》,1917年10月发表于《犹太人》杂志。后于1917年收入短篇集《乡村医生》。——编者

得比我过去与目前之间的距离大多少。可是人世间的任何一个走兽都有搔脚跟的癖好：上至伟大的阿器里斯①，下至小小的黑猩猩。

然而，如果把话题限制在最小的范围之内，我也许完全能够回答诸位的询问，我甚至非常高兴为诸位效劳。我学会的第一件事便是握手，握手表示坦诚；但愿今天，当我达到自己事业的顶点的时候，除了和诸位初次握手以外，还能开诚布公地说上几句话。我要告诉贵院的事实上并没有什么新的内容，可能远远满足不了诸位的要求，的确是心有余而力不足——不过，尽管如此，我还是应该向诸位说明：一只过去的猴子通过什么样的方针，才能闯入人类的世界，并在那儿定居下来。但是，假如我对自己没有完全的把握，假如我的地位在文明世界的所有杂耍舞台上尚未得到磐石般的巩固，我是绝对不敢向诸位陈述下面这件微不足道的小事的：

我来自黄金海岸②。关于我是如何被捕获的这件事，我只好引用别人所写的报告。哈根贝克公司派出的一个打猎探险队——顺便插一句，从那时以后，我与探险队的队长还一起干掉许多瓶上好的红葡萄酒呢——就埋伏在岸边的矮树丛里，恰巧我和一群同类傍晚时分跑来喝水。他们向我们开枪；我是唯一被击中的，我挨了两枪。

头一枪打中我的面颊，这一枪很轻，可是留下了一个光秃秃的大红疤。它给我带来了一个讨厌的、完全不恰当的名字，即红彼得。这名字显然是由一只猴子捏造出来的，仿佛是为了把我跟那只早就死去的、远近闻名的和训练有素的猴子彼得区分开来，因为我跟他的唯一的不同就是我的脸上有个红斑。不过，此乃插话而已。

第二枪打中我的大腿。这伤势严重，直到今天我的腿还有点瘸。最近，我在报上看到一篇文章，是一万只灵猩③中的某一只写的，这万只灵猩在报纸上对我大加议论，说我还没有完全克制住自己猴子的本性；证据是每逢参观者来访时，我总爱脱下裤子让他们看那颗子弹射入的地方。

---

① 古希腊神话中的大力士。——译者
② 加纳的旧称。——译者
③ 一种身体细长、善于赛跑的狗，此处比喻轻率的人。——译者

写这篇文章的那个小子，应该让子弹把他的手指一个一个地打断。至于我，只要我愿意，当然可以在任何人面前脱下我的裤子；人们在那儿不会发现什么别的东西，只会发现一张梳理很好的毛皮和一颗子弹——请允许我为了某种目的在这里选用某一个兴许不会引起误解的词儿——一颗罪恶的子弹所造成的伤疤。一切都是显而易见的，什么都不用隐瞒；每当涉及真理的时候，任何具有高尚节操的人都会抛弃各种极其文雅的举止。相反地，要是那位作者敢于在来访者面前脱下裤子，情况就会完全不同了，我以理智的名义担保，他是不会这样干的。既然如此，他也用不着拿他的体贴来纠缠我！

在挨了那两枪之后，我醒来时——我就是在这个时候逐渐开始恢复我自己的记忆的——发现自己被关在哈根贝克轮船统舱里的一只笼子里。这不是四面都是铁栅的那种笼子，而是钉在一只箱子上（箱子本身为一面）、其余三面是铁栅的那种。整个笼子低得我站不直，窄得我坐不下去。因此，我只得弯着一刻不停地颤抖的膝盖蹲着，也就是说，由于我最初也许不愿见到任何人、只想待在黑暗当中，所以我总是把脸朝向箱子，以致笼子的铁条都嵌进了我背部的皮肉。人们认为，在捉到野兽后的最初阶段，用这种方法保藏野兽是会带来好处的，我今天根据自己的经验也无法否认，从人道的意义上说，这的确是唯一可行的办法。

可是当时我并没有想到这一点。我生平第一次没有了出路，至少是没有简捷的出路；我直接面对的是那只箱子，一块块木板紧紧地接在一起。这些木板之间虽然有一个贯通的空隙，当我最初发现它的时候，还无知地满怀喜悦地吼叫了一声对它表示欢迎呢，可是这个缝隙小得连尾巴都塞不进去，就是使出猴子的全身力气也休想把它撑大一些。

据说我发出的声音非常之小，这也是后来有人告诉我的，人们从我微弱的声音里得出这样的结论：要就是我很快就会死去，要就是假如我能成功地活过最初的危急时刻，就完全可以进行训练。我活过这危急的时刻。我低沉地啜泣，痛苦地捕捉跳蚤，厌倦地把一只椰子舐来舐去，不停用脑袋叩打箱子的板条，逢到有人走近时就对他龇牙咧嘴，——这就是我在新生活中的最初活动。可是，尽管所有这一切，我只有一种感觉：没有出路。当然，我现在只能用人类的语言来描绘我当时像猴子似的感觉，并因此把它记录下来，但是，我虽然不再能够达到那原来的猴子的真实，我所作的描写至少在方向上最符合猴子的实情的，这点无须怀疑的。

到目前为止，我的确曾经有过许多解救的办法，可是现在不再有办法了。我身陷精神上的囹圄。就算我被钉死在一个地方，我的迁徙自由也不至于比现在更小些。这是什么原因呢？当我搔足趾间的肉的时候，我找不到这个原因。当我用背死命地顶铁条，直到身子几乎被铁条分成两半，我还是找不到这个原因。我没有出路，但是我必须为自己找到出路，否则我就活不下去。总是面对这箱子的板壁——总有一天我必然会悲惨地死去。可是在哈根贝克公司的轮船上，猴子们是要面对这箱子的板壁的——既然是这样，我只好不当猴子了。这真是一个明确而出色的思路，总之，我准是用肚子把它想出来的，因为猴子们是用肚子思考的。

我担心人们不会确切地理解我对出路的看法。我是就它最通俗也是最完整的意义上来用这个词的。我故意不说自由。我指的并不是这种在各方面都自由自在的伟大的感觉。作为猴子我也许知道这一点，我也结识了一些渴望这种自由的人。可是就我来说，不论过去或是现在，我都不要求得到自由。顺便说明一下：在人们中间，有人常常拿自由欺骗自己。如同自由被视为最崇高的感情之一一样，相应的欺骗也被视为一种最崇高的感情。好多次，在游乐场里，在我登台之前，我看到一对艺术家在紧挨天花板的吊架上做着空中飞人表演。他们在秋千上荡来荡去，然后向空中跳去，伸开双臂相互扑在一起，这一个用牙齿咬住那一个的头发。这时我就在想："这种自负的动作居然也称得上是人类的自由。"这是对神圣的自然的莫大讽刺！要是猴子们看到这种表演，游乐场的整个建筑不给他们笑坍才怪呢。

不，我不要自由。我要的是一条出路，右边、左边，随便什么方向都成，我不提别的要求；即使这条出路只是一种欺骗，那也无妨；我的要求很低，欺骗因此也不会更大。前进，继续前进！再也不要举着胳臂静静地站着，再也不要把身子紧贴在箱子的一块板壁上。

今天我懂得了，没有内心深处的极大平静，我是永远也逃不出这牢笼的。事实上，我也许应该把我今天所获得的一切归功于船上头几天所感到的平静。而这种平静，我又该把它归功于船上的水手们。

不管怎么说，这是一些好人。直到今天，我还很高兴回忆他们那沉重的脚步声，这声音总是在我当时处于半睡半醒状态时发出回响。他们有这样一个习惯，不管干什么事，开始时总是慢吞吞的。比如说，一个人打算揉眼睛，他举手的时候就像是在举一副千斤的担子。他们的玩笑非常粗野，但却十分诚恳。他们的笑声总是夹杂着一种听起来很怕人、但却无关紧要的咳嗽声。他们嘴里总有东西要吐出来，至于吐到什么地方他们是无所谓的。他们总是埋怨我把跳蚤传给他们，然而他们并不真的对我生气，因为他们知道，在我的毛皮里跳蚤容易生长，而跳蚤是跳跃动物，总是要跳的；所以，他们也只好容忍了。每当空闲的时候，他们中的某几个人往往围成半圆形坐在我周围；他们几乎不说话，而是相互叽里咕噜，伸展四肢躺在箱子上抽烟斗；只要我稍许动一动，他们就拍膝盖；时不时还有人拿根棍子来给我搔痒。要是今天有人邀请我随同这艘船作一次旅行，我肯定是会拒绝的，但是，同样肯定的是，我对那次在统舱里度过的日子的留恋的回忆倒也不全是可憎可厌的。

我在这些人当中得到了平静，这是我不想逃走的最主要原因。从今天的角度来看，我觉得我至少已经预感到，要是我想活下去，我必须找到一条出路，而这条出路靠逃跑是不可能实现的。我也不知道，是否有可能逃走，但我相信能够逃走；对一只猴子来说，逃走始终是可能的。今天，我用牙齿打开坚果时得多加小心，可是在那时，随着时间的推移，我准能用牙齿把门锁咬穿。可我并没有那样做。那会带来什么结果呢？我刚刚把头探出去，人们又会把我捉住，关进更加糟糕的笼子里去；或者我悄悄地跑到其他的动物——例如我对面的蟒蛇——那儿去，但它们会把我缠得闷死过去的；或者我偷偷地溜上甲板，跳出船舷，然后在世界海洋上颠簸一阵子，接着就淹死在水里。这一切都是绝望的行动而已。我不会像人那样精打细算，但是在我周围环境的影响下，我的行为仿佛都是事先考虑好了似的。

我没有进行考虑，不过我倒是静静地进行观察。我看到这些人走来走去，老是这几张脸，老是这些动作，我常常觉得，这些都是同一个人。这个人或者这些人就这样不受阻挠地走着。一个崇高的目的渐渐在我心中升起。谁也没有向我许诺，假如我变得和他们一模一样，笼子上的铁条就可以撤走。人们是不会做出这种显然无法实现的许诺的。可是，如果人们履行自己的诺言，那么，这些诺言事后也只会在人们早先徒劳地寻求它们的地方出现。现在，我对这些人本身已经没有太大的兴趣。假如我是上面提到的那种自由的拥护者，我宁愿选择大洋，而不愿选择这些人的忧郁的目光为我指出的出路。总而言之，我在想到这些事情之前，就已经把这些人观察了很久，是啊，就是这些积累起来的观察，才迫使我走上这条明确的道路。

模仿这些人，的确极其容易。就在最初几天，我就学会了吐唾沫。然后，我们就互相朝脸上吐唾沫；所不同的只是，事后我把脸舔干净，而人却不这样。很快，我抽起烟斗来就像个老头儿；尔后，每逢我用大拇指压压烟袋锅，统舱里的全体船员就发出欢呼声；只是在很长的一段时间里，我还分不清塞满烟丝的烟斗和空的烟斗。

最让我感到麻烦的是烧酒瓶。这气味就够我难受，我尽量强迫自己喝酒，过了好几个星期，我才勉强克服了不适之感。说来也很奇怪，水手们对我的这种内心的思想斗争，比对我身上的其他任何现象都更关心。我在自己的记忆中也分不清这些水手，不过有个水手我一直还把他记住，这人老是上我这儿来，有时单独来，有时和伙伴们一起来，白天来，晚上也来，随时随刻都来；他手拿烧酒瓶站到我的面前，给我授课。他不了解我，他要猜出我生存的谜。他慢慢地拔去瓶塞，然后注视着我，目的是想考查我是否听懂了他的话；我承认，我总是怀着狂热的感情和急切的心情，聚精会神地听他讲话；整个世界上没有一个人类的老师能找到像我这样的人类的学生。瓶塞被拔去之后，他把酒瓶举到嘴边；我的目光一直盯到了他的咽喉；他点点头，表示对我满意，又把瓶子放到唇边；我由于逐渐理解他的动作而欣喜若狂，便一边尖叫，一边上下左右地乱搔乱挠。他欢叫起来，把瓶子凑近嘴喝了一口；我急躁而绝望地极力效法他,结果不仅我,而且笼子,都给洒下的酒弄脏了,这又使他大为满意。在此之后,他把酒瓶拿离开嘴,远远地伸向前面,随即又迅速地把它举到嘴边,做了一个夸张的有教育意义的动作,把身子往后一仰,一口气把酒喝干。我被他的严格要求弄得精疲力竭,再也无法跟他做下去,只是软绵绵地靠在铁栏上,而他呢,揉了揉肚子,狞笑了一下,以此结束了这堂理论课。

然后,才开始实际的练习。我不是已经被理论弄得精疲力竭了吗?也许是这样,太精疲力竭了。这是我的命运。尽管这样,我还是尽可能地拿起别人递给我的瓶子,我用颤抖的手拔去瓶塞,这个成功的动作逐渐给我带来新的力量。我几乎像老师那样举起瓶子,放到唇边,然后——然后就厌恶地、非常厌恶地把它甩到地上,虽然瓶子是空的,里面只有酒的气味。这不仅使我老师感到伤心,而且使我感到更加伤心;我在扔掉瓶子之后,的确并没有忘记好好地抚摩一下我的肚子和咧嘴冷笑一下,但是,用这个办法,我无法使他和我自己感到满意。值得佩服的是,我的老师并没有生我的气;诚然,他有好几次把燃着的烟斗放到我的毛皮上,以致在几处我不易摸到的地方都开始冒烟了,但是他接着又用他那只慈爱的大手把火扑灭;他没有生我的气,他认识到,我们站在同一条战线上为反对猴子的本性而斗争,而我这方面的任务是更为艰巨的。

有一天晚上——大概在举行庆祝晚会,有架留声机在播放音乐,一个军官在人群里走来走去——我趁人不备,悄悄地抓起一瓶由于疏忽而留在我笼子跟前的烧酒,我在众目睽睽之下,严格按规定地拔去瓶塞,然后把酒瓶放到嘴上,毫不犹豫地、嘴也不歪地像个内行的酒徒那样喝起酒来,我把两只眼睛睁得滚圆滚圆的,不断地摇晃着喉咙,的的确确把酒一饮而尽。之后,我不再像绝望者那样,而是像艺术家那样把酒瓶扔掉。我虽然忘记了抚摩肚子,但却作为替代用人类的语言简短明确地发出了一声"哈罗",因为我不会别的,因为我感到事情紧迫,因为我酩酊大醉、神志不清。随着这声叫唤,我跳入了人类社会。马上,传来了它的回音:"你们听,他说话了!"听到这一回音,我顿时感到我那整个汗淋淋的身子得到了一个亲吻。这对我的老师以及对我来说,是何等重大的胜利啊!

我重复一遍：模仿人类对我来说并没有什么吸引力；我之所以模仿人类，唯一的原因只在于寻求一条出路。即使是我刚才所说的那种胜利，我也没有取得多少。很快，我又失去了人类的声音；几个月之后又才重新获得；对烧酒瓶的反感甚至比以前更加强烈。不过我所选择的方向倒是永远地定下来了。

当我在汉堡被移交给第一个驯兽者的时候，我很快就认识到摆在我面前的两条出路：要么进动物园，要么进杂耍戏园子。我毫无犹豫。我对自己说：要想尽一切办法进杂耍戏园子，这就是出路；动物园只是一只有栅栏的笼子，一进到这只新的笼子，你就算完了。

因此，先生们，我正在学习。啊，当你不得不学的时候，你就得好好地学；如果你想找一条出路，你就得学习，毫无顾忌地学习。你甚至会用鞭子监督自己；只要你稍有反抗，就会被撕成粉碎。猴性翻着筋斗匆匆地离我而去，以致我的启蒙老师却险些自个儿变成了猴子，他不得不放弃教学而进了一家疯人院。幸亏不久他又出院了。

可是，我却累坏了许多老师，有几个甚至是同时给我累坏了。当我对自己的能力更加有把握，公众追赶我的进步，我的未来开始闪耀的时候，我就自己收容老师，让他们坐在五间相互连接的房间里，自己不间断地从这间跳到那间，同时接受他们的教诲。

我的进步真是一日千里！知识的光芒从四面八方渗入我那不断觉醒的脑子！我不否认：这使我很高兴。但是，我也承认：我没有过高地估计自己的进步，当时不曾，现在更是没有。我以世上从来没有过的努力，使自己达到了一个欧洲人的中等文化水平。这件事本身也许不值一提，然而正是它，帮助我走出了樊笼，为我创造了这条特殊的出路，这条人类的出路。有一句非常好的德国成语：溜之大吉。我正是这样做的，我已溜之大吉。我没有别的出路，其前提始终是：自由是无法选择的。

当我展望自己的发展及其到目前为止的目标，我既不抱怨，也不志得意满。我把双手插在裤袋里，桌子上放上一瓶葡萄酒，在摇椅上半躺半卧，望着窗外。有客人来，我就接待他，恰如其分地接待他。我的舞台经理就坐在前堂里；我一按铃，他就进来听候我的吩咐。我几乎每晚都有演出，但演出效果总没有提高。每当我深夜从宴会、科学界的社交聚会以及愉快的聚会回家时，总有一只半驯服的小黑猩猩在等待着我，这时，我又像猴子那样，让自己从她那里得到无穷的快乐。在白天，我不愿见到她；因为在她的目光里，有一种被训练搞得晕头转向的动物所特有的疯狂；这种疯狂只有我能看出来，这是我无法忍受的。

不管怎样，总的来说，我还是达到了我想达到的目的。人们不会说，这事是不值得花费力气去做的。另外，我不需要任何人的评价，我只想传播知识，我只做报告，对诸位来说，尊敬的科学院院士们，我也仅仅是做了一个报告。

洪天富 译

最初的痛苦 *

一位空中飞人表演者——众所周知，这种在大的杂耍场的高高的穹顶下表演的技艺是人类最难完成的一种特技——是这样安排他的生活的：只要他一直在同一个杂耍场里表演，他就得夜以继日地待在高秋千上，这最初只是出于追求完善，往后却变成了一种根深蒂固的习惯。

他的全部需要，况且是非常微不足道的需要，是由相互接替的一帮勤杂工加以满足的，他们在下面看护着，把上面所需要的一切东西放在特地设计的容器里，拉上去，再拉下来。这种生活方式不会给周围的世界带来特别的麻烦；只是在表演其他节目的时候，多少会出现一些干扰，因为他无处藏身，只好待在上面，而且尽管他在这些时候通常保持安静，但观众中不时有人分散注意力，向他投来一瞥。然而，经理们原谅了他这一点，因为他是一位杰出的不可替代的艺术家。当然，人们也认识到，他并非故意要待在高秋千上，他这样做，只是为了坚持不懈地进行练习，从而使他的技艺保持完美的水平。

反正，待在上面也有益于健康，每当较暖的季节来临，杂耍场拱顶四周的侧窗就被打开，阳光随着新鲜空气势如破竹地泻入这昏暗的场地，这样一来，这种高空生活甚至是美妙的。不过，他与人的交往因此受到了限制，只是偶尔有个体操运动员攀着绳梯爬到他那儿，然后他俩坐在秋千上，一左一右靠在系秋千的绳索上聊天，或者修理屋顶的建筑工人们通过一扇开着的窗子，同他交谈几句，或者消防人员来检查顶层楼座的应急照明，向他呼喊几句充满敬意、但很少听得懂的话。在其他情况下，他四周静悄悄的；偶尔有位职员约莫在下午时分误入这空荡荡的剧

---

* 本篇约写于1921年秋末至1922年初。1924年与其他三篇由作者收入《饥饿艺术家》，由"锻造坊"出版社出版。——编者

场，若有所思地抬头凝望那几乎看不见的高空，在那里，这位空中飞人表演者并不知道有人在观察他，正在练功或者休息。

如果没有那些令他十分讨厌、但又不得不进行的从一地到另一地的旅行的话，这位空中飞人表演者本可以享受平静的生活。诚然，舞台经理关心他，尽量减去他任何一种不必要的痛苦：在城市里旅行，便用赛车，要是在夜里，或者在黎明时分，车子以最后冲刺的速度疾驰，穿过空无一人的街道，但对渴望自由的空中飞人演员来说，这速度还太慢；若是乘火车，经理就把整个车厢包下来，让这位空中飞人演员在搁置行李的网架上度过旅途时间，这虽然使他叫苦不迭，但毕竟是他历来生活方式的某种补偿；在下一个巡回演出地点，早在他到达之前，剧院里就已经为他准备好了秋千，不仅如此，所有通向剧场的门均已开着，所有的走廊都畅通无阻——然而，在经理的生活中，只有当空中飞人演员登上绳梯，一转眼间终于又高高地吊在了他的秋千架上的时候，这才是最美好的瞬间。

尽管经理成功地组织了许多次旅行，但每一次新的旅行总让他难堪，因为这些旅行，除了别的事情之外，总令这位空中飞人演员紧张不安。

有一次，他俩又一同旅行，空中飞人演员躺在行李架上，正在做梦，经理在对面的角落里靠着窗读书，这时，空中飞人演员先开头跟经理说话。经理马上洗耳恭听。空中飞人演员咬紧嘴唇，忐忑不安地说，从今以后，为了他的表演，他必须要有两个秋千，而不是迄今的一个，而且这两个秋千应该相互对着。经理立刻表示同意。但是，空中飞人演员似乎想要表明，经理的同意如同他的反对一样毫无意义，便说他今后再也不仅仅在一个秋千上表演，无论如何也决不肯。一想到他今后仍然会在一个秋千上表演，他似乎战栗不止。经理犹豫和观察了一会儿，然后再次声明他完全同意，两个秋千毕竟比一个好，此外，这个新的装置有利可图，它会使表演更加丰富多彩。听到这句话，空中飞人演员突然哭了起来。经理大为吃惊，一下子跳了起来，问到底出了什么事，由于得不到回答，经理便爬到长凳上，用手抚摩他，并把他的脸贴在自己的脸上，以致他满脸都是空中飞人演员的泪水。在经理提了不少问题和说了许多谄媚的话之后，空中飞人演员才呜咽着说道："手里只有这一根吊杠——叫我怎样生活下去呀！"这下，经理安慰他就容易得多了；他答应马上从下一站为了第二个秋千的事给下一个巡回演出地点打个电报；他责备自己，不该让这位空中飞人演员长时间地只在一个秋千上工作，感谢并热情地赞扬他终于使他注意到了这个错误。就这样，他成功地使这位空中飞人演员慢慢地平静下来，又能重新回到他的角落。但是，经理本人并没有平静下来，他怀着深深的忧虑，偷偷地越过书本的上端观察着那位空中飞人演员。这样的念头一旦开始折磨他，唉，它们会完全停止吗？它们难道不会逐渐地加剧吗？它们不会威胁他的生存吗？的确，经理相信自己看到，在继一阵哭泣之后的显然安详的睡眠中，空中飞人演员那平滑的孩子气的额头上明显地出现了最初的皱纹。

洪天富 译

小妇人 *

　　这是一个普通的妇人。生来相当苗条，但她还紧紧地束腰；我看到她总是穿着同样的上衣，它是用淡黄加灰色的、有点儿像木头颜色的料子做成的，饰有少量的流苏或同样颜色的纽扣状的垂悬物；她一直不戴帽子，她那无光泽的淡黄色的头发光滑而整齐，但非常蓬松。她虽然束腰，但动作却很灵活，灵活得实在显得过分，她喜欢双手叉腰，猛地把上身转向一侧。她的手给我留下深刻的印象，说实在的，我还未曾看到过像她这样的手，它的五指之间界线格外分明。尽管这样，她的手从解剖学上看并没有任何奇特之处，它是一只完全正常的手。

　　这位小妇人对我很不满意，她总是动不动就批评我，她总是由于我的缘故而受冤屈，我处处使她生气；如果我能把生命分成若干极小的部分，并对每个小部分分别进行评价的话，那么我生命的任何极小的部分对她肯定是一种烦扰。我常常在想，我为何使她如此生气；也许是我身上的一切不符合她的美感和习惯，与她的正义感和习俗有矛盾。世上有如此相互矛盾的天性，可是她为何不能容忍我的天性呢？我们之间根本不存在任何关系，因此也谈不上我这使她痛苦的问题。她只需决定把我看作完全陌生的人，我的确也是个外地人，而且我不会反对这样的一种决定，相反会非常欢迎它。她只需决定忘记我的存在，我的确从没有把自己的存在强加给她，或打算强加于她。果真是这样，一切的痛苦显然就会过去。在这种情况下，我完全不考虑自己，也不去考虑她的举止——当然，它也使我觉得难堪——我之所以避而不谈它，是因为我清楚地知道，和她的痛苦相比，我的一切难堪不足挂齿。当然，在这件事上，我

---

* 该篇写于 1923 年，后由作者自己收入他最后一个短篇集《饥饿艺术家》；其原稿被保存在牛津大学。——编者

完全意识到,这并不是令人喜欢的痛苦;她压根儿不想使我真正变好,此外,她对我的种种指责,从性质上看丝毫无助于我的进步。她同样也不关心我的进步,她只关心自己个人的利益,即对我给她带来的痛苦进行复仇,和防止我将来可能给她带来的痛苦。我曾多次试图向她指出,如何才能最好地结束这种没完没了的怨恨,可是,恰恰是我的这一建议使她无比冲动,以致我再也不敢重提这一建议。

当然,我得承认,我对此有一定的责任,因为尽管我也不熟悉这个小妇人,尽管我们之间存在的唯一的关系是我给她带来的不快,或者更确切地说,是她让我给她带来的不快,我毕竟不能对她采取漠不关心的态度,这是因为,她不仅精神上感到痛苦,而且肉体上同样经受痛苦。我有时听到一些消息——最近有所增多——说她在早晨脸色苍白,因彻夜不眠而筋疲力尽,受头痛的折磨,几乎丧失劳动能力;因此,她使她的亲属担心,人们反复劝她寻找一下自己情况的原因,但至今她没有找到它们。只有我知道它们,这就是旧的和一再新的愤怒。当然,我不会像她的亲属那样为她担心;她是个坚韧不拔的女人;谁能够如此地生气,想必也能克服生气的种种后果;我甚至怀疑她装做——至少部分地装做——受苦的样子,以便用这种方式把世人的怀疑引向我。坦率地讲,我用自己的存在折磨她,而她对此感到十分自豪;为了我的缘故而向他人呼吁,她感到这是对自己的一种侮辱;她之所以关心我,只是出于反感,出于一种不停的、永远催逼着她的反感;当众讨论这件不光彩的事,在她看来简直是一种奇耻大辱;可是,完全避而不谈这件事——它不停地对她施加压力——她也感到非常羞愧。所以,她凭着自己妇道的狡猾试图寻求一条中间道路;她沉默不语,只想通过一种隐藏心中的痛苦的外部标记,让公众去评判这件事。也许她甚至希望,如果公众完全注意到我,他们就会对我群起而攻之,就会用那些强有力的愤怒的手段更加凶狠地和更加迅速地把我消灭,而这一点,相对无力的个人的愤怒是办不到的。果真这样,她就可以退却,松口气,不再理睬我。怎么,难道这些真的是她的希望吗?她可是弄错了。公众不会担任她的角色;公众从来也不会像她那样没完没了地指责我,尽管它非常仔细地观察我。我并非像她认为的那样是个完全无用的人;我不想炫耀自己,特别是不想在这件事情上自吹自擂;我谈不上特别有用,但肯定也不是废物;只是对她来说——她白眼看人——我是个废物,而其他任何人是不会相信她的看法的。那么,在这方面我是否可以完全放心呢?不,反正不;因为如果人们真的知道,我的行为简直使她病倒,而有些窥伺者,就是那些最勤劳的消息传递者,已开始洞察此事,或至少装做洞察此事的样子,那么世人就会朝我走来,对我提出这样的问题:我到底为什么要用自己的不可救药折磨这位可怜的小妇人?我是否打算把她逼死?我什么时候才能冷静下来,产生人的纯朴的同情心,以便停止对她的折磨?——如果世人这样问我,我是难以回答他们的。难道我应该承认,我并不非常相信那些病症?难道我应该以此引起这样一种不愉快的印象,即我为了摆脱一种罪责而控告其他的人,而且是以这样一种粗野的方式?难道我能公开地说,我丝毫没有同情心,尽管我相信她真正有病,因为我完全不熟悉这个妇人,而且我们之间的关系只是由她建立的,只是因她的方面而存在的。我不想说,人们不会相信我;更确切地说,人们既不会相信我,也可能会相信我;人们根本还没有到达可以相信我的程度;人们仅仅会把我关于一位体弱多病的妇女所做出的回答记录下来,这对我来说似乎是颇为不利的。因为在这样一种情况下,不管我做出这样的回答,还是做出其他任何一种回答,世人都不能加以正确地理解,他们总是怀疑我跟她有一种爱情关系,我的一切回答都是由它决定的,尽管事情非常清楚地表明,并不存在这样一种关系,假定有这种关系,不如说是由我引起的,因为我的确会佩服这个小妇人的判断的说服力和她不倦的推论,如果我不正是由于她的这些优点而常常受到惩罚的话。然而,她对我根本就不友好;在这点上她倒是坦率和真诚的;我最后的希望建立在这上面;即便她认为使人相信她对我友好符合于她的作战计划,但她很快就会忘记去做这样的事情。可是在这方面完全麻木的公众会坚持她的看法,始终会做出反对我的决定。

所以,我唯一的办法是,在世人干涉之前,及时地改变自己的做法,即不去消除这个小妇人的愤怒——这是不可想象的——但无论如何要使它变得温和一些。我的确常常反躬自问，我目前的情况是否使我非常满意，以至于我根本不想改变它，我是否应该改变自己的某些做法，尽管我想改变它们的原因，不是我深信它们的必要性，而只是为了安慰这个妇人。坦白地说，我曾费力而认真地试图这样做，这甚至符合我的愿望，简直使我开心；个别的变化出现了，而且非常明显，我必须不让这个妇人注意到它们，她在我之前就注意到所有这样的变化，她已经从我的表情上看出我的意图；因此我并没有成功。我怎么会成功呢？她对我的不满，正如我现在已经认识到的，的确是一种原则上的不满；什么也无法消除它，就连我自己的毁灭也无法消除它；她一听到我自杀的消息，准会怒不可遏。现在我无法想象，她，这个感觉敏锐的妇人，同我一样认识不到这一点，即不仅她那些毫无希望的努力，而且我的无辜，我的无能，尽管有最良好的愿望也是不可能符合她的要求的。她当然认识到这一点，但是作为富有斗争性的人，她因热衷于斗争而忘记这一点，而我的不幸的本性——我只能选择这样的本性，因为它只给予我一次——在于，我想给怒不可遏的人轻声地发出警告。用这种方式我们当然永远无法互相取得了解。每天一大清早的时候，我幸福地走出家门，就会看到那张为了我的缘故而憔悴的面孔，那快快不乐地撅起的嘴，那审视的、在考试之前就已知道结果的目光，它掠过我身上，即使它匆匆而过，但什么也休想逃过它，那钻入少女般的面颊里的尖刻的微笑，那哀怨地仰望天空，那使自己固定的双手叉腰，那由于愤怒而发白的脸色和发抖的身子。

最近——趁此机会，我惊异地向自己供认——我第一次向一位好朋友对这件事作了一些暗示，只是顺便说说，轻描淡写地说了几句话，我把整个事情的意义——尽管它从表面上看来对我其实并不重要——降低到最小的程度。奇怪的是，我的朋友却洗耳恭听，他甚至主动地给这件事增添意义，不分散自己的注意力，坚持听我讲话。当然，更加奇怪的是，尽管他心神专注，他在关键性的一点上却低估了这件事，因为他郑重地向我建议，我应该出外旅行一段时间。这是一个极其愚蠢的建议；这些事情虽然简单，任何人只要进一步进行观察都能看清它们，但它们毕竟不那么简单，靠我的出走，是无法使一切或者至少使这件极为重要的事情恢复正常的。相反地，对出走的事我得格外当心。我如果应该执行某一项计划，那么无论如何只能是这样的计划，即将事情保持在它至今的、狭窄的、还没有将外界计算在内的范围内，也就是说像我现在一样保持安静，不要由于这件事情而引起大的、引人注目的变化，还有，不要和任何人谈论这件事。之所以要这样做，不是因为这是一桩危险的秘密，而是因为这是一件纯属个人的小事，至少容易忍受，因此也该是这样。在这点上，我朋友的那些意见毕竟是有益的，它们虽然没有教给我任何新的东西，但却使我坚定自己的基本看法。

只要更加仔细地想想，就会发现，事态在时间的进程中似乎经历了的变化，并不是事情本身的变化，而只是我对她的看法的发展，也就是说，我的看法部分地变得更加冷静，更加具有男子气概，更接近核心，但另一方面，也还部分地受那些持续的、尽管非常轻的震动的无法克服的影响，因而有些紧张不安。

我对这事变得更加冷静，这是因为我认识到，一种抉择，尽管它有时看上去似乎即将来临，毕竟还不会到来；人们，特别是青年人，容易倾向于认为，各种抉择很快就会到来。如果我的年轻的女法官由于被我注视而变得虚弱，侧身躺倒在沙发椅上，用一只手抓住椅子靠背，用另一只手摆弄她的紧身胸衣，愤怒和绝望的眼泪从她的双颊上滚落下来，这时我总在想，现在已经有了抉择，我马上就会被传唤，就此事说明自己的责任。然而，这根本谈不上是什么抉择，根本谈不上是什么责任，妇女们容易得病，世人没有时间去注意所有的事件。在所有这些年里到底发生了什么呢？除了这样的事件反复发生以外，什么也没有发生。它们有时多一些，有时少一些，但它们的总数更大。人们在附近闲荡，只要找到可以进行干涉的机会，他们就乐意进行干涉；但他们没有找到这样的机会，到目前为止他们只依靠自己的嗅觉，光是嗅觉虽然足以使其拥有者忙个不停，但它对其他的事情并不适用。例如，总是有那么一些无用的二流子和游手好闲者[①]，他们总是以某种过于狡猾的方式，最喜

---

① 原文为 Lufteinatmer（吸空气者）。

欢用亲缘关系，为自己的存在进行辩护，他们总是留神地进行观察，他们的鼻子总是充满嗅觉（意为他们总是喜欢四处打听），然而所有这一切的结果只是他们依然站在那儿。整个的区别在于，我逐渐认出他们，能够区分他们的面孔；以往我认为，他们从四面八方逐渐地汇集到一起，这件事的规模变大，本身会迫使他们做出决定；如今我认识到，所有这一切自古就已存在，和做出决定很少或根本没有关系。至于决定本身，我为何要这样强调它呢？如果有一天——当然不是明天和后天，也许这一天永远不会来——公众对这件与他们无关的——正如我一再说的，与他们毫不相干的——事情①（指做出决定——译者）竟然产生了兴趣，那么它虽然会有损于我的声誉，但毕竟值得加以观察。它说明公众对我是熟悉的，我向来就光明正大地生活在他们中间，对他们充满信任，也获得他们的信任，所以，这个后来冒出来的受苦的小妇人——顺便指出，不是我而是别人也许早就认出她是牛蒡②，而且替公众用自己的靴子悄悄地把它踩坏了——对我来说，顶多对我的声誉产生一点儿不良的影响，因为公众早就把我宣布为他们的值得尊敬的成员。这就是事情的现状，我无须为此感到不安。

当然，随着年龄的增长，我毕竟变得有些不安，但这和此事本来的意义毫不相干；频繁地使某人生气，你是根本没法坚持下去的，尽管你也许认识到，使别人生气是毫无道理的；你不安起来，你开始认识到，在某种程度上只能从肉体上期待着各种决定，尽管你从理性上并不十分相信它们的到来。这部分地也和年龄的老化现象有关，青年人喜欢美化一切，许多不美的细节消失在青年人旺盛的精力之中。在你年轻的时候，你也许有过虎视眈眈的目光，但你对它并不见怪，别人根本没有觉察到它，你自己也没有觉察到它，可是到了年老的时候，剩下的只是一些残余，每个残余都是需要的，因为新的不会产生，每个残余都受到观察，而一个上了年纪的男子的虎视眈眈的目光，正是一种非常清楚的虎视眈眈的目光，要确定它是不困难的。这是一种合乎自然的现象，谈不上目

---

① 指做出决定——译者注。
② 指喜欢纠缠别人的人——译者注。

光本身在变坏。

总之,不管我从什么角度观察此事,我总觉得,虽然我用手轻轻地掩盖住这件小事,我还会摆脱世人的干扰,平静地把我迄今的生活长久地继续下去,不管这妇人如何纠缠我。

洪天富 译

饥饿艺术家*

近几十年来，人们对饥饿表演的兴趣大为淡薄了。从前自行举办这类名堂的大型表演收入是相当可观的，今天则完全不可能了。那是另一种时代。当时，饥饿艺术家风靡全城；饥饿表演一天接着一天，人们的热情与日俱增；每人每天至少要观看一次；表演期临近届满时，有些买了长期票的人，成天守望在小小的铁栅笼子前；就是夜间也有人来观看，在火把照耀下，别有情趣；天气晴朗的时候，就把笼子搬到露天场地，这样做主要是让孩子们来看看饥饿艺术家，他们对此有特殊兴趣；至于成年人来看他，不过是取个乐，赶个时髦而已；可孩子们一见到饥饿艺术家，就惊讶得目瞪口呆。为了安全起见，他们互相手牵着手，惊奇地看着这位身穿黑色紧身衣、脸色异常苍白、全身瘦骨嶙峋的饥饿艺术家。这位艺术家甚至连椅子都不屑去坐，只是席地坐在铺在笼子里的干草上，时而有礼貌地向大家点头致意，时而强作笑容回答大家的问题，他还把胳臂伸出栅栏，让人亲手摸一摸，看他多么消瘦，而后却又完全陷入沉思，对谁也不去理会，连对他来说如此重要的钟鸣（笼子里的唯一陈设就是时钟）他也充耳不闻，而只是呆呆地望着前方出神，双眼几乎紧闭，有时端起一只很小的杯子，稍稍啜一点儿水，润一润嘴唇。

观众来来去去，川流不息，除他们以外，还有几个由公众推选出来的固定的看守人员。说来也怪，这些人一般都是屠夫。他们始终三人一班，任务是日夜看住这位饥饿艺术家，绝不让他有任何偷偷进食的机会。

---

* 该篇写于1922年春，发表于同年10月《新观察》，为作者自己所珍重的几个短篇小说之一，1924年他曾以此为书名，与其他三个短篇结集出版。同年4月，即在他去世前一个多月，他在病榻上校阅本篇清样时，不禁泪流满面，可见与书中主人公发生共鸣。可惜该集子出版时，作者已辞世。——编者

不过这仅仅是安慰观众的一种形式而已,因为内行的人大概都知道,饥饿艺术家在饥饿表演期间,不论在什么情况下都是点食不进的,你就是强迫他吃他都是不吃的。他的艺术的荣誉感禁止他吃东西。当然,并非每个看守的人都能明白这一点的,有时就有这样的夜班看守,他们看得很松,故意远远地聚在一个角落里,专心致志地打起牌来。很明显,他们是有意要留给他一个空隙,让他得以稍稍吃点儿东西;他们以为他会从某个秘密的地方拿出贮藏的食物来。这样的看守是最使饥饿艺术家痛苦的了。他们使他变得忧郁消沉。使他的饥饿表演异常困难。有时他强打精神,尽其体力之所能,就在他们值班期间,不断地唱着歌,以便向这些人表明,他们怀疑他偷吃东西是多么冤枉。但这无济于事;他这样做反而使他们一味赞叹他的技艺高超,竟能一边唱歌,一边吃东西。另一些看守人员使饥饿艺术家甚是满意,他们紧挨着笼子坐下来,嫌厅堂里的灯光昏暗,还用演出经理发给他们使用的手电筒照射着他。刺眼的光线对他毫无影响,入睡固然不可能,稍稍打个盹儿他一向是做得到的,不管在什么光线下,在什么时候,也不管大厅里人山人海,喧闹不已。他非常愿意彻夜不睡,同这样的看守共度通宵;他愿意跟他们逗趣戏谑,给他们讲他漂泊生涯的故事,然后又悉心倾听他们的趣闻,目的只有一个:使他们保持清醒,以便让他们始终看清,他在笼子里什么吃的东西也没有;让他们知道,他们之中谁也比不上他的忍饿本领。然而他感到最幸福的是,当天亮以后,他掏腰包让人给他们送来丰盛的早餐,看着这些壮汉们在熬了一个通宵以后,以健康人的旺盛食欲狼吞虎咽。诚然,也有人对此举不以为然,他们把这种早餐当做饥饿艺术家贿赂看守以利自己偷吃的手段。这就未免太离奇了。当你问他们自己愿不愿意一心为了事业,值一通宵的夜班而不吃早饭,他们就会溜之平也,尽管他们的怀疑并没有消除。

  人们对饥饿艺术家的这种怀疑却也难于避免。作为看守,谁都不可能夜以继日、一刻不停地看着饥饿艺术家,因而谁也无法根据亲眼目睹的事实证明他是否真的持续不断地忍着饥饿,一点漏洞也没有;这只有饥饿艺术家自己才能知道,因此只有他自己才是对他能够如此忍饥耐饿感到百分之百满意的观众。然而他本人却由于另一个原因又是从未满意过的；也许他压根儿就不是因为饥饿，而是由于对自己不满而变得如此消瘦不堪，以致有些人出于对他的怜悯，不忍心见到他那副形状而不愿来观看表演。除了他自己之外，即使行家也没有人知道，饥饿表演是一件如此容易的事，这实在是世界上最轻而易举的事了。他自己对此也从不讳言，但是没有人相信。从好的方面想，人们以为这是他出于谦虚，可人们多半认为他是在自我吹嘘，或者干脆把他当做一个江湖骗子，断绝饮食对他当然不难，因为他有一套使饥饿轻松好受的秘诀，而他又是那么厚颜无耻，居然遮遮掩掩地说出断绝饮食易如反掌的实情。这一切流言蜚语他都忍受下去，经年累月他也已经习惯了，但在他的内心里这种不满始终折磨着他。每逢饥饿表演期满，他没有一次是自觉自愿地离开笼子的，这一点我们得为他作证。经理规定的饥饿表演的最高期限是四十天，超过这个期限他决不让他继续饿下去，即使在世界有名的大城市也不例外，其中道理是很好理解的。经验证明，大凡在四十天里，人们可以通过逐步升级的广告招徕不断激发全城人的兴趣，再往后观众就疲了，表演场就会门庭冷落。在这一点上，城市和乡村当然是略有区别的，但是四十天是最高期限，这条常规是各地都适用的。所以到了第四十天，插满鲜花的笼子的门就开了，观众兴高采烈，挤满了半圆形的露天大剧场，军乐队高奏乐曲，两位医生走进笼子，对饥饿艺术家进行必要的检查、测量，接着通过扩音器当众宣布结果。最后上来两位年轻的女士，为自己有幸被选中侍候饥饿艺术家而喜气洋洋，她们要扶着艺术家从笼子里出来，走下那几级台阶，阶前有张小桌，上面摆好了精心选做的病号饭。在这种时刻，饥饿艺术家总是加以拒绝。当两位女士欠着身子向他伸过手来准备帮忙的时候，他虽是自愿地把他皮包骨头的手臂递给了她们，但他却不肯站起来。现在刚到四十天，为什么就要停止表演呢？他本来还可以坚持得更长久，无限长久地坚持下去，为什么在他的饥饿表演正要达到最出色的程度（唉，还从来没有让他的表演达到过最出色的程度呢）的时候停止？只要让他继续表演下去，他不仅能成为空前伟大的饥饿艺术家——这一步看来他已经实现了——而且还要超越这一步而达到常人难以理解的高峰呢（因为他觉得自己的饥饿能力是没有止境的），为什么要剥夺他达到这一境界的荣誉呢？为什么这群看起来如此赞赏他的人，却对他如此缺乏耐心呢？他自己还能继续饿下去，为什么他们却不愿忍耐着看下去呢？而且他已经很疲乏，满可以坐在草堆上好好休息休息，可现在他得支立起自己又高又细的身躯，走过去吃饭，而对于吃，他只要一想到就要恶心，只是碍于两位女士的份上，他才好不容易勉强忍住。他仰头看了看表面上如此和蔼，其实是如此残酷的两位女士的眼睛，摇了摇那过分沉重地压在他细弱的脖子上的脑袋。但接着，一如往常，演出经理出场。经理默默无言（由于音乐他无法讲话），双手举到饥饿艺术家的头上，好像他在邀请上苍看一看他这草堆上的作品，这值得怜悯的殉道者（饥饿艺术家确实是个殉道者，只是完全从另一种意义上讲罢了）。演出经理两手箍住饥饿艺术家的细腰，动作非常小心，以便让人感到他抱住的是一件极易损坏的物品；这时，经理很可能暗中将他微微一撼，以致饥饿艺术家的双腿和上身不由自主地摆荡起来。接着就把他交给那两位此时吓得脸色煞白的女士，于是饥饿艺术家只得听任一切摆布。他的脑袋耷拉在胸前，就好像它一滚到了那个地方，就莫名其妙地停住不动了；他的身体已经淘空；双膝出于自卫的本能互相夹得紧紧，但两脚却擦着地面，好像那不是真实的地面，它们似乎在寻找真正可以着落的地面；他的身子的全部重量（虽然非常轻）都落在其中一个女士的身上，她气喘吁吁，四顾求援（真想不到这件光荣差事竟是这样的），她先是尽量伸长脖子，这样至少可以使饥饿艺术家碰不到她的花容。但这点她并没有做到，而她的那位较为幸运的女伴却不来帮忙，只肯战战兢兢地持着饥饿艺术家的一只手——其实只是一小把骨头——举着往前走，在哄堂大笑声中那位倒霉的女士不禁吐的一声哭了起来，只得由一个早就站着待命的仆人接替了她。接着开始就餐，经理在饥饿艺术家近乎昏厥的半眠状态中给他灌了点流汁，同时说些开心的闲话，以便分散大家对饥饿艺术家身体状况的注意力，然后，据说饥饿艺术家对经理耳语了一下，经理就提议为观众干杯；乐队起劲地奏乐助兴。随后大家各自散去。谁能对所见到的一切不满意呢，没有一个人。

只有饥饿艺术家不满意,总是他一个人不满意。

每表演一次,便稍稍休息一下,他就这样度过了许多个岁月,表面上光彩照人,扬名四海。尽管如此,他的心情通常是阴郁的,而且有增无已,因为没有一个人能够认真体察他的心情。人们该怎样安慰他呢?他还有什么可企求的呢?如果一旦有个好心肠的人对他表示怜悯,并想向他说明他的悲哀可能是由于饥饿造成的,这时,他就会——尤其是在经过了一个时期的饥饿表演之后——用暴怒来回答,那简直像只野兽似的猛烈地摇撼着栅栏,真是可怕之极。但对于这种状况,演出经理自有一种他喜欢采用的惩治办法。他当众为饥饿艺术家的反常表现开脱说:饥饿艺术家的行为可以原谅,因为他的易怒性完全是由饥饿引起的,而对于吃饱了的人并不是一下就能理解的。接着他话锋一转就讲起饥饿艺术家的一种需要加以解释的说法,即他能够断食的时间比他现在所作的饥饿表演要长得多。经理夸奖他的勃勃雄心、善良愿望与伟大的自我克制精神,这些无疑也包括在他的说法之中;但是接着经理就用出示照片(它们也供出售)的办法,轻而易举地把艺术家的那种说法驳得体无完肤。因为在这些照片上,人们看到饥饿艺术家在第四十天的时候,躺在床上,虚弱得奄奄一息。这种对于饥饿艺术家虽然司空见惯、却不断使他伤心丧气的歪曲真相的做法,实在使他难以忍受。这明明是饥饿表演提前收场的结果,大家却把它解释为饥饿表演之所以结束的原因!反对这种愚昧行为,反对这个愚昧的世界是不可能的。在经理说话的时候,他总还能真心诚意地抓着栅栏如饥似渴地倾听着,但每当他看见相片出现的时候,他的手就松开栅栏,叹着气坐回到草堆里去,于是刚刚受到抚慰的观众重又走过来观看他。

几年后,当这一场面的目击者们回顾这件往事的时候,他们往往连自己都弄不清是怎么一回事了。因为在这期间发生了那个已被提及的剧变,它几乎是突如其来的,也许有更深刻的缘由,但有谁去管它呢;总之,有一天这位备受观众喝彩的饥饿艺术家发现他被那群爱热闹的人们抛弃了,他们宁愿纷纷涌向别的演出场所。经理带着他又一次跑遍半个欧洲,以便看看是否还有什么地方仍然保留着昔日的爱好;一切徒然；到处都可以发现人们像根据一项默契似地形成一种厌弃饥饿表演的倾向。当然，冰冻三尺非一日之寒，现在回想起来，当时就有一些苗头，由于人们被成绩所陶醉，没有引起足够的重视，没有切实加以防止，事到如今要采取什么对策却为时已晚了。诚然，饥饿表演重新风行的时代肯定是会到来的，但这对于活着的人们却不是安慰。那么，饥饿艺术家现在该怎么办呢？这位被成千人簇拥着欢呼过的人，总不能屈尊到小集市的陋堂俗台去演出吧，而要改行干别的职业呢，则饥饿艺术家不仅显得年岁太大，而且主要是他对于饥饿表演这一行爱得发狂，岂肯放弃。于是他终于告别了经理——这位生活道路上无与伦比的同志，让一个大马戏团招聘了去；为了保护自己的自尊心，他对合同条件连看也不屑看一眼。

马戏团很庞大，它有无数的人、动物、器械，它们经常需要淘汰和补充。不论什么人才，马戏团随时都需要，连饥饿表演者也要，当然所提条件必须适当，不能太苛求。而像这位被聘用的饥饿艺术家则属于一种特殊情况，他的受聘，不仅仅在于他这个人的本身，还在于他那当年的鼎鼎大名。这项艺术的特点是表演者的技艺并不随着年龄的递增而减色。根据这一特点，人家就不能说：一个不再站在他的技艺顶峰的老朽的艺术家想躲避到一个马戏团的安静闲适的岗位上去。相反，饥饿艺术家信誓旦旦地保证，他的饥饿本领并不减当年，这是绝对可信的。他甚至断言，只要准许他独行其是（人们马上答应了他的这一要求），他要真正做到让世界为之震惊，其程度非往日所能比拟。饥饿艺术家一激动，竟忘掉了时代气氛，他的这番言辞显然不合时宜，在行的人听了只好一笑置之。

但是饥饿艺术家到底还没有失去观察现实的能力，并认为这是当然之事，即人们并没有把他及其笼子作为精彩节目安置在马戏场的中心地位，而是安插在场外一个离兽场很近的交通要道口，笼子周围是一圈琳琅满目的广告，彩色的美术体大字令人一看便知那里可以看到什么。要是观众在演出的休息时间涌向兽场去观看野兽的话，几乎都免不了要从饥饿艺术家面前经过，并在那里稍停片刻，他们本来是要在那里多待一会儿,从从容容地观看一番的,只是由于通道狭窄,后面涌来的人不明究竟,奇怪前面的人为什么不赶紧去观看野兽,而要在这条通道上停留,使得大家不能从容观看他。这也就是为什么饥饿艺术家看到大家即将来参观(他以此为其生活目的,自然由衷欢迎)时,就又颤抖起来的原因。起初他急不可待地盼着演出的休息时间;后来当他看到潮水般的人群迎面滚滚而来,他欣喜若狂,但他很快就看出,那一次又一次涌来的观众,就其本意而言,大多数无例外地是专门来看兽畜的。即使是那种顽固不化、近乎自觉的自欺欺人的人也无法闭眼不看这一事实。可是看到那些从远处蜂拥而来的观众,对他来说总还是最高兴的事。因为,每当他们来到他的面前时,便立即在他周围吵嚷得震天价响,并且不断形成新的派别互相谩骂,其中一派想要悠闲自在地把他观赏一番,他们并不是出于对他有什么理解,而是出于心血来潮和对后面催他们快走的观众的赌气,这些人不久就变得使饥饿艺术家更加痛苦;而另一派呢,他们赶来的目的不过是想看看兽畜而已。等到大批人群过去,又有一些人姗姗来迟,他们只要有兴趣在饥饿艺术家跟前停留,是不会再有人妨碍他们的了,但这些人为了能及时看到兽畜,迈着大步,匆匆而过,几乎连瞥也不瞥他一眼。偶尔也有这种幸运的情形:一个家长领着他的孩子指着饥饿艺术家向孩子们详细讲解这是怎么一回事。他讲到较早的年代,那时他看过类似的、但盛况无与伦比的演出。孩子呢,由于他们缺乏足够的学历和生活阅历,总是理解不了——他们懂得什么叫饥饿吗?然而在他们炯炯发光的探寻着的双眸里,流露出那属于未来的、更为仁慈的新时代的东西。饥饿艺术家后来有时暗自思忖:假如他所在的地点不是离兽笼这么近,说不定一切都会稍好一些。像现在这样,人们很容易就选择去看兽畜,更不用说兽场散发出的气味,畜生们夜间的闹腾,给猛兽肩挑生肉时来往脚步的响动,喂食料时牲畜的叫唤,这一切把他搅扰得多么不堪,使他老是郁郁不乐。可是他又不敢向马戏团当局去陈述意见;他得感谢这些兽类招徕了那么多的观众,其中时不时也有个把是为观看他而来的,而如果要提醒人们注意还有他这么一个人存在,从而使人们想到,他——精确地说——不过是通往厩舍路上的一个障碍,那么谁知道人家会把他塞到哪里去呢。

自然是一个小小的障碍，一个变得越来越小的障碍。在现今的时代居然有人愿意为一个饥饿艺术家耗费注意力，对于这种怪事人们已经习以为常，而这种见怪不怪的态度也就是对饥饿艺术家的命运的宣判。让他去就其所能进行饥饿表演吧，他也已经那样做了，但是他无从得救了，人们从他身旁扬长而过，不屑一顾。试一试向谁讲讲饥饿艺术吧！一个人对饥饿没有亲身感受，别人就无法向他讲清楚饥饿艺术。笼子上漂亮的美术字变脏了，看不清楚了，它们被撕了下来，没有人想到要换上新的；记载饥饿表演日程的布告牌，起初是每天都要仔细地更换数字的，如今早已没有人更换了，每天总是那个数字，因为过了头几周以后，记的人自己对这项简单的工作也感到腻烦了；而饥饿艺术家却仍像他先前一度所梦想过的那样继续饿下去，而且像他当年预言过的那样，他长期进行饥饿表演毫不费劲。但是，没有人记天数，没有人，连饥饿艺术家自己都一点不知道他的成绩已经有多大，于是他的心变得沉重起来。假如有一天，来了一个游手好闲的家伙，他把布告牌上那个旧数字奚落一番，说这是骗人的玩意，那么，他这番话在这种意义上就是人们的冷漠和天生的恶意所能虚构的最愚蠢不过的谎言，因为饥饿艺术家诚恳地劳动，不是他诳骗别人，倒是世人骗取了他的工钱。

又过了许多天，表演也总算告终。一天，一个管事发现笼子，感到诧异，他问仆人们，这个里面铺着腐草的笼子好端端的还挺有用，为什么让它闲着。没有人回答得出来，直到一个人看见了记数字的牌儿，才想起了饥饿艺术家来。他们用一根竿儿挑起腐草，发现饥饿艺术家在里面。"你还一直不吃东西？"管事问，"你到底什么时候才停止呢？""请诸位原谅。"饥饿艺术家细声细气地说；管事耳朵贴着栅栏，因此只有他才能听懂对方的话。"当然，当然。"管事一边回答，一边用手指摸了摸自己的额头，以此向仆人们暗示饥饿艺术家的状况不妙，"我们原谅你。""我一直在希望你们能赞赏我的饥饿表演。"饥饿艺术家说。"我们也是赞赏的。"管事迁就地回答说。"但你们不应当赞赏。"饥饿艺术家说。"好，那我们就不赞赏，"管事说，"不过究竟为什么我们不应该赞赏呢？""因为我只能挨饿，我没有别的办法。"饥饿艺术家说。"瞧，多怪啊！"管事说，"你到底为什么没有别的办法呢？""因为我，"饥饿艺术家一边说，一边把小脑袋稍稍抬起一点，撮起嘴唇，直伸向管事的耳朵，像要去吻它似的，唯恐对方漏听了他一个字，"因为我找不到适合自己胃口的食物。假如我找到这样的食物，请相信，我不会这样惊动视听，并像你和大家一样，吃得饱饱的。"这是他最后的几句话，但在他那瞳孔已经扩散的眼睛里，流露着虽然不再是骄傲、却仍然是坚定的信念：他要继续饿下去。

"好，归置归置吧！"管事说，于是人们把饥饿艺术家连同烂草一起给埋了。而笼子里换上了一只小豹，即使感觉最迟钝的人看到在弃置了如此长时间的笼子里，这只凶猛的野兽不停地蹦来跳去，他也会感到赏心悦目，心旷神怡。小豹什么也不缺。看守们用不着思考良久，就把它爱吃的食料送来，它似乎都没有因失去自由而惆怅；它那高贵的身躯，应有尽有，不仅具备着利爪，好像连自由也随身带着。它的自由好像就藏在牙齿中某个地方。它生命的欢乐是随着它喉咙发出如此强烈的吼声而产生，以致观众感到对它的欢乐很受不了。但他们克制住自己，挤在笼子周围，舍不得离去。

叶廷芳 译

约瑟芬,女歌手或耗子的民族*

  我们的女歌手名叫约瑟芬。没有听过她歌唱的人,是不会知道她歌唱的力量的。没有人不被她的歌声所吸引,这一点,由于我们这代人总的说来不喜欢音乐,所以更加值得赞誉。我们最喜爱的音乐是宁静的和平;我们的生活艰难,即使我们有朝一日设法摆脱了日常生活的忧虑,我们也不可能使自己升华,获得类似音乐这种远离我们惯常生活的东西。但是,我们并不因此而深感悲痛;我们压根儿不可能发展到这种地步;我们认为,我们最大的优点是某种实用的狡猾,当然,我们也非常迫切需要这种狡猾,不论遇到什么事,我们总习惯于用狡猾的一笑来安慰自己,即使我们有一天感到,应该要求得到也许来自音乐的幸福,但我们并没有这样做。唯独约瑟芬是个例外;她热爱音乐,也懂得介绍音乐;她是唯一的一个;要是她死了,音乐也会随之从我们的生活中消失,天知道会消失多长时间。

  我常常思考,对这种音乐到底应该采取什么样的态度。我们毕竟对音乐一窍不通;我们理解约瑟芬的歌唱,或者由于约瑟芬否认我们的理解能力,以为至少能理解她的歌唱,这怎么可能呢?最简单的回答也许是:她的歌唱的确太美了,就连最迟钝的感官也无法抗拒它,不过这种回答并不能使人满意。假如果真如此,那么,我们在听到这种歌唱的时候,想必最初会觉得它不同凡响,而且始终会有这样的感觉,仿佛从她的喉咙里发出的声音是我们以往从未听到过的,我们甚至也没有能力听这歌声,只有这个约瑟芬才能使我们听懂它,而任何旁人却是无能为力

---

* 这是卡夫卡的最后一篇作品,写于1924年3月,即他去世(6月3日)前的三个月,最初发表于同年4月20日的《布拉格日报》"复活节增刊"上,后与其他三篇小说集成一册,题为《饥饿艺术家》,同年由柏林"锻造坊"出版社出版。——编者

的。然而在我看来，这种看法一点儿也不合乎实际情况，我就没有这种感觉，也没有发觉其他的人有类似的感觉。在知心朋友的范围内，我们相互坦率地承认，约瑟芬的歌唱，作为一种歌唱来说，一点儿也不特别。

这究竟是不是歌唱呢？我们尽管缺乏音乐天赋，但却有歌咏的传统；在我们这个民族的古代就有歌唱；传说里就曾讲到过这点，甚至歌曲还保存了下来，当然，在今天，谁也不会再去唱这些歌曲。所以说，对什么是歌唱，我们毕竟有一种先觉，而约瑟芬的艺术本来就不符合我们的预感的。那么，约瑟芬的歌唱到底是不是一种歌唱？会不会只是在吹口哨？吹口哨我们大家当然都很熟悉，这是我们民族固有的艺术技巧，或者更确切地说，根本不是技艺，而是一种独特的生活表现形式。我们大家都会吹口哨，但是谁也不会想到把它冒充为艺术，我们吹口哨时，并没有注意到这一点，甚至没有觉察到这一点，我们当中的许多人甚至不知道吹口哨是我们民族的特点之一。倘若约瑟芬真的不是歌唱，而只不过是吹口哨，也许，至少像我所觉得的那样，她几乎没有越出一般吹口哨的范围——她也许连一般吹口哨的气力都没有，而一个普通的挖土工人倒能一边干活，一边毫不费劲地吹上一整天的口哨——倘若一切当真如此，那么，约瑟芬的所谓的艺术家气质虽然会被驳倒，但是这样一来，人们更需解开她为何具有巨大影响这个谜。

可是，她发出的声音恰恰不只是口哨声。倘若你站在离她很远的地方侧耳倾听，或者采取更好的办法考察一下自己在这方面的能力，比方让约瑟芬在其他的歌手中间歌唱，你自己的任务在于从这些声音当中把她声音辨认出来，这时你能听出来的，肯定只是一种平常的、顶多由于纤细或柔弱而稍显突出的口哨声。但是，如果你站在她的面前，这就不仅仅是一种口哨声了；总之，要了解她的艺术，不仅需要听她唱，而且还要看她唱。即便这只是我们日常吹出的口哨，但在这里它却首先给人一种奇特的印象，即某人装出一副郑重其事的样子，但他所做的无非是一件极为普通的事情。敲开一个核桃确实算不上是一种艺术，因此也没有哪个敢于召集观众，在他们面前敲核桃，以此来为他们解闷。要是有人居然这么做了，而且如愿以偿，那么这就不能仅仅看作单纯地敲核桃了。或者就算是敲核桃吧，但结果只会证明我们忽视了这门艺术，因为我们毫不费劲就掌握了这门艺术，同时还证明，正是这位敲核桃的新手第一次使我们看到了敲核桃的真正诀窍，假如他敲核桃不如我们中的大多数人那样熟练，那效果反倒会更好呢。

也许敲核桃的事与约瑟芬的歌唱有某些类似之处；我们欣赏她身上的某一特长，而这一特长若是在我们自己身上，我们是不会去欣赏的；顺便提一下，在后面这一点上，她和我们的看法完全一致。有一次我正巧在场，不知哪个提醒她——这自然是会经常发生的——注意全民族都在吹口哨，这只不过是一桩小事，可是约瑟芬却感到受不了。像她当时流露出的那种狂妄自大的微笑，我还没有见到过呢。她，一个外表生来就十分娇柔的女子，即使是在我们这个不乏这类女性的民族里，她的娇柔也是足够突出的，但是在当时，她却显得格外卑鄙；顺便提一下，生性非常敏感的约瑟芬，也许立即觉察到了自己的不是，便镇静了下来。总之，她矢口否认自己的艺术和吹口哨之间有任何的关联。对于持相反看法的人，她只报以蔑视的态度，还可能怀恨在心。这不是一般的虚荣心，因为跟她作对的这一派人（我也一半属于这一派）和群众一样，同样钦佩她，但是约瑟芬不仅仅要大家钦佩，而且要求大家严格按照她所规定的方式钦佩她，对她来说，单单钦佩是一钱不值的。总之，如果你坐在她面前，你就会理解她；只有在你远离她的时候，你才会反对她；当你坐在她面前时，你就会明白：她在这儿用口哨吹出的东西，并不是吹口哨。

由于吹口哨是我们的一种心不在焉的习惯，所以你也许会认为，约瑟芬的听众里也会有哪个吹起口哨来；她的艺术会给我们带来愉快，而当我们快活的时候，就会吹口哨；但她的听众并不吹口哨，而是像耗子一样一声不响，仿佛我们分享到盼望已久的和平，而这种和平，单靠我们自己吹口哨，至少是无法获得的，我们沉默着。使我们心醉神迷的，是她的歌唱呢，还是她那细弱的噪音周围的肃穆的宁静呢？有一次发生过这么一件事：正当约瑟芬歌唱的时候，有个傻乎乎的小姑娘也天真烂漫地吹起了口哨。怎么，这竟然与我们听到的约瑟芬的歌声一模一样；

那里，在前面，是那尽管很熟练，但却始终是怯生生的口哨声，而在这里，在观众中，则是那个出神的女孩子的口哨声；要把两者加以区别，简直是不可能的事；不过我们立即向这个捣乱的女孩发出一片嘘声和嗯哨声，尽管这样做压根儿没有必要，因为当约瑟芬洋洋得意地吹起口哨、忘乎所以地张开双臂、把脖子伸得不能再长的时候，这个小女孩肯定会感到害怕和羞愧而溜走的。

再者，约瑟芬总是本性难移，每件小事，每一偶然事件，每一种违抗行为，比方正厅前排座位里发出的喀嚓声，咬牙切齿声，照明干扰，她都认为有助于提高她演唱的效果；在她看来，她毕竟是在为聋子演唱；尽管听众并不缺乏热情，常为她的演唱鼓掌喝彩，可她认为，她早就不指望会有什么知音了。她因此觉得有种种干扰反倒更好；一切外来的、与她的歌唱的纯洁性相对立的干扰，只需稍加斗争，甚至不经过斗争，仅仅用对阵就能加以战胜，这种种的干扰有助于唤醒大众，虽然不能教会他们理解，却也能使他们学会肃然起敬。

小事尚且能助她一臂之力，大事就更不用说了。我们的生活很不安定，每天都发生使人惊异的事，使人惶恐不安，每天都带来希望和恐惧，要是有人每时每刻，不管是白天还是黑夜，得不到同伴的支持，他是不可能忍受这一切的；但是，要得到同伴们的支持，往往相当困难；有的时候，本该由一个人去承担的重担，却把上千个人的肩膀压得颤颤巍巍的。这时，约瑟芬认为她的良机到了。她早已站在这里，这个弱不禁风的女人，胸脯以下抖动得尤其厉害，看了使人害怕，仿佛她把全身的力气都凝聚在歌唱上，仿佛她身上不直接服务于歌唱的一切，诸如每一分力量，几乎是每一滴生机，都被夺走，仿佛她被剥夺了一切，被人抛弃，唯有善良的神灵保护着她，当她如此付出整个身心、忘情地歌唱的时候，仿佛一丝冷风吹过就能将她杀死似的。但是，恰恰在目睹此情此景的时候，我们这些所谓的敌人却习惯于对自己说："她连吹口哨都不会呢；她不得不付出极大的努力，却不是为了歌唱——我们别谈歌唱吧——而是为了勉强吹出几声流行全国的口哨声来。"我们就是这样看的，然而，如上所说，这是一种虽说不可避免、但又转瞬即逝的印象。我们很快也就沉浸在大众的感情里，他们身子挨着身子，热情洋溢地屏息谛听。

我们的耗子般的听众几乎一直处在运动之中，他们往往为了不怎么明确的目的而到处乱窜，为了把这批听众聚集到自己周围来，约瑟芬多半只有一个办法，那就是后仰着小脑袋，半张着嘴巴，眼睛向上瞧，摆出一副即将歌唱的姿势。她随时随地都可以这样做，不一定要在某个老远就被人看见的地方，任何一个偏僻的、一时高兴选中的角落，同样可以很好地派上用场。她要唱歌的消息马上就会传开，紧接着，大批大批的听众就会蜂拥而来。但有时也会发生故障，约瑟芬喜欢在动荡不安的时刻歌唱，因为在这样的时刻，各种各样的忧虑和困难迫使我们选择各式各样的道路，即使大家都非常愿意去听，也很难像约瑟芬所希望的那样迅速地集合到一起，于是这一次，她只好摆出一副大架子站在那儿，也许过了好久，听众的数目依然不足——这下她当然大为恼火，使劲跺脚，破口大骂，完全不像个少女，她甚至咬牙切齿。但是，就连这样的行为也无损于她的名声；人们非但不想遏制一下她那些过分的要求，反而极力迎合她；人们派出了信差，以便把听众接来，这可是瞒着她干的；于是人们看到周围的道路上布置了岗哨，这些岗哨向来者招手示意，让他们加快步子；这一切不断地进行着，直到最后凑齐了相当数量的听众。

究竟是什么促使这耗子般的民族为约瑟芬如此卖命呢？比起约瑟芬的歌唱到底算不算歌唱那个问题来，这个问题不见得更加容易回答。假如断言这个民族正是由于约瑟芬的歌唱才无条件地顺从她，那就可以取消这个问题，把它跟第二个问题合并。但情况恰恰与此相反，我们这个民族几乎不知道什么叫无条件的顺从，这个民族遇事总喜欢要点无恶意的小聪明，像儿童那样地交头接耳地说话，扯些仅仅用以活动嘴皮子的、因而自然是无害的闲话，这样的一种民族无论如何是不会无条件地顺从的，约瑟芬恐怕也感觉到了这一点，所以，她尽量提高她那微弱的声音与之作斗争。

当然，人们在作这种泛泛的评论的时候，不可走得太远，这个民族毕竟顺从了约瑟芬，只不过不是无条件地顺从罢了。比如，他们没有能力嘲笑约瑟芬。人们可以向自己承认：约瑟芬身上有些引人发笑的东西;本来,笑一向与我们有缘;尽管我们生活中有种种不幸,但我们几乎总是善于微微一笑;但是我们不嘲笑约瑟芬。有时候,我有这样的印象,这个民族是这样理解它与约瑟芬的关系的:她,这个脆弱的、需要别人爱护的、总之是杰出的、在她本人看来是由于她的歌唱而出类拔萃的女人,已经把自己托付给了这个民族,因此,它必须照料她;至于原因是什么,谁也不清楚,只有事实看来是肯定了的。既然她被托付给了自己,就不能嘲笑她;若是嘲笑她,就等于是玩忽职守;要是我们当中的最恶毒的人偶尔说:"看见约瑟芬,我们就笑不起来了。"这可算作是对约瑟芬的最恶毒的攻击了。

总而言之,这个民族像父亲照顾孩子那样照顾着约瑟芬,孩子向父亲伸出小手——谁也说不清,这是请求呢还是要求。也会有这样的意见,认为我们这个民族不适宜于履行这种父亲的义务,但实际上它履行着这样的义务,至少在照顾约瑟芬上堪称楷模;在这方面,作为整体的民族所能做到的,任何个别人是不可能做到的。当然,民族和个人之间的力量的差别是巨大的,只要这个民族把被保护者拉到自己身边,给予他以温暖,而他也受到了充分保护,这就够了。当然,对约瑟芬,大家还不敢讲这些事情。"我才不在乎你们的保护呢。"她会说。"对,对,你不在乎。"我们心里这样想。此外,要是她反抗,这并不意味着她真的要反驳,毋宁说是一派孩子气和孩子式的感谢罢了,而父亲的态度是不要把她的造反放在心上。

可是,随之而来的还有另外一个问题,对这个问题,更难用这个民族同约瑟芬的关系来加以解释。这就是说,约瑟芬持有相反的看法,她认为是她在保护这个民族。据她说,她的歌唱能把我们从恶劣的政治或经济处境里解救出来,它的作用就在于此,她的歌唱即使不能消除不幸,但至少也能赋予我们力量去承受不幸。她并没有这样讲出来,也没有用另外的方式表达出来,她一般很少说话,在喋喋不休的人群当中,她是沉默寡言的,但是她那闪烁的目光却表达了出来,从她紧闭的嘴上——在我们这儿,只有少数几个人能闭嘴缄默,她却可以闭嘴——可以看出她的这种想法。每当坏消息传来——在有些日子里,这种消息接二连三传来，其中有假的和半真半假的——她会立刻一跃而起，而往常她总是懒洋洋地往地上躺；这次她一跃而起，伸长脖子，像暴风雨来临前的牧人那样，用目光四处搜寻她的人群。诚然，孩子们也会以他们那种粗野和冲动的方式提出类似的要求，但是约瑟芬提出要求时，有根有据，不像孩子们那样没有道理，当然啦，她拯救不了我们，也给不了我们力量，装扮成这个民族的救星是件容易的事，因为这个民族吃惯了苦，毫不爱惜自己，当机立断，视死如归，由于长期生活在蛮勇的气氛当中，只是表面上显得怯懦罢了，此外，这个民族不仅繁殖力强，而且喜欢冒险——我是说，事后以这个民族的救星自居，是件容易的事，这个民族始终还在设法自救，尽管要做出牺牲，而大量的牺牲，准会使历史研究者——总的看来，我们完全忽视历史研究——吓得发愣。然而，我们恰恰在危急时刻比平时更加专心地倾听约瑟芬的声音，这也是事实。即将临头的种种威胁使我们变得更安静，更谦恭，更顺从约瑟芬的指挥；我们喜欢聚会，喜欢相互挤在一起，特别是因为有某种机缘的时候，而这机缘与折磨着我们的大事完全无关；仿佛我们在战斗前夕还必须抓紧时间——不错，必须抓紧时间，可惜约瑟芬经常忘记这一点——共饮一杯和平之酒。这与其说是歌唱演出，不如说是一次群众集会，更确切地说，是一次集会，在这个集会上，除了前面轻轻的口哨声之外，四下里一片沉寂；这一时刻非常严峻，以致谁也不希望用聊天的方式白白地把它度过。

当然，这样一种关系决不会使约瑟芬感到满意。她的地位一直没有弄清楚，因此她总是神经质地感到不快，尽管如此，她因自己的自信而目眩，看不到某些事情，而且不必费大劲就能使她忽视更多的事情；从这个意义上说，实际上是从一种普遍有用的意义上说，常有一群谄媚者在活动，——不过，这只是顺便说说而已，不被人注意地在群众集会的角落里唱歌，尽管这事本身不乏价值，她肯定是不会为此奉献出她的歌唱的。

不过，她也无需这样做，因为她的艺术始终受到重视。尽管我们内心深处关心着完全不同的事情，场内的寂静也不单单是为了取悦于女歌手，有些人根本不抬头去看，而是把脸埋进邻座的毛皮里，看来约瑟芬在台上是白费力气了，然而——不可否认——她的口哨声却必然或多或少地传到我们的耳朵里。这口哨声响起的时候，所有其他的人都被迫保持沉默，仿佛它以全民族的名义在向每个成员发出信息；约瑟芬在困难的抉择中所发出的低微的口哨声，几乎就像我们民族在充满骚乱的敌对世界中所过着的贫穷生活。约瑟芬坚持着，这微不足道的声音坚持着，这毫无成就的歌唱坚持着，并且传到了我们的耳边，这也许是值得思考的。在这种时候，如果有一个真正的歌唱艺术家出现在我们中间的话，我们肯定是不能忍受的，我们会认为这样的演出荒唐，而一致加以拒绝。但愿约瑟芬没有认识到，我们倾听她唱歌这一事实，是反对她唱歌的一种表示。她大概也猜到了这一点，否则她干吗极力否认我们是在听她歌唱呢？但她仍一再地歌唱，不理会这种猜测。

不过，她总还能得到一点安慰：我们毕竟在一定程度上认真地听她歌唱，就像认真地听某位歌唱艺术家的演唱一样；约瑟芬达到了一个歌唱艺术家在我们这里费尽力气也达不到的效果，而这效果恰恰产生于她那些贫乏的手段。这大概主要与我们的生活方式有关。

在我们这个民族中，人们没有青年时代，也几乎没有非常短暂的童年时代。虽然一再提出这样的要求：应当保证让孩子们得到特殊的自由，特殊的爱护，让他们有权利稍许逍遥自在些，稍许胡闹几下，多少玩一玩，应当承认孩子们有这些权利，并且帮助实现这些权利；这样的要求提出来的时候，几乎人人都赞成，没有什么东西比这些要求更应该得到赞成的了，但是在我们的实际生活里，没有什么东西比这些要求更少地得到承认，大家赞同这些要求，并试图按照它们的意思去做，但随即又一如往昔。我们的生活就是这样，一个孩子刚会跑几步，刚能稍稍辨别环境，就得像成年人那样照料自己；我们出于经济上的考虑而分散居住的地区过于辽阔，我们的敌人太多，到处我们设下的危险无法计算——我们无法使孩子们避开生存竞争，否则他们就会过早地死亡。当然，除了这些可悲的原因之外，还有另一个突出的原因：我们的部族生殖力特强。一代——每一代都是人数众多——排挤另一代，儿童没有时间当儿童。但愿在其他民族那里，儿童会受到细心的照料，但愿在那里为儿童办起学校，但愿在那里，儿童们，民族的未来，天天从这些学校里蜂拥而出，然而，在较长的一段时间里，天天从学校里蜂拥而出的，始终是同一批儿童。我们没有学校，但是，在极短的间隔时间里，便从我们的民族中涌现出一群又一群数量无法估计的儿童，在他们尚未学会吹口哨之前，他们兴高采烈地发出咝咝声或尖叫声；在他们还不会跑的时候，他们打滚，或者凭借自身的重力继续往前滚；在他们还不懂事的时候，他们结伙笨拙地把一切都拖走，我们的儿童啊！不像在那些学校里，总是同一批儿童，不，总是一批又一批新的儿童，没完没了的，没有中断，一个孩子刚出世，他就不再是孩子了，在他的后面马上又挤满了数目众多、急急匆匆、难以分辨的新的孩子的脸，它们由于幸福而泛出红润的色彩。当然，尽管这是件好事，尽管别的族类因此而妒忌我们，但我们就是无法给孩子们一个真正的童年。这自有其后果。它使我们这个民族内心里充满了某种永不消失且根除不了的孩子气；这同我们最大的优点——可靠的、注重实际的头脑——恰恰形成鲜明的对照，有的时候，我们的行动非常愚蠢，跟孩子们干傻事一模一样，缺乏理智、铺张浪费、慷慨大方、轻举妄动，而所有这些行径常常是为了开一个小小的玩笑。虽然我们因此而得到的乐趣赶不上孩子们的乐趣，但其中必定还有那么一点成分。约瑟芬也和我们一样，向来从我们民族的这种孩子气中得到好处。

然而，我们的民族不仅有孩子气，它在某种程度上还未老先衰，在我们这儿，童年与老年的发展情况与其他地方不一样。我们没有青年时代，我们一下子就变为成年人，而成人阶段又太长，因此，从成年时期开始，我们这个从总体上说具有坚韧不拔精神和前途无量的民族，普遍感到某种困倦和失望。这也许还跟我们缺乏音乐天赋有关；我们过于暮气沉沉，不适合于搞音乐，音乐的激情与亢奋，与我们的老成持重很不合拍，我们对音乐感到厌倦，摇手将之拒绝；我们退而吹口哨，偶尔吹几声口哨，我们就心满意足了。谁知道，我们当中有没有音乐天才；但是，即使有音乐天才，他们想必在尚未得到发展之前就被自己同胞的这种性格给压制了。相反，约瑟芬却可以随心所欲地吹口哨或者唱歌，随她怎么说都行；这并不打扰我们，而且符合我们的期望，我们完全能受得了；要是其中含有一点儿音乐成分的话，那也是微乎其微的；这保持了某种音乐传统，但是，这丝毫也没有加重我们的心理负担。

但是，约瑟芬给这个具有如此情绪的民族带来的东西还远不止这些。在她的音乐会上，尤其是在情况非常危急的时候，只有那些黄口小儿对这位女歌手感兴趣，只有他们惊讶地观看她怎样撅起嘴唇，从小巧玲珑的门牙之间喷出气来，观看她如何在欣赏她自己发出的声音的时候渐渐死去，以及如何利用这一倒下激励自己，获取新的、她越来越无法理解的成就，可是，真正的听众只顾自己的事，这是一目了然的。这个民族在斗争之间短暂的间歇里做着梦，仿佛每一个人的四肢都松弛了，仿佛每一个心神不定的人都可以按照自己的兴趣在这个民族温暖的大床上摊开手脚伸展一下身子。约瑟芬的口哨声不时地传入了这些梦里；她觉得她的口哨声珠落玉盘、清脆悦耳，而我们则觉它有如裂帛、刺耳难听；但是，不管怎样，这声音在这里恰如其分，而其他任何的声音，比如音乐，在这儿就从来也没有获得它所盼望的时机。在她的口哨声里，包含着某些我们短暂而不幸的童年情景，包含着某些一去不复返的幸福，也包含着某些积极的今日生活，包含着今日生活中小小的、不可理解的、然而的确存在的、并且无法消灭的欢乐。而这一切不是以高亢的声调，而是以轻柔的、耳语般的、亲切的、有时甚至有点沙哑的声音表达出来的。这自然是吹口哨。怎么会不是呢？吹口哨是我们民族的语言，有的人一辈子只吹口哨，但他并不知道这一点，但在这里，吹口哨不仅使我们摆脱了日常生活的桎梏，而且使我们得到了短暂的解脱。不用说，这样的演出我们是不愿失去的。

但是，从这种看法到约瑟芬的断言——她在这样的时刻给予我们新的力量，云云，等等——还需要走非常远的路。当然，这是对一般公众而言，对约瑟芬的谄媚者来说又当别论。"怎么会有别的解释呢？"——他们厚颜无耻地说——"对听众云集的现象，尤其是在危险迫在眉睫时听众云集的现象，还能做别的解释吗？这种现象有时甚至妨碍我们采取充分而及时的措施来防止危险。"不幸的是，最后这句话倒是说对了，但这并不属于约瑟芬的光荣的功绩，尤其是假如我们补充上这样一个情况，即这些集会突然被敌人驱散，我们当中的某些人不得不因此而丧命，所有这一切都应归咎于约瑟芬，是的，很可能就是她的口哨声把敌人招引来的，可是她却始终占据着那小块最为安全的地方，并且由她的追随者保护着，头一个悄悄地迅速地溜走了。这点大家也都清楚，尽管这样，当下一次约瑟芬随便在什么地方随时举行演唱的时候，大家照旧匆匆赶去。从这里我们可以得出这样的结论，约瑟芬几乎不受法律的约束，她可以为所欲为，即使她的行动危及到全民族的安全，大家也会宽恕她的。假如是这样的话，那么约瑟芬的要求也就完全可以理解了，是的，从这个民族给予她的这种自由中，从这种特殊的、除她之外谁也得不到的、根本违反法律的馈赠中，在某种程度上可以看出，这是一种对以下的情况的自白，即如约瑟芬所断言的那样，这个民族不理解她，它束手无策地惊奇地注视她的艺术，感到自己不配欣赏她的艺术，因而给约瑟芬带来了内心的痛苦，于是他们便企图以一种近乎绝望的努力来补偿她的这种痛苦，而且正如她的艺术超出了他们的理解能力那样，约瑟芬本人及其愿望也被他们置于自己的管辖范围之外。当然，这是一种完全错误的做法，也许这个民族的个别成员会迅速地向她屈服，但是，正如这个民族不会向任何人无条件地投降那样，它也不会向她屈膝投降的。

很久以来，大概从她开始自己艺术家生涯的那天起，约瑟芬就力争要大家照顾她，要求免去她的任何工作，以便她能专心致志地歌唱；这也就是说，让她不必去为每天的面包操心，也不必去参加与我们的生存竞争有关的一切活动，而这些活动——十之八九——应该转嫁到整个民族的身上。一个很快就会激动的人——在我们当中也确有这种容易兴奋的人——单单根据这种特殊的要求，根据能够想出这种要求的精神状态，便可推断出这种要求的内在的合理性。我们的民族却从中得出了另外的结论，并心平气和地拒绝了她的要求。他们也用不着费尽心力去反驳她提出请求的理由。比方说，约瑟芬指出，费力的劳动有害于她的嗓子，虽说劳动时花的力气比歌唱时花的要小得多，但毕竟会使她在演唱之后得不到充分休息的机会，同时使她无法为新的演唱积蓄充沛的精力，在新的演唱会上，哪怕她竭尽全力，但是在这种情况之下，她决不会取得自己的最佳成绩。大家注意地听她申辩，但对之却不予理睬。这个很容易受感动的民族有时候也会无动于衷的。他们有时会斩钉截铁地拒绝，连约瑟芬也给惊呆了，于是她表现出服从，干她自己该干的那份活儿，尽其所能地唱好歌，但所有这一切只是一时的表现，过不了多少时候，她又以新的力量重新投入战斗了——看来她在这方面有着无穷的力量呢。

现在清楚了，约瑟芬所争取达到的，原来并不是她嘴上所说的要求。她很明智，她不怕干活，是的，在我们这儿，好逸恶劳是从来也没有听说过的，即使批准了她的要求，她肯定也不会过一种和从前不同的生活，劳动压根儿不会妨碍她的歌唱，当然，她的歌唱也不会变得更美。因此，她努力追求的，只是要大家公开地、明确地、永久地、打破一切先例地承认她的艺术。但是，在她看来几乎达到其他所有目的的时候，却没有达到要大家承认她艺术的目的。也许她从一开始就应该把进攻的目标指向另一个方向，也许她现在认识到自己所犯的这个错误，但她现在无法回头了，走回头路意味着背离自己的信念，她必须坚持这个要求，否则就得死去。

倘若如她所说的那样，她真有敌人的话，那么，她的敌人满可以开心地袖手旁观这场斗争。但她并没有敌人，即使有些人有时会反对她，但这场斗争也不会使谁感到高兴的。其原因是，这个民族在这种情况下会表现出一种冷静的、法官式的态度，这在我们这儿平时是极其罕见的。尽管你在这种场合下可能赞成这种态度，但是，只要你想到，有朝一日这个民族也会对你采取类似的态度时，你就丝毫不会感到高兴。无论是这个民族的拒绝，还是约瑟芬的要求，问题不在于事情本身，而在于这个民族竟能以这种神秘的方式拒绝它的一位同胞，而以往这个民族却是慈父般地、甚至是慈父所不及地，简直是卑躬屈节地关怀这位同胞，相比之下，就显得更加难以捉摸了。

在这个问题上，假如把整个民族换成个别的人，你就会相信，这个单个的人会一直对约瑟芬提出的一个接一个的迫切要求做出让步，直到最后结束这种让步。他之所以做出如此巨大的让步，是因为他坚信，这种让步总会有个合适的限度；的确，他做了一些不必要的让步，目的只是为了促进事情的发展，只是纵容约瑟芬，促使她不断地提出新的要求，直到她真的提出这最后的要求；这时，他自然可以断然拒绝她的最后要求，因为他早就有所准备了。然而，实际情况并不完全这样，这个民族不需要这种诡计，此外，它对约瑟芬的尊敬是真诚的和经过考验的，而约瑟芬的要求的确过高，每个天真的孩子都会预先告诉她事情的结局；尽管如此，在约瑟芬对这件事情的看法里，也包含了那样一些猜想，即这个民族在施诡计，因此，遭到拒绝的约瑟芬，除了痛苦之外，还感到了辛酸。

但是，尽管她有这样一些猜想，她却并不因此而害怕斗争。最近，斗争甚至激化了；迄今为止，她只是进行舌战，而现在，她开始采取别的手段，在她看来，这些手段更有效，而我们却认为对她更加危险。

有些人认为，约瑟芬之所以变得如此咄咄逼人，是因为她感到自己正在衰老，声音不行了，所以，她觉得，现在是为争取得到承认而进行最后斗争的关键时刻了。我可不相信。如果真是这样，约瑟芬也就不成其为约瑟芬了。

对她来说，不存在衰老的问题，也不存在声音变差的问题。如果她提出某种要求的话，那并非出于外部的原因，而出于内在的合乎逻辑的考虑。她之所以伸手去抓悬在最高处的桂冠，并非因为此刻它恰恰挂得低了一点儿，而是因为它确实挂在最高处；倘若她有这方面的权力，她还会把桂冠挂得更高一些。

对外界困难的藐视当然并不妨碍她使用这些最不足取的手段。她不怀疑自己的权利；至于她的权利是如何得来的，这有什么关系呢！尤其是在她眼前展示出的这个世界上，有价值的手段恰恰不灵。也许由于这个原因，她甚至把争取自己权力的斗争从歌唱的领域转移到另一个对她说来并不怎么重要的领域。她的追随者们将她的格言到处散播，根据这些格言你可以知道，她感到自己完全有能力凭她的歌唱使这个民族的各个阶层，直至隐蔽得最深的反对派，都能获得一种真正的乐趣，不过这不是这个民族头脑里所想的真正的乐趣，因为它断言，它向来从约瑟芬的歌唱中感到了这种乐趣，而是约瑟芬所要求的那种乐趣。但是，她补充说，她不能假充高尚，也不能迎合低级趣味，所以她只能听其自然，该怎么唱就怎么唱。至于她为摆脱劳动而进行的斗争，情况就大不相同了，虽说这也是一种为争取自己的歌唱而进行的斗争，但在这里她没有直接用歌唱这个珍贵的武器去进行斗争，因此，她所使用的任何手段都是够好的。

比如流传着这样的谣言：如果不对约瑟芬让步的话，她就打算少唱花腔。我对声乐的花腔一窍不通，从她的歌声中我从未听出什么装饰音。而约瑟芬却要减少装饰音，暂时不想取消，只是减少而已。据说她真的把她的威胁付诸实施了，而我当然听不出她现在的演唱和她以往的演唱之间有什么明显的不同。整个民族照旧聚精会神地听她唱歌，并没有对装饰音发表什么意见，他们对约瑟芬的要求所持的态度也没有发生变化。此外，不容否认的是，有的时候，约瑟芬不仅在其外形上，而且在其思想上，会表现出相当的优美和灵活。比如在那次演出之后——在当时，她感到自己关于装饰音的决定对公众来说似乎过于严厉或过于突然——她当众宣布，下一次演出时，她将重新完全唱花腔。但是，下一次音乐会之后，她又改变了主意，决心再也不唱委婉动听的花腔了，除非大家做出一个对她有利的决定，否则她是不会再唱花腔的。而这个民族呢，对所有这一切声明、决定和决定的修改充耳不闻，就像陷入沉思的成年人对一个小孩的絮絮叨叨充耳不闻一样，态度尽管十分友好，但就是一句话也没有听进去。

但是，约瑟芬不肯示弱。比如她不久前又声称，她干活时碰伤了脚，这使她站着歌唱有困难；可是，正因为她只能站着唱歌，所以她现在就得缩短演唱时间。尽管她一瘸一拐地走，而且让她的追随者搀扶着，但谁也不相信她真的受了伤。就算我们承认她那可爱的身体特别敏感，但我们毕竟是个劳动的民族，而约瑟芬也是这个民族的一分子；要是我们由于擦伤了皮肤就想一瘸一拐地走，那么整个民族就会没完没了地瘸着走道了。但是，尽管她一瘸一拐地让人搀扶着走，尽管她以这种值得人怜悯的姿态比以前更经常地露面，这个民族仍以感激的心情听她唱歌，而且像以往那样被她的歌声迷住，并不因为缩短时间而小题大做。

　　因为她不能老是瘸着走，所以她又想出别的点子来，她借口累了，情绪不佳，身子虚弱。这下我们除听音乐会以外还有戏看了。我们看到她的追随者们跟在她的后面，一个劲地恳求她唱歌。她很乐意唱，但她不能。他们安慰她，拍她的马屁，几乎把她抬到了事先找好的演唱地点。最后，她终于含着无法解释的眼泪让步了，可是，正当她显然带着遗憾打算开始唱歌的时候，她却显得无精打采的样子，两条胳膊不像往常那样前伸，而是有气无力地在身子上吊着，使人获得这样的印象，好像这两只胳膊短了一截似的——正当她想要开始唱歌的时候，她又感到不行了，她生气地猛一摇头，随即就瘫倒在我们眼前了。当然，她终于又挣扎着站了起来，并且唱了起来，我觉得这次的歌唱与以往的没有多大区别，要是有人听觉灵敏、善于分辨音调的极为细微的差别，也许会从中听出一点儿不寻常的激情来，这激情当然对这件事有好处。唱到最后她甚至不像开始时那样疲倦了，她迈着坚定的步伐离开了舞台，如果可以这样形容她那一闪而过的小步奔跑的话，拒绝追随者们的任何帮助，用冷冷的目光审视着那些毕恭毕敬地给她让路的群众。

　　那都是不久前发生的事了，可是最近一次，当大家期待着她唱歌的时候，她却不见了。不仅她的追随者在找她，许多人也帮忙寻找她，但一切都徒劳无益；约瑟芬溜走了，她不愿意唱，她甚至不希望人家请她唱，她这次是彻底离弃我们了。

　　真奇怪，她怎么会打错算盘，这个聪明的女人，竟会如此失策，以致人们觉得，她压根儿没有进行算计，只不过是在听凭命运的摆布，而在我们的世界里，她的命运只会变成一种非常悲惨的命运。是她自己主动放弃歌唱，是她自己破坏了她通过征服民心而获得的权力。她很少了解民心，却获得了这种权力，这是怎么回事呢？她站起来了，不再唱了，而这个民族依旧从容不迫，看不出有什么失望，依旧盛气凌人，四平八稳，这个不动脑子的民族只知道馈赠，尽管表面上不是这么回事，从来不会接受馈赠，哪怕是约瑟芬的馈赠，这个民族在继续走它的路。

　　而约瑟芬的情况必然每况愈下。过不了多久，她将吹出最后一声口哨，然后便永远沉默了。她不过是我们民族永恒的历史中的一段小小的插曲，而这个民族终将弥补这个损失。当然，这对我们来说并非是件容易的事；集会怎么会变得鸦雀无声的呢？当然啦，有约瑟芬在场的集会不也是鸦雀无声的吗？难道她吹出的口哨声确实要比对它的回忆更响、更生动、更值得一提吗？难道她在世时吹出的口哨声仅仅是一种回忆吗？难道约瑟芬的歌唱不正是由于它具有永恒的价值而被这个民族以其聪明智慧捧上了天吗？

因此，我们往后也许根本用不着这么许多东西，而约瑟芬呢，她已摆脱了尘世的烦恼，在她看来，凡是出类拔萃的人都得经受这种尘世的烦恼，她将愉快地消失在我们民族数不清的英雄的行列里；由于我们并不推动历史，因此她不久就将像她所有的兄弟一样，升华解脱，并被遗忘。

洪天富 译

和祈祷者谈话 *

有一段时间，我天天到一座教堂里去，因为我爱上的一位姑娘晚间在那儿跪着祈祷半个小时，这时，我可以静静地观察她。

有一次，那位姑娘没有来，我闷闷不乐地朝那些祈祷者看，无意中发现一个年轻人，他那整个瘦削的身子扑倒在地板上。他不时地用全身的力量揪住他的脑袋，唉声叹气地把脑袋咚咚地撞击在平放在石块上的手心上。

教堂里只有几个年老的妇女，她们常把自己包裹着的小头朝侧面转过去，以便向那位祈祷者望去。她们的这种全神贯注的观察似乎使他感到幸福，因为每当他那虔诚的感情爆发之前，他都要巡视一番，看看观察他的人是否很多。我觉得这很不对劲儿，于是决定在他走出教堂的时候先跟他打招呼，询问一下他为何以这种方式祈祷。说实在的，我很恼怒，因为我的那位姑娘没有来。

可是，才过了半小时，他就站起来，认认真真地画了个十字，然后跌跌撞撞地走向圣水盆。我站在盆和门之间的路上，心里明白，他要是不做出解释，就休想从我这里走过去。我扭歪着嘴——每当我准备坚决要说话的时候，我就会这样。我用右腿朝前跨了一步，以便支撑着身子，继而把左腿随便地支撑在脚尖上；这样也能使我站得稳。

这时，此人正把圣水洒到自己的脸上，也许正朝我偷看，也许早就注意到我，显得不安，因为此时他突然从门里奔了出去。玻璃门砰地关上。我紧跟着他从门里走出来，可是再也看不到他，因为那儿有几条狭

---

* 本篇没有留下手稿，1912 年 10 月初次发表于布拉格先锋派小刊物《赫尔德杂志》第 4、5 期，该杂志由卡夫卡的朋友威利·哈斯和诺伯特·艾斯勒主编，马克斯·勃罗德、奥斯卡·鲍姆、弗兰茨·韦尔弗、奥托·皮克等参与合作。——编者

窄的街道，而且交通十分繁忙。

在往后的几天里，他没有来，而我的姑娘却来了。她身穿黑色衣服，衣肩上有透明的花边——其下面是半月形的衬衫边——一只剪裁得很好的领上的丝绸从花边的下端垂落下来。由于这位姑娘的到来，我忘掉了那位年轻人，即便他以后按时再来，按照自己的习惯进行祈祷，我也不会去管他。然而，他总是匆匆地从我身边走过，而且把脸转过去。也许原因在于，我总以为他处在运动之中，所以，即使他站着，我也觉得他在蹑手蹑脚地走似的。

有一次，我很晚才回到了自己的房间里。尽管这样，我仍然走进了教堂。我在那儿再也找不到那位姑娘，正打算回家。就在这时，我又发现这个年轻人躺在那儿。于是，我突然想起往事，急于想知道他的一切。

我踮起脚尖轻轻地走向门的通道，给了在那儿坐着的那个瞎子乞丐一个硬币，然后从他身旁溜到了那扇开着的门后；我在那儿坐了一个小时，也许脸上现出一副奸诈的样子。我在那儿感到舒服，决定常到这里来，在第二个小时里，我觉得专为那位祈祷者坐在这里毫无意义。但是，我仍然度过第三个小时，愤怒地让蜘蛛在我的衣服上爬来爬去，与此同时，最后的人们大声喘着气从黑暗的教堂里走了出来。

这时，他也来了。他小心地走着，在双脚着地之前，他先用自己的脚迅速地触一下地面。

我站了起来，笔直向前迈出一大步，抓住了这个年轻人。"晚安！"我说，然后抓住他的衣领，推着他走下石级，来到了有灯光照明的广场上。

当我们在下面的时候，他用一种完全求饶的声音说："晚安，亲爱的、亲爱的先生，您别生我的气，我是您最忠诚的仆人。"

"好吧，"我说，"我想问您一下，我的先生；上次您逃脱了我，这回您休想再从我的手里逃走。"

"您充满同情心，我的先生，您会放我回家的。我值得您同情，这是实话。"

"不，"我大声喊道，这喊声盖过了正在驶过的电车的嘈杂声，"我不放您走。我恰恰喜欢这样的巧事。我有幸抓住了您，我为自己祝贺。"

于是他说:"天哪,您有一颗热烈的心和一颗像是用石头雕出的脑袋。您把我叫做您有幸抓住的东西,想必您是多么地幸福!因为我的不幸是一种动荡不安的不幸,一种在薄薄的尖端上动摇不定的不幸,一旦你碰到了它,它就会落到提问者的身上。晚安,我的先生。"

"好吧,"我说,同时紧紧地抓住他的右手,"要是您不想回答我的问题,我就要在这里的街道上开始呼喊。这样一来,所有现在下班的商店女售货员,以及所有她们的情人——他们高兴地盼望着她们归来——都将聚拢来,因为他们将会以为是一匹拉出租马车的马倒了下来,或者发生了类似的事情。到时,我将让他们看您。"

这时,他边哭边交替地吻我的双手,"我将告诉您您想知道的事情,不过我请求您,我们最好走到对面的小街里。"我点点头表示同意,然后一同朝小街走去。

可是,他并不满足于街道的黑暗——在这条街上,只有几盏相互隔得很远的黄色的提灯——还把我引进了一所旧房子的低矮的门厅走道,我们走到一盏小灯的下面,这灯悬挂在木梯的前面,灯里的油不时地滴落下来。

在那儿,他煞有介事地掏出了手帕,把它铺在梯级上,然后对我说:"请坐吧,亲爱的先生,这样您可以好问一些,我站着,这样我可以更好的回答。可千万不要折磨我。"

于是,我坐了下来,我一边眯缝着眼睛朝他仰望,一边开口道:"您是一位滑稽可笑的疯子,您就是这样的人!您在教堂里的举止多么滑稽可笑!这多么讨厌,观众们看了,多么难受!如果人们不得不注视您,他们会多么地入神。"

他把自己的身体紧贴在墙上,只有头能在空间自由活动。"您别生气——您干吗要生那些不属于您的事情的气呢。每当我举止笨拙时,我就会生气;但是,若是别人行为不良,我会感到高兴。所以,要是我说,我生活的目的就是被人们注视,您也不必为此生气。"

"您在说什么!"我大声地喊道,对那低矮的过道来说,这喊声未免太大,但我害怕把这声音减弱,"真的,您在说什么!说实在的,自从我头一次见到您,我就预感到,千真万确地预感到,您的处境如何。我有这方面的经验,要是我说,这是大陆上的一种晕船病,您别以为这是在说笑话。这种晕船病的本质是:您忘记了事物的真正名称,现在,您急于给它们灌注偶然的名称。要快,要快!可是,您刚一跑离开它们,就又忘记了它们的名称。这就好比是被您称之为'巴别塔'的田野里的白杨,因为您不知道,或不想知道,这是一棵白杨,它再次无名地摇晃,依我看,您得把它叫做'喝醉酒的诺亚'。"

"我很高兴我听不懂您刚才所说的话。"他说。听了这句话,我颇为震惊。

我激动地迅速说道:"您对听不懂我的话感到高兴。正好说明您听懂了我的话。"

"当然,我有这种表现,先生,不过,您也说得太玄乎了。"

我把双手放到较高的梯级上,并把身子向后靠,以这种几乎无懈可击的姿势——这种姿势是摔跤运动员用以拯救自己的最后手段——问道:"您用一种有趣的方法拯救自己,即假定您的情况和别人的完全一样。"

接着,他变得大胆起来。他把双手交叉地放在一起,为的是使自己的身体保持统一,然后颇有些勉强地说道:"我之所以这样做,不是为了反对大家,譬如说,也不是为了反对您,因为我不能这样做。不过,要是我能办到这一点,我会感到高兴,因为这样一来,我就不再需要引起教堂里的人们的注意。您知道我为什么需要他们注意吗?"

这个问题使我进退两难。无疑地,我并不知道,而且我相信,我也不想知道。当时我就对自己说,我根本也不想到这里来,可是这个人强迫我听他讲话。所以,我现在只需摇摇头,就能向他表明,我并不知道他所提的问题,但是我不能摇头。

站在我对面的这个人微微一笑,然后蹲了下来,做出想睡的鬼脸说道:"我一向对自己的生活缺乏自信。我只是用一些非常陈腐的观念理解我周围的事物,我总以为,这些事物曾经生存过一次,但是现在,它们正在沉没。亲爱的先生,我一直有兴致观察事物,总觉得在它们向我显露之前，它们可能会是什么样子。它们可能是美丽的和心平气和的。想必只能这样，因为我常常听到人们以这种方式谈论它们。"

由于我默不做声，满脸不由自主地抽搐，表现出不快的神色，他便问道："您不相信人们是这样谈论吗？"

我觉得必须点头同意，但我不能这样做。

"真的，您不相信吗？啊，听我说吧：当我还是孩子的时候，有一次，我睡了一会儿午觉，醒来后睡眼蒙地听到我的母亲以自然的语调从阳台上向下问道：'您在干什么，我亲爱的。天气这么热。'一位妇女从花园里答道：'我在绿树下吃野餐。'她不假思索地说，而且不太清楚，仿佛这是人人都该预料到似的。"

我以为此人在问我，因此我把手伸进了后面的裤子口袋，装做寻找东西的样子。可是，我什么也不找，只是想改变一下我的视角，以便表明我在参与谈话。在这种情况下，我对他说，这一事件非常奇特，我根本不理解它。然后我补充说，我不相信它是真的，想必它是为了某种目的——我对此一无所知——而编造出来的。然后我闭上眼睛，因为它们使我痛苦。

"啊，您和我的看法一致，这很好。您为了告诉我您的这种看法而把我留在这里，想必是出于大公无私的目的。对吗？我不能笔挺地走路，而且步履维艰，不能用手杖敲击铺石路面，不能轻轻触摸大声地从我身旁走过的人们的衣服，但是，难道我该为此感到羞愧吗？——或者说，难道我们该为此感到羞愧吗？——我不过是一个长着方肩的幽灵，沿着一幢幢房屋跳跃，有时消失在陈列窗的玻璃里，难道我没有理由对此表示不满吗？

我的日子很不好过，度日如年！为什么所有的建筑如此之坏，有时，高楼大厦无缘无故地倒塌。我爬到废墟上，问每一个我所遇到的人：'这怎么会发生！在我们的城市里———所新房子——今天，这已经是第五幢房子——您想一想吧。'谁也无法回答我的问题。

常有人摔倒在街上，然后变成一具僵尸躺在那里。这时，所有的商人打开了他们用商品蒙住的门，敏捷地走过来，把死者弄进一幢房子里，然后笑容满面地走了出来,一边说着:'你好——天空是苍白的——我正卖出不少头巾——是啊,这是战争。'我跳进房子,在多次胆怯地举起食指弯曲的手之后,我终于敲响了房屋看管人的那扇小窗。'对不起,'我客气地说,'听说有个死人已经送到您这里。我求您让我看一看他。'他摇了摇头,似乎尚在观望。于是,我坚定地说:'对不起。我是秘密警察。请马上让我看死者。''一个死者?'他现在才问,几乎感到自己受了侮辱。'不,我们这里没有死人。这是一幢循规蹈矩的房子。'我向他致意,然后走了。

可是,正当我不得不穿越一个大广场的时候,我又忘记了一切。这件事的困难把我搞糊涂了,我心常想:'如果人们只是出于狂妄而修建这么大的许多广场,那么,人们为何不也去修建一个能贯穿广场的石栏杆呢。今天,刮起了西南风。广场上的风很大。市政厅塔楼的尖顶被刮得直打小转。为何不让拥挤的人群保持安静!所有的窗玻璃都在喊叫,路灯柱像竹子一样地弯曲下来。圆柱上的圣母马利亚的披风蜷缩起来,狂风正把它撕碎。难道没有人看到这一切?该在石子路上走路的先生们和女士们随风飘荡。每当风喘口气,他们就停住,相互交谈几句,互相鞠躬问候,但是,一旦风重新猛刮起来,他们又都无法抵抗,所有的人同时举起了他们的脚。他们虽然不得不紧紧抓住他们的帽子,但是他们的目光流露出快活的神情,仿佛遇上温和的气候,只有我感到害怕。'"

我感到自己好像受到了虐待,于是对他说:"我觉得,您刚才讲述的有关您母亲和花园里的那位妇女的故事,一点儿也不奇怪。这不仅因为我听到过和经历过许多这样的故事,我甚至还参与编造了其中的某些故事。这种事情毕竟是非常符合人类天性的。您不认为,要是我曾经站在阳台上,也会说同样的话和从花园里做出同样的回答吗?一桩非常简单的事件。"

听了我的话,他似乎非常高兴。他说,我穿得漂亮,他很喜欢我的领带,我的皮肤多么细嫩。如果你收回各种自供状,那么,它们将变得非常清楚。

洪天富 译

和醉汉谈话 *

当我小步走出房门的时候,突然看见巨大的苍穹,明月高挂,星光闪烁,还有那环形广场,上面耸立着市政厅、马利亚圆柱和教堂。

我从容不迫地从暗处走到月光下,解开了大衣的扣子,暖和一下身子,然后举起双手让呼啸的夜晚沉寂下来,开始进行思考:

"你们装做是真的样子,这到底是怎么回事?难道你们想使我相信,我自己不是真的,而且滑稽地站在这绿色的石子路面上?可是,你天空,毕竟自古以来就是真的,而你环形广场,从来就不是真的。"

"的确,你们一直比我强,但毕竟只是在我不打扰你们的条件下。"

"谢天谢地,月亮,你不再是月亮,但是,也许是我一时疏忽,把你被称做月亮的东西一直叫做月亮。当我把你称作'被忘却的色彩奇特的纸灯笼'的时候,你为什么不再这样目空一切?当我把你叫做'马利亚圆柱'的时候,你为何差一点隐没?马利亚圆柱,当我把你称作'投下黄光的月亮'的时候,我再也看不到你那咄咄逼人的态度。"

"每当人们思考你们,你们就感觉不舒服,看来,这是真的,你们的勇气正在减少,你们的健康正在每况愈下。"

"天哪,如果思考者向醉汉学习,想必是非常有益的!"

"为何到处静悄悄的?我猜想风不再吹了。那些常常像在小轮子上滚过广场的小房子,早已被踩实在土里——寂静——寂静——人们甚至看不到那根平时把它们和地面分开的黑色细绳。"

我开始跑了起来。我绕着那大广场顺利地跑了三圈,由于未遇见任

---

* 本篇也是作者从《一次战斗纪实》第一稿本的手稿中抽出,和《与祈祷者的谈话》一同发表在 1909 年 3、4 月份的《徐佩里翁》双月刊上,但后来作者没有将它们收入集子。——编者

何醉汉，我便以原有的速度，轻松地朝卡尔大街跑去。我那往往显得比我要小的影子在墙上和我并排奔跑，如同在墙和街底之间的谷道里一样。

当我经过消防队的那幢房子的时候，从小环形路那儿传来了喧闹声，我在那儿转弯的时候，看到了一个醉汉站在井栏杆的旁边，他把双臂平放在栏杆上，用穿着木拖鞋的双脚踩地。

我先停住脚，以便使自己平静下来，然后朝他走去，从头上脱下大礼帽，作了自我介绍：

"晚安，柔弱的贵人，我已23岁，但还没有名字。您的大名肯定惊人，甚至让人歌颂，想必您来自巴黎这座大城市。您的四周弥漫着法国越轨的宫廷发出的那种完全不正常的气味。"

"您那双染过的眼睛肯定看到了那些高贵的女士，她们早已站在那既高又明亮的平台上，扭动着苗条的腰肢，面带嘲讽的表情转过身来，而她们摊开在阶梯上的着了色的拖裙的底部还落在花园的沙土上。——不是吗？仆人们分散在各处，他们穿着灰色的、剪裁得很粗俗的燕尾服和白色的裤子，爬在长长的杆子上，双腿朝上，绕在杆子上，而上身往往朝下和弯向一边，因为他们不得不借助于绳子把巨大的灰色银幕从地上拾起来，并把它张紧在高处，因为一位高贵的女士想看一下浓雾弥漫的早晨。"由于他打嗝儿，我几乎感到大吃一惊，然后说道："先生，您来自我们的巴黎，来自暴风骤雨的巴黎，啊呀，来自这种狂热的冰雹天气，这是真的吗？"当他再次打嗝的时候，我不知所措地说："我知道，这是我的莫大光荣。"

我迅速地用手指扣上大衣的纽扣，然后热情而谨慎地说："我知道，您认为不值得回答我的问题，但是，如果我今天不向您提问，我势必要过一种含泪的生活。"

"我求您，如此打扮的先生，人们向我讲述的故事是真的吗？在巴黎，有没有仅由饰有装饰物的衣服组成的人？在那儿，有没有只有大门的房屋？据说，夏日里那儿的天空一片蔚蓝，只是由于贴上一朵朵心状的白云而显得美丽，这是真的吗？那儿有没有一个观众络绎不绝的珍奇物品陈列馆？据说里面只陈列着各种各样的树，挂在树上的小牌子上写着最著名的英雄、罪犯和情人的名字。"

"后面这则消息！这显然是骗人的消息！"

"巴黎的这些街道突然分叉，对吗？它们显得不安，对吗？一切并非总是正常，这怎么可能呢！有一次，发生了不幸事故。人们以大城市人惯常走路的方式，脚轻轻触及石子路面，从四面八方的小街走来，聚集到出事地点；大家虽然好奇，但也怕失望；他们急促地呼吸，并把他们的小头朝前伸。但是，每当他们相互碰在一起的时候，他们就互相深深地鞠躬，请求对方原谅：'很抱歉，——我不是故意的——这里十分拥挤，请您原谅——我很笨拙——我向您认罪。我的名字是——我的名字是叶罗梅·法罗什，我在卡柏丹大街开了一个调味品小店——请允许我邀请您明天吃顿午饭——我的妻子也会很高兴的。'他们就这样谈着，而街道却早已失去知觉，烟囱里冒出的烟弥散在房屋之间。事情就是这样。也许在这个时候，优雅的市区的某条热闹的林荫大道上正停着两部车子。仆人们庄重地打开车门。八条纯种的西伯利亚狼狗从车上蹦跳下来，一边吠着，一边连蹦带跳地跑过车行道。这时，有人会说，这是八个化了装的年轻的巴黎人，他们都是好打扮的人。

他紧闭双目。当我沉默的时候，他把双手伸进嘴里，不停地扯拉下颌。他的衣服全给弄脏了。也许，他被人们从一家小酒店里扔了出来，而他对此还不明白。

也许，这就是我们在白天和夜晚之间所能获得的短暂而非常安静的休息时间，在这段时间里，我们的头不由自主地耷拉下来，一切都悄然地停止运动，因为我们不去观察它们，所以它们很快就消失得无影无踪。当我们独自留下，弯身向四处张望的时候，再也看不到什么，也不再感到空气的阻力，但是，我们内心深处时刻想到，在离我们不远的地方，有一排排房子，黑暗正透过屋顶和烟囱——幸好是方形的——流入住宅，透过阁楼流入各种各样的房间。所幸的是，明天将是一个非常美好的日子，你将会看到周围的一切。

这时，那醉汉扬起眉毛，以至于眉毛和眼睛之间出现了一丝亮光，然后断断续续地解释说："这是因为——因为我感到困倦，所以我要去睡觉。——因为我的一位内弟住在温泽尔广场附近——我要到那儿去，因为我住在那儿，因为那儿有我的床。——我现在就去。——只是我不知道他叫什么名字，也不知道他住在何处——我觉得我把这事给忘了——但这没有关系，因为我甚至不知道，我是否有一位内弟。——现在，我得走了。——您相信我会找到他吗？"

我毫不犹豫地回答说："这是肯定的。不过，您来自外地，而您的仆人们凑巧不在您的身边。请允许我为您带路。"

他不回答。于是，我把自己的胳臂递给他，以便他挽着。

洪天富 译

巨大的吵闹声

我坐在我的房间里，坐在整个住宅的吵闹声的大本营里。我听到所有的门在乒乓作响，由于它们的噪声，我才得以避免听到在它们之间走动的人们的脚步声，我还听到厨房里的炉门啪的一声关上。父亲一连冲开我房间的好几道门，拖曳着长睡衣打我这儿经过，在隔壁房间里，他正刮去炉子里的灰烬。父亲透过前厅逐字地大声嚷嚷，问他的帽子是否早已刷过。回答他的先是一阵我所熟悉的嘘声，继而是一声更加强烈的喊叫。住宅大门的门把被揿动了，发出一阵像是从患黏膜炎的喉咙里发出的噪声，然后，随着一个女人的歌声，大门打开了，紧接着，随着一个男人极其粗暴地猛地一推，门又沉重地关上了。父亲走了，现在，那更加柔和、更加分散和更加绝望的吵闹声，在两只金丝雀叫声的带领下开始了。我老早就想到了这一点，现在，当这两只金丝雀开始鸣叫的时候，我又重新想起，我是否应该把门打开一个小缝，像蛇一样地爬进隔壁的房间，卧地向我的妹妹们和她们的保姆请求安静。

洪天富　译

铁桶骑士*

煤全用完,煤桶空空,煤铲闲着;炉子呼吸着冷气,房间鼓满了寒风;窗前树木在严霜中发僵,天空成了抵挡想向它呼救的人的银盾。我得弄些儿煤来;我不能干挨冻呀;我背后是冷冰冰的炉子,我前面是铁石心肠的天空,因此我必须在两者之间赶紧骑行出去,向居中的煤店老板去求助。可是那老板对我的平平常常的请求麻木不仁,我必须一五一十地向他证实我连一粒煤屑都没有了;因此他对我简直意味着就是天上的太阳。我得像乞丐那样,饿得只剩最后一口痰,眼看就要倒毙在人家的门槛上,主人家的厨娘这才决定把最后的咖啡渣滓倒给他;同样,卖煤的将怒气冲冲,但想到"你不要杀人!"的训诫,乃将满满一铁锹煤铲进我的煤桶里。

我照这个办法出去一定能解决问题,于是我骑着煤桶前往。我骑在桶上,手抓住上面的桶架把,那是最简单的玩具,我艰难地随桶滚下台阶;但到了下面我的桶儿却往上升起,妙哉,妙哉;那些卑屈地躺卧在地的骆驼们,在牵引的鞭子的威吓下站起来的时候,没有这样庄严。我以不快不慢的速度穿过冻硬的街巷,我常常被驮到二层楼那么高;从未下降到屋门那么低。结果我以超乎寻常的高度飘到煤老板的拱形地窖的门前,只见他在很深的地窖下面蹲在他的小桌旁写字;他嫌太热,便让窖门洞开着。

"煤老板!"我用冻僵了的、被呼出的寒气蒙住的闷声喊道,"煤老板,请给我点儿煤吧,我的煤桶已经空得可以骑着它走了。帮个忙吧。

---

* 该篇写于1917年初,见于《八本八开本笔记簿》第一本,1921年12月25日与一批奥地利第一流作家如穆西尔、韦尔弗等人的文章同时发表在《布拉格日报》的《圣诞增刊》上。作者曾拟收入《乡村医生》,最后却又将它抽去了。——编者

等我一有钱,就会付清的。"

老板用手掩住耳朵。"我没有听错吧?"他扭过头去问他正坐在炉台上打毛衣的妻子道,"我没有听错吧?有一位顾客。"

"我什么也没有听见。"妻子说,她平静地呼吸着,手上织针不停,背朝炉子,舒舒服服地烤着火。

"哦,对的,"我喊道,"是我呀,一个老顾客;一向是不拖欠的;只是目前一时没有办法。"

"夫人,"老板说,"我的确没有听错,是有一个人;我的耳朵不会那样不顶用的;那是一个老顾客,一个很老很老的顾客,他懂得说什么话才能使我这样感动。"

"你怎么啦,丈夫?"妻子说,她略停片刻,把针线压在胸口,"并没有人啊,街道是空的,我们所有的顾客都供应过了;我们可以打烊歇几天了。"

"可是我正坐在这儿的煤桶上呀,"我喊道,因寒气流出的没有感情的眼泪模糊了我的两眼,"请您朝上面看一眼吧,您马上就会发现我的;我请求给一满锹,如果您能给我两铁锹,那我会无比高兴的。确实所有其他的顾客都供应过了。唉,假如我能听到桶里的煤块噼啪作响该有多好啊!"

"我来了。"老板说,但当他正要迈开短腿爬上地窖台阶时,他的妻子已到了他身边,紧紧攥住他的臂膀说:"你待着吧。要是你执意要去,那就由我上去。想想你今天夜里那个咳嗽样儿吧。为了一桩买卖,何况那只是一桩想象中的买卖,你就不顾老婆孩子,牺牲你的肺不成。我去。"

"那你把我们库里所存的各种各样的煤一一告诉他,我在底下向你喊价钱。"

"好。"妻子说,随即走出地窖到街边。她当然一眼就见到我。"煤店老板娘,"我喊道,"你好啊,只要一铁锹,就铲在这煤桶里;我自己把它拿回家去;一锹最次的就行。钱我当然会完全照付的,但不是马上,不是马上。""不是马上"这几个字多么像钟声,它和附近教堂塔顶发出的悦耳的晚钟的响声混杂在一起!

"他要什么呀?"老板喊道。

"没有什么,"妻子回答说,"这里什么事也没有呀;我没有见到什么,也没有听见什么;只听见钟敲了六下,我们打烊吧。天气冷得要命;看来明天我们还要忙乎一阵呢。"

她什么也没有看见,什么也没有听见;但她解下围裙,用它竭力要把我扇走。可惜她成功了。我的煤桶具有一匹良驹的所有优点,抵抗力它却没有,它太轻了,一件妇女的围裙把它一扇,它的两条腿就飘离地面。

"你这个狠心肠的女人,"我还是大声地回答她,这时她半轻蔑、半满足地挥动着手臂,又去做她的生意,"你这凶狠的女人,我只向你讨一锹最次的煤,你也不给。"说着我登上了冰山地带,方向不辨,永不复返。

叶廷芳 译

第二辑　遗作中之佳作*

张荣昌　等译

* 现有的德文版最全的卡夫卡短篇小说集所收的卡夫卡遗作只有 32 篇，本辑特从卡夫卡随笔集《乡村婚事》一书中增选了 18 篇，同时将上述原文版中的"微型小说"24 篇从本辑中剔出，归入第三辑，故本辑从篇数上讲减少了 8 篇，一共 26 篇。——编者

一次战斗纪实 *

> 人们穿着衣服
> 在砂砾上晃晃悠悠地散步
> 在这广阔的天空下，
> 远方的丘陵星罗棋布
> 天空正向远处的丘陵伸展。

一

将近 12 点的时候，有几个人已经起床，他们又是鞠躬，又是互相握手，不约而同地说晚上睡得很好，然后通过那高大的门框走进前室穿衣。女房东站在房间的中央，机灵地频频鞠躬致意，她身上的衣服打起矫揉造作的皱褶。

我坐在一张小桌子的旁边——它有三只绷得很紧的细腿——正在品尝第三小杯甜药酒，与此同时，我观察了一下我那少量的糕点储备——我自己挑选出的，还把它们堆放在一起——因为它们的味道挺好。

这时，我的一位新朋友朝我走来，有点儿心不在焉地对我的活动微微一笑，然后用颤抖的声音说道："请原谅我到您这儿来。不过，在此之前，我和我的情人独自坐在隔壁的一间屋子里。从十点半开始，离现

---

* 这篇未完成的幻想性作品是卡夫卡的早期之作，根据马克斯·勃罗德的判断，该作写于 1903 至 1904 年间，也就是大学年代的作品。曾经有两个稿本，分别由路德维希·迪兹和勃罗德整理发表。1936 年勃罗德第一次编纂卡夫卡全集时，决定将两个稿本加以合成，遂成现在这个样子。——编者

在才个把小时的时间。请原谅我把这事告诉您。我们的确互不相识。不是吗？我们在楼梯上相遇，互相说了几句客套话，可现在我就向您谈起我的情人，不过，您得——我请求您——原谅我，幸福在我心中不会维持太久，我没有别的办法，除您之外，我在这里并没有值得我信任的朋友……"

他就这样说着。我却悲伤地注视着他——因为我嘴里的那块水果蛋糕味道不好——我便冲着他那张漂亮而红润的脸蛋说道："我很高兴您觉得我值得信任，但我伤心的是，您把此事告诉了我。您自己——如果您不是这样糊涂的话——也会感到，向一个独自坐着喝烧酒的人讲述一位爱您的姑娘，是多么地不得体。"

听了我的话以后，他猛地坐下来，把身子往后靠去，垂下双臂。然后，他收拢双臂，用相当大的声音自言自语地开始说："我们独自坐在那儿的房间里，只有我和安娜，我吻了她，我——吻了——她的——嘴，她的耳朵，她的肩膀。"

站在附近并且估计正进行着热烈谈话的几位先生，打着呵欠朝我们走来。因此，我站了起来，大声地说："好吧，如果您愿意，我这就走，不过，现在去爬劳棱茨山，未免愚蠢，因为天气还凉，那儿还下过一场雪，道路就像滑冰场一样。不过，如果您想去，我愿奉陪。"

他先是吃惊地定睛看了看我，继而张开他那张嘴唇又厚又红润的嘴。可是，当他发现这几位先生就站在附近的时候，便笑了笑，然后站起来说道："哦，是这样，天气凉快会有好处，我们的衣服上全是热气和烟雾，我也许有点儿醉了，虽然我喝得不多，对，我们先去告辞，然后一同上路。"

于是，我们去找房东太太。当他吻她的手的时候，她说道："我真高兴，您的脸今天显得格外快活，平时它总是非常严肃和单调。"她的这些亲切友好的话深深地打动了他，于是他再次吻她的手；这时她微笑了。

在前室里站着一个丫鬟，我们现在第一次看到她。她帮我们穿上大礼服，然后拿来了一盏手提式小灯，给我们照路，一同走下楼梯。的确，这姑娘很漂亮。她的脖子裸露，只是在下颚的下面围系着一条黑色天鹅绒带子，当她紧握小灯在我们前面走下楼梯的时候，她那穿着随便的身子优美地向下弯曲。她的两颊绯红，因为她曾喝了葡萄酒，两唇半开半闭。

在楼梯的下面，她把灯放到了一个梯级上，有点儿蹒跚地朝我的朋友走了一步，然后拥抱和亲吻他，并一直搂着不放。只是在我把一枚钱币放到她手里之后，她才慢吞吞地把她的双臂从他身上松开，然后慢慢地打开了房门，把我们留在黑暗里。

在一条空无一人、灯光均匀的街道上空，一轮明月悬挂在云层稀薄、因而显得更加广阔的天空。地面上有一层薄薄的雪。走路时两脚直打滑，所以得小步地走。

我们刚一走到室外，我便得意忘形起来。我纵情地抬高双腿，让关节发出快乐的喀嚓声，我向街对面呼喊一个名字，仿佛一个朋友在街道拐角处逃开了我似的，我一边跳一边高高地抛起帽子，然后虚张声势地把它接住。

可是，我的朋友在我身旁无忧无虑地走着。他低着头，而且一言不发。

这使我感到惊奇，因为我曾预料，如果他的周围不再有社交界，他会高兴得发疯。我变得更加沉默寡言。正当我朝他的背上一击，以便使他高兴起来的时候，我突然感到羞愧，便笨拙地把手收回来。因为我不再需要它，便把它塞进了我大衣的口袋里。

我们就这样默默地走着。我注意地听我们脚步发出的声音，使我百思不得其解的是，我怎么也无法和我的朋友保持步调一致。这使我有点儿激动。月亮是明亮的，人们可以清楚地看到。在有些地方，有人靠在一扇窗子上，正在观察我们。

当我们来到斐迪南大街的时候，我听出我的朋友开始哼唱一首曲调，他唱得很轻，但我能听到。我觉得这是对我的一种侮辱。他为何不同我说话？如果他不需要我的话，他为何不让我安宁。我气呼呼地想起那些好吃的甜点心，我为了他的缘故把它们遗忘在我的小桌子上。我还想起那甜药酒，心里感到快活一些，甚至高傲起来。我双手叉腰，自以为自己在独自散步。我曾参加社交界的活动，拯救了一个忘恩负义的年轻人，使他免遭耻笑。现在，我在月光下散步。白天坐办公室，晚上参加社交活动，夜里在街上四处游荡，一点儿也不过分。一种极其自然的生活方式！

然而，我的朋友还一直跟在我的后面，是呀，当他发觉自己落在了后面，他甚至加快自己的步伐。仿佛这是理所当然似的。我却在考虑，是否要拐进一条侧街，因为我毕竟没有义务和他一同散步。我可以独自回家，而且谁也不会阻挡我。我将在自己的房间里点燃那盏用铁架子托着，并且安放在桌子上的灯。我将坐在那把停放在撕破的东方地毯的扶手椅里。——当我这样盘算的时候，我突然感到四肢无力，而且一旦我不得不想到，我又将走进自己的住所，又将在涂了色的四壁之间和在地板上——这地板在那面挂在后壁上的镶金边的镜子里显得有些倾斜——孤单地度过一些时刻，我就越发感到四肢无力。我的双腿变得无力，而且就在我决定无论如何也要回家上床睡觉的时候，我突然怀疑，我现在离去的时候，是否应该和我的朋友打个招呼。可是我太胆小怕事，不跟他打招呼，我是不会离去的，然而我又太虚弱，不能大声和他打招呼，所以，我又停住，把身子靠在一堵被月光照耀着的墙上，静静地等着。

我的朋友迈着欢快的脚步走来，看上去也有些不安。他故作姿态，又是眨眼皮，又是把双臂沿水平方向伸出，还猛地把自己的头——上面戴着一顶硬邦邦的黑帽——朝我伸过来，所有这一切似乎是想说明，他十分赏识我为了使他开心而开的玩笑。我一筹莫展，轻声地说："今天晚上您真快活。"一边尴尬地笑了笑。他回答道："是的，您刚才看到那丫鬟是怎样吻我的吗？"我无法说话，因为我的脖子上满是眼泪，因此我试图像一只驿号那样吹起来，以便不使自己成为哑巴。他先是用手捂住耳朵，继而亲切地握了握我的右手，以示感谢。想必他摸到的是一只冰冷的手，因为他马上就放开了它，并且说道："您的手很冷，那个丫鬟的嘴唇要温暖得多。""是啊。"我明智地点了点头。我一边请求亲爱的上帝给予我坚强，一边说道："是的，您说得对，我们就要回家了，天色已晚，明天一早我还要上班；您想想看，我当然可以在办公室里睡觉，但这是不合法的。您说得对，我们就要回家了。"与此同时，我伸手给他，仿佛这事已彻底解决。可是对我的讲话方式，他报之以微笑："是的，您是对的，这样的一个夜晚，我肯定不会在床上睡着的。请您想一想，要是我独自一人睡在自己的床上，多少个幸福的想法会被我用被子扼杀，多少个不幸的梦想会被我用被子加热。"由于这突然产生的念头使他高兴不已，他便从胸前——更高的地方他够不到——用力地抓住我的大衣，高兴地摇动我的身体；然后他眯缝着眼睛，亲密地说："您知道，您是多么古怪，多么滑稽可笑。"说着，他开始往前走，我不由自主地跟在他的后面，因为我脑子里正在思考他的这句话。

当初他的这句话使我高兴，因为它似乎说明，他在我身上猜想到某种东西，这东西虽然在我身上并不存在，但是经他这样猜测，反倒引起了他对我的重视。这样一种关系使我感到幸福。我感到满意的是，我刚才并没有回家，而我的朋友对我来说显得非常宝贵，他是世间头一个赏识我的人，而我事先无需收买他！我满怀深情地注视我的朋友。下意识地保护他，使他免遭各种危险，特别是使他免遭情敌和有醋意的男人们的攻击。我觉得他的生命比我的更加宝贵。我感到他的面孔漂亮，我为他在女人们那里所获得的成功感到自豪，我分享了他在今天晚上从那两位姑娘那里得到的亲吻。啊，这个晚上真快活！明天我的朋友就要与安娜小姐谈话；理所当然地，先是谈一些日常的事情，然后他会突然说："昨天夜里我和一个人在一起，亲爱的安娜，我敢肯定，你还从来没有见到过他。他看上去——我该怎样描述呢——像一根摇摇晃晃的杆子，上面有点儿笨拙地叉着一个黄皮肤的和黑头发的脑袋。他的身上披挂着许多相当小的、刺眼的和淡黄的布料，这些布料昨天把他完全盖住，因为这天夜里风平浪静，它们平滑地紧贴在他的身上。他羞怯地走在我的身旁。你啊，我亲爱的安娜，你很会亲吻，我知道，要是你看到他在场，你或许会微微一笑，而且感到有些害怕，可是我呢，由于爱你，我的灵魂早已完全向你飞去，有他在场，我反而感到高兴。他也许陷入不幸的境地，所以他默不做声，可我在他的身旁却陷入了一种永久的幸福的不安。的确，我昨天屈服于自己的幸福，差一点儿忘记了你。我觉得繁星密布的天空的坚硬的拱顶，仿佛随着他扁平的胸部的呼吸而起伏。地平线出现了,在火红的云层下面展现出无限风光,使我们感到无比高兴。——我的天啊,安娜,我多么爱你,我感到你的亲吻比风景更可爱。我们用不着再去谈论它,反正我们彼此相爱。"

当我们慢步登上码头的时候,我虽然羡慕我的朋友所得到的一次次亲吻,但我也高兴地感觉到他在观察我时想必感到的内心的羞愧。

我就这样想着。可是我当时思想混乱,因为莫尔道河①和彼岸的市区被黑暗笼罩住。只有几盏灯亮着,像闪烁的目光一样。

我们站在栏杆旁边。我戴上自己的手套,因为从水面上吹来一阵冷风;然后像人们在夜里面对一条河所能做的那样,无端地叹了一口气,打算继续往前走。可是我的朋友朝水里看,压根儿不想动。然后他还更加走近栏杆,把胳膊肘支撑在铁链上,双手捧着前额。我觉得他的行为愚蠢。我感到冷,便把大衣领子向上翻转过来。我的朋友舒展了一下四肢,然后把此时倚靠在张紧的双臂上的上身靠到栏杆上。我羞愧地赶紧说话,以便把呵欠压下去:"恰恰只有夜晚能使我们完全沉浸在回忆里,这的确是件怪事,不是吗?例如我现在就想起一件事。有一次,在傍晚的时候,我扭歪着身子坐在河岸边上的一条长凳上。我看到——我把头靠在那只放在长凳的木制靠背上的胳臂上——河对岸的那些昏暗的山,听到有人在海滨旅馆里拉小提琴,琴声轻柔,委婉动听。河的两岸上,火车带着闪闪发光的烟雾穿梭不停。"——我一边这样说,一边拼命地试图在这些话的后面编造出具有奇特情节的爱情故事;当然,少许的残忍和永久的强奸是不可缺少的。

可是,我刚一说出头几句话,我的朋友先是对还在这里看到我感到惊异——我有这样的感觉——继而冷淡地转向我,并且说道:"您瞧,像这样的事经常发生。今天晚上,在我不得不去参加社交活动之前,我走下楼梯,以便还去散一下步,这时我惊异地发现,我的微红色的双手在白色的硬袖口里来回地溜达,表现出异乎寻常的快活。这时我预料到会有奇遇。像这样的事经常发生。"最后这句话是他在走的时候说的,

---

① 易北河的支流,位于捷克境内。——译者

只是顺便提一下，作为一种普通的观察。

可是它却使我非常激动，我感到十分难过，因为我高大的身材也许让他感到不快，他走在我的身旁兴许会显得太矮小。这种高矮悬殊的情况一直折磨着我，尽管已是夜里，路上几乎遇不到任何行人。为了摆脱这种痛苦，我尽量弯下腰来，让双手在走的时候碰到膝盖。可是，为了不使我的朋友觉察到我的意图，我非常缓慢地和小心翼翼地改变自己的姿势，试图通过谈论射手之岛的树木以及桥上的灯在河里的倒影，分散他对我的注意力。可是他把自己的脸猛地转向我，并且宽宏大量地说道："您干吗要这样走路？您现在完全弯下了腰，几乎和我一样地矮小！"

由于他的话充满善意，我便回答道："可能是这样。不过我喜欢这种姿势。您知道，我的身体有些虚弱，笔挺地走路对我来说非常困难。这是件小事，我的个子很高——"

他有点儿不相信地说："这不过是您一时心血来潮。我相信您从前一直是笔挺地走路，在社交场合里，您也挺着身体坐着。您甚至跳舞还是没有跳？没有跳？可是您毕竟直着身子走路，现在您也还会笔挺地走路。"

我做了个制止他的手势，坚定地回答道："是的，是的，我直着身子走路。可是您低估了我。我知道什么是良好的举止，所以我弯着腰走。"

可是他似乎听不懂我的话，而且由于被自己的幸福弄糊涂了，以致不理解我的话的内在联系，只是说："好吧，随您的便！"然后仰望磨坊塔上的钟，这时已将近1点。

我却自言自语地说："这个人多么冷酷！他对我这番谦恭的话竟然采取如此独特和明显的冷淡态度！他的确是幸福的，而幸福者们总是把他们周围发生的一切看作是理所当然的，这是他们的风格。他们的幸福创造出一种卓越的关系。如果我现在跳进了水里，或者如果我在拱道下面的铺石路面上，当着他的面抽搐得心肺欲裂，我将始终安静地适应他的幸福。的确，如果他任性起来——幸运儿是非常危险的，这是毫无疑问的——他也许会像一个拦路抢劫的凶手把我打死。这是确定无疑的，由于我胆小，即使受了惊吓，我也不敢大声喊叫。——天哪！——我忧心忡忡地四下张望。在远处一家装有长方形黑色玻璃窗的咖啡馆前面，有位警察轻手轻脚地溜过铺石路面。他的马刀有点儿妨碍他走路，他把它拿到手里，这样走起路来要好看得多。在离我不远的地方，他还轻轻地欢呼，于是我坚信，如果我的朋友想打死我，他也不会来救我。

不过这时我也知道，我该做些什么，因为恰恰是在面临可怕的事件的时候，我感到无比的坚定。我得跑开。这非常容易。现在，我先向左拐，走上卡尔大桥，然后向右一拐，就能跳进卡尔大街。这条街是弯弯曲曲的，那儿有一些昏暗的房门和小酒店，它们还开着；我无须感到绝望。

当我们沿着拱道下面走到码头的尽头的时候，我扬起双臂奔进了街道；可是正当我来到教堂的一扇小门的时候，我摔倒了——因为我不曾看到过那儿有一个梯级——发出砰的一声，最近的那盏提灯掉下来了，我躺在黑暗之中。从对面的小酒店里，一个胖女人拿着一盏烟雾腾腾的小灯走了出来，以便查看一下街上发生了什么事。钢琴演奏停止了，一个男人把现在半开着的门完全打开，装模作样地往一个梯级上吐了一口痰，一面在那胖女人的胸部摸来摸去，直弄得她发痒，并且对那女人说，刚才发生的事大概无关紧要。然后，他俩转过身，把门重新关上。

当我试图站起来的时候，我又跌了下去。"这是薄冰层。"我说，同时感到膝盖里一阵疼痛。可是我毕竟感到高兴，因为从小酒店里走出来的顾客不可能发现我，因此我觉得我可以在这里非常悠闲地待到黎明。

我的朋友并未觉察到我的告别，他也许独自朝大桥走去，因为过了一会儿他才向我走来。他看到我时，并不感到惊异。他满怀同情地朝我弯下身子，用柔软的手抚摩我。他在我的颧骨上摸来摸去，然后把两只肥大的手指按到我低矮的前额上："您受伤了，不是吗？路上有冰，得小心——您的头痛吗？不痛？啊，是膝盖，好吧，就这样。"他娓娓而谈，仿佛是在讲述一个故事，反正是一个非常令人愉快的、有关一只膝盖里早已去除的疼痛的故事。他也动了下胳臂，但他并不想把我从地上扶起来。我把头靠到我的右手上——胳臂肘支撑在一块铺路石上——为了不忘记刚才发生的事，我急忙说道："我真的不知道，我为什么要向右跑。不过，在这座教堂的那些门廊下面——我不知道这座教堂叫什么名字,哦,请您原谅——我看到一只猫在跑。一只小猫,它有一身光亮的毛皮。因此我发觉了它。——啊,不,不是这么一回事,对不起,不过,要整天地控制住自己,得付出足够的努力。我之所以睡觉,正是为这种努力增强自己的力量,但是,如果我不睡觉,我们往往就会干出一些没有意义的事情,可是,要是我们的陪伴者们对这些事情大声地表示惊异,那就未免失礼了。"

我的朋友把双手插在口袋里,先向空无一人的大桥望去,然后朝耶稣教堂,然后仰望晴朗的天空。由于他未曾注意听我讲话,所以他担忧地说:"是呀,您到底为什么不说话,我亲爱的;您身体不舒服?——是呀,您究竟为什么不站起来?——这儿可是冷啊,您会着凉的,再说我们还要去爬劳棱茨山。"

"当然,"我说,"请原谅。"于是我独自站起来,但感到剧烈疼痛。我摇摇晃晃地走,不得不死死盯住卡尔四世的立式雕像,以便站稳脚跟。可是月光办事不灵活,也使卡尔四世动了起来。我对此感到惊异,由于恐惧,我的双脚变得更加有力,如果我不采取镇静的态度,卡尔四世可能倒了下来。过后,我觉得自己的努力无济于事,因为正当我突然想起我被一个身穿漂亮的白衣的姑娘爱着的时候,卡尔四世毕竟倒了下来。

我干着无益的事,耽误了许多事情。涉及白衣姑娘的这一想法多么出色!——月亮也一样可爱,因为它也照我,但是,当我看出月亮照耀一切毕竟只是一种自然现象的时候,出于谦虚,我想置身于吊桥悬索支柱的拱顶之下。因此,我高兴地张开双臂,尽情地欣赏月亮。——这时,我想起了一首诗:

> 我像个喝醉了酒的跑街,
> 蹦蹦跳跳地穿过一条条街道,
> 踏着沉重的脚步穿过空间。

当我懒洋洋地用双臂做着游泳的动作、毫无痛苦地和毫不费劲地往前走的时候,我的心情轻松愉快。我的头因凉爽的空气而感到舒适,而白衣姑娘的爱情使我悲喜交集，因为我觉得自己似乎正在游离开这位情人和她所在地区的那些多云的山。——于是我想起，我曾憎恨一个走运的朋友，他现在也许还走在我的身旁。我感到高兴的是，我的记忆力非常之好，它甚至牢牢记住这样一些次要的事情。因为记忆力得承受许许多多的东西，所以我突然知道这许多星星的名字，尽管我从来也没有学过它们。是的，这是一些奇特的名字，难以记住，但是我知道所有这些名字，而且非常准确。我把食指指向天空，大声地说出各个星星的名字——但我不想继续列举它们，因为我得继续游泳，以免沉下去。但是，为了往后人们不会对我说，人人都会在铺石路面上空游泳，这事不值一谈，我便迅速地跃过栏杆，游着围绕每一个我所遇到的圣徒雕像打转儿。——到了第五个圣像，正当我从容地拍打着停在铺石路面上空的时候，我的朋友抓住我的手。于是我又重新站在铺石路面上，而且感到膝盖里一阵疼痛。我已经忘记了这些星星的名字，关于那位可爱的姑娘，我只知道她穿过一件白色的衣服，但我压根儿不再能够想起，我出于什么动机相信这位姑娘的爱。我勃然大怒——这是有理由的——抗议我的记忆力，担心我会失去这位姑娘。于是我使劲地和不停地说"白色的衣服，白色的衣服"，以便至少用这个暗号把这位姑娘保持在我的记忆里。但这样做丝毫也无济于事。我的朋友一边说话，一边更加向我逼近，就在我开始听懂他的话的那一瞬间，一道微弱的白光沿着桥的栏杆优美地跳了过去，掠过吊桥悬索支柱，跳进了黑暗的街道。

"我一直喜欢，"我的朋友指着圣女卢德米拉①的雕像说道，"左边这位天使的双手。它们极其细嫩，张开着的手指在发抖。不过从今天晚上起，我不再喜欢它们，我可以这样说，因为我吻的是真正的手。"——于是他拥抱我，吻我的衣服，并用他的头撞击我的肚子。

我说："说得对，说得对，我相信这点，我不怀疑。"同时趁他放松小腿肚的时候用手指捏它们。可是他没有感觉到。于是我自言自语地说："你为何同这个人一道走？我不喜欢他，也不恨他，因为他的幸福

---

① 卢德米拉（860—921），波希米亚第一位信奉基督教的女侯爵，遭到杀害，后被波希米亚人奉若神明。

只在于一位姑娘,而且我甚至怀疑她是否穿着白衣。由此可见,这人对你是无所谓的——我重复地说——是无所谓的。不过,正如事实所证明的那样,他也没有危险。所以,继续同他去爬劳棱茨山吧,因为在美丽的夜晚你已经上路,不过你让他说话,你自己则以自己方式娱乐吧,这样——我轻声地说——你也能最好地保护你。"

二 嬉戏或无法生活下去的证明

1. 骑 马

我异常熟练地跳到我朋友的肩上,用两只拳头击他的背部,使他小跑起来。可是他还有点儿不情愿地用脚踩地,有时甚至停了下来,于是我多次用我的靴子戳他的肚子,以使他更加振作起来。我成功了,于是我们快速朝前跑,终于来到了一个大的、可是尚未完成的地区的内部,此时已是傍晚。

那条我在上面骑马的公路铺满石块,而且坡度相当大,可是这正中我的意,我让它变得更加多石和更加陡峭。每当我的朋友失足,我就揪住他的头发把他拉起来,他一唉声叹气,我就用拳头敲他的脑袋。对此我感到心情舒畅,因为这种晚间的骑马非常有益于我的健康。为了使他更加恼怒,我让猛烈的逆风一阵阵地朝我们吹来。现在,我竟异想天开,在我朋友的宽肩上表演骑马跳跃的动作:我用双手紧紧抱住他的脖子,他自己的头尽量往后仰,观察着形形色色的云,它们比我虚弱,慢慢腾腾地随风飞走。我笑了,而且激动得发抖。我的外衣像两只张开的翅膀,给予我力量。与此同时,我使劲地挤压双手,仿佛不知道这样做会把我的朋友卡死。

可是,我不顾骑得满身大汗,对着天空——它渐渐地被那些我让长在路边的树的弯枝遮住——喊道:"我毕竟还有其他的事要做,不能老是听谈情说爱的废话。他为什么到我这儿来,这个喋喋不休的情人?他们个个幸福,要是别人知道这点,他们会特别幸福。他们以为有一个幸福的夜晚,所以他们已经为未来的生活感到高兴。"

这时我的朋友摔倒了,当我检查他的时候,我发现他的膝盖受了重伤。他对我不再有用,所以我让他躺在石子路上,一面吹口哨从天上唤下几只兀鹰,它们顺从地飞落到他身上,紧闭着喙,认真地守卫着他。

2. 散 步

我无忧无虑地继续走。因为我是步行,害怕走山间崎岖的公路,所以我让这条路变得越来越平坦,终于使它在远处下降成为一个山谷。

石头按照我的意愿消失了,风静止了,而且在晚间消失了。我迈步前进,因为是下坡,我抬头、挺身、把双臂交叉在脑后。因为我喜欢松林,所以我穿过松林。因为喜欢默默地眺望繁星密布的天空,所以在广阔的天空上,繁星为了我缓慢而从容不迫地升起,往常它们也是这样。我还看到了一些拉长的云,它们被一阵只在它们高度上吹的风从空中卷走。

公路对面相当远的地方,也许我被一条河隔开,我让一座高山出现,它的顶峰与天接壤,上面长满了灌木丛。我还能清楚地看到那些最高的树枝的小分枝和动作。这种景象——不管它多么寻常——使我高兴不已,以致我变做一只小鸟摇摇晃晃地停在这些遥远而蓬乱的灌木的枝条上,忘记让月亮升起,它已躺在山背后,也许因为迟延而生气。

可是现在,月亮升起之前,山上展现出一道凉光,突然月亮本身在一棵不安的灌木后面升起。可是在这当儿我正朝另一个方向看,当我现在朝正前方看的时候,突然看到它几乎像满月一样大放光芒,我睁着黯淡无神的眼睛一动不动地站着,因为我这条向下倾斜的道路似乎正通向这轮非常吓人的明月。

可是过了一会儿,我就习惯于它,而且冷静地观察,它上升的时候是多么地困难。我和它相互迎着走了一大段路之后,我终于感到一种愉快的睡意,这睡意显然是由于白天的劳累而产生的,当然我再也无法想起它。我闭着眼睛走了一会儿,为了使自己保持清醒,我只好大声而有规律地拍手。

可是在此之后,我感到这条路即将从我的脚下滑落,一切像我一样地疲惫不堪,而且开始消失,于是我惊恐不安地赶紧爬上公路右边的那个斜坡,以便还能及时到达那片高大而杂乱的松林,在这片松林里我想睡一夜。匆忙是必要的。群星早已变暗,月亮有气无力地沉入天空,就像沉入波涛汹涌的大海。那座山也已成为黑夜的一部分,公路在我转向斜坡的地方可怕地终止了,从这片松林的内部,越来越近地传来倒下的树干发出的哗啦声。我恨不得马上躺倒在苔藓上睡觉,可是我因为害怕蚂蚁,便用缠绕在树干上的双腿爬到一棵树上——虽然没有风,它也已经摇晃起来——卧倒在一根树枝上,头靠在树干上,很快就入睡了,就在这时,我突然感到一只小松鼠抱着笔直的尾巴坐在这根树枝的颤动着的尖端上,不停地摇晃着。

我睡得很沉,并没有做梦。月落和日出都无法把我唤醒。即使我已经醒来,我又平静下来,我对自己说:"你昨天很辛苦,所以要爱惜你的睡眠。"于是又重新睡着了。

可是,尽管我没有做梦,我的睡眠终究受到不间断的轻微干扰。我整夜听到有人在我身旁说话。除了个别的词句,诸如"河岸边的长凳"、"多云的群山"、"带着闪闪发光的烟雾的火车",我几乎听不到词句本身,只听到它们的重音种类。我想起我在睡梦中由于高兴而搓手,我感到高兴的是,我无须认出这些个别的词句,因为我刚好在睡觉。

午夜之前,这声音非常有趣,这对我是一种侮辱。我不寒而栗,因为我以为有人在下面把我的树——它早就不停地摇晃——锯断。午夜过后,这声音变得更加严肃,并且开始退却,它的句子断断续续,仿佛是在回答我没有提出的那些问题。此时我感到更加惬意,而且敢于伸展四肢。将近天亮的时候,这声音变得越来越亲切。这位说话者的床铺看来并不比我的稳当,因为我此时发觉,他是从邻近的那些树枝对我说话的。于是我大胆起来,把背靠到他身上。我这样做显然使他伤心,因为他停止说话,长时间地保持沉默。直至上午的时候,他不用这种噪声——我对它已完全不习惯了——而用一声低声的叹息把我叫醒。

我看了看云层密布的天空,它不仅在我头的上空,而且甚至在我周围。厚厚的云层低低地移向苔藓上空,撞到树上,被树枝撕成碎片。有些云层不时地落到地上,或被树夹在中间,直到一阵更加猛烈的风把它们吹走。大多数的云层带着冷杉球果、折断的树枝、烟囱、倒毙的野兽、做旗子的布、风信鸡和其他大多无法辨认的东西,这些东西是飘浮的云层从远方的某处带来的。

我自卑地蹲坐在我的树枝上,不得不考虑把那些威胁我的云层推开,或者如果云层弥漫,就设法避开它们。这对我来说可是一项艰难的工作,因为我还处在半睡状态,它被一声声的叹息困扰着,我相信我还常常听到它们。

然而我惊奇地发现,我的生命越有保障,天空也就向更高和更远的地方伸展。终于,在我打最后一个呵欠之后,晚间的这个地区已无法辨认,它现在已被雨云笼罩。

这种如此迅速出现的辽阔的景致使我大吃一惊。我暗自思考,我为何来到这个地区,它的道路我并不知道。我觉得我好像是在梦中迷路而到了这里,只有在醒来的时候才能理解我可怕的处境。幸亏我此时听到一只小鸟在林中啼叫,这对我是一种安慰,我想,我毕竟是为了消遣的缘故而来到这里的。

"你的生活是单调的,"我大声地说,以便使自己确信。"你被带到另一个地方,这的确是必要的。你可以满意了,这里挺有趣。阳光普照。"

这时,太阳照耀着,雨云在蔚蓝色的天空上变白、变轻、变小。雨云在阳光下闪闪发光,欢腾跳跃。我看到山谷里有条河。

"是的,它是单调的,你理应得到这种娱乐,"我勉强地继续说,"不过这样的娱乐也会危害你的生活。"这时,我听到有人在附近发出可怕的叹息声。

我想迅速地爬下去,可是树枝像我的手一样抖个不停,于是我呆若木鸡地从高处掉了下去。我安全着地,也没有疼痛,不过我感到极其虚弱和不幸,以致我把脸埋进林中的地里,因为我再也没有兴趣去观察我周围的一切。我深信,任何动作和任何思想都是逼出来的,所以应该避免它们。相反地,躺在这儿的草地里,把双臂放在身上,用手捂着脸,却是天经地义的。我劝自己,既然已经处于这种自然的境地,就应该高兴起来，否则的话，为了达到这种境地，我须做出许多艰苦的努力，比方不停地走路或不停地说话。

可是我躺了不久，就听到有人在哭。而且哭声就在我附近，因此我非常生气。我怒不可遏，以致我开始考虑，谁会是这位哭者。可是我刚开始考虑，就又怒又怕地在地上疯狂地翻滚起来，以致全身尽是松针地滚下斜坡，掉进了公路的尘土里。尽管我的双眼满是灰尘，看到的一切仿佛只是幻觉，我仍旧在公路上继续奔跑，以便最终逃脱所有像幽灵一样的人。

我跑得气喘吁吁，在混乱中对自己失去控制。我看到我的双腿连同它们向外凸出的膝盖骨高高地举起。可是我再也煞不住了，因为我的双臂就像是在非常愉快的结局时候那样来回地摆动，我的头也在摇晃。尽管这样，我冷静地和绝望地做出努力，希望能获得搭救。这时我想起那条想必在附近的河，使我高兴的是，我立即看到一条窄路，它拐向侧面，只需在草地之间跳上几跳，就能把我带到河岸边。

这条河很宽，它的喧闹不止的涟漪被阳光照耀着。在对面的河岸上也有草地，它们转化为灌木丛，在灌木丛后面，老远就可看到浅色的由果树组成的林荫大道，它们通向绿色的丘陵。

看到这种景象，我感到高兴。我躺了下来，一面用手捂住耳朵，以免听到可怕的哭声，一面在想，这里我可以心满意足了。因为这里人烟稀少，而且风景秀丽。在这里生活，无需许多勇气。你在这里，必然会感到痛苦，在其他的地方也一样，但是在感到痛苦的同时，你无须做出优美的举动。这是大可不必的。因为这里只有群山和一条大河，而我还相当清楚，它们只是一些无生命的东西。是的，如果有一天的晚上我独自跌跌跄跄地走在这些向上伸展的草地的路上，我不会感到比山更孤独，只有我会有这样的感觉。不过我相信，这种感觉也还会消失的。

我就这样和我未来的生活玩着游戏，并且想方设法把它忘掉。在这种情况下，我眯起眼睛看了看那色彩异常美丽的天空。我已经好久没有看到这灿烂多彩的天空了，我为之感动，而且想起了那些个别的日子，在这些日子里，我也曾以为这样看到它。我把双手从耳朵上放下来，张开双臂，让它们落到草丛里。

我听到远处有人在低声地啜泣。风在吹，大量干枯的树叶——我从前没有看到过——沙沙作响地满天飞扬。未成熟的水果从果树上掉下来，发疯似的打到地上。在一座山的后面升起了讨厌的云。河里的波浪嘎嘎作响，在大风面前节节后退。

我迅速地站起来。我感到心痛，因为现在我似乎无法摆脱我的痛苦。我正想转身，以便离开这个地区，回复到我从前的生活方式的时候，我突然产生这样的思想："就在我们的时代，有教养的人们竟然以这种困难的方式被运送过河，这真是咄咄怪事。这是一种古老的风俗，别无其他解释。"我摇了摇头，因为我负伤了。

3. 胖 子

a. 向风景致词

从对岸的灌木丛里威风凛凛地走出四个赤身的男子，他们的肩上扛着一副木制的担架。一个胖得令人难以置信的男子以东方的姿势端坐在这副担架上。尽管他被人抬着穿过人迹罕至的灌木丛，他并没有推开那些有刺的树枝，而是用自己纹丝不动的身体冲破它们。他那些呈褶状的脂肪块小心翼翼地摊开，盖住了整个的担架，两边还像一块淡黄的地毯的镶边一样垂下来，但是这一切并没有打扰他。他那不长头发的脑袋很小，像金子一样闪闪发光。他的脸上流露出天真的表情，像一个在思考的人，而且并不致力于掩饰它。他偶尔闭上自己的眼睛；当他重新睁开它们的时候，就扭动一下自己的下巴。

"风景妨碍我思考，"他轻声地说，"它让我的思考像水流湍急时的链式吊桥那样摇晃。风景是美丽的，所以必须加以观察。"

"我闭上自己的眼睛，并且说：你啊，河边绿色的山，你有滚动的岩石，它们可以对付水流，你是美丽的。"

"可是山并不满意，它要我睁开眼睛看它。"

"可是，如果我闭着眼说：山，我并不喜欢你，因为你使我想起了云,想起了晚霞,想起了向上伸展的天空,它们差一点要使我哭,因为要是我让人用小轿子抬着,我就休想能够着它们。可是,诡计多端的山,要是你向我展示这一切,你就会遮住使我开心的远景,因为远景可以很好地眺望,而且可及。所以我不喜欢你,河边的山,不,我不喜欢你。"

"可是,如果我不睁着眼睛说话,山似乎对我的这次谈话像对上次谈话那样不感兴趣。此外,他并不满意。"

"山对我们的脑浆有一种乖张的偏爱,如果我们不和它保持友好关系——这样做的目的,从根本上说只是为了维护它——它就会把它参差不齐的影子朝我投来,就会默不做声地把那些可怕的素壁推到我的面前,我的挑夫们就会被路上的小石头绊个踉跄。"

"可是,不仅山是如此的自负,如此的纠缠不休,如此的爱报复,所有其他的东西也一样。所以我得反复地睁圆眼睛,哦,它们使我痛苦。"

"是的,山啊,你是美丽的,你西面的山坡上的森林使我高兴。——我对你,花呀,也感到满意,你粉红的颜色使我心旷神怡。——你啊,草地上的野草,已经长得又高又粗,给人以凉意。——你啊,奇特的灌木丛,你突如其来地扎人,使我们不能专心致志地思考。可是河啊,我对你非常满意,我恨不得让你柔顺的水把我带走。"

在他屈从地微微挪动自己的身体,十倍地高唱这种赞歌之后,他垂下头,闭着眼睛说道:"可是现在——我请求你们——山、花、草、灌木丛以及河——给我一点空间,以便我能够呼吸。"

这时,在周围那些前面被云雾笼罩着的山里,出现一种匆忙的移动。林荫大道虽然固定不动,并且几乎保护着公路的宽度,但是它们过早地变得模糊不清。天空里有一片湿云,其边缘被阳光照射得有些通红,在它的阴影下,大地更深地下沉。与此同时,一切的事物都失去了自己美丽的界限。

挑夫们朝我的河岸走来,我已听到他们的脚步声,但是在黑暗中我只能模模糊糊地看到他们的四方脸,别的什么也分不清。我只看到他们把脸侧向一边,伛偻着身子,因为负担特别重。我为他们而担忧,因为我发现他们已经累了。因此,我紧张地在一旁观看:他们先是走进岸边的草丛，然后仍以整齐的步伐穿过潮湿的沙滩，最终沉入满是烂泥的芦苇，在那里，后面的两位挑夫还更低地弯下身子，以便使轿子保持平衡。我捏紧双手。现在，他们每走一步，都得高举自己的脚，以致他们的身体在这多变的下午的冷风中因流汗而闪闪发光。

那胖子安静地坐着，两手放在大腿上；每当前面的挑夫走过，长长的芦苇尖就弹起来，擦过胖子的身体。

挑夫们越走近水，他们的动作就越发不整齐。轿子偶尔摇晃起来，仿佛它已经在浪头上。芦苇中有些小水潭，他们得跳过去，或者绕道而行，因为它们也许很深。有时，野鸭鸣叫着腾空而起，直插云霄。这时，我看到胖子的脸抽搐了一下；他显然非常不安。我站了起来，急忙笨拙地跳过把我和水隔开的那道多石的斜坡。我不顾这样做会有危险，心里只是在想，如果他的仆人们不能再抬他，我就应该帮助他。我不假思索地奔跑，以致在下面的水里无法止住脚步，不得不继续跑进浪花四溅的水里，直至水淹到我的膝盖，我才站住不动。

可是在那边，仆人们早已歪歪扭扭地把轿子抬入水里，他们一边用手把自己保持在不平静的水面上空，一边用四只多毛的手臂顶住轿子，以致可以看到它们异常发达的肌肉。

水首先拍击下巴，然后上升到嘴，挑夫们的头向后仰，木制的担架落到了肩上。水已经轻快地拍击鼻梁，可他们还一直费力地抬着轿子，虽然他们几乎还没有到达河心。这时，一个低浪打到了前面两个挑夫的头上，于是，这四条汉子一声不吭地淹死了，一面疯狂地用自己的手把轿子拉下去。水劈头盖脸地将他们吞没。

这时，从那大片云的边缘上折射出夕阳的偏光，使远方地平线上的大小群山显得美好，而河流和周围的地区在云层下面则显得模糊不清。

那胖子朝着急流的方向慢慢地旋转，像一尊用浅色的木头雕成的偶像顺流而下，它已经是多余的，因此被人们扔进了河里。他在雨云的映照下迅速地离去了。长方形的云拖着他，矮小而伛偻的云移动着，以致发生了一场严重的骚乱，我还能从水拍击我的膝盖和岸边的石头上觉察到它。

我迅速地再次爬上斜坡，以便能陪同胖子离去，因为我真的喜欢他。也许，我能得知这个表面上安全的地区的某些危险情况。因此我踏上一片沙土地带——我首先得习惯它的狭窄——把手插在口袋里，把脸呈直角转向河流，以致下巴几乎搭在肩膀上。

在岸边的石头上停着一些温柔的燕子。

那胖子说："岸边亲爱的先生，您别试图救我了。这是水和风的报复，我现在全完了。是的，这是报复，因为我们多次进攻过这些东西，我和我的那位做祈祷的朋友，我们的刀刃曾多次呼呼作响，我们的铜钹和漂亮的长号曾多次闪闪发光，我们的铜鼓曾多次发出闪光。"

一只小海鸥展翅飞过胖子的肚子，迅速向远方飞去。

那胖子继续讲述他的故事：

b. 和祈祷者已经开始的谈话

"有一段时间，我每天都到一座教堂里去，因为我曾爱上的一位姑娘晚间在那儿跪着祈祷半小时，此时我可以静静地观察她。（以下从略，因内容与《和祈祷者谈话》一文完全相同。）

c. 祈祷者的故事

然后，他坐到我的身旁，因为我已感到害羞，便把头转向一侧，给他让出位子。尽管这样，我还是觉察到他有点儿不知所措地坐着，总是尽量和我保持小的距离，然后他吃力地说：

"我现在过的是什么样的日子啊！"

昨晚我参加了一次聚会。正当我在煤气灯下向一位小姐鞠躬，对她说"我真高兴我们已接近冬天"的时候；正当我一面鞠躬一面说出这些话的时候，我不满地注意到，我的右腿已经脱位。膝盖骨也有些松动。

因此我坐了下来，因为我一直试图对我的句子保持全貌，便说道："因为冬天更加不用费力；人们的行动更加方便，说话的时候用不着这样吃力。不是吗？亲爱的小姐。我希望我在这件事情上是对的。"与此同时，我的右腿给我带来不少麻烦。因为开头它似乎完全脱节，只是在我用力压和巧妙地移动之后，它才逐渐差不多恢复正常。

这时，我听到那位姑娘——出于同情，她也早就坐了下来——轻声地说："不，您根本无法使我感动。因为——"

"请等一下，"我满意地和充满期望地说，"亲爱的小姐，和我谈话您甚至无需花费五分钟的时间。谈话之间您务必吃点东西，我请求您。"

于是我伸出手臂，从由一个带翼的青铜男孩高举的盘子里拿过一串丰硕的葡萄，把它在空中举了一会儿，然后放到一个蓝边的小碟子里，恭恭敬敬地递给了那位姑娘。

"您根本无法使我感动，"她说，"您所说的一切，既无聊又令人费解，所以也不会是真的。因为我认为，我的先生——您为何总是把我叫做亲爱的小姐——我认为，您之所以不同真理打交道，只是因为它太费力。"

天啊，这正中我的下怀！"是的，小姐，小姐，"我几乎是喊了起来，"您说得多么地对啊！亲爱的小姐，您知道，得到您如此的理解，我真是喜出望外，虽然它并没有什么目的。"

"我的先生，对您来说真理的确是太费力了，因为瞧您现在像什么样子！您从头到脚都是用棉纸剪出来的，用黄色的棉纸，所以看上去就像是剪影，您一走路，人们必定会听到您沙沙作响。所以，也用不着为您的姿势或看法生气，因为您得随房间里刚好有的穿堂风弯腰。"

"我不懂您所说的话。这儿的房间里的确闲散地站着几个人。他们把自己的手臂放在椅子靠背的周围，或者他们依靠在钢琴上，或者他们胆怯地走进隔壁房间，他们在黑暗中碰到一只箱子，因而弄伤自己的右肩之后，他们便站在一扇开着的窗子旁边，一面呼吸一面思考着：那儿是金星，也就是昏星。可是，我也是他们当中的一员。如果这事有某种关联的话，那么我并不理解它。我甚至也不知道，这事是否有某种关联。——您瞧，亲爱的小姐，在所有这些人当中——他们依照自身的模糊，行动很不坚决，甚至非常可笑——看来只有我值得您发表如此明确的看法。您为了使您的看法听起来悦耳动听，还用嘲讽的口吻表达它，以致显然还剩下一点儿东西，就像透过一所内部被烧焦的房子的那些重要的墙壁所看到的那样。现在，视线几乎没有受到阻挡，白天的时候，透过这些大的窗洞可以看到天空里的云层，晚上的时候，可以看到繁星。可是，就连这些云层也常被灰色的石头打下，而群星则形成反常的景象。——如果我感谢并委托您在将来把所有愿意生活的人变得和我一样的长相，——如您所注意到的，用黄色的棉纸剪制而成，像剪影一样，行走时沙沙作响——那么情况会怎样呢？他们将和现在一样，但长相将和我的一样。就连您，亲爱的——"

这时我觉察到，那姑娘已不再坐在我身旁。想必她说完最后几句话之后，很快就离开了，因为此时她站在离我挺远的一扇窗子旁边，被三个年轻人包围着，他们又说又笑，高而白的衣领特别显眼。

对此，我高兴地喝了一杯葡萄酒，然后走向那位完全与世隔绝的钢琴演奏者，他正点头演奏一首忧伤的乐曲。我小心地朝他的耳朵弯下身子，只是为了不使他受惊，然后合着这首乐曲的旋律轻声地说：

"尊敬的先生，劳驾让我现在演奏一下，因为我正想使自己幸福。"

由于他没有听从我，所以我不知所措地站了一会儿，然后我抑制住自己的胆怯，从一个客人走向另一个客人，顺便说道："今天我就要弹钢琴。的确。"

所有的人似乎知道我不会弹钢琴，但他们因为自己的谈话被愉快地打断而友好地笑了。只是当我大声对钢琴家说"尊敬的先生，劳驾让我现在演奏一下。我因为正想使自己幸福。这关系到胜利的喜悦"的时候，他们才完全注意到我。

那位钢琴家虽然停止了演奏，但并没有离开他那褐色的长凳，而且似乎也不理解我。他一边叹气，一边用他长长的手指遮住他的脸。

我有些同情他，正当我打算鼓励他重新演奏的时候，女房东带着一群人走了过来。

"这是一种滑稽可笑的念头。"他们边说边大声地笑，仿佛我所从事的是一件反常的事情。

那姑娘也参加进来，鄙夷地看了我一下，然后说道："我求您，夫人，让他演奏一下吧。说不定他还能为我们助兴。这是值得称赞的。夫人，我求您了。"

所有在场的人高兴得大声叫了起来，因为他们和我一样，显然认为姑娘的话中带刺。只有钢琴家默不做声。他低垂着头，用他左手的食指抚摩长凳的木头，仿佛是在沙子里画画。我的手发抖，为了掩饰自己的不安，我把双手塞进裤袋里。我也不再能够清楚地说话，因为我整个的脸似乎想哭呢。所以我得很好地斟酌词句，务使听众们觉得我想哭这个念头是可笑的。

"夫人，"我说，"我现在得演奏，因为——"由于我把理由早就忘了，我便突然坐到钢琴旁边。这时我又明白自己的处境。那位钢琴家站了起来，体谅地爬过长凳，因为我挡住他的去路。"请熄灯，我只能在黑暗里演奏。"我挺直身子。

这时，两位先生抓住长凳，抬着我远远地离开钢琴，一边用口哨吹出一首歌，一边轻轻地摇晃我，把我抬向一张餐桌。

所有在场的人看上去都是赞同的，于是那位小姐对女房东说："您瞧，夫人，他演奏得非常出色。我知道这事。而您刚才还非常担心。"

我领会姑娘的好意，便向她深深地鞠了一躬，以表谢意。

人们给我倒柠檬汽水，一位涂着口红的小姐拿住杯子让我喝。房东太太用一只银盘子给我端来蛋白甜饼，一位全身穿白色衣服的姑娘把甜饼塞进我的嘴里。一位身材丰满、金发浓密的小姐一边注视我畏缩的目光，一边把一串葡萄举在我的头上，我只消摘取。

大家待我很好，所以，当我想重返钢琴，竟被他们一致拦住的时候，我当然感到惊奇。

"现在可以结束了。"房东先生说，此人我直到现在一直没有发觉。他走了出去，马上又回来，手里拿着一顶古怪的大礼帽和一件紫铜色的有花样的外套，"这是您的东西。"

这些东西虽然不是我的，但我不想麻烦他再查看一下。房东本人还帮我穿上这件外套，它紧紧地贴在我瘦削的身子上，显得很合身。一位面孔慈祥的女士慢慢地弯下身子，从上到下地为我扣好外套的钮子。

"那就再见吧，"房东太太说，"欢迎您再来。我们总是欢迎您的，这您知道。"这时,所有在场的人都向我鞠躬致意,似乎这是完全必要的。我也试图鞠躬还礼,可是我的外套紧紧地贴在身上。于是我脱下帽子,笨手笨脚地走出了门。

当我小步走出房门的时候,突然看到天空巨大的穹顶上明月高挂、星星闪烁,还看到环形广场,上面耸立着市政厅、马利亚圆柱和教堂。(以下从略,因内容与《和醉汉谈话》一文完全相同。)

d. 胖子和祈祷者之间继续进行的谈话

可是,我早就努力鼓励自己。我揉了揉自己的身子,然后自言自语地说:

"现在是你说话的时候了。你已经不知所措过。你现在还感到窘迫吗?你等着瞧吧!你的确知道这些情况。不用急,慢慢地考虑吧!周围的人也会等待的。"

"这次的聚会和上星期的聚会一样。有人宣读副本中的一段。我应他的请求亲自抄写了一页。我感到害怕,因为我不知道该怎样去读我所抄的这一页,顺便说一下,它是和他所写的那几页放在一起的。这是毫无根据的。人们从桌子的三面向我的那一页弯着身子。我边哭边发誓,这不是我的笔迹。"

"可是,我的笔迹为何跟今天的相似呢?现在出现一次受到限制的谈话,这的确是我的过失。所有在场的人都是心平气和的。我亲爱的,努力吧!——你会找到某种借口的。——你可以说:'我很困,想睡觉。我头痛。再见。'快,赶快。快让人注意到你!——这是什么?又是困难和障碍?你想到什么?我想到一片高地,它作为地球的盾牌直插广阔的天空。我从一座山上看到了它,正准备步行漫游它。我开始唱歌。"

当我往下说的时候,我的嘴唇干燥并且不听使唤:

"难道你不能换一种方式生活吗?"

"不。"他微笑着用探询的口气说。

"可是您为何晚间在教堂里祈祷呢?"我进一步问道,此时,我和他之间的所有关系——在此之前我一直认为是理所当然的——突然崩溃了。

"不，我们干吗要谈论这件事呢？晚上独自生活的人不负责任。他忧心忡忡。担心自己的身体也许会消失，担心人们真的会是黄昏时所表现出的那样，担心自己没有手杖就无法走路，所以，走进教堂，呼喊着进行祈祷，以便让人注视和获得身体，也许是个好办法。

因为他这样说话，然后沉默不语，我便从衣袋里掏出我那块红色的手帕，弯着腰哭了起来。

他站了起来，吻了吻我，然后说道：

"你为什么哭？你身材高大，这我喜欢，你有长长的双手，它们几乎按照你的意愿行事；你为何不为它们感到高兴？我劝你一直穿带深色袖边的衣服。——不，我奉承你，尽管如此，你哭了？生活里的这一困难，你毕竟非常冷静地承受下来。"

"我们正在建造众多本来无用的战争机器、塔搂①、城墙和丝绸的帷幕，如果我们对此有时间，我们对这些东西会更加感到惊奇。我们始终飘浮在空中，我们不会坠落，我们扑翅飞翔，尽管我们比蝙蝠更丑恶。美好的日子即将来临，到那时，几乎没有谁会妨碍我们说：'天哪，今天是一个美好的日子。'因为我们早就被安排在我们的地球上，我们生活的基础是我们的协调一致。"

"我们就像是雪里的树干。表面上看，它们只是滑溜溜地横卧在那儿，只消轻轻地一推，就能移动它们。可是不，这是办不到的，因为它们牢牢地同地面联系在一起。不过你瞧，即使那样也只是个外表。"

沉思妨碍我哭泣："现在是晚上，明天谁也不会责备我现在会说些什么，因为很可能我是在睡梦中说这番话的。"

于是我说："是的，是这么回事，可是我们到底在谈论什么。我们可不能谈论天空的照明，因为我们毕竟站在过道的深处。不——我们刚才本该可以谈论天空的照明的，因为我们在我们的谈话中并不是完全独立的，这是因为我们既不想达到目的，也不想达到真理，而只想达到玩

---

① 指监狱——译者注。

笑和娱乐的目的。可是，您能否再次给我讲一下花园里那位太太的故事呢？这位太太多么聪明，多么值得钦佩！我们必须按照她的榜样行事。我多么喜欢她！不过，我能遇见您，并把您捕获，也算是幸运了。对我来说，能和您交谈，是件天大的乐事。到目前为止，我也许有意听到一些我不熟悉的东西——我感到高兴。"

他看上去满意。尽管接触人体对我来说始终是件难堪的事，我不得不拥抱他。

然后我们走出过道，置身于天空之下。我的朋友吹散了一些稀薄的云层，以致我们的眼前呈现出一片群星璀璨的景象。我的朋友吃力地走着。

4. 胖子的灭亡

这时，一切被某种力量迅速抓住，落到了远方。河水向下倾泻，它想控制住自己，还在被弄碎的边缘上波动，但立即化为团块的烟雾落了下去。

那胖子无法继续说话，他得旋转，消失在咆哮着迅速向下落的瀑布之中。

经历过这么多娱乐的我站在河岸上，目睹了这一切。"我们的肺该做些什么呢？"我喊了又喊，"如果您迅速地呼吸，就会因为自身的内毒而窒息；如果您慢慢地呼吸，就会因为不适宜于呼吸的空气，因为那些令人气愤的东西而窒息；可是，如果您想寻求您所需要的速度，您就会因为寻求而不灭亡。"

此时，这条河的两岸极度地延伸，可是，我还能用自己的手心摸到远处一小块路标的铁链。我对这事并不完全明白。我毕竟渺小，几乎比平时还要渺小，一棵结满白色野蔷薇果实的灌木迅速地抖动着，高出于我之上。我看到这点。因为片刻前它就在我的身边。

可是尽管这样，我刚才准是弄错了，因为我的双臂像连绵阴雨的云那样巨大，只是后者更加匆忙。我不知道，它们为何想要压扁我可怜的头。

我的头毕竟很小，像一只蚁卵，只是它有点儿损伤，所以不再是完全圆的。我不停地转动它,以此请求别人的帮助,因为我的眼睛太小,别人似乎是无法觉察到它们的表情的。

可是我的双腿,我那不成体统的双腿,悬在树木茂密的山的上空,给乡村里的山谷遮阴。我的双腿在长,它们在长!它们已经高耸入不再有风景的空间,它们的长度早已超出我的视力范围。

不,事情并非如此——我毕竟非常渺小,暂时非常渺小——我在滚动——我在滚动——我是山里的一次雪崩!过路人啊,请行行好,请告诉我,我有多大,请测量一下我的双臂和双腿。

三

"这到底是怎么一回事,"我的朋友说,刚才他和我一起离开了社交晚会,现在正同我漫步在劳棱茨山的一条路上,静静地走在我身旁,"请您停一停,好让我把这事弄个明白。——您知道,我有件事要办。走路真吃力——这夜晚大概很冷,也有月光,但这风情绪不好,有时它看上去甚至改变了那些金合欢花的位置。"

园丁小屋的月影横跨在稍许凸起的路上,点缀着少量的积雪。当我看到位于门旁的长凳的时候,我举起手指了指它,因为我缺乏勇气,期待着我朋友的责备,所以我把自己的左手放到胸前。

他厌倦地坐了下来,一点儿也不考虑他那身漂亮的衣服,当他把自己的胳膊肘压在自己的腰部、用完全弯曲的指尖捧着自己前额的时候,我不禁大吃一惊。

"好吧,我现在就告诉您这件事。您知道,我生活很有规律,对它无可非议,我正在做一切必要的和受人称赞的事情。我与之交往的那伙人感到习以为常的不幸,正如周围的人和我满意地看到的那样,并没有饶过我,而这普遍的幸福并没有控制住自己,我本人在小圈子里可以谈论它。总之,我还从未真正地热恋过。我有时对此感到难过,但是我使用那句成语,如果我需要它的话。现在,我得告诉您:我的确在热恋,而且由于热恋而激动不已。我是姑娘们所希望的那种疯狂的情人。可是我本该考虑到,正是以往的这一缺点例外地使我的情况发生了有趣的、特别有趣的转变。"

"千万别激动,千万别激动,"我冷淡地说,一边只想自己的事,"我听说您的情人很漂亮。"

"是的,她很漂亮。当我坐在她身旁的时候,我总是在想:'这种冒险行动——我真勇敢——那样我就进行海上旅行——喝几加仑的葡萄酒。'可是,每当她笑的时候,她并不像我所期待的那样露出她的牙齿,我只能看到她嘴的模糊的、微微弯曲的缝隙。每当她在笑的时候把头朝后仰,看上去既奸诈又老态龙钟。"

"我无法否认这一点,"我叹息着说,"也许我也看到了这一切,因为她的动作想必引人注目。不过这不仅仅是动作的问题。根本的是姑娘们爱美!我常常看到一些饰有形形色色的褶裥、皱边和垂悬物的衣服,它们出色地穿在俊俏的身体上,这时我就想,它们不会长久地这样保持下去,而是会起皱,再也无法熨平,它们的装饰物中会积上厚厚的灰尘,再也无法去除,而且谁也不会去想早晚穿脱同一件贵重的衣服,以免使自己显得非常寒酸和可笑。然而,我也看到一些姑娘,她们的确漂亮,露出诱人的肌肉和节骨,还有紧绷绷的皮肤和浓密的细发,可是每天穿着一身朴素的化装舞会服装露面,总是用自己相同的手掌支撑着同一副脸蛋,让它从自己的镜子里反射出来。只是有些时候,当她们晚上参加庆祝活动,很晚才回来的时候,她们的衣服才在镜中显得破旧、膨胀、布满灰尘,已经被所有的人看过,几乎再也不能穿用了。"

"可是我在路上经常问您,您是否觉得那位姑娘漂亮,而您总是把身子转向另一边,拒不回答我的问题。告诉我,您是不是有些幸灾乐祸?您为何不安慰我?"

我站稳双脚,殷勤地说:"您无须让人安慰。有人爱着您呢。"与此同时,我把我那块饰有蓝色葡萄图案的手帕放到嘴前,以免感冒。

现在,他转向我,并把他胖胖的脸靠到长凳低矮的靠背上:"您知道,一般说来我还有时间,我始终有办法马上结束这刚刚开始的爱情,比如通过无耻行径,或通过背信弃义,或通过启程到一个遥远的地方。因为说真的,我很怀疑,我是否应该为刚开始的爱情而激动。什么都靠不住。谁也不会向我明确地指出方向和期限。如果我怀着把自己喝醉的意图走进一家小酒店,那么我知道,这个晚上我将喝醉了酒,不过这只是我的情况!一星期之后,我们打算和一个朋友的一家去远足,在这十四天里,我们的心里会不会暴跳如雷?这个晚上的一次次的亲吻使我昏昏欲睡,以至于我没地方去做那些无法抑制的梦。我抗拒此事,夜里去散步,这时出事了,我不停地激动,我的脸像阵风过后那样又冷又热,我不得不一再地摸我衣袋里的那根粉红色的带子,我感到非常担心,但无法去探究担心的原因,我甚至忍受得住您,我的先生,否则的话,我肯定不会和您谈这么长的时间的。"

我觉得很冷,这时,淡白色的天空已稍许倾斜。我微笑着说:"在这种情况下,无耻行径,背信弃义,还是启程到一个遥远的地方,都无济于事。您将不得不自杀。"

在我们对面,在林荫大道的另一边,有两棵矮树,在它们的后背坐落着城市。它还有点儿灯火。

"好吧,"他喊道,一边用他那小而结实的拳头敲长凳,但马上把它放在长凳上面,"可是您活着。您没有自杀。没人爱您。您什么也达不到。您无法控制下一个时刻。您就这样对我说话,您这卑鄙的小人。您不会爱,您只会引起恐惧。瞧瞧我的拳头。"

于是,他迅速地解开他的外套、他的背心和他的衬衫。他的胸脯的确又宽又美。

我开始讲述:"是的,像您这样固执的人,我有时也看到过。那是在今年的夏天,事情发生在河边的一个村庄里。我至今仍记忆犹新。那时,我常常歪着身子坐在岸边的一条长凳上。那儿也有一家海滨旅馆。我常听到有人在拉小提琴。年轻力壮的人们坐在花园里的桌子旁边,一边喝啤酒,一边大谈打猎和艳遇。在对面的河岸上,群山布满了云。"

我无精打采地扭歪着嘴站了起来,走进长凳后面的草地里,也折断了一些积雪的小树枝,然后悄声地对我的朋友说:"我已订了婚,我承认这事。"

我的朋友对我站了起来并不感到惊奇："您已订了婚？"这时，他看上去的确非常虚弱，只是被长凳的靠背支撑着。然后他脱下帽子，露出他的头发，这头发香气扑鼻，梳得漂亮，以一种清晰的圆形的线条，覆盖着脖子肉上面的那滚圆的头。这是今年冬天流行的一种发式。

我感到高兴，因为我刚才巧妙地回答了他的问题。"是的，"我自言自语地说，"这样，他在社交场合就能带着灵活的脖子和无所事事的双手走来走去。他可以和一位女士进行友好的交谈，领着她穿过一个大厅，无论是屋前下雨，还是那儿站着一个胆怯者，还是发生某种悲惨的事情，都绝不会使他感到不安。不，他总是好好儿地向女士们鞠躬。可是这会儿他坐着。"

我的朋友用一块麻纱手帕擦了擦前额。"请吧，"他说，"请把您的手放到我的前额上。我请求您。"我没有马上做，于是他十指交叉。

我们的忧虑仿佛使一切变暗，我们坐在山顶上，犹如坐在一个小房间里，尽管我们早就觉察到清晨的日光和风。尽管我们彼此毫无好感，我们仍紧挨在一起，可是我们彼此不能远远地离开，因为四周的墙壁把我们团团围住。不过，我们可以可笑地和不顾尊严地行动，因为在那些我们头顶上的树枝和那些在我们对面的树的面前，我们无须感到害臊。

这时，我的朋友直截了当地从自己的口袋里抽出一把刀子，若有所思地把它打开，然后像玩游戏似地把它刺进自己的左上臂，但并没把它拔出来。血马上淌了出来。他红润的双颊一下子变得苍白。我把刀子拔出来，切断冬大衣和燕尾服的袖子，划破衬衫的袖子。然后上下地跑了一小段路，以便看看那儿有没有人能够帮助我。所有的树枝简直是刺眼和静止不动。然后我吸了一下深深的伤口。这时，我想起了园丁的小屋。我跑上通向房屋左边的那片增高的草地的楼梯，我匆匆地检查了那些窗子和门，我跺着脚怒气冲冲地按铃，尽管我马上发现，这房屋没人住。然后我看了看伤口，它血流如注。我把手帕在雪里弄湿，笨拙地捆扎他的手臂。

"你啊，亲爱的，你啊，亲爱的，"我说，"你为了我而弄伤了你自己。你生活宽裕，朋友众多，在大白天，每当远近的桌子之间，或山丘的道路上出现许多穿着细心的人的时候，你就可以散步。想想吧，春天的时候，我们将乘车去果木园，不，不是我们，这的确令人遗憾，而是你和安娜，你们将乘马车高兴地前往。是啊！相信我吧，我请求你，到那时，太阳将最亲切地让所有的人看你们。哦，那儿有音乐，人们老远就听到马蹄声，你用不着发愁，那儿有叫喊声，在那些林荫大道上，街头艺人在玩手摇风琴。"

"天哪！"他边说边站了起来，靠到我身上，并且同我一起走，"那儿肯定没有人帮助我。这不会使我感到高兴的。请原谅。时间已经晚了吗？也许明天一早我该做点什么。天哪。"

附近的墙上亮着一盏路灯，把树干的阴影投到道路的白雪上，与此同时，各种树枝弯曲和破碎的阴影笼罩在山坡上。

洪天富 译

乡村婚事 *

爱德华·拉班穿过前厅过道,走到门口的时候,看到天正下雨。雨下得不大。

就在他面前的人行道上,有许多迈着各种各样步子的行人。不时有人走到人群的前面,横穿过马路。一位小姑娘在向前伸出的双手里捧着一只疲倦的小狗。两位先生相互交换着信息。其中的一个手心向上,有节奏地摆动着双手,仿佛托着什么悬空的重物。这时,走来了一位女士,她的帽子上饰着许多缎带、别针和花朵。一个拄着细手杖的年轻人匆匆而过,他那似乎瘫痪的左手平放在胸前。不时走来一些男人,他们抽着烟,嘴里冒出一缕缕直而长的小烟云。有三位先生——其中的两个把轻便的外衣搭在屈伸的下臂上——多次从房屋墙根走到人行道的边上,观察着那儿发生的事情,然后又边说边退回到原处。

透过行人之间的空隙,可以看到马路的排列有序的石子路面。马匹伸长着脖子拉着架在柔软高大的轮子上的车子。车上那些靠在软垫座位上的人,默默地望着行人、商店、阳台和天空。每当一辆马车想要超越前面一辆的时候,马匹就相互挤在一起,缰绳也因此松弛而悬挂着,并且来回地晃动。马匹用力地迅速拉着辕杆,马车随即滚滚向前,急速地摇晃着,直至完成超车所需的弧度,此时,马又重新分开,只是它们瘦长而宁静的头还凑在一起。

有几个人匆匆地向房门走去,停留在干燥的马赛克路面上,慢慢地转过身来,望着被塞进这窄胡同的濛濛细雨。

---

* 本篇写于1907至1908年间,是一部未完成的长篇小说的断片,有三种稿本。马克斯·勃罗德曾以此为书名编了《乡村婚事》(一译《乡村婚礼筹备》)一书,1933年问世。——编者

拉班感到疲乏。他双唇苍白,就像他那厚实的、印有摩尔人图案的领带的褪了色的红色。在对面一扇有石头保护的门的旁边,站着一位女子,此时,她正瞧着他,在这以前,她一直盯着自己那双由于裹紧了裙子而格外醒目的鞋子。她漫不经心地瞧着他,兴许她看的只不过是他前面的落雨,或者是他头顶上那块钉在门口的商店小招牌。拉班相信她正吃惊地看着。"是啊,"他想,"要是我能把情况告诉她,她就根本用不着吃惊。人们在机关里超时超量地工作,结果也疲劳过了头,连自己的假期也不能好好享受了。但是,不管人们怎样卖力地工作,还是无望得到所有人的以爱相待,反倒愈加孤独,完全成了陌生人,只成了人家好奇的对象。只要你讲的时候不用'我'而用'人们',那就什么事也不会发生,你尽可把这故事讲完,但是,只要你承认这里讲的就是你自己,人家马上就会瞪着眼睛把你看穿,你就会感到惊惧。"

他放下缝有格子布套的手提箱,同时弯了弯膝盖。雨水已经在马路边上汇集成像带子一样的细长的水流,正向位于低处的下水道流去。

"但是,如果我自己把'人们'和'我'区分开来,我怎能去埋怨别人呢。他们也许是公正的,但是,我现在太累了,没法去弄明白这一切。我甚至累到了这样的程度,要费很大的力气才能走完到车站去的这段路,虽说这段路不长。我为何不留在城里度假,好生养身体呢?我真是愚蠢。——我明明知道旅行会把我弄病的。我将去住的房间不会很舒适的,乡下的条件只能是这样。现在正值六月上旬,乡下的空气往往还很凉爽。我虽然会注意多穿点衣服,可是,我将不得不加入那些晚间散步的人的行列。那里有许多池塘,大家将沿着池塘边散步。那时候我肯定会着凉的。与此相反,和大家交谈时,我将少出些风头。我不会把这里的池塘跟另一个遥远的国度的池塘进行比较,因为我从未旅行过,至于谈月亮,感受幸福,热衷于去登瓦砾堆,已不是我所关心的事情,我毕竟太老了,不希望让人耻笑。"

人们略微低着头走过,头上打着深色的雨伞,一晃一晃的。一辆运货马车也驶了过去,在垫有干草的马车夫座位上,坐着一个男人,懒洋洋地伸着两条腿,一只脚几乎触及了地面,另一只脚则好好地搁在干草和碎布片上。看上去，他仿佛是在美好的天气里坐在一处田野上。但是，他全神贯注地握住缰绳，所以，这辆马车——它上面的铁杆相互碰撞着——得以顺利地穿过拥挤的人群。在潮湿的地面上，可以看到铁杆的倒影，弯弯扭扭的，慢慢地由一排铺路石滑向另一排铺路石。马路对面那个站在女子身旁的小男孩，穿戴得活像个种葡萄的老农。他那起皱的衣服只系着一根皮带，以致在它的下方，几乎就在两腋下面，形成了一个大圆圈。他那半球形的帽子一直压到眉毛上，一个绒球从帽尖一直挂到左耳朵旁。下雨使他高兴。他从门里跑出来，睁大眼睛朝天上望，想要逮住更多的雨点。他不时地蹦跳起来，溅起许多水，惹得行人狠狠地责备他。这时，那女子喊住了他，拉着他的手走开了；可他并没有哭。

拉班猛地一惊。是不是天色已经很晚？他的大衣和上装都敞着，他赶紧去掏他的表。表停了。他满不高兴地向一位稍许站在过道深处的邻人打听时间。那人正在跟人说话，边谈边笑，应了一声："已过四点"，就又掉转头去了。

拉班连忙撑开伞，拎起他的箱子。可是，正当他打算走上马路的时候，却被几个行路匆匆的女人挡住了去路，他只得让她们先走过去。这时，他低头看见一个小姑娘的帽子，这帽子是由染成红色的麦秆编成的，在波浪形的帽檐上系着一个小小的绿色花环。

他上了马路以后，仍念念不忘方才的印象。在他要去的方向上，马路略微有些坡度。于是，他忘却了刚才的印象，因为他现在得用力爬坡；箱子虽小，但此时对他来说却不轻，况且风又朝他迎面吹来，把外衣都吹拂起来了，并且由前面压迫着雨伞的伞骨。

他被逼得大口喘气；低处一个不远的广场上，一只时钟已敲四点三刻，他从伞下看到迎面而来的人们轻快而短小的步子，被刹住的车轮发出吱吱的响声，慢慢地转动着，马匹伸出它们瘦骨嶙峋的前腿，像山间的羚羊一样进行着冒险。

这时拉班觉得，他也将能熬过往后十四天漫长倒霉的时间。因为这仅仅是十四天，也就是说，是一段有限的时间，虽说心中的烦恼会与日俱增，但必须忍受这些烦恼的时间毕竟会一天天地减少。因此，勇气无疑也会增长。"所有想要折磨我、并且现在已经占领了我周围整个空间的人，会由于这些日子的有效的流逝而渐渐地被迫向后退去，无须我帮他们什么忙。于是，自然而然会产生这样的结果：我只能是软弱的和默默无闻的，可以任凭别人摆布，但是，仅仅由于这些正在流逝的日子，一切毕竟肯定会变好的。

再说，难道我不能像我童年遇到危险的事情时所经常干过那样干吗？我压根儿用不着亲自到乡下去，这没有必要。我只需把我穿着衣服的躯体打发去就行了。当我的躯体摇摇晃晃地走出我的房门时，这摇晃并非表示恐惧，而是表示这躯体的虚无。当这躯体跌跌跄跄地走下楼梯，呜咽着乘车去乡下，哭泣着在乡下吃晚餐，这一切也并非表示心情激动。因为我此时此刻正躺在自己的床上，全身盖着棕黄色的被子，任凭从微微开着的房门里透进来的小风吹着。胡同里干净的地面上，车辆在缓慢地行驶，人们在迟疑地行走，因为我还在做梦。马车夫和散步者全都怯生生的，每往前走一步，他们都要注视我，以求得我的同意。我鼓励他们，他们未遇障碍。

当我躺在床上时，我相信自己具有一只大甲虫，一只鹿角虫或者一只金龟子的形态。"

在一个橱窗（里面的一块湿玻璃后，小棍子上面挂着男士帽）前，他停住了脚步，嘬着嘴唇往里瞧。"还好，我的帽子还可以戴到假期结束，"他边想边向前走，"假如没有人会因为我的帽子而讨厌我，那岂不更好。

一只硕大的甲虫，不错。于是，我装出正在冬眠的样子，把我的细腿贴在我的鼓起的肚子上。接着，我吱吱地说了几句话，这是对我那悲伤的躯体发出的命令，它紧靠我站着，弯着腰。我很快就吩咐完毕——它鞠了一躬，然后匆匆离去，在我卧床休息期间，它将妥善处理一切。"

他到达了一个敞开着的圆拱形门洞，这门洞在坡度大的小巷的高处，通向一座小广场，广场四周是许多灯火通明的商店。在广场的中央，由于四周有灯光而显得有些昏暗，这里有一座低矮的纪念碑，上面坐着一个沉思的男人。行人像细长的挡光板在灯光前移动，由于地上的水洼把所有的亮光向四处远远地伸展开去，至使广场的景象不停地变幻着。

拉班在广场上一直朝前走，不得不急促地躲过奔跑着的马车，从一块干的铺路石跳到另一块干的铺路石，高举起手中拿着的撑开的雨伞，以便看清周围的一切。终于，他停在了一根竖立在一小块四方形结构的石子路面上的路灯柱旁，这是一个电车站。

"在乡下的人肯定在等我。他们会不会为我担心呢？他们到乡下已有一个星期，可我一直没有给他们写信，只是今天早晨才给他们去信。他们肯定已经把我想象成另一个模样了。他们也许以为我向谁打招呼时，就会向谁冲过去，但这并非是我的习惯；或者他们以为，我一到达时，就会跟人拥抱，这也不是我的习惯。相反地，当我试图劝慰他们时，我会使他们发怒。唉，要是我试图劝慰他们时能使他们发怒，那倒好了。"

这时有一辆敞篷马车徐徐驶过，在它的两盏亮着的车灯后面：可以看到两位女士坐在昏暗不清的小皮椅子上。一个往后靠着，用面纱和她帽子的影子遮住自己的脸。另一个的上身却直立着；她的帽子小巧玲珑，边上饰有细羽毛。谁都能看得见她。她微微抿着下嘴唇。

就在这马车从拉班身旁驶过时，不知一根什么杆子挡住了这辆车右边的那匹马，随即，坐在高得出奇的驾驶座位上的车夫——他头戴一顶大礼帽——被推到了两位女士的前面，——这时，马车已向前行驶了好大一段路，——随后，她们的马车绕过了一幢小房子的屋角，当这幢小房子现在呈现在眼前时，那辆马车却消失不见了。

拉班目送着那辆马车，他低着头，把伞柄靠在肩上，以便看得清楚些。他把右手的拇指塞进了嘴里，来回地擦牙齿。他的箱子搁在他的身边，一侧横倒在地。

一辆辆马车从一条胡同出来，穿过广场，驶进另一条胡同，马的身子像被抛掷出去似的沿水平方向飞去，但头部和颈部却一高一低地，说明马在费力地向前快速奔跑。

四周围，在所有三条在此汇合的马路的人行道边沿，站着许多无所事事的人，他们用小棍子敲击石板路面。在一群群人中间，是一些小塔状的售货亭，姑娘们把柠檬水卖给雇客；接着是挂在细杆上的笨重的街钟;接着是一些胸前和背后挂着大牌子的男人,在这些牌子上,登着用五颜六色的字母写成的各种娱乐广告;接着是搬行李工人……〔此处缺两页〕一小伙人。两辆横穿过广场驶进向下倾斜的胡同的华丽马车,拦住了这伙人中的几位先生,可是在第二辆马车后面——其实,在第一辆马车的后面,他们就怯生生地试图这样做——他们又同自己的一伙人聚在一起,然后排成一长列走上人行道,拥进了一家咖啡馆的门,匆匆地被悬挂在门口的电灯的光线照射了一下。

在附近,长长的电车车厢驶过,另外几辆电车停在远处的街上,静悄悄的,模模糊糊的。

"她的背驼得多么厉害,"拉班这时瞧了瞧那张照片,心里这样想着,"她永远也挺不直,也许她的背是圆的。我可得多加注意。她的嘴那么宽,下唇无疑是凸出的,是啊,我现在也想起来了。再说她那身衣服!当然,对于服装我一窍不通,可那两只缝得太窄的袖子肯定很难看,看上去像绷带似的。还有那顶帽子,帽檐儿的每处都以不同的方向上弯曲,把脸部暴露无遗,但她的眼睛是美的,假若我没有弄错的话,她的眼睛是棕色的。大家都说她的眼睛漂亮。"

此时,一辆电车停在了拉班面前,他周围的许多乘客开始移向电车的台阶,他们把稍许打开着的尖的雨伞竖着提在紧贴肩膀的手里。臂下挟着箱子的拉班,被拉下了人行道,重重地踩进了一个看不见的水洼里。车厢里,有个孩子跪在凳子上,把双手的指尖按在嘴唇上,似乎是在同此时离去的什么人告别。几个乘客下了车,不得不顺着电车走了几步,才从拥挤的人群里走了出去。接着,一位女士登上了第一级台阶,她双手抓住的拖裙刚好在她的膝盖上面。一位绅士抓住一根铜杆,抬头对那位女士说了几句话。所有想上车的人,全都着急。售票员在大声嚷嚷。

这时,一直站在等候上车的人群边上的拉班转过身去,因为有人在喊他的名字。

"啊,列蒙特!"他慢腾腾地说道,并向走过来的一位年轻人伸出握伞的那只手的小指头。

"原来这就是乘车来看新娘的新郎。看上去他是完全被迷住了。"

列蒙特说,然后合嘴微笑。

"是的,我今天就乘车回去,还得请你原谅,"拉班说,"我在下午也给你写了封信。我当然很乐意明天和你一道走,可明天是星期六,到处都拥挤不堪,再说,旅途又长。"

"这根本没有关系。尽管你答应过我,但是如果人家在热恋中——。我本该独自乘车走的。"列蒙特一只脚踏在人行道上,另一只脚踩在石板上,上身的重心一会儿支撑在这条腿上,一会儿又支撑在另一条腿上。——"你现在想上电车吧?它刚刚开走。来,我们走去吧,我陪你。时间还足够。"

"请告诉我,现在去时间不已经晚了吗?"

"你这样谨小慎微,这不奇怪。不过,你的确还来得及。我,就不那么着急,因此刚才跟吉列曼错过了。"

"吉列曼?他不是也将要住到郊区去吗?"

"不错,他和他妻子,下星期他们就要乘车到郊区。所以我才和吉列曼约好,在今天,当他办好公事的时候,同他见面。他打算就他们住房设备的事对我作些指示,所以我得跟他碰头。可现在,不知怎么地,我迟到了,我买了些东西,正当我考虑要不要去他们家的时候,一抬头就看见了你,首先是对你的箱子感到吃惊,然后才跟你打招呼。不过,现在去拜访人家已经太晚了,再到吉列曼那儿去,几乎是不能了。"

"当然。这么说我在郊区也有熟人了。顺便提一下,吉列曼太太我从来还没有见到过呢。"

"她非常漂亮。她的头发是金黄色的,可现在,生了一场病之后,显得苍白了。她有一双我从未见到过的极为美丽的眼睛。"

"请问,漂亮的眼睛是什么样的?是目光吗?我从来不觉得眼睛是漂亮的。"

"就算你说得对吧,我也许有些言过其实。不过,她可是一位漂亮的女人。"

透过一家平房咖啡馆的玻璃窗,可以看到紧挨窗户的一张有三面的桌子,周围坐着看报和用餐的先生们;其中的一个把报纸垂放到桌上,手里举着个小杯子，斜着眼朝胡同张望。在这些靠窗的桌子后面，在这个大餐厅里，每件家具和用具都被客人用上了，他们分成几个小的圈子互相挨着坐在那里。〔此处缺两页〕……"碰巧这不是一家令人讨厌的店家，不是吗？许多人愿意自找这份罪受，我这样想。"

他俩走进一个相当昏暗的广场，其实这广场早在他们刚才站的街道的一侧就开始了，因为对面的那一侧也在不断地显现。他俩沿着广场的一侧继续往前走，在这里，有一排长长的相互连接的房子，在它的拐角，又是两排房子，它们先是分开，各自向不可辨认的远方延伸，后来似乎在远处又合在一起。大多数小房子前的人行道都很窄，看不到商店，也没有车辆打这儿驶过。离他们走出来的胡同口不远，有一根铁架子，上面有几盏灯，由两个平行的上下重叠悬挂的圆环固定着。在一片钟楼形的黑暗笼罩下，那梯形的火舌像在一间小屋子里似地在连接在一起的玻璃板之间燃着，使几步以外的地方陷入茫茫的黑暗之中。

"你瞧，现在肯定已经晚了，你向我隐瞒了实情，害得我误了火车。为什么？"〔此处缺四页。〕

"是的，我最多向你隐瞒了匹克斯荷夫，不错，就是这个人。"

"我想，这名字出现在贝蒂的信里，他是个铁路上的候补职员，不是吗？"

"是的，铁路上的候补职员，是个令人讨厌的人。只要你见到他那又小又厚的鼻子，你就会同意我的看法。我告诉你，要是你和他一起走过单调的原野的话……顺便提一下，他已经调走了。我相信并且希望，他下星期离开那儿。"

"等等，你刚才说过，你劝我今夜留在这儿。我考虑了一下，这恐怕不大好。我已经写信告诉他们，我今晚到，他们会等我的。"

"这很简单，你打个电报就行了。"

"对啊，这样似乎就行了——不过，要是我不乘车去的话，这未免有点不像话吧——再说，我也累了，还是走吧；——他们收到电报，说不准会吓一跳的。——这有什么用呢？再说我们上哪儿去呢？"

"那么，要是你乘车走的话，这倒的确更好。我只不过想——。我今天也不能和你一起走了,因为我还没睡醒,感到困倦,刚才我忘记告诉你这一点了。现在就向你告别吧,我不想陪你走过这座潮湿的公园了,因为我还想去看看吉列曼夫妇。现在是五点三刻,还可以到好朋友家里作客。再见!祝你一路平安,替我问候大家!"

列蒙特向右转身,伸出右手向他握手告别,这样一来,在一瞬间的时刻,他得朝列蒙特伸出的手臂走去。

"再见。"拉班说道。

走了一小段路,列蒙特又回头喊道:"你啊,爱德华,听我说,把你的雨伞收拢吧,雨早就不再下了。我忘了告诉你这事了。"

拉班没有回答,把雨伞收拢起来,灰白昏暗的天空笼罩在他头上。

"眼下要是我,"拉班心里想,"上错火车,那才好呢。这样我会觉得计划已经开始了。当我后来弄清了错误,又乘车回到原来的车站上时,心里会觉得更加好受些。要是那个地方果真像列蒙特说的那样荒凉,那倒不是什么害处。相反地,这样就可更多地待在房间里,也压根儿用不着打听所有其他的人在何处,因为要是附近有一座废墟,人们肯定按早些时候的约定一块儿散步到那儿去了。大家想必为这样的活动感到高兴,因此不大可能会错过机会。要是没有这样的名胜古迹,人们当然事先也不会相约,因为他们预料到,只要有人一反众人的习惯,突然认为长途远足不错,就很容易把大家召集到一起,只需派位姑娘到其他人的家里去,把这消息告诉正在写信或读书的人,他们听了,定会感到欣喜若狂。当然,要抵挡这样的邀请,倒也并不困难。可我终究不知道自己是否能抵挡住,因为事情并不像我想象那么简单,因为我此时还是独自一人,还能干我所想干的一切,要想回去就回去,反正在他们那儿,我没有一个我随时可以去拜访的人,也没有一个我可以和他一起作更加劳累的远足的人,他将指给我看他庄稼的长势,或者让我参观他经营的采石场。就连那些老相识,我也根本没有把握。列蒙特今天不是对我很友好吗?他毕竟给我讲了一些情况,他把一切描绘得如同我所想象的一样。尽管他不想从我这儿打听什么,尽管他本人还有别的什么事情,但他还是向我打招呼,然后又陪我走了一段路。现在,他可是不知不觉地走开了,对此,我能责怪他什么呢。我虽然拒绝在城里过夜,但这是合乎情理的事,不会冒犯他的,况且,他是个明白事理的人。"

车站的钟响了,已是五点三刻。拉班停住了脚,因为他感到了心扑扑地跳,然后,他沿着公园的水池快步向前走,穿过位于高大的灌木丛之间的一条狭窄而灯光昏暗的路,奔向一个广场,在那儿的小树旁,停靠着许多空着的长凳,然后,他放慢了脚步,穿过栏杆间的裂缝,走到一条大街上,越过它之后,一步跳进车站的大门,片刻之后就找到了售票口,随即不得不敲了一会儿售票口的铁皮窗。这时,有个职员探出头来说,再过一会儿就下班了,他接过钞票,把要的车票和找的零钱乓的一声扔到窗前的板上。拉班本想赶快数一数找回的钱,因为他想钱可能多找了,可是一个在附近走动的服务员,却把他推进玻璃门上了站台。拉班在月台上四下张望,一边对服务员喊道"谢谢,谢谢!"由于找不到检票员,他只好独自迈上最近一节车厢的踏板,先把箱子提到更上的一级,然后自己跟着上去,一只手挂在雨伞上,另一只手提着箱子的把手。他上的这节车厢,被他刚从中走出来的候车大厅的灯光照得通明;在某些玻璃窗前——所有的玻璃窗都被推到最高处,严严实实地关着——明显地挂着一盏吱吱作响的弧光灯,在灯光的反照下,窗玻璃上的许许多多雨点泛着白光,不断有一滴滴的雨点往下流。拉班即使关上了车厢门,仍然听得见从月台上传来的嘈杂声,他看到浅褐色的长木板凳上尚有最后一个小小的空位,便坐了下来。在他的眼前,是许多人的脊背和后脑勺,透过它们之间的缝隙,可以看见对面板凳上向后仰着的脸。有好几处地方,烟斗和香烟的烟雾在空中缭绕,有时还缓缓地飘过一女孩子的脸。旅客们不时地调换自己的座位,彼此商量着座位的调换;或者他们把放在木凳上空的狭小的蓝色网套里的行李转移到另一个网套里去。要是有一根棍子或包有护片的箱子的边凸出来,就有人提醒它们的主人多加注意。于是,他走了过去,把东西摆好。拉班也考虑了一下,干脆把他的箱子放到自己的座位底下。

在他左边靠窗的地方,面对面坐着两位先生,正在谈论商品的价格。"这是跑买卖的,"拉班想,并且平静地瞧着他们。"商店老板把他们派到乡下来,他们只好遵命,乘上火车,到了每个乡村,从一家商店走到另一家。有时候他们坐着马车穿梭于乡村之间。他们无须在任何地方长久地逗留,因为做买卖就得快,他们必须做的就是不断地谈论商品。瞧,他们能为这么舒服的职业卖命,是何等的高兴!"

那年轻一点的突然从后面的裤袋里猛地抽出一个笔记本,用迅速在舌头上沾湿的食指翻着,每翻一页,就用指甲背压着它,一边读着。当他的眼睛离开笔记本向上一看的时候,他看到了拉班,就在他此时大谈缝衣线价格的时候,仍目不转睛地看着拉班的脸,就好像为了不忘记要说的事而盯住某处看一样。他边说边皱眉头。左手拿着那半闭的笔记本,大拇指放在读过的那页上,如有必要,就容易把它翻开来查阅。在这种情况下,笔记本不住地哆嗦,因为握它的这只手臂无依无靠,而正在行驶的车厢又像锤子似地在铁轨上敲打着。

另一个跑买卖的旅行者靠在椅子背上,专心听着,有节奏地点着头。可以看得出,他对那人所说的一切并非完全同意,待那人说完以后,他肯定要发表自己的看法的。

拉班把握成半圆的手掌放在膝上,身子略向前弯曲,透过这两位旅行者脑袋间的缝隙看窗子,再透过窗子看掠过的和向后飞到远方的灯光。他一点也听不懂那旅行者的话,另外一个旅行者的答话,他也不想弄明白。要弄懂他们之间的谈话,需要作一番大的准备,因为这里的人从年轻时候起就和各种商品打交道。要是有人手里经常拿着线卷,并常常把它递给顾客,那他一定会知道它的价格,而且对此有发言权。火车在向前飞奔,一座座村庄朝我们迎面扑来,又匆匆掠过,同时转向大地的深处,渐渐从我们的视线中消失了。然而,这些村庄里肯定有人居住,说不定还有跑买卖的旅行商人住走村串户做生意呢。

车厢另一头的角落里站起来一个身材高大的男人,手里拿着玩牌大声喊道:"喂!玛丽,你把和风薄呢衬衫带来了没有?""带来啦!"坐在拉班对面的那女人说。她刚刚睡了一会儿,所以当那句话把她叫醒时,她自言自语地回答,仿佛她是冲着拉班说的。"您是到容布茨劳赶集的吧?"那活泼的旅行商问她。"是的,去容布茨劳。""今年的集市规模很大,是吗?""是的,大的集市。"她困倦不堪,把左胳膊支在蓝色的行李小包上,脑袋沉重地顶在她的手上,致使面颊和颧骨上的肉凹陷下去。""她多么年轻!"那旅行商说。

拉班把售票员找给他的钱从背心小口袋里掏出来,把它再数一遍。他把每一枚硬币垂直地久久捏在拇指和食指之间,并用食指尖使钱在拇指内侧上翻来翻去。他久久地注视着钱上的皇帝像,接着他又把目光落到了那月桂冠上,看它是如何用带子打成的结和飘带系在皇帝的后脑勺上的。最后,他发现钱数对了,便把它放进一只大的黑色钱包。正当他想对这位旅行商说:"那是一对夫妇,您说是吗?"的时候,火车停了。火车行驶时的噪音没有了,乘务员喊着站名,拉班一声不吭。

火车又慢慢开动了,乘客似乎能想象出车轮是如何转动的,可是紧接着不久,火车就疾驶起来,朝一低地开去,一座大桥的长栏杆毫无准备地从车窗前闪过,看上去就像是被扯开,然后又合拢来似的。

火车开得这样快,正合拉班的意,因为他本来就不想待在前一站。"要是那儿天已经黑了,要是那儿一个熟人也没有,要是那儿离家这么远,那么,白天那儿肯定也是令人吃惊的。下一站,或者前面的几站,或者下面的几站,或者我现在乘车去的那个村子,会是另一番景象吗?"

那个旅行商突然提高了说话的嗓门。"路还远着呢!"拉班想。"先生,您肯定和我一样清楚地知道,这些制造商派人到这些穷乡僻壤,让他们低三下四地到极端卑鄙无耻的小商贩那儿去,您以为他们给小商贩出的价格会不同于给我们大商人出的价格吗?先生,那就让我告诉您吧,完全相同的价格,昨天我还白纸黑字看得清清楚楚的呢。我把这叫做无耻行为。人家欺压我们,在今天的情况下,做生意简直是不可能的,人家压榨我们。"他又注视了拉班一下;他(指商人)眼睛里充满了泪水,但并不为此感到羞愧;他把左手的指关节压在嘴上,因为嘴唇在发抖。拉班往后靠了靠,用左手轻轻地捋着他的小胡子。

坐在对面的女商贩醒了,微笑着用双手抚摩前额。旅行商压低了嗓门。那女人又一次挪正身子,像要继续睡觉,半躺着靠在自己的小行李卷上,叹了口气。她右臀部上的裙子绷得紧紧的。

她身后坐着一个头戴旅行帽的男人，正在看一张大报纸。坐在他对面的姑娘，可能是他的亲戚，她求他——与此同时，她把头朝右肩低了一下——打开窗子，因为里面太热了。他头也不抬地对她说，他马上就开窗，可是得先把报纸上的这一段看完，并指给她看他想读的是哪一段。

那女商贩再也睡不着了，她坐直了身子，朝窗外张望，然后久久地望着挂在车厢顶上的煤油灯的黄色火苗。拉班闭目养神了一会儿。

当他抬头仰望时，正好看到那女商贩在咬一块涂了棕色果酱的点心。她身旁的小行李卷已经打开了。那个旅行商默默地抽着一支香烟，不停地弹着，仿佛要把烟头上的烟灰弹掉。另一个旅行商则用刀尖在怀表的齿轮上刮来刮去，刺耳的声音传到了周围人的耳朵里。

拉班的眼睛几乎闭上了，但仍然能模糊地看到那戴旅行帽的先生在拉窗子上的皮带。一阵凉风扑了进来，把一顶草帽从一个挂钩上吹了下来。拉班相信自己醒着，所以他的双颊非常凉爽，要么是有人开门，把他拖进了房间里，要么是他不知怎么地弄错了，然后就深深地呼吸着入睡了。

二

拉班现在下车了，他踩着的车厢阶梯还震颤了几下。雨点扑打在他那张刚从车厢的空气里钻出来的脸上，于是，他不得不闭上眼睛。——雨水嗒嗒地打在车站大楼前的铁皮屋顶上，但是，雨落到广阔的田野上时，只让人以为自己听到了一阵阵有规则地刮过的风。一个赤脚的男孩跑了过来——拉班没看见他是从哪儿跑来的——上气不接下气地求拉班让他扛箱子，因为天正下着雨，可是拉班说：的确，天正在下雨，所以他要乘公共汽车。他不需要他。这男孩对此做了一个鬼脸，仿佛他认为，在雨中行走，让人扛着箱子，要比乘车显得更加高贵，接着便转身跑开了。拉班想喊住他时，为时已经太晚了。

有两盏路灯亮着，一个车站职员从一扇门里走出来。他毫不犹豫地冒雨朝机车走去，双手交叉地静静地站在那儿，直到火车司机从驾驶室栏杆上弯下腰来和他说话。叫来了一个车站勤杂工,随即又把他打发回去。列车的一些窗子旁边站着不少乘客,因为他们所能看到的只是一座平平常常的车站建筑物,所以他们的眼睛没神,眼皮像车子行驶期间那样合拢了。一个女孩子从公路上走了过来,打着一把有图案花的太阳伞,她急匆匆地来到了站台,把开着的伞放到地上,坐下来,伸开两腿,好让裙子快点干,一面用指尖在绷紧的裙子上划来划去。只亮着两盏路灯,所以她的脸看不清楚。打她跟前走过的车站勤杂工,抱怨雨伞底下冒出了不少水洼,一面把两臂弄圆,表示这些水洼有多大,然后又把双手分开,接连做了几个像鱼沉到深水中去那样的动作,以此说明这雨伞也阻碍了交通。

火车开动了,像一扇长长的滑门消失不见了,在轨道对面的白杨树后,是一片令人神往的景色。那是茫茫暮色还是一片森林?是一个池塘还是一座住着早已入睡的人们的房子?是一所塔形的教堂还是小丘之间的深谷?谁也不敢到那儿去,但是谁都无法克制住自己。——

拉班一见到那位铁路职员——他已经到了办公室前的台阶上了——,便跑到他面前,并且拦住他说:"请问,这儿离村子远吗?我要上那儿去。"

"不远,一刻钟时间,但是要乘公共汽车——天正下着雨呢——您五分钟之后就到那儿了。请吧。"

"天在下雨。这可不是美好的春季。"拉班接着说。

那职员右手叉腰,拉班透过由胳臂和身子形成的三角形,看见那女孩子早已收拢伞,坐在长凳子上。

"要是现在车去避暑,并在那儿待上些时候,那是要向人抱歉的。本来我想他们可能会来接我的。"他环顾四周,以使这话显得可信。

"我担心您会误了公共汽车,它不会等得太久的。不用谢。——往那儿的路两旁是灌木丛。"

车站前的马路没有照明,只从大楼底层三个窗户里射出一丝阴沉沉的光,照射距离并不远。拉班踮着脚走过烂泥地,连续高喊:"车夫!""喂!""出租马车!""我在这儿。"他一边喊,一边不断地陷进黑糊糊的街道边上的几乎是一个接一个的水洼里,最后只得用全脚掌继续踩水前进,直到他的前额突然碰着一个湿乎乎的马鼻子。

这就是出租马车,他迅速跳进空无一人的车厢,在车夫驾驭台后靠玻璃窗的地方坐了下来,躬着腰靠在角落里,因为他已经做了必须做的一切。因为要是车夫睡觉,明天将近天亮时才会醒来;要是他死了,还会来一位新的车夫或老板;要是新的车夫或老板也没有来,乘客会搭早班火车来的,这些匆匆忙忙的人总是吵闹不堪。不管怎样,他现在可以得到安静了,他甚至可以把窗帘拉上,等着车子开动时的那猛地一动。

"是啊,在我采取了这么多行动之后,明天我肯定能见到贝蒂和妈妈了,这是谁也阻挡不了的。不过,有件事是实在的,而且事先能预料到的,即我的信明天才能到,既然如此,我何苦不待在城里,在埃尔维那儿舒舒服服地过上一夜呢,用不着为第二天的工作担心,否则的话,是会败坏我的兴致的。哎,瞧,我的两只脚全给弄湿了。"

他从背心小口袋里取出一小截蜡烛,把它点着后放在对面的长凳上。在外面黑暗的笼罩下,蜡烛发出的微光足以使他看到没有玻璃窗的、刷成黑色的出租马车车厢四壁。用不着马上想到,车厢底下是轮子,前面还有一匹套好的马。

拉班仔细地擦了擦搁在长凳上的双脚,穿上一双新的短袜,把身子坐正。这时,他听到有人从车站那边朝他喊来:"嘿!"要是出租马车里有旅客的话,他是会答应的。

"是我,是我,请快开车。"拉班把身子探出打开着的车门,右手紧紧抓住门柱,左手张开靠近嘴边高声回答。

车夫用两块破麻布袋片裹住身子,连忙朝拉班走了过来,他手里的马灯的反光在他脚下的水洼里跳跃。他闷闷不乐地开始解释说:"请注意,他正好和勒贝达在玩纸牌,火车到的时候,他们正玩得上劲呢。所以那阵子他根本没有可能出来瞧瞧,不过他也不想把不理解这一点的人骂一顿。再说,这儿是个无法无天的穷地方,谁会想到有这样一位先生光临此地呢?更何况他及时地钻进了车子,丝毫没有流露出抱怨的情绪。匹克斯荷夫先生——对不起,是阿德容克特先生——刚才进屋说,他好像觉得有位金黄头发的矮个子先生想要乘车。问题是，他当时及时追问了呢？还是他也许并没有及时追问？

马灯被固定在车杠顶上，在车夫低沉的吆喝声下，马拉着车子开始跑了起来，此时，车顶上被搅动的水，透过车棚缝隙慢慢地滴进了车里。

山区的道路崎岖不平，泥浆不断溅到轮辐里，小水坑里的水，在车轮滚过之后，像扇子一样哗哗地向后流，车夫手握大多松弛的缰绳，小心翼翼地驾着满身湿淋淋的马。——难道这一切不都是用来谴责拉班吗？车杠上摇摇晃晃的马灯，突如其来地照亮了许许多多的水坑，它们被车轮劈开，掀起水波。这一切之所以发生，就是因为拉班要到他的新娘子贝蒂，一个稍老但漂亮的姑娘那儿去。就算有人早就想谈论这件事，可有谁会赞赏拉班在此作出的功劳呢？他心里明白，他的功劳只不过是他所忍受的那些谴责，当然，这些谴责没有人会向他公开说出来。毫无疑问，他甘愿忍受人们对他的谴责，因为贝蒂是他的新娘子，他爱她，要是她为此而感谢他，那会使他感到厌恶的，但是，贝蒂毕竟会感谢他的。

他无意识地多次用头敲击他倚靠着的那面车厢壁，然后又抬头朝顶棚看了一会儿。有一次，他的右手从大腿上滑了下去，他原先是用右手扶着大腿的。但是胳膊肘却还留在肚子和腿之间的某一角落里。

公共马车已穿梭于房屋之间，偶尔车厢里透进来某间屋子里射出来的灯光，一个台阶——为了看到它的最初几级，拉班不得不站起来——直接通向一座教堂，在一个公园的大门口，点着一盏火苗很大的灯，可是一座圣像仅凭一家杂货店的灯光从黑暗中显现出来，这时，拉班发现他那只蜡烛已经烧完，流下来的蜡一动不动地从长椅子边上挂下来。

当马车停在一家客栈前时，可以听出雨下得更大了，而且——也许是由于有一扇窗户开着的缘故——还能听到客人们的声音，这时拉班自问，是马上下车好呢，还是等客店老板到车跟前来好。这个小镇的风俗如何，他不得而知，不过贝蒂肯定已经向人谈到过她的新郎了，他的举止的好坏，将影响到她在此地的声望的大小，同时也会影响到他自己的声望。可现在，他既不知道她有什么样的声望，也不知她对别人说了他什么一些话，所以他愈加感到难受和困惑。美丽的城市，美丽的归途！要是那儿下雨，就乘电车经过淋湿的石板路回家，可是在这儿，只得坐这种双轮小车穿过沼泽地到一家酒店来。——"这儿离城远着呢，就算我现在想家都快想死了，也不会有人再送我到城里去。——好了，眼下我也不会死的——不过在那里，将有人把专为今晚准备的菜肴给我端上桌来，右边，盘子后面放着报纸，左边是一盏灯，而在这里，人们将给我端来叫人害怕的油腻饭菜——人家不知道我胃不好，就算他们知道吧，——份陌生的报纸，许多我已听说的人将在场，还有一盏众人共用的灯。它会发出什么样的光呢？玩纸牌时还行，但是读报时能行吗？

店主没有来，他对旅客丝毫不感兴趣，他大概是个不友好的人。要么他知道我是贝蒂的新郎，所以有理由为了我的缘故而不来。这似乎同在车站时马车夫让我等那么久的情况不谋而合。贝蒂以前常讲，她多次受到过这些好色的男人的欺侮，又如何拒绝了他们的无理要求，也许在这里也发生了这种事……〔文章到此中断〕

〔第二个手稿〕

当爱德华·拉班穿过门廊，走到门口时，便能看到天正下雨。雨不大。

在他面前的人行道上，不高不低地（整齐地）冒雨走着许多行人，间或有个行人走出队伍，横穿过马路。

一个小姑娘在向前伸出的双臂上托着一只灰色的狗。两位先生为某一件事彼此交换着信息，他们有时把整个的前身转过来碰在一起，然后又慢慢地转过身去；这使人联想到被风吹开的两扇门。其中的一个手心向上，均匀地上下摆动，仿佛是为了检查一下手中托着的悬空的重物的重量。此外，可以看到一位苗条的女士，她的脸微微抽搐，就像星星发出的闪光，她的平顶帽，从顶端到帽檐，饰有叫人无法辨认的东西，堆得高高的；她无意让所有的行人觉得她奇特，但就像由一项法律所决定一样，她使他们必然对她感到奇怪。一个挂着细手杖的年轻人匆匆走过，他的左手像瘫痪了似地平放在胸前。许多人赶去上班；他们虽然走得快，但看到他们的时间要比看到其他人的时间更长，他们一会儿在人行道上走，一会儿又走到人行道下面，他们的制服很不合体，他们根本不注意自己的举止,他们让别人碰撞,也撞别人。有三位先生——其中两人把轻便外衣搭在屈伸的下臂上——从房屋墙根走到人行道的边上,以便观察马路上和马路对面的人行道上的情况。

透过行人之间的空隙,起初只能粗略地看到,随后便能一目了然地看到马路上排列整齐的铺路石块,在它们上面,一辆辆马车在车轮上摇摇晃晃,由伸长着脖子的马拉着迅速向前滚动。车上靠坐在软垫座位上的人,默默地望着步行者、商店、阳台和天空。要是有一辆马车超越前面的一辆,马匹就挤在一起,缰绳也因此悬挂着,并且来回地晃动。马匹拼命扯着辕杆,车子摇晃着急速地滚滚向前,直至完成超车所需的弧度,然后马又重新分开,只是它们瘦长的头还凑在一起。

一位上了年纪的先生快步朝房门走去,停在干燥的马赛克路面上,转过身来,然后望着被塞进这窄胡同的细雨。

拉班放下缝有黑布的手提箱,放的时候略略弯了一下右膝。雨水已在马路边上汇集成像带子一样的水流,正向位于低处的下水道匆匆流去。

这位上了年纪的先生随便站在离拉班很近的地方,拉班半靠在木制的门扇上,那先生不时地朝拉班看,尽管他为此不得不用力扭转脖子。可他这样做仅仅出于一种自然的需要,因为他眼下闲着无事,可以仔细观察一切,至少是他周围的一切。这种毫无目的的东张西望,其结果是有许多东西没有被他发觉。例如,他没有察觉到拉班的嘴唇非常苍白,同他那领带的完全褪了色的红色相差无几,这领带是摩尔式的,曾经引人注目过。要是他发觉了这一点,他内心里肯定会对此发出一声喊叫,但这又没有必要,因为拉班总是脸色苍白,尽管最近肯定有些事情弄得他特别疲乏。

"瞧这天气!"那位先生轻声地说,摇了摇头,虽说是有意识的,但多少也是由于高龄所致。

"是啊,是啊,每当有人外出旅行的时候。"拉班言道,赶紧站了起来。

"这天气是不会好转的,"那位先生说,为了在最后时刻再把周围的一切审视一下,他弯下身子,向左右两旁的胡同看去,然后又看看天空,"这样的天气可能持续几天,也可能持续几个星期。就我所记得的,天气预报说六月和七月初不会有好天气。唉,这不会使人高兴,拿我做例子吧,我得放弃散步,而散步对我的健康来说是特别重要的。"

然后他打了个呵欠,显得精疲力竭,因为他刚才听到了拉班的声音,和他进行了交谈,现在他对什么都不感兴趣,更不用说交谈了。

这给拉班留下相当深刻的印象,因为毕竟是那位先生最先和他打招呼的,所以他想趁此炫耀一下自己,即使不一定能引起别人的注意。"是的,"他说,"在城里人们完全可以放弃对健康不利的东西。如果不放弃,那到头来只会因其不良后果而谴责自己。人们会后悔,并由此才真正明白,下一回该采取什么样的态度。如果已在个别的……〔此处缺两页〕……""我说这些话并无所指。毫无所指,"拉班急忙补充说,这样还可以为那位先生的心不在焉辩解,因为他还想把自己炫耀一番。"所有这些话均出自前面提到的那本书,我和其他人一样,在前些时候的晚上读到过这本书。我多半单独生活。那时候的家庭情况就是这样。在这种情况下,抛开所有其他的东西不谈,晚饭后读一本好书,是我最喜欢做的事情了。我向来就这样。最近我在一份书目上看到某作家的一条语录:'好书是最好的朋友',千真万确,一点不错,好书是最好的朋友。"

"是啊,要是年轻的话——"那位先生说,他这话并无特别的含义,无非是想说下雨的情况,诸如雨又下大了,根本没有要停的意思,可是这话在拉班听来,却好像是那位六十岁的先生还把自己当做朝气蓬勃的小伙子,并且倒过来把三十岁的拉班看得一钱不值,如果允许的话,他似乎还想说,他三十岁的时候肯定要比拉班理智得多。他似乎认为,像他这样一个老年人,尽管没事可干,但站在这儿的过道里观雨,毕竟是浪费时间,要是再加上用闲扯来消磨时间,那便是双倍地浪费时间了。

拉班此时心想,一段时间以来,别人对他的能力或见解所发的议论,一点儿也不能触动他,相反地,他干脆离开了他曾专心地倾听一切的那个地方,这样一来,别人现在对他的议论,不管是赞成的还是反对的,都等于是放空炮了。所以他说:"咱们各讲各的,因为您不想听我要讲的话。"

"讲吧,讲吧!"那位先生说。

"好吧,事情并不那么重要。"拉班说,"我只是认为,书从任何意义上讲都是有用的,尤其是在人们不希望它的时候。因为要是人们想干一件事情,那些在内容上与人们要干的事情毫不相干的书,偏偏是最有用的。因为一心想干那件事情的读者,不知怎么地激动起来(尽管只有那本书的作用才能使他激动起来),通过读这本书,激发他产生与他所要干的事情有关的思想。由于这本书的内容完全无关紧要,所以压根儿不会妨碍他产生他那些思想,他可以带着这些想法去浏览这本书,我想说,就像犹太人当初渡过红海似的。"

现在拉班觉得那位老先生的整个表情十分令人讨厌。他觉得那老先生似乎对他特别亲近。——不过这无关紧要……〔此处缺两页〕……"报纸也是这样。——我还想说,我只不过到乡下去,只去十四天,我获准休假,好久以来第一次休假,再说这也是必需的,尽管如此,一本书,例如我向你提到的那本我最近读到的书,对我这次短途旅行所给予我的教益,要比您所能想象到的多得多。"

"我听着呢。"那位先生说。

拉班不做声了,把两只手插进大衣的口袋,由于他直挺挺地站着,口袋的位置显得有些高了。

过了一会儿,那位老先生又才开口说:"看来这趟旅行对您来说特别重要。"

"您可是说对了,说对了。"拉班一边说,一边又把身子靠到门上。现在他才看到,过道里早已挤满了人。就连房屋台阶的前面也站着人,一个职员——他跟拉班一样,在同一个女房东那里租了一间房间——走下台阶时,不得不请人家给他让路。他越过几个人的头,大声向拉班喊道"旅途愉快",这时,所有这几个人都转过脸来朝拉班看。他喊完之后,重申他显然在此之前作出的许诺:下星期天他准会去拜访拉班。

〔此处缺两页〕……一个令人愉快的职位,他也对此感到满意,这是他盼望已久的。他坚韧不拔,内心里充满了喜悦,他不需要别人为他解闷,可是大家需要他。他始终健康。啊呀,您怎么不说话?

"我不想争辩。"那位先生说。

"您不想争辩,也不愿承认您的错误,您到底为什么要这样坚持。如果您现在还清楚地记得的话,只要您和他谈谈,我敢打赌,您就会忘掉这一切。您会责备我,说我现在没能更有力地驳倒您。如果他只谈论一本书的话。他对一切美好的东西都会马上兴奋起来的。"……

洪天富 译

村子里的诱惑 *

一个夏日傍晚,我来到一个从未到过的村子。我注意的是这里的道路宽敞、开阔。人们到处可见农家院落前面高大的古树。那时正是一场雨后的景象,空气清新,所有一切对我来说是那么舒适。我试图通过向站在大门前的同胞致意来表达我的这种惬意,我表现得虽然有点拘谨,同胞们却也友善地回敬我。我想,要是我到一个旅馆,在这里过夜该多美啊。

在我正从一家院落的高高的被绿色植物覆盖住的围墙旁边走过的时候,这墙里的一扇小门启开了,有三个人伸头朝外张望,一会儿又消失了,最后门又关上了。"真奇怪。"我向着一旁说道,好像我有一个同伴似的。啊,真的有一个身材高大的男子汉站在我的旁边,就像是要让我尴尬似的,这个男子没戴帽子,没穿外套,穿一件编织的黑色马甲,吸着烟斗。我马上克制住自己,装出我早就知道他在我旁边的样子说道:"这门!您也看见了,这小门怎么自己开的呀?"

"是呀,"这个人说道,"可是这为什么会是奇怪的呢?他们是佃户的孩子们,他们听到您的脚步声,并要看看是谁这样晚了还在这里走路。"

"这倒是一种简明的解释,"我微笑着说,"对于一个陌生人来说,看来一切都是奇怪的,我谢谢您。"我继续走下去。但这个人跟着我。我本来对此并不感到惊异,这个人要走的可能是同一条路,可是这不是

---

* 卡夫卡于1914年夏天写的小说中,有两篇抄录在他的日记本里,除本篇外,还有下面的《回忆卡尔达铁路》。《村子里的诱惑》这篇故事成为1922年长篇小说《城堡》的写作准备。可见《城堡》这部生命力作已经酝酿多年了。仅就这点而言,《诱惑》这篇作品不仅有文学价值,而且有文献价值。——编者

理由，我们为什么一先一后地走着，而不是并排地走呢？

我转过身子说话了："这条路通往乡村旅馆，对吗？"

这个人站住了说："我们这里没有乡村旅馆，或更为确切地说，我们有一个乡村旅馆，可是住不了人。它是属于教区的，因为没有人谋求这个旅馆，在多年之前教区就已经将它给了一个年老的残疾人，教区为这位残疾人操心至今。这位残疾人现在和他的老婆管理着这个旅馆，虽然如此，可是人们几乎无法路过它的门口，因为从那里出来的是极浓烈的恶臭味。有人曾在旅馆的房间里踩在肮脏的东西上面滑倒。真是一个可怜的客栈，是村子的耻辱，是教区的耻辱。"

我有兴致与这个人对站一下，他的外貌吸引着我，这副基本上是瘦削的面孔有着黄色的、皮革似的、微微鼓起的面颊和在颌骨运动之后穿过整个面孔的模糊的黑色皱纹。"这样，"我说道，并不继续表现出我对这种情况的惊奇，然后接着说道，"那，我还得去那里住宿，因为我已经决定在这里过夜。"

"那当然，"这个人匆急地说道，"但去旅馆您得从这里走，"他给我指了我从那里来的那个方向。"您一直走到下一个路口，然后向右拐弯。那时您马上会看到一个旅馆的牌子，那里就是。"

我感谢他的回答，便又从他的身边走过，现在他特别仔细地盯着我看。对此，他即使可能只是给我指了一个错误的方向，我当然也无法抵挡，他大概是想既不让我惊异他现在逼我从他身边走过，也不让我惊异他如此迅速而明显地放弃有关旅馆的警告。也许有一个别的什么人也会向我指出那个旅馆是脏兮兮的，那么我也只能在这肮脏的环境里睡觉，如果只是为了满足我的执拗的话。此外，我也没有更多别的选择，这时天色已晚，乡村的路都被雨水泡软了，那条涌往另一个村庄的路还长着哩。

我已经将这个男子甩在了身后，我不想再去顾及他了，这个时候，我听到了一个女子跟这个男子说话的声音。我转过身去。在一组法国梧桐树下，从黑暗里走出一个个儿高大而挺直的女人来。她的裙子闪着黄褐色的光彩，在头上和肩上披着一块黑色的网眼布。"已经到家了，"她跟这位男子说，"你干吗不进来？"

"我已经来了,"他说,"只是再等一小会儿,我只是还想在旁边看看,这个人在这里到底想干什么。他是个陌生人。他根本没有必要在这里打转。你看看。"

他谈论着我,就好像我是聋子,或者是我听不懂他的语言。不过,他说什么,我当然不会过多地将它放在心上,但我自然也不会觉得舒服,要是他在这个村子里播散任何有关我的谣言的话。因此,我向这个女子传过话去:"我在这里找旅馆,没有别的事。您的丈夫没有权利用这种方式谈论我,而且给您带去的有关对我的看法大概是错误的。"

但这个女子根本不看我,而是朝她的丈夫走去,我倒是认准了,那个人是她的丈夫,一种如此直截了当的不言而喻的关系存在于他们之间——她将一只手放在丈夫的肩上说道:" 如果您要什么的话,那您跟我的丈夫说好了,不用跟我说。"

"我根本不想要什么,"我说,并对这种态度感到厌恶,"我跟您没关系,您也不用为我操心。这是我唯一的请求。"在黑暗中我还能看到这个女子头部颤动了一下,但她双眼的表情却看不见了。显然. 她想回答什么,但她的丈夫出声了:"别说了!"她就不再吭声了。

这个相遇的场面对我来说现在看来是完全结束了。我转过身,想继续走自己的路,这个时候,有人在叫"先生"。这声音好像是对我而呼的,在开始的瞬间,我一点儿也不知道,这个声音是从哪里来的,但后来我看见在我的上方,院落的墙头上,坐着一个年轻男子,晃动着双腿,交叉着双膝,漫不经心地朝我说话:"我现在听明白了,您是要在村子里过夜。除了这里的院子之外,您在哪个地方也找不到一个所需要的住宿的地方。"

"在院子里?"我问道,而且是无意识地,我后来对此愤怒了,我疑惑地看着那对夫妇,他们还互相靠着站在那里观察着我。

"是这样的。"他说道,在他的回答里跟在他全部的举止中一样,都是傲慢。

"这里有床铺吗?"我再次问道,为了有把握,也为了将这个人推到出租人的角色上。

"有，"他说的时候已经把目光从我身上稍稍移开，"这里有床铺让给过夜的人，但不是每个人，而只是我们愿意为之提供的那个人。"

"我接受，"我说，"我当然为床铺付钱，就像在旅馆一样。"

"请，"那个人说，他早已不看我了，"我们不会占你们这些人的便宜的。"

他坐在上面俨然像个主人，我站在下面像个小仆人，我非常有兴致。向他扔去一粒石子，让他在上面显得更活跃一些。我当然并没有这么做，我说："那就请您给我把门打开。"

"门并没关着。"他说。

"门没有关着。"我低声地重复着，几乎还不清楚怎么一回事，我便打开门进去了。刚一进去，我偶然再看院墙上面，那个年轻男子已不见了，他显然不在乎院墙的高度而跳了下去，可能与那对夫妇商谈去了。他们可能在讨论，对我这样一个年轻人来说，会发生什么样的事情，我这个人身上的现款刚刚超过三个古尔登^①，其他的所有除了那件放在旅行袋里的衬衫和裤袋里的左轮手枪外，什么也没有了。此外，这些人从外表看并不像要偷某个人的东西似的。他们到底能要我干什么呢？

那是一座平常的没经整修的农家大院的花园，坚固的石头围墙比想象的长得多，在高高的青草里挺立着错落有致的、已开过花的樱桃树。人们看到了远处的那座农舍、一座在平地上延伸的建筑。天色已经很黑了，我是一个姗姗来迟的客人；要不是那个在墙上的年轻男子不管用什么方法说谎的话，我可能还处在一种不舒适的境遇里。在去那座农舍的路上，我没遇到任何人，但离房子前面还有几步的时候，我通过洞开的门看到第一个房间里有两个身材高大的老人，丈夫和妻子，并排着，面孔对着门，从一个盆子里吃着一种什么糊状的东西。在黑暗中我区别不出更为清楚的东西来。只是那丈夫的衣服上有的地方闪着金色的光芒，那大概是纽扣，或者也许是表链。

我先没跨门槛，在致意后才说话："我正在这里寻找过夜的地方，

---

① 德国旧钱币名。

一位坐在您院墙上的年轻人告诉我,说我可以在这个院子里付钱过夜。"这两个老人将调羹放在糊状的食物里,在长木凳上向后靠了靠,并沉默地看着我。他们的态度并不显得非常好客。我因此补充道:"我希望我打听来的情况是对的,我不是随随便便来打扰您的。"我说这些话的声音很高,因为这两位老人有可能重听。

"请您走近点。"过了一小会儿丈夫说道。

只是因为他这么大的年纪,我才顺从了他,否则我自然要坚持到清楚回答我的明确的问题。不管怎么说,我在进门的时候说了:"接纳我要是对你们哪怕只有些许困难的话,那就请你们坦率地说出来,我是绝不固执。我就去旅馆,这对我来说是无所谓的。"

"他说那么多话。"妻子轻声说道。

这只能意味着侮辱,这么说,对我的彬彬有礼,他们只是用侮辱作答,可是那是一位老太婆,我不能反击呀!也许正是这种不反抗成了这位老太婆那个不用回击的意见在我身上的作用大大多于它应得的效果的原因。我感觉不管怎样的指责总有些道理,倒不是因为我说得太多,因为我确实说了只是必要说的话,但出自于其他的、完全为达到我的生存的原因。我不再说什么了,坚持不回答,在近处黑暗的角落我看见一条长凳,便走过去,坐下来。

两个老人又开始吃上了,一位姑娘从旁边的房间里出来,将一支点亮的蜡烛放在桌上。现在比刚才看得见的东西更少了,所有的东西全浓缩在黑暗中了。只有小小的烛光在有一点儿下俯的老人头上跳动。几个孩子从花园跑进来,一个孩子跌倒了好一会儿,并大哭起来,别的孩子在奔跑中停了下来,在房间里分散地站着,老头说道:"孩子们,睡觉去吧。"

他们马上聚到了一起,那个哭着的孩子只是还在抽泣,一个小家伙拽了拽我的外衣,好像他认为,我也应该与他们一起走,说实在的我也是想睡觉去了,我便站了起来,作为一个大人走在这些孩子中间,这些孩子大声而一致地道着晚安,便默默地走出了房间。这位友好的小家伙牵着我的手,使我在黑暗中轻松多了。我们倒是很快地走到了一处阶梯,攀登而上，到了地板上。透过开着的小天窗，正好可以看到狭窄的残月，在天窗之下行进挺有意思——我的脑袋几乎可以伸到天窗里去——还能呼吸到柔和清凉的空气。在挨着一面墙的地板上铺着稻草，那里的地方足够我睡觉的了。孩子们——两个男孩、三个女孩——大笑着脱衣服。我和衣躺倒在稻草上，我是在陌生的人群中啊，我没有被要求留在这里的啊。我支着膀子向孩子们看了一小会儿，他们都光着身子在一个角落玩耍。后来，我感觉很累，便将头枕在我的旅行包上，伸展手臂，还稍稍地瞥了一下屋梁，就入睡了。在开始入睡之际，我相信还听到一个孩子的呼喊声："注意，他来了！"然后是孩子们向着自己睡觉地方的急速小跑声传进我已经逐渐消失的知觉里。

  我当然只是睡了极短的时间，因为当我醒来的时候，月光几乎毫无改变地通过天窗照在地板上同样的地方。我不知道为什么醒了，因为我没做梦，睡得太死。这个时候，大约在我旁边齐耳朵高度的地方，我发现一只很小的浓毛狗，一只引起某些人讨厌的哈巴狗，脑袋颇大，被卷曲的毛遮盖得严严实实，一双眼睛和一张嘴巴就像是用什么没有生命的角状物质制成的装饰品松散地镶嵌在这个脑袋上。这样一种大城市豢养的狗怎么会来到农村里的？是什么驱使它在屋子里转悠的？它为什么停在我的耳朵旁边？我发出呼噜呼噜的声音让它离去，它大概是孩子们的玩物，只是迷误地来到我的身边了。它害怕我嘘它，可是并不离去，而只是转过身去，用弯曲的小腿立在那里，跟它的大脑袋相比，它的躯体显得特别瘦小。因为它安静地待着，我便又想睡了，但我无法睡了，我正要闭眼之时，便看到狗在空中摇晃并瞪着眼睛。这是无法忍受的，我不能让这畜生留在我身旁，我站起身来，将它放在手臂上，准备将它放出去，但这个一直没有表情的畜生开始反抗了，并企图用爪子抓我。但我得保全它的小爪子，那自然是很容易的，我一只手就能抓住所有的四只小爪子。

  "啊，我的小狗！"我朝着下面激动得卷毛都颤抖起来的小脑袋说道，便带着它一起走到黑暗中去找门。现在我才注意到，这只小狗显得多安静，它不狂吠，也不发出刺耳的声音，我只是感觉到血液在它身上通过所有的血管在搏动。走了几步之后——由于这只狗的打扰而使我不小心——我碰撞到一个睡着的孩子,令我很不高兴。现在这顶楼的房间里也完全黑了,只有很少的光线透过天窗。这个孩子呻吟起来,我轻轻地站立了一会儿,连足尖也没移动一下,我保持住这种不动的姿态只是为了不继续弄醒这孩子。可是太晚了,我已经看到四周的孩子突然穿上白衬衣起来了,就像是互相约定了一般,就像听到了一声命令,但这不是我的责任,我只是弄醒了一个孩子,这种碰醒也完全不叫唤醒,而只是一种小小的干扰,一个孩子在熟睡的时候根本不会把它当一回事的。可是,他们现在都醒了。"你们想干什么,孩子们,"我发问了,"继续睡觉啊。"

"您刚刚拿着什么东西?"一个小家伙说道,所有五个孩子在我身边转悠着寻找。

"是的,"我说,我没有必要掩盖什么,如果这些孩子想将这个畜生弄到外面去,那就更好了。"我要将这只狗弄到外面去,它不让我睡觉,你们知道它是谁的吗。"

"是克鲁斯特尔太太的。"至少我相信,从他们混乱的、不清楚的、睡眼蒙眬的、不是针对我的、而只是他们互相叫喊的声音中,听出是这样说的。

"那谁是克鲁斯特尔太太呢?"我问,但我从这些激动的孩子们那里再也得不到回答。有一个孩子从我的手臂上取走了这只狗,它现在变得十分安静,这个孩子急速地带着它走开了,所有的孩子都追去。

我不想独自待在这里,现在我也毫无睡意了,我虽然犹豫了一会儿,在我看来,我好像太多地参与这座住宅的事务了,而在这座房子里没有人对我表示很大的信任,最终我却还是跟着孩子跑了,我听到他们就在我前面摸索着走路的声音,因为是在完全的黑暗中,何况还是在陌生的路上,我常常跌跌撞撞,有一次甚至可笑地把头撞在墙上了。我们又进入了我开始见到过的那两位老人的房间里,现在这里已经空无一人,通过那扇还一直开着的门,我看到花园里如水的月光。"到外面去,"我自言自语,"夜是温暖而明亮的,我可以继续行进,或者也可以在露天里过夜。在这里跟着孩子们跑真没意思。"可是我还在继续地跑，我还有帽子、手杖和旅行包放在楼上的地上哩。可是孩子们是怎么跑的呀！就像我清楚地看到的那样，他们蹦跑了两下，飘动的衬衣就飞过了那间月光照耀的房间，我突然想起，我的的确确该感谢这座房子里缺少待客热情，因而我将孩子们惊醒了，在这座房子里转着圈子跑，自己不去睡觉，而搞得整座房子都在响（孩子光脚的脚步声在我沉重的靴子声里几乎是听不到的），甚至还不知道，作为这一切的后果还会发生什么样的事情。

突然出现灯光。在我们前面开着的房间里，有几扇窗户大大地开着，在一张桌旁坐着一位娇柔的妇人，她正在旁边一盏大落地灯的灯光下写着东西。"孩子们！"她惊异地叫起来，她还没有看见我，我站在门前的阴影里。孩子们将狗放到桌上，他们大概很喜欢这位夫人，他们不停地想办法看到她的眼睛，一个小姑娘抓住她的手，并抚摩着她，她任她去抚摩，几乎没加注意。那只狗立在她面前的刚刚她在写着什么的信纸上，并朝她伸出颤动的小舌头，这小舌头就在灯罩的前面，我看得很清楚。孩子们正请求留下来，想用甜言蜜语获得这位夫人的同意。夫人没做决定，站起身来，伸了伸手臂，指了指一张桌子和坚硬的地上。孩子们有点儿不满意，试着躺在他们刚刚站立过的地面上；一瞬间，一切都静悄悄的了。这位夫人双手交叉在腹前，微笑地看着地上的孩子们。不时地有一个孩子抬起脑袋，当他看到别的孩子也躺着的时候，他就又躺了下去。

孙龙生 译

回忆卡尔达铁路 *

在我的生命中有一段时间——距今已有四年了——我在俄罗斯内地的一段不长的铁道上有过一个职务。我还从来没有在那样孤零零的地方待过。出于各种与此不相关的原因,我那个时候正在寻找这样一个地方,越使我感到荒僻,对我来说就越觉得可爱,就是现在我也无怨无悔。在最初的时间里,我只是缺少忙碌。

这小段铁路一开始大概是出于某种经济的目的而铺设的,但是资本不足,建筑停顿下来,暂时不能通往离我们这里驱车要五个白天路程的下一个比较大的地方卡尔达,这段铁路正好在一个荒僻地带的小居民区停住了,从这个地方还需要整整一天的路程才能到达卡尔达。这段铁路当然最终要延伸到卡尔达,但时间却是难以估计,如今也只好无利可获地躺在那里了,因为它的全盘计划完全不适用,乡村需要公路,而不是铁路,现在这段铁路还存在着,其实有没有它完全无所谓,每天来去的两趟列车装载着轻便车就可以运输货物,旅客嘛,也只是夏天里的几个农业工人。但有人并不想让这段铁路完全停下来,因为他们总希望通过这段铁路的运营为扩建吸引资本。以我看来,这种希望并不是那种很有希望的希望,还不如说是绝望和懒惰。只要手头还有物资和煤,这段铁路就运行着,几个工人得到的工资既没规律,而且还在减少,好像那是他们得到的恩赐,主管人是不是在等待着彻底的崩溃。

我被录用在这段铁路上,住在一间木头棚屋里,这座木屋还是在建筑这段铁路时留下的,它同时还兼作车站房子用。木屋里只有一个房间,

---

* 作品写于1914年,录在8月15日的日记里。这正是作者写完长篇小说《失踪者》(即《美国》)的一年。从小说的思想内容和写作风格看,都与《失踪者》有联系。——编者

里面为我放了一张木板床———张桌子可能为了写字用的。桌子上方安装了一部电话机。当我春天到这里的时候，一趟列车很早就经过了这个站——不久就改变了——而且有时候发生这样的事，某一位乘客来到本站，而我正在睡觉。这位乘客自然不会待在露天里——直到夏季的中期这里的夜还是很凉的——而是来敲门。我拔开门闩，我们常常是用聊天来度过整个的时间。我坐在木板床上，我的客人蹲在地上，或者我让他泡茶，然后我们两个人在友善的默契中同饮。所有这些农村的人都是非常容易相处的。此外，我发现，我并不很适应忍受这种完全的孤独，但同时我也不得不跟自己说，我强加给自己的这种孤独，在不长的时间之后已经开始驱散了过去的烦恼。我特别感觉到，这是一种对不幸的巨大的考验力量，它能持续地控制一个处在孤寂中的人。孤独比任何一切都更强有力，并驱使一个人再次回到人群中去。当然人们又会试图寻找另外的、表面上少些痛苦的、实际上还是完全陌生的道路。

我在那里结识的人比我想象的还多。自然不是有规律的来往。我涉及的五个村子中，每个村子不单单是距离本站，就是距离别的村子，也是几个小时的路程。让我离开车站太远我还真没有那个胆子，如果我不想丢掉这个职务的话，至少在这里的最初的时间里我也完全不想这么干。我也不能亲自去这些村子，只有依赖旅客或不在乎走远路的人代我去作拜访。在第一个月里，这些人就已经来过了，但不管他们怎么友好，还是能让人容易看出来，他们的到来，大约只是为和我做买卖，再说，他们也完全不隐瞒他们的目的。他们带来各种各样的货物，一般在我有钱的情况下，我先是几乎不加考虑，什么都买，这些人，特别是那几个人，极受我的欢迎。后来我当然限制了这样购买的做法，此外，还因为我认为我发现了我的这种购买方法在他们看来是浅薄的。除此而外，我还从火车上得到生活必需品，不过这些物品很不好，而且比农民带来的东西贵得多。

我本来打算开辟一座小花园，买一头奶牛，用这种做法来尽量使自己不依赖大家。我也带来了开辟花园的工具和种子，这里的土地极多，未经耕耘的土地非常平坦地延伸在我木屋的四周，极目所至，没有一点儿高凸的地面。可是我身体太弱，没有能力去平整这些土地。那是一处难以垦凿的土地，到了春天地面还冻结得板板实实的，即使我用那把新的锐利的锄头也凿不下去，我又怎么在这块土地里下种呢，这是毫无希望的了。我在干这些工作的时候多次感到失望。我整日躺在木板床上，甚至连列车开来了，我也不出去。我只是将脑袋伸出正好在木板床上方的小窗外，表示我病了。后来由三个男子组成的列车工作人员进到我屋里想取点暖，但他们并没有找到许多暖热，因为我尽可能避免用旧的、容易发生爆炸的铁炉子。我宁愿裹着一件旧的、暖和的大衣躺着，并用各种各样的毛皮盖在上面，这些毛皮也是我先后从农民那里买来的。"你常常生病，"他们跟我说，"你是个病秧子。你再也不会从这里离开了。"他们说这个大约并不是让我悲哀，而是他们在努力地婉转地说出真情，如果那只要是可能的话。他们说这些话的时候双眼里发出奇特的直愣愣的目光。

一个月里一次，但总是说不定在什么时候，一位督察来这里检查我的备忘记事簿，从我这里拿走收进的钞票——但并不总是如此——付给我工资。他的来到总是在前一天由那些在前一站放他下车的人通知的。那些人认为这事先通知是他们能够向我表示的较大的善意，尽管我每天在一切方面不消说是井井有条的。对此倒是不必花什么力气。但是督察进到站里总是带着一种神情，好像他这一次一定要揭开我管理上的不善之处。他总是用膝盖撞开我木屋的门，同时凝视着我，几乎还没有打开我的记事簿，就找到了一个错误。我在他的眼面前再算一次向他证明，不是我而是他犯了一个错误，这就得要花去长长的时间。他对我的进款总是不满，然后他啪的一声合上记事簿，又是目光锐利地看着我。"我们一定要停掉这段铁路了。"他每次都这样说。"这样的事会来的。"我通常这么回答。

在完成修正之后，我们的关系有了改变。我总是准备了白酒，并尽可能地弄来某些精美的食品，我们在一起饮酒，他用还过得去的嗓子唱歌，但一唱总是两支歌，一支是悲哀的，开始是："小孩子，你到哪里去，在森林里？"第二支歌是欢乐的，是这样开始的："快活的年轻人，我属于你们！"——我得到我部分的工资，要是我能将他带到这样的情绪里。但只是在开始进行这样聊天的时候，我看得出他带有某种目的，不久我们就变得完全一致了，用污秽的语言谩骂主管部门，我便得到了他在我耳边悄声说出的有关他想为我获取职位的许诺，最终我们抱成一团，一起倒在了木板床上，我们的拥抱常常是10个小时也不分开。第二天他又作为我的上司离去。我站在列车前面，向他敬礼，他通常在登车的时候将身子转向我，并说道"噢；我可爱的朋友，一个月后我们又见面了。你知道，前途对你来说意味着什么。"我还看见他用力转向我的肿胀的面孔，所有的部分，两面的面颊、鼻子、嘴唇，都在这张脸上突现出来。

　　这是这个月里绝无仅有的一次大变动，在这变动中，我可以走动了；还有一点儿白酒糊里糊涂地留下来了，当督察走了之后，我马上将它一饮而尽，在它咕噜咕噜地进入我的喉咙的时候，我还听到了列车离去的信号声。在这样的一夜之后，我渴得可怕；这就像在我的身体内有着第二个人，他从嘴巴里伸出脑袋和脖子，喊叫着要喝点什么。督察被照顾得很好，他在车上总是喝着带在身边应有尽有的饮料，而我只靠着残存的一点儿什么。

　　后来，我居然在这整整的一个月里什么也不饮用，我也不抽烟了，我干自己的工作，别的什么都不想做。就如已说过的一样，没有那么多的工作，但我做这些工作是彻底的。例如我的责任是每天在这个站一公里远近的轨道两边打扫卫生和检查情况。而我并不按规定，常常走得很远，走到正好不能看见这个站头那么远的地方。在晴朗的天气里，这距离还可能达到五公里左右，这里的土地完全是平坦的。要是我走到在我的眼前我的木棚在远处只是闪烁的影子那么远的地方时，我会由于眼睛的错觉而有时候看到许多黑点向着木屋移动。那是一大帮人，全是部队，有时候却是真的来了一个人，我便挥着锤子跑完这整整的一段长距离的路，回到木屋。

　　将近晚上，我工作完毕，最终回到我的木屋。在这段时间里一般来说没有人来看我，因为夜里走回到村子的路是很不安全的，这一带有各种各样的流氓、恶棍出没，但他们不是本地人，他们出没无常，常常走了又回来。我看见过那一帮子人，这个孤寂的车站吸引着他们，他们不是那么危险，但人们必须要认真地与他们周旋。

也就是这些人在这个长长的昏暗时辰里来骚扰我。否则的话，我就躺在木板床上，不想过去，不想铁路，也不想下一趟列车要在晚上10到11点之间经过本站，简而言之，我什么也不想。有时候我看一份旧报纸，那是火车上有人扔给我的，这里也许有令我感兴趣的来自卡尔达的丑闻故事，但孤立地从某些日期的报纸来看，我就不可能理解这些故事。除此而外，在每一份报纸上都有一部小说的连载，这部小说叫：《指挥官的复仇》。我有一次梦见了这位指挥官，他身边总是带着一把匕首，在某种特殊情况发生的时候，他甚至将匕首置于牙齿之间。其余的内容，我就不去多读了，因为天色马上就黑下来，煤油和蜡烛都贵得令人难以支付。我一个月从铁路当局那里只得到半公升的煤油，这个月还没过完，这煤油早已经在晚上为列车燃点半个小时的信号灯而用完。可是这种灯也完全是没有必要的，后来我在有月光的夜里就不再去点燃这盏信号灯了。我正确地预计到，夏天过后煤油会是很急需的，因此我在木屋里的一个角落挖了一个槽，在槽里放了一个用沥青将缝隙涂塞好的小啤酒桶，将每个月节省下来的煤油倒进去。然后全部用稻草盖好，谁也看不出里面有什么东西。木棚里的煤油味越浓，我越觉得满意；因为那是一只用旧了的有裂纹的木板做成的桶，它吸饱了煤油，所以发出如此浓烈的煤油气味。后来，我将这只桶小心翼翼地挖出木屋，因为督察有一次在我面前拿着一盒蜡制火柴，当我想要的时候，他将这盒火柴一根接一根地点着抛向空中。我们两个人，还有煤油，都处在万分的危险之中，我掐住他的脖子，直到他放下所有的火柴，我总算挽救了一切。

我在空闲的时间里常常考虑冬天里怎么照管自己。如果我现在在这温暖的季节里就已经感到寒冷——如这里人说的，现在天气比许多年前温暖多了——那到了冬天对我来说会非常糟糕。我攒积煤油只是一种心境，我其实真该理智地为冬天收集各种各样的东西；社会不会特别地关注我，这当然是毫无疑问的，但我太无忧无虑了，或者更为确切地说，我不是无忧无虑，但我太少重视自己，以致我肯定不想在这方面做出许多努力。现在在这个温暖的季节里我还过得去，便任其保持原样，并不想再继续干些什么事情。

把我带至这个车站的诱惑之一，曾是狩猎的旷野风光。有人跟我说过，这里是一个特别的蛮荒所在，而且我已经为自己弄到一支枪，如果我积蓄了一点钱，我想就将那支枪转寄过来。现在看来，这里并没有狩猎野兽的痕迹，只有狼和熊可能会在这里出没，在最初几个月里，我既没看见狼，也没看到熊，除此而外，这里倒是有奇特的大老鼠，这个，我却是马上能观察到，它们是如何地成群结队，就像随风而来，穿越过这里的草原。但我为之兴奋的野兽却是没有。这里的人并没跟我说错，野兽出没的地方是有，只是离这里有三天的旅程——我没有想到，在这一百多公里远的无人居住的土地上的情况会是不可靠的。不管怎么说，我暂时还不需要那枝枪，便可以将这些钱用在别的方面。为了冬天，我无论如何一定要筹措一支枪，我为此按时将钱放在一边。对于有时候侵袭我的食物的大老鼠，我那把长刀就足够了。

在开始的时候，我对一切还是新奇的，我有一次戳住了一只这样的大老鼠，将它放在我面前齐眼高度的墙上。要是你将它置于齐眼的高度，你就会仔细地看到这只小动物；要是你弯着身子朝地上去看它，你得到的有关它们的想象便会是错误的，不完全的。这些老鼠身上最引人注目的地方是爪子，爪子大而稍有点陷进去，最末端是尖的，它们很适合在墓穴里生活。置于我面前墙上的老鼠在发颤，在这最后的颤抖中，它一反活泼的本性，绷紧了爪子，爪子像是一只小手，在向着一个人伸去。

一般来说，这种小动物很少令我烦恼，只是在夜里，它们有时将我吵醒，那是因为它们在坚硬的地上跑动的时候发出啪啪声，然后穿过木屋，这时，我便坐起身来，可能点上一支小蜡烛，这样，我能看见某个地方的木柱下的一个小洞中，一只老鼠从外部伸进去的爪子正拼命工作着哩。这种工作完全是无效的，因为它要为自己挖一个足够大的洞，必须要干上一整夜，而一当天色稍有点亮的时候，它就逃之夭夭了，尽管它工作得像一个知道自己目的的工人。它努力地工作，虽然有未注意到的微粒在它的洞穴下飞起，但没有成绩的话，它大概永远不会动用那爪子的。我常常在夜里凝神注视，直至在注视中产生的规律和寂静让我困倦。

后来我连吹熄蜡烛的力气都没有了，烛光便继续照着那只在工作的老鼠。

有一次在一个温暖的春夜里，当我又一次听见这个爪子的工作的时候，我小心地、摸黑地走出，想亲自去看看这动物。它把带有尖嘴的头部深深地垂着，几乎伸在两个前腿之间；只是为尽可能地紧紧挨近木头，并尽可能深地将爪子伸到木头下面。人们也许可以相信，谁要在木屋里死死地抓住爪子，并欲将它整个身子拽出，那儿，这一切都是要非常聚精会神的。这一切也可一下子解决，即将这小动物打死。在完全清醒的时候，我是不能容忍我唯一占有的木屋遭到袭击。

为对付老鼠保住木屋，我用稻草和麻絮填塞了所有的洞穴，每天早晨向地面审视一圈。我也曾想将木屋里至今还是用脚踩实了的泥土地的地面铺上木板，这对冬天来说也可能有好处。最近的村子里的一位农民，名叫叶考茨，他早已答应为我带来好看的烘干的木板，我也常常为这允诺而招待他。他也从来不是过好长时间才来，而是每隔两个星期来一次，有时还托列车上人送来包裹，但却是没把木板带来。他对此有各种不同的托辞，最多的是他本人年纪太大了，不能拖拽这么重的东西，他的儿子将会把这些木板带来，但现在他儿子正忙着农活。按他的说法，叶考茨如今看上去也是那么个样子，已经远远超过七十岁了，但还是一位身材高大、体格颇壮的男子。除此而外，他还改变托辞，有一次他谈到要弄像我需要的那么长的木板有不少困难。我并不催逼他，我并不一定需要这些木板，本来也是叶考茨自己让我有铺地板这个想法的，大概这种铺设也并没有什么好处，一句话，我可以平心静气地倾听这个老头的谎言。我与他见面的致意用语总是："啊，木板，叶考茨！"他马上便用半是喃喃的言语开始了抱歉的话语，我叫他督察、上尉或电报员，他不只答应我下一次带来木板，而且要他儿子和几个邻居来帮忙将我的整个木屋摧毁，代之建成一座坚固的房子。我聆听得那么久，直到我感到疲倦并将他推出去为止。但为了取得原谅，他在刚走到门口的时候，便举起看上去好像是虚弱的手臂，其实他完全可以用这双手臂压死一个成年男子。我知道，他为什么不拿来木板，他是在想，如果冬天临近，我会急需木板，到时价钱就高多了，此外，只要木板没拿来，他本人对我来说就会有较大的价值。他当然不是笨蛋，并知道我看出了他内心的想法，但在这里面，我看出来了又有何益，他看到了他的优势，他保持住这样的优势。

我——我服务工作的第一个季节将近结束之际——真的生病的时候，我为木屋对付那些小动物和保护自己过冬所做的一切准备不得不停了下来。我至今有一年长的时间没有生过任何病，哪怕是最轻微的不舒适感也没有过，这一次我却病了。开始表现为一种厉害的咳嗽。从车站向内走大约两个小时距离的地方有一条小溪，我总是从这里打上一桶水装上手推车运回，作为我的储备用水。我还常常在这里洗澡，咳嗽就从这里得的。染上的咳嗽极为厉害，我在咳嗽的时候都必须佝偻着身子，我相信，我如果不佝偻着身体，拿出所有的力量来，我会敌不住这咳嗽的。我想，列车上的人员会对这种咳嗽大吃一惊，但他们清楚这种咳嗽，他们称它为狼咳。自此之后，我开始从这咳嗽里听出了狼的嚎叫。我坐在木屋前的小凳子上，狼嚎般地迎接列车，又狼嚎般地等着列车离去。夜里，我不是躺着而是跪在木板床上，将面孔挤压在皮毛里，至少让自己听不到狼嚎之声。我紧张地等待着，直到任何一根重要的血管爆裂而结束一切。但这样的事情怎么也没发生，甚而至于过了多少天，咳嗽便不见了，那是一种茶医好了这种咳嗽，那位火车司机答应给我带这种茶来，但他向我解释，我必须在咳嗽开始后第八天才饮用这种茶，否则它就没有效。第八天他真的带来了这种茶，据我回忆，好像除了列车人员，还有乘客，两个年轻农民，来到我的木屋，因为在喝茶之后听到第一声咳嗽就会出现好的预兆。我才喝第一口茶，竟抑制不住地咳到了在场人的脸上，但然后真的马上就感到轻松，在后来的两天里这种咳嗽虽然已经减弱些了，但留下了发烧，而且不退。

这发烧使我十分疲倦。我失去了所有的抵抗力。还不时地发生这些情况，即在我的额头上完全突然地出汗，我全身颤抖，倒在了我所在的地方，直等到知觉再恢复过来，我感觉很清楚，我不但没有好转，反而更坏了，对我来说很有必要乘车去卡尔达，我要在那里住些日子，直到我情况有所好转。

孙龙生 译

乡村教师（巨鼹）

那些像我这样见了一只普普通通的小鼹鼠都感到讨厌的人，倘若见到那只大鼹鼠，一定会厌恶致死的。几年前曾有人在一个小村子的附近见到过那只大鼹鼠，而那个小村子也就因此一度出了名。现在那个村子当然早已又为人们所遗忘，和那整个现象一样湮没无闻了。那个现象根本就没有弄清楚，而人们也没有怎么费劲去搞清楚它。当初那些本应过问这件事的人却令人不解地疏忽了它，没有人比较透彻地研究过它，因此它也就被人们忘却了。可是，那些人对无足轻重得多的事情倒是非常操心的。那个村子离铁路线很远，但这无论如何也不能成为他们可以疏忽的理由。许多人出于好奇心远道而来，甚至从外国来到这里，而那些不只应该有好奇心的人反倒不来。是啊，要不是个别的普通老百姓，即那些忙于日常工作而没有喘息机会的人，要不是那些人无私地关心这件事情的话，有关那个现象的传闻很可能就不会传播开去。必须承认，大凡传闻，平常几乎是不胫而走的，这一次简直是凝滞不动了，若不是人们使劲推动了一下，它是不会传播开来的。但是这肯定也不是不去探索这件事情的理由，相反，恰恰是这个现象不也需要加以研究吗？可是人们不去研究它，却让那位上了年纪的乡村教师写了仅有的那么一篇论述那件事情的文章，那位乡村教师固然是个很称职的人，但毕竟学识有限，根基浅薄，无法对那个现象做出彻底而又适当的描述，更不用说提供说明了。那篇小文章印了出来，大批出售给了当初来参观那个村子的人，

---

* 根据作者日记所载，该篇写于1914年12月18日，是在"几乎无意识"的情况下写的，继续了几个晚上后辍笔。不久后，1915年1月6日的日记却宣称"暂时放弃了"。因此这是一篇未完成之作。1935年马克斯·勃罗德第一次编纂卡夫卡全集时，曾将这篇作品冠以《巨鼹》的标题编入《一次战斗纪实》卷。——编者

并且获得了某些好评，但是那位教员心中有数，他知道自己在没有得到任何人支持的情况下所做出的一星半点的努力终究是毫无价值的。如果说他仍然不放松努力，并把这件按其性质看一年比一年更难有结果的工作当做他毕生的事业，那么，这一方面证明了那个现象产生的影响有多么巨大，另一方面也证明了一个不起眼的乡村老教师是多么有毅力，多么忠实于他的信念。但是他却曾遭到过权威人士的非难。他给自己的那篇文章所做的一个小小的增补便是这方面的一个证明。当然，那个增补是几年以后才做的，那时候几乎谁也记不得文中涉及的事情的始末根由了。在那个增补里，乡村教师也许不是用巧妙的言词，而是用诚实的态度，令人信服地控诉了他在那些最不应该不明事理的人身上所见到的那种懵懂无知。他一语中的地数落那些人道："不是我，而是他们说话像乡村老教师。"他曾专程登门拜访过一位学者，在增补中他援引了那位学者的话。他没有写明那位学者的姓名，但有种种蛛丝马迹，让别人能猜得着那位学者是谁。几个星期前教师就提出要拜会那位学者，并克服了很大的困难，总算可以同那位学者见面了。可是刚一见面他就发现，在他这件事情上，学者囿于一种无法克服的成见。乡村教师按照文章的内容提要作长篇报告，可是，那位学者听的时候却是那么心不在焉。这表现在他假装思索片刻后所说的那番话里："您那个地方，泥土黑油油的特别肥。嗯，所以那泥土也就给鼹鼠提供了特别丰富的养料，于是鼹鼠就长得出奇的大。""但总不至于有这么大呀！"教师大声说道，一边用手在墙上比划了两米长；他出于愤慨未免有点儿夸张。"哦，有这么大呀！"学者答道，显然他觉得这件事整个儿都非常滑稽。教师带回家去的就是这样一个答复。他讲到，晚上他的妻子以及六个孩子怎样冒着雪在公路上等候他，他怎样不得不向他们承认，他的希望已经彻底成了泡影。

我读到有关学者对教师的态度的消息时，还根本没有读过教师的那篇主要文章。但是我马上决定自己动手去收集、整理我能查明的有关那件事情的全部资料。我不能拿拳头去威吓那个学者，我至少可以用我的文章为教师辩护吧，说得更确切些，我将不过分强调教师是一个正直的人,但要突出教师是个无权无势的人,怀着善良的意愿。我承认,后来我为这个决定而后悔了,因为随后不久我便感觉到,实施这个决定必然会使我陷入一种特殊的境地。一方面,我的影响力也不大,远不足以促使学者改变看法,甚或扭转公众舆论,使之有利于教师。而另一方面,教师准保会看出,我关心的不是他的那个主要的意图,即证实那只大鼹鼠确曾出现过,我关心的是为他的正直的品性辩护,而他却又觉得,他为人正直,这是不言而喻的,不需要任何辩护。到头来,我这个本想声援教师的人便会为他所不解,很可能非但帮不了他的忙,自己反倒需要一个新的帮助者,而这样的帮助者多半是不会有的。此外,我下的这个决心,是自告奋勇写一篇有分量的文章。我要让人心服口服,那我就不能援引教师的文章,因为教师本人都未能让人信服嘛。他那篇文章只会使我受到迷惑,所以在我自己的文章未完成以前我避免去读它。甚至,我连一次招呼都没跟教师打过。不过,通过中间人他对我所从事的研究也有所耳闻,可是他不知道,我是在顺着他的思路干还是在和他对着干。是啊,他甚至多半还以为是后者呢,尽管后来他矢口否认,我却有证据,证明他曾给我设置过种种障碍。他设置起障碍来很容易,因为我是被迫去重复他已经进行过的研究,因此他总是可以先我一着。不过,这却是对我的研究方法所能做出的唯一公正的指责了,而且是一种不可避免的指责。但是,由于我立论严谨,敢于自我否认,那种指责也就显得非常软弱无力了。除此以外,我的文章却没有受到过教师的任何影响,在这一点上我也许甚至过于吹毛求疵,简直就好像迄今为止还没有人研究过这件事情似的,似乎我是第一个听目击者作证的人,是第一个整理那些材料的人,是第一个从中得出结论来的人。后来我在读教师的那篇文章时——那文章的标题很冗长:《一只鼹鼠,其身体之大,前所未见》——我果真发现,在一些关键问题上我们的意见并不一致,尽管我们两人都自以为已经证明了那件主要的事情,即证明了那只鼹鼠的存在。不管怎么说,因为那些意见分歧,我未能建立起我曾竭力希望建立的那种同教师的友好关系。从他那方面几乎产生了某种敌意。他虽然始终对我谦逊而恭顺,但是人们却可以越发明显地觉察出他的真实的心情。因为他认为，我已经完全损害了他和那件事情的利益，我自以为帮了他的忙或者可能帮了他的忙，这说得好听点是天真，其实多半还是自负或诡计呢。尤其是，他不时地指出，迄今为止他所有的反对者不是根本不表示反对就是仅仅在私下或者至少也只是在口头上表示反对，而我竟认为有必要将我全部的反对意见立刻付印。此外，那些尽管只是粗略地、但却是真正研究过那件事情的为数不多的反对者们倒是起码要先听听他的，也就是教师的意见，即在这个问题上的权威意见，然后才发表自己的看法，而我却从毫无系统地收集起来的、部分是以讹传讹的资料里引出了结论，这些结论即便基本上是正确的，但必然是既不能令民众信服，也不能令有教养的人信服。可是，在这方面，只要有那么一点不能令人信服的地方，就会带来最严重的后果。

虽然他的这种指责遮遮掩掩，但我很容易就能对此做出答复——譬如我可以说，他的那篇文章才是不可靠到了顶点，但要消除他在其他方面提出的怀疑，这就不容易了，这也就是为什么我一般对他采取克制态度的原因。这就是说，他在心底里认为，我是想毁坏他的名誉，使他当不成第一个公开宣布存在大鼹鼠的人。现在就他个人来说根本没有什么荣誉可言，人家只觉得他可笑罢了，而且觉得这种可笑的人也越来越少了，我当然是不想去争当那种可笑的人。可是另外我曾在我那篇文章的序言里明确宣称过，任何时候教师都应该被认为是那只鼹鼠的发现者——其实他才不是那个发现鼹鼠的人呢——我还声明，只是那种对教师命运的同情心理才促使我撰写了那篇文章。"这篇文章的目的是"——我就是这样过于激昂慷慨地结束我的文章的，但这符合我当时的激动心情——"设法使教师的文章得到应有的传播。这个目的一经达到，我的名字便应该立刻从这件事情中抹掉，因为我只是短暂地、而且仅仅表面地被卷入到这件事情中去的。"所以说，我是直截了当地拒绝更多地参与此事的；仿佛我有什么本事，预先料到了教师的那个令人难以置信的责难似的。尽管如此，他却恰巧在这段文字里找到了非难我的把柄，我不否认，在他所说的话里，说得更确切一点，在他所作的暗示里，似乎有那么一点根据，这是我好几次都已经注意到了的。我也不否认，在有些方面他对我比在他的文章里表现出了更为敏锐的洞察力。他声称，我的序言是口是心非。如果我果真旨在传播他的文章，那我为什么不一心一意去研究他和他的文章？为什么我不指出那篇文章的长处，即它的雄辩的说服力？为什么我不局限于强调指出这个发现的意义并加以阐述？为什么我完全置那篇文章于不顾，硬是自己要去发现什么新东西？不是都已经发现过了吗？难道在这方面还有什么需要发现的吗？可是如果我果真以为必须再作一次发现，那么为什么我在序言里那么郑重其事地宣布我不曾作过什么发现呢？本来把这说成是假谦虚也就可以了，可是不行，这件事性质更为恶劣。他说我贬低这一发现，我让人注意它，目的只是为了贬低它，我研究过它以后便将它搁在一边了。围绕着这件事的纷争也许已经稍稍平静一点了，如今我又在兴风作浪，但同时使教师的处境变得比任何时候都更加困难。为他正直的品性辩护，这对教师有什么意义呢！他关心的是那件事情，仅仅是那件事情而已。可是那件事情却让我给出卖了，因为我不理解它，因为我对它估计得不对，因为我不懂得它。它远远超出我的理解力。他坐在我面前望着我，那张年老有皱纹的脸上现出安详的神色，然而只有上述那些意见才是他的真实想法。不过，说他只关心那件事情，这不对，他甚至相当贪图虚荣而且也想捞钱。考虑到他家里人口众多，这也是很可以理解的。尽管如此，他觉得我对那件事情相对来说兴趣极其微小，因此他相信，他不用说什么过分离奇的假话便可以把自己说成是毫无私心的人。果不其然，我在心里对自己说，这个人的这些指责根本上只能归于他在某种程度上是用双手紧紧抱住他那只鼹鼠，将每一个只是伸着手指头想挨近他的人都说成是叛徒，我这么想的时候，内心一点自我满足的感觉也没有。不是那么回事，他的态度不是用悭吝，至少不是单单用悭吝所能解释得了的，倒不如说那是一种愤慨，是他所做出的巨大努力以及那些努力的毫无成效在他心中激起的那种愤慨。但是也不能一切都用愤慨来解释。也许我对这件事情的兴趣确实太小了。一般人不感兴趣，对此教员已经习以为常，一般来说他对此是感到难过的，但已不再事事都往心里去了。但这里却终于出现了一个用不寻常的方式关心这件事的人，而居然连这个人也不了解那件事。这一点我根本就不想否认,我这是赶鸭子上架的嘛。我不是动物学家,如果是我自己发现了那只鼹鼠,那么也许我会从内心深处感到振奋,可是那只鼹鼠不是我发现的。一只那么大的鼹鼠肯定是件稀罕事,不过人们也不能要求全世界的人老是把注意力集中在它上面,更何况鼹鼠的存在未曾用确凿的证据加以证实过,人们无法把那只鼹鼠拿出来给人看。我也承认,即使我是那个发现鼹鼠的人,我也决不会像我这样心甘情愿为教师效劳似地去为那只鼹鼠奔走呼喊的。

假如我的文章取得成功,那么我和教师之间的不一致可能很快就消除了。但是文章偏偏又没有获得成功。也许文章写得不够好,说服力不够,我是个商人,撰写这样一篇文章,我力不从心,比教师写一篇文章还感到吃力,尽管就掌握这个领域全部必要的知识而言我远比教师强。对于文章的不成功也还可以另做解释,也许文章发表的时机不利。发现那只鼹鼠这件事,当时都未能引起广泛的重视,如今这件事一方面时间还不算离得太远,人们还不至于完全忘记,所以也不会对我的文章感到十分惊异,可是另一方面,时间却又隔得够久的了,原先曾有过的那种淡漠的兴趣已经全然消失了。那些压根儿就对我的文章感到担心的人,怀着几年前就曾支配过这场讨论的那种绝望心情,心想现在大概又该开始为这样枯燥乏味的事情枉费唇舌了,而有些人甚至把我的文章误看成是教师的文章。在一份有分量的农业杂志上登了如下一段话,幸而这一段话登在杂志的末尾并且是小号字刊印的:"又给我们寄来了关于那只大鼹鼠的那篇文章。我们记得,几年前我们就曾对它捧腹大笑过。自那以后,文章的作者没有变聪明,我们也没有变愚蠢。不过要我们第二回笑,我们可是笑不出来了。我们倒是要问一问我们的教师联合会,一个乡村教师除了追求大鼹鼠以外,是否就没有更有益的事可做的了。"一场不可原谅的误会!人们既没有读过那第一篇,也没有读过这第二篇文章,那些先生们只是匆忙间偶然看到大鼹鼠和乡村教师这两个可怜巴巴的词儿,便站出来俨然以公众利益代表的身份讲话了。按理说,有许多事情本来是完全可以办好的,但是由于和教师互相缺乏了解,我竟没有办成。我反而试图尽量对他隐瞒那份杂志的事。但是那件事他很快就发现了,他给我寄来了一封信,表示愿意在圣诞节期间来看望我,我从那封信的一段话里就看出了苗头。信中他写道:"世界上的人品质恶劣,而有人却在推波助澜。"他的意思是说,我属于这个品质恶劣的世界,但是我不安于我身上固有的恶劣品质,竟还去给这个世界推波助澜,这就是说,从事活动,把那种普遍的恶劣品质诱发出来,使其得逞于一时。好吧,既然已经做出了必要的决定,现在我就可以心平气和地等待,心平气和地看着他怎样到来,看他怎样比平素更不讲礼貌地默不做声地坐在我的对面,小心翼翼地从他那件古里古怪的棉袄的胸袋里掏出那份杂志,并把它翻开,推到我面前。"我读过了。"我说,一边将那份杂志原封未动推了回去。"您读过了!"他叹口气说道,他有教师的重复别人答话的这个老习惯。"我当然不会甘愿忍受这种事情的。"他继续说道,愤激地用指头敲敲那份杂志,一边直愣愣望着我,仿佛我持着相反的意见似的;我想说什么话,对此他大概有所预感;我以为,没有他这话,从其他的迹象上我也一样会看出,他对我的意图常常有一种非常正确的感觉,但不对它让步、不受它迷惑。当时我对他说的话,现在我几乎可以逐字逐句复述出来,因为谈话完毕后我曾马上把谈话内容记了下来。"您请便吧,"我说,"从今天起我们分道扬镳。我相信,对此您既不会感到意外,也不会感到不合时宜。眼前这份杂志上的这段评论不是我做出这个决定的原因,它只不过是最终坚定了我的这个决心罢了;真正的原因在于,我本来以为我出面会对您有利,可是现在我认识到我在各方面都使您受到了损失。为什么会变成这样,这我不知道,对于成功和失败的原因总是可以作多种解释的,不要只寻找那些于我不利的解释。想想您自己吧,把这件事情通盘地细细观察一下,您也是怀着一片好心,但却遭到了失败。这话我不是说着玩的,我说可惜您与我的联系也可算作是您的一个失败,我这话是针对我自己说的。我现在退出这件事,这既不是怯懦也不是背叛。甚至可以说,这样做不是没有内心斗争的;我非常尊敬您的人格,这从我的文章中就可以看出,在某些方面您已经成了我的教师,我都快要喜欢上那只鼹鼠了。尽管如此,我还是往旁边靠靠,您是发现者嘛,不管我怎么做,我都是在妨碍您获得可能获得的荣誉，我在吸引失败并将失败转嫁到您的身上。至少您是这样认为的吧。够啦。我可以接受的唯一处罚，就是我请求您原谅，我在这里向您做的这一番自白，我也可以在公开的场合，譬如说在这份杂志上再做一遍，如果您要求这样做的话。"

　　这就是我当时所说的话，这些话并不十分诚恳，但是别人却不难从中听出诚恳的心意来。我的这个声明对他所产生的影响与我所预料的大致相同。大凡老年长者对小辈们来说性格上都有某种迷惑性、欺骗性，别人在他们身边过着平静的生活，以为彼此的关系毫无问题，别人也了解那些盛行的意见，并且一再得到证实，这种平和的关系是可靠的，认为这一切都是不言而喻的。可是，如果突然间发生了某种决定性的事件而那长期存在的平静应该发挥作用的时候，那些年老长者们却像陌生人一样挺身而出，他们持有更加深邃、更加强烈的意见，现在才算正式亮出了他们的旗帜，于是人们怀着惊恐在那旗帜上读到了新的至理名言。这种惊恐主要由于老人现在所说的话确实合理得多，意义更加深远，更加合乎情理，仿佛其不言而喻的程度会增长似的。在这件事情上的极大的欺骗性恰恰在于，从根本上看来，他们现在所说的话正是他们以前一向所说的，而且一般人事先还就是料想不到会是这样。我十之八九已经把他的性情脾气摸透了，所以他现在说的话并不完全出乎我的意料之外。

　　"孩子，"他说，一边将他的手放在我的手上友好地搓着，"您怎么会想到要去参与这件事情的呢？——我头一次听说这件事，马上就和我的妻子谈了。"他挪动椅子，坐得离开桌子一点，张开双臂，眼睛望着地上，就好像他的妻子身材十分矮小，在那下面站着，他正在和她说话似的。"'这么多年了'，我对她说道，'我们都是孤军作战，可是现在城里似乎有一个有地位的赞助者在为我们辩护，城里的一个名叫某某的商人。现在我们该感到非常高兴了吧，嗯？城里的一个商人非同一般；如果是一个卑微的农民相信我们，说出他的看法，这对我们不会有什么用处的，因为农民干的事总是不正派不体面的，农民说乡村老教师说得对也罢，农民不合体统地啐一口也罢，二者所产生的效果是相同的。如果不是一个而是一万个农民站出来说话，那么，效果可能更坏。城里的一个商人则不然,这样的一个人有着广泛的社会联系,即使只不过是他随便说说的话,也会广为流传,新的赞助者便会来关心这件事,譬如有一个人会说:我们也可以向乡村教师学习的嘛,第二天就会有一大批人交头接耳窃窃私语开了,看那些人的外表,决计料想不到他们会这样的。现在有了资助这件事的资金了,一个人筹款,别人把钱交到他手里,人们认为,必须把乡村教师从村里请出来。他们来了,并不计较我的相貌,把我接走,由于妻子和孩子们舍不得我,人家便把他们也一同接走了,你观察过城里人吗?不停地叽叽喳喳。如果他们在一起排成一行,这叽叽喳喳声便从右到左,从左到右,此起彼伏,不绝于耳。就这样,他们叽叽喳喳地将我们抬上马车,他们简直连向我们大家点点头打个招呼的时间都没有。坐在车夫座上的那位先生扶了扶夹鼻眼镜,挥动马鞭,我们便乘车走了。大家向那村子挥手告别,那样子就好像我们还在那儿,就好像我们不是坐在他们中间似的。从城里有几辆马车向我们迎面驶来,车上的人心情特别焦急。当我们相互靠近的时候,他们从座位上站起来,伸长脖子,想看我们。那个筹款的人总管一切,提醒大家保持冷静。我们进城的时候,已是一支浩浩荡荡的车队了。我们曾以为欢迎仪式已经过去,却不料到了旅馆前面欢迎仪式才刚刚开始。在城里,一人振臂高呼,响应者顿时云集。一人有了忧愁,众人立刻前来相帮。他们互相商量,互相取长补短。并非所有这些人都能乘马车,他们等候在旅馆前面,另外有些人虽然本来是可以乘马车的,但是他们自觉不乘。这些人也在等候。真是不可思议,那个筹款的人多么有魄力。'"

我平心静气地听他说话;是的,在听他说话的时候,我内心变得越来越平静。我把所有我还拥有的我那篇文章的文本堆在桌上。只缺了很少几本,大多数文本我都收到了。顺便提一下,许多方面的人士彬彬有礼地给我来信说,他们完全记不得曾收到过这样一篇文章,万一果真曾寄来过,那么很遗憾,他们准是把它给弄丢了。这样倒也好,归根到底,我图的也不是别的嘛。只有一个人请求我允许他把那篇文章当作稀世珍品留在自己身边,保证遵照我信中的意愿,在今后二十年内不给任何人看。那封信乡村教师根本还没有见过。我感到高兴,有他这一席话,我便可以无所挂虑地把信给他看了。不过,即使没有他这一席话,我也大可不必为此担忧,因为我在信中措辞十分谨慎,丝毫没有忽视乡村教师以及那件事情的利益。信中几句关键的话是这样写的:"我请求收回那篇文章,并不是因为我放弃我在该文中陈述的意见或者也许认为其中有些看法错误或者哪怕只是认为那些看法无法加以证明。我的请求有着仅仅是个人的、然而却是无可辩驳的理由;可是我的这个请求决不能说明我对这件事情的态度。我特请注意这一点,有便的话,也请将此意代为传播。"

我眼下还用双手捂住了那封信,说道:"因为没有出现这样的结果,您就要责怪我吗?您为什么要这样干呢?我们不要互相怀着怨恨分手。要看到,您虽然作了一个发现,但是这个发现并不是盖世无双的,因此您所遭的不公正的对待也并不是无与比拟的。我不了解学术界的章程,但是我相信,即便在最顺利的情况下,您也不会受到哪怕只是稍稍近似于您向您那位可怜的妻子所描述的那种接待。如果说我期望这篇文章会有什么效果的话,那么我是以为,也许有一个教授会注意我们,他会委托某一个年轻大学生去调查那件事,这位大学生会去找您并用他自己的方法复查一遍您和我所做的调查结果,末了他会,如果他觉得复查结果值得一提的话——这里应该指出,所有的年轻大学生都疑心很重——那么他就会自己写出一篇文章,对您所写过的内容进行科学论述。然而,即便实现了这个希望,也还是没有取得大成绩。大学生的那篇文章,为这样一件奇特的事件作了辩护,也许因此就会遭到大家的嘲笑。您从这份农业杂志的这个例子上可以看出,这种事很容易发生,而且科学杂志在这方面更显得无情。这也可以理解,教授们对自己、对科学、对后世肩负着重大责任,他们不能对每个新发现都欣喜若狂。我们这种人在这方面比他们优越。可是我现在不谈这些,我愿意设想,大学生的文章取得成功了。那又会发生什么事呢?人们也许会怀着尊敬几次提及您的名字,这多半也会有利于提高您的地位,人们会说:'我们的乡村教师有眼力。'这儿这份杂志,如果有记忆力和良心的话,就得向您公开道歉,也就会有一个好心的教授设法给您弄到一份奖学金,人们也确实可能会试图调您进城,给您在一所市立国民小学安排一个工作,以便给您提供利用市里拥有的科学资料来进修的机会。但是如果我直言不讳的话,那么我必须说明,我以为,人们仅仅是试试看而已。人们把您召唤到这里来,您也来了,以一个普通申请者的身份,这样的申请者多着呢,不会有什么隆重的接待,人们和您交谈,赞赏您的真诚的努力,可是同时却也看到,您是一个上了年纪的人了,在您这个年龄开始搞科学研究,是毫无希望的。人们看出,您与其说是按计划还不如说是偶然做出了您的那个发现,您根本无意于超出这个个别事件的范围以外去做什么进一步的研究。那么,出于这些原因,人们也许会让您留在村里。您的发现当然会有人去继续加以研究的,因为您那个发现并不是那样微不足道,一经受到重视便不会轻易被人忘掉。但是您再也不会听到多少有关那个发现的情况了,您听到的,您几乎都理解不了。每一个新发现将立刻被纳入科学宝库的总体之中,因此在某种程度上也就不再是一种发现了,它便整个地升华了,消失了,人们得有一种经过科学训练的眼力才能将其辨认。有人会将一个新发现同一些我们从未听说过的原理联系在一起,在学术争论中,同这些原理联系在一起的新发现又会被抛到九霄云外去。我们怎么会理解这种事呢?譬如,我们在旁听一次学术讨论会时,以为是在讨论那个发现,而其实讨论的完全是别的事情,下一回我们以为是讨论别的事,不是讨论那个发现,可是讨论的却恰巧正是那个发现。

"您明白这个道理吗?您会留在村里,可以用您拿到的钱稍稍改善一下您家里的伙食和衣着,但是您的发现者的权利就会被剥夺,而且您还没有任何理由对此进行反抗,因为那个发现是到了城里才发挥出真正的效力来的。人们也许决不会对您忘恩负义,人们大概会在做出那个发现的地方盖一个小小的纪念馆,它会成为村子里的一处名胜,您则是掌管钥匙的人,一如科学工业的仆人们惯于佩戴奖章,人们也会授给您一枚佩戴在胸前的小奖章,这样,您连荣誉勋章也有了。这一切都有可能;可是这一切是您所希望的吗?"

他没有正面回答,而是完全正确地反问道:"这么说,您曾力图为我谋求过这些东西的啰?"

"也许是的。"我说,"我当时采取的行动是没有经过认真考虑的,所以现在我也无法明确地回答您。我想帮助您,但是事情失败了,甚至是我所干的事情中失败得最惨的一次,因此现在我想退出,并尽力设法把我所干的事情一笔勾销,就好像我从未插手过那样。"

"那么好吧。"乡村教师说道,一边掏出烟斗装上了一袋烟,他身上所有的衣袋里都装着烟叶子。"您自愿关心过这件吃力不讨好的事情,现在也是自愿退出。这一切都做得完全正确!""我不是个顽固不化的人。"我说,"您觉得我的建议有什么不妥当的地方吗?""没有,一点也没有。"乡村教师说道,这时他的烟斗已经冒起烟来。我受不了他的烟叶的那股气味,便站起来,在房间里走来走去。从以前的几次商谈中我已经习惯了乡村教师对我沉默寡言,他一旦来了便不想挪动身子离开我的房间。有时候这曾使我感到十分惊愕;他还想要点什么东西吧,我总是这样以为,并且给他钱,而他通常也都接受。但是他总要待够了才走。通常是在抽完那袋烟以后,他便晃晃悠悠绕着圈手椅转,随后又规规矩矩、毕恭毕敬将那把圈手椅挪到桌子旁边,从墙角拿起他的那根结节拐杖,热烈地握握我的手,走了。可是今天,他坐在那儿一声不吭,我简直讨厌已极。如果一个人,如同我已经做过的那样,一旦向另一方表示了彻底分手的意向,而且对方认为这样完全正确,那么那个人就得尽快处理完那尚需共同解决的不多的事务,不要漫无目的一声不吭地坐在人家面前,惹人生厌。如果有人从背后看一眼这个固执的小老头儿,看他怎样坐在我的桌子旁边,他一定会认为简直没有任何办法把这个小老头从房间里弄走。

张荣昌 译

布鲁姆费尔德,一个上年纪的单身汉 *

一天晚上,布鲁姆费尔德,一个上了年岁的单身汉,上楼到他的寓所去。这可是一件辛苦事儿,因为他住在七层楼。他一边爬楼梯一边想——近来他经常如此——这种孤寂冷清的日子真难挨。现在他简直是偷偷摸摸地爬上这六层楼梯,爬到楼上他那几间空落落的房间里,在那儿又简直是偷偷摸摸地穿上睡衣,点上烟斗,稍稍翻阅一下那份他几年来一直放着的法国杂志,边看边饮一种他自己配制的樱桃酒。半个小时以后他终于上床睡觉,上床前还得重新把被子彻底铺过一遍,那个怎么教她也不改的女佣人总是随心所欲地把被子往床上一扔就算了事。如果随便有个什么人来做伴,来看看他的这些活动,布鲁姆费尔德一定会非常欢迎的。他曾经考虑过他要不要弄一只小狗来养养。这种动物惹人喜欢,尤其是它感恩图报而且忠实。布鲁姆费尔德的一个同事就有一只这样的狗,除了它的主人以外,它跟谁也不亲近,只要有一会儿工夫没看见它的主人,再见到他时它便会立刻大声汪汪叫着迎接他,显然它是以此来表示重新见到它的主人,这位特殊的恩人时的喜悦。养狗当然也有坏处。即使很注意让它保持清洁,它也会把房间弄脏。这是完全不可避免的,因为不能每次带它进房间来以前都用热水给它洗澡,何况这于狗的健康也不利。而房间里不干净,布鲁姆费尔德又受不了,对他来说,房间的干净整洁是某种生活的必需,他每周都要跟在这一点上可惜不很讲究的女佣人争吵好几回。由于她耳背,他通常都是一把拽住她的胳臂,把她拉到房间里他认为没有收拾干净的那些地方去。多亏这样严格地要

---

* 此篇作于1915年2月8日至3、4月间,没有写完。1935年首次发表在短篇小说集《一次战斗纪实》中。——编者注

求，他才使他的房间整理得接近于符合他的愿望。可是弄一只狗来，这简直就等于是自愿把迄今为止一直被小心翼翼地抵挡着的污秽引进他的房间里来。跳蚤，那些狗常有的伴侣，也会跟着来了。一旦有了跳蚤，那么，布鲁姆费尔德把他的那间舒适的房间让给那只狗、自己再另找一间的时刻也就不远了。而不干净只不过是狗的一个坏处。狗也会犯病，而且狗病说实在的没有一个人会瞧。狗一生病，便蜷缩在一个角落里，或者一瘸一拐地走来走去，哀鸣，不断地轻咳，疼得喉咙哽噎，你用一条毯子裹住它，对它吹吹口哨，把牛奶罐推到它跟前，简单一句话，你一边照料它一边希望这是一场很快便会见好的小病，而且也确实存在着这种可能，可实际上又往往是一种严重而可恶的传染病。即使那条狗一直没有病，那么将来有朝一日它会衰老，而你又未能拿定主意，及时把那条忠实的狗送掉，于是会有那么一天，你一看到那对泪汪汪的狗眼，便会顾影自怜，想到自己也老了。可是随后你便不得不同那只眼睛半瞎、肺部虚弱、因肥胖而行动迟钝的动物一道受罪，不得不为那只狗从前所带来的快乐而付出高昂的代价。不管布鲁姆费尔德现在多么盼望有一只狗，他还是宁愿再独自一个人爬三十年的楼梯，也不愿意以后受这么一条老狗的连累，这条老狗喘气的声音会比他自己的还要粗，并在他的身边艰难地一级一级往上爬。

就这样，布鲁姆费尔德将继续过独身生活。他倒是没有老处女常有的那种欲望。老处女希望身边有一个隶属于自己的有生命的东西，她可以保护这个生命，她可以对这个生命表示温存，她愿意一直侍候这个生命，因此一只猫、一只金丝鸟或者几条金鱼便能满足她的欲望，使她如愿以偿。如果不能这样，那么侍弄侍弄窗前的花卉她们也会心满意足的。可是布鲁姆费尔德却只愿意要一个做伴的，一头动物，他用不着为这头动物操多少心，偶尔踢它一脚也没什么关系，在不得已的情况下它也可以在胡同里过夜，可是如果布鲁姆费尔德想它了，它便会立刻又吠又跳，摇尾乞怜，过来听候使唤。布鲁姆费尔德要的就是这样的玩意儿。可是他看出，不蒙受巨大的损失他是养不了它的，所以他只好打消了这个念头，可是他旧习不改，不时地会转悠起这个念头来，今晚也是如此。

他来到楼上，站在他的房门口，从口袋里摸钥匙，这时房间里传出来一阵响声，引起了他的注意。那是一种古怪的吧嗒吧嗒的声音，不过很清晰，很有规则。由于布鲁姆费尔德刚才还想到过狗，因此这声响使他联想起狗的两个前爪轮流拍打地面所发出的那种响声。但前爪不会吧嗒吧嗒响的，那不是前爪。他急忙打开房门，扭开电灯。万没想到他看到的竟是这样一副景象。这简直是变魔术，两个白底蓝条纹小赛璐珞球在镶木地板上交替地跳上跳下。一个球着地，另一个就在高处，它们不知疲倦地玩着这样的游戏。有一回中学做一次有名的电学实验时，布鲁姆费尔德曾看见一些小球类似这样地跳动，这可不是做电学实验。布鲁姆费尔德朝小球俯下身去，想把它们看个真切。毫无疑问，这是普普通通的球，多半球体内部还有几个更小的球，是它们发出了吧嗒吧嗒的声音。布鲁姆费尔德朝空中抓了一把，看看小球是否吊在什么线上，没有，它们完全是在独立运动。可惜，鲁姆费尔德不是小孩，否则看到两个这样的球他一定会喜出望外的，而眼下，这件事却给他一种不愉快的印象。作为一个不起眼的光棍无声无息地活着，并不是毫无价值的，现在有人——不管他是谁——打破了这个无声无息的状况，给他送来了这两个滑稽的球。

　　他想抓住一个，但两个球都避开他向后退去并引诱他在房间里跟着球跑。他寻思道，这样跟着球跑实在太蠢了。于是他便站住，在一边望着球，眼看它们在追逐似乎已经停止的时候也在原地停住了。他又想，我还是得设法逮住它们，便又急忙向它们奔过去。它们立刻避开，但布鲁姆费尔德叉开两条腿将它们逼进一个墙角，在墙角上那只箱子跟前，他成功地逮住了一个球。那是一个凉丝丝的小球，在他的手心里旋转着，显然渴望逃脱。另外那个球仿佛看到了它的同伴处于困境似的，跳得比原先更高了，但放慢了跳跃的速度，直至它碰着了布鲁姆费尔德的手。它撞击那只手，越跳越快地撞击着，改变着攻击点，由于它对那只能一把将它握住的手无可奈何，于是它便又往高处跳起来，多半是想够着布鲁姆费尔德的脸。布鲁姆费尔德也完全可以把这个球逮住，把两个球都禁锢在某个地方，但此刻他觉得对两个小球采取这样的措施未免太过分。

占有这样的两个球,也是件开心的事儿嘛,况且过不了一会儿它们就会疲惫不堪,滚到一个柜子下面安静下来的。可是尽管有这样的考虑,布鲁姆费尔德心里还是在冒火,不由将那只球往地上一扔,真奇怪,那个脆弱、几乎透明的小球竟然没有碎。那两个球随即又做起先前那种低矮的、协调一致的跳跃动作来。

布鲁姆费尔德心平气和地脱衣服,理了理衣箱里的衣服,他一向惯于仔细查看女佣人把房间拾掇整齐了没有。有那么一两回,他扭过头去望望那两个球。它们没受到跟踪,现在倒好像跟踪起他来了,它们已经向他这边移动过来,紧靠在他的背后跳动。布鲁姆费尔德穿上睡衣,想走到对面墙根前,从那儿的烟斗架上拿一个烟斗。转身之前他情不自禁向后面踢了一脚,那两个球却很会躲闪,没给踢着。当他绕着烟斗架走时,那两个球立即跟了上来,他趿拉着拖鞋,脚步错乱地走着,但是他每跨出一步,球便几乎不间歇地撞击一下,它们跟他合着脚步呢。布鲁姆费尔德突然转过身,想看看那两个球是怎么回事。可是他刚一转过身去,球便绕到了他的背后,他再转身,球又绕到他的背后,这样重复了许多次。它们像下级随从人员,竭力避免在他面前停住。到现在为止,看来它们只是为了向他作自我介绍,才斗胆在他面前停过,但如今它们已经尽过他们的职分。

到眼前为止,他每逢遇到特殊情况而又没有能力控制局面的时候,总是只有装聋作哑这一个办法。这个办法常常很灵验,通常起码会使局面好转。他现在也采取这个态度,站在烟斗架跟前,撅着嘴挑了一只烟斗,慢条斯理地用准备好的烟袋里的烟叶装烟斗,无动于衷地任凭那两个球在他背后跳跃。可是他还踌躇着不马上走到桌子跟前去,听到跳跃声和着他自己的脚步声发出整齐的节奏,他心里几乎感到难过。他就这样站着,故意磨磨蹭蹭地装烟斗,一面估摸着他和桌子之间的距离。最后他终于鼓足了劲,狠命跺脚,走完了那一段路。他跺得地板咚咚响,根本没有听见球的声音。当他坐下来时,它们在他的圈手椅后面跳跃的声音又清晰可闻了。

桌子上方的墙上,在伸手就可以够到的地方,安了一块木板,木板上放着那瓶樱桃酒,酒瓶四周摆满了小酒杯。酒瓶旁边有一摞法国杂志。(恰好今天来了一期新的。布鲁姆费尔德把新到的杂志拿下来。那酒他全然忘了,他甚至有这种感觉,仿佛他今天只是出于自我安慰才不受干扰地干他往常所干的事,真要读点什么他倒也不想。他一反往常一页一页仔细翻阅的习惯,打开杂志,随便翻到一页,发现有一幅很大的画。他强迫自己仔细看那幅画。画上是俄国皇帝和法国总统会见的情景。会见是在一艘船上进行的。从四周到远处还有许多别的船只,船上烟囱里吐出的烟雾在蔚蓝的天空袅袅上升。两个人,皇帝和总统,急匆匆迈着大步互相迎面走了过来,恰好相互握住了手。皇帝和总统的背后各站着两个显贵。与皇帝和总统的欢快的神色相比,随员们的神色都显得极其严峻,各方随员的目光都一齐望着各自的主子。这个场面显然发生在船只的最高层甲板上,而底下,水手们站在长长的行列里敬礼,这敬礼的水手的行列到了画面的边缘便被切断了。布鲁姆费尔德看着看着便对这幅画产生了更加浓厚的兴趣,随后便把那画挪得稍微远一些,眨巴着眼睛仔细观看它。对于这样伟大壮丽的场面他始终具有很高的鉴赏能力。主要人物这样毫不拘谨、热烈而轻松自如地互相握手,他觉得这很符合实际情况。而随员们——当然都是达官显贵,下面注有他们的名字——在其举止态度上保持着这一历史性时刻的严肃性,这样处理同样也是对的。)

布鲁姆费尔德没有把他所需要的一切都拿下来,而是不声不响坐着,两眼望着那一直还没有点燃的烟斗。他窥测着时机,蓦地,他生机勃发,猛地一下连同圈手椅一道转过身去。但球也保持着相应的警觉,或者是漫不经心地服从着那条支配它们行动的法则,在布鲁姆费尔德转身的同时,它们也换了地方,隐藏在他的背后。布鲁姆费尔德就背对着桌子坐着,手里拿着那只凉烟斗。现在球在桌子下面跳跃,由于那儿有一条地毯,所以声音很微弱。这是一大好处,只有极其轻微而低沉的响声,要非常注意才听得见。而布鲁姆费尔德却十分留神,听得一清二楚。但这只是现在才如此,再过一会儿他多半就一点儿也听不见了。它们在地毯上如此不惹人注意,这在布鲁姆费尔德看来,似乎是球的一大弱点。人们只需垫上一块或者更保险一点垫上两块地毯，它们便几乎无能为力了。当然只是在一定的时间内，此外，它们的存在本身就已经意味着某种力量了。

现在，布鲁姆费尔德倒觉得很可以养一只狗了，这样一只年轻、野性的动物马上就会把这些球治服的。他想象这只狗怎样追逐着用前爪抓球，怎样地驱赶它们，怎样追得它满屋子乱跑，最后终于一口咬住了它们。布鲁姆费尔德不费什么劲便可以在最近弄到一只狗的。

但是眼下，那两个球只需要提防布鲁姆费尔德，而他却不想去收拾它们，也许他只是下不了决心。晚上下班回来他累了，正当他需要休息的时候，竟出其不意给他来了这一手。现在他才感到他有多么疲倦。这些球他反正是一定要收拾的，并且很快就会动手，但眼下不会，多半要到第二天才会去收拾它们。如果不带任何偏见看一看整儿这件事情，那么应该说，这两个球的举止行为是够谦虚的。比如说，它们本可以不时地向前跳跃，露一下面便又回到原处，或者跳得更高些，好撞击桌面板，以补偿被地毯压低的声音。但是它们不这样做，它们不愿意不必要地去惹怒布鲁姆费尔德，它们显然只限于做必不可少的事。不过，这必不可少的事也足以使布鲁姆费尔德对待在桌子旁边兴味索然。他才在那儿坐了不多几分钟便想去睡觉了。他在那儿不能抽烟，因为他把火柴放在小床头柜上了，这也是他想去睡觉的缘由之一。这就是说，他要抽烟就得去取那火柴，但既然他已经到了床头柜跟前，那还不如待在那儿就势躺下呢。在这个问题上，他也还有一个隐情，原来他以为那两只球一味跟在他背后，并且会跳到床上来的，而他一躺下去便会有意无意地把它们压碎。他不相信球的碎片也会跳的。不平常的事物，也得有个限度。平常，整个儿的球也会跳，尽管不是不停顿地跳，可是，球的碎块是从来都不会跳的，所以在这不平常的情况下也不会跳动。

"起来！"他嚷道，经过这番考虑他几乎任起性子来了。他背后带着球，踏步向卧床走去。他的希望似乎就要得到证实，当他故意贴近床的时候，马上便有一个球跳到床上。可是出现了意想不到的情况，另外那个球竟跑到床底下去了。球也会在床底下跳，这种可能性是布鲁姆费尔德完全不曾想到的。他对那一个球感到恼火，虽然他觉得这是多么不公平，因为那个球在床下跳，所以它完成任务也许要比床上的那个球完成得好。现在要看那两个球决定待在哪儿了，因为布鲁姆费尔德不相信它们会长时间分开工作。不一会儿，下面那个球果然也跳到床上来了。现在我要它们的好看了，布鲁姆费尔德心里这么说，兴奋得有些激动了，一把扯下身上的睡衣，急忙躺到床上去。但这时，从床下跳到床上来的那个球偏偏又在往床下跳去。布鲁姆费尔德怀着极度失望的心情简直是瘫倒在床上了。那个球多半只是在床上张望了一下，它不喜欢待在那儿。于是乎，另外那个球也跟着它跳下去，自然也就待在下面了，因为下面更好些。"这一整夜我都得在这儿跟这些鼓手们做伴了。"布鲁姆费尔德心想，咬着嘴唇点了点头。

他郁郁不乐，其实他并不知道那两个球夜里会对他有什么损害。他睡眠一向极好，这点小小的声响他好对付。为了有充分的把握，他根据已经取得的经验在它们下面垫了两块地毯。仿佛他养了一只小狗，现在给它铺了软和的床铺。仿佛那两个球也疲乏了、困倦了，它们也跳跃得比先前低而慢了。每当布鲁姆费尔德跪在床前，用那盏床头灯往床下照时，他有时便以为那两个球永远躺在地毯上不动弹了，因为它们落地时十分无力，滚动一小段距离时的速度也十分缓慢。不过，它们随后又尽责地蹦了起来。如果布鲁姆费尔德第二天一早起来再看那床底下时，他便会发现那儿有两个安静的、不会伤人的儿童球，这种情况也是可能的。

但它们似乎连坚持跳到早晨都不能了，因为布鲁姆费尔德一躺到床上就听不见它们的响声了。他竭力想听到一点动静，他从床上探出身子去仔细倾听，什么声响也没有。地毯起不了这么大的作用，唯一的解释是，两个球不跳了。要么地毯软，弹性不够，它们弹跳不起来，因而暂时停止跳动了，要么就是——这个可能性更大——它们永远也不会再跳了。布鲁姆费尔德满可以起来看看究竟是怎么回事，但他对房间里终于寂静下来感到满意，所以他宁愿躺着，连用目光接触一下那静止下来了的球都不愿意。他甚至连烟也不想抽，一转过身去，马上便睡着了。

可是他并非不受干扰。同往常一样，他这一夜也没有做梦，但睡得很不安稳。夜里他无数次被惊醒，误以为有人在敲门。他也肯定知道没有人敲门，谁愿意半夜三更来敲门，敲他的门，敲一个孤独的光棍的门呢。他虽然肯定知道这一点，但是他仍然每次都会惊起，神情紧张地朝房门张望一阵，张着嘴，睁大了眼睛，一绺绺头发在潮湿的额角上抖动着。他想计算出他一共醒过来多少次，所得出的数字很大，弄得他迷迷糊糊，重新睡着了。他自以为知道那敲门声是从哪儿发出来的，敲的不是房门，完全是在别的什么地方敲，但他在睡意蒙眬中想不起来他是根据什么这样推测的。他只知道先有许多微小而可厌的打击声聚集到一起，然后才汇成那巨大而强烈的敲门声。假如他可以避免听到那敲门声的话，那么，那些微弱打击声尽管讨厌他还是乐于忍受的，但由于某种原因现在已经为时过晚，他在这方面无法进行干预，错过了时机，他连话都没有，只是张嘴打着无声的呵欠，他气愤不过，猛然把脸埋在枕头里。这一宵就这样过去了。

　　早晨，女佣人的敲门声把他唤醒了，他用一声舒心的叹息欢迎他平常总是嫌声音小得听不见的轻柔的敲门声，他正想喊"进来"，这时他突然还听见了另外一声急促的、虽然微弱但确实杀气腾腾的敲击声。那是床底下的球。难道它们醒过来了？难道它们同他相反，睡了一夜精力又充沛了？"马上就来。"布鲁姆费尔德对女佣人喊道，说着从床上坐了起来，但为谨慎起见，他要让两个球待在他的背后的位置上，于是他一纵身跳到了地上，但始终背对着它们。他扭头朝它们望去，这一看不打紧，他简直快要骂娘了。看来那两个球像夜里蹬掉讨厌的被子的孩子，这一夜它们一拱一拱地把地毯从床下拱出来了那么一截，它们下面又露出了光光的镶木地板，又可以发出声响了。"回到地毯上去！"布鲁姆费尔德恶狠狠地说道，直到那两个球由于地毯的作用重新寂静下来的时候，他才喊佣人进来。她是一个迟钝的、总是直着身子走路的胖女人。她应声进来把早餐放在桌上，便张罗着打扫起房间来，而这时布鲁姆费尔德却身穿睡衣站在床边，好让那两个球待在床底下。他用目光紧紧盯住女佣人，想看看她是否有所察觉。这是不大可能的，因为她耳背。可是布鲁姆费尔德却自以为看见女佣人不时地停住脚步，扶住一件什么家具,竖起眉毛在偷偷地听,这一切他都归咎于自己因睡眠不好而引起的精神亢奋。如果他可以使女佣人干活干得稍许快一点,他一定会感到高兴的,但她几乎比平时还要慢。她笨手笨脚地抱起布鲁姆费尔德的一堆衣服和靴子往过道里走去,很长时间她都没再进来,只听见传来零星而单调的敲打声,那是她在外面拍打衣服的声音。在整个这段时间里,布鲁姆费尔德不愿意将球引出来,所以他固守在床上,动弹不得,只好眼巴巴地看着咖啡凉下来,而他本来是最喜欢喝热咖啡的。他没有别的事好做,只好盯住垂下的窗帘,窗帘外面晨光熹微。最后女佣人终于拍打完毕,道过一声早安,就想走了。但在最后离去之前,她还在门口站了片刻,稍稍翕动着嘴唇,狠命地盯住布鲁姆费尔德看。可是正当布鲁姆费尔德想问她这是什么意思的时候,她却一扭头走了。布鲁姆费尔德恨不得一把拉开房门,冲着她的后背,大骂她是个愚笨痴呆的老太婆。但他随即想了一想他究竟同她有什么过不去的地方,他只觉得事情十分荒唐,她无疑什么也没有觉察到,可是却想装出觉察到什么的模样来。他的思绪多么紊乱!而且仅仅由于一夜没睡好觉就成了这个样子!他为他没有睡好觉找到了一个小小的原因,那就是昨天晚上他没按自己的习惯去做,既没吸烟也没喝酒。我一不吸烟不喝酒便要睡不好觉,这就是他思考后得出的最后结论。

从现在起他要更加注意身体,他当即从挂在床头柜上方的药包里拿出药棉,往耳朵里塞了两个小棉花球。然后他站起来,跨出一步试了试。两个球虽然跟着他走了,但是他几乎听不见它们的声音,于是他又塞了一个棉花球,便把它们的声音完全消除掉了。布鲁姆费尔德又走了几步,没有发生什么特别不愉快的事。布鲁姆费尔德和两个球,各自都自成一体,虽然它们互为约束,但是它们互不干扰。有一回布鲁姆费尔德转身转得比较快,而有一个球在做相对运动时动作却不够快,仅在此刻,布鲁姆费尔德的膝盖才把它磕着了。这是唯一的意外,除此以外,布鲁姆费尔德就是平心静气地喝咖啡。他饿了,仿佛这一夜他不是睡了一觉,而是做了一次长途跋涉,他用极其清凉的冷水洗了洗身便穿上了衣服。到此刻为止,他一直没有把窗帘拉起来,为了谨慎起见,他宁愿待在昏暗里也不想让陌生人的眼睛看见他的球。但他现在已经做好了出门的准备，万一两个球也敢于跟着他上街——这一点他并不相信——他得想法子不让它们得逞。他想出了一个好主意，他打开那只大衣箱，背对着它。那两个球好像看出他打的是什么主意似的，便留神着不到衣箱里去，布鲁姆费尔德和衣箱之间的每一个空隙它们都充分利用，实在没有办法时就一下子跳进箱里，随即又从黑咕隆咚的箱子里逃了出来。他没有法子把它们从箱沿弄到衣箱里去。它们宁愿渎职，几乎紧贴在布鲁姆费尔德的身边。但是，它们的小花招丝毫也帮不了它们的忙，因为现在布鲁姆费尔德自己后退着跨进了衣箱，这一下它们当然也就不得不跟进去了。它们一跟进去也就决定了它们的命运，因为箱底放着各种小件物品，有靴子、盒子、小箱子，那些东西虽然全都——现在布鲁姆费尔德为此感到惋惜了——放得整整齐齐，但却妨碍那两个球的行动。这时，几乎已将衣箱门随手拉上的布鲁姆费尔德，以多年来未曾有过的敏捷，一下子从衣箱里跳了出来，关上箱子，转动钥匙，当即把两个球锁在了里面。"这下子总算成功了。"布鲁姆费尔德心想，一边抹了抹脸上的汗。那两个球在衣箱里吵闹得多凶啊！给人的印象是它们仿佛在拼命了。而布鲁姆费尔德却十分满意。他离开房间刚一踏上那空寂的走廊，精神顿时就为之一爽。他拿掉塞在耳朵里的棉花，听见了屋子里人们醒来的种种响声，心里禁不住地高兴。外面人很少，时间还很早。

女佣人的那个十岁小男孩正站在楼下穿堂里那扇矮门的前面，那扇门是通向女佣人住的地下室的。那个孩子跟他母亲长得一模一样。一看见孩子的这张面孔便会想起老太婆的丑陋相貌。他，两条罗圈腿，双手插在裤兜里，站在那儿呼哧呼哧直喘气，因为他这个年纪就已经得了甲状腺肿大，呼吸有困难。平时，布鲁姆费尔德一见这个男孩便要加紧脚步赶快走开，尽可能避免看到他那番表演，但今天他简直想待在他身旁不走了。即使这个男孩是由那个女人生到这个世界上来的，而且身上带着母亲的种种标记，可眼下他是个孩子，粗笨难看的脑袋里是天真的稚气，如果你好好跟他谈谈，问他点什么，那么他多半会用响亮的声音天真而恭敬地回答你的。内心经过一番斗争以后，你也就会去抚摸抚摸他的两个面颊。布鲁姆费尔德这样寻思着,但还是从孩子身边走了过去。在胡同里,他发觉天气比他在房间里想象的要好。晨雾在消退,一阵强劲的风吹过,天空露出了蓝色。布鲁姆费尔德感谢那两个球,多亏了它们他才比平时早得多地从房间里走了出来,那份报纸他连读都没读就放在了桌子上。不管怎么说,他因此就赢得了许多时间,现在可以慢慢地走了。真奇怪,自从他把两个球甩掉以后,他很少为它们担忧。只要它们跟在他后面,他就得把它们看做是他所拥有的某种东西,某种在评价他这个人时必须一同加以考虑进去的因素,可是现在,它们只不过是家里衣箱内的一个玩具罢了。这时布鲁姆费尔德突然产生了一个念头,得替那两个球找一个应有的归宿,这样,他也许就能轻易地使它们不再为非作歹。那个男孩子还在那穿堂里站着呢,布鲁姆费尔德可以把球送给他,不是借给他,而是明确地送给他,而送给他和下令消灭它们,其意义当然是相同的。即使它们会完好无损,但毕竟是在孩子的手里,比起放在箱子里,身价要低一档。屋里所有的人都会看见那个孩子怎样玩弄它们,别的孩子也会加入进来,一般人都会认为那是供人玩耍的球,不是布鲁姆费尔德的什么终身伴侣,这个意见会变得不可动摇、不可抗拒。布鲁姆费尔德跑回屋里。那个男孩刚刚走下地下室楼梯,在下面正想开门。布鲁姆费尔德只好喊住那个孩子,叫了一声他的名字。跟和那孩子有联系的所有事物一样,他的名字也滑稽可笑。"阿尔弗雷德,阿尔弗雷德!"他喊道。那个孩子迟疑了良久。"你过来呀!"布鲁姆费尔德喊道,"我给你一样东西。"房东的两个小女孩从对面的房门里走了出来,好奇地站在布鲁姆费尔德的左右两边。她们理解事物比那个男孩快得多,不明白为什么他不马上跑过来。她们招手叫他过来,一边用眼睛紧紧盯住布鲁姆费尔德,但揣摩不透阿尔弗雷德究竟会得到一件什么样的礼物。她们为好奇心所驱使,两只脚交替着一踮一踮。布鲁姆费尔德笑她们,也笑那个男孩子。这男孩子似乎终于明白过来,正呆板而迟钝地沿着楼梯走上去,就连他迈步的姿势也跟他的母亲一样,她此时已出现在地下室门口了。布鲁姆费尔德故意大声叫喊,好让女佣人也明白他的意思,必要的话还可以监督他执行任务。布鲁姆费尔德说道:"楼上,在我的房间里，有两个很好看的球。你想要吗？"男孩只是撇了撇嘴，他不知道应当采取什么态度，他扭转身，用询问的眼光向下望着他的母亲。但女孩子们立刻围着布鲁姆费尔德跳了起来，并向他要球。"那球你们也可以玩的。"布鲁姆费尔德对她们说道，却等着男孩的答话。他本来可以立刻把球送给女孩子的，但他觉得她们太轻浮，现在他更信任那个男孩子。在这同时，这个男孩子没有跟母亲交换一句话就已从她那儿讨得了主意，并对布鲁姆费尔德再次提出的问题点点头表示同意。"那你注意听着，"布鲁姆费尔德说，他深知自己不会因为送了礼物而受到感谢，对此他毫不介意，"我房门的钥匙你母亲有，你得从她那儿把那钥匙借来，我把我衣箱的钥匙给你，球就在那个衣箱里。拿到球后再好好地把衣箱和房门锁上。那球你就拿去随便玩吧，不用再送回来了。你明白我的意思了吗？"遗憾的是那个孩子没有听明白。布鲁姆费尔德原想把一切都给这个理解力无比迟钝的孩子讲清楚，但正因为如此，他说话重复太多，钥匙、房间、衣箱颠来倒去地讲，弄得那孩子睁大眼睛望着他，好像他不是在干好事，而是在勾引他干坏事。女孩子们倒马上就全听明白了，拥到布鲁姆费尔德跟前，伸手就要拿钥匙。"等一等。"布鲁姆费尔德说道，他在生大家的气了。时间也在流逝，他不能再耽搁下去了。要是女佣人说一声她已经听明白了他的意思，会替那孩子把一切都办妥帖的，那该有多好。可是不，她还是一直站在下面门口，像腼腆的耳背女人那样忸怩地微笑，也许是以为布鲁姆费尔德在上面突然喜欢上她的孩子，正在听孩子背乘法口诀呢。可是布鲁姆费尔德却又不能走下地下室楼梯，对着女佣人的耳朵大声嚷嚷他的请求，愿她的儿子看在上帝分上使他摆脱掉那些球。他愿意把他衣箱的钥匙交托给这家人一整天，这说明他已经克制住了自己的情感。他自己不带那孩子上楼，不去那儿把球交给他，而是在这儿把钥匙递给他，这并不是他怜恤自己的身体。他总不能在楼上先把球送掉，然后又从孩子手中夺走，因为那两个球会跟在他背后一起走的，这是非常有可能的。他开始重新进行解释，但一见那孩子懵懂的目光便又立刻停下，几乎是神色忧郁地问道："这么说，你还没听懂我的意思？"一束如此懵懂的目光可以使人失去抵御的能力。它会引诱人说出不愿意说的话，而人们之所以那样，仅仅是为了好用理性去填补空虚。

"我们去给他拿球！"女孩们喊道。她们机灵，她们已经看出，只有通过男孩这个中间人她们才能得到球，但她们还得靠自己让这个中间人起作用。房东的房间里一只时钟敲响了，提醒布鲁姆费尔德抓紧时间。"那你们就把这钥匙拿去吧！"布鲁姆费尔德说道，他刚一伸手，钥匙便从他手里被夺走了。假如他把钥匙给了那个男孩，那他就根本不用这么担心了。"房门钥匙到下面那位太太那儿去拿，"布鲁姆费尔德还说道，"你们拿了球回来，就把两把钥匙交给那个太太。""知道，知道！"女孩子们说着便一溜烟下楼去了。她们什么都知道，真是无所不知。仿佛布鲁姆费尔德受了男孩理解迟钝的传染似的，现在他自己都不明白，她们怎么会这样快就从他所作的解释中得知这一切情况的。

这时，只见她们已经在下面拉扯住了女佣人的裙子，但不管这多么诱惑人，布鲁姆费尔德却没工夫再去看她们怎样执行她们的任务了，这不单单是因为时间已晚，而且也是由于他不愿意目睹那两个球跑到室外来的情景。他甚至想在女孩子们刚到楼上开房门的时候就走出几条胡同去。他无法预料那两个球后来会怎么样。于是，今天早晨他第二次来到街上。他还看见那个女佣人怎样全力以赴抵御女孩们的进攻，那个男孩怎样晃动着那两条罗圈腿跑去帮助母亲。布鲁姆费尔德不理解，像女佣人那样的人怎么会在世界上生长、繁殖开来的。

在去他受雇的那家内衣厂的路上，他对工作的思虑渐渐占据上风，压倒了一切其他的杂念。他加快了脚步，尽管那男孩耽搁了他不少时间，他还是第一个来到了办公室。这是一间用玻璃隔开的房间，里面放着一张布鲁姆费尔德用的写字台和两张布鲁姆费尔德手下的实习生用的立式斜面桌。虽然立式斜面桌又小又窄，像是给小学生用的，但是由于这间办公室极其窄小，实习生们还是坐不下，因为假如他们一坐下来，布鲁姆费尔德的圈手椅就没地方搁了。因此，他们就整天趴在立式斜面桌上。对他们来说这当然很不舒服，但这也使得布鲁姆费尔德难于对他们进行观察，他们常常急切地挤到斜面桌跟前，但不是去工作，而是相互咬着耳朵窃窃私语，甚至打瞌睡。布鲁姆费尔德对他们很恼火。他承担着大量的工作，而他们对他的支持却是远远不够的。他的工作是负责处理与在家干活的女工之间的全部货款往来，那些女工是工厂为制造某些较上等的衣服而雇佣的。为能判断这项工作有多繁重，就必须对全部情况有比较深入的了解。但是自从布鲁姆费尔德的顶头上司几年前去世以来便再也没有人了解这个情况，因此布鲁姆费尔德就也不能赋予任何人以评判他的工作的权利。譬如工厂主奥托马尔先生就显然低估布鲁姆费尔德的工作。布鲁姆费尔德在厂里二十年所作出的成绩他当然是重视的，这不仅因为他必须重视，而且也因为他尊敬布鲁姆费尔德，认为他是个忠诚、值得信赖的人，但对他的工作他却低估了，因为他认为，这项工作可以比布鲁姆费尔德现在的做法安排得更简单些、因而在各方面也都将更有效些。人们说，奥托马尔之所以很少在布鲁姆费尔德的科里露面，仅仅是为了免得看见布鲁姆费尔德的工作方法而生闲气，这话大概并非不足信。这样受人曲解，布鲁姆费尔德心里当然感到难过，但这是没有办法的事，因为他总不能强迫奥托马尔连续在他自己的科里待上一个月，研究科里要做的种种头绪纷繁的工作，并运用奥托马尔自己以为是更好的办法，而这样一来，势必会把科室搞得一团糟，随后，奥托马尔才会信服布鲁姆费尔德。因此，布鲁姆费尔德就毅然决然按老章程办事。过了很长一段时间以后，有一次奥托马尔到他的科里来了，他吃惊之余仍本着下级人员的责任感勉强试着给奥托马尔解释各种设施的用途，此人听罢低垂着眼睛默默颔首走了。他感到痛心的倒不是受到了这种曲解，他痛心的是，他想到一旦自己退休离职，科里马上会给弄成一团糟，因为他不知道工厂里有谁能顶替得了他，能接替他的职务，并使工厂里的生产接连几个月避免出现最严重的停滞状态。如果上司瞧不起什么人了，那么职员们便会设法尽量比上司更瞧不起那个人。因此，人人都瞧不起布鲁姆费尔德的工作，没有人认为有必要到布鲁姆费尔德的科里去工作一段时期以提高自己的业务能力。如果录用了新职员，也没有人会主动要求到布鲁姆费尔德手下去工作。正因为如此，布鲁姆费尔德的科里就后继乏人了。布鲁姆费尔德只有一名勤杂工相助，一应事务均独自一人料理。当他要求雇一名实习生时，竟交涉了几个星期，嘴皮子都快磨破了。布鲁姆费尔德几乎每天都来到奥托马尔的办公室，心平气和、不厌其烦地给他解释，为什么他那个科里需要一名实习生。之所以需要这样一个人，并不是因为他布鲁姆费尔德想偷闲，他布鲁姆费尔德不想偷闲，他干着繁重的工作，并不打算撂下不干，但请奥托马尔先生想一想，业务日益发达兴旺，所有各科室都相应地扩大了，只有他布鲁姆费尔德的科一直被遗忘了。可是，恰恰在那个科里，工作量增长得多快！他刚到那个科里来的时候，奥托马尔肯定记不得那个时代了，那时科里只跟十个左右的缝纫女工打交道，今天有五六十个了。干这样大量的工作，要有人手才行，他布鲁姆费尔德可以保证自己为工作鞠躬尽瘁，但要他完全胜任自己的工作，这样的保证从现在起他可是下不了啦。当然啰，奥托马尔先生从不直截了当地拒绝布鲁姆费尔德的请求，他不能这样对待一个老职工，可是他那种爱听不听的态度，撂下正在提请求的布鲁姆费尔德同别人说话，哼哼哈哈地允诺，几天过后又把一切抛到脑后：——这种态度是相当伤人感情的。提出这样的请求不是为了布鲁姆费尔德，布鲁姆费尔德不是个好幻想的人，荣誉和赞扬虽说非常美好，布鲁姆费尔德可以不需要，只要还有一线希望，他就要不顾一切坚持到底，反正他有理，而合理的事情终究是会得到赞赏，尽管有时要经过很长的时间。就这样，布鲁姆费尔德最后还是要到了两名实习生，不过天晓得是两名什么样的实习生。别人简直会以为，奥托马尔已经看出，他给实习生比不给实习生更能清楚地表示他对那个科的藐视。甚至有可能是这么回事，即奥托马尔之所以这么长时间搪塞布鲁姆费尔德，仅仅因为他在搜罗这样的两名实习生，而且显然在长时间内搜罗不着。现在，布鲁姆费尔德可是有苦也没法诉了，他可以预料到老板会怎么答复他：他不是只要求加一个实习生吗？现在不是给了你两个实习生了吗？这一招奥托马尔干得巧妙至极。当然，布鲁姆费尔德还是诉了苦，但这仅仅因为他陷于困境，万不得已，并不是因为他现在还希望增加帮手。他也不是一味地诉苦，只是遇到合适的机会时顺带诉说两句。尽管如此，在歪心眼的同事中间不久便传开了这样一个谣言：有人曾问过奥托马尔，布鲁姆费尔德在得到了这般出类拔萃的帮手以后还一直在诉苦,是否真有此事?奥托马尔回答说,是的,布鲁姆费尔德还一直在诉苦,但诉得在理。他,奥托马尔,终于认识到这一点,并打算逐步做到有一个缝纫女工就给布鲁姆费尔德配备一名实习生,这就是说将总共配备六十名左右。万一这么多实习生不够用,他将再派人去,他将不停地派人去,直到那座疯人院成为完美无缺的疯人院时为止。须知,布鲁姆费尔德的那个科几年前就已经变成疯人院了。不消说,这种话是惟妙惟肖地模仿着奥托马尔的口吻说的,但他本人决不会用那种口吻说他,即便只是用相似的口吻也不会,对此布鲁姆费尔德并不怀疑。这全是二楼办公室里那帮懒汉编造出来的,他一概不予理睬。假如对于那些实习生他也能这样泰然处之就好了。但他们站在那儿,再也撑不走了。他们是脸色苍白、体质羸弱的孩子。按照他们的材料上的介绍,他们已经过了结束学业的年龄,这实在没法叫人相信。他们显然还需要母亲的照料,连把他们交托给教师家长都不会愿意的。他们自己还不懂得活动身子,尤其是在刚开始的时候,站久了他们便累得不得了。一不注意,他们就会体力不支,伛偻着背,歪斜着身子,站在一个角落里。布鲁姆·费尔德试图给他们讲清楚,假如他们老是这样懒散图舒适,他们会落下终身残疾的。差实习生挪挪身子去办点事,是要担风险的。有一回,他差一个实习生去办事,那家伙才挪动几步路,不料由于热心过了头,跑过去时撞在斜面桌上把膝盖都磕破了。当时房间里坐满了缝纫女工,斜面桌上堆满了衣服,但布鲁姆费尔德只好把一切工作都撂在一边,领着那个哭哭啼啼的实习生走进办公室,在那儿给他包扎了一下。但实习生们的这种热心也只是表面文章,他们就像真正的孩子,有时想出出风头,但他们更多的是想,或者说得确切点,他们几乎总是一味地想迷惑上司的注意力,欺骗上司。有一回正是工作最繁忙的时候,布鲁姆费尔德汗水淋漓,急匆匆地从他们身旁经过,发现他们正躲在一捆捆衣服之间换邮票呢。他真想用拳头朝他们的脑袋狠狠揍下去,这对于他们的这种行为是唯一行之有效的惩罚,但他们是孩子,布鲁姆费尔德可不能把孩子打死了。就这样,他继续忍受着他们给他带来的痛苦。本来他设想,在分发活件的时候实习生可以帮他一把。这是桩既紧张又细致的活儿。他曾想，他可以站在中间，站在斜面桌后面，始终可以综观全局，办理登记手续，而实习生们则按照他的命令来回奔走分发所有的活件。他曾设想，不管他监督得多么严格，那么一大堆人还是照顾不过来的，实习生们的悉心协助便能弥补疏忽。他还设想，这些实习生会渐渐积累起经验，不至于仍旧什么小事都是依赖他发号施令，终于能自己学会分辨缝纫女工们对活件的需要量和可信赖的程度。就这两名实习生的情况看，他的希望完全是空想。布鲁姆费尔德不久便认识到，他压根儿就不可以让他们去跟缝纫女工说话。因为从一开始起，他们根本不走到有些缝纫女工面前去，他们不是嫌恶便是害怕她们，但他们对另一些缝纫女工则怀有好感，常常迎着她们跑过去，一直跑到门口。她们要什么，他们就给她们送去什么，用一种诡秘的方式把东西塞到她们手里，虽然那些缝纫女工完全有权利接受那些东西。他们在一个空架子上为这些享受优惠的女工搜集各种零头碎布和无用的边角料，但其中也掺有能用的小布头，他们在布鲁姆费尔德的背后欣喜地挥动着那些布头，远远地向她们示意，他们为此而得到的报酬便是嘴里经常有糖果吃。布鲁姆费尔德固然不久便制止了这种胡闹，缝纫女工们一来，他便将他们哄进隔扇围成的小室里。但是他们还一直认为这是一种莫大的不公平，犟头犟脑，故意折断笔尖，虽然不敢抬起头来却不时地大声敲打玻璃板，好让缝纫女工们注意，按照他们的意见，是布鲁姆费尔德让他们遭受这种恶劣的待遇。

他们自己做的事不在理，这一点他们硬是不明白。比如说他们来上班几乎总是迟到半个小时。而布鲁姆费尔德，他们的上司，则从青年时代起就一直认为至少提前半小时上班是理所当然的事情。促使他这样做的不是向上爬的野心，不是过分的忠于职责，只是某种要规规矩矩做人的感觉。因此，布鲁姆费尔德通常得等候一个小时以上才见到他的实习生姗姗而来。布鲁姆费尔德一般都是一边站在工作间斜面桌后面啃着当早饭的小面包，一边结算女工们的小账簿里的账目。不多一会儿，他便专心致志埋头于工作之中了。正当这时候，他突然被吓了一跳，连他的手都颤抖了好一会儿。有一个实习生跌跌撞撞地进来了，仿佛他快要倒下似的,他一只手扶住了什么,另一只手按住直喘气的胸脯——但这一切无非意味着,他是因为迟到了而在道歉,那道歉的话说得可笑之极,布鲁姆费尔德只好佯装没有听见,要不然的话,他非得狠狠揍那个男孩一顿不可。就这样,他只是看了他一眼,伸手指了指那间隔出来的小工作室,就又忙着干他的工作去了。现在人们总可以期望那位实习生体察上司的好意,急忙奔向他的工作岗位上去了吧。可是不,他不慌不忙,踮起脚,一脚在前一脚在后,跳舞似的蹭过去。他想嘲笑他的上司吗?倒也不是。这只是害怕和洋洋自得两种感情混杂在一起,人们一般是无法抗拒的。否则下面的事情就无法解释了。今天,布鲁姆费尔德上班要比往常晚得多,但还是在等待了良久以后——他很有兴致检查那些小账本——才透过那个愚蠢的勤杂工用笤帚在他面前扬起的尘土,望见了那两名实习生正悠悠忽忽从胡同里走过来。他们紧紧抱成一团,似乎都有重要的事情要向对方讲述,那些事情即使与厂里的业务有关,那也是一种不合法的关系。他们越走近玻璃门,脚步便放得越慢,其中一个终于已经握住了门把,但不往下压。他们还一直互相讲着,倾听着,笑着。"给我们的老爷们开门呀!"布鲁姆费尔德举起双手,冲着勤杂工喊道。但当实习生们走进来的时候,布鲁姆费尔德却不想吵架了,也不回答他们的问题,便径直朝自己的写字台走去。他开始算账,但不时抬头看看实习生在干什么。其中的一个似乎很疲倦,正在擦眼睛,他把外套挂到衣钩上以后,便趁势在墙上靠了一会儿。在胡同里他生龙活虎,但一接手工作他便困倦不堪。另一个实习生倒有兴致工作,但只对某些工作有兴致。他向来就希望允许他打扫房间。但这不是他分内的工作,打扫房间是那个勤杂工的事。这位实习生要打扫,布鲁姆费尔德本来倒也没有什么好反对的,实习生愿意干那就让他干去吧!谁也不会比那个勤杂工干得还糟的。但是,如果那个实习生想打扫,那他就应该早一点,在勤杂工开始打扫前就来,因为只有办公室工作才是他的本职,他不应该在上班时间内打扫。如果这个小青年不懂事,那么那个勤杂工,那个肯定不会被厂主安插在别的科而只会安插在布鲁姆费尔德的科的并且只靠上帝和厂主的怜悯过活的半瞎老人,至少总会随和一些,总会把笤帚交给

那个孩子一会儿的，而那个孩子又是笨手笨脚的，过不了一会儿就会失去对扫地的兴致，拿着笤帚去追那个勤杂工跑，劝说他重新去扫地。但现在那个勤杂工似乎恰恰对扫地特别尽职，那男孩刚一走近他，他便用打战的手把笤帚握得更紧些，他宁可站住不动并停止扫地，从而使大家都注意到那把笤帚是在他的手里。那个实习生不是用言语去请求，因为他害怕似乎正在算账的布鲁姆费尔德，何况一般的言语也没有用，而只有直着嗓门喊叫，那个勤杂工才能听得见。于是乎，那个实习生先轻轻扯了扯勤杂工的袖子。勤杂工当然知道是为了什么事，他把脸一沉，望着那个实习生，边摇头边把笤帚往身边移动，一直移到胸前。这时，那个实习生双手合掌请求开了。当然，他并不希望通过请求达到什么目的，他只是觉得这样请求好玩。另外那个实习生注视着这件事情的经过，边看边嗤嗤地笑，显然以为布鲁姆费尔德听不见他的笑声，尽管他这样以为是令人不可理解的。那个勤杂工毫不理会这种请求，他转过身去，认为现在又可以平安无事地用那把笤帚扫他的地了。但那个实习生一边搓着双手作恳求状，一边用脚尖一踮一踮地跟着他，又到这边请求了起来。勤杂工不停地跟着跳到他的前面去，这样重复了多次。末了，勤杂工觉得自己已经没有退路了，并发觉这样下去他准保会比实习生先累垮的，只要他稍稍有一点脑子，这一点他一开始就能发觉的。于是，他便寻求别人的帮助，用手指威吓那个实习生，指指布鲁姆费尔德，如果实习生再纠缠不休，他就要去向布鲁姆费尔德告状了。那个实习生认识到，如果他想拿到那把笤帚他就得赶快下手，于是他撕破脸皮伸手去夺笤帚。另外那个实习生也大叫一声，预示该下决心去夺了。勤杂工后退一步，将笤帚顺势一带，没让对方把笤帚夺走。这时，那个实习生也不甘示弱，他张着嘴，眼睛闪闪发光，一个箭步跨向前去，勤杂工拔腿就要逃，但他那两条老腿一个劲儿地打战，硬是动弹不得。实习生伸手来抢笤帚，虽说没有抓到，笤帚却掉到了地上，对于勤杂工来说，这等于是把笤帚丢了。不过这对于实习生来说，笤帚也是丢了，因为笤帚掉到地上时，他们三个，两个实习生和勤杂工，全都惊呆了，他们心想，这下子准是让布鲁姆费尔德看在眼里了。果不其然，布鲁姆费尔德在他那窗洞口抬

起眼睛,仿佛他现在才变得警觉起来似的,他用严厉的审视的目光打量着每一个人,连地上的那把笤帚都不放过。兴许是这沉默延续得太久了,要不就是因为那位肇事的实习生抑制不住要扫地的欲望,总之,他弯下了腰,当然是极其小心翼翼地,好像在捕捉一头动物不是在抓笤帚似的拿起笤帚,用它扫起地来。但他一见到布鲁姆费尔德跳起身来,并从工作间走出来时,便立即惊恐地扔掉笤帚。"两个人都干活去,不许再瞎闹!"布鲁姆费尔德吼道,一边伸出手指着那两个实习生,要他们回到斜面桌跟前去。他们立即听从了,但他们不是羞愧地低着头,而是直挺挺地旋转着身子从布鲁姆费尔德的身旁过去,一边还盯着他的眼睛,仿佛想以此来阻止他打他们。他们若能凭过去的经验就完全可以知道布鲁姆费尔德原则上从来不打人的。但他们过于胆怯,体会不出来,因此总想维护他们那些或真实或虚假的权利。

张荣昌 译

桥[*]

我既僵直又冰冷,我是一座桥,跨卧在一条深涧上。这边是脚尖,那边是双手,都探伸入地里,松碎的黏土将我牢牢地咬住,我的上衣的下摆在我的两胁飘动。在我身下很深的地方,哗哗地流淌着那条盛产鳟鱼的冰冷的溪流。登山旅游者谁也不会误入这不能通行的高处,因为这座桥在地图上还没有标出来。——我就这样静卧着,等待着;我必须等待。一座桥一旦建造起来,只要不倒塌,它就始终是桥。

有一次,将近傍晚的时候——是第一天,还是第一千天,我说不清楚——我的思想总是混乱,总是打转转。那是夏天的一个傍晚,溪流的潺潺声渐变深沉,我听到了一个人的脚步声!向我走来,向我走来。——伸展你的身躯吧,桥,行动起来吧,没有栏杆的板梁,托住这位信赖你的人吧。要是他的脚步不稳,你就悄悄地让它保持平衡,而要是他步履蹒跚,你就公开自己的身份,像一位山神那样把他猛地抛到对岸。

他来了,像是进行体检似的,用他手杖的铁尖叩击我的身体,然后又用它挑起我上衣的下摆,把它们整整齐齐地放到我身上。他把手杖的铁尖插入我浓密的头发,也许是由于他漫无目的地环顾四周的缘故,竟把它留在里面好长的时间。然后——我正梦想着跟随他越过高山峡谷——他双脚一跳,跳到了我身躯的当中。我顿感周身剧痛,战栗不已,完全不知道发生了什么事。这是谁啊?一个小孩?一场梦?一个拦路抢劫者?一个自杀者?一个诱惑者?一个破坏者?于是,我转过身来想要看看他。——桥还会转身!可是,不等我转过身来,我已经跌落了下去,

---

[*] 本篇写于1917年1、2月间,见于作者的《八本八开本笔记簿》第一本,1931年才首次发表。——编者

我坠落了，眨眼间，我断裂开来，一头扎在那些尖利的石头上，这些岩石一向从奔腾不息的水中探出头来，安详地往上凝视着我。

洪天富 译

猎人格拉胡斯[*]

两个男孩坐在码头的围墙上掷骰子。一个男子坐在一座纪念碑的台阶上，在那挥舞着马刀的英雄投下的阴影下读报。井边有位姑娘正在把水打进自己的水桶。一个水果小贩躺在他的货物旁边，望着湖面。在一家小酒店的深处，透过门窗的漏孔可以看到两个汉子在喝葡萄酒。店老板坐在前面的一张桌子旁打盹。一只小船像是被人在水面上抬着似地，轻轻地、晃晃悠悠地漂进了小港。一个身着蓝色工作外套的汉子登上岸，用铁环拖拉缆绳。另外两个身穿缀有银纽扣的深色上衣的汉子，抬着一副担架，跟在水手长的后面，担架上，在一条饰有流苏的大花绸巾下面显然躺着一个人。

码头上谁也不去管这些新来的人，甚至在他们放下担架、等候还在忙于系缆绳的船主的时候，也没有人走向他们，没有人走上去问一问，更没有人仔细地瞧瞧他们。

这时，一个披头散发的女人出现在甲板上，怀中抱着个小孩。船主还被她耽搁了一会儿。随后，他赶了上来，指了指左边一所临湖而立的黄色三层楼房。那两个抬担架的汉子重新抬起担架，穿过一道低矮、但由细柱子构成的大门。一个小男孩打开了一扇窗户。那由黑色橡木精心镶成的大门此时也紧紧地关上了。一群在这之前一直绕着钟楼飞来飞去的鸽子，现在飞落在楼房的前面。它们聚集在大门前面，仿佛屋里贮藏着它们的食物似的。一只鸽子飞到了二层楼，用喙啄窗子上的玻璃。这是些长着浅色羽毛、饲养得很好、活泼可爱的小动物。那位从小船里走

---

[*] 这篇小说写于1917年初，手稿见于作者《八本八开本笔记簿》第一本，1931年才问世，题目为马克斯·勃罗德所加。——编者

出来的妇女,使劲地向它们抛撒谷粒,它们先是啄食地上的谷粒,然后又朝她飞去。

有好多条狭窄而又向下大为倾斜的小巷通向码头。一位头戴饰有黑纱的大礼帽的绅士模样的男子,从其中的一条小巷里走来。他凝视自己的周围,对一切都感到忧心忡忡,看到一个角落里垃圾狼藉的时候,他的脸都变了样。纪念碑前的石阶上丢着果皮,他经过的时候,用自己的手杖把这些脏物推了下去。他来到了那幢楼前,敲了敲房门,一边把礼帽摘下来拿在戴着黑手套的右手里。门顿时打开了,约莫五十个小男孩在长长的过道里组成夹道欢迎的行列,向这位来者鞠躬致意。

水手长走下楼梯,欢迎这位先生,并领他上楼去。在二楼上,水手长带着他绕过四周是结构简单、装饰精巧的凉廊的院落,走进屋子后侧一间既凉快又宽敞的房间,这时候,孩子们怀着敬畏的感情,拉开一定的距离,簇拥在他们的身后。在这屋子的对面再也看不到别的房子,只看到一面光秃秃的黑灰色石壁。抬担架的那两个人正忙着在担架靠头的地方竖起几只长长的蜡烛,并将其点燃。然而蜡烛并没有因此产生亮光,却只惊动了那些先前安息在这里的幽灵,它们一闪一闪地在墙上跃动,盖在担架上的绸巾被掀开了,下面躺着一个男人,头发和胡子像野地里的杂草一样,乱糟糟地长在了一起,皮肤黝黑,看上去像个猎人。他一动不动地躺在那儿,紧闭双目,似乎毫无气息。但是,尽管如此,只有周围的环境表明他可能是个死人。

那位先生走向担架,把一只手放到躺着的人的额上,然后跪下来祈祷。水手长示意担架的运送者离开房间。他们走出房间,赶走了那些聚在外面的儿童,并随手关上了门。可是,那位先生还觉得不够安静,他瞪了水手长一眼,后者明白他的意思,就从侧门走到隔壁房间去了。担架上的那个汉子立刻睁开眼睛,苦笑着把脸转向那位先生,问道:"你是谁?"那位跪着的先生站起身来,毫不惊讶地答道:"里瓦①市市长。"

担架上的那汉子点了点头,有气无力地伸出手臂指了指一张沙发椅,

---

① 意大利一座有名的历史文化小城,位于加尔达湖滨,人口只有1.3万。——编者

在市长应他邀请坐下来之后,又说:"这我早就知道,市长先生。不过,在最初的时刻我总是忘了一切,我头脑中有些糊涂,所以,即使我什么都知道,还是要问一问,这样会更好一些。也许您也知道,我就是猎人格拉胡斯。"

"当然当然,"市长说,"昨天夜里,我就接到您要来这里的消息。那会儿我们早睡了。快到半夜时分,我妻子突然大声喊道:'萨尔瓦多,'——这是我的名字——'你瞧窗户上有只鸽子!'确实是只鸽子,但大得像只公鸡似的。鸽子飞到我耳边对我说:'明天已故的猎人格拉胡斯要来,你以全城的名义接待他吧。'"

猎人点点头,把舌尖伸出嘴唇:"是的,这些鸽子比我先飞来了。不过,市长先生,您认为我该留在里瓦市吗?"

"这我还不能说,"市长答道,"您是死了吗?"

"是的,"猎人说,"就像您现在看到的一样。许多年以前,可不是,这肯定是好多好多年以前的事了,我在黑森林①——那是在德国——追捕一只羚羊,从一处悬崖上摔了下来,从此以后我就死了。"

"可您现在还活着呐。"市长说。

"在一定程度上,"猎人说,"在一定程度上我还活着。我的死神之舟迷了航,也许是转错了舵,也许是驾驶员一时心不在焉,或者让我家乡的美景转移了注意力,究竟是怎么回事我却不知道;我只知道一点,就是我留在了世上,而我的小船却从此航行在尘世的河流上。就这样,原来只想生活在山区的我,死后竟周游世界各国。"

"这样说来,天堂里并没有您的份儿?"市长皱着眉头问道。

"我,"猎人答道,"我总是处在通向天堂的大阶梯上。我就在这漫无边际的露天台阶上游荡,忽上忽下,忽右忽左,始终处在运动中。我从猎人变成了一只蝴蝶。您别见笑。""我没有笑。"市长辩解说。

"这很明智,"猎人说,"我一直在运动着。可是,每当我使出全身的劲儿往上腾跃、天国的大门已向我闪闪发光时,我就在我那只停泊

---

① 位于德国西部,最高峰达海拔1493米,为德国著名的游览和疗养胜地。——编者

在尘世某一条河流里的旧小船上苏醒过来。我那次的死是一次根本的错误，它正在我的舱房里对我发出狞笑。船主的妻子尤丽娅又会敲门进来，把我们的船正驶经的国家的早晨饮料送到我担架跟前。我躺在一张木板床上，穿着——观察我这模样并非是件愉快的事——一件肮脏的尸衣。又灰又黑的头发和胡须乱糟糟地绞在一起。我的双腿上盖着一块印有花纹、边缘上饰有长长的流苏的女用大绸巾。我头顶的上方点着一支教堂用的蜡烛。我对面的墙上挂着一幅小画，显然是非洲西南的布须曼人，正用他的矛瞄准着我，他本人却尽可能地在一面画得很好的盾牌后面躲藏起来。在船上你经常能看见一些无聊的图画，而这是最无聊的画中的一张。否则的话，我那木笼子里便什么也没有了。南国夜晚的暖风从侧壁上的舷窗吹了进来，我耳边响起了海水拍击旧船的声音。

当我还是活猎人格拉胡斯的时候，我在老家黑森林山上追捕一只羚羊，不小心从山崖上摔了下来，从那时候，我就一直躺在这里。一切都按顺序发生：我追赶羚羊、坠下山崖、在峡谷里流尽鲜血、然后死去；这只小船本来是送我到彼岸世界的。我记得，我头一次伸展四肢躺在这木板上是多么地开心啊！群山还从未像这四堵当时还是半明半暗的板壁一样听我唱过歌呢。

我曾愉快地活过，也曾愉快地死去，在登上这只小船之前，我高高兴兴地扔掉了那个装有罐头、袋子和猎枪的破包，这破包我已往总是骄傲地把它背在身上。我迅速穿上那件寿衣，就像一位姑娘穿上结婚礼服一样。我躺在这儿，并且等待着。后来就发生了这桩不幸的事。"

"一种噩运，"市长举了举手，表示拒绝地说，"难道您在这方面丝毫没有过失？"

"没有，"猎人说，"我生前是个猎人，难道这也是一种过失？我被提名为黑森林地区的猎人的时候，那会儿山里还有狼群出没哩。我埋伏、开枪射击、命中目标、剥下狼皮，难道这是一种过失？我的工作受到大伙儿的祝福，被授予'黑森林地区的伟大猎手'的称号。难道这也是一种过失？"

"我没有受命对此做出评判，"市长说，"我也觉得，您在这方面并没有什么过失。可是,究竟是谁错了呢?"

"船主错了,"猎人说,"谁也不会去读我在这儿写的东西,谁也不会来帮助我;就算把帮助我作为一项任务定下来,家家户户的门仍然长期地关闭着,大家都躺在床上,用被子紧蒙着头,整个大地就像深夜里的一家小客栈。这很有意思,因为这一来就没有谁知道我;即使有谁知道我,他也不会知道我住在何处,即便有人知道我的住处,他也无法在那儿抓到我;所以,他也不知道如何帮助我。想帮助我的念头是一种疾病,一种必须卧床治疗的疾病。

这我知道,所以没有呼救,即使是在某些瞬间——比方恰好是现在,我已控制不住自己——我非常想大喊大叫要人来帮助。但是,如果我环顾四周,想起了我现在在何处——我也许可以这样断言——想起了我几百年来住在什么地方,这就足以使我打消喊叫的念头了。"

"了不起,"市长说,"了不起。——那么,现在您想留在我们里瓦市吗?"

"我不想。"猎人微笑着说,同时把手放到市长的膝盖上,以减轻话语里的嘲讽意味,"我在这儿,更多的我就不知道了,我所能做的只有这一点。我的小船没有舵,只能随着从冥府最深处吹来的风行驶。"

洪天富 译

中国长城建造时[*]

万里长城止于中国的最北端。工程从东南和西南两头发端，伸展到这里相联结。这种分段修建的办法在东西两支劳动大军的内部也以小的规模加以实行。方法是：二十来个民工为一小队，每队担负修建约五百米长的一段，邻队则修建同样长度的一段与他们相接。但等到两段城墙联接以后，并不是接着这一千米的城墙的末端继续施工，而是把这两队民工派到别的地段去修筑城墙。使用这种方法当然就留下了许多缺口，它们是渐渐地才填补起来的，有些甚至在长城已宣告竣工之后才补全。据说有一些缺口从来就没有堵上，这当然只是一种说法，它可能仅仅是围绕长城而产生的许许多多传说之一，由于工程范围之大，后人是无法凭自己的眼睛用尺度来验证这种说法的，至少对于个人来说是这样。

人们一开始就会这样认为的吧，建造长城时把它联成一气，或者至少在两个主体部分之内联成一气，这从哪方面说都是更为有利的。众所周知，长城之建造意在防御北方民族。但它造得并不连贯，又如何起防御作用呢？甚至，这样的长城非但不能起防御作用，这一建筑物本身就存在着经常性的危险。这一段段城堞孤零零地矗立于荒无人烟的地带，会轻易地一再遭到游牧民族的摧毁，尤其是这些游牧民族当时看到筑墙而感到不安，便像蝗虫一般以难以置信的速度辗转迁徙，因此他们对于工程的进展有可能比我们筑墙者自己还要看得清楚。尽管如此，建筑的方法除了现在这个样子也许没有别的途径可想。为了理解这点，必须考虑下列各点：长城要起几百年的防御作用；这是一项极为细致的工程，

---

[*] 该篇见之于作者第六本《八本八开笔记簿》，约写于1917年3、4月间。显然未写完，故作者在《乡村医生》结集时，只从中收入一个片断，即《一道圣旨》。全篇直到1931年由马克斯·勃罗德编辑问世。——编者

因此，利用有史以来各民族的建筑智慧和建筑者个人的持续的责任感对于工作是十分必要的前提。虽然，那些较简单的劳动，可以从民众中雇佣无知识的民工，那些想多挣钱的男人、妇女和儿童；但是，每四个民工就需要一个在建筑专业方面受过训练的人去领导，此人对工程的全局和底细须有深切的领会。工程越大，则要求越高。这样的人事实上都在应命，尽管数量不敷工程的需要，但数目确实很大。

这项建筑不是草率动工的。在破土前五十年，在整个需要围以长城的中国，人们就把建筑艺术，特别是砌墙手艺宣布为最重要的科学了，一切其他技术，只要与此有关的，一概加以赞许。我还清楚地记得，我们在孩提时候，两脚刚刚能站稳，就在老师的小园子里，被命令用鹅卵石建造一种墙。记得当时老师如何撩起长袍，朝这堵墙冲来，当然一切都推倒了，由于我们的墙造得太单薄，他把我们训斥得这样严厉，以致我们号哭着四散跑回父母的身边。这件事的本身是微不足道的，但很能反映那时的时代精神。

我很幸运，当我以二十岁的年龄通过初级学校最后一关考试的时候，长城的建筑刚刚开始。谓之幸运，因为有许多人当年在自己所称心的课程中取得了最好的成绩，却常无法施展他们的知识，他们头脑里有最宏伟的建筑蓝图，却一筹莫展，久而久之，知识也大量荒疏了。那些好容易当了施工领班的人，哪怕是最低一级的，到了工地，也觉得是值得的。那是一些泥水匠，他们对于工程已经考虑得很多，并且还继续不停地考虑下去。是他们让人在墙基上放下第一块石头，他们以此感到自己和长城互为一体了。自然，这样一些泥水匠除了渴望着把工作彻底完成外，也迫不及待地想看到长城最后以完美无缺的面貌诞生。民工是不会有这种迫不及待的心情的，他们只管拿工资，那些高级领班，甚至是中级领班眼看工程多方面进展也足令他们精神上为之一振了。但对于那些基层的、精神上远远超过他们表面上那微小的任务的领班人员，就得事先为他们考虑到别的情况，譬如你不能让他们在一个离家几百里、荒无人烟的山区，经年累月，一块接一块地往墙上砌石头；这种辛勤的、然而甚至一辈子都看不到完工的工作会使他们绝望，首先使他们失去工作效率。

因此之故人们采取了分段建造的办法。五百米长城约在五年内可以完成，然后那些领班们通常已经精疲力竭，百无聊赖，对自己、对长城、对整个世界都失去了信心。因此，当他们还沉浸在庆祝一千米长城会合的兴奋之中时，就已经被派到老远老远的地方去了，旅途上他们看到一段段完工的长城突兀而起，经过上级领队们的大本营，接受了勋章，见到了从深谷下涌来的新的劳动大军的欢呼，见到树林被砍伐，以用于施工的脚手架，看到山头被凿成无数的砌墙的石块，看到虔诚的信徒们在圣坛上诵唱，祈祷长城的竣工。所有这一切慰平了他们的烦躁情绪。在家乡过了一些时候的安闲生活，使他们养精蓄锐，每个建筑者所拥有的威望，他们的报告在邻里间所获得的信任，那些质朴、安分的老乡对长城有朝一日完成的确信不移，所有这一切把心灵的弦又拉紧了。于是，像永远怀着希望的孩子，他们告别了家乡，重返岗位，为民众事业效劳的欲望又变得不可遏止了。他们一大早就出发，半个村子的乡亲陪送他很长一段路程，都认为这是必须的。一路上人们三五成群，挥动着旗帜，他们第一次看到了他们国家是多么辽阔，多么富庶，多么美丽，多么可爱。每个国民都是同胞手足，就是为了他们，大家在建筑一道防御的长城，而同胞们也倾其所有，终身报答。团结！团结！肩并着肩，结成民众的连环，热血不再囿于单个的体内，少得可怜地循环，而要欢畅地奔腾，通过无限广大的中国澎湃回环。

因此，分段而筑的办法是可以理解的；但此外还有别的理由。我对这个问题这样久久不肯放过，这也是不足为奇的，此乃整个长城建筑的一个核心问题，尽管初看起来无足轻重。如果我要把当时的思想和经历介绍出来的话，我恰恰对这一问题不能追究到足够的深度。

首先，我们必须得说，当时长城所完成的业绩，比起巴贝尔塔①的建筑毫不逊色，显然，天意也，至少根据人类的计算，它与巴贝尔塔的建筑完全相反。我之所以提及这点，因为在该建筑动工之初，有一位学

---

① 古代巴比伦国王内布卡德内察尔所建、后被亚历山大大帝拆除的梯形寺庙；《圣经》中称为"通天塔"，为所谓"世界七大奇观"之一。——编者

者写了本书，对这两项建筑作了详尽而精确的比较。他在书中试图证明，巴贝尔塔之所以没有最后建成，绝不是由于大家所说的那些原因，或者至少在这些公认的原因中没有最重要的那几条。他的论证不仅依据文字记载，而且据称他还做了实地调查，并且发现，巴贝尔塔的倒塌在于基础不牢，因而必然失败。从这一点上看，我们的时代远胜于古代。今天，几乎每个受过教育的人都是专门的泥水匠，在打基础方面是不会有错失的。但这位学者却根本不朝这个方向去论证，而是断言，在人类历史上只有长城才会第一次给一座新巴贝尔塔创造一个稳固的基础。因此，先筑长城，而后才建塔。这本书当时人手一册，但我承认，我至今仍然不甚明白，他是怎样设想那座塔的建造的。长城连一个圆圈都没有形成，而不过是四分之一或者半个圆圈，难道这就可以作为一座塔的基础了吗？这只能从精神角度去理解。然而，长城又是为了什么呢？它是某种实实在在的东西，是千千万万人的生命和辛劳的成果。为什么在那本著作中要写上那座塔的计划——显然是迷雾一般的计划——和一个个具体的建议：即应如何集中民众的力量参加强大的新的工程？

那时候，人们头脑中充满许多混乱的东西，这本书仅仅是一个例子而已；之所以这样，也许正是因为人们想把这样多的可能性都汇集到一个目的上。人的本质说到底是轻率的，天性像尘埃，受不了束缚；如果他自己束缚起来，不久便会疯狂地猛烈挣脱束缚，把长城、锁链以及自身都扯得粉碎。

很可能，这些对建造长城甚至是相悖的考虑，主事者们在决定分段而筑的时候，并非没有顾及到。我们——我在这里以许多人的名义讲话——实际上是在——研究了最高领导的命令以后才认识了自己本身的，并且发现，没有上级的领导，无论是学校教的知识还是人类的理智，对于伟大整体中我们所占有的小小的职务是不够用的。在上司的办公室里——它在何处，谁在那里，我问过的人中，过去和现在都没有人知道——在这个办公室里，人类的一切思想和愿望都在转动，而一切人类的目标和成功都以相反的方向转动。但透过窗子，神的世界的光辉正降落在上司的手所描画的那些计划之上。

因此，公正的旁观者并不认为，领导者要是真的愿意，他们对构成长城连贯而筑的那些困难会克服不了。所以结论只能是：分段而筑乃领导者有意为之。可是，分段而筑仅仅是一种权宜之计，并没有实际意义。如果结论是：领导者存心要干某种没有实际价值的事的话——奇妙的逻辑！——一点不假，而且他们还从其他方面为自己找理由。今天谈论这些事也许不会有危险了。当时许多人，甚至最优秀的人都有这个秘密的原则：竭尽全力去理解领导者的指令，但一旦到达某种限度，就要适可而止，进行思考。这是一条十分明智的原则，在尔后经常重复出现的比较中，它还可以得到进一步的解释：不要因为有害于你，就停止进一步思考，而且谁也没有把握说，将来一定会有害于你。这里根本不能说有害，也不能说无害。事情之于你，犹如春天之于河流。河流在春天里上涨着，变得更强大，更有力地肥沃着两岸的土地，并且获得它固有的本质，以一条真正的河流的面貌继续注入大海，因而在大海眼里它与别人的身份更平等了，也更受大海的欢迎了。——你要把领导者的指令思考到这个程度。——但接着，河流泛滥于两岸，失去了它的轮廓和面貌，减慢了它的流速，违背它自己的本质，在内陆形成一个个小海洋，毁坏一片片农田，但是这种扩展并不能持久，然后又重新涌回岸内，甚而至于到了跟着来的炎热季节干涸枯竭，一片惨状。——你不要把领导的指令思考到这个地步。

当年，在建筑长城期间，这个比方也许是格外恰当的，但对于我现在的学术报告来说，它只有有限的价值。我的考查仅仅是历史性的；从早已消逝的雷雨云层里已经发不出闪电了，因此我可以寻找一种分段而筑的说明。这个说明要比当时人们借以满足的那一种有过之而无不及。我的思考能力的界限是够狭小的，但这里需要驰骋的领域却是无限的。

万里长城是防御谁的呢？防御北方民族。我生长在中国的东南方，那里没有北方民族能威胁我们。我们在古书里面读到他们，他们本性中所具有的残忍使我们坐在平和的树阴下喟然长叹。我们在艺术家们真实描绘的图画上，看到那一张张狰狞的脸面，张得大大的嘴巴，长长的獠牙，眯缝斜视的眼睛像是已经瞄中了猎获物，马上要抢来供嘴巴撕裂、咬啮似的。要是孩子撒泼,我们就给他们看这些图画,于是他们吓得边哭边往你怀里躲。但是,关于这些北方国家,除此之外我们就不知道了。我们从未见到过他们,假如留在自己村子里,我们永远也见不着他们,即使他们骑着烈马径直追赶我们,——国土太大了,没等到追上我们,他们就将消失得无影无踪。

既然如此,那么我们为什么离乡背井,辞别双亲,离开饮泣的妻子,待学的孩儿,开到遥远的城市去受训,我们的思想甚至飞到北方的长城?为什么呢?去问首领吧。他们了解我们,他们,心头翻江倒海,忧虑重重,他们懂得我们,懂得我们卑微的营生,看见我们大伙一齐坐在低矮的茅屋里,看见家父傍晚时分的祈祷,也许高兴,也许不高兴。如果允许我对领导阶层发表这样一种看法的话,那么我得说,领导阶层早就存在了,他们聚集到一块,不是像那些高级官吏,由于一场美好的晨梦的激发而心血来潮,匆匆召集一次会议,又草草做出决议,当晚就叫人击鼓将居民从床上催起,去执行那些决议,哪怕是仅仅为了搞一次张灯结彩,以欢庆一位昨天对主子们表示了恩惠的神明,而在明天,彩灯一灭,就立刻把他们驱赶到黑暗的角落里去。与此不同,领导阶层确实是古已有之,而造长城的决策在那时就定下来了。那些天真的北方民族,他们还以为这是为了他们而造的呢,那位值得尊敬的、无辜的皇帝也以为那是他下令造的。关于建筑长城之事,我们所知并非如此,并且保持缄默。

在当年建筑长城期间和自那以后直至今天,我几乎完全致力于比较民族史的研究,——有一些问题可以说非用这个方法搞不透彻——并且发现,我们中国人有某些民间的和国家的机构特别明确,而有些又特别含混。研究它们的原因,尤其是后一种现象的原因,对我产生过极大的吸引力,今天仍然如此,而长城的建筑实质上也是跟这些问题相关的。

最为含混不清的机构莫过于帝国本身了。当然,在京城,就是说在朝廷范围内对这个问题是有所了解的,尽管也是现象多于真实。在高等学校教国家法和历史的老师也自以为他们在课堂上讲的这些事情是千真万确的,并能继续把这些知识传授给学生。学校的级别越是接近基层,人们便越不怀疑自己的知识,这已成了当然之事,半文明的教育把那多少世代以来深深打进人们头脑的信条奉为崇山，高高地围绕着它们起伏波动，这些信条虽然没有失去其永恒的真理，但在这种烟雾弥漫中，它们也是永远模糊不清的。

然而，在我看来恰恰是有关帝国的问题应该去问一问老百姓，因为他们才是帝国的最后支柱呢。这里我当然只能还谈我的家乡。除了神和那一年到头如此富有变化而好看的祭神仪式外，我们想到的就是皇帝。但不是当前的皇帝，或者倒不如说，如果我们认识这位皇帝，或者对他有所了解的话，我们本来就已经想到他了。我们唯一的新奇之处是，我们总是想方设法想在这件事上打听到某种情况，可是说来也怪，几乎不可能打听到任何事情，向走过那么多地方的香客打听不到，向远远的村庄打听不到，向那些不仅航行在我们的小溪上，而且也航行在各条圣河上的艄公们也打听不到。诚然，听到的不少，但一件也不能落实。

我们的国家是如此之大，任何童话也想象不出她的广大，苍穹几乎遮盖不了她——而京城不过是一个点，皇宫则仅是点中之点。作为这样国度的皇帝却自然又是很大，大得凌驾于世界一切之上的。可是，那活着的皇帝跟我们一样是一个人，他跟我们一样躺在一张卧榻上，诚然，卧榻是很宽大的，但也可能是很窄很短。同我们一样，他有时也伸展四肢，如果他很累的时候，也张开他那线条柔和的嘴巴打呵欠。但我们在千里迢迢的南方，都快到达西藏高原了，如何知道这一切呢。再说，纵使有消息抵达我们这里，但已经太晚了，早已失去时效了。皇帝周围总是云集着一批能干而来历不明的廷臣，他们以侍仆和友人的身份掩盖着奸险的用心，他们抵制君权，总是设法用毒箭把皇帝从轿舆上射下来。君权是不灭的，但皇帝个人是会倒毙的，甚至整个王朝最终也要垮台，处于奄奄一息之中的。关于这些争斗和痛苦老百姓是永远不会知道的，他们像迟到者，像初到城市的人站在拥挤的小巷的尽头，安闲自得地嚼着所带的食物，而在前面，在市中心的广场上他们的主子正在受刑。

有一个传说对这一状况做了很好的描述：皇帝向你这位可怜的臣民，在皇天的阳光下逃避到最远的阴影下的卑微之辈，他在弥留之际恰恰向你下了一道谕令。他让使者跪在床前，悄声向他交代了谕旨；皇帝如此重视他的谕令,以致还让使者在他耳根复述一遍。他点了点头,以示所述无误。他当着为他送终的满朝文武大臣们——所有碍事的墙壁均已拆除,帝国的巨头们伫立在那摇摇晃晃的、又高又宽的玉墀之上,围成一圈——皇帝当着所有这些人派出了使者。使者立即出发,他是一个孔武有力、不知疲倦的人,一会儿伸出这只胳膊,一会儿又伸出那只胳膊,左右开弓地在人群中开路;如果遇到抗拒,他便指一指胸前那标志着皇天的太阳;他就如入无人之境,快步向前。但是人口是这样众多,他们的家屋无止无休。如果是空旷的原野,他便会迅步如飞,那么不久你便会听到他响亮的敲门声,但事实却不是这样,他的力气白费一场;他仍一直奋力地穿越内宫的殿堂,他永远也通不过去;即便他通过去了,那也无济于事;下台阶他还得经过奋斗,如果成功,仍无济于事;还有许多庭院必须走遍;过了这些庭院还有第二圈宫阙;接着又是石阶和庭院;然后又是一层宫殿;如此重重复重重,几千年也走不完,就是最后冲出最外边的大门——但这是决计不会发生的事情——面临的首先是帝都,这世界的中心,其中的垃圾已堆积如山。没有人在这里拼命挤了,即使有,则他所携带的也是一个死人的谕旨。——但当夜幕降临时,你正坐在窗边遐想呢。

同样,我们的百姓对于皇帝既深怀失望,又充满希望,他们不知道哪个皇帝在当朝,甚至对于朝代的名称都还存在着疑问。在学校里许多这样的朝代一个接一个地都学过,可是在这方面普遍是不清楚的,其程度之严重,连最好的学生都未能避免。在我们的各个村子里,早已死去的皇帝,大家以为他还坐在龙位上;新近牧师在祭坛上宣读了一份诏书,而颁发这诏书的皇帝只活在歌谣里。我们最古老的历史上的许多战役现在才刚刚揭晓,街坊欣喜若狂,带着这新闻奔走相告。那些皇妃们靡费无度,与奸刁廷臣们勾勾搭搭,野心勃勃,贪得无厌,纵欲恣肆,恶德暴行就像家常便饭。年代过得越久远,这一切情形被渲染得越可怕,一旦村民们得知,几千年前一个皇后如何痛吮她丈夫的鲜血,不禁失声悲鸣。

老百姓就是这样把已往的统治者弄得面目全非,把今天的统治者与死人相混淆。如果有朝一日——一生中只要能遇上一次——来了一位钦差大臣巡视本省，偶尔来到我村，代表当权者发布敕令，稽查税收，检查教学，向牧师询问我们的行为，然后在他上轿之前向聚集来的村民发一通长篇训诫，于是每个人脸上都掠过一丝笑意，悄悄地向旁人递个眼色，弯下身去，与孩子们一起，以便不让当官的察看。有人想：怎么，他讲起一个死人来就像讲一个活人一样，这位皇帝确实早已死了。王朝也已经消灭了，这位官老爷是在拿我们寻开心吧。但是我们装做好像什么也没有觉察，以便不得罪他。我们需要认真听从的是现今的长官，因为不这样做那是犯罪。在匆匆离去的钦差的轿子后头，从已经瓦解的骨灰坛中专横地升起一个乡村老爷的形象。

与此相似，我们这里的人通常很少遭遇当代的战争和国家的革命。此刻我想起青年时代的一件事。在毗邻的、但是很遥远的一个省份爆发了起义。原因我已记不起来了。这在现在也并不重要，那里每天都有暴乱发生，那是些很激动的民众。当时有一次，一个途经那个省的乞丐把一张起义的传单带到我父亲的家里。那天正好是节日，宾客挤满了我们的房间，牧师坐在中央，钻研着那张传单，忽然大家都笑了起来，传单在一片拥挤中被撕得粉碎。那个显然已被大大款待了一番的乞丐，被人推着赶出了房间，大家都开了心，并且跑回去享受美好的节日。为什么呢？原来邻省的方言与我们的基本上是不同的，这在某些书面语言的款式中也看得出来，它们使我们觉得有一种古音古调的特点。几乎没等牧师念上两页，人们已经做了决定了。古老的事情早已听到过，昔日的伤痛早已消弭。记得在我看来虽然乞丐的话无可辩驳地说出了可怖的生活，但大家却笑着直摇头，什么也不愿听。我们这里的人就是这样来抹杀今天的现实的。

假如有人根据这些现象断定，我们实际上根本没有皇帝，那么他离真理并不太远。我得反复说："也许没有比我们南方的百姓更为忠君的了，但是忠诚并没有给皇帝带来好处。虽然在村口的小圆柱上盘曲着一条圣龙，自古以来就正对着京城方向喷火以示效忠——可是对村里的人来说京城比来世还要陌生。难道真有一个村子，房屋鳞次栉比，盖满一片又一片原野，从我们的小冈峦上看去一望无际，并且昼夜都挤满了人的吗？我们难以想象有这样一个都城，难以相信京城和皇帝是一回事，就好比不好理喻一朵千百年来在太阳底下静静地游动的云彩一样。

我们持这样一些看法，结果我们的生活就颇为自由，无拘无束。但这并不是不道德。——然而，这是一种不受任何现今法律管束的生活，它只听从古代留传给我们的训诫。

我并不想以点概面，决不断言我省所有上万个村落甚或全中国所有五百行省的情形都是如此。但也许我可以根据我在这一带所读到的许多文字记载，以及根据我自己的种种观察——特别是在建筑长城的问题上，关于人的材料给了一个敏感者以通晓几乎一切省份的人的灵魂的机会——根据这一切也许我可以说：这些人对于皇帝的看法跟我的家乡的人的看法时时处处都有一种共同的基本特征。我绝不认为持这种看法算得上什么美德，正好相反。不错，这种看法的产生主要应归咎于政府。自古以来它缺乏能力，或者顾此失彼，没有把帝国的机构搞到这样明确的程度，使得帝国最遥远的边疆都能直接地并不断地起作用。但另一方面，这当中百姓在信仰和想象力上也存在着弱点，他们未能使帝国从京城的沉沦中起死回生，并赋予现实精神，把它拉到自己的胸前；但臣仆的胸脯并不想起更好的作用，不过是感受一下这种接触，让帝国从它胸前消逝。

因此持这种看法并非美德。尤为引人注目的倒是：恰恰是这种弱点似乎成了联合我们民众的最重要的手段之一；是的，如果敢用这句话来表达的话：这种看法就是我们赖以生存的基础。要在这里对一种责难充分阐述理由，据说不仅有违我们的良心，而且——令人气愤得多——我们休想站得住脚。因此之故，对这个问题的考查我暂时不想继续下去了。

叶廷芳 译

叩击庄园大门 *

那是夏日炎炎的一天。我和我的妹妹在回家的路上经过一座庄园的大门。我不知道，她是故意地敲门，还是由于心不在焉，还是仅只用拳头威胁它一下，压根儿就没有敲。离庄园数百步远的地方，在向左转的公路旁边，出现一个村庄。我们不熟悉它，但是，就在我们走过第一幢房子之后，看到有人走了出来，他们友好地或告诫地向我们招手示意，自己却惊恐万状，吓得弯下了腰。他们指着我们刚才经过的那个庄园，提醒我们敲击大门的事。庄园主们将要控告我们，调查马上就会开始。我非常冷静，还安慰我的妹妹。也许她根本就没敲，即使敲了，世上没有一处地方会因此传讯她。我试图向我们周围的人们说明情况，他们倾听着，但不做出判断。后来，他们告诉我，不仅我的妹妹，就连作为兄长的我，也将受到指控。我点头微笑。我们大家回头向庄园看去，如同观察远方的一团烟云，等待火焰从中出现。果然，不久我们就看到一群骑兵策马驰入敞开的大门；尘土飞扬，掩盖了一切，只见他们长矛的尖端闪闪发光。这支队伍刚刚消失在庄园里，就又调转马头，直奔我们而来。我催促妹妹赶紧离开，由我独自澄清一切。她拒绝让我独自一人留下。我告诉她，她至少应该换换衣裳，以便穿着更好的衣服去面见这些先生。她终于听我话，便动身回家，踏上遥远的归途。骑兵们已经到了我们跟前，他们就从马上垂问我的妹妹。她眼下不在这儿，我忧心忡忡地回答道，但过一会儿她就会来。对我的回答，他们几乎无动于衷；最重要的看来是他们已经找到了我。他们当中为首的是两位先生：一位法

---

* 本篇见之于卡夫卡《八本八开本笔记簿》第六本，约写于1917年3、4月间，1931年问世，题目为马克斯·勃罗德所加。——编者

官，这是个机灵的年轻人，和他的沉默寡言的助手，名叫阿斯曼，他们要我走进一家农舍。我一边摇头，一边推了推裤背带，在这些先生锐利的目光监视下，慢慢地开始行走。我还几乎相信，只要说一句话，就足以把我这个城里人从这些农民手里解救出来。甚至还让他们尊敬我。可是，当我跨过这家农舍的门槛的时候，法官已经抢先一步，在屋里等着我，并对我说："我很同情你。"毫无疑问，他这样说，不是指我目前的处境，而是指我即将遇到的麻烦。这家农舍看上去更像一间牢房，而不像一家农舍。由大石块铺成的地面，昏暗和毫无装饰的墙壁，在房子某处的墙上，还嵌着一个铁环，房屋正中，是某种半像木板床、半像手术台的东西。

除了监狱里的空气，我还能品尝到别的空气吗？这是个大问题，或者更确切地说，只要我还有出狱的希望，兴许能品尝到别的空气。

洪天富 译

邻　居[*]

　　我的事务完全落在我的肩上。在接待室里，有两位负责打字和管理账本的小姐，在我的办公室里，安放着写字台、钱箱、咨询台、安乐椅和电话，这就是我全部的办公设备。这样可以通观全局，这样可以便于管理。我很年轻，我的生意滚滚而来。我不抱怨，我毫无怨言。

　　新年过后，一个年轻人毫不犹豫地租下了我隔壁那套面积很小且空着的住房，而我却傻头傻脑地，迟迟没有把它租下来。它也是由一个接待室和一间办公室组成，此外还有一间厨房。——本来，正室和前室对我是很有用处的——我的两位秘书小姐有时候已经感到负担过重——可是，那间厨房对我有什么用处呢？这个小题大做的顾虑，导致了我让人拿去这套住房的过错。现在，这个年轻人就坐在那儿。他叫哈拉斯。他到底在那儿干些什么，我不得而知。门上写着："哈拉斯，办公室"。我做了些调查，有人告诉我，这是一家跟我的公司相类似的公司。关于向他提供贷款的事，人们并不急于向我提出警告，因为他毕竟是个奋发努力的年轻人，他的事业也许很有前途，但是，人们并不建议我给他提供贷款，因为从一切迹象看，他目前并没有任何资产。人们在一无所知的情况下，通常只能提供这些情况。

　　有的时候，我在楼梯上遇到哈拉斯，想必他总是有急事，他简直是从我身边一闪而过。我甚至还没有正面看清过他，他手里总是拿好办公室的钥匙。此刻，他打开了门。他像只耗子尾巴似的溜了进去，而我又站在"哈拉斯，办公室"这块牌子的前面，我不知多少次看见了它，实

---

[*]　本篇见于《八本八开本笔记簿》的第二本，这一本标的日期是1917年5、6月。该作发表于1931年。——编者

在不想再看它了。

这些极薄的墙壁,既能出卖诚实肯干的人,也能掩护善于欺诈的人。我的电话就安装在把我和我的邻居隔开的那堵房墙上。不过,我只把它当做一件特具讽刺意义的事实加以强调罢了。就算它挂在对面的墙壁上,你在隔壁的房间里也会把一切听得一清二楚。我已经戒掉了在电话上提顾客名字的习惯。但是,大脑稍许机灵的人,当然能从那些独特而又不可避免的交谈用语中猜出顾客的名字。——有时,我把听筒贴在耳朵上,诚惶诚恐地踮着脚尖围着电话机直转悠,但这样做,还是防止不了机密泄露出去。

这样一来,我在做商业上的决策时,自然缺乏把握,我的声音开始颤抖。我打电话的时候,哈拉斯在干什么呢?如果我想大为夸张一下,——人们为了搞清楚某事,往往不得不这样做——我会说:哈拉斯不需要电话机,他用我的就行了,他把他的长沙发挪到墙边,仔细地听着,与此相反,每当电话铃响了,我就得朝电话机跑去,听取顾客的愿望,做出重大的决定,做大量说服工作——但是,在整个通话期间,我首先要做的,是不由自主地通过这堵墙,给哈拉斯做报告。

也许他根本就没有耐心地等到谈话结束,而是在那段足以使他弄清楚事态的谈话之后,就站起身来,依照他的习惯,无声地快步穿过这座城市,而且,就在我挂上听筒之前,他也许已经开始策划反对我的阴谋了。

洪天富 译

一次日常的混乱*

一桩日常发生的事情：他得忍受一次日常的混乱。

A通过H决定同B做一笔重要的买卖。他到H那儿进行预备性商谈，来回各用了十分钟时间，到家后他为这一特别快的速度而感到自豪。第二天，他又到H那儿去，这次去是为了把这笔交易最后定下来。因为敲定这笔买卖大概需要好几个小时，所以A一大清早就出发了。虽然一切附带情况同前一天的完全相同，至少A是这样认为的，但这次到H那儿他却需要十个钟头。当他黄昏时分疲惫不堪地到达那儿的时候，有人告诉他，B由于未见到A来而大为生气，半小时前赶到A的村子去了，他们本来应该在途中碰头的。有人劝A等一等。但他急于做这笔生意，便立刻动身，匆匆赶回家。这一次，他连蹦带跳，真是一会儿工夫就回到了家。到家后他才得知，B早就已经到了——就在A离开之后；他甚至在房门里碰到了A，并提醒他那笔生意，但A却说他这会儿没空，得赶紧离开。

尽管A的这一举动莫名其妙，B仍旧待在这里等着A。诚然，他曾多次打听过A是否还会回来，可他这会儿仍然还待在楼上A的房间里。A庆幸现在还能见到B，还能向他说明这一切，便跑上了楼梯。就在他快跑到最后一级楼梯时，却绊倒了，还扭伤了筋，疼得几乎晕倒，甚至连喊都喊不出来，只能在黑暗中哀泣，这时他模模糊糊地听到——不知B离他很远，还是紧紧挨着他——B怒气冲冲地跺着脚走下了楼梯，最终消失得无影无踪了。

洪天富 译

---

* 本篇于1917年10月21日写进《八本八开本笔记簿》的第三本，于1931年问世，题目为马克斯·勃罗德所加。——编者

杂　种*

我有一只奇特的动物，一半像小猫，一半像羊羔。它是我父亲遗留下来的财产。但是，到了我的时候，它才发展成为半像小猫半像羊羔的杂种，已往的时候，与其说它是小猫，不如说它是羊羔，如今它是两者兼而有之的怪兽。它的头和爪取自猫，而大小和形体则取自羊；它的眼睛取自猫和羊，目光狂乱，不安地颤动；它的皮毛柔软，紧贴在身上；它的动作既像猫又像羊，有时蹦跳，有时潜行。它在洒满阳光的窗台上蜷缩成一团，不时发出呜呜声；在草地上，它发疯似的乱跑，简直无法抓住它。见了猫，它就逃走，见了羊羔，它就发动进攻。在月夜里，它最喜欢沿着屋檐走动。它不会像猫那样咪咪叫，而且害怕耗子。它能够在鸡舍旁守候好几个小时，却从来没有利用时机去杀害一只鸡。

我用加了糖的牛奶喂它，这非常合乎它的胃口。它通过它那食肉动物的牙齿，大口大口地吮吸牛奶。当然啰，对孩子们来说，这可是一大奇观。星期天上午是会客时间。我把这只小动物抱在怀里，左邻右舍的孩子们围着我站着。这时，他们提出一大堆稀奇古怪的问题，例如，为何偏偏只有这样一只动物，为何恰恰是我有了这只动物，是否在它之前已经有了这样一只动物，它死后会变成什么样子，它是否感到孤独，它为何没有生小猫，它叫什么名字等等。对这些千奇百怪的问题，是没有人回答得了的。

我无须费神回答他们提出的问题，也无须做更多的解释，只需向他们显示我所占有的东西就够了。有几次孩子们带来了几只猫，有一次他们甚至牵来了两只羊羔。但是，与他们的预料相反，并没有出现相认的

---

* 本篇最初见于《八本八开本笔记簿》第二本，故约写于1917年5、6月间。1931年首次问世。——编者

场面。这些动物以它们动物的眼光平静地彼此相望，显然把它们的存在当做神圣的事实共同接受下来。

在我的怀里，这小家伙既不知道惧怕，也没有追捕的欲望。它紧贴在我身上，感到非常惬意。它站在把它抚育成长的家庭一边。这也许谈不上是什么非凡的忠诚，只不过是这样一种动物的天性而已，它在这个世界上虽然有无数的姻亲，但也许没有一个血亲骨肉，因此它在我们这里受到的保护，对它来说显然是神圣的了。

有时，它在我的身上嗅来嗅去，在我两腿间钻来钻去，简直不想离开我，弄得我禁不住想笑。它并不满足于自己是羊和猫的杂种，甚至还想成为一只狗。有一次，我在生意场上和一切与生意有关的事情上连连碰壁，再也找不到出路，我心灰意懒地躺在家里的摇椅里——像我这样的情形，每一个人都可能会发生——膝上躺着和我形影不离的小动物，当我偶然向下看的时候，发现眼泪正从它那巨大的胡须上滴下。这是它的眼泪，还是我的眼泪？难道这只心灵像羔羊一样纯洁驯良的猫也有人的虚荣心？我从父亲那里只继承了几件东西，可是这件继承物倒是值得观赏的。

它身上具有两种不安的心绪，猫和羔羊的惶恐不安的心绪，尽管两者截然不同。这正是它感到自己的毛皮太紧的原因。有的时候，它跳到了沙发椅上，紧紧地挨着我，用前腿顶住我的肩膀，把它的嘴和鼻子贴在我的耳朵上，仿佛它想对我说些什么，事实上它已躬身向前，瞧着我的脸，以便观察它的言语对我产生了什么样的印象。为了讨它欢喜，我装出听懂它的话的样子，然后打起盹来。在这种情况下，它从沙发椅上跳到了地上，跳跳蹦蹦地向四处走开了。

也许屠夫的屠刀对于这只动物将是一种解救，但是我决不会让它落得这个下场，因为它毕竟是一种传家宝呀。所以它得等待，直到它的呼吸自行停止，尽管它有时用人所具有的理智的目光瞧着我，敦促我采取理智的行动。

洪天富 译

塞壬们的沉默 *

就连有欠缺的、甚至是幼稚的手段，也可以用来救人，下面就是这方面的一个明证：

为使自己幸免于海妖塞壬们的诱惑，尤利西斯用蜡把自己的耳朵堵住，并让船员用铁链把自己牢牢地绑在桅杆上。当然，自古以来，所有的旅行者（除了那些从老远的地方就被塞壬们诱惑的旅行者以外）可能也曾这么做过。不过，世上所有的人都知道，这个办法是毫无用处的。塞壬们的歌声能够穿透万物，而那些被诱骗者的激情一旦爆发出来，就会炸毁包括铁链和桅杆在内的更多的东西。可是，尤利西斯并没有想到这点，虽然他对此或许有所耳闻。他完全相信那一小撮蜂蜡和那一捆铁链，对自己的这些小手段感到一种天真的喜悦，他怀着这样的心情朝塞壬们所居住的海域驶去。

然而，塞壬们如今有一种比她们的歌声更为可怕的武器，那就是她们的沉默。虽然未曾发生过，但也许可以想象，有人似乎曾经逃脱了她们的歌声，但绝逃不过她们的沉默。可是，世上的人却坚持认为，单凭自己的力量以及从这种力量中产生出的横扫一切的傲慢自负，就可以战胜她们。

事实上，当尤利西斯驶近时，这些强大的歌女们并没有歌唱，或许是她们相信，只需用沉默就能对付这个敌人，或者因为尤利西斯一心一意只想着蜂蜡和铁链，脸上露出喜悦的神情，竟使她们忘却了所有的歌唱。

---

* 本篇最初见于《八本八开本笔记簿》第三本，所载日期为 1919 年 10 月 23 日，1931 年首次问世。题目为马克斯·勃罗德所加。——编者

可是，尤利西斯，如果可以这么说的话，并没有听到她们的沉默，他相信她们在歌唱，自以为只有他可以避免听到她们的歌声。起先，他匆匆地向她们瞥了一眼，看到了她们扭动的脖子，她们深深的呼吸、泪汪汪的眼睛以及半张着的嘴，但是他却相信，这些都是唱咏叹调所需要的，这些咏叹调他虽然听不见，但却在他的四周慢慢地消逝。但是过了不久，这一切就从他的视线中滑过去了，他的目光凝视远方，塞壬们在他坚定的态度面前全都消失得无影无踪了，就在他最靠近她们的那一刹那，他都不再感知她们的存在。

但是她们——比以往任何时候都更加显得美丽——伸直四肢，并且旋转起来，让那可怕的长发在风中自由地飘拂，在岩石上宽宽地伸展开她们的利爪。她们不想再去诱惑人，只想尽可能长久地捉住尤利西斯那双大眼睛里反射出来的光芒。

如果塞壬们有意识的话，她们当时就会被消灭了。但是，她们并没有被消灭，依旧在那里，只有尤利西斯逃过了她们。

另外，对这个传说还有一点补充说明。据说尤利西斯诡计多端，活像一只狡猾的狐狸，连命运女神都难以看透他的心。也许，虽然人的理智无法理解这一点，他确实发现了塞壬们的沉默，所以他编造了上述的虚假事情，把它作为某种盾牌来对付她们和诸神。

洪天富 译

普罗米修斯 *

关于普罗米修斯的传说有四种说法：

第一，他为人类背叛了众神，被钉在高加索的一座悬崖上，众神派鹰鹫啄食他每日新生的肝脏。

第二，身子紧靠着岩崖的普罗米修斯在鹰嘴的不断啄食下痛楚万分，以致日益陷进岩石，直至与它融而为一。

第三，数千年后，他的叛逆行为随着时光流逝逐渐被人遗忘，众神遗忘了，鹰隼遗忘了，他自己也遗忘了。

第四，留下的是那不可解释的山崖。这个传说试图对这不可解释之现象做出解释。由于它是从真实的基础上产生的，最后必定也以不可解释告终。

叶廷芳 译

---

* 本篇见于《八本八开本笔记簿》第三本，写于1918年1月17日。1931年首次问世。题目为马克斯·勃罗德所加。——编者

城　徽[*]

　　起初，在建巴别塔[①]的时候，一切还算井井有条；的确，这项工程也许过于庞大，人们太多地考虑到向导、译员、工匠的住处以及道路联络，以至于忘了尚须从事数百年自由的劳动。当时甚至流行着这样一种看法：无须多少时间，就可以很快地把塔建成；这种看法只要稍许加以夸大，人们定会吓得连地基也不去打。人们是这样陈述理由的：整个计划的核心，只是建造一座通天塔这一念头。除了这个念头以外，其他一切都是次要的。这个想法，一旦人们领会了它的重要意义，便再也不会打消掉；只要还有人类存在，也就会有将这座塔建造成功的强烈愿望。但是，就这一点而论，人们不必为未来而忧心忡忡，正相反，人类的知识与日俱增，建筑艺术已取得了进步，而且将继续取得进步，一百年之后，我们花一年时间才能完成的工作，也许在半年里就能完成，而且更好，更耐久。所以，干吗现在就竭尽全力，拼死拼活地干呢？要是能够希望在下一代人的时间里建成这座塔，这也许还有点意义。但是，这绝不可以指望。更容易让人想到的是，下一代人凭借他们完善的知识，会觉得上一代人的工作不好，会把已经建成的部分拆除，以便重新开始。这样一些想法使得人心涣散，于是，人们更多地关心建造一座工人城市，而很少关心建塔。每个同乡组织都想占有最好的市区，于是发生了无休止的争吵，乃至发展到流血的战斗。这些战斗旷日持久；对于首领们来说，它们可是个新的论据：也因为缺乏必要的专注，建塔的事就得非常

---

[*]　本篇和以下10篇作品出自一捆稿子，根据帕斯莱所标示，日期是1920年秋末。1931年问世。它们在《乡村婚事》中标示的日期是1920年9月15日始。题目为马克斯·勃罗德所加。——编者

[①]　基督教《圣经》中所提及的未建成的通天塔。——译者

缓慢地进行，或者宁可在大家缔结和约之后才进行。但是，人们并没有把时间仅仅用在战斗上，在战斗间歇，人们也去美化城市，这样，必然又诱发了新的忌妒和新的冲突。第一代人的时间就这样过去了，往后几代的时间并没有好一些，只是伎俩不断得到提高，随之而来的是，战斗的狂热也与日俱增。需要补充的是，第二代人或第三代人业已认识到建造通天塔的荒谬，但是，由于大家彼此已紧密地联系在一起，以致谁都不愿离开这座城市。

所有在这座城市里产生出来的传说和歌谣，都充满了对一个预言之日的渴望，到了那一天，这座城市将被一只巨大的拳头连续迅击五下而粉碎。所以，这座城市的市徽也是一只拳头。

洪天富 译

海神波塞冬 *

波塞冬坐在自己的办公桌前，伏案计算着。管理所有的海域，使得他的工作十分浩繁。他本来可以随意要他所需要的助手，而且他的确有一大批助手，可是由于他对自己的工作非常认真，他总是把所有的账目亲自再查看一遍，所以他的助手们对他很少用处。谈不上他喜欢这项工作，他之所以干它，仅仅因为这是他的一种义务，的确，诚如他所说，他曾多次申请调换一件较为愉快的工作，可是每当人们向他提出各种各样的建议的时候，他总感到不中他的意，还是他目前所担任的职务更适合于他。总之，要为他另找一件工作，也是非常困难的。人们毕竟不能派他去主管某个特定的海洋；这是因为，那里的计算工作不少，但更为琐碎，除此之外，伟大的波塞冬毕竟始终只能担任一个起支配作用的职务。再说，要是给他提供一个与海洋无关的职位，这个想法就会引起他的反感，他神圣的呼吸就会变得急促，他古铜般的胸膛就会上下起伏。顺便提一下，人们其实并没有认真地对待他的抗议；当一个强有力的人感到痛苦的时候，别人必须装出对他让步的样子，尽管在这种事情上双方都毫无希望；从来没有人真正考虑过把波塞冬从他的职位上撤换下来，从太古时起，他就被任命为海洋之神，这是无法更改的，只能是这样。

最使他生气的是——这也是引起他对自己的工作不满的主要原因——他听到了人们对他提出的各种意见，例如说他经常手持三叉戟，驾着马车在海潮中巡游。事实并非这样，在这期间，他倒是坐在世界海洋的深处，不停地算账，偶尔旅行到朱匹忒那儿，目的仅仅只是为了打

---

* 本篇与《城徽》等 11 篇速记式小说最初见于一捆手稿，根据帕斯莱标明的日期为1920年秋末，后收入《乡村婚事》所标的写作日期为始于 1920 年 9 月 15 日。1936 年首次问世。题目为马克斯·勃罗德所加。——编者

断单调，而且通常总是怒气冲冲，扫兴而归。就这样，他几乎没有察看海洋，只是在匆匆攀登奥林匹斯山的途中，飞快地瞥上一眼，而且他的确从未在海洋里航行过。他常说，他以此等待世界末日的来临，到那时候，也许会出现一个安静的时刻，就在末日快要来临之前，在检查完最后一笔账目之后，他还来得及做一次快速而短暂的旅行。

洪天富 译

拒　绝*

　　我们的小城并不位于边境，而是远离边境，由于它离边境很远，我们小城的居民几乎没有人去过那儿，要到那儿，不仅得穿越荒凉的高地，还得穿过广阔而富饶的平原。人们只要想象一下这路程的一段，便会顿生厌倦，比这段路更长的旅程压根儿是不堪想象的。沿途还有几座大城市，每座城市都比我们这座小城大得多。十座像我们这样的小城并列在一起，它们的上空还塞进了这样十座小城，但是，这二十座小城加在一起，仍然造不出一座这样巨大而狭窄的城市。就算你在到边境的途中没有迷路，在这些小城里你准会走错路，要避开它们是不可能的，因为它们的规模太大了。

　　但是，要是能把这样的距离加以比较的话，它们比到边境的距离还要远，就好比说，三百岁的人比两百岁的人更老，这就是说，从我们的小城到首都的距离，要比到边境的距离远得多。如果说我们有时还能听到有关边境战事的消息的话，那么，有关首都的消息我们几乎一无所知，当然，我指的是我们的市民，至于政府官员，他们当然与首都保持非常密切的联系，在两三个月之后，他们就能从首都得到消息，至少他们是这么声称的。

　　值得注意的，并且使我一再感到惊讶的是，我们小城的居民对来自首都的命令总是默默地服从。几个世纪以来，任何政治变革都不是出自市民的愿望而发生的。在首都，最高统治者相互接替，更有甚者，连历史的王朝都废黜了或者消灭了，一些新的王朝开始了，在上一个世纪里，

---

* 本篇与《城徽》等 11 篇速记式小说最初见于同一捆手稿，根据帕斯莱所标的日期是 1920 年秋末，后收入《乡村婚事》中所标的写作日期为始于 1920 年 9 月 15 日。标题为马克斯·勃罗德所加。——编者

甚至首都本身也遭到了破坏，一座新的都城在距它很远的地方建立起来了，但是不久，这座新的都城也被毁坏了，旧都又被重建起来，然而这一切丝毫没有影响到我们这座小城。我们的大大小小的官吏依然坚守自己的岗位，最高长官从首都派来，次一级的官员至少是外地来的，最低的官员才来自我们当中，这已经成了惯例，我们对此也习以为常。最高长官是税务长，有上校军衔，人们也这样称呼他。如今，他已是一位老人，我认识他已有多年，因为当我还是小孩子的时候，他就已经是一名上校了。起先，他官运亨通，飞黄腾达，后来就停滞不前，凭他的军衔，他足以担任我们小城的长官，在我们这里，军衔再高一些似乎就不大相称了。当我设法去拜见他的时候，我看见他正坐在他那幢位于集市广场上的房子的阳台上，向后靠着，嘴里叼着烟斗。他上面的屋顶上飘扬着帝国的旗帜。这阳台很大，有时可以在上面举行小型的军事演习，在阳台的边上，晒着洗好的衣服。他的孩子们，穿着漂亮的丝绸衣服，在他周围玩耍，他们是不允许下到集市广场上去的，那里的孩子们是不配与他们为伍的，但广场毕竟对他们有吸引力，因此他们至少将脑袋从栏杆之间钻出去，当下面的孩子们吵架时，他们也在上面跟着吵。

总之，这位上校统治着这座城市。我想，他还从未向谁出示过一份赋予他这种权力的文件。他大概也没有这样的文件。也许他真的是一名税务官。但这就是一切吗？当了税务官，难道就有权管理其他所有的部门吗？的确，他的职务对国家非常重要，但对市民来说，不见得是最重要的。我们的市民几乎有这样的印象，仿佛有人在说："既然你拿去了我们所有的一切，那么连我们也拿去好了。"当然，实际上他并没有攫取了政权，也并非是个暴君。因为自古以来就形成了这样的概念，即税务官就是最高的官员，而且上校和我们一样顺从了这个传统。

可是，尽管他不过分强调自己身份地生活在我们中间，他毕竟不是像我们一样的普普通通的市民。当某个代表团前来向他请愿时，他就像世界的墙壁一样站在那儿。他身后空无一物，人们想象着在他身后定会发出几声窃窃私语，但这也许只是一种错觉，他毕竟意味着整个事情的结束，至少对我们来说是这样。每逢这样的接待，人们十之八九能看到他。当我还是孩子的时候，我曾目睹了接待的场面。有个市民代表团向他请求一笔政府津贴，因为最贫困的市区被一场大火夷为平地。我父亲是位马掌匠，深受市区居民的尊敬，他是这个代表团的成员，把我也带了去。这没有什么特别的，因为遇到这种场合，人人都会争先恐后挤去看热闹，人们几乎辨别不出哪些是群众，哪些是代表团。由于这样的接待大都在那个阳台上举行，于是也有不少人从某市广场跑来，借着梯子往阳台上爬，越过栏杆，参与上面的事情。按照当时的布置，大约有四分之一的阳台留给这位上校，群众则挤满了阳台其余的地方。有几个士兵在一旁监视，形成一个半圆形站在上校周围。实际上，一个士兵就完全够用了，见了这么几个士兵，大家都感到非常害怕。我完全不知道这些士兵是从哪里来的，总之，是远道而来的，他们彼此非常相像，完全用不着穿军服。这是一些矮小、体格并不强壮、但是很敏捷的人。他们身上最引人注目的是那副简直挤满了口腔的结实的牙齿，和一双略带不安的闪亮的小眼睛。孩子们见了他们这副长相，吓得毛骨悚然，当然，这也是孩子们的乐趣，因为他们一再希望被这些牙齿和眼睛吓一大跳，以便拼命地跑开。甚至连成年人大概也摆脱不了儿童时代的这种惊恐，至少，它继续产生影响，当然，产生这种惊恐，还有其他的原因。这些士兵讲着一种我们完全听不懂的方言，而且他们也几乎不能习惯我们的语言，因此，在他们身上表现出某种与世隔绝的、难以接近的特质，这也符合他们的性格，他们沉默寡言，严肃认真，固执呆板。他们实际上并不干什么坏事，但是从一个坏的意义上说，他们几乎是叫人受不了的。例如，一个士兵来到了一家商店，买些零星物件，他只靠在柜台上一动不动地站着，倾听别人的谈话，也许听不懂，但是给人一种印象，仿佛他听懂了，他本人一言不发，只是呆呆地望着讲话的人，然后又望着倾听谈话的人，与此同时，他的手一直放在挂在他腰带上的长刀的柄上。这真令人厌恶。人们失去了谈话的兴致，顾客们离开了店铺，当店里人走空了，那个士兵才跟着离开。凡是这些士兵出现的地方，我们生性活泼的人民群众就会变得鸦雀无声。这一次也是如此。每逢节庆日，这位上校总是笔挺地站着，那双朝前伸出的手里握着两根长长的竹竿。这是一个古老的风俗,它的意义大致是:他支撑着法律,法律也支撑着他。虽然每个人都知道,阳台上期望着他什么,但是一上了阳台,人们又都会重新大吃一惊。那一次也一样,那个被推选出来发言的人不想开口,他已经站在上校的对面了,可是他丧失了勇气,他找了各种各样的借口,重新挤回到人群中去了。再也找不到乐意发言的合适人选,尽管有几个不合适的人毛遂自荐。接着是一片混乱状态,于是,人们向各色各样的市民派去了信使——知名的演说者。在这整个期间,上校一动不动地站在那里,呼吸的时候胸脯明显地下垂。并不是他呼吸困难,而是他的呼吸十分惹人注意,活像青蛙呼吸一样,只不过青蛙的呼吸总是这样的,而上校此时的呼吸却颇为异常了。我从大人中间钻进去,透过两个士兵之间的空隙瞧着他,直到一位士兵用膝盖把我踢开。在这当儿,那个原先被指定发言的人聚精会神起来,由两个市民紧紧搀扶着,开始了他的演说。他在这次严肃的演说中,绘声绘色地叙述了一场惨重的灾祸,不停地微笑着,令人感动,这是一种极其谦卑的微笑,徒劳地想从上校的脸孔上引出某种轻微的反应。最后,他阐述了他的请求,我想,他不过是在请求豁免一年的税款,也许还在请求低价出售皇家森林的木材。然后,除了上校和他身后的士兵和几个官员之外,他和其他所有的人一样深深地鞠躬,并且把这个姿势保持了好一会儿。在这决定性的间歇时刻,那些站在靠阳台边上的梯子上的人,为了避免让人看到,不得不爬下几节梯子横档,而且不时地越过阳台的地板好奇地向四处张望。对于孩子们来说,这是非常滑稽可笑的事。这样持续了好一会儿之后,一个小个子官员走到了上校跟前,跷起脚尖,试图凑近上校的脸。上校除了深深地呼吸外,仍然一动不动,只是向凑上来的小个子官员耳语了几句什么,于是小个子官员拍拍手,大家便都直起了腰身。"请愿已被拒绝,"他宣布,"你们可以走了。"一种不容争辩的轻松感在群众中掠过,大家蜂拥而去,几乎没有谁去特别注意一下那位上校,此时,他又完全变成和我们大家一样的人。我只是看到,他的确已经精疲力竭,他松开了手中的竹竿,让它们落到了地面,然后躺倒在由几个官员抱过来的一把扶手椅上,匆匆地把烟斗塞进了嘴里。

这整个的事件并不是个别的，它的发生带有普遍性。当然，有时小的请愿也会获准，但是，这看上去似乎是这位上校作为一个有权力的个人由他负责做出来的，而且他这样做，必须——当然不是坚决的，而是出于对舆论的考虑——完全对政府保守秘密。因为在我们的小城里，就我们所能判断的，上校的眼睛无疑也就是政府的眼睛，但是也有所不同，完全理解这种不同是不可能的。

不管怎么说，在重大的事情上，市民们总觉得肯定会遭到拒绝。令人感到奇怪的是，如今，没有这种拒绝，人们反而觉得有些过不下去；此外，前去请愿，接受拒绝，这完全不是一种形式。人们总是精神焕发和严肃认真地前去请愿，又总是从那里折转回来，即使不完全感到振奋和喜悦，也不会感到失望和厌倦。我无须向任何人打听这些事情，我像所有的人一样，内心里感觉到了这一点。我也无须受好奇心驱使去探究这些事物的关系。

当然，就我观察所及，有某一年龄等级的人是对此不满的，这是一些年龄大约在十七至二十岁之间的年轻人，也就是说，是一些非常年轻的小伙子。他们对最微不足道的思想、更谈不上是革命的思想的作用完全缺乏预见能力。但是，不满的情绪却悄悄地在他们当中滋生。

洪天富 译

关于法律问题[*]

我们的法律不是大家都知道的，它们是一小撮统治我们的贵族的秘密。我们深信，这些古老的法律被严格地遵守着，但是，依照人们不知道的法律而让人统治着，这毕竟是一件令人痛苦的事。我在这儿所想到的，不是解释这些法律的各种可能的方法，也不是只有少数几个人而不是全体人民被允许参与解释法律时所带来的害处。这些害处也许并不十分严重。这些法律由来已久，非常古老，为了解释它们已经做了几百年的工作，而且这种解释也许早已变成了法律本身，虽说对法律的解释至今还一直存在着某些可能的特权，但是它们受到了严格的限制。此外，贵族显然没有理由在解释法律的时候受他们个人利益的左右，以致给我们带来不利，因为这些法律从一开始就是为贵族制定的；贵族可以置身于法律之外，正是因为这个缘故，法律显然只交到了贵族的手里。当然，这里面有智慧——有谁会怀疑这些古老法律的智慧呢？——但是对我们来说，这里面同样也有痛苦，也许这是不可避免的。

此外，这些虚假的法律，归根结底，也可能只是一种推测出来的东西。法律存在着，而且被当做秘密托付给了贵族，这已形成为一种传统，但这仅仅是，也仅仅只能是一种古老的，因岁月而获得信任的传统而已，因为这些法律的性质也要求对它们的存在进行保密。但是，如果我们老百姓自远古以来就密切注视贵族的这些行为，拥有我们的祖先对这些行为所做的记录，并认真地将它继续写下去，如果我们老百姓能在无数的事实中看出某些能让我们推断出这种或那种历史命运的方针，如果我们

---

[*] 本篇与《城徽》等 11 篇速记式小说的原稿捆在一起，根据帕斯莱标的日期是 1920 年秋末，它们在《乡村婚事》集中所标的日期是 1920 年 9 月 15 日起。本篇于 1931 年首次发表。题目为马克斯·勃罗德所加。——编者

试图按照这些经过极其缜密的筛选和整理而得出的结论，为目前和将来做出某种安排的话，那么，所有这一切都是毫无把握的，也许不过是一场智力竞赛而已，因为我们在这里试图猜出的这些法律，也许根本就不存在。有一小伙人确实持有这种看法，他们试图证明，如果存在着什么法律，它只能是这样：贵族的言行就是法律。这伙人只看到贵族的专横行为，他们摒弃民众的传统，在他们看来，民众的传统只会带来微小和偶然的好处，而在大多数情况下却会带来严重的害处，因为它给人民一个虚假而骗人的安全感，使他们在事件发生时轻举妄动。这种危害不容否认。但是，我们绝大多数的人民却认为，这害处的原因在于这民间传统还远远不够，所以还须对它进行更加深入的研究，诚然，它的材料表面上看似乎非常巨大，但实际上却还远远不够，还需花上几百年的时间才会使它足够。对目前来说，这是一种令人沮丧的昏暗的前景，只有这样的信念才能将它照亮，即有朝一日，传统和对它的研究将轻松地叹口气而了结自己的存在，一切又将变得清清楚楚，法律只属于人民，而贵族将会消失。这可不是怀着对贵族的憎恨而说的，根本不是，任何人都没有这样说过。毋宁说我们憎恨我们自己，因为我们还不配享有法律。这也正是那伙不相信真正的法律的人——在某种意义上说，这伙人是非常具有诱惑力的——始终如此少的原因，因为他们也充分肯定贵族及其存在的权利。

　　人们实在只能用一种相互矛盾的说法来表白这一点：一个党，如果它除了相信这些法律以外还拒斥贵族，便会在自己的身后立即招来全体人民，但这样的一个党不会产生，因为谁也不敢拒斥贵族。我们就生活在这把刀子的锋刃上。从前有位作家这样概括地说过：强加在我们头上的唯一的、显而易见而又不容置疑的法律就是贵族，难道我们真的愿意从我们身上剥夺掉这唯一的法律吗？

洪天富　译

征 兵[*]

征兵常常是必要的，因为边境战斗从未停止，征兵采取以下方式：颁布一道命令，要求某城区的全体居民——男人、妇女和儿童——在某天某日一律不准外出，务须待在自己的住所里。往往约近正午，负责征兵的那位年轻贵族便出现在城区的入口处，步兵分队，步兵和骑兵，自破晓时分起就已等候在那儿了。这是一个身材细长、个子不高的年轻人，身体虚弱，穿着邋遢，眼神疲惫，心神不定，频频发抖，好像一个打寒战的病人。他谁也不瞧，只是用鞭子——他唯一的装备——做了个手势，几个士兵便与他作伴同行，他走进了第一家住宅。一位熟知本城区所有居民的士兵，宣读这户居民的名单。他们照例全都在家，列成一队，早已站在室内，双目注视着这位贵族，仿佛他们也都变成了士兵。然而，也可能发生这样的情况，即这家或那家缺一个人，而且总是缺少男人。在这种情况下，谁也不敢找个借口，更不必说撒个谎了，人人沉默不语，低垂着头，这家人由于不堪忍受这个命令的压力而公然违抗命令，但这个贵族的沉默态度毕竟使他们保持在自己的位置上。这个贵族青年发出了一个暗号，简直说不上是点了下头，只有从他的眼神里才能明白他的意思，于是，两个士兵便开始搜寻那个缺席的人。搜查压根儿并不费力。他从不在户外，也从不想逃避兵役，他仅仅是由于害怕才未到场；然而，他之所以不到场，也不是出于对当兵的恐惧，从根本上说，他怕露面，对他来说，这道命令的确太威严，吓得他胆战心惊，靠他自己的力量他是不会走来的。但是，他并没有因此而逃跑，只是躲了起来，

---

[*] 本篇最初见于作者的一捆手稿，包括《城徽》等11篇速记式小说，根据帕斯莱所标的写作日期是1920年秋末，后收入《乡村婚事》所注的日期是1920年9月15日起。标题为马克斯·勃罗德所加。——编者

要是他听到这位贵族在屋子里,他兴许也会从他藏身的地方蹑手蹑脚地走出来,悄悄地溜到房门口,马上被从屋里走出来的士兵抓住。他会被带到贵族军官的面前,这位贵族双手紧握鞭子——他太虚弱了,用一只手根本干不了什么事——痛打这个想逃避兵役的人。鞭打几乎没有引起大的痛苦,然后,一半由于筋疲力尽,一半由于厌恶,他扔下了鞭子,被鞭笞的人得拾起鞭子,把它递给它的主人。然后,他才允许加入其他人的行列;此外,几乎可以肯定,他不会被征募。但是,也发生这样的情况,而且更经常发生这样的情况,在场的人超出了名单上的人数。例如,屋里多了一个从外地来的少女,她目不转睛地看着这位贵族;她从外地来,也许来自乡下,是征兵这件事把她吸引到这里来的;有许多妇女,觉得外地的征兵——家乡的征兵具有完全不同的意义——有着不可抗拒的诱惑力。说来也奇怪,女人屈服于这种诱惑,并不会看作是一种耻辱;相反地,在许多人看来,这正是妇女们的一门必修课,是她们为自己的性别所偿付的一笔债务。事情发生的经过也总是很相似的。某某少女或某某女人听说某个地方,兴许离得很远,在她的亲戚或朋友那里要举行征兵,她便请求家人准许她做一次旅行;她得到了同意,这种事情可是不便拒绝的;她穿上自己最美最好的衣裳,比平时显得更加高兴,但同时又显得镇静和亲切,不管她在别的时候表现如何;然而在镇静和亲切的后面,她又是难以接近的,如同一个正在返回自己的故乡的完全陌生的女人,此刻想不到别的什么事。在征兵即将进行的那一家里,她受到了不同寻常客的接待,大家都对她奉承拍马,她得穿越家里的所有房间,从所有的窗户向外探望,如果她把手放到谁的头上,其意义胜过父亲的祝福。当这个家庭准备应征的时候,她得到了最好的位置,紧挨着宅门,她在那儿既可以最清楚地看到那位贵族,也能够被他最清楚地看到。但是,只有当那位贵族进屋之时,她才能享受到这份殊荣,此后,她便像开败的花朵一样,完全被人委弃了。他对她和对其他人一样不屑一顾,即使他的目光落到谁身上,那个人也感觉不到自己受到了注视。这是她所不曾料到的,或者说得更确切些,她肯定已经预料到了,因为情况只可能是这样;但是,也不是这种相反的预料把她驱赶到这里来的,而是现在业已结束的那桩事情。她感到无比的羞愧,这种羞愧也许是我们的妇女以往从未感到过的;仅仅此刻,她才真正意识到,她是争着来参加一次旁人的征兵的;当士兵宣读名单的时候,并没有读到她的名字,片刻寂静之后,她战战兢兢地弯着腰逃出了大门,背上还挨了士兵的一拳头。

假使多余的是个男人,那他唯一的愿望就是同其他人一道应征,尽管他不是这个家庭的成员。但这也是毫无希望的,从来也没有一个多余的人被征去当兵,也将绝不会有这样的事儿发生。

洪天富 译

考 试*

  我是个仆人，但在主人的家里却无事可做。我向来胆小怕事，不喜欢出风头，甚至怕跟别人挤在一块儿，但这只是我无事可做的一个原因，也有可能，这和我的无事可做毫无关系，总之，主要的原因是没有人喊我去做事，别的仆人曾被喊过，但他们还不如我，没有表现出积极的态度，的确，他们甚至没有被喊去做事的愿望，而我呢，至少在某些时候，这种愿望却非常强烈。

  因此，我躺在仆役住的房间的木板床上，两眼向上，凝视着屋顶的房梁，一会儿睡着了，一会儿又醒来，但很快又睡着了。有的时候，我走进对面的酒店，要了一瓶酸啤酒，有的时候，我讨厌这种啤酒，索性把它从瓶子里倒掉一杯，然后又继续喝下去。我喜欢坐在酒店里，因为从那扇关着的小窗后面，可以看到对面我们房子上的那些窗子，而不会被人发现。然而，从那里看出去，并不能看到好多东西，我猜想，临街的地方，只是过道的几扇窗子，而且并不是通向东家住房的那些过道的窗子。一次，不等我发问，有个人就断言，我也许弄错了，从房子前部总的印象来看，他的看法一点儿也不错。这些窗子很少被打开，若是打开了，那肯定是某个仆人干的，那时他很可能正凭栏俯视。因此，这些走廊便成了他悄悄地享受快乐的地方，因为谁也不会突如其来地发现他。顺便提一下，我并不认识这些仆人，他们经常在楼上干活，睡在别的地方，而不在我的房间。

  有一次，当我走进酒店，便发现有位顾客已经坐在我那观察位置上。

---

* 本篇出处与《城徽》同，约写于1920年秋末，1936年才首次问世。题目为马克斯·勃罗德所加。——编者

我不敢仔细地朝他看,正想立即转身,离门而去。但这位顾客却叫我走近他,原来他也是一位仆人,我过去曾经在什么地方看见过他,但至今还没有跟他说过话。

"你干吗要跑开?坐下来跟我喝上一杯吧!我付钱。"于是,我坐了下来。他问了我几个问题,但我答不上来,我甚至听不懂这些问题。因此,我说:"你现在也许后悔不该邀请我,那么我最好还是走吧。"于是我准备起身。然而,他从桌面伸过手来,将我按下,并且说:"待着吧,这只不过是一次考试。谁回答不出问题,就算通过考试了。"

洪天富 译

陀　螺*

　　有位哲学家经常在孩子们玩耍的地方闲荡。只要看到一个男孩手里拿着一只陀螺，他就焦躁地暗中等候。陀螺刚一旋转起来，这位哲学家便盯住它，以便将它捉住。孩子们大吵大闹，试图不让他靠近他们的玩具，但他一点儿也不在乎。只要他在陀螺仍在旋转的时候抓住它，他就感到非常的快乐，但这只是一瞬间的工夫，然后他把陀螺扔到地上，走开了。因为他认为，对任何小事，比如对一只旋转着的陀螺这件小事的理解，就足以理解所有的事物。所以，他不致力于研究大的问题，因为在他看来，这很不经济。只要真的认识了芝麻大的小事，那就等于认识了一切，所以，他只研究这只旋转着的陀螺。只要有人准备使这只陀螺旋转起来，他就有成功的希望，而一旦陀螺旋转起来，他就气喘吁吁地跟在它后面跑，于是希望变成了现实，然而，当他用手抓住这块不会说话的木头的时候，他却感到恶心，孩子们的呼喊——直到现在，他还不曾听见过——此刻却强烈地传入他的耳朵，并把他赶走；他就像一只被笨拙的鞭子抽打着的陀螺，跟跟跄跄地走开了。

洪天富　译

---

* 本篇的出处和产生经过与《城徽》等以上 10 篇速记式小说同，约写于 1920 年秋末，1936 年随着勃罗德编纂卡夫卡全集方首次问世。题目为马克斯·勃罗德所加。——编者

回　家*

　　我回来了，我穿过门厅，向四周看了看。这是我父亲去住过的农家院落。院子中间有个小水坑。破旧的、不能再用的农具，交错地乱堆在一起，堵住了通向顶楼楼梯的道路。那只猫潜伏在楼梯的扶手上。那块曾被我缠绕在一根棍子上用来玩耍的破布，在空中随风飘扬。我到家了。谁会接待我呢？谁会在厨房门后等我呢？烟囱里冒出烟，晚餐用的咖啡正在沸腾。你感到亲切，感到像在家里一样吗？我不晓得，我心里很不踏实。这是我父亲的房子，但是，一幢幢房屋冷冷地靠在一起，仿佛每一幢房屋都在忙着做自己的事情，至于它们忙些什么，有的我忘记，有的我从来就不知道。尽管我是我父亲——那个年老的农夫的儿子，但我能对它们有什么用，有什么意义呢？所以，我不敢敲厨房门，只是从远处谛听，只是站得远远地谛听，以免作为窃听者被人撞见。由于我从远处谛听，所以什么也偷听不到，只听到一声轻微的钟声，或者以为是听到了它，这也许来自我童年的那些日子。至于厨房里正发生些什么，这是坐在里面的那些人的秘密，他们正对我保守着那个秘密。你在门前踯躅得越久，你就越发成了陌生人。如果此刻有人打开门，问我一下，那将会是怎样的呢？我自己会不会也变成一个希望保守自己秘密的人呢？

洪天富　译

---

* 本篇最初见于作者的一本蓝色方形笔记簿，约写于1920年秋末，1936年首次问世。题目为马克斯·勃罗德所加。——编者

代言人 *

很难肯定，我是否有过代言人，有关此事的详情，我一点儿也不知道，所有人的脸上都流露出厌恶的表情，大多数迎面朝我走来的人，和我经常在过道上遇到的人，看上去就像一些年老体胖的妇女；她们系着遮住全身、色调深蓝和白色的带条纹的大围裙，抚摩着肚子，笨拙地来回转动着。我甚至无法知道，我们是否在法院大楼里。有些情况说明是，许多情况则说明不是。撇开所有的细节不谈，法院里最令我想起的是一种雷鸣般的嗡嗡声，这声音来自远方，不绝于耳，谁也说不清楚，它来自哪个方向，总之，它充满了每个房间，使人觉得它来自四面八方，或者说得更正确些，你偶然所站的地方，恰恰就是发出那嗡嗡声的地方，但这无疑是个幻觉，因为它来自远处。这些走廊狭窄，通通盖有拱顶，逐渐地向前蜿蜒，配有几扇稍加装饰的高高的门。看来，是专为幽静而设计的，它们是博物馆或图书馆的走廊。然而，如果它不是法院，我为何要在这里努力寻找一位代言人呢？由于我到处寻找一位代言人，所以到处都需要他，的确，与其说在法庭里需要他，不如说在其他的地方需要他，因为法庭是根据法律做出自己的判决的，假定它在这时办事不公或草率行事，就会草菅人命，所以，人们得信任法庭，相信它会自由地运用威严的法律，因为这是它唯一的任务，但是，就法律本身而言，一切就是控告、辩护和判决，任何个人的干预在这里都将是犯罪。不过，对于判决所依据的（犯罪行为的）事实构成，则又当别论了，这个事实构成根据这里和那里、从亲戚和陌生人、从朋友和仇敌、在家庭和在社会中、在城市和乡村里，简言之，到处所做的调查。在这方面，迫切需

---

* 本篇出处与《起程》和《一条狗的研究》同，均见于作者遗物中一本棕色的方形笔记簿，约写于1922年春。1931年方首次问世。题目为马克斯·勃罗德所加。——编者

要找到代言人，大量的代言人，最好的代言人，一个接一个地，这无异是一道活的墙壁，因为代言人天生就很不机灵，而那些起诉人，个个都像狡猾的狐狸，他们像黄鼠狼那样敏捷，像小老鼠那样让人看不见，他们溜过最狭小的裂缝，在代言人的腿间无声地穿行。所以要小心哪！这正是我到这里搜寻代言人的原因。但是，我还没有找到一个，只有那些年老的妇女不断地来来往往；如果我不是在搜寻，我就会昏昏入睡了。我没有找对地方，唉，我就是无法摆脱我没找对地方的感觉。我应该到形形色色的人聚会的地方去，他们来自不同地区、来自各阶层和各种行业，而且年龄各不相同，我应该有个机会，从人群中慎重地选出几个合适的人，几个能理解并同情我的人。这样的地方最好莫过于是大的年市。但我不在那里，而是在这里的走廊里无所事事地闲荡，只能见到这些老太太，而且只是她们当中的几个，而且总是那么几个，但是，就连这少数几个，尽管头脑迟钝，也不愿为我提供帮助，而是从我身边一闪而过，像雨云一样地飘走，完全忙于只有她们才知道的事情了。我为何不读一读门上的题词，就冒失地匆匆走进这幢房子呢？反正，我已经在这些走廊里，而且那么执拗地待在这里，以致忘了我曾经到过这幢房子的前面，曾经跑上过楼。但是，我绝不回头。因为走回头路意味着耽误时间，意味着承认误入歧途，这会使我不堪忍受的。你说呢？在这短暂而仓促、伴随着焦急不安的嗡嗡声的生涯里，就这样跑下楼去吗？这是不可能的。属于你的时间非常之短，如果你失去一秒钟，你就已经失去了你整个的生命，因为你的生命不会更长久，它总是恰如你失去的时间一般长。所以，一旦你开始走上了一条路，就应该继续走下去，无论如何也要走下去，你只会获胜，而不会冒危险，也许最后你将坠毁，但如果你刚迈出几步就回头跑下楼去，那么你一开始就已经坠毁，而且不是什么也许，倒是确凿无疑的。因此，如果你在这里的走廊里什么也没有找到，那么就打开房门吧；如果你在这些门后面什么也没有发现，那么还有新的楼层呢；如果你在上面这些楼层里什么也没有发现，千万别着急，只需跃上新的楼梯。只要你不停止攀登，楼梯也就不会停止，在你攀登的脚下，它们正向上增长。

洪天富 译

一条狗的研究 *

我的生活发生了多大的变化，其实，它根本就没有发生过什么样的变化！现在，每当我回首往事，回想起我作为狗的成员在狗类当中生活的岁月，分担过他们的各种忧虑，仔细一看，我终究发现，这里向来有点儿不正常，存在着一条小小的裂缝，在那些狗类举办的非常令人崇敬的活动中，我总有些不愉快的感觉。的确，有些时候，不，不是有些时候，而是经常，即使是在朋友的圈子里，我只要看到一只我喜欢的狗，只要一看到，尽管是用新的眼光看，我就会感到尴尬、惊慌、手足无措，甚至感到绝望。我做了些努力来劝慰自己，那些我曾向他们吐露自己心事的朋友，出于好心也来帮助我，于是，我又得以获得较为清静的时期。在这段时期里，虽然仍有那些使人惊异的事，但我能较为冷静地对待它们，较为沉着地把它们纳入我的生活。也许它们使我感到悲伤和厌倦，但是另一方面，尽管有着这些惊异的事，我从根本上说，仍然是一只正规的狗，尽管有些冷淡、矜持、谨小慎微和精打细算。没有这段休息时期，我怎么会达到我现在享有的年龄呢？没有这段休息时期，我怎么会获得安宁呢？有了这份安宁，我才能观察我青年时代的恐惧，忍受老年的惊吓。没有这段休息时期，我怎么会想到，从我的——我得承认——不幸的，或者说得更小心些，不很幸运的气质中得出结论，而且几乎完全按照它们去生活呢？我现在离群索居，孤家寡人，只从事一些毫无指望的、但对我来说不可缺少的小小的研究。但是，我并没有因为研究而远离我的人民，看不到它的全貌，相反地，经常有消息传到我这儿来，

---

* 本篇与《起程》和《代言人》出处同，均见之于作者一本棕色的方形笔记簿，约写于 1922 年春，1931 年首次问世。题目为马克斯·勃罗德所加。——编者

我有时也给朋友们写信。人们尊敬我,不理解我的生活方式,但对它并不见怪。就连年轻的狗,新一代的狗——对他们的童年,我几乎只有一些模糊的记忆——当我有时在远处看到他们跑过的时候,也对我毕恭毕敬地敬礼问候。

可不要忘记,尽管我的行为显得古怪,但我毕竟并没有完全丧失狗的本性。每当我考虑这件事——我有时间,也有兴致和能力去考虑——我便觉得,我和狗类有着不可思议的关系。我们的周围,除了我们狗之外,还有各种各样的生物,可怜的、瘦小的、一言不发的、只会叫几声的生物。我们狗当中的许多狗研究这些生物,给他们取名字,试图帮助他们,教育他们,使他们变好,诸如此类等等。对我来说,只要他们不试图打扰我,我就无所谓,我把他们搞混淆了,也不去理会他们。但是,有一点非常突出,以致我必须加以指出,这就是说,和我们狗类相比,他们很少能团结在一起。他们相互走过的时候,总是像陌生人和哑巴一样,而且还带有几分敌意。只有那最共同的利益能将他们在表面上稍许联系在一起,而且从这一利益中甚至还会产生出仇恨和争吵。我们狗类则相反!也许可以这样说,我们大家简直生活在一个唯一的群体里,尽管几百年来有关种类划分的大量而深入的研究证明,我们大家实际上迥然各异。大家都生活在一个群体里!我们相互挤在一起,什么都无法妨碍我们对这拥挤感到满足,我们所有的法律和公共设施——少数的我还知道,无数的我已经忘记——溯源于对那最大的、我们能够达到的幸福的渴望:对温暖地聚集在一起的渴望。但是,在这方面,也产生了对立面。据我所知,没有任何生物像我们狗这样如此分散地生活着,没有任何生物有这么多的、简直无法明了的等级、种类和职业的差别。我们总想团结在一起,而且在那些感情奔放的时刻,我们总能成功地聚集在一起,但是从另一方面说,恰恰是我们相互隔得很远,各自从事着自己特有的、旁的狗往往无法理解的职业,遵守着那些并非是我们狗类的规章制度,更确切地说,甚至反对我们狗的规章制度。这是些多么复杂的事情,宁肯不要去碰它们——我也理解这种观点,而且对它的理解胜过于我对自己看法的理解——然而,我却完全沉醉于它们。我为何不像其他狗那样去生活呢？我应该和我的人民和睦相处，默默地接受干扰这一和睦的言行，把它当做一次大计算中的小错而加以忽略，始终转向那使人民幸福地结合在一起的事物，而不转向那把我们从人民圈子里拉出来的事物，当然，后者一再发生，而且不可抗拒。

我想起了我青年时代发生的一件事情，我当时处在一种非常幸福、却无法解释的兴奋状态之中，类似的兴奋状态，我还不只一次地经历过，而每个作为孩子的人或许正在经历这种种的兴奋状态。那时，我还是一只非常年轻的狗，我喜欢一切，一切都跟我有关系，我相信，在我的周围即将发生一些大的事情，我将是他们的首领，必须为他们摇旗呐喊；我还认为，有些东西，如果我不为他们去跑，不为他们晃动我的身躯，就必然悲惨地停留在地面上，现在看来，这一切不过是孩子们的幻想而已，随着岁月流逝，它们也将烟消云散。可是在当时，这种种想法却十分强烈，并把我完全迷住了，当然，后来也确实发生了一件异乎寻常的事，它似乎说明，我那些狂热的期待是对的。就其本身而言，那件事一点儿也不特别，在往后的日子里，我还碰到过许多类似的事情和比它们更加奇怪的事情，但是在当时，这件事情深深地刺痛了我，给我留下头一个强烈的、不可磨灭的、对许多后来的印象起决定性作用的印象。因为我遇到一小群狗，更确切地说，我没有遇到他们，是他们朝我走来。我当时在黑暗里长时间地奔跑，预感到——预感当然容易迷惑人，因为我经常有预感——即将有大事发生，我长时间地在黑暗里奔跑，漫无目的地交叉来回，对一切置若罔闻，心里只有一个模糊不清的渴念。当我感觉到我已到了正确的地点的时候，我突然停住脚步，抬头一看，发现此时已是大白天，只有少许雾气，周围的一切充满了胡乱起伏和令人陶醉的气味，我向喧闹的早晨问候，这时，七条狗——仿佛我用咒语把他们召来似的——从某个黑暗的地方发出一声我还从未听到过的可怕的噪音，然后走到了有光亮的地方。要是我没有看清楚，这是一些狗，而且这噪音是他们自己带来的，虽然我无法认识到，他们是怎样发出这噪音的，那我早就跑开了，可是我并没有跑开，而是停了下来。当时，我对这只授予狗类的创造性的音乐天赋还几乎一无所知，由于至今我的观察力才慢慢发展起来，所以我自然没有注意到它，但是，这种音乐毕竟从我的婴儿时代起就在我的周围鸣响，我把它当做理所当然的和不可缺少的生活要素，丝毫也不把它跟我惯常的生活分开，人们根据孩子的智力水平，试图以各种暗示向我指明这一点，所以，当我看到那七位伟大的音乐艺术家的时候，感到更加意外，简直令我倾倒。他们不说，也不唱，几乎以一种大的强忍精神，普遍保持沉默，但是，从这空荡荡的场地里，他们像变戏法似的变出了音乐。一切都是音乐，他们脚的一起一落，头部的某些转动，他们的奔跑与止步，他们彼此采取的姿势；他们相互结合，形成轮舞那样的场面，例如，某个音乐家把他的前爪搭在另一个音乐家的背上，然后，他们依次这样做下去，以致头一个音乐家直挺挺地担负起所有其他音乐家的重量；或者他们用自己匍匐在地面上的身子构成各种相互交错的图形，而且绝不会出错；甚至最后那个音乐家也是如此，虽然他还不够熟练，老是不能立即与同伴连接上，有时在旋律响起时显得有些摇晃，但是，这种不稳只是与其他人的熟练相比较而言的，而且，即便是相当的不稳，甚至是完全的不稳，观众绝不会感到扫兴，因为其他的大师们牢牢地掌握着节奏。然而，人们又几乎看不到他们，的确，几乎看不到他们中的任何一个。他们刚才不知从哪里钻了出来，人们是从心底里把他们当做狗来欢迎的，虽然伴随他们而来的喧闹声曾把观众弄得头脑发昏，但是，他们毕竟是狗，像我和你一样的狗。我是出于习惯把他们当做像是路上遇到的狗而加以观察的，我想走近他们，和他们互致问候，他们也离我很近。这是一群狗，岁数虽比我的大得多，也不是和我一样的毛茸茸的长毛狗，但是他们的个子与身材，我并不感到太陌生，相反地，还相当熟悉。这样的狗或类似的狗，我见过不少，可是，正当我还沉浸在这些思考之中的时候，音乐声已逐渐增大，全然把我抓住，并把我拖离开这几条真正的小狗。于是，我完全违反自己的意愿，全力进行反抗，像疼痛时那样大声号叫。此时，我所能听到的就只有音乐，那从各个方向，从高处、低处和四面八方传来的音乐，这音乐以这位听众为中心，铺天盖地地向他袭来，将他压倒在地上，他在快被消灭的时候，仍在近处——实际上已经在远处——隐隐约约地听到军号声。然后，它又放开了我，因为我已被彻底击垮，精疲力竭，极度虚弱，根本无法再听下去。我获得了自由，可以观看这七条小狗的列队跳跃表演。尽管他们看上去很不乐意，我还是想祈求他们，向他们讨教，问问他们究竟在这里干些什么——当时我是个孩子，总以为可以向任何人提问——但是，我刚一开口，好不容易才感到我与这七条狗之间友好、亲密和像狗一般盲从的关系的时候，他们的音乐又再次响了起来，把我弄得不知所措，我围着圈子打转，仿佛我也成了这些乐师中的一员，而实际上我不过是他们的牺牲品。不管我如何祈求宽恕，乐声总是把我抛来抛去，最后，他们把我推进了一片树丛，把我从他们自己的暴力中拯救出来。直到现在，我一直未发现这地区的周围长着这片丛林，现在，我被困在它的当中，沮丧地低着头，虽然这儿的旷野里还响着雷鸣般的音乐，但我终究可以喘口气了。说真的，与其说我对这七条狗的艺术感到惊奇——我既不理解它，也和我的能力完全联系不上——不如说我对他们那种完全听凭其创造物摆布的勇气惊异不已，不仅如此，我还钦佩他们那种在困难面前百折不挠、对命运处之泰然的力量。当然，当我现在从自己的藏身处更加仔细地观察时，发现他们并不那么泰然，而是非常紧张，表面上看，他们腿的动作非常平稳，其实每走一步的时候，腿部不停地颤抖，可怕地抽搐。他们用近乎绝望的目光彼此凝视着，他们的舌头刚一收回到嘴里，马上又从嘴里耷拉下来。使他们如此激动的，不可能是由成功引起的害怕；谁要是敢于做出这种举动，不可能再感到害怕。——有什么可以害怕的呢？有谁强迫他们在这里做出这样的举动呢？我再也不能克制自己了，尤其是当我现在看到他们莫名其妙地需要我的帮助的时候，于是我用盖过所有喧闹声的嗓门，大声地喊出了自己的问题，并要求得到回答。然而—— 不可理解！不可理解！——他们并没有回答，仿佛我根本不存在似的。而一只狗要是对同类的呼唤拒不回答，无疑是违背良好的社会习俗的，这一点，无论是最小的狗，还是最大的狗，都是绝对不可原谅的。难道这些不是狗吗？他们怎么不是狗呢？我现在更加仔细地倾听，甚至听到了他们用轻声的呼唤相互激励，相互提醒对方注意各种困难，防止各种错误。我还看到那只走在最后的最小的狗——

大多数的呼唤是针对他的——他不时地朝我偷看,仿佛很愿意回答我的问题,但又竭力忍住,因为回答是不允许的。可是为什么不允许呢?我们的法律总是无条件地要求人们回答问题,为什么这一次却不允许呢?我怒火中烧,几乎忘记了音乐。此地的这些狗触犯了法律。不管他们是多么了不起的魔术师,也应该遵守法律,这是我这个小孩子也很清楚的道理。从树丛里望出去,我还觉察到更多的东西。假如他们是出于负罪感而沉默,那么,他们的确有理由保持沉默。由于沉溺于音乐,我到此时才发现他们的所作所为,他们简直不知羞耻,这些卑鄙的家伙同时干着最可笑的和最不正经的事情,他们用两条后腿直立着行走。呸,见他的鬼去吧!他们脱光了衣服,赤条条地卖弄自己;他们对此洋洋得意,如果他们一时受良好的本能的驱使,把前腿放下,就会大吃一惊,仿佛天性是一种错误,于是又迅速地举起前腿,他们的目光似乎流露出请求观众原谅的神色,因为他们不得不暂时中断自己的罪孽。世界颠倒了吗?我到底在什么地方?到底发生了什么事?为了我自身的生存,我不能再犹豫了。我摆脱了将我团团围住的树丛,一跃身从中跳了出来,打算朝那几条狗跑去,我这个小学生必须成为教师,必须让他们明白,他们究竟干了些什么,必须劝阻他们不要继续去干伤天害理的事。"这么大年纪的狗,这么大年纪的狗!"我接连重复着说。然而,就在我刚刚获得自由,离这些狗只有两三跳远的时候,喧闹声又响起来了,而且铺天盖地地向我袭来。要不是另外一种清晰、严厉、始终不变的声音,以其所有的洪亮——这洪亮是可怕的,但也许毕竟是可以克服的——从老远的地方向我传来——也许这声音就是喧闹声的内在旋律——迫使我屈服,也许,我加以努力,是会受得住这种我早已熟悉的喧闹声的。哎,这些狗制造出来的音乐,具有多么大的诱惑力啊!我无计可施,再也不想教训他们,就让他们继续叉开双腿犯罪作孽去吧!就让他们诱使别的狗犯下袖手旁观的罪孽去吧!我不过是一只微不足道的小狗,谁能要求我承担起如此艰巨的任务呢?我使自己变得更加渺小,我开始哀鸣起来,如果此时那些狗为此征求我的意见,我也许会承认他们做得对。顺便提一下,过不了多久,他们就带着所有的喧闹声和亮光,重新消失在黑暗中。

正如我已经说过的，这整个事件，本身并没有什么奇特之处，在漫长的一生中，一个人会遇到各种各样的事情，如果把它们联系起来再用孩子的眼光加以观察，就会觉得更加奇特。此外，人们当然会对这件事情，正如对所有的事情一样——正像这一确切的词语所表示的——"说三道四"①，对这件事情，人们无非会说：有七位音乐家一同来到此地，想在寂静的早晨演奏音乐，一只小狗乱闯到这里，他们想用特别可怕或庄严的音乐赶走这名讨厌的听众，却是枉费心机。他用一个个的问题打扰他们，本来，他们一看到这个陌生人在场，就已经感到是一种严重的干扰，难道他们还要应付这种纠缠，用各种回答来扩大它吗？即使法律规定，对任何人的问题都必须加以回答，难道跑到这儿来的这样一只极小的狗也配称得上是某某人吗？况且，他们也许压根儿没有理解他的意思，因为他毕竟相当含混不清地吠出了他的各种问题。也可能他们听懂了他的意思，而且自我克制地作了回答，但是他，这小东西，不习惯于音乐，不能把回答跟音乐区分开来。至于后腿的事，也许那天他们的确破天荒地只用它们行走，这大概算是一种罪孽吧！但是，当天只有他们七只狗，七个朋友中的朋友，而且是朋友之间的聚会，从某种意义上说，是在自己家里，可以说是单独在一起，因为朋友毕竟不是公众，而没有公众的地方，一条在街上乱跑的好奇的小狗也是无法创造出公众的，就这件事来说，岂不是跟什么事也没发生一样？虽然并不完全如此，但也相差无几，而父母本应教育自己的小孩少到外面乱跑，宁肯让他们保持沉默，在家孝敬长辈。

要是能做到这一点，问题就都解决了。当然，在大狗们看来已经解决的问题，对小狗们来说并未解决。我四处奔走，既讲述故事，也提问题，既谴责，也研究，希望把每一只我所遇到的狗引向发生过这一切的地方，给他指出我曾经站过的地方，给他指出那七条狗在过的位置，以及他们在什么地方如何进行跳舞和奏乐。如果有谁跟我一道走，我兴许会牺牲自己的清白，设法用后腿站立起来，以便把这一切仔细地解释清楚，而

---

① 原文为 verreden。——译者

不用担心他会把我甩开，或者把我嘲笑一番。如今，人们对孩子的一切都看不惯，但最后又会原谅他的一切。我可是一直保持着这种儿童般的气质，在这期间变成了一条老狗。那时候，我没完没了地大声谈论那个事件，将它分解成若干部分，以在场者们的身份衡量它，而没有考虑到我所处的社会；如今，尽管我对那个事件的评价比当时要低得多，但我一直忘不了它，我跟别的狗一样对它感到厌烦，所不同的是，我力图通过研究把这问题彻底解决，以便最终又能把目光转向普通、宁静和幸福的日常生活。在往后的日子里，我仍和当时那样工作，尽管采用了一些天真的手段——然而，差别并不很大——但如今我不再继续这样做了。

事情是从那场音乐会开始的。我对此毫无怨言，这是我天生的本性，它在此起了作用，纵然没有那场音乐会，它也会去寻找另一个机会，以便取得突破。只是那场音乐会一下子就举行，使我在当时有时感到难过，因为它夺去了我童年的大部分时间。年轻的狗享有欢欣的生活，有些狗能将它延长到数年之久，我虽然也享有这样的生活，但它却只有短短几个月。这没有关系。有比童年更重要的东西。也许，经过艰苦生活的磨炼，我在老年时能获得更多的儿童式的幸福，并且将有力量承受这种幸福，而一个真正的儿童则缺少这种力量。

那时，我开始研究一些最简单的问题，我并不缺乏材料，恰恰相反，正是由于材料过多，使我在那些黑暗的日子里陷入了绝望。我开始研究，狗类是以什么为食物的。这当然不是一个简单的问题。自远古以来，我们一直在研究它，它是我们思考的主要对象。在这个领域里，充满了无数的观察、实验和观点，它已成为一门科学，其规模之宏大，不仅超越了个别狗的理解力，而且超越了所有学者的理解力，只有整个的狗类联合起来，才能承担起研究这门学问的重任，但是，即使是整个的狗类，也只是唉声叹气地勉强承担起这一重任。在那古老而且早就被人占用的庄园里，石灰老是从墙上剥落下来，得费很大的劲才能把它补上，至于我在研究中遇到的种种困难，以及种种几乎无法实现的条件，那就更不用提了。对于这一切，人们无须进行辩驳，任何普通的狗，包括我在内，都知道这一切。我并没有想到要干预这门真正的学问，我理所当然地对它怀有十分尊敬的心情，但是我无法充实它，因为我缺乏知识、勤奋、宁静和胃口，后者在最近几年尤其缺乏。我狼吞虎咽地吞下食物，但事先压根儿不想对农业进行最起码的有条理的研究。在这方面，我觉得一切科学的提要，即母亲让婴儿断奶，使之步入生活时所说的"尽你的可能，把一切弄湿"这条小小的规则，就已经足够了。这条规则岂不是几乎包含了一切？从我们的祖先起就已开始的研究，又能增添多少举足轻重的内容？细节、细节，一切是多么地靠不住！而只要我们仍然是狗，这条规则就将永远存在。它涉及我们的主食。诚然，我们还有其他的辅助手段，但在紧急情况下，或者在年岁不太大的时候，我们可以靠这主食过活，我们在地上找到这种主食，而土地需要我们的水，以它为食物，只有我们付出这一代价，土地才会给我们提供食物。当然，我们可以通过某些咒语、歌唱和动作，加速食物的出现。在我看来，这就是全部的内容；从这方面来说，根本无须再提这件事。在这一点上，我和大多数的狗是一致的，任何与此相违背的异端邪说，我都严加拒绝。说实在的，我觉得这与癖性无关，也谈不上什么刚愎自用，如果我能和同胞们看法一致，我定会感到高兴，在这个问题上正是这样。然而，我的行动却选择了另外的方向。从表面现象看来，如果按照科学的规则对土地进行浇灌和耕作，它就会给我们提供食物，而且在质量、数量、方式、地点和时间上符合于完全地或部分地被科学确证的规律。这一点我也接受，但我要问的是："土地是从何处弄到这食物的？"对这个问题，人们往往假装没听懂，至多这样回答我："你要是不够吃，我们可以把我们的食物分给你一点。"我重视这个回答。我知道：把我们在某次弄到的食物拿去平分，这不是我们狗类的长处。生活是艰难的，土地是龟裂的，科学富于知识，但是实际的成果却少得可怜。因此，谁有食物，就留着自己享用。这不是自私自利，相反地，这是狗的法则，是人民一致做出的决定，它源于克服自私的愿望，因为拥有食物的人毕竟是少数。所以，"你要是不够吃，我们可以把我们的食物分给你一点"这句回答，只是一句常用的成语，一句玩笑话，一种戏弄。我并没有忘记这一点。但在当时，当我带着自己的问题周游世界的时候，人们并没有嘲笑我，这对我来说，意义就更加重大了；尽管人们从来也不给我东西吃——你叫他们到哪儿去取食物呢？——即使他们刚巧有食物，也自然会因为饿得发狂而不考虑我的需要，但他们的诚意是不用怀疑的，有的时候，要是我抢得快，也的确能得到一点小东西。我不明白，他们干吗待我这样特别，这样爱护，这样优待？是因为我是条瘦弱、营养不良的狗呢，还是因为我很少为食物操心？但营养不良的狗比比皆是，而且到处乱跑，甚至他们那少得可怜的食物，也被别的狗从嘴边抢走，这往往不是出于贪欲，而是出于原则。不，他们是偏爱我，我虽然拿不出具体的证据，但的确有这样的印象。是不是他们对我的问题感到高兴，觉得它们很聪明呢？也不是，他们并不高兴，而且认为我所有的问题都很愚蠢。总之，引起他们注意的，只可能是我所提的那些问题。看样子，他们宁肯做出巨大的牺牲，用食物堵住我的嘴——他们没有这样做，但有这种意图——也不愿容忍我的提问。要是这样的话，他们就会更加巧妙地把我赶走，禁止我提出问题。不，他们不想这样做，他们虽然不愿听我的问题，但是恰恰因为我的这些问题而不想把我赶走。虽然他们对我百般嘲弄把我作为一头愚蠢的小动物来对待。把我推来推去，然而，那段时间却是我声望的鼎盛时期，后来再没有出现过类似的情形。那时，我到处都可以进入，谁也没有阻拦我，人们找借口粗暴地对待我，实际上却百般地奉承我。人们之所以这样做，完全是因为我的问题、我的急躁和我的研究欲。是不是他们想以此麻痹我，不以暴力，而是以近乎爱的方式，使我离开一条错误的道路，而这条道路的谬误显然还没有到达允许他们使用暴力的程度？———定的尊敬和畏惧也能防止暴力的使用。那时我已有这样的感觉，现在则是一清二楚，而且比当时持这种看法的人知道得更加清楚。的确，他们当时想把我诱离我的道路。他们没有成功，而且适得其反，我的注意力更为集中。我甚至发现，想诱惑别人的其实是我，而且我的诱惑的确取得了一定的成功。多亏狗类的帮助，我才开始明白自己的问题。例如，当我问"土地是从何处弄到这食物的"时候，是否有迹象表明，我在关心土地，关心土地的忧愁呢？根本不是这么回事。不久我就认识到，土地和我毫无关系，我只关心狗，别的什么也不关心。因为除了狗以外还有什么呢？在这广阔而杳无人烟的世界里，除了狗我们还能呼唤谁呢？一切知识，所有问题和答案的总合，均已包含在狗的身上。要是能使这些知识发挥作用，把它们揭示出来，该多好啊！要是他们知道的东西不比他们承认的和他们对自己承认的要多得多，那该多好啊！就连最健谈的狗也比通常放最好的食物的地方更难于接近。你蹑手蹑脚地围着你的同类打转，垂涎欲滴，用自己的尾巴痛打自己，提问、恳求、吠叫、撕咬，得到你不费吹灰之力也可以获得的东西：深情的倾听，友好的触摸，光荣的嗅闻，热烈的拥抱，我的号叫和你的号叫混合成为一体，一切都是为了这个目标，一种迷醉、忘却和发现。但是，你首先想达到的目标，即承认知识，却始终没有达到。如果你把诱惑推向极端，那么对这个请求——不论是无声的还是大声的——回答，至多也不过是麻木的表情、匕斜的目光以及低垂而无神的眼睛。这跟我在那时看到的情形相差无几，当时我还是个孩子，我大声招呼那七条演奏音乐的狗的时候，他们却沉默不语。

　　也许有人会说："你抱怨你的同胞，责怪他们在重大问题上保持沉默；你声称他们知道的要比他们承认的以及想在生活中承认的要多得多；而这种隐瞒——对其原因和秘密，他们当然也会守口如瓶——毒化了生活，使你不堪忍受，你不得不改变或放弃这种生活，这有可能，但你自己毕竟是一条狗，而且懂得狗的知识，那就把它说出来吧，不仅以提问的形式，而且要加以回答。你要是把它说出来，谁会反对你呢？所有的狗组成的大合唱队将开始演唱，仿佛它期待已久。于是你将如愿以偿，不仅弄清了事实真相，而且获得了承认。你在背后大加诅咒的这种卑鄙的生活的屋顶将会打开，我们所有的狗将会一条接一条地升上自由的天空。即使这最后一点也不能实现，即使情况比以前更糟，即使完整的真理比不完整的真理更不堪忍受，即使事实证明沉默者作为生活的维护者是合情合理的，即使我们现存的一线希望变成彻底的绝望，努力把话说出来总是值得的，因为你不想再过你目前可以过的生活。现在的问题只是，你为何指责别的狗沉默寡言，而自己却一言不发呢？回答很简单：因为我是一条狗。我在本质上完全和其他的狗一样，都是沉默寡言，难以接近，非常害怕回答自己提出的问题。严格地讲，至少在我长大成人之后，我之所以向狗类提问，只是为了得到他们的回答吗？我有如此愚蠢的期望吗？难道我一边目睹我们生活的根基，猜到它的深度，目睹工人们在建设，从事着他们难以捉摸的活动，一边却始终盼望着因为我的问题而结束、毁灭和抛弃这一切？不，我真的不再有这样的期望。我理解狗类，我和他们有血缘关系，我的血管里有他们那可怜的、一再年轻的和自始至终充满渴望的血。然而，我们共同拥有的不光是血，还有知识，不光知识，还有打开知识的钥匙。没有其他的狗，我就没有这一切，没有他们的帮助，我就无法拥有这一切。——那些含有极其珍贵的骨髓的铁一般硬的骨头，只有全体狗用所有的牙齿一起去咬，才能对付得了。这当然只是一种夸张的比喻；假若所有的牙齿都做好了咬的准备，那么他们无须再去咬，骨头会自动打开，骨髓会暴露出来，听凭最弱小的狗去享用。如果我坚持这个比喻，那么我的意图、问题和研究就必然会追求某种惊人的目标。我打算迫使所有的狗聚到一起，让这块骨头在众狗跃跃欲试的压力下自动打开，然后把他们打发到他们喜欢的生活中去，这样，我便可以张大嘴巴，独自啜饮骨髓。这听起来非常可怕，仿佛我赖以生存的不单单是某块骨头的骨髓，而是整个狗类的骨髓。然而，这毕竟只是一种比喻。我在这里所说的骨髓，并不是食物，相反地，是毒药。

我不想再用自己的问题使自己忙个不停，我想用沉默这个我还能从周围得到的唯一回答来激励自己。通过你的研究，你日益清楚地意识到狗类沉默不语，而且将永远沉默下去，对此你还将忍受多久呢？你还将忍受多久呢？这正是我所要提的生命攸关的重大问题，它高于一切个别的问题：这问题只是对我提出来的，不会给其他的狗带来麻烦。可惜我对这个问题比我对那些个别问题更容易回答：我大概将忍受到自己寿终正寝之日，老年时的安宁更加容易忍受那些使人惶恐不安的问题。也许，我为沉默所包围，将默默无闻地、近乎安详地死去，我将视死如归，毫不畏惧。也许是命运的恶意安排，我们狗类天生就有一颗值得钦佩的、冷酷无情的心和一对不会过早衰竭的肺，我们忍受得住所有的问题，甚至是自己的问题，我们是沉默的堡垒。

近来，我越来越频繁地思考我的生活，寻找我也许犯过的那个贻害无穷的重大错误，但是我无法找到它。但我肯定犯过这样的错误，因为要是我没有犯过错误，尽管通过一辈子诚实的劳动也未能达到我想达到的一切，那就正好说明，我想要的一切都是做不到的，从而产生彻底的绝望。看看你一生的事业吧！最初是研究"土地是从何处为我们弄到食物的"这一问题。一条年轻的狗，从根本上说是渴望寻欢作乐的，而我却放弃一切享受，绕道避开一切文娱活动，将头埋在两腿之间，以抵御各种诱惑，全力以赴地投入工作。这不是学者的工作，无论从博学多才、方法，还是从意图上看，都不是。这些或许就是错误，但是它们不可能起过决定性的作用。我没有多少学问，因为我很早就离开了母亲，很快就习惯于独立生活，过着自由自在的生活，而过早就独立生活是和系统的学习相敌对的。不过，我耳闻目睹了不少东西，与许多不同种类和职业的狗作过交谈，自以为对一切理解得透彻，能将个别的观察很好地联系起来，这多少弥补了学识的不足。此外，尽管独立性对学习不利，但对我的研究却大有裨益。就我的情况而言，独立性显得更加必要，因为我不懂得遵循科学的真正方法，即利用前人的著作，并把自己跟同时代的其他研究者联系起来。我完全靠自己，万事从头学起，相信我有一天偶然画上的句号，也必定会是最终的句号，这种意识令青年人高兴，却令老年人感到非常压抑。我现在和一向是否真的是单枪匹马地从事自己的研究呢？既是又不是。无论是以往还是现在，个别的狗都不可能处于我这样的境地。我的处境还不至于糟到这种地步。我和狗类毫无差别。每条狗都与我一样好问，我与每条狗一样喜欢保持沉默。所有的狗都喜欢提问。否则的话，我的问题怎能引起那些最轻微的震动呢？当然，我看到这些震动，总是兴奋不已，甚至有些陶醉。否则的话，我势必达不到更多的目标。至于我喜欢沉默，这一点可惜无须特别的证明。我与其他任何一条狗基本上没有什么不同，所以，尽管我与狗类之间存在着各种意见分歧和反感，大家都还承认我，我也同样承认每一条狗。所不同的只是我们之间在元素混合上不尽相同，这对单个的狗来说是个很大的区别，但对狗类来说却微不足道。如果说在过去和现在，这些始终存在的元素的混合还从未产生过类似我的混合这样的结果，如果人们想把我的混合称之为不幸，这样一来岂不是还要不幸得多？这似乎是与所有其余的经验背道而驰的。我们狗类从事着许许多多非常了不起的职业。要是你在这方面缺乏非常可靠的消息，你就根本无法相信这些职业的存在。在这方面，我最喜欢举的例子便是飞狗。当我第一次听说有飞狗的时候，禁不住哈哈大笑，怎么也不肯相信。这是一种什么样的狗呢？据说是一种极小的狗，比我的头大不了多少，即使到了高龄也不会长高。当然，这种狗体弱多病，看样子是一种人造的、幼稚的和梳理得过分精细的东西，而且根本就不会跳。据说这种狗通常在高空中移动，但并不从事看得见的工作，而是在静养。不，要想让我相信这样的事情，这简直是在滥用一条年轻的狗的天真烂漫。但过不了多久，我又从别处听到了有关另一条飞狗的传闻。这会不会是人家串通好了来愚弄我呢？但接着我便看到那几条演奏音乐的狗，从这时候起，我认为这一切都是可能的，没有了成见，我的理解力就不再受限制，我追查那些极为荒唐的谣传，尽可能地跟踪它们，我觉得在这毫无意义的生活中，最荒唐的事比有意义的事更有可能发生，这对我的研究特别有用。飞狗的事也是这样。我听到各种各样有关他们的传闻，虽然至今我未能亲眼见到一条，但对他们的存在我早就深信不疑，他们在我的世界观中占有重要的地位。如在大多数情况下一样，在这个问题上首先引起我深思的当然并不是艺术。谁也无法否认，这些狗能够在空中飘浮是不可思议的。在对此表示惊异这一点上，我和狗类是一致的。但我觉得更加不可思议的是这些狗存在的荒谬，那种沉默的荒谬。总的说来，对这种荒谬，根本提不出任何理由，他们飘浮在空中，而且永远留在那里，生活继续按自己的规律发展下去，人们有时提起艺术和艺术家们，这就是一切。可是，十分善良的狗类，这些狗为什么只飘浮在空中呢？他们的职业有何意义呢？为什么我得不到有关他们的任何解释？他们为什么飘浮在上面，让作为狗类的骄傲的四条腿萎缩下去，离开了供养他们的土地，不劳而获，据说甚至靠狗类提供的费用而吃得特别好，这一切又是为什么呢？可以自夸的是，我的问题多少引起了人们对这些事情的关注。人们开始提出理由，并急急忙忙地收集理由，但仅限于这一开始，并未越出这一范围。但不管怎样，毕竟有所行动。他们虽然未能揭示出真理——这是永远不可能达到的——但却揭示出谎言深处的某些混乱情况。我们生活中的一切荒唐的现象，尤其是那些极其荒唐的现象，均可得到合理的解释。当然不是全部——那是天大的笑话——但足以防止那些令人难堪的问题。我仍以那些飞狗为例子：他们并不像我们当初想象那样目空一切，相反地，特别需要同类的帮助，要是你设身处地为他们想想，就会明白这一点。当然，他们不能公开这样做，因为这会违反保密的义务，所以，他们必须以某种别的方式努力求得人们对他们的生活方式的谅解，或者至少分散人们对它的注意力，把它忘掉。据说，他们为此采取了几乎让人难以忍受的喋喋不休的方式。他们不停地夸夸其谈，一会儿大谈其哲学思考——由于完全放弃了体力劳动，他们只能持续地从事哲学思考——一会儿又大说特谈他们在高空所做的各种观察。虽然由于这种游荡的生活，他们的智力理所当然地不很出色，他们的哲学和他们的观察一样毫无价值，几乎无助于科学的发展，况且科学根本就不需要依赖这样一些可怜的辅助手段，尽管如此，要是你问这些飞狗究竟想要干什么，你总会得到这样的回答，说他们在为科学做出巨大的贡献。你对此回答说："这是对的，但他们的贡献毫无价值，而且令人厌烦。"对方就会用耸肩、转移话题、恼火或嘲笑回敬你。你若过一会儿再问，回答仍然是他们在为科学做出贡献。如果你继续追问，问得对方几乎失去控制，最终得到的仍是同样的回答。也许，不要太固执，做些迁就，这会好些，即你纵然不承认这些业已存在的飞狗的生存权利——要承认这一点是不可能的——但得容忍它。不过，你可不要提出更多的要求，否则就太过分了。然而，你还是坚持己见，要求容忍不断涌现出来的新的飞狗。你根本不知道他们从何而来。他们是通过繁殖来增加成员的吗？难道他们还有繁殖的力量？他们顶多还有一张漂亮的毛皮，还能繁殖什么呢？即便不大可能的事有可能发生，它该在什么时候发生呢？他们总是独自待在空中，而且安于现状，即使偶尔勉强跑了起来，也只是短短的一会儿时间，装模作样地走上几步，而且总是独来独往，沉醉于一些据称——至少他们是这样断言的——是他们竭尽全力也无法摆脱的思想。然而，如果他们不繁殖后代，会不会有些狗自愿放弃平地上的生活，甘愿变成飞狗，牺牲舒适和某种熟练的技巧，而选择气垫上的那种荒凉的生活呢？这是无法想象的，繁殖和自愿结合都是不可想象的。然而现实表明，总是不断有新的飞狗出现，由此可以得出结论，即使我们的理智遇上难以克服的障碍，一种业已存在的狗，不管它有多么奇特，都不会绝种，至少不容易灭绝，至少在任何一类狗中都不乏成功地保护自己的成员。

如果这一点适用于像飞狗这样一种古怪、缺乏理智、外表非常奇特和毫无生活能力的狗的话，那么对我这类的狗来说，难道不该接受吗？何况我的外表一点儿也不特别，一副普普通通的样子，至少在这一带极为常见，既无超群出众之处，亦无特别可鄙之处。在我的青年时代，以及我壮年的某个时期，只要我不放松自己，多活动活动，我甚至称得上是一条相当漂亮的狗。特别是我的正面形象，被其他的狗赞不绝口，还有那四只苗条的腿、漂亮的头部姿势，以及那身灰白黄三色相间、毛尖蜷曲的毛皮，都非常讨人喜欢。这一切并不奇特，奇特的只是我的性格，但我从来也没有忘记，就连我的性格也应该到狗类的性格中寻找根据。甚至飞狗也并非是孤零零的，在庞大的狗类世界里，在有些地方总能找到一条飞狗，而且狗类世界甚至还会从无到有地繁殖出新的后代，在这种情况下，我用不着灰心丧气，尽可满怀信心地生活下去。当然，我的同类们想必有着特殊的命运，他们的存在永远不会给我带来看得见的帮助，之所以这样说，是因为我几乎永远认不出他们。我们被沉默压得喘不过气来，正是出于对空气的渴求，我们想打破这种沉默，而在其他的狗看来，沉默能使他们感到舒服，这当然只是一种假象，就拿那七条演奏音乐的狗来说吧，他们表面上镇定自若地奏乐，实际上却非常激动。然而，这种假象非常强烈，人们试图对付它，它则对一切进攻报之以嘲讽。我的同类们是如何互相帮助的呢？他们为了生活下去，做了怎样的努力呢？可能会有各种不同的回答。我在年轻的时候，试图通过我的提问回答这些问题。因此，我也许可以向那些好问的狗求助，把他们看作是自己的同类。有一阵子，我曾试图克制自己，不再提问，之所以自我克制，是因为我关心的，主要是那些应该回答我问题的狗，那些老是拿我通常无法回答的问题来打扰我的狗，总令我讨厌。此外，年轻时谁不好问，从这许许多多的问题中，我怎样才能找出恰当的呢？一个问题听起来像另一个问题，重要的是提问的意图，而意图总是隐蔽的，往往连提问者也搞不清楚。况且，提问的确是狗类的一种怪癖，大家七嘴八舌地乱提问题，仿佛这样就能抹去那些正确的问题的痕迹。不，在那些年轻的提问者当中，我找不到自己的同类，在包括我在内的那些年老的沉默者当中，我同样找不到自己的同类。而提问到底有什么用呢，我所有的问题都落空了，也许我的同胞比我聪明得多，为了忍受这种生活，他们使用了完全不同的杰出手段，当然，正如我想补充说的，这些手段也许能帮助他们克服困难，起到一种镇静、麻醉、变种的作用，但总的说来仍如我的那些手段一样无力，尽管我多次翘首以盼，总是看不到一点成就。我担心，我今后只会从所有其他的方面，而不会从成就上认出我的同类。但是，我的同类究竟在哪里呢？这就是使我感到悲痛的问题，这正是我所悲叹的。他们在哪里呢？无所不在，却无处可寻。也许他就是离我三跳远的我的那位邻居，我们常常见面打招呼，他也来过我这儿，但我从不到他那儿去。他是我的同类吗？我不知道，从他身上我一点儿也看不出他是我的同类，但可能性是存在的。但没有比这更不可能的了。当他在远处时，我凭借所有的想象力，能够在他身上发现某些使我既感到亲切也感到可疑的东西，但是一旦他站在我的面前，我的一切发现简直可笑。他是一条老狗，个子比我还小——而我的个子几乎还不到中等——棕色、短毛，耷拉着脑袋，吃力地拖着脚步走，左后腿因患疾而一瘸一瘸。很久以来，除了他以外，我从未跟别的狗有过如此密切的交往。我很高兴自己还能忍受他。每当他离去的时候，我总是从后面大声地向他说些非常友好的话，这当然不是出于对他的爱，而是出于对自己的愤怒，因为我要是跟随他，就会发现他拖着脚，夹着尾巴，悄悄地溜走，这当然只会引起我的厌恶。有时，仿佛是我想嘲笑自己似的，我竟然在自己的头脑里把他称作同类。即使在我们的谈话当中，他丝毫也没有透露他是我的同类，虽然他很聪明，在我们当中可以称得上是很有才学，我从他身上可以学到许多东西,但我要找的难道是聪明和学问吗?我们通常谈论的是地方上的问题,交谈的时候,我惊异地发现,我的孤独反倒使我在这方面的目光变得更加敏锐,我清楚地认识到,哪怕是对一条普普通通的狗,即使在一般不利的情况下,要想勉强维持自己的生活,使自己免遭那些司空见惯的巨大危险,需要多少智慧啊。诚然,科学提出了许许多多的规则,但是,要了解它们,哪怕是肤浅和粗略的了解,谈何容易。就算你理解了它们,真正的困难还在后头,即把它们运用于本地的实际情况——在这一点上,谁也无能为力,几乎每时每刻都会出现新的任务,每一小块土地都有自己特殊的任务。谁也不敢断言,他已做了一劳永逸的安排,可以让自己的生活自行发展下去,即使像我这样的人,尽管需求一天比一天减少,也不敢这样断言。所有这些无穷无尽的努力——到底为了什么?仅仅为了使自己在沉默中越陷越深,再也无法让人拉出来。

　　人们常常赞美狗类在各个时代所取得的普遍进步,指的似乎主要是科学的进步。的确,科学在进步,这是不可阻挡的,它甚至在加速前进,愈来愈快,但这有什么值得夸耀的呢?这就如同你想颂扬某人,是因为他随着年龄增长而变老,因而越来越快地接近死亡一样。这是一个自然的而且可憎的过程,对此,我觉得根本无须加以夸耀。我看到的只是衰落,但这并不是说过去几代狗在本质上比我们要好,他们只不过年轻一些而已,这是他们的一大优点,他们的记忆尚未像今天的记忆那样处于超负荷状态,要让他们说话还比较容易,尽管谁也没有成功过,但可能性比现在要大得多,正是由于这种较大的可能性,我们在倾听那些古老的而实际上很单纯的故事的时候,总是激动不已。我们不时听到一句暗示的话,高兴得几乎跳起来,感觉不到数百年来加在我们身上的负担。不,尽管我反对我们的时代,但以往的几代人并不比最近的几代人要好,在某种意义上说,后者比前者要坏得多、弱得多。当然,在那时候,奇迹也不会自由地越过大街小巷任人抓住,但狗类还不至于像今天这样——我找不出别的词来表达——阿谀奉承、奴性十足。那时的狗类在组织上还很松散,真话还能起作用,还能对营造加以确定、修改、随意改动和引向反面。那时存在着真话，至少近在咫尺，悬浮在舌尖上，每条狗都能听到它，可是今天它到哪里去了呢？即便你搜索枯肠，也无法找到它。我们这代人也许是完了，但它却比那一代更加无辜。我能理解我们这一代人的犹豫，说实在的，这根本谈不上是什么犹豫，而是对上千个夜间所做的并且上千次被忘却的梦的遗忘，谁会因为这上千次的遗忘而对我们发怒？同样地，我相信自己能理解我们祖先的犹豫，要是我们处在他们的位置，兴许也只能这样去做。我几乎想说：我们真够幸运，无须承担罪责，可以在这个被别人搞得乌烟瘴气的世界里保持着几乎是无罪的沉默，急匆匆地奔向死亡。当我们的祖先迷路的时候，也许没有想到这是一种没有尽头的迷途，他们毕竟还能看到十字路口，随时都可以轻而易举地返回。他们之所以犹豫着没有返回，只是因为他们还想享受一下狗的生活，其实，那并非狗所特有的生活，可是在他们看来，已经是迷人的美了，以后，至少过一会儿又会怎样呢？于是他们继续错下去。他们不知道我们在观察历史进程时会预感到什么，不知道心灵的变化先于生活的变化，不知道在他们开始欣赏狗的生活之前，他们肯定已经有了一颗相当老的狗心，根本不再接近他们心目中的或他们那双陶醉于一切狗的欢乐的眼睛欲使他们相信的那一出发点。——今天有谁还会说起青年人。他们是真正年轻的狗，可惜他们唯一的抱负是想成为老狗，当然，在这一点上，他们不会失败，这不仅为随后的几代狗所证明，而且被我们最近这一代充分地加以证明。

当然，我跟我的邻居是不谈所有这些事情的，但每当我坐在他的对面，或把嘴埋入这条典型的老狗的毛皮的时候——他身上的毛皮已散发出类似被剥下的毛皮那样的气味——我就不由自主地想起这些事情。和他谈论那些事情，似乎是毫无意义的，跟其他狗也一样。我知道这样的谈话会是什么样子。他会在这个或那个问题上提出一些小小的异议，最终表示赞同——赞同是最好的武器——于是事情便被埋葬，干吗要费力把它从坟墓里拉出来呢？尽管如此，我相信在我和那位邻居之间，也许存在一种超越单纯的话语的更为深刻的共识。我一直这样断言，虽然我并无证据，而且这也许只是一种简单的错觉，因为很久以来他是我唯一与之交往的一条狗，我得紧紧地依靠他。"你也许就是我的同类吧？你会因为你一切都遭到了失败而感到羞愧吗？瞧，我的情况完全和你的一样。每当我孤零零的时候，我常为之号啕大哭。来吧，两条狗在一起要甜蜜得多。"我有时这么想，一边目不转睛地望着他。他没有垂下目光，但从他身上我无法推断出什么。他麻木不仁地瞧着我，一脸的惊奇，似乎是在问，我为什么沉默不语，又为什么中断了我们的谈话。不过，这种目光也许正是他提问的方式，而我却使他失望，就像他使我失望一样。要是我回复到青年时代——那时，我不觉得其他的问题更为重要，只觉得自己能胜任一切——我也许已经大声地问他，而且得到了一个无力的肯定回答，可他今天沉默不语，这样的回答当然更少了。但大家不都同样沉默不语吗？我有理由相信，大家都是我的同类，我从前就有过一个从事研究的同行，可惜他连同他那些微不足道的研究成果一起被埋没和遗忘，而我呢，由于以往时代的黑暗，或由于当代的拥挤，再也无法获得他的消息。我更加有理由相信，在任何领域里，我向来都有自己的同类，他们按照自己的方式努力地工作，但大家都按自己的方式毫无成效，都按自己的方式保持沉默或奸诈地喋喋不休，正如那无望的研究所带来的那样。若是这样，我也根本无须与世隔绝，尽可心平气和地跟其他的狗待在一起，无需像个淘气的孩子从成年人的队列里挤出去，因为他们和我一样都想往外挤，只是他们身上唯有的一点理智使我迷惑不解，它似乎在告诉他们，谁也挤不出去，所有的拥挤都是愚蠢的。

这些想法显然受了我那位邻居的影响，他使我不知所措，使我变得忧郁起来；而他自己却非常快活，至少当他从事自己分内的工作时，我听到他在欢呼和哼唱，这使我感到非常讨厌。也许，我应该放弃这最后的交往，不再沉湎于那些模糊的梦想，因为任何与狗的交往，不管你自以为是千锤百炼，都必然会产生出这样的梦想；我宁肯把留给我的这一点点时间用于自己的研究。如果他下次来的时候，我将爬进窝里装睡，并一直这样对待他，直到他不来找我为止。

我的研究中也出现了混乱，我的热情开始减退，感到疲惫不堪，不再像过去那样兴奋地奔走，而只是忧郁地没精打采地慢慢走。我回想起当时我所提出的问题："土地是从何处弄到我们的食物的"，并开始对其进行研究。当然，那时我生活在民众之中，往民众最密集的地方挤去，希望使所有的人都成为我工作的见证人，这些证人对我来说甚至比我的工作更重要；由于我还期待某种普遍的影响，因此自然得到了很大的激励，如今，这种激励对我这个孤独者来说已一去不复返了。那时我还年轻，闯劲十足，以致做出一些闻所未闻、与我们所有的原则背道而驰的事情，当时的每一位证人肯定还记得那些叫人害怕的事情。通常，科学总是追求极端的专门化，但是在某一点上我却发现了一种奇特的简单化倾向。科学教导我们，土地主要给我们提供食物，然后，在这先决条件下，它又给我们指出用以获取各种精美丰富的食物的方法。说土地提供食物，这当然是对的，也毋庸置疑，但是，问题并不像通常所说的那样简单，必须对此做进一步的研究。就拿日常生活中一再发生的那些最简单的事情来说吧，如果我们完全无所事事——我现在几乎就是这样——对土地进行马马虎虎的耕作之后，就蜷缩着身子等待结果，假若真的会有某种结果的话，我们当然会在地上找到食物。然而，这毕竟不是惯例。谁要是对科学不抱任何成见——当然，对科学抱成见的只是少数人，因为科学吸引的圈子越来越大——尽管他不打算进行特别的观察，也容易认识到，大部分地上的食物是从空中落下来的，我们只是根据自己的熟练和贪婪程度，在它尚未接触到地面之前，截获其中的大部分。我这样说丝毫没有反对科学的意思，土地的确为我们提供这样的食物。至于是否一部分食物来自土地本身，另一部分食物被土地从空中呼唤下来，这也许不是什么本质的区别。科学业已证明，在两种情况下，都必须对土地进行耕作，它也许用不着去研究那些区别，常言道："口中有食，问题全消。"只是我觉得，科学以隐蔽的形式，至少部分地研究着这些问题，因为它毕竟知道获取食物的两种主要方法，即本来的土地耕作和以咒语及歌舞的形式表现出的补充性的精致化工作。在这件事上，我发现一种虽不彻底但足够清楚的二等份，符合于我的区分。在我看来，土地耕作有助于获取两种食物，因而永远不可缺少，而咒语和歌舞则较少涉及狭义的地上食物，而主要用于把食物从上面拉下来。传统支持了我的这种看法。这里，民众似乎在不知不觉地纠正科学，而科学也不敢进行自卫。如果像科学所希望的那样，那些仪式只应该服务于土地，以便赋予它把食物从空中取下来的力量，那么，它们必然合乎逻辑地只在地面上进行，一切的低语只会说给土地听，一切的跳跃和舞蹈只会表演给土地看。据我所知，科学也正是这样要求的。奇怪的是，民众及其所有的仪式都对准高处。这并不违反科学，科学并不禁止这样做，它在这方面给予农夫以自由，在创立自己学说的时候，科学只想到土地，只要农夫贯彻执行它关于土地的教导，它就心满意足了。但我认为，科学的思路本应提出更多的要求。而我呢，由于向来对科学知之甚少，所以很难想象学者们怎能容忍我们举世无双的狂热的民众朝天上呼喊咒语，向上苍哀唱我们古老的民歌，表演蹦蹦跳跳的舞蹈，似乎他们忘却了土地，一心只想飘向高空。我以强调这些矛盾为出发点，不管根据科学的教导收获季节何时到来，我都完全局限于土地，一边跳舞一边嚓嚓地锄地，还扭转头，以便尽可能地接近土地。后来，我还给自己挖了一个坑，把嘴放在里面吟唱，以便只让土地听到，旁边和上面的狗则休想听到。

我的研究成果微不足道。有时我得不到食物，可是，正当我想要欢呼自己的发现的时候，食物却又送来了，仿佛人们当初被我那奇特的表演弄糊涂了，但现在认识到它带来的好处，于是乐于放弃要我呼喊和跳跃的要求。往往，送来的食物甚至比以前更加丰富，但也有完全吃不到食物的时候。我以年轻的狗们从来没有过的勤奋，详细地列出自己所要做的全部实验，刚以为在某个问题上发现了引我走向深入的一点儿迹象，刹那之间，它又变得模糊不清了。毫无疑问，在这方面，我在科学上准备不足也起了妨碍作用。例如，我认为，食物缺乏不是由于我的实验，而是由于不科学的土地耕作引起的。可是，谁愿支持我的这种看法呢？谁愿担保我没有错呢？如果我的看法是对的，那么我所有的结论都会站不住脚。如果我完全不靠土地耕作，而光凭针对上苍的仪式，成功地使食物从天上降下来，然后借助只针对土地的仪式使食物缺乏，那么，我将完成了一项相当精密的实验。我也曾做过这样的实验，但缺乏坚定的信念和完善的实验条件，因为我坚信一定的土地耕作至少总是必要的，尽管那些不相信这点的异教徒可能是对的,但他们却无法加以证明,因为土地的浇灌是迫不得已的,在一定程度上是根本无法避免的。我的另一项实验——当然,它有些冷僻——情况要好一些,引起了一些轰动。我同意从空中截获食物这种流行的看法,但我决定让食物落下来,但不去抓住它。为了这个目的,每当食物落下来的时候,我总是轻轻地往上一跳,而且跳的时候总是算好不让自己够着,于是食物大多毫无生气地漠然落地。我怒气冲冲地朝它扑去,不仅因为饥饿,而且因为失望而发怒。不过,在个别情况下,也发生了另外一种颇让我感到不可思议的情况:食物并不落地,而是跟随我一起往上跳,食物在跟踪饥饿者。这情况为时不久,食物只跟了我一小段距离,然后终究落了下来,或者消失殆尽,或者——这是最常见的情况——由于我的贪婪,我把食物通通吃光,从而提前结束实验。总之,当时我很幸福,我的周围是一片窃窃私语,人们感到不安,变得留神起来,我觉得我的朋友们更关心我的那些问题,在他们的眼睛里,闪烁着某种求助的目光,虽然这只不过是我自己目光的一种反射,但我希望这样,而且感到心满意足。后来我才知道——别的狗也与我一起得知——这种实验在科学里早就有描述,而且比我所做的要成功得多,虽然这种实验由于它所要求的那种自我控制难于做到,早就没有人再去做了,而且由于它在科学上据说毫无意义,因此没有重复的必要。它只不过证明了人们早就知道的事情,即土地不仅以垂直的形式,而且以倾斜的、甚至是螺旋的形式,从空中获取食物。在这种情况下,我停止了自己的实验,但我并不气馁,因为我还很年轻,相反,这一切激励着我去做出一生中也许是最伟大的成就。我不相信自己的实验在科学上毫无价值,但这里相信是无济于事的,重要的只是证明,而这正是我想提出的,我要借助证据充分说明这本来就有些冷僻的实验,使之成为我研究的中心。我要证明,当我避开食物时,不是土地把食物斜着拉下去,而是我吸引着它跟在我身后。当然,我无法进一步扩大这一实验,一边看着近在眼前的食物一边从事科学实验,这是无法持之以恒的。但我决定另辟蹊径,我打算尽我所能忍受地彻底绝食,当然,在绝食的时候,也要避免见到任何食物,避开各种诱惑。如果我就这样隐退，夜以继日地闭着眼睛躺着，无须为保存和截获食物而煞费苦心，并且如我不敢说出口却隐隐希望的那样，放弃所有其他的措施，只依靠那不可避免的和效率低的土地浇灌及默默地背诵咒语和歌曲（为了避免把身体搞垮，我打算放弃舞蹈），食物就会自动地从天而降，也无须为土地操心，只要敲敲我的牙齿，食物就会进入我的口内——如果发生这样的事，那么，科学虽然未被驳倒，因为它对特殊情况和个别情况有着足够的灵活性，但是所幸没有这么多灵活性的民众又会说些什么呢？况且，科学所认为的特殊情况和历史上流传下来的特殊情况毕竟是两码事，根据历史上的传说，当谁因为身体有病或忧郁而拒绝准备、寻找和接受食物时，众狗便会联合起来，齐声念咒，让食物偏离通常的路线，正好落入病狗的口中。我的情况正好相反。我身体健康，精力旺盛，胃口特好，以致我成天不想别的只想进食。不管你信还是不信，我是自愿禁食的，我自己有能力让食物掉下来，也想这样去做，但我不需要狗类的帮助，甚至非常坚决地禁止他们帮助我。

我在一片偏僻的灌木丛里给自己找了个合适的地方，在这里，我既听不到有关饮食的谈话，也听不到吧嗒吧嗒地吃东西和啃骨头的声音。我饱餐了一顿，然后躺下休息。我要尽可能地闭着眼睛度过所有的时间；只要食物还没有来，这对我来说就意味着始终是黑夜，不管持续几天还是几个星期之久。当然，在这种情况下，我只能睡一会儿觉，或者最好干脆不睡，因为我不仅得通过念咒把食物从天上弄下来，还得多加留神，以免因睡着而未注意到食物的到来。但要做到这一点，谈何容易。这是因为，一方面我虽然这样想，但另一方面我又很喜欢睡觉，因为睡着比醒着挨饿的时间更长。由于这些原因，我决定慎重地安排时间，做到睡的次数多一些，但每次睡的时间要尽量短。为此，我想出了一个办法，即在睡的时候总把头靠在一根嫩弱的树枝上，它一会儿就会折断，从而把我弄醒。我就这样躺着，时睡时醒，时而做梦，时而独自默默地吟唱。起初什么事也没有发生，也许食物来的地方，根本没有人发现我在这里对抗事物的通常进程，因此一切太平无事。我有些担心的是，狗儿们发觉我不在，过不了多久就会找到我，并且采取一些反对我的行动，这无疑会干扰我的努力。我担心的第二件事是，土地——尽管在科学看来是不毛之地——单单依靠灌溉也能产生出所谓的意外食物，它的气味会诱惑我。幸而暂时还没有发生这样的事，于是我可以继续挨饿下去。除了这些担心，我目前感到前所未有的平静。尽管我所从事的是取消科学的工作，心里却充满了惬意和科学工作者那种有口皆碑的宁静。在我的那些梦幻中，我获得了科学对我的谅解，我的研究在科学里也找到了一席之地，我深感欣慰地听说，不管我的研究多么成功，我也决不会被逐出狗类的生活，尤其是在成功的时候不会产生这种遭遇。科学对我抱着友好的态度，它将亲自解释我的研究成果，这一许诺本身就意味着它的实现。以往，我内心深处感到自己受到排斥，我发疯似的冲击我们狗类的城墙；如今，我到处受到同胞们的尊敬，浑身洋溢着那盼望已久的由聚集在一起的狗体产生的温暖，我将骑到我同胞们的肩上，很不自在地摇晃。这是最初挨饿时产生的奇特效果。我感到自己成绩斐然，出于感动和自怜，不禁在那宁静的灌木丛中哭了起来。当然，这一举动多少有些费解，因为如果我期待的正是这种应得的报酬，那又为何要哭呢？也许只是由于惬意的缘故。每一次，只要我感到惬意，我就会哭，但这样的时候很少。而且哭过就算了。那些美丽的画面随着饥饿的加剧逐渐消逝了，过不了多久，我迅速地告别了所有的幻想和激动，腹中只感觉到难以忍受的饥饿。"这就是饥饿"，那时我无数次地对自己这样说，仿佛要使自己相信，饥饿和我仍是两码事，我可以像摆脱一个讨厌的情侣似地摆脱它，然而实际上我们极为痛苦地融为一体。当我向自己解释"这就是饥饿"时，我指的正是饥饿，它在说话，并以此取笑我。这是多么不吉利的时光啊！每一想到它，我就不寒而栗，但这当然不仅仅因为我那时感受到的痛苦，而且主要是因为当时还不成熟。如果我想有所成就，就得再次感受这种痛苦，因为我至今仍把饥饿看作是我研究所需的最后和最有力的手段。节食是达到目的的手段。如果最高的境界可以达到，那么唯有通过最高的效率方能达到，而这最高的效率对我们来说就是自愿节食。所以，每当我仔细思考过去那些岁月——为了我的生活，我乐于反复思考它们——这也意味着我在认真思考那些即将威胁我的岁月。

看来，要从这样的实验中恢复元气，几乎得花一生的时间。我整个的壮年时期都耗费在那次节食上，至今仍未恢复元气。如果下次我再开始节食，我也许比上次更加坚决，因为我的经验比以往更加丰富，而且更加认识到这种实验的必要性，然而我的力量较前减少，至少，一想到那熟悉的恐惧，我就会变得疲惫不堪。食欲减退不会给我带来帮助，它只会稍许降低实验的价值，也许还会迫使我把节食的时间比那次所需的时间更加拉长。对于这些和另外一些前提，我相信自己已经明白，因为在这段长的间隔时间里，我已经预先做过多次实验，我常常咬紧牙关，尽量节制饮食，但尚未走到极端，而青年时代那种无拘无束的攻击欲自然一去不复返了，它在我当初节食期间就已消逝。那时，各种各样的考虑折磨着我。我感到我们的祖先是一种威胁。虽然我认为——尽管我不敢公开讲——他们对一切负有罪责，是他们招致了狗的生活，但我还能以牙还牙，反过来威胁他们；不过，我佩服他们的知识，这些知识来自一些我们不再了解的源泉，所以，尽管我急于反对他们，我也决不会违反他们的法则，只是凭自己特殊的嗅觉，从这些法则的漏洞中穿身而过。关于节食，我想引用我们的智者们的一次著名的谈话。一位智者主张禁止节食，另一位智者用"有谁曾想到过要节食呢？"这样一个问题劝阻了他。前者被说服了，于是收回了禁令。但紧接着又出现了这样一个问题："难道说节食真的没有被禁止吗？"对此，大多数评论员作了否定的回答，认为节食是准许的。他们赞同第二位智者的看法，所以并不担心因错误的评论而导致严重的后果。这一点，我在开始节食之前就已经弄清楚了。可是现在，当我饿得缩成一团，精神有些错乱，不住地求助于后腿，绝望地在上面舔着、啃着、吮吸着，直到肛门为止时，我却感到对那次谈话的一般解释是完全错误的。我诅咒评论这门学问，我诅咒自己竟然让它引入歧途。就连孩子也能认识到，那次谈话不仅仅包含着有关节食的唯一的禁令，还包含有更多的内容。第一位智者打算禁止节食，他所希望的已经实现了，也就是说，节食被禁止了；第二位智者不仅赞同他的看法，甚至认为节食是不可能的，于是在第一道禁令上又加上了第二道，即禁止狗的天性本身；第一位智者承认了这一点，并且收回了那道明确的禁令，也就是说，他在对一切做了说明后，要求众狗认识到，他们自己应该主动禁止节食。这就构成了三重的禁令，而不是通常所说的一道，而我却触犯了它。我至少应该——尽管现在已为时太晚——听从禁令，能够停止节食，但在痛苦之中也继续存在一种节食的诱惑，我贪婪地追随它，犹如追随一条陌生的狗。我无法停止节食，也许我也已经精疲力竭，无法站立起来，走到有人烟的地方拯救自己。我在林中的落叶上辗转反侧，无法再继续睡下去，到处是吵闹声，我至今的生活一直与之相伴的那沉睡的世界，似乎由于我的节食而醒了过来。我想，我将永远不能再吃东西了，因为我要是再吃，势必会使那刚获释的喧闹的世界重归沉寂，而这却是我无能为力的。当然，我所听到的最大的喧闹声，是在我的腹中，我常把耳朵贴在肚子上，不由得大吃一惊，因为我几乎无法相信我听到了什么。由于情况太坏，眩晕似乎也抓住了我的天性，后者徒然进行反抗。我开始去嗅食物，久违的精选的食物，我的孩提时代的欢乐。的确，我闻到了母乳的香味，忘了自己要抗拒气味的决心，或者更确切地说，我并未忘记它。我怀着似乎属于这一方面的决心，拖着脚步吃力地向四面八方走去，但总是只能走几步，而且用鼻子嗅，仿佛我之所以喜欢食物，只是为了提防它。我一无所获，但并不失望，食物是有的，只是它们总是离我几步，显得太远，而我的腿事先就支撑不住。与此同时，我当然知道，根本就没有什么食物，我之所以做出这些小小的举动，只是由于担心自己最终会倒在那个地方再也爬不起来。最后这些希望破灭了，最后这些诱惑消失了，我将在此悲惨地毁灭。我的那些研究——那些来自童年般幸福时期的天真无邪的实验——想要干什么呢？此时此地，形势是严峻的，我的研究本可以在此证明它的价值，但研究在哪里呢？这里只有一条茫然地张口向空处咬去的狗，尽管他拼命地忙个不停，不由自主地频频浇灌着土地，但是在他的记忆里，从那堆杂乱无章的咒语里，再也无法找到任何的词句，甚至新生儿用以钻到母腹下的那小小的诗句也无法找到。我觉得，我与弟兄们之间相隔不是只有几步，而是无限地远，我决不会因为饥饿而死，而将死于孤独。显然，不论是在地下、地上还是空中，都没有人关心我，我将死于人们的冷漠，这种冷漠说：他快要死了，而且不久就会死亡。我不也赞成这种说法吗？我没有说过同样的话吗？我不是曾经希望这种孤独吗？不错，你们这些狗，但我不是为了在此就这样死去，而是为了从这个谎言的世界走向真理那边。在这个世界里，没有人会告诉你真理，包括我这个谎言之国的土生土长的公民。也许真理并不十分遥远，所以我并不像自己想象的那样孤独，别人并没有抛弃我，是我抛弃了自己，我不中用，注定灭亡。

但是，我不会像神经质的狗那样，以为自己马上就会死。我只是昏厥而已，当我苏醒过来，举目一看，发现自己面前站着一条陌生的狗。我不感到饿，我非常强壮，关节充满了弹性，尽管我并未试着站起来，考验一下自己的身体。我像往常那样漫无目的地看了一下，发现自己面前站着一条漂亮、但不太异常的狗，我看到的只是这一点，但我总觉得，他身上的东西比我平时看到的要多。我的身下是血，初看的时候，我以为是食物，但马上看清是自己所吐出的血。我把目光从血上移开，转向那条陌生的狗。他很瘦，腿长，棕色的皮毛里夹杂着白色的斑点，探究的目光美丽而炯炯有神。"你在这里干什么？"他开口道，"你必须离开这里。""我现在不能离开。"我回答道，没有作进一步的解释，因为我该如何向他解释这一切呢？而且他看上去还有急事。"我请你走开！"他又说，一边不安地一只接一只地抬起腿。"别管我，"我说，"你走吧，别管我，别的狗也不要管我。""我是为了你好才请你离开这里的。"他说。"不管你出于什么原因想请我离开，我都不能走，即使我想走也没有这个能力。""你完全有这个能力，"他微笑着说，"你能走。正因为你看上去身体虚弱，所以我求你现在就慢慢地走开，你要是犹豫不决，往后就得跑了。""这事就让我来管吧！"我回答说。"这事我也要管。"他说道，并因为我的顽固而感到悲伤。看来，他已打算暂时把我留在这里，但想借此机会巴结我，故而和我亲热一番。要是在别的时候，我也许乐于忍受这条漂亮的狗，但当时不知怎的我却感到一阵恐慌。"走开！"我大声喊道，因为除此之外我无法找到别的自卫方法。"那就随你的便吧，"他边说边慢慢地往后退，"你真是不可思议。你难道不喜欢我吗？""要是你走开，让我安静一会儿，我就会喜欢你。"

我回答说,但不再像我想使他相信那样肯定。凭我那些通过节食而变得敏锐起来的感官,我从他身上看到或听到了某种现象。它刚刚萌生,正在逐步形成,正向我靠近,我终于知道,这条狗有一种把你撵走的力量,尽管你现在还无法想象自己怎样才能起来反抗。我怀着越来越大的好奇心注视着这条狗,他对我的粗暴回答只是轻轻地摇了摇头。"你是谁?"我问道。"我是一名猎手。"他回答道。"你为何不愿让我待在这里?"我问。"你妨碍我,"他说,"你在这儿,我就没法打猎。""你试试看,"我说,"也许你还能打猎。""不,"他说,"很抱歉,你必须走开。""你今天就别打猎了吧!"我求道。"不行,"他说,"我必须打猎。""我必须走开,你必须打猎,"我说,"全是必须。你明白我们为什么要必须吗?""不,"他说,"这问题根本用不着明白,这是不言而喻、理所当然的事。""不见得吧,"我说,"你刚才还为你必须把我赶走感到难过,但你仍然要把我赶走。""是这样,"他说。"是这样,"我气呼呼地重复他的话,"这不是回答。放弃打猎与放弃赶我走这两种想法之间,你觉得哪一种比较容易?""放弃打猎。"他毫不犹豫地回答。"既然如此,"我说,"这里就存在着矛盾。""到底是什么样的矛盾?"他说,"亲爱的小狗,你难道真的不明白我为什么要必须吗?你难道连理所当然的事也不明白吗?"我不再回答任何问题,因为我发现——此时,我突然感到新的生命,一种由于恐惧而产生的生命——从一些不可理解的细节中,我发现——除我之外,也许谁也没有发现这些细节——这条狗已运足气准备开始唱歌。"你就要唱歌。"我说。"是的,"他严肃地回答,"我马上要唱了,但现在还没唱。""你已经开始唱了。"我说。"不,"他说,"还没有。不过,你做好听的准备吧。""我已听到你在唱了,尽管你否认。"我颤抖着说。他默不做声。当时,我觉得自己清楚地看到了已往的任何狗也不知道的某种东西,至少传说中对此只字未提,于是我怀着无穷的恐惧和羞愧,急忙将脸埋在我面前的那滩血中。我觉得自己发现的事情是,那条狗已开始唱歌,但他自己还不知道,不仅如此,旋律还和他分开,按照自己的法则在空中飘荡,从他的头顶上掠过,仿佛跟他毫不相干,只是冲我而来,把我当成了目标。——今天，我当然否认所有这一类的认识，把它们归咎于我当时的过度兴奋。不过，就算这是一个错误，它也有某种伟大之处，它是把我从挨饿中救到这世界里来的唯一的现实，尽管只是虚假的现实。它至少表明，在完全忘乎所以的情况下，我们会干出什么样的事情，而我那时的确完全忘乎所以。在一般的情况下，我也许患了重病，不能动弹，可是我无法抵挡这旋律——看来，那条狗马上就要把它当做自己的旋律接受下来——它越来越强，也许无限制地增强，现在就已几乎要把我的耳朵震坏。然而最糟糕的是，似乎只是为了我而存在，这声音——由于它的庄严，树林静了下来——只是为我而存在。我是谁呢？我怎敢一直待在这儿，满身血污地躺在它的面前？我颤抖着站了起来，低头看了看自己；这副模样可怎么走路呢，我还在这样想时，身子已被那旋律驱赶着，美妙地飞腾而去。这事我压根儿没有告诉我的朋友们，我一到达，也许会告诉他们一切，但那时我太虚弱，后来我又觉得这件事是不可以告诉别人的。有时，我禁不住向他们做了些暗示，但这些暗示在谈话中消失得无影无踪。此外，数小时之后，我的身体即已康复，精神上却至今留有后遗症。

我又将自己的研究扩展到狗的音乐。当然，科学在这里同样有所作为，据我所知，关于音乐的科学也许比关于食物的科学在内容上更为丰富，总之，基础更为坚实。这是因为前一个领域的工作可以比后一个领域的工作更加缺乏热情，前者更多地从事单纯的观察和系统化，而后者主要看重实用的结论。与此相联系，人们更多地尊敬音乐科学，而较少地尊敬食物科学，但前者从未像后者那样能够深入民众。拿我来说吧，在听到树林里的声音之前，我对音乐科学比对其他任何科学更加感到陌生，虽然那次跟七位狗音乐家的经历使我对音乐科学有所认识，但那时我还太年轻。况且，即使是接近这门科学，也非容易的事，它被认为是一门特别难的学问，自我封闭，大多数人是不敢问津的。虽然那几条狗最初使我注意到的是他们的音乐，但我觉得比音乐更重要的还是他们那种守口如瓶的狗的本性。我在其他地方也许根本找不到类似他们那样的可怕的音乐，我宁可把它忘掉，但他们的本性我从那以后在所有的狗身上都能碰到。在我看来，要想探究狗的本性，最合适的方法莫过于对食物进行研究。这样做，既可避免走弯路，也能达到目的。也许我在这个问题上搞错了。当然，这两门科学的一种边缘学科，即关于唤下食物的歌声的学说，当时即已引起我的怀疑。在这个问题上，我又感到非常的不安，因为我从来也没有认认真真地研究过音乐科学，在这方面甚至远不如那些一再受到科学特别鄙视的一知半解者。我必须时刻牢记这一点。在学者面前，我只怕连最简单的科学考试也很难通过，遗憾的是，我没有这方面的证据。撇开已经提到的生活状况不谈，造成这种情况的原因当然首先在于我在科学上的无能，想象力贫乏，记性不佳，尤其是不能时刻牢记科学的宗旨。对这一切，我不仅供认不讳，甚至还有些乐意。因为我觉得我在科学上无能的更深刻的原因在于本能，而且的确不是坏的本能。要是我想夸口的话，我会说，正是这种本能毁灭了我的科学能力，因为我对科学虽然一窍不通，但对学者们却了如指掌，这可以从我的研究结果中得到验证。此外，我对那些日常生活中的确很不简单的事情颇能领悟，但是，尽管这样，我从来也不敢涉足科学，哪怕是最低一级台阶也不敢攀登，这至少是一种非常奇怪的现象。也许正是为了科学，这种本能使我把科学——一种与人们今天从事的科学不同的科学，一种最后的、自由的科学——看得高于一切，自由！当然，我们今天所能获得的自由，只是一种发育不健全的新生物，但它毕竟是自由，总算是一种财产。

洪天富 译

夫　妇*

一般地说，营业情况很糟，以致我有时候在办公室闲着无事，可抽出时间，拿起样品袋，亲自走访我的主顾们。此外，我早就想到 N 先生那儿去；我以往一直和他保持商务上的联系，但是，在最近这一年里，由于某些我所不知道的原因，这种业务上的联系几乎断绝。事实上，对这样一些干扰，根本也用不着去寻找真正的原因；在当今动荡不安的局势下，往往一桩琐事，一种情绪，就能决定一切，同样地，一件琐事，一句话，又能使一切恢复正常。但是，要前进到 N 那儿，却有点儿麻烦；他是个老人，且最近体弱多病，虽然他仍牢牢掌握着商业上的事情，但毕竟很少到办公室去；如果你想找他谈话，就得到他的寓所去，而这样的外出办事，人们喜欢推迟。

但是，昨晚六点钟过后，我终于启程了；当然，这时登门拜访，已经不是时候，但这毕竟不是一般的社交活动，而是商业上的大事。我很幸运，N 在家；在前厅里有人告诉我，他刚刚同他的妻子散步回来，现在正在他儿子的房间里，他儿子稍感不适，正卧床休息。我也被邀请到他儿子那儿去；起先，我犹豫了一下，但后来想尽快结束这次尚可的拜访的愿望占了上风，于是，我像往常那样，穿着大衣，戴着帽子，手里拎着样品袋，让人引着穿过一间暗黑的房间，进到了一间灯光黯淡的室内，那儿正聚集着一小群人。

也许是凭借本能，我首先看到的是一位我十分熟悉的商业代理人，在一定程度上，他还是我的竞争者呢。所以，他早在我之前就偷偷地溜到这儿来。他舒舒服服地紧挨病人的床坐着，仿佛他是位医生；他身穿

---

* 本篇与《算了吧》出处同，见于作者在波德莱那遗物中的一本黑色方形笔记簿，所标日期为 1922 年末。1931 年首次问世。题目为马克斯·勃罗德所加。——编者

一件漂亮的钮子没有扣上因而显得鼓鼓囊囊的大衣，威风凛凛地坐在那儿；他的狂妄简直到了无以复加的地步。那位病人也许有类似的想法，他躺在床上，两颊因发烧而微微发红，不时地朝代理商看看。再说，这病人已不年轻，他是 N 的儿子，跟我同岁，蓄着短的络腮胡子，因为患病显得有些蓬乱。N 老先生，个子高大，宽肩阔背，但是，由于病魔缠身，相当消瘦，而且哈腰弓背，颤颤巍巍，真令我惊讶不已。他像刚走进来那样，仍然穿着毛皮大衣站在那里，朝儿子嘟哝着什么。他的妻子矮小而虚弱，但对丈夫却非常热情，关怀备至——她几乎没有注意到我们这些旁人——正忙着帮助丈夫脱去毛皮大衣，但是，由于两人身高不等，脱时颇为困难，但是她终于成功了。顺便一提，也许真正的困难在于 N 的急躁，因为他正不停地用两只手摸索那把靠背椅，而他的妻子刚把大衣脱下来，就急着把它给他推了过去。她自己则拿着这件几乎把她盖住的大衣走了出去。

眼下，在我看来，我的时刻终于来到了，或者更确切地说，它还没有到来，而且在这种情况下，也许永远不会到来；但是，如果我还想试一试，就得立即动手去做，因为我觉得，在这里，商业会谈的条件只会越来越坏；而且，我会像那位代理商显然希望的那样，永远地坐着不走，这可不是我的作风；此外，我根本不想把他放在心上。于是，我毫不犹豫地开始陈述我的事情，虽然我注意到，N 正心血来潮，想同他的儿子聊几句。令人遗憾的是，我有个习惯，每当我谈得有些兴奋时——这很快就会发生，而且在这间病室里，比平时发生得还要早——便站了起来，而且边说边来回走动。在自己的办公室里，这无疑是一种相当好的习惯，可是在别人的住宅里，这样做未免令人讨厌。可是，我无法控制住自己，尤其是当我缺少习以为常的香烟的时候。唉，每个人都有自己的坏习惯，但是，跟那位代理商的坏习惯相比，我还十分欣赏我的坏习惯呢。例如，他把他的帽子放到膝盖上，在那儿慢慢地推来推去，有时又突然地、完全出乎别人意料地把它戴到头上，对此，别人会讲些什么呢？当然，他马上又把它摘下来，仿佛无意中出了错，但一转眼间，他又把它长时间地戴在头上，而且他总是这样不断地重复着这个动作。这样一种表演可以称得上是不法行为。然而，这不干我的事，我照旧来回走动，专心思考着我的问题，压根儿不理睬他；但是，或许有一些人被这种玩帽子的游戏弄得不知所措。当然，我在激动的时候，不仅注意不到这种干扰，而且根本不理会任何人，我虽然看到眼前发生的事情，但是，只要我不感到累，或者只要我刚巧没听到反对意见，我就几乎不加过问。例如，我非常清楚地看到，N根本就没有在听，他两手扶着靠背椅的扶手，不舒适地来回转动着，望都不望我一眼，而是若有所寻找地茫然注视着空中，他的面孔看上去毫无表情，仿佛没有听见我说话的声音，甚至感觉不到我的存在。我虽然看到了他所有的病态行为，也感到很少有希望，但是尽管这样，我仍然继续讲下去，仿佛我还抱有希望，通过我的言谈，通过我那些对他有利的建议——我本人对自己所做出的这些无人要求的让步也感到吃惊——最终又会使一切恢复平静。我偶然发现，那位代理商终于让他的帽子停止了活动，并把双臂交叉在胸前，这给我带来一定的满足；我的论述——的确，有一部分就是针对他的——看来已经狠狠地刺痛了他的计划。要不是那个至今被我当做次要人物而加以冷落的儿子突然在床上半支起身子，用拳头发出威胁，要我停止讲话的话，我在由于得到满足而产生的快感中，也许还会滔滔不绝地讲下去。显然，他还想说点什么，指出点什么，但是心有余而力不足。起初，我把这一切看作是高烧性谵妄，但是，当我无意间抬头看到老N的时候，我便更加明白是怎么一回事了。

N坐在那儿，睁着眼睛，目光呆滞，眼皮肿胀，大概还能看上片刻，他哆嗦着向前倾身，仿佛有人抓住或敲击他的后脖子，他的下唇，甚至牙龈完全暴露出来的下颚，控制不住地垂了下来，整个面部变得支离破碎；他还能呼吸，尽管很困难，不过霎时之后，他像获得解救似的向后倒靠到椅背上，闭上了双眼，某种过度劳累的表情还掠过他的面部，然后，一切都完了。我迅速跳到他的身旁，抓住他那只垂着的手，它冰凉且毫无知觉，我不禁毛骨悚然；手上也不再有脉搏跳动。这样看来，一切都过去了。当然，这是一位老人。但愿我们能像他这样安详地死去。但是，现在有多少事需要去做啊！而且首先得赶紧做什么呢？我四下观望,寻求援助;但是,那个儿子把被单朝头上一盖,你可以听到他那没完没了的啜泣声;那个代理商,冷若冰霜,稳稳地坐在他的沙发椅上,离 N 只有两步远,显然,除了耐心等待时光流逝,别的任何事情他都坚决不去做;这样一来,就只剩下我一人来做点什么了,现在,我马上要做一件最难的事,即以某种让人受得了的方式,也就是世上并不存在的方式,将这个消息转达给他的妻子。我已经听到她从隔壁房间走出来时的急促和踢踢踏踏的脚步声。

她跟往常一样,始终穿着日常便服——她没有时间更换——拿进来一件在炉子上烤暖的睡衣,想现在就给她的丈夫穿上。"他睡着了。"她说,且微笑着摇摇头,与此同时,她发现我们默不做声地坐着。带着这位无辜者对她的无限信任,她将他那只我刚才怀着厌恶和敬畏的心情握过的手抓住,像进行一场夫妻间小小的游戏一样亲吻它,于是——我们三人多么想观看其他人的表情啊!——N 竟动了起来,大声打着呵欠,让人给他穿上睡衣,面带几分生气和几分挖苦的表情,容忍他的妻子对他进行的温存的责备,她怪他不该散步散了这么久,以致使自己过度疲劳,N 却对他的入睡,向我们作了另外的解释,而且出于无聊,奇怪地说了一些话。然后,为了不使自己在通往另一个房间的路上受凉,他暂时躺在他儿子的床上;他的妻子赶紧拿来两个靠垫充当他的枕头,并把它们放到儿子的脚头。这场虚惊过去之后,我再也没有发现任何离奇的事。这时,他要了晚报,不理会那些客人,把它放到眼前,但并没有认真阅读,只是随意浏览,与此同时,他以商人特有的惊人的洞察力,对我们的建议说了几句令人相当不快的话,一面用他那只空手不停地打着轻蔑的手势,还砸舌做声,暗示我们的商人习气在他的嘴里引起不好的味道。那位代理商情不自禁地发表了一些不恰当的意见,也许他认为,尽管他感觉迟钝,也能感觉到在此事发生之后有必要做出某种补救,但是,照他的办法,是根本无法做出补救的。我于是马上起身告辞,我几乎得感谢那位代理人;若不是他在场,我还不会做出马上离开的决定呢。

在前厅里,我还遇到了 N 太太。一看见她那可怜的样子,我便连思带想地说,她使我有点儿想起我的母亲。由于她一言不发,我便补充

道:"不管人家怎么说,她能够做出奇迹。被我们弄坏了的东西,她还能够使它复原。我还是个孩子的时候,便失去了她。"我故意放慢说话的速度,非常缓慢和十分清楚地说,因为我猜想这位老太太听觉迟钝。然而,她也许已经聋了,因为她突如其来问道:"我丈夫看上去怎么样?"此外,从几句告别的话语中,我发觉她把我同那位代理商搞混了;我乐于相信,要是她耳朵不聋,她会对我更加亲切一些。

然后,我走下了楼梯。下楼比早些时候的上楼更难,连这次下楼也并不那么容易。啊,多少次商务旅行都失败了,还得继续挑起重担。

洪天富 译

地　洞[*]

　　我造好了一个地洞，似乎还蛮不错。从外面看去，它只露出一个大洞，其实这个洞跟哪里也不相通，走不了几步，便碰到坚硬的天然岩石。我不敢自夸这是有意搞的一种计策。不妨说，这是多次尝试失败后仅留的一部分残余。但我总觉得不要把这个洞孔堵塞为好。当然，有的计策过于周密，结果反而毁了自己，对此我比任何人都知道得更清楚。而由于这口洞孔引起人们的注意，发觉这里可能有某种值得探索的东西，这也确是勇敢的表现。但如果谁以为，我是怯懦者，仅仅因为胆怯才营造了这个地洞，这就看错我了。离这个洞口约千把步远的地方，有一处上面覆盖着一层可移动的苔藓，那才是通往洞内的真正入口处。它搞得这样万无一失，世界上所能做到的安全措施也莫过于此了。诚然，也可能有什么人踩到那层苔藓，或者把它踩塌，那么我的地洞就暴露了。倘谁有兴趣，也可能闯将进去——请格外注意，非有精于此道的稀有本领不可——把里面的一切进行永久性的破坏。这我是明白得很的。我现在正处于我的生命途程的顶点，就是在这样的时候，也几乎得不到一个完全安宁的时刻。在盖着苔藓的那个幽暗的地方，正是我的致命之所在。我经常梦见野兽用鼻子在那里贪婪地来回嗅个不停，也许有人会认为，我满可以把洞口堵死，上面覆以一层薄薄的硬土，下面填上松软的浮土，这样我就用不着费多大气力，每次进出，只要挖一次洞口就行了。但那是不可能的事。为了防备万一，我必须具备随时一跃而出的可能性，为了谨慎行事，我必须随时准备冒生命的风险，可惜这样的风险太频繁了。

---

[*] 本篇写于 1923 至 1924 年间，即住在柏林期间，此时作者已病重。但原稿结尾丢失。1924 年作者结集最后一个短篇集《饥饿艺术家》时，该篇未被收入。故直到 1931 年才由马克斯·勃罗德编辑问世。——编者

这一切都得煞费苦心,而神机妙算的欢乐有时是促使人们继续开动脑筋的唯一原因。我必须做好随时能够冲出去的准备,有了高度的警惕性,难道我就不会受到完全突如其来的袭击了吗?我安安稳稳地住在我的家的最里层,与此同时,敌人却从某个什么地方慢慢地、悄悄地往里钻穿洞壁,向我逼近。我不敢说他的嗅觉比我更灵,很可能他对我就像我对他一样,知道得很少。但有些不顾死活的盗贼,不管三七二十一把地乱掘乱挖一通,由于我的地洞的范围广大,他们说不定在什么地方碰上我的许多途径中的一条,也未始不可能。当然,我在自己的家里,自有谙熟所有途径和方向的长处,盗贼会很容易地成为我的牺牲品和美餐。但我正在变老,有许多同类比我更强,而且我的敌人多得不可胜数,我逃避了一个敌人,又落入另一个敌人之手,这种事情不是不可能的。唉,有什么事情不可能发生呢!但无论如何,我非有一个比较容易到达的、不费什么力气就可以出去的、完全敞开的出口做保障不可,这样就不至于在我没命地挖掘时(不管土层多薄),突然——天呀,保祐我!——感到后腿被追踪者的牙齿咬住了。而且威胁我的不仅有外面的敌人,地底下也有这样的敌人。我虽没见过,但传说中讲到它们,我是坚信不疑的。那是地底下的生物,传说中也说不清它们是什么样的。甚至做了它们的牺牲品,还几乎没见过它们。它们来的时候,就在你站立的地底下——它们生活的世界——当你刚刚听到它们的爪子发出抓东西的响声的时候,你就没救了。遇到这种场合,与其说你在自己的家中,毋宁说你在它们的家中。在这种情况下,那条通往出口的通道也救不了我,可以说,那根本就不是救我的东西,而是毁我的东西。但它是一种希望,没有它我就活不下去。除了这条大道以外,还有几条很狭窄的、但相当安全的小道,它们使我与外界保持联系,向我提供自由呼吸的空气。这些路本来是鼹鼠筑成的,我因势利导,把它们引进了我的地洞里,我通过这些途径可以嗅得很远,使我得到保护。也有各种各样的小动物经由这些途径来到我跟前,成了我的食物。这样。我根本用不着离开地洞,就可以进行一些小小的狩猎活动,以维持一种简朴的生活;这是十分宝贵的。

我的地洞的最大优点是宁静。当然,这是没有准的。说不定什么时候突然中断，一切告终，也未可预料。不过就目前来说总算是宁静的。我可以在我的通道上蹑着脚走好几个钟头，有时听到个把小动物的声音，不一会儿这小动物也就在我的牙齿间安静下来了；或者泥土掉落的沙沙声，它告诉我什么地方需要修缮了；除此以外便是寂静。树林中的空气透进来，既暖和又清凉。有时我惬意地伸展身子，在通道上打起滚来。当秋天到来的时候，有这样一个住所可以安身，这对于一个渐近老年的人，算是美好的了。通道上每隔一百米的地方，辟一个圆形的小广场，在那里我舒舒服服地蜷曲着身子，一边休息，一边使自己暖和暖和。在那里我可以甜甜蜜蜜地睡上一觉，这是和平宁静的睡眠，是满足安全感的睡眠，是实现了建立安心之所的愿望的睡眠。不知是由于过去的习惯，还是这座家屋确实存在着足以唤起我的警觉的危险，使我常常有规律地从酣睡中惊醒，肃然谛听着那日夜支配着这里的宁静，然后宽慰地微微一笑，旋即又舒展四肢，沉入更为香甜的梦乡。那些无家可归的可怜虫们啊，他们在马路上、在树林中流浪，至多只能匍匐在堆积的树叶底下，或者与同类结伙，暴露在天地间的一切灾厄之中！我则躺在这各方面都安全的广场上——这样的广场在我的地洞里有五十几处之多——在瞌睡和熟睡之中来消磨那任我选定的时间。

　　缜密地考虑到极端危险的情况——不是直接的追踪，而是包围——在洞穴的近中心处修建了一个中央广场。在一切其他场合，都是极端紧张的脑力劳动多，体力劳动少，这个城郭则是我的艰巨的体力劳动的成果，比地洞里的所有别的部分都艰巨。有好几次，我由于身体疲乏不堪，濒于绝望，想弃绝一切；仰卧着翻过来，滚过去，诅咒这地洞，并艰难地爬出洞外，任穴口洞开着。之所以这样做，因为我不想再回去了，直到几小时或几天后我后悔了，回去一看，见地洞完好无损，我恨不得引吭高歌，并以发自内心的喜悦重新开始劳动。这个城郭的工程之所以增加了不必要（说不必要，因为地洞从那种无效劳动中并未得到真正的益处）的困难，是由于照计划安排所确定的这个场地恰恰土质很松，而且充满砂粒，因此必须把这地方的土层夯实，才能建造起美丽的大穹顶和圆形广场。从事这样一种劳动，我只能靠额头。所以，我不分白天黑夜，成千成万次地用前额去磕碰硬土，如果碰出了血，我就高兴，因为这是墙壁坚固的证明，而且谁都会承认，我的城郭就是用这样一种办法建成的。

我利用这个城郭来贮藏我的食物：凡是洞内抓获而目前还不需要的一切，和外面猎获的全部，我统统把它们堆放在这里。场地之大，半年的食物都放不满。于是我把东西一件一件铺了开来，在其间漫步，同时玩赏着它们，悦目于其量之多，醉心于其味之杂。任何时候，只要我想看一看储藏品，都能一目了然，而且我还可以随时进行重新排列，根据不同季节，做出必要的预计和狩猎计划。有这样一些时候：由于洞里食物富足，我对饮食漠不关心，因而对这些出没的小动物根本不去理会，当然从别的理由考虑，这也许是欠慎重的。由于经常从事防御准备工作，使我原想充分利用地洞来进行防御的主张有了小幅度的改变和发展，于是我常常觉得以城郭为防御基地是危险的。地洞的复杂性确实也向我提供了采用多种防御办法的可能性。而我觉得将存粮稍加分散，利用某些小广场来分批贮藏，似乎更为周到些。于是我决定约每隔两个广场设一个预备储粮站，或者每隔三个设一正储粮站，每隔一个设一副储粮站，如此等等。再则，为了迷惑敌人，我划出几条道路不堆贮藏品，或者，各按它们通向主要出口的位置，挑选少数广场错杂其间。自然，每一项这样的新计划都要求艰巨的搬运工作，我必须做出新的安排，然后就是来回搬东西。当然，我不用着急，可以慢慢地干，把珍贵的东西衔在嘴里搬运，高兴在什么地方歇一歇，就在什么地方歇一歇。遇到可口的东西就吃它几口，这是满不错的。糟糕的是，我每每从梦中惊醒，就仿佛觉得目前的这种粮食分贮法是完全失算的，它会招致严重的危险，非立即加以纠正不可，睡意和疲劳也在所不顾。于是我急忙就走，快步如飞，连考虑一下的工夫都没有。为了实施这一新的、全新的计划，我不顾一切，凡是碰到嘴边的东西，就只管逮住，用牙齿咬着、拖呀、背呀、喘息着、呻吟着，跟跟跄跄地前进。只要对目前这种我感到过于危险的状况有任何些微的改变，我就心满意足了。直到睡意渐渐地消除，脑子完全清醒过来，我几乎不理解何以有这一番极度的紧张活动，对于被自己扰乱了的家里的和平长长地舒了一口气,重新回到我的卧所,由于新造成的劳累而立即睡着了。醒来时,作为这几乎像梦一般出现的夜间劳动的无可辩驳的证据,是牙缝间还挂着的一只耗子。此后又有一些时候,我觉得还是把所有的食粮集中于一个场地为上策。贮藏在小广场上对我会有什么好处呢?那里到底放得下多少东西呢?无论你拿什么放到那里去,都会堵塞道路,一旦有防务活动,奔跑起来,说不定反而成为我的障碍。再说,不把所有的储藏品集中在一起,因而不能对自己的财产一目了然,势必损伤自己的自尊心,这种想法固属可笑,却是难免。分成这么多摊,不会散失很多吗?我总不能老在纵横交错的通道上四处奔跑,以便看看是否一切仍然原封未动。分散贮藏的基本想法是对的,但必须有个前提:拥有好几个像我的城郭这样的场地。好几个城郭!一点不假!但是谁能够把它们建筑起来呢?在我的地洞建造的总计划中,现在也没有增添的余地了。我承认,这一点正是我的地洞的缺陷,就好比任何东西如果只有一种样品时,都有缺陷一样,而且我也承认,在建筑整个地洞期间,我对于拥有几个城郭的要求在自己的意识中是模糊不清的,如果说我有过这一良好愿望,那就清清楚楚了。我没有按照那种要求去做,对于这项巨大的工程,我感到自己太弱了,甚至,我就是想象一下这项工程的必要性也感到自己太弱了。我以同样模糊的感觉聊以自慰,这在平常是难以做到的,但在这一场合我却做到了,这是一种例外,也可能是一种神的恩赐,因为保留我的前额以代替铁锤正是天意所使然。现在我只拥有一个城郭,但觉得一个不够用的那种模糊感觉,已经消失了。不管如何,我只得满足于一个。想用许多小广场来代替它是代替不了的。所以,当这种想法在我心中热起来的时候,我就又动手把各个小广场上的所有东西重新搬回城郭里。于是所有的场地和通道又空出来了,看见城郭里的肉类成堆,连最边远的便道都闻得到许多种肉类混杂的味道,我老远就能把它们一一辨别出来,而每一种味道都使我喜欢。有一阵子对我这一派气象真感到宽慰。这以后出现了一段和平时期。我利用这些太平时日,把我的卧所从外围慢慢地、一步一步地往里移,因而沉浸于越来越重的气味之中,以致再也忍耐不住了。于是一天夜里我冲进城郭,从肉堆里挑出我所爱吃的上等品，扎扎实实地、如醉如狂地饕餮大嚼了一番，把肚子塞得饱饱的。这是幸福的时期，也是危险的时期；只要有人了解个中奥秘，充分利用这个时机，无须冒什么风险，就可轻而易举地将我毁灭，这与缺少第二、三个城郭的弊害不无关系。我之所以受诱惑，正是由于食物集中堆在一起造成的。我正准备通过各种途径来抵御这种诱惑，保护自己，把粮食分散储藏在各个小广场上，也就是这类措施之一。可惜的是，它也像其他类似的策略一样，由于感到缺乏而引起了更大的欲望，这欲望压住了理智，听凭欲望的驱使，任意改变防御计划。

这以后，在对地洞进行了一些必要的修缮之后，我经常离开地洞——虽然只是很短的时间——去外面溜达，以便让自己冷静冷静，同时检查一下地洞是否坚固。要是长时间离开地洞，我会感到受惩罚似的难以忍受，但短时间出去走动走动，我以为也是很有必要的。每当我走近出口时，我总有一种庄严感。住在家里时，我是避免到那里去的，甚至连通向它的任何一条最小的岔道儿我都是不迈步的；再说到那一带去转悠也并不容易，因为我已经在那里建筑了一套完善的、小规模的迷津暗道；我的地洞就是从那里起始的，但当时我还不能指望能够如愿以偿地按照我的计划去完成，我开始半游戏似的从这个小犄角干起来，在迷津的建筑中，我第一次充分领略到劳动的愉快；这项迷津建筑在我当时看来是一切建筑之冠，但从今天的眼光看，说它气派太小，与整个地洞建筑不相称，该是比较公允的，虽然在理论上它也许堪称宝贵——"这是去我家的入口"，我当时讥讽地对那些看不见的敌人们说，并仿佛看到了它们全部窒息在入口迷津里的景象——可是事实上，一种墙壁非常单薄的草率工事，对于认真进攻或者孤注一掷的亡命之徒是很难进行抵抗的。但我因此就应该把这一部分重建吗？我犹豫不决，大概要永远维持这样的现状了吧。且不说重建需要我付出巨大的劳动，而且也是一件人们能够想象的最危险的事情。在我刚开始挖筑地洞的时候，我是能够比较安心地在那里劳作的，那时风险并不比别的地方大多少。但在今天已经是不可能的事了，因为今天那样做就未免轻举妄动了，那就等于要把社会的注意力引向整个地洞上来。我感到高兴的是，眼下这一处女工程也具有一定的敏感性，比方说吧，一旦发生大规模的进攻，什么样的入口构造才能救我呢？在使进攻者迷惑、错愕、困扰这一点上，这个入口是可以应急的。但如果遇到真正大规模的进攻，那我就必须设法使用整个地洞的一切手段和身心的全部力量来对付——这是理所当然的啰。所以这个口子就让它维持原样不动好了。尽管地洞有着这样多的天然强加于它的缺陷，但毕竟是我亲手所创；虽然事后才认识到这些缺点，却认识得这样精确，那就让它保留着吧。但这并不是说，这个缺点没有经常地或者也许是始终使我感到不安。平时散步时，我都要避开地洞的这一部分，之所以如此，主要是因为我一看见它就感到不舒服，既然这个缺点已经在我的意识中发出噪音，我就不愿意让它老是在我的目光中呈现。那上面入口处的缺点是无法匡正了，但只要能够回避，我就尽可能不去看它。我只管朝着出口的方向走。虽然我与入口处之间隔着通道和广场，我依然感到我已经陷入一种巨大危险的氛围之中。有时候我好像觉得我的皮变薄了，不久仿佛我只能以赤裸裸、光溜溜的肉身站在那里，这时候，我的敌人以吼叫来欢迎我。说实在的，这样一种感觉足以致使出口本身失去对我的家屋的保护作用，但使我格外苦恼的，仍是入口的构造。有时我做梦，梦中我已经把它重建了，一夜之间以巨人般的力量，神不知鬼不觉地、迅速而彻底地把它改造了，这下谁也攻不破了。我做梦的这一觉睡得比任何时候都香甜，醒来时我的胡子上还滚动着欢乐和宽慰的泪珠。

　　所以，如果我要外出的话，还得克服这条迷津给我肉体上造成的苦痛。而我有时一度迷失在自己的创造物中，因而显得这工程似乎还须不断奋斗下去，以便向我这个早就对它下了坚定不移的判断的人证明它的存在权利，这时候我又气恼又感动。接着我就来到青苔盖底下，在我留在家里这段时间，它与树林中毗连的地皮长在一起、互相衔接了，现在，只要我用头一顶，就可以到外边的天地去。这个小小的动作我已经很久没敢使用了，若不是今天又得克服入口的迷津，我一定会从这里折回，逛回家去，为什么呢？你的家闭关自守，固若金汤。你的生活安宁、温暖，良肴佳馔不断，你是无数通道、广场的主人，独一无二的主人。这一切你不希望牺牲，但有一部分你打算放弃，虽然你有信心把它们重新夺回来，但你有胆量下一个危险的、非常危险的赌注吗？对此有没有合适的理由呢？没有，在这类问题上不会有合适的理由。但接着我小心翼翼地掀起门盖，到了外面，又轻轻把它盖上，并赶紧跑离这个正在暴露的地点。

然而，我的本意并不是要在野外生活，虽然我不再憋在通道里行走了；而是要在大森林中狩猎，我感到身上有一种在地洞里没有任何地盘包括城郭——哪怕它再扩展十倍——让它施展的新的力量。外面的伙食也更好吃，狩猎固然比较困难，很少成功，但其收获从任何方面讲都是价值更高的。这一切我并不否认，并且懂得如何领略并享受它们。至少也得和别的动物一样，说不定比它们还强得多，因为我狩猎时，不像流浪汉那样轻率和绝望，而是目的明确，从容不迫。我也并不是非过野外生活不可，我知道，我的时间有限，不允许我永远狩猎下去，等到有人向我发出召唤，而我也愿意，并对这里的生活感到厌倦的话，我将不能抵御人家的邀请。这样的话，我就能够充分领略这里的时光，无忧无虑地度日。其实却不尽然，许多本来可以做到的事情并没有做到，地洞的事情忙得我团团转。我很快跑离洞口，不一会儿又赶回来。我在寻找一个合适的藏身之所，并守望着我的家门——这一回是从外面——一连几天几夜。让人家去说我傻好了，我可是有一种说不出的快乐，并从中得到安慰。于是我仿佛不是站在我的家门前，而是站在我自己的前面，觉得自己既能一边熟睡，一边机警地守护着自己，这未尝不是一种幸福。我有一定的长处，不仅能在睡眠时的那种只身无助和妄自轻信的状态中看得见夜间的精灵们，而且同时能以完全清醒时的力量和沉着的判断力与它们在实际中相遇。我发觉很怪，情况并不像我通常所认为（并且只要下洞回到家里也许还会那么认为）的那样糟。从这一方面看是如此，从别的方面看也不例外，但尤其是从这一方面看来，这次外出确是必不可少的。

的确，我把入口处选在斜坡上是经过慎重考虑的。那里的交通情况——根据一周来的观察所得——确是熙来攘往，十分频繁。然而凡是能够居住的地方，恐怕都是这样的。再说，选在一个往来频繁的地方，由于频繁，大家跟着川流，这说不定比十分冷僻的地方更保险；在冷僻的地方反而会有精明的入侵者慢慢找了来。这里有着许多敌人，有着更多的敌人的帮凶，他们之间也互相争斗，在紧张追逐中从地洞旁边跑了过去。在这全部过程中，我没有看见任何人在靠近入口的地方搜寻过，这对己对敌都是一种幸运，因为要不然，我会为了我的地洞着想不顾一切地朝他的喉咙扑过去。诚然，也出现过一些兽类，我不敢接近它们，只要远远预感到它们在，我便立即警觉，拔腿就跑。关于它们对地洞的态度，我本来实在是很难确定的。但当我不久回到家来，发现它们中没有一个在场，入口处也完好无损，于是我总算满意地放心了。也有一些幸福的时期，我很想对自己这样说：世界对我的敌意也许停止或者平息了吧，或者地洞的威力把我从迄今为止的毁灭性战斗中拯救出来了吧。地洞所起的保护作用也许比我已往所想象的，或者当我身临其境之际所能想到的还要大。有时甚至产生这样幼稚的想法：压根就不回地洞，而就在这里的洞口附近住下，专门观察洞口以打发日子，并不断想象着：假如我置身洞中，它能够多么坚固地保护着我的安全；在这样的想象之中获得我的幸福。但幼稚的梦想很快就惊破了。我在这里所观察的到底是一种什么样的安全呢？我在地洞中所遇到的危险到底能不能根据我在外边得到的经验来判断呢？要是我不在地洞中，我的敌人到底能不能根据气味准确地嗅出我来呢？他们对于我肯定有几分嗅得出来，但完全嗅出那是不可能的。要是能完全嗅出，岂不经常成为正常危险的前提了吗？因此，我在这里所进行的试验只有一半或十分之一能够使我放心，而放松警惕又导致极度的危险。不，我所观察的与其说是我的睡眠（如我以为的那样），毋宁说是在坏家伙醒着的时候，我自己却在睡觉。也许他就混在那些疏忽大意地走过入口处的人们之中，无非像我那样，只想证实门户仍安然无恙，静候袭击，就走了过去。因为它们知道主人不在家里，或者也许它们清楚得很，主人就埋伏在附近灌木丛中，天真地守候着家门。而我呢，户外的生活已经厌倦了，遂离开我的观察哨，仿佛觉得无须再在这里学什么了，现在和将来都不必了。我愉快地向这里的一切告别，走下地洞，永远不回到外面去了，外界的事情听其自然吧，不再作无用的观察来阻止它们了。可是，这段时间，我一任自己看了入口上面所发生的一切，现在又用了极为惹人注意的办法下了地洞，而不知道在我的背后以及在按原来样子关好的入口的顶盖后面的整个周围将发生什么，感到十分不安。起初，我曾在几个风雨大作的夜晚，试着把猎获物快速地掷进去。这一行动看起来是成功的，但是否真的成功，得等我自己进去以后方能知道，但那时对我来说已搞不清楚了，或者即便清楚，也已太晚。于是放弃了这项试验，不进里面去。我挖了一个——当然是距离真正的入口处足够远的地方——试验性的坑，其大小和我的身体相仿，也用一个青苔盖封口。我爬进坑里，把背后掩蔽好，认真等待着，计算出一天中长短不一的各个不同时刻，然后掀开青苔，爬了出来，记下我的各种观察，取得了种种好坏不一的经验，却找不到一种下地洞的一般法则或安全可靠的方法。因此，我至今还没有从真正的入口处下去过，而不久又不得不下去，这真使我焦躁不已。我并非完全没有到远方去回复往日那种惨淡生活的念头，那种生活虽无安全可言，却是诸种危险无区别的连续，因而个别具体的危险就不明显，不必为之恐惧，这正是我的较为安全的穴居生活与其他地方的生活对照之下，不断启示给我的道理。诚然，这样一种念头是由于毫无意义的自由自在生活过得太久而产生的，也许是完全愚蠢的；现在地洞还属于我，只要再迈出一步，我就安全了。我摒除了一切犹豫，在大白天径直向洞门跑去，这次可一定得把门完全打开了吧。然而我却没能做到。我跑过头了！我特意倒进荆棘丛中，以惩罚自己，惩罚一种连我自己都不知道的罪过。但到头来我还是不得不承认，我的想法是对的，即不把所有最宝贵的东西公开舍弃——哪怕只是短暂的，交给周围所有那些地上的、树上的和空中的飞禽走兽，则我要下去是不可能的。危险并不是想象的东西，而是非常实际的事情。那种兴致勃勃地跟着我来的，并非真正的敌人，倒很可能是某种身份清白而又不知好歹的渺小家伙，某种令人讨厌的小生物，它好奇地尾随着我，从而不知不觉地当了我的敌人的向导。或者不是那么一回事，说不定是——而这并不比别的情况好，在某些场合甚至是最糟的——说不定是跟我同一种类型的人，是地洞营造的行家，或者某个森林隐士，或者和平的热爱者，但也可能是个想不劳而获的粗野的无赖。假如现在他真的来了，带着肮脏的贪欲发现了入口，动手去掀苔藓，而且居然掀开了，挤身进去，窃巢而居，甚而至于弄到这种地步：有一瞬间他屁股正好对着我的脸儿，假如这一切真的发生，我就会像疯了一般，不顾一切地从后面向他扑去，把他咬个稀巴烂，咬成一块块，撕得粉碎，喝干他的血，并立即把他的尸骸拖到别的猎获物当中。但最最要紧的是，我好不容易又重新回到了我的洞穴，这回甚至对迷津起了赞赏之意，可我首先得把我头顶上的苔盖盖好，然后安下心来休息，恐怕我全部的、或部分的余生都要在这里度过了。然而事实上谁也没有来，我依然单独一人度日，我始终一心扑在各种困难的事情上，恐惧倒减轻了不少。我不再回避走近入口处了，在那里绕着圈子走动成了我最喜欢的活动内容，以致仿佛我自己成了敌人，窥视着顺利突入的良机。假如我有某个值得信赖的人，可以把观察哨的任务交给他，那我就可以放心地下去了。我会跟这个我所信赖的人约定，在我下去的时候，在下去以后的长时期内，严密观察形势，一旦发现危险迹象就敲打苔藓盖子，没有情况就不敲，这样我头顶上面的心腹之患便为之一扫而光，连一点残余都留不下，唯一留下的便是那个我所信赖的人了。——难道他不要求报酬吗？最起码的，他连地洞也不想看一看吗？自动让什么人进我的地洞可是我的最大忌讳啊。地洞是为我自己，而不是为访问者而挖筑的，我想，我是不会让他进去的，哪怕他以让我能够进得地洞里面为交换条件，我也不会让他进去的。但我之所以压根儿不让他进去的原因是：让他独自下去吧，这绝无考虑之余地；我跟他同时下去呢，则他在我背后放哨给我带来的益处便成泡影了。那么信赖如何维持呢？在面对面的时候，我信赖他，假如我见不到他，假如苔盖把我们隔开，我还能同样信赖他吗？信赖一个人，在同时监视着他，或至少能够监视他的情况下是比较容易做到的，甚至远隔两地，多半也是可能的。但是从地洞的内部，亦即从另一个世界去完全信赖一个外面的什么人，我以为这是不可能的。甚至连这样一种疑问都是没有必要的，只要这样想一想就够了：在我下去期间或下去以后,人生道路上的无数偶然事件,都能阻碍所信赖的人履行他的义务,而他的任何一个最小的障碍都会给我造成不可估量的后果。总而言之,我毋须抱怨找不到可以信赖的人,而只能孑然一身。这样,我肯定丧失不了什么利益,而且还可能使我避免损失。但可信赖的,只有我自己和我的地洞了。这一点我早点想到就好了,对于我现在为之忙碌的事情也是早该虑及的,至少,在地洞的建筑开始阶段就应该实现一部分的。第一条通道应该这样设计才行:它需有两个彼此间隔适当距离的入口,这样,我经过各种不可避免的周折通过这个入口下去后,马上经由第一条通道跑到第二个入口,稍稍掀开一点为此目的而建造起来的苔盖,从那里以几天几夜的工夫试着观察情况。这看来是唯一正确的方法了吧。固然,两个入口使危险增加一倍,但这一忧虑此刻是不必要的,仅仅作为观察哨设想的那个入口做得很狭窄就行了。于是我一头扎进技术研究中去,重温起一个完美无缺、万无一失的地洞建筑的旧梦,稍稍聊以宽慰。我悠然陶然地闭上眼睛,眼前便浮现出那各种可能的图像,我可以在那里悄悄地、神不知鬼不觉地进进出出。

当我这样躺着,想象着以上各种情景时,对那些建筑方案给予很高的评价,但仅仅是从技术角度,而不是从实际效用角度出发的。这种不受阻拦的溜进溜出是什么意思呢?它意味着你心神不定,缺乏自信,意味着卑污的欲念,邪恶的个性,这个性面对地洞时还要坏得多。地洞仍然存在,只要向它完全敞开心扉,便可给予注入和平。现在我显然还在它的外面,正在寻找一种回去的可能性;为此,很想掌握必要的技术设施,但也许并不见得那么重要。如果把地洞仅仅看做一个想尽可能安全地爬进去的洞穴,那么像眼下这样神经质似的恐惧,岂不意味着大大贬低了地洞的价值了吗?的确,它也是一个安全的洞穴,或者应该是那样的洞穴,而当我设想我是处于危险之中时,那么我就要咬紧牙关,用尽意志的全部力量来证明这地洞不是别的,而仅仅是为拯救我的生命而存在的一个窟窿,它必须尽可能完美地完成这个明确地赋予它的任务,而别的一切任务我都给豁免了。可是现在的情况是这样:地洞在实际上——而处于巨大困境之中的人们是顾不上观察实际的,甚至在岌岌可危之际,也必须经过努力方能投以一瞥——虽然是相当安全的,但绝对是不够的,难道在其中什么时候停止过忧虑了吗?那是另一种的、更为骄傲、内容更为丰富的、深深压抑着的忧虑,可是它对于身心的消耗并不亚于生活在外面的时候所产生的忧虑。就算这个地洞仅仅为了我的生活保障而建造,就算我为此没有受别人的骗,然而付出的巨大的劳动与得到的事实上的保障相比,至少就我所能感觉到的和从中所能得到的利益而言,对我来说,是一件得不偿失的事情。承认这一点是极为痛苦的,但是面对前面的入口不得不这样做,这个入口现在把我——他的建造者和所有者——关在外面,不,让我在外面挣扎。但是地洞确也不仅是一个救命之窟。当我站在周围堆积着高高的肉类贮藏品的城郭之中时,纵览从这里伸展出去的十条通道,每一条都根据中央广场的地势或低或高,或直或曲,或宽或窄;条条宁静而空阒,它们各自以不同的方式把我引向同样宁静而空阒的各个广场——于是我心目中关于安全的观念淡忘了,因为我清清楚楚知道,这里是我的城堡,是我用手抓,用嘴啃,用脚踩,用头碰的办法战胜了坚硬的地面得来的,它无论如何也不能归任何人所有,它是我的城堡啊,我最终也要在这里安然地接受我的敌人的致命的一击,因为我的血渗透在我自己的这块土地里,是不会丧失的。在和平中半睡着,在愉悦中半醒着;经常在这些通道上度过的这种美好时辰的意味,除此以外,怕是没有地方再有了;这些通道是为了我舒畅地伸展身子,孩子般地打滚,蒙蒙眬眬地躺着,甜甜蜜蜜地睡着,经过精心设计而建造的。那些小广场的每一个我都了如指掌,尽管互相之间彼此相像,但是我闭上眼睛也能根据墙壁的形状把它们辨别得一清二楚,它们和平地环抱着我,那种温暖,任何鸟儿在它的窝巢里都得不到。一切的一切宁静而空阒。

但是,既然是这样,那我又为什么踌躇呢?为什么我害怕入侵者甚于害怕永远不能返回我的洞穴的可能性呢?好了,现在这后一点谢天谢地成为不可能了,地洞对我意味着什么,搞清这个问题,压根儿是不必要的;我和地洞这样相依为命,不管我遇到多大恐惧,我都能泰然自若地留在这里,无须设法说服自己,打消一切顾虑,把入口打开。我只要清闲地等着就完全够了。因为没有任何力量能够把我们永远分开，无论如何，到最后我是肯定要下去的。但当然，到那时还需有多长时间呢？在这段时间里，在这里的上面，在那边的下面，将有多少事情发生呢？而我的责任在于：缩短这段时间，并立即着手从事必要的事情。

好了，我已累得想都不能想了，耷拉着脑袋，步履踉跄，半醒半睡，与其说在走路，毋宁说在摸索，这样才渐渐接近入口处，缓缓掀开苔盖，慢慢往下挪动身子，因为神思恍惚，让入口无故敞开了很久，及至想了起来，又上去把它关好。但为什么又爬到上面去呢？我只要把苔盖拉上就行了，好吧，我又下去，这回到底把苔盖给合上了。只有在这种状况下，只有在这种例外状况下，才能下洞穴。——于是乎我躺在猎获物的堆垛之上，仰面是苔藓，周遭是血水和肉汁，总算开始睡上渴望的一觉了。没有东西打扰我，没有谁跟踪我。苔藓上面看来是平静的，至少直到现在是平静的，即使不平静的话，我想现在也不能对它进行监视了；我已换了地点，从上面的世界来到我的地洞，我立即感觉到了它的作用。这是一个新的世界，具有新的力量；在上面的那种疲惫不堪，在这里却没有。我是旅行回来的，累得几乎晕倒，我省视旧日的住处，着手积压着的修缮工作，匆匆巡视一下所有的场地，但首先是赶紧冲向城郭；这一切把我的劳累变成了不安与焦急。刚走进地洞那一瞬间，我仿佛死死地酣睡了一大觉。第一步工作是非常吃力的，任务十分繁重：猎获物须通过狭窄而墙壁单薄的迷津搬运。我竭尽全力向前推进，走是能走的，但我感到太缓慢。为了加快速度，我从肉垛上拉回了一部分肉块，然后从肉垛的上面跨过去，从它的中间穿过去，于是我的面前只剩下一部分了，把它们搬到前面去，就容易一些了。但是在一条堆满着肉类的狭窄通路上，尽管只有我一个人，并不总是很容易通过的，以致有时我简直要被窒息在自己的贮藏品中，只有边走边吃边喝，才不至于被肉块压伤。但运输完成了，我没有花太长时间就结束了这一工作，迷津被克服了。我站在一条正规的通道上喘了口气，通过一条联结支线，把猎获物搬到一条专为这类项目特设的中心大道，它以很大的坡度向下直通城郭。这下再没有工作可做了，这全部东西都由它自行往下滚动或流动。于是终于到了我的城郭了，我终于可以休息了。一切都没有改变，似乎并没有发生什么大不了的不幸，至于我一眼便发现的那些细小的破损不久即可修复。再有就是在此之前在各通道上的徜徉了，但这并不费力，等于跟朋友聊天，我过去常是这样做的，或者——我并不算老，但许多记忆已完全模糊了——是我听人这样说的。在我看到了城郭以后，我就开始有意慢慢地走第二条通道，我有的是时间——在地洞里面我总是有的是时间——因为我在那边所做的一切都是重要的好事，并使我得到一定的满足。我从第二条通道出发，半路上中断了视察，转向了第三条通道，并循着它折回城郭。这样，第二条通道显然还得重新再去，我就是这样又干又玩，自得其乐，独自发笑。工作很多，头绪纷繁，但永不脱离工作，不断增加着工作量。你们通道、广场和城郭啊，我为了你们而来，尤其是为了城郭的问题我连生命都在所不惜，可是长期以来，我却愚蠢得为生命而战栗，犹犹豫豫不敢回到你们当中。现在，我置身于你们当中了，危险又算得了什么呢！你们是属于我的，我是属于你们的，我们结合成一体了，有什么奈何得了我们呢。即使上面那些家伙已经迫近并准备好用嘴巴拱穿苔盖也不在乎了。而洞穴又以他的沉默和空阒来迎接我，证实着我所说的话。——但是，一种懒洋洋的情绪向我袭来，在一个我最喜爱的广场上，我微微蜷曲着身子躺了下去，我还远没有把一切都视察完毕呢，但我要继续视察下去，直到最后，我不想在这里睡觉，只是经不起在这里躺一躺卧一卧的引诱，想试试看，在这里睡觉是否始终还像过去那样安稳。成了！可我一躺下就不想起来了，我就在这里进入了深沉的梦乡。

　　我大概睡了很久很久，直到最后实在睡足了，我才自然而然地开始醒过来，最后睡意一定是十分淡薄了，因为一种几乎无法听到的"嚯嚯嚯"的微弱响声把我唤醒了。我立刻明白，这是一种我过去对它太不注意、过分宽容的小东西，趁我不在，在什么地方钻通了一条新路，与我的一条旧路相交，风一吹就发出"嚯嚯"之声。好一个埋头苦干的家伙啊，而它的勤奋又多么叫人讨厌啊，我非得把耳朵贴在通道的墙上听一听，在墙根试着挖一挖，把骚扰的地点找出来不可，然后才能消除响声。此外，新挖的洞孔如果符合地洞的某项建筑要求，就作为新的通气孔，这对我也是需要的。但那些小东西我要比以前加倍严密注意，一个也不饶恕。

由于我对这类检查工作训练有素，说干就可以干起来，也无须多长时间即可完成，虽然手头有别的工作要做，但这是当务之急，我的每条通路都应保持宁静才是。这一种响声说起来并没有什么了不得；虽然我刚回来时这响声就早已有之，但我一点儿都没有听见；直到重新在家里完全安顿下来之后，也就是说只有当你用主人的耳朵去听的时候，才能听得到。而这种响声并非常有，中间有很长时间的间隔，那显然是气流受到阻碍时发出的。我开始检查，却找不到下手的地方，虽然挖了几个洞，但那是漫无目标的乱挖一气，当然不会有任何结果；挖的工程固然巨大，但白白花费的填堵和平整的工夫则更为巨大。我压根儿就没有接近过发出响声的地点，每隔一定的间歇，一会儿传来微弱的"曜——曜"的声音，一会儿又传来"呼——呼"的声音。这个，目前暂且不去管它，响声固然恼人，但我所认定的原因是无可怀疑的，所以声音几乎没有怎么提高。相反，倒有可能——迄今为止我显然从来没有等待过这么久——那小东西在继续钻小孔的过程中，这样一种响声会自行消失的。往往有这样的情况：一种偶然的机会使你毫不费力地找到骚扰的踪迹，而有目的有计划去寻找却长久找不着。我这样安慰着自己，很想再到各条通道上去徜徉，看看那回来后还没有去看过的许多广场，其间也到城郭去转转。但不行啊，我得继续寻找才是。大好的时光被这伙小东西所耗费，它本来是可以利用在更好的场合的。在检查纰漏方面，通常吸引我的技术上的问题，例如我的耳朵具有辨别任何细微差异的能力，能够绘形绘色地使我想象出产生响声的原因，而这原因是否符合实际，这回我很想搞个水落石出。只要这方面没有得出可靠的结论，我就没有足够的理由在这里感到安全，即使从墙上掉下的一粒沙子，不弄清它的去向我也不能放心。何况是这样的响声，它在这一方面绝不是无关紧要的事情。但重要也好，不重要也好，无论我怎样寻找，也没有发现任何东西，或者反过来说，发现的东西太多了。事情一定是恰恰发生在我那最喜爱的广场上！我一边这样想着，一边远远地离开那儿，几乎走到通往下一个广场的中间，这整个事儿简直是一种笑话，仿佛我想要证明，并非正好是我最心爱的广场才有这种骚扰，别的地方也有种种骚扰，于是我微微笑了起来，侧耳谛听着，但不久我就敛起笑容，因为果不其然，这里也有同样的"嚁嚁"声。这么说来什么也没有——有时我这样想——除了我以外，谁也听不见的，我的经过训练的耳朵显然是敏锐的，现在分明听得越来越清楚了，虽然事实上到处都有完全相同的"嚁嚁"声，跟我通过比较所证实的一模一样。只要站在通道之中，而不必耳朵贴墙，便可听得出来，那声音并不更大。那场合，我非得用心，不，全神贯注才能时不时听到一丝儿声息，不过，与其说是听到的倒不如说是猜到的呢。但正是这处处有之的相同响声叫我最为搔头，因为这跟我最初的推断不能吻合。假如我对响声的原因的推测是正确的，即是说响声确是从某一个场所——这场所是非找出不可的——以最大音量向周围发放，那么它必定是越来越小。但如果我的解释是不准确的，那么别的解释是什么呢？也有可能存在着两个发音的中心，直到现在我都是从距离中心很远的地方进行监听的，而当我一步步接近这个中心时，它的响声固然逐渐加强，而另一个中心的响声则渐次减弱，故传到耳朵里的两个中心的音量的总和就老是一个样了。当我洗耳谛听的时候，我几乎以为听出了那与我新的推测相符的声音差别来，尽管那声音非常模糊不清。无论如何，我必须把检查区域在检查过的基础上大加扩展。于是我循着通道直达城郭，从那里开始监听。——奇怪，这里也有同样的响声。哦，这是某些微不足道的动物们趁我不在家的时候，放肆地掘洞所产生的声音。不管怎样，他们是不会有反对我的企图的，他们无非是致力于自己的工作罢了。只要中途不发生障碍，它们是要朝着既定的方向搞下去的。这一切我全明白，虽然并不理解它们何以要这样做，弄得我焦躁不安，扰乱了我的对于工作非常必要的理智，它们竟敢驱近我的城郭。但经我观察，迄今未发现城郭周围的墙壁有被掘穿的情况。是由于城郭地处深层、范围广大呢，还是由于因广大而引起的强劲的气流把掘洞的家伙们吓住了呢？或者城郭的存在这一事实的本身使这些感觉迟钝的家伙们闻之也不能不有所慑服呢？无论如何我不想去鉴别究竟是哪种原因使这些挖掘者踌躇不前的。动物受了强烈的气味的吸引,成群结队而来。这里本是我的可靠的狩猎场。但那时它们是从上面某个地方挖穿顶壁,进入通道的,虽然战战兢兢,却经不起强烈的引诱,终于从通道上跑了下来。现在呢,他们却在通道里钻洞。假如我至少完成了青年时期和壮年早期那些最重要的计划,或者说我有过实行那些计划的力量就好了,因为我并不缺乏意志。我最心爱的计划之一,是把城郭跟它周围的泥土隔开,就是说,城郭四壁留下约与我的身高相等的厚度,然后沿着城墙的外围,在那道可惜无法与泥土分开的墙基外面,挖一层腔室,其大小与城墙的体积相同。我总是不无理由地把它设想为我所能有的最上等的寓所。在这个圆形体的上面,我悬吊呀,攀缘呀,下滑呀以及翻滚呀,最后又站在地上。所有这一切游戏都是在城郭的本体上面做的,没有真正到它的室内去。现在能避开城郭就避开,能不进去看就不看,把看的快乐留在以后,不必因此而为之怅然,那是为了把它牢牢掌握在手里,不过假如仅仅拥有一条通往那里的普通的公开通道那是不大可能做到的;但好在可以为它放哨,这就补偿了看不见它的内部这一缺憾。要是让我在城郭和腔室之间选择一个作为我的终身寓所的话,我一定要选择后者,宁可不断地上上下下巡逻,以守备城郭。这样一来墙壁里就不会有响声了,不会有东西向城郭大胆挖掘了;于是那里的和平有了保证,而我成了和平的守护者;我用不着怀着反感情绪去倾听小动物们的挖掘,而是带着我现在完全消失了的如痴如醉的情怀,沉浸在城郭的一片宁静的气氛之中。

但是这一切美妙的情景眼下毕竟还不是现实,我还得干,而我目前所干的也是和城郭直接相关的,我真要为之高兴,因为它鼓舞着我。事情越来越明显,这件起初看起来微不足道的工作,显然需要我全力以赴了。我现在所做的是全神贯注地细听城郭周围的墙壁,不论高处还是低处,也不论墙上还是地面!入口还是内里,我无处不听,而我所听见的到处是同样的声音。长久倾听这断断续续的声音,得付出多少时间,经历多少紧张的场面。只要你愿意自己欺骗自己,也可以从这当中得到一点小小的安慰,即城郭这地方与通道不同,由于它范围大,只要你耳朵一离开地面，便什么都听不到了。仅仅为了休息，为了保持冷静，我往往做这样的试验：聚精会神地听着，结果什么都听不见，这使我欣幸。可是，这到底是怎么一回事呢？用我最初那些说法来解释这种现象完全讲不通，但我所能设想的别的解释又不得不加以排斥。我所听到的，也许就是那种小畜生自己干活时的声音。但这是同所有的经验相矛盾的。凡是我从未听到过的，虽然它一直都存在，但我总不能突然一下就听到了。我在洞穴中对于骚扰的敏感性也许与年俱增，但听觉绝不会变得更敏锐。听不见它们的声音，这正是那些小畜生们的本质特征。不然，我过去怎么容忍得了呢？哪怕冒着饿死的危险，我也恨不得把它们彻底铲除掉。但是我渐渐产生了这样的想法：这也许是一种我现在还不认识的动物，这不是不可能的。虽然我已经观察了很长时间，在下面生活我是够小心谨慎的，但世界是千变万化的，那种突如其来的意外遭遇从来就没有少过。然而那不会是个别的动物，必定是大群大群的吧，它们乘我不备突然侵入我的范围。这一大群听得见的小动物，其地位固然在那种小玩意之上，但超出很限，因为它们干活的声音本身就很微弱。所以有可能是一些不熟悉的动物，它们成群结队地外出漫游，仅仅从这里经过一下，惊动了我，但它们的队伍不久便会过去。所以我只要等待便可以了。多余的工作是不会有的。可是，既然都是陌生的动物，为什么我见不到它们呢？我挖了好些陷阱，想逮它一只，但我什么也没有发现。我想，可能那是小而又小的动物，比我所认识的那种还要小得多，只是它们发出的响声却大得多。于是去检查挖出来的泥土，把土块抛入空中，让它们砸得粉碎，还是看不见噪音的制造者。我渐渐明白了，这样小规模地偶然挖几下，是不可能取得任何效果的，这种搞法，只不过在洞穴里的墙壁上挖了一些洞，手忙脚乱地这里挖一下，那里掘一通，连堵洞的工夫都没有，许多场地泥土成堆，阻碍道路，挡住视线。当然，这一切对我的妨碍并没有什么了不得，我现在既不能出外徜徉，也不能去各地巡视，也不能休息。我常常干着干着就在某个洞窟里睡着了，一只前脚的爪子扎进了上面的土层里，那是在半醒半睡的状态下想从那里抓下一把泥土来。我权且改变一下办法吧，今后就朝着响声的方向挖一个正规的大洞，摆脱任何理论，不找到响声的真正根源就不停止挖掘。一旦找到根源，只要我力所能及，我就要把它消除；倘力不从心，我至少也掌握了确实的情况。这种确实的情况不是给我带来安宁，就是给我带来绝望。但安宁也罢，绝望也罢，二者必居其一；总有一种结果是无可怀疑的，而且是合乎情理的。这个决心一下，我的精神为之一爽。我迄今所做的一切，弊在操之过急；回到家来，心情激动，还没有摆脱上面世界所笼罩的那种不安全感，还没有与地洞里的和平气氛相融合，脱离洞穴中的和平生活那么久，神经变得十分敏感，只要遇到一点特殊现象，就会叫我惊慌失措。到底有什么呢？一种轻轻的"嚁嚁"声罢了，间隔好久才听得见，微不足道也，但我愿意承认它能使我成为习惯，不，那是习惯不了的。但目前不要与之针锋相对，我且观察一段时间再说，那便是：经常花几个钟头凝神谛听一番，耐心地把结果记录下来，但不能像我以前那样，听的时候耳朵挨着墙壁轻轻移动，而且差不多一听到有点什么动静就急忙挖掘起来，那样做原本并非想发现点什么，而是内心不安的一种必然举动罢了。今后不那样干了，这是我所希望的。但还是下不了决心——这是我闭上眼睛不得不承认的，虽然同时为此对自己光火——因为不安在我的心中颤动，仍像在此之前几个钟头一样，要不是理智抑制着我，很可能我会不论什么地方，不管在那里是否听到了什么，迟钝地、执拗地去挖掘，仅仅为了挖掘而挖掘，几乎就像那些小畜生那样，它们不是毫无意义地掘地，就是仅仅为了啃泥而挖土。合乎理智的新计划又吸引我，又不吸引我。计划本身是无懈可击的，至少在我是提不出异议的，据我理解，照它做去，肯定会达到目的。尽管这么说，我还是不相信这个计划，因为不相信，所以，我对于实行计划的结果可能带来的可怕性并不担心，对于结果的可怕性我也是不相信的；是的，我觉得，从最初发现响声以来就想到这样一个彻底的挖掘计划就好了，只是由于我信不过它，一直都没有付诸实施。尽管如此，今后我自然是要着手挖掘的。因为对我来说舍此没有别的办法，不过我不打算马上就开始，我将把这项工作稍稍往后挪一挪。如果理智应该重新受到尊重，那么它就应该得到完全的尊重，今后我不再一头扎进这一工作中去。无论如何我要事先弥补一下由于我的乱掘乱挖给地洞造成的损失；这需要花费不少时间，但这是必要的。新的开挖计划如果真的要达到某种目标，时间上它将会拉得很长；要是它达不到任何目标，它就会变得无休无止。不管如何，这项工作意味着更长久地远离地洞，环境不像上面世界那么恶劣，只要我愿意，我可以随时中断工作，回家来看看，要是不这样做，则城郭的风将向我吹拂，在我工作的时候围绕着我，但这仍然意味着远离地洞，把自己交给一种不可预料的命运。因此我想把地洞整顿好了再走，为了地洞的安宁而战的我，总不该让人说：是我自己把它搞乱，而又不立即把它恢复。于是我开始把泥土加以集中，送回到一个个洞孔中去。这是我的拿手活计啰，几乎还没有意识到，这种活计就已经干过无数次了，特别是最后这道夯实抹平工序——确实不是自夸，那是实情——我可以做得比谁都好。可这一回我却感到难了，我的注意力太不集中，干活时一再让耳朵贴着墙壁倾听，而刚刚提起来的土稀里哗啦地又掉回到土堆里去，我都不闻不问。最后这些完善性的工作，要求注意力更要集中，我却几乎干不了。留下一堆堆难看的疙瘩，碍眼的裂缝，更不用说，旧的墙壁的动摇是不能以这样草率的修修补补使其恢复原状的。这仅仅是一种权宜之计，我以此自慰。等我回来，恢复了和平，再做全面彻底的修缮，那时一切都将进行得很快，君不见，童话里就是一切都进行得很快的，这种慰藉也是属于童话世界的。最好当然是，现在马上把工作完满地完成，这比老是把它中断，在通道上漫游，寻找新的声音来源要有益得多；寻找新的声音来源其实是轻而易举之事，随便找个地方，停下来听一听，仅此而已，我的毫无益处的发现还要多呢。有时候好像觉得响声没有了，很长时间寂然无声，这样的"嚯嚯"声往往是会听漏了的，因为自己的脉搏在耳朵里跳动得太厉害了，于是两种间隔时间正好相重，遂合而为一，顷刻间你就以为那"嚯嚯"声似乎永远消失了。这一来就不用再监听下去了，我高兴得跳了起来，整个生活为之改观，仿佛泉源突然打开了，从中流泻出来的是地洞的宁静。我没有急着去检验这一发现，而去找一个我能与之推心置腹的人倾谈一番，于是就直奔城郭而去，我一生为之奋斗的新生活终于苏醒了！我这才想起已经很久没有吃东西了,便从半埋在土里的粮食贮藏品中随便抽出些东西,狼吞虎咽起来。同时我利用这点吃饭时间,赶回那不敢全然置信的发现的地点,想再证实一下这件事的可靠性如何。我的这一举动不过是顺便为之,原想一带而过,谁料侧耳一听,立刻表明,我大错特错了:那老远的地方明白无误地响着"嚯嚯"声。我恨不得把吃的东西统统吐出来,踩进地里去,回头继续工作吧。但到哪里去呢?全无头绪。有的地方像是需要,而这样的地方有的是,就着手干点什么吧,但动作机械得很,就好像看见监工来了,不得不做做样子。但这样的活没干多久,又出现新的情况。响声好像加强了,当然强不了多少,但这里的问题往往就发生在最细微的差别上,响声确实有了些许的加强,强到耳朵可以清晰地听得出来。而这种声音的渐强像是由于距离渐近之故,因为渐近,就听得更加清楚,仿佛可以目睹它走进来的脚步似的。我跳离墙壁,想居高临下看一看这一发现将引起的种种可能的后果。我产生一种感觉,好像我的地洞本来就不是为了防御进攻而建造的。防御的意图虽然是有的,但抛却一切生活经验,则进攻的危险以及由此产生的防御的设施对一个人来说仿佛都成为遥远的事情——或者,虽不遥远(这怎么可能),但在轻重缓急上,次于和平生活的设施,这类设施在地洞里是处处给予优先地位的。许多防御设施本来是可以在不干扰总体计划的情况下建立起来的,却是由于一种不可理喻的原因被耽误了。这些年头我享尽幸福,幸福使我麻痹,虽有过不安,但幸福之中的不安是无关宏旨的。

现在要做的第一件事不外乎是,把地洞的建设放在防御及根据防御所设想的一切可能性上进行详细而周密的考察,制订出防御及所属的建设计划,然后像青年人那样,朝气蓬勃地立即开始工作。这是必不可少的工作,当然——顺便说一句,搞得太晚了点,但那是不可或缺的工作啊。然而,那种试探性的随地大挖其洞的做法,绝对不能搞了,那样做,原来的唯一目的是让自己的全部精力毫无防御意义地用于寻找险情上,干着一种杞人忧天的傻事,危险迟迟不来,而时时担心着它来,突然,我不理解以前的计划了,以前那样理路分明的计划,变得完全不可思议了。我又把工作撂下,也不去监听,此刻我不想去发现声音的加强了,我的发现已经够可观了。我把一切都撇开，只要把内心的抗辩平息下去，我就太平了。我又沿着我的条条通路到了更遥远的地方，从野外回来后我还没有到那里去看过，我的前爪还一点也没有碰到过，那里的宁静等待着我，我一到便被它完全笼罩了。我不想在那里待着，匆匆穿了过去。我压根儿就不明白，我究竟在寻找什么，也许仅仅是为了拖延时间吧，我越走越迷路，以致来到迷津暗道。我很想在苔盖附近谛听一番，那遥远的事情——眼下是这样遥远——吸引着我的兴趣。我挤到上面去听了听，万籁俱静。这里多叫人称心如意呀，外边谁也不注意我的地洞，每个人都有跟我无关的工作，这正是我为之努力的结果。现在，这苔盖旁边几个钟头之久也听不到响声，这在我的地洞边缘也许是独一无二的场所了。——这同地洞里的情况形成鲜明的对照，于是：昔日的危险之地反成了和平之乡，而城郭呢，却被卷进了吵闹的世界及其危险之中。尤为糟糕的是，这里其实也没有和平，这里的情况什么也没有改变，宁静也罢，吵闹也罢，危险一如既往潜伏在苔藓之上。不过我对于危险已变得感觉迟钝了，那是由于我的墙壁的"嚯嚯"声使我用心过甚之故吧。我是为此用心了吗？那响声越来越强，步步逼近。但我绕来盘去通过了迷津，来到入口通道的高处，躺在苔藓底下，这一来就几乎把家交给那"嚯嚯"声了，只要在这上面稍稍休息一会儿，我就心满意足了。让给了"嚯嚯"声？难道我对那响声的原因有了某种新的明确看法了吗？那响声不就是那些小玩意挖洞时产生的吗？难道这不就是我的明确的见解吗？这种见解我到现在似乎还没有放弃呢。假如这声音不是直接从它们的洞中发出的，那也是跟那些洞有某种间接关系的。即便跟它们毫无联系，那就说明从一开始什么蛛丝马迹也没有找着，只好等着，直到把原因找到，或者它自行暴露为止。眼下这会儿人们自然也可以虚构各种说法来戏谑，比如，说：远处某地方水漏进来了，而我所听到的"嘟嘟"声或"嚯嚯"声，原来就是漏水声。但这方面我是毫无经验可言的，姑且不谈了吧——地下水我是一开始就发现的，马上把它排引开了，此后这沙土地里就没有再发现水——之所以姑且不谈，因为那到底是"嚯嚯"声，不能当做水的声音。但是多多勉励自己平静是会有好处的，虽然想象力不会静止，而事实上我也那么认为——自己加以否认也是徒然——那声音就出自一种动物，不是许多动物，也不是小动物，而是一头大动物。也有一些反对的理由。那就是响声随处可闻，强弱始终相同，而且不分昼夜，有规律地传来。的确，最初我满以为那是许多小动物。但我在发掘时本来是会找到它们的，结果却什么也没有找到。剩下的唯一解释就是有一头大动物的存在了，同时也有似乎与这种解释相矛盾的说法，它所涉及的东西倒不是证明上述动物不可能存在，而是它们越出了一切可以想象的界线，变成耸人听闻的了。因此，我反对这一种说法。我排除了这种自欺欺人的东西。很久以来我就玩味着这样的想法：之所以老远也听得到那声音，就是因为那动物在迅猛地工作；它以人们在外面路上散步的速度，在迅速地钻掘前进，大地为之震颤，即使钻掘已经过去，那余震和工作本身的响声在远处汇成一片，我仅仅听到这行将消逝的余音，觉得到处听起来都是相同的。再者，那动物不是朝着我这个方向前进的，因此声音没有变化。多半它已有一项计划，其意向我不得而知，我只认为，该动物——我决不想断言它知道我的情况——正在我的周围绕圈子，自从我对它进行观察以来，它在我的地洞周围已经绕了好几圈了。——声音的种类，"嚯嚯"声或"嘘嘘"声引起我许多想法。我若以自己的方法来刨地或掘土时，听起来却完全不同。我对"嚯嚯"声只能做这样的解释：动物的主要工具不是它的爪子（爪子大概仅作辅助用），而是它的嘴和鼻，且不说这两样东西有着巨大的力气，只看它们的锐利也是显而易见的。它钻地时兴许用鼻子朝地里猛力一撞，一大块土就掘起来了，这期间我什么也没有听见，是间歇吧，但接着又是一撞，并吸一口气。这吸气的动作就使地面发出噪音，这不光是它使了气力，而且还由于它的匆忙，它的劳动热情；这噪音在我听起来，就成了轻微的"嚯嚯"声了。它那不倦劳动的能力显然不是我所能理解的；也许那片刻的间歇就把短暂的休息包括在内了吧，可真正像样的休息似乎它还不曾有过。它夜以继日地挖掘着，始终气力十足，精神饱满，一心要赶紧完成它的计划，又拥有实现这一计划的一切能力。好家伙，这样一个敌人我想都没有想到过。但是，这头巨兽的特点且不提了吧，现在发生的那不过是我本来一直都在提心吊胆、随时准备对付的一件事：有人接近了！蹊跷的是，为什么这么长的时间里我能够一切平安无事，而且幸福度日呢？是谁控制着敌人的行动路线，使它们避开我的驻地，让它们拐了个大弯走了过去的呢？为什么这样长期地保护着我，而现在又让我受着这样的威胁呢？比起这一危险来，我一直所思虑着的那些小的危险又算得了什么！作为地洞的主人，我能有足够的力量来对付任何来犯者吗？我作为这样一个既宏大又脆弱的建筑物的主人，面对任何比较认真的进攻，我深知自己恰恰是没有防御能力的。主人的幸福感使我娇纵，地洞的脆弱性使我敏感。只要地洞受到伤害，我就会有切肤之痛，如同我自己受到伤害一样。而正是这一点我应该事先就预见到的，不应只为我个人的防御着想——就是在这方面我过去做得多么草率和无效——而应从地洞的防御着想。尤其需要事先筹划的是，当有人来进攻的时候，能把地洞的一个一个部分——尽可能把许多这样的部分——在极短时间里做到用土堵死，使它们与受威胁较轻的部分分割开来，通过大量泥土的堵塞和由此达到的卓有成效的分割，使得进攻者万万料想不到在这后面才是真正的地洞。还有，用泥土堵塞，不仅掩蔽了地洞，而且还能埋葬来犯者。诸如这样一些事情，我没有采取过任何步骤，这方面一丝一毫的工作也没做过，我以前轻狂得像个小孩，我以孩子般的游戏度过了我的成年岁月，甚至在设想危险的时候，也当做儿戏，对于真正的危险，我也没有认真地想过。我把事情耽误了，虽然这期间不断有情况向我发出警告。

　　堪与目前这样的情况相比的事情当然没有发生过，但在地洞初创时期，类似的事情却频频有之。所不同的主要就在那是初创时期……那时我还是个正式的小学徒，从事第一条通道工作，迷津的设计才有了一个初步的轮廓，我已挖出了一个小广场，但在大小的设计和墙壁的筑造方面却完全失败了；总之，一切就是这样开始的，那只能当做一种尝试，当做一种一不满意便立即报废而不足为惜的事情。有过这么一件事：在一次劳动间歇——平生劳动间歇的时间花费得太多了——时，我躺在我的许多土堆之间休息，忽然远处传来一种响声。像我这样的小伙子，听到这声音与其说害怕，毋宁说新奇。我撂下活儿，竖起耳朵来听，我总是就地谛听，并不需要跑到苔藓底下的高处，躺在那里去听，却什么也听不到。我在这里至少是听到了的，我能准确地鉴别出，那是挖掘的声音，同我这里的情形相仿，听起来比较微弱一些，但离这里有多远，我估计不出来。我也紧张过，不过通常是冷静、平和的。我想过：也许我进了别人的地洞了吧，它的主人现在正朝着我挖过来呢。假如我的这一想法属实，则我立即离开，到别的地方去营建，因为我从未有过占领欲或进攻心。不过，自然啰，我还年少，还没有一个地洞为家，我还能够做到冷静与平和。后来事态的发展过程中也没有引起我真正激动过，只是要说清楚这事情的过程并不容易。如果那边的挖掘者听到了我在挖掘，真的向我这边推进，或者它中途又改变方向（像现在已发生的那样），那也无法确定，它是否真的在这样做，因为，这可以是由于我的劳动间歇使它失去了目标，也可以是由于它自己改变了意图。但说不定是我自己完全搞错了，此君根本就没有以我为直接目标；不过那声音倒确实加强了一会儿，仿佛那挖掘者越来越接近于我。那时我还是个小伙子，倘看见它突然从地里冒出来，也许是不会感到不快的。但这类事情什么也没有发生，挖掘声从某一点开始转弱了，听起来越来越轻微，挖掘者像是渐渐改换了最初的方向，及至突然中断，好像它现在下决心来了个一百八十度的大转向，背着我的方向往远处推移。

在我重新开始劳动以前，还静静地听了很久。这一次警告是够明显的吧，但我很快就把它忘了，它对我的建设计划几乎没有产生过影响。

从那时到今天这一段正是我的壮年时期；但这期间不是看来什么也没有发生吗？劳动时我仍一直安排长时间的间歇，贴着墙壁谛听，发现那个挖掘者新近改变了主意，来了个向后转。它正旅行回来，它以为，这期间它给了我足够的时间做好迎接它的准备。然而从我这方面说，整理工作一切都不如当时，偌大的地洞毫无防御设施，而今我已不再是小学徒，而是老建筑师了，我身上还保留的那点力量已无法支持我做出对敌行动的决断了。但不管我多么老，我似乎还希望活得比现在更老，老到在我的青苔底下的卧榻上一卧不起。因为在青苔底下其实我是忍耐不住的，只要一起来，就去狩猎，好像我在这里并不是休息，而是充满新的忧虑，于是又跑回下面的家里去。——那么这以前情况是怎样的呢？"嚯嚯"声减弱了吗？没有，它变强了。我随便找了十个地方听了听，发觉我明显搞错了，"嚯嚯"声依然如故，丝毫未变。对面的情况仍是老样子，人家在那儿安闲自在，时间任由支配；而这里却每一瞬间都在振荡着监听者。于是我又沿着漫长的道路回城郭去，我感到周围的一切很激动，都凝望着我，但旋即又把视线移开，以免扰乱我。但又竭力想从我的表情上看出保卫家园的决心。我摇了摇头，我还没有那个决心呢。我去城郭也并不是为了在那里实施什么计划。我经过一个原来打算建立研究室的地方，我又把它检查了一遍，那可真是个好场所啊，那洞穴朝着有许多小气孔的方向，有了这些气孔，我的工作似乎会轻松许多。看来根本用不着挖得那么远，不必挖到响声的策源地，只需把耳朵贴在出气孔上监听就行。但考虑来考虑去，始终没有足够的勇气来鼓励我从事这一挖掘工作，这个地洞能给我带来安全保障吗？我的心情已经是这样：安全保障根本就不想要了。到城郭里挑它一块上等的去皮的鲜红的肉，拿着它一起钻进一个土堆里，那里无论如何该是宁静的吧，如果说这地洞里还存在着真正的宁静的话。我舔了舔肉，咬了一口咀嚼着，不时想着远处那头正在行进的陌生动物。只要我还有可能，我何乐而不尽情享受一番自己的贮藏品？此举大概是我的计划中唯一切实可行的一项了吧。此外，我很想破那头动物的计划的谜。它是在漫游的途中呢，还是在营造它自己的地洞呢？如果它是在漫游，那么和它取得谅解也许是可能的。如果真的在朝我这边挖掘，就把我的贮藏品分一些给它。这样它准会离开这儿，继续往前走的吧。在土堆中我自然可以梦见各种各样的事情的，包括梦见和它取得谅解这件事，虽然我心中有数，诸如此类的事情是不可能见之于现实的，而且就在我们相遇的那一刹那，甚至就在我们仅仅感到彼此距离已很接近的那一瞬间，会立即互相——分不出谁先谁后——以一种新的异样的饥饿向对方扑过去，尽管双方的肚子本来都是填得满满的。这种情况任何时候都是没有例外的，因为一个人即使在漫游途中，难道会由于一见地洞就改变他的旅行和未来的计划的吗？但说不定那头动物在掘它自己的洞穴呢，要是这样，那么要取得谅解连做梦也不能了。纵使这头动物是这样特殊，它能够容忍其洞穴与别人为邻，则我的地洞也不能与之相容，至少一种咫尺相闻的近邻它是忍受不住的。现在，那动物好像明显地去得很远了，只要它哪怕继续往回走几步，那响声也会消失得无影无踪的吧，那样一来，昔日的美好生活都会恢复如初，因而此事就成为一种虽然不祥，却颇为有益的经验，它将激发我进行各方面的改善。只要我获得安宁，没有危险直接威胁着我，我一定还能做出各种像样的事情。也许那头动物就是鉴于它自己在能力上具有巨大的潜力，才放弃了朝我这边来扩展它的洞穴的打算，转向别的方面去谋取补偿。这种事当然不是通过交涉所能达到的，而只有通过那动物自己的智力，或由我这方面施加压力。这两方面起决定作用的是，动物是否知道我，并且知道我的什么。这些事我思考得越多，就越觉得动物听到我工作的声音一说之不可能。尽管我难以想象，但它也许风闻到关于我的某种消息，那倒未始不可。但它不可能听到了我的声音，这是毋庸置疑的。在我对它的事一无所知的情况下，它就不可能听得到我，因为我在这里是保持寂静的，没有人做到比我重返地洞时更寂静的了。后来，当我进行了一些探究性挖掘时，它听到了我也说不定，虽然我的挖掘方法是很少发出声音的；不过假如它听到了我，我也一定会有所觉察的，那它至少得经常停下工来谛听，——但是一切始终毫无改变。

叶廷芳 译

第三辑　微型小说*

黎　奇　等译

* 卡夫卡写有大量的速记式的短小故事,少则几十字,多则几百字,别具特色,很能代表作者的短篇叙事风格,即德国文学史上有过的"轶事风格"。但国外选家却选得很少。这次编者对卡夫卡的随笔集即《乡村婚事》一书进行了筛选,从中筛出 24 篇,同时将第二辑中的这类作品共 24 篇抽出,归入本辑,这样本辑"微型小说"一共有 48 篇,它们最长不超过 650 字。各篇题目除洪天富译的以外,均为编者所加,故以方括弧标之。——编者

桑丘·潘沙真传*

桑丘·潘沙——顺便提一句，他从不夸耀自己的成就——几年来利用黄昏和夜晚时分，讲述了大量有关骑士和强盗的故事，成功地使他的魔鬼——他后来给它取名为"堂吉诃德"——心猿意马，以致这个魔鬼后来无端地做出了许多非常荒诞的行为，但是这些行为由于缺乏预定的目标——要说目标，本应当就是桑丘·潘沙——所以并没有伤害任何人。桑丘·潘沙，一个自由自在的人，沉着地跟着这个堂吉诃德——也许是出于某种责任感吧——四处漫游，而且自始至终从中得到了巨大而有益的乐趣。

洪天富 译

---

* 本篇亦见之于《八本八开本笔记簿》第三本，1931年问世，题目为马克斯·勃罗德所加。自本篇至《论譬喻》系选自P. 拉贝编的德文版《卡夫卡短篇小说集》，按原出版年代顺序编排。——编者

集 体 *

我们是五个朋友,有一次,我们一个跟着一个地从一幢房子里走出来,第一个人先走,站到了大门旁边,接着第二个人走来,或者更确切地说,像只水银小球似的轻巧地从门里滑出来,站到了离第一个人不远的地方,然后第三个人,然后第四个人,然后第五个人。最后,我们大家排成了一行。人们注意到了我们,指着我们说:"这五个人现在都从这幢房子里走出来了。"从那以后,我们就共同生活在一起,要是没有第六个人频频地插手的话,我们的生活会是很平静的。他没有做任何损害我们的事,但是我们讨厌他,这就让我们够受的了;他干吗要闯进来呢?我们并不认识他,也不想把他收留在我们这里。过去,我们五个彼此也并不相识,也可以说,我们现在也互不了解,但是,我们能够办到和可以容忍的事,那第六者却办不到,也无法容忍。此外,我们就五个人,不想成为六个人。像这样继续生活在一起,到底有什么意义呢?我们五个人也看不出有什么意义,但我们既然生活在一起,就只好由它去,不过,我们不希望建立一个新的社团,这恰恰基于我们的经验。但是,怎样才能使他明白这一切呢?长时间地向他解释,几乎就等于接纳他到我们的圈子里来,我们宁肯什么也不解释,也不收留他。不管他怎样撇嘴,我们都用臂肘推开他,但是,不管我们怎样推开他,他还是要回来。

洪天富 译

---

* 本篇与《城徽》等其他 10 篇速记式小说最初均见于一捆稿子,但 1936 年始问世。题目为马克斯·勃罗德所加。——编者

夜　晚*

　　沉寂的深夜。就像一个人有时垂头沉思一样,大地完全沉入了夜色。人们在四周睡觉。他们以为自己正睡在房间里,在结实的床上,在坚固的屋顶下,伸展四肢或蜷缩着身体躺在床垫上,头上裹着围巾,身上盖着被子,其实,他们和从前先后经历过的没有两样,依然聚集在一片荒野里,在露天安营扎寨,到处是黑压压的人群,这是一大群老百姓,他们在寒冷的露天下,冰冷的地面上,倒卧在他们早先站过的地方,额头枕着胳臂,脸朝着地,平缓地呼吸着。而你正在站岗,你是一位守卫者,你挥动一根从你身旁的干柴堆捡起的燃烧着的柴枝,发现了你最亲近的人。你为什么要站岗呢?据说得有人站岗。必须有个人在那儿。

洪天富　译

---

* 本篇出处与《城徽》同,约写于1920年秋末。1936年才随着勃罗德编纂卡夫卡全集首次问世。题目为马克斯·勃罗德所加。——编者

兀　鹰[*]

有一只兀鹰在猛啄我的双脚。它早就把靴子和长袜撕成了碎片,这下正在猛啄脚的本身。它总是猛地啄它们一下,然后烦躁地围绕我的身子飞来飞去,再继续啄击我的双脚。这时,正好有一位绅士经过,他驻足观望了一会儿,然后问我为什么要容忍那只兀鹰。"我可是手无寸铁,"我说,"当它飞来,开始啄击我的时候,我当然想把它赶走,我甚至试图把它绞杀,可是,这畜生身强力壮,它甚至要跳到我的脸上,在这种情况下,我宁肯奉献出我的双脚。你瞧,这双脚快被撕碎了。""想不到您竟让它把自己折磨成这个样子,"这位绅士说,"砰的一枪,那兀鹰就完蛋了。""真的吗?"我问,"那么,您愿意助我一臂之力吗?""当然愿意,"绅士道,"只是我得回家去取我的枪。您能再等上半个小时吗?""这很难说。"我说,由于疼痛而僵直地站了一会儿。接着,我说:"无论如何,请您试试吧。""那好吧,"那位绅士说,"我会尽快赶回来。"就在我和那位绅士交谈的时候,那只兀鹰在一旁悄然倾听着,把它的目光在我和绅士之间溜来溜去。现在,我明白,它已经听懂了我们所有的谈话;它展翅飞起,远远地倾身向后,以图获得足够的冲力,然后,像一个标枪投手,将它的利喙通过我的口腔深深地插入到我的体内。我向后倒下,像得到解救似的感到,它已无可挽回地淹死在我那填满一切沟壑、淹没一切堤岸的血泊之中。

洪天富　译

---

[*] 本篇最初出版情况与《城徽》同,约写于1920年秋末,1936年首次问世。题目为马克斯·勃罗德所加。——编者

舵　手[*]

"我难道不是舵手吗？"我大声嚷嚷。"你？"一个来历不明、身材高大的男子问道，并用手擦了擦眼睛，仿佛要驱散一个梦。在漆黑的夜里，我一直就站在舵旁，在我的头顶上悬着一盏光线昏暗的提灯，然而就在这时，此人却走了过来，想把我推到旁边。我哪肯对他让步，于是他一脚踏在我胸口上，将我慢慢地踩下去，而我仍然紧紧握住舵轮的把柄不放，在倒下去的时刻，仍然迅速地拨转驾驶盘。但是，那人接着抓住了驾驶盘，把它扭转回来，并用力把我推开。我立即静下心来想了一想，然后奔到通向船员室的舱口，大声喊道："船员们！同伴们！快来呀！一个陌生人把我从舵旁赶开了！"他们慢慢地来了，从船梯上爬了上来，个个身材高大，步履蹒跚，疲惫不堪。"我是舵手吗？"我问道。他们点点头，可他们的目光只注视着那个陌生人，围着他站成半圆形，而他却以命令的口吻说道："别打扰我！"他们于是聚集到了一起，向我点了点头，然后又顺着船梯走了下去。这是一些什么样的人哪！他们也会思考吗？或者他们只是毫无目的地在这世上曳足而行？

洪天富　译

---

[*] 该篇出处与《城徽》等11篇速记式小说同，即写于1920年秋末，首次发表于1936年，标题与上述各篇一样，均为马克斯·勃罗德所加。——编者

小寓言一则*

"啊哟，"老鼠说，"这世界一天天变得更加狭小了。起先，它广阔无垠，简直使我害怕，我不断地往前跑，终于在远方看到左右两堵墙，我为此有说不出的高兴。可是，这两堵长长的墙却迅速地合拢来，以致我只好待在最后的那间小屋里，那儿靠墙角的地方还设有一只捕鼠机，我正好跑了进去。""你只需改变跑的方向。"猫说道，同时吃掉老鼠。

洪天富 译

---

* 本篇的原稿见于作者在波德连那遗物中的一捆手稿，与《城徽》等篇一样，均成稿于1920年秋。1931年首次问世，题目为马克斯·勃罗德所加。——编者

起　程*

我吩咐把我的马从马厩里牵出来。仆人没有听懂我的话。我便亲自走进马厩，给我的马鞴上鞍子，然后跨上了马。在远方，响起了号角声，我问他，这是什么意思。他什么也不知道，什么也没有听到。在大门口，他拦住我，并且问道："你骑马上何处去，主人？""我不知道，"我说，"只想离开这儿，只想离开这儿。经常地离开这儿，只有这样，我才能达到我的目标。""那么你知道你的目标？"他问。"是的，"我答道，"我刚才不是说了嘛：'离开此地'，这就是我的目标。""你还没有带上干粮呢。"他说。"我不需要带任何干粮，"我说，"旅行非常漫长，要是我一路上得不到任何东西，我肯定得饿死。干粮是没法救我的。所幸，这的确是一次真正惊人的旅行。"

　　　　　　　　　　　　　　　　　　　　洪天富　译

---

* 本篇与前面的《新律师》和《一条狗的研究》均见于遗物中一本棕色的方形笔记本。约写于1922年春，1936年开始问世，题目为马克斯·勃罗德所力口。——编者

算了吧*

　　一大清早，街道清洁，空无一人，我朝火车站走去。当我把塔楼大钟和我的表对了一下的时候，我发现时间比我猜想的要晚得多，我得匆匆赶路，这一发现给我带来的惊恐，使我晕头转向，走也走不稳，我对这座城市还不怎么熟悉，幸亏附近有一位警察，我向他跑去，上气不接下气地向他问路。他微笑着说："你想从我这儿打听到路吗？""是的，"我说，"因为我自己无法找到路。""算了吧，别费心了！"他说，然后就像那些独自想笑的人一样，猛地转过身去。

洪天富 译

---

* 本篇与《夫妇》出处同，均见于作者在波德莱那遗物中一本黑色笔记簿，所标日期为1922年末。1936年方首次问世。题目为马克斯·勃罗德所加。——编者

论譬喻 *

许多人抱怨说，智者的话往往只是一些譬喻，但在日常生活中却用不上，而我们唯独只有这种日常生活。当智者说："走过去"，他的意思并非要我们走到另一边去，如果这条道路的结果有价值，我们毕竟会走到那边去的；他指的是某种神话般的对面，某个我们所不知道的地方，对这个地方，他也没有进一步地加以说明，所以，对于我们来说，他说的话一点儿也没用处。所有这些譬喻，归根结底，只想说明，不可理解的就是不可理解的，这点我们早就知道了。但是，我们每天费尽心力去做的，却是另外的事情。

关于这一点，有人曾经说过："你们干吗要抗拒呢？只要你们照着譬喻去做，你们自己也就会变成譬喻，这样就能摆脱日常的操劳。"

另一个人则说："我敢打赌，这也就是一个譬喻。"

头一个人说："你赢了。"

第二个人说："但是很遗憾，只是在譬喻方面。"

头一个人说："不，在实际上；在譬喻方面，你却输了。"

洪天富 译

---

* 本篇原稿见于作者在波德莱那遗物中第二本黑色方形笔记簿，写于1922年至1923年间。1931年首次问世。题目为马克斯·勃罗德所加。——编者

〔中国人来访〕*

午饭后,我苍老地,通体鼓胀,心脏略有些不舒服,躺在床上,一只脚垂在地上,阅读着一本历史读物。姑娘走了进来,两只手指抵在翘起的嘴唇上,通报一位客人的到来。

"谁啊?"我问道,在我等待下午的咖啡时来客使我感到烦恼。

"一个中国人。"姑娘说,并且痉挛般地竭力把她的笑声压下去,以免给门外的客人听到。

"一个中国人?到我这儿来?他是穿着中国服装吗?"

姑娘点点头,还在强忍着笑。

"把我的名字告诉他,再问问他,是不是真的找我,在左邻右舍中我都是默默无闻的,更别说在中国了。"

姑娘悄悄走到我身边,轻声说道:"他只有一张名片,上面写着,他请求准许他进来。他不会说德语,说的是一种听不懂的语言,我不敢从他手里把名片接过来。"

"让他进来!"我喊道,又陷入了由于心脏的毛病经常发生的激动之中,书掉在了地上,我诅咒着这女佣人办事的不力。我站了起来,从而撑直了巨大的身躯,我这身躯在这低矮的房间里每次都不可避免地把来访者吓得够呛,接着便向门口走去。果然,这个中国人一看见我,就赶紧往外溜。我仅仅追到过道里,就拽住了他,我小心翼翼地拉着他的丝绸腰带,把他拽进我的屋里来。他显然是个学者,又瘦又小,戴着一

---

* 从本篇起至《少女的羞涩》共 22 篇均选自《乡村婚事》中的《八本八开本笔记簿》和《笔记本和散页中的断简残篇》,时间自 1917 年初起。——编者

副角边眼镜，留着稀疏的、黑褐色的、硬邦邦的山羊胡子。这是个和善的小人儿，垂着脑袋，眯缝着眼睛微笑。

廷芳 黎奇 译

〔巷 战〕

我们的部队终于从南门突入城池了。我们班驻扎在一个城郊花园里半烧焦了的樱桃树下,等待着命令。可是,当我们听到南门那儿传来高亢的军号声时,便再也忍耐不住了。顺手抓起身边的武器,毫无秩序地,胳膊搭着战友的肩膀,高喊着"卡西拉!卡西拉!"我们这一长串的队伍便穿过沼泽,向城市方向涌去。在南门那儿我们看见的只有尸体和在地面上飘着的笼罩一切的黄烟。可是我们不甘心坐享其成,立即便奔入那些狭窄的、至今未受到战斗波及的小巷中去。第一扇房门被我一脚踹得粉碎,我们疯狂般地冲入那走道,以致我们自己一时被互相撞得直打转。有个老头从这长长的、空空荡荡的走道那头迎面而来。这是个奇怪的老头,他有翅膀。宽宽地张开着的翅膀,翅膀的边缘比他的身子还要高。"他有翅膀!"我对战友们喊道。我们这些最前面的人向后退了几步,但退路被源源涌入的后来者堵住了。"你们感到奇怪,"老头说,"我们大家都有翅膀,但它们对我们毫无用处,要是能够把它们扯下来,我们早就那么干了。""你们为什么不飞走?"我问道。"要我们飞离我们的城市?离开我们的家乡?离开亡者和诸神?"

廷芳 黎奇 译

〔小伯爵的课外课〕

  伯爵正坐在那儿吃午饭,这是一个寂静的夏日中午。门开了,但这回进来的不是仆人,而是他的哥哥菲罗塔斯。"哥哥,"伯爵说着站了起来,"终于又见到你了,我已经很久连做梦也没有梦见你了。"通往阳台的玻璃门上的一块玻璃在地上摔成了碎片,一只像山鹑一样红褐色的,但更大一些,长着长长的喙的鸟飞了进来。"慢着,看我先把它抓住!"哥哥说着,边一手撩起衣摆,另一手去捕捉这只鸟。这时仆人正好端着一盘像样的水果走进来,这只鸟便静静地在水果盘上盘旋着,使劲地啄食。

  那仆人呆住了似的端着果盘,带着并不似惊讶的表情凝视着手上的水果、这只鸟和仍在追逐着鸟儿的伯爵哥哥。另一扇门开了,村民们捧着一份请愿书走进来,他们请求开放一条林间道路,通过这条道路他们更便于管好庄稼。可是他们来的不是时候,因为这位伯爵还是个小学生,正坐在小凳子上读书。老伯爵自然是已经死了,于是这位小伯爵就得接掌权力,可是实际上并非如此,这是历史上的一段休息时间,这个村民代表团因而失去了对象。他们该上哪去呢?他们将回去吗?他们是否会及时认识实际情况?代表团中的那位老师已经从队伍中走了出来,开始给小伯爵上起课来。他一伸手把桌上的一切都撸到了地上,把桌面竖起来,置于高处当黑板,用粉笔在上面写下了第一个字母 I^①。

廷芳 黎奇 译

---

① 即英文的"我"。

〔驯 蛇〕

可爱的蛇，你干吗离得那么远，过来，再近一点，行了，就待在那儿。对你来说是不存在界限的。你不承认任何界限，我又怎么让你听命呢？那将是个艰巨的工作。我做的第一件事是，请你盘起身来。我说的是盘起来，可你却展了开来。你听不懂我的话吗？你显然听不懂。但我说得很明白啊：盘起来！不对，你没有明白。我用棍子指点给你看。你得先盘成一个大的圆圈，然后在里面紧挨着再盘上第二个，如此以往。如果说你现在还仰着小脑袋，那么待会儿，随着我吹出的笛子的旋律慢慢地沉下去，停止演奏时，你也就静下来，届时你的脑袋将正好处于最里面那圈。

廷芳 黎奇 译

〔招魂会议〕*

在一个招魂会议上,有个新的幽灵来报到,下面就是与他的一段对话:

幽灵:对不起。

发言人:你是谁?

幽灵:对不起。

发言人:你要干什么?

幽灵:离开。

发言人:可你还刚到这儿。

幽灵:这是个误会。

发言人:不,这不是误会。你来了,就留在这里。

幽灵:我忽然不舒服了。

发言人:很厉害吗?

幽灵:很厉害。

发言人:身体上?

幽灵:身体上?

发言人:你用问话来回答问题,这是不对的。我们有惩罚你的办法,好好答话吧,要不然我们马上就开除你。

幽灵:马上吗?

发言人:马上。

幽灵:一分钟后?

发言人:别装得这么可怜。我们将开除你,如果我们……

廷芳 黎奇 译

---

* 从这篇起至《少女的羞涩》共18篇均选自卡夫卡《笔记本和散页中的断简残篇》,按写作时间先后编排。它们均于1953年由马克斯·勃罗德收入《乡村婚事》一书。——编者

〔无言的哀求〕

那是乡间一个傍晚。我坐在我的阁楼里关着的窗后注视着那个牧牛人。他站在刚割过草的田野上,嘴里叼着烟锅,手杖插在地里,好像对在近处远处深沉的寂静中平静地吃着草的牲口漠不关心似的。这时响起了敲打窗户的声音,我从沉醉中惊醒,镇静了一下,大声说:"没什么,是风在撼动窗户。"当敲打声再次响起时,我说:"我知道,那只不过是风。"但在第三次敲打时响起了一个请求放他进来的声音。"那确实只是风。"我说着拿来放在箱子上的灯,点燃了它,把窗帘也放了下来。这时整个窗子开始颤抖,一种卑屈的、无言的哀求。

廷芳 黎奇 译

〔士兵的权力〕

来了两个士兵，抓住了我。我挣扎着，可他们抓得很紧。他们把我押到他们的主人那儿，那是个军官。他的制服是多么的花！我说："你们想要干什么？我是个老百姓。"那军官微笑着说："你是个老百姓，但这并不妨碍我们抓你。军队拥有对一切的权力。"

廷芳　黎奇　译

准新郎与饿狼

彼得有个未婚妻住在邻村。一天晚上他去找她,有许多事要商量,因为过一个礼拜就要举行婚礼了。商谈进行得很成功,一切都如他所愿地得到了安排。将近十点时,他嘴里叼着烟袋,心满意足地回家去。对这条他十分熟悉的路他根本没在意。忽然,他在一片小树林里吓了一跳,一开始他也不知道为什么。然后他看见了两只闪着金光的眼睛,一个声音说道:"我是狼。""你想要干什么?"彼得说,由于紧张,他张开胳膊站着,一只手攥着烟斗,另一只攥着手杖。"要你,"狼说,"我找吃的找了一整天了。""求求你,狼,"彼得说,"今天放过我吧,过一个礼拜就是我的婚礼,让我经历这一天吧。""这可亏了,"狼说,"等待能给我什么好处呢?""过后你可以吃我们俩,我和我的妻子。"彼得说。"婚礼前又有什么呢?"狼说,"在那之前我可也不能饿肚子啊。现在我已经对饥饿感到厌恶了,如果我不能马上得到什么,即使不情愿,我现在也得吃了你。""求你了,"彼得说,"跟我来,我住得不远,这个礼拜我将拿兔子喂你。""我至少还得得到一头羊。""好的,一头羊。""还有五只鸡。"

廷芳 黎奇 译

〔考 官〕

"怎么样?"这位先生一边微笑着看着我,一边挪动着他的领带。这景象我的目光还能忍受得住,但过了一会儿我还是主动地微微侧转点身子,越来越全神贯注地盯着桌面看,好像那儿开启了一个洞口,且越来越深,把我的目光往下拽去。这时我说:"您想考核我,但并不能证明您有这资格。"这回他大笑"我的存在就是我的资格,我坐在这儿就是我的资格,我的提问就是我的资格,我的资格就是,您理解我。""好吧,"我说,"权且算是这么回事。""那么我就要考核您了,"他说,"现在我请您端着椅子退回去一点,您这样使我感到很挤。我还要请您不要看两边,而看着我的眼睛,也许对我来说,看着您比听您的回答更重要。"我照他的要求做了之后,他便开始了:"我是什么人?""我的考官。"我说。"没错,"他说,"我还是什么人?""我的叔叔。"我说。"您的叔叔,"他叫了起来,"回答得太棒了。""是我的叔叔,"我强调地说,"不是什么更好的东西。"

廷芳 黎奇 译

〔爱的险境〕

我爱一个姑娘,她也爱我,但我不得不离开她。

为什么呢?

我不知道。情况是这样的,好像她被一群全副武装的人围着,他们的矛尖是向外的。无论何时,只要我想要接近,我就会撞在矛尖上,受了伤,不得不退回。我受了很多罪。

这姑娘对此没有罪责吗?

我相信是没有的,或不如说,我知道她是没有的。前面这个比喻并不完全,我也是被全副武装的人围着的,而他们的矛尖是向内的,也就是说是对着我的。当我想要冲到那姑娘那里去时,我首先会撞在我的武士们的矛尖上,在这儿就已是寸步难行。也许我永远到不了姑娘身边的武士那儿,即使我能够到达,将已是浑身鲜血,失去了知觉。

那姑娘始终是一个人待在那里吗?

不,另一个人到了她的身边,轻而易举,毫无阻挠。由于艰苦的努力而筋疲力尽,我竟然那么无所谓地看着他们,就好像我是他们俩进行第一次接吻时两张脸靠拢而穿过的空气。

廷芳 黎奇 译

绿龙的造访

门开了,绿色的龙进入房间里,精力充沛,两边圆滚滚的,没有足,用全部下部挪动进来。我请它全身进来。他表示遗憾说,它太长了,所以没法办到。于是不得不让门就这么开着,这是够难受的。它半不好意思、半带点狡猾地微笑着,开始说道:"由于你的渴望的感召,我从远方爬了过来,我身体下面都已擦伤了。可是我情愿。我乐意前来,乐意向你展示我。"

廷芳 黎奇 译

猫与鼠的对话

一只猫抓住一只老鼠。"你现在想要干什么?"老鼠问道,"你的眼睛好可怕。""嗳,"猫说,"我的眼睛总是这样的。你会习惯的。""我宁可走开,"老鼠说,"我的孩子们在等着我。""你的孩子们在等?"猫说,"那么就走吧,越快越好。""我本来只是想问你一个问题。""那就请问吧,时间确实已经不早了。"

廷芳 黎奇 译

〔K. 的愣劲〕*

当你想要有人引你进入一个陌生的家庭时，你会先去找一个共同的熟人，请求他帮个忙。如果你一个都找不到，你会忍耐，等待一个有利的机会。

在我们居住的这个小地方，这种机会是不会没有的。如果今天没有，那么明天一定会有。如果不出现这样的机会，那么你也不至于就这样动摇了世界的支柱。假如一个家庭能不在乎没有你，那么你至少不会更在乎没有这个家庭。

这些本来是不言自喻的，只有 K. 无法理解。最近他心血来潮，想要闯入我们的地主家庭去，却不是通过社交的路线，而是愣干。也许他觉得通常的那条路太迂回漫长，这是对的，可是他想要走的那条路却是根本不可能的。我在此并不想夸大我们的地主的作用。他是个善于理解人的勤劳的、值得尊敬的人，但也仅此而已。K. 想从他那儿得到什么呢？他想被雇用在地主庄园里吗？不，他没有这种想法，他自己是富有的，过着无忧无虑的生活。他是爱上了地主的女儿吗？不，不，他跟这种怀疑丝毫沾不上边。

廷芳 黎奇 译

---

* 这是长篇小说《城堡》的一段试笔。附在笔记本中的一页上，写的年份是 1920。——编者

〔统治的魔力〕

人们羞于说,那位皇家军队上校是靠什么统治我们这座小山城的。我们如果想要动手,马上就能解除他那几个士兵的武装,即使他能够召唤援兵来(他哪能召唤呢),那也几天、几个星期都来不了。也就是说,他的处境完全取决于我们是否顺从,可他既不通过残暴手段来迫使我们,也不通过献殷勤来拉拢我们顺从。那么我们为什么会容忍他这令人憎恶的统治存在下去呢?毫无疑问:仅仅由于他的目光。当人们进入他的办公室时(一个世纪前这是我们这儿的长老们的议事厅),他一身戎装坐在写字台旁,手里握着钢笔。他不喜欢客套或甚至演戏,他不会继续写下去,让来访者干等着,而总是立即中断工作,身子靠回到椅背上去,当然钢笔仍然攥在手里。于是,他便以这斜倚着的姿势,左手插在口袋里,看着来访者。来访的请求者的印象是,上校看着的不仅仅是他这个短暂地从人丛中冒出来的陌生人,否则上校为什么要这样仔细地、长时间地、一声不吭地看着他呢?再说,这也不是一种尖锐的、有穿透力的目光,而是一种漫不经心的、浮动的、然而却又绝不移开的目光,这是一种人们观察远处一群人移动时的那种目光。不间断地伴随着这种长时间的目光的是一种难以捉摸的微笑。一会儿像是嘲讽,一会儿又像是恍恍惚惚地沉浸在回忆之中。

廷芳 黎奇 译

〔信 号〕

　　在教堂前的台阶上，孩子们像在一个游戏场上一样跑来跑去，互相喊着粗话，这些话他们当然并不懂，他们只是吸收，就像婴儿吮吸棒头糖那样。一个教士走了出来，他把身后的僧衣撸平，在一个台阶上坐了下来。他想要让孩子们安静下来，因为他们的叫喊在教堂里都能听见。可是他只能不时局部地做到这点，他把一个孩子拽到身边，那一群孩子却总是抓不住，他们仍然毫不考虑他的存在而继续玩耍着。他看不出这场游戏玩的是什么，即使努力从最遥远的孩子意识出发去看也看不出来。就像往地上拍的球一样，他们不知疲倦地、似乎也毫不费力地在所有台阶上蹦跳着，互相之间除了那些呼喊外不存在任何联系，这令人感到乏味，催人入眠。在昏昏入睡之际他顺手抓住了身边的一个孩子，这是一个小姑娘，把她前面的衣服稍稍掀开了一些——为此她开玩笑地轻轻打了他一个耳光——在那儿他看见了一个信号，一个他没有想到的，但也许正是想到了的信号，于是他叫了一声"啊"，推开了这个孩子，喊了一声呸，吐出口水来，在空中划了一个大十字，急忙向教堂里跑去。在门口他和一个年轻的女人撞在了一起，她赤着脚，穿着一条镶着白色图案的红裙子，一件白色的、衬衫式的、前面不经意地敞开着的胸衣，棕色的头发随便地盘着。"你是什么人？"他叫道，他的声音里还含着孩子们给他带来的激动。"你的妻子爱密丽尔。"她轻轻地说，慢慢地靠在他的胸口。他不再做声，倾听着她的心跳。

廷芳　黎奇　译

马戏场里的出水芙蓉

马戏场里今天将上演一出大型哑剧,一出水中哑剧,整个场子将沉入水中,波塞冬将带着他的随从在水下追逐,奥德赛的船将会出现,而塞壬们将会唱起歌来,然后维纳斯将赤裸裸地从波涛中升起,从这里开始将转化成在一个现代的家庭澡盆里的生活描述。经理是个白发苍苍的老先生,可还始终是个腰板挺直的马戏骑手,他保证这出哑剧会大获成功。成功也是非常必要的,去年情况很糟,一些失败的旅行造成了重大的亏损。现在人们来到了这座小城市。

廷芳 黎奇 译

驯人的动物

这就是那个拖着毛茸茸的尾巴的动物,一条长达好几米的尾巴,就像狐狸那样的。我很想把这尾巴抓到手里,可是办不到,这动物老是动个不停,尾巴老是甩来甩去。它像一只袋鼠,但它那几乎像人一样扁平的、椭圆形的小脸上无特点可言,只有它的牙齿颇有表达力,无论是遮掩着还是龇咧着。有时我有一种感觉:这个动物想要训练我,要不然它为什么总是在我下手去抓的时候把尾巴抽开,然后又静静地等着,直到我再度受到诱惑,它又一次跳走呢?

廷芳 黎奇 译

〔切不开的面包〕

桌上放着一大块面包。父亲拿着一把刀走了过来,想要把它切成两半。可是,尽管这把刀又重又快,这面包既不太软也不太硬,刀却怎么也切不进去。我们这群孩子惊讶地仰着脑袋看着父亲。他说:"有什么可大惊小怪的?难道办成功一件事不比办不成一件事更怪吗?睡觉去,也许我到头来会成功的。"

我们躺下睡觉了,可是不时地,在夜间的不同时辰,我们中间总是不是这个就是那个从床上坐起来,伸长脖子,窥探父亲的动静。每回总是看到他,这个身着长外套的高大的男人,仍然架着弓步,试着把刀子摁到面包里去。当我们清晨起来时,父亲刚刚把刀放下,他说:"你们看,我还是没有成功,这事情就是这么难。"我们想要表现自己,也都来试一试,他也允许我们试,但我们几乎没法子把这把刀、这把被父亲攥得火热滚烫的刀子拿起来,只能勉强地使它翘起来。父亲笑着说:"放下吧,现在我要进城去,晚上我还要试着把它切开。我就不信会让一个面包给耍了。最终它一定会让人把它切开的,只不过它有反抗的权力,那就让它反抗吧。"可是当他说完这番话,这个面包忽然开始收缩,就像一个下定决心面对一切的人的嘴巴那样收缩,现在它变成了一个很小很小的面包。

廷芳 黎奇 译

〔坑道下的家庭〕

我上气不接下气地到了地头。一根木杆斜斜地插在土里，顶着一块牌子，上面写着"坑道"。我应该是到了目的地了，我猜测着，环顾四周。距我立足之地仅几步路的地方有一个不起眼的、爬满绿藤的小木房，我听到那儿传来轻轻的盘碟碰击声。我走了过去，把脑袋从低矮的口子里探了进去，在里面的黑暗中几乎什么也看不到，但仍然问候里面的人，并问道："您知道这地板门由谁管的吗？""我自己，为您效劳。"一个友好的声音说道，"我这就来。"现在我渐渐习惯了黑暗，辨认出了里面的人们，那是一对年轻的夫妻，三个额头几乎够不着桌面的孩子，一个拥在母亲怀里的婴儿。坐在小木屋深处的那个男人想马上就站起来，挤出来，那女人却恳求他先把饭吃完了，他指了指我，她又说，我会友好地等一会儿，而且会赏脸，同他们一起吃这顿可怜的午餐。而我呢，我真是恨透了自己，竟然会跑到这鬼地方来，把一个快乐的星期天搅得一塌糊涂，所以我不得不说："遗憾，遗憾，亲爱的夫人，可惜我不能接受邀请，因为我必须在此时此刻，确确实实就在此时此刻让人把我放下去。""好极了，"那女人说，"偏偏挑个星期天，而且还是吃午饭的时候。世上的人真是不可捉摸。这种无休无止的苦役实在是没法说。""您别这样嚷嚷，"我说，"我不是出于恶意要求您的丈夫这么做的，假如我知道这事该怎么做，我早就自己干了。""别听这女人的，"那个男人说道，他这时已经站在了我的身旁，边说边拽着我走，"您别指望女人有理智。"

廷芳　黎奇　译

〔歌声的诱惑〕

有歌声从一家小酒馆里传出来,一扇窗开着,没有挂上钩子,在那里晃来晃去。这是一栋小小的平房,周围是一片空旷,这里已经离城相当远了。这时来了一位迟来的客人,悄悄地走来,他穿着一套紧身的衣服,像在一片漆黑之中向前摸索,其实这时月光十分明亮,他侧耳在窗前倾听,然后摇了摇头,弄不懂,这么美妙的歌声怎么会从这么一家酒馆中传出来,他双手一按窗台,背向跃了上去,可是他够不小心的了,竟然没能在窗台上坐住,而是一下子掉进了屋里,但跌得并不深,因为有一张桌子紧挨着窗放着。酒杯飞落在地上,坐在桌旁的两个男人站了起来,毫不犹豫地把这个两脚还悬在窗外的新客人又从窗子里扔了出去。他掉在了柔软的草丛中,一个翻身就站了起来,再度侧耳倾听,可是歌声已经停止了。

廷芳 黎奇 译

误入荆棘丛

我误入了一片无法通过的荆棘丛中，只能大声叫喊公园管理员，他马上就来了，但却无法穿过荆棘走到我身边来。"您是怎么跑到这片荆棘丛当中去的？"他喊道，"您不能沿着同一条路走出来吗？""不可能，"我喊道，"我再也找不到那条路了。我刚才一边想着事一边平静地走着，突然就发现我在这个地方了，就好像是我走到这里来了以后，荆棘丛才长了出来。我再也走不出去了，我完了。""您像个孩子，"管理员说，"您首先沿着一条禁止通行的路，愣穿过从来没人走过的树丛，然后您就叫起苦来。但您并不是在一个原始森林里，而是在一个公园里，人们会把您弄出来的。""可是一个公园里根本不该有这样的树丛，"我说，"而且人们又怎样能救我呢？谁也进不来。如果人们要试试看的话，那就抓紧了，天马上就要黑了，在这里过夜我可受不了，而且我已经给荆棘刮得遍体鳞伤，我的夹鼻眼镜又掉了下去，再也找不到了，没有眼镜我简直就是半个瞎子。""这一切都很有道理，"管理员说，"可是您还是得忍耐一会儿，我总得先去把工人找来，让他们开出一条路来，而且在这之前还得获得公园主任的批准。稍稍拿出点耐心和男子汉气概来，好不好？"

廷芳 黎奇 译

少女的羞涩

一辆金色的车子的轮子在滚动,在石子路上吱吱嘎嘎叫着停了下来。一位姑娘想要下车,她的脚已经踏在踏板上了,这时她看见了我,便又缩回了车里。

廷芳 黎奇 译

〔新 灯〕*

　　昨天我第一次踏入经理办公室。我们这个夜班推举我为代言人，由于我们的油灯设计和装的油不足，我的任务是到经理办公室去要求解决这个问题。有人把办公室指给我看，我敲了门，走了进去。一个温柔的、脸色很苍白的年轻人在他的大写字台后冲着我微笑。他点了很多次头，应该说太多了。我不知道，我是否应该坐下来，那儿虽然放着一把椅子，可是我想，由于是第一次来访，我可能不应该马上就坐下去，于是我便站着陈述那些事。可是我的谦虚反而给这年轻人造成了困难，他不得不向我转过脖子，仰起脸来，否则他就得把他的椅子换个方向，而他却不愿移动椅子。可是尽管他有听的诚意，但这样坐着，势必无法把脖子整个扭过来，所以在我述说的整个过程中，他只能半边脸对着我，其余的眼光便都斜射向了上方的屋角，而我则不由自主地顺着他的目光看去。我讲完后，他站了起来，拍拍我的肩膀，说道：是这样，是这样，把我推入了隔壁一个房间，那里的一位长着一脸大胡子的先生显然正在等我们，因为他的桌子上没有任何工作的痕迹，而一扇敞开着的玻璃门通往一个种满花和灌木的小花园。那年轻人在他耳边只说了几句话，这位先生似乎就已经明白了我们多方面的申诉。他立刻站了起来，说道：亲爱的……他顿住了，我想他大概是想知道我的名字，我便张开嘴来，想再自我介绍一番，可是他先说了下去：是的，是的，这是好的，这是好的，我对你很熟悉，你的或者你们的请求是有道理的，看来只有我和经理班

---

* 本篇选自《八本八开本笔记簿》第五本，约写于1918年上半年。1953年由马克斯·勃罗德收入《乡村婚事》一书。
　从本篇起至《在阁楼上》3篇均选自《八本八开本笔记簿》，时间均在1918年上半年。由于国外选家都没有选到过，故把它们编在一起。并把它们插在1918—1920年的篇目之间。——编者

子的先生们还没有发现这些问题。人的处境,我想,比工作的处境更受到我们的关心。为什么不呢?活儿总是可以重新干过的,只不过是花点钱的问题,让钱见鬼去吧,可是如果一个人完蛋了,那就意味着一个人完蛋了就会留下寡妇,孩子。我的上帝!所以每一个关于建立新的安全设施、新的减轻工作的设施,新的舒适条件和享受的建议,我们都特别欢迎。谁带来这类建议,他就是我们的人。你把你的建议留在这里好了,我们将认真地考虑,任何与此有关的好消息我们都不会贪污的,等一切完成了,你们就将得到你们的新灯。回去告诉你们的人:我们一天没有把你们的矿井变成沙龙,我们就一天不休息,如果你们不曾穿着黑靴子死去,那就永远不会这样死去。尽管放心吧!

廷芳 黎奇 译

〔驯　鹤〕*

我晚上回到家里时，看到一个很大的、大得异常的蛋。它差不多跟桌子一样高，鼓得圆圆的。它轻轻地来回晃动。我感到很好奇，把它夹在两腿中间，用小刀小心翼翼地剖成两半。它已经孕育完成。蛋壳皱巴巴地碎了开来，从里面跳出一只鸟，它像只鹤，还没有羽毛，用它那太短了一些的翅膀拍击着空气。"你到我们的世界里来想要干什么？"我很想问问它，我在它面前蹲了下去，注视着它害怕地眨动着的眼睛。可是它离开了我，沿着墙边跳着，不时扑打着翅膀，好像脚痛似的。"人人互相帮助。"我想道，于是从桌上打开我的晚餐，向那只鸟招招手，它这时正用它的鸟喙捅着我的几本书。它马上就来到了我这儿，显然已经有点习惯了，在一张椅子上坐了下来，开始发着鸣叫声的呼吸嗅我放在它面前的肠块，可是刚刚啄起来，又扔了下去。"我犯了个错误，"我想，"当然了，刚从蛋里蹦出来，怎么能马上就吃肠子呢。这里需要有女人提供经验了。"我目不转睛地盯着它，想看看是否能从外部看出它想吃什么。"如果它是来自鹤的家族，"我想起来了，"那么它一定会喜欢鱼的。甚至要我去给它弄鱼来我也干。当然不是白干的。我的收入允许我养一只家鸟的。如果我做出这样的牺牲，我就要求它做出同样价值的具有维持生命意义的生活服务。它是一只鹤，那么等它长大了，被我的鱼养肥了，它就能载我到南国去。我早就想到那儿去旅游了，但由于没有鹤的翅膀我至今只能搁下这个愿望。"我立即取来纸和墨水，把它的鸟喙蘸上墨水，挥喙写道（这整个过程中这只鸟都没有反抗）："我，像鹤的鸟，在此保证，在你用鱼、青蛙和蚯蚓把我喂养到能飞之

---

* 本篇选自《八本八开本笔记簿》第六本，约写于1918年3、4月间。——编者

时的前提下（后两样东西我是因为想到它们很便宜而加上去的），让你乘坐在我的背上飞往南国。"然后我把鸟喙擦干净，把这张纸又拿到它眼前放了一会，才折叠起来，放入皮夹子中。接着，我马上动身去买鱼；这回我不得不付出高价，但那小贩对我说，今后将始终给我准备好价格低廉的臭鱼和足够的蚯蚓。也许南国之行不至于太贵。看到这只鸟那么爱吃我带来的东西，我很高兴。只听它格格响着把鱼吞了下去，填满了浅红色的肚子。日复一日，与人类的孩子没法比，这只鸟很快地生长着。尽管臭鱼那令人无法忍受的味道不再离开我的房间，不断地发现鸟粪并清除掉也不是易事，再说寒冷的冬天和煤的涨价不允许我进行必不可少的通风——可是一旦春天到来，我在轻盈的空气中游向灿烂的南方，那该多美。翅膀长了起来，铺上了羽毛，肌肉开始变得结实，是开始进行飞行练习的时候了。可惜没有鹤的母亲在场，如果这只鸟不太情愿，我的教授水平肯定是不够的。但它显然看出来了，它必须用高度集中的注意力和最大的努力来填补我教学水平的不足。我们开始练滑翔了。我跳起来，它就跟在后面，我张开双臂跳下去，它便振动翅膀往下落。后来我们越过桌子，再后来我们越过大橱，可是所有的练习都得有系统地重复很多遍。

黎奇 译

在阁楼上 *

孩子们有个秘密。在阁楼上，在一个成年人已经走不过去的堆满了整整一个世纪的破烂货的很深的角落里，律师的儿子汉斯发现了一个陌生人。他坐在一个竖起来靠在墙边上的木箱上面。当他看到汉斯的时候，他的脸上既没有恐惧，也没有惊讶的表情，只有麻木。他以清澈的目光迎着汉斯的目光。一顶用羔羊皮制作的很大的帽子盖住了他的脑袋的很大一部分。一副强有力的一字胡向两边翘出。他身上套着一件褐色的宽大的大衣，用一条特别宽的，让人想起马的套具的皮带束着。腿上佩着一把不长的弯形军刀，刀鞘闪着微弱的光。两脚插在装有马刺的靴子里，一只脚搁在一个倒着的酒瓶上，另一只脚直立着，脚跟和马刺插在木头上。当他慢慢伸出手向汉斯抓来的时候，汉斯喊道："滚开！"转过头跑向阁楼较新的那部分，跑得远远的，直到晾在那儿的湿衣服碰在他的脸上。然后他却又马上走了回去。那个陌生人带着一点轻蔑噘着下唇坐在那儿，一动也没动。汉斯慢慢地向前走，试探他之所以不动是不是一个阴谋。可是这个陌生人看来真的没有什么恶意，放松地坐在那儿，放松得让人几乎觉察不到他在点头。于是汉斯终于敢把将他和这陌生人隔开的最后一道障碍，一块炉子挡板推开，走得离他很近，最后甚至敢去碰他。"你身上灰那么大！"他吃惊地说着赶紧缩回已经弄黑了的手。"是的，都是灰。"那陌生人只说了这么一句话。他的发音是那么怪，以致话音落地之后汉斯才明白了他的意思。"我叫汉斯，律师的儿子，你是谁？""原来这样，"陌生人说，"我也是一个汉斯，我叫汉斯·施

---

* 本篇选自《八本八开本笔记簿》第七本，具体时间不详，估计写于1918年。1953年由马克斯·勃罗德收入《乡村婚事》一书。

拉格,是巴登州的猎人,从涅卡河畔[①]的阔斯伽腾来的。这是很久以前的事了。""你是猎人?你曾打过猎?""喔,你还是个小孩子,"陌生人说,"你说话的时候为什么要把嘴咧得那么大?"这个毛病也是当父亲的律师给他指出过的,可是对一个说话几乎让人听不懂的猎人来说,在他面前咧大了嘴本来是无可厚非的,这种责备由他说出来就显得不伦不类了。

廷芳 黎奇 译

[①] 巴登州位于德国西南,涅卡河是流经该州的一条不大但颇为有名的河流。——译者

〔在墓穴里做客〕*

我在死人那儿做客。这是个宽敞整洁的墓穴，有几个棺材已经停放在这里，可是还有许多空地，有两个棺材开着盖，里面看上去像是睡觉的人刚离开的乱糟糟的床。一张写字台放在靠边上的地方，所以我没有马上就看到，一个身体壮实的男人坐在写字台后面。他右手拿着一支笔，好像他刚才还在写什么而现在正好停了下来似的，左手在背心前玩弄着一根闪闪发光的表链，脑袋低垂在表链上。一个女佣人在扫地，其实根本没什么可扫的。

不知出于哪门子的好奇心，我扯了一下那把她的脸完全裹住的头巾。这回我看清了她。这是个我一度认识的犹太姑娘。她长着一张丰满而白的脸，细窄的深色的眼睛。她从把她弄得像个老妇人似的破布中向我露出笑脸，我说："你们在演喜剧吧？""是的，"她说，"有那么一点。你真是内行！"可是接下来她指了指坐在写字台边的那个男人，说："你现在先到那里去向他问好，他是这里的主人。在你向他问过好之前，按理说我是不能跟你讲话的。""他到底是什么人？"我轻轻地问。"一个法国贵族，"她说，"他叫德·波尔坦。""他怎么会到这里来的？"我问。"这我不知道，"她说，"这里是一团糟。我们在等一个能整顿秩序的。你就是这个人吗？""不，不。"我说。"这是很理智的，"她说，"现在还是到那位先生那儿去吧。"

于是我走了过去，鞠了个躬。由于他不抬头，我只能看到他乱七八

---

* 从本篇起直到《恐惧》共 14 篇均选自《笔记本和散页中的断简残篇》，每篇产生的确切时间不详，可以确定的是均在 1920 年秋至 1924 年春之间。它们于 1953 年由 M. 勃罗德收入《乡村婚事》一书。由于未见国外选家选到过，故把它们辑在一起，并插在 1920 至 1922 年的篇目之间。——编者

糟的白头发,我道了晚安,可是他仍然一动不动,一只小猫沿着桌子边缘跑,它显然是从他的怀里蹿出来的,而现在又回到了那里去。也许他根本没在看着表链,而是在往桌子底下看着。我正想解释,我是怎么到这里来的,可这时我那个熟人扯了扯我的上衣,说道:"这已经够了。"

我对此很满意,我向她转过身去,我们挽着胳膊在这墓穴里走动起来。那把扫帚老是碍手碍脚的。"把这扫帚扔了。"我说。"不行,求你了,"她说,"让我拿着它吧。在这里扫地一点都不费劲,你一定已经发现了,对不对?这对我有些好处,我可不愿意放弃这些好处。你打算留在这里吗?"她转开了话题。"为了你的缘故我愿意留在这里。"我缓缓地说。我们现在身子紧挨着,就像是一对情人。"留下吧,留下吧,"她说,"我是多么想你啊。这里不像你可能担心的那么坏。周围怎么样对我们俩又有什么关系呢?"我们默默地走了一会儿,我们的胳膊互相松了开来,现在我们拥抱在一起了。我们走在干道上,左右两边都是棺材,这个墓穴非常之大,至少非常地长。这里虽然是昏暗的,但还不是伸手不见五指,这儿有一种微弱的光,在我们所到之处比别处更亮一些,在我们身边形成了一个光圈。她忽然说道:"来,我给你看我的棺材。"这使我惊讶。"你没有死啊!"我说。"没有,"她说,"可是我得承认,我对这里的情况不熟,所以我对你能够来到这里感到特别高兴。很短的时间里你就能明白一切,现在你可能已经比我看得清了。不管怎么说,反正我有个棺材。"我们向右拐进一条岔道,也是在两列棺材之间。这里的整个结构使我想起了一个我曾经见过的很大的藏酒地窖。在这条路上我们还经过了一条很小的、几乎不到一米宽的小溪,水流湍急。然后我们很快就到了这位姑娘的棺材旁。里面放着绣着精美的花边的枕头。这姑娘坐了进去,引我下去,与其说是用手指,不如说是用目光。"亲爱的姑娘。"我说,把她的头巾揭了下来,手停留在她松软的头发上。"我还不能待在你这儿。这墓穴里还有一个人,我必须跟他谈谈。你愿意帮我去找他吗?""你必须跟他说话?这地方可是没有任何约束的。"她说。"但我不是这里的人。""你觉得你还是要离开这里吗?""没错。"我说。"那么你就更不应该浪费时间了。"她说。

接着她在枕头底下寻找起来,从那里拿出一件衬衣来。"这是我的丧服,"她说着从下面递给我,"可是我不穿它。"

廷芳 黎奇 译

〔棺　材〕*

一个棺材完工了，木匠把它装上了手推车，打算送到棺材铺去。从横街走来一位老先生，在棺材前站了下来，用手杖在上面画了一下，同木匠开始了一番关于棺材工业的小小的对话。一位拎着买菜包的妇人沿着主要街道走过来，碰了这位先生一下，接着认出他是个老相识，于是也站了一会儿。助手从工场里走出来，有几个关于他手头上的活儿的问题要问师傅。工场上方的一扇窗户中露出了木匠老婆，手中抱着最小的孩子，木匠开始远远地逗他的孩子，那位先生和提着买菜包的妇人也微笑着抬头看着。一只麻雀幻想着在这里找到什么吃的，飞落在棺材上，在那儿跳上跳下。一只狗在嗅着手推车的轮子。

这时忽然从里面猛烈地敲响了棺材盖。那只鸟飞了起来，害怕地在车子上空盘旋。狗狂叫起来，它是所有在场者中最激动的，好像是为失职而感到绝望似的。那位先生和那位妇人蹦到了一边，摊开着手等待着。那助手出于一个突然的决定，一下跃到棺材旁，坐在了那儿，他好像觉得坐在这个位置上不像看着棺材打开，敲击者钻出来那么可怕。也许他已经为这匆忙的举动感到后悔，但既然他已经坐在了上面，他就不敢再爬下来了，师傅怎么赶也赶他不下来。上面窗口的女人可能也听到了敲击声，但却无法判断来自何处，至少根本不可能想到这声音来自棺材里，所以她完全理解不了下面的进程，惊讶地注视着。一个警察，在一种无以名状的心理要求的驱使下，又在一种无以名状的恐惧的阻止下，犹豫不决地慢慢踱了过来。

---

* 本篇出处与前几篇同，即选自《笔记本和散页中的断简残篇》，确切时间不详，约在1920年秋至1924年春之间。1953年由马克斯·勃罗德收入《乡村婚事》一书。——编者

这时盖子被大力推开，那助手滑到了一边，一个短促的、异口同声的尖叫从所有的人口中发出，窗口里的女人消失了，显然她正抱着孩子顺着楼梯飞奔下来。

廷芳　黎奇　译

〔建 城〕

一些人来到我这儿，请求为他们建造一座城市。我说，他们人太少了，有一幢房子就足够容纳他们，我不会为他们建造城市的。可他们却说，还有其他人要来，其中还有夫妻，他们将会生儿育女，而且也不需要一下子建成这座城市，只需先定下轮廓，然后逐步逐步地搞。我问他们想把城市建在哪里，他们说，这就把地点指给我看。我们沿着河边，一直走到一个相当高的、河岸那边十分陡峭、而其他方向平缓下降的非常宽广的高地上。他们说想把城市建在这上面。那上面只稀稀拉拉地长着野草，没有树木，这我是满意的，可我觉得河岸那边的坡度太陡了，我提请他们注意这一点。他们却说，这没有什么害处，城市可在其他方向的坡上扩展，会有足够的通往水边的口子，而且随着时间的推移，也许会找到制服这陡崖的办法的，无论如何这不至于构成阻止在这个地方建造城市的障碍。再说他们年轻力壮，能够轻而易举地在这陡坡上爬上爬下，他们立刻就要示范给我看。他们真的这么干了；他们的身躯像壁虎似地在岩石缝中晃悠着往上蹿去，一会儿就到了上面。我也爬了上去，我问他们，为什么偏偏要选择这儿建造城市。对于防卫来说这地方不太合适，只有朝河的那边堪称有天然的屏障，而恰恰那边是最不需要防卫的，那儿反而需要随时可以轻易退走的条件；从其他所有方向则都能毫不费劲地来到这个高地上，所以由于其广阔的延伸而难以防御。此外，这里土壤是否肥沃尚未经过检查，依赖于下面的平原，靠马车运输来维持供给对于一个城市来说始终是危险的，更别说在不太平的年代中了。而且这上面是否能找到足够的饮用水还没有确定，他们指给我看的那个小水源看来不足为凭。

"你累了，"他们中的一个人说，"你不想建这座城市。""我是累了。"我说着在水源边的一块石头上坐了下来。他们把一块毛巾浸入水中,然后给我擦脸,我谢了他们。接着我说,我想要一个人在这高地上走走,便离开了他们;我转了很长时间;等我回到那儿,天已经黑了;大家都躺在水源边睡觉;天上开始下起小雨来。

第二天早晨我又问了一遍昨天的那个问题;他们未能一下子理解,我怎么会在早晨重复晚上的问题。但接着他们还是对我说,他们无法将他们选择这个地方的理由确切地告诉我,是世世代代传下来的话题,建议选择这个地方的。上上辈子的人就想要在此建城市了,但出于某些同样不曾传得很清楚的原因才未能着手。无论如何他们不是由于心血来潮而到这个地方来的,恰恰相反,他们并不十分喜欢这个地方,而且我所说的那些反驳理由他们自己也已经发现了,并承认那是无可辩驳的,但是偏偏有那先辈的遗命,谁不听从遗命,就将被消灭。所以他们觉得不能理解,我为什么还要犹豫,而不是昨天就开始建城。

我决定离开,沿着陡坡向河边爬下去。可他们中有一个醒了,叫醒了其他人,于是他们便站到了岸边来,这时我刚爬到一半,他们请求我,喊我。我又爬了回来,他们帮着把我拉上去。这回我答应了给他们建这座城市。他们很感激,没完没了地向我阐述他们的心情,还纷纷吻我。

〔难念的家经〕*

一个农民在公路上拦住了我，请求我跟他到他家里去，他说，也许我能够帮助他，他同妻子发生了争执，这场争执使他生活得十分痛苦。他还有几个好动而脑子单纯的孩子，他们只会毫不懂事地往什么地方一站，要不就干脆跟你捣乱。我说，我愿意跟他去，但是实在是没有把握，我作为一个陌生人是否能帮得上他什么忙，孩子们我也许可以引导他们去干些什么，可是在他的老婆面前我可能会束手无策，因为老婆好斗的根源一般因丈夫的品质而来，由于他不想争执，他一定已经做出了改变自己的努力，但既然他都没有成功，那么我又能干什么？我顶多能把他老婆的好斗嗜好引到我身上来。这段话我与其说是对他讲，不如说是在自言自语，可我接下来明确地问他，我如果为此做出努力，他将给我什么报酬。他说，这都好商量，只要我能起到一点作用，我就可以要什么就拿走什么。听了这话，我停下了脚步，我说，这种笼统的说法我不能满意，必须明确地商定，他每个月给我什么。他对我要求月薪感到惊讶。我对他的惊讶感到惊讶。难道他认为我可以在两个小时里处理好两个人该欠一辈子的账吗？难道他认为，我可以在两个小时后背上一小麻袋豌豆作为给我的酬劳，感激地吻他的手，用我的破布裹住自己，然后继续在冰冷的公路上漫游下去吗？不行！这个农民低着头，一声不吭地、但却是紧张地听着。事实上，我说，我将长时间地待在他那儿，以求找到可以给事情带来改善的下手之处，然后我将不得不待更长的时间，以求尽可能把事情安排妥当，然后我就老了，疲倦了，将根本就不再离开，而是在那儿休养，享受他们大家的感激。

---

* 本篇出处与前两篇同，即选自《笔记本和散页中的断简残篇》，约写于1920年秋至1924年春，于1953年由马克斯·勃罗德收入《乡村婚事》。——编者

"这是不可能的,"农民说,"那样你就赖在我的房子里不走了,而最后还会把我赶走。这样我在我已经够重的负担上还得加上最重的一个。""没有相互信任我们是不可能达成一致的,"我说,"我不是也把我的信任给予你了吗?我需要的只是你的一个承诺,而这个承诺你是完全可能会撕毁的。在我照你的愿望把事情处理好之后,你可能会不顾任何承诺而把我撵走。"农民看着我说道:"你不会让我把你撵走的。""你想怎么做就怎么做,"我说,"把我想成什么样都行,可是别忘了,我是像一个男人对一个男人那样友好地这么对你说的,即使你不带我去,你家里的情况你也忍受不了多久的。你怎么跟这个女人和这些孩子一起生活下去;如果你不敢马上带我到你家里去,那还不如放弃你的房子和你将会进一步面临的照料义务,跟我走吧,我们一起去流浪,我不会记恨你的不信任的。""我不是个自由的人,"农民说,"我跟我的老婆已经一起过了15年了,那日子是难受的,我真不知道是怎么过来的,尽管如此,我在做出一切使她变得能让人忍受的尝试之前还是不能离开她走我的。正在这时我在公路上看到了你,当时我就想,我可以跟你一起做最后一次伟大的尝试。跟我来,你要什么我都给你。你要什么?""我要的并不多,"我说,"我不想乘你之危。你可以始终把我当成雇工,我会干很多活,对你会很有用的。可是我不想成为和别的雇工一样的雇工,你不能命令我,必须是让我能够根据自己的意志来工作,这回干这个,下回干那个,然后又什么都不干,完全凭我的兴趣。你可以请求我干一个活,但不能纠缠不休;当你发现我不想干这个活时,你就得认了。钱我不需要,可是就像我现在穿着的外衣、内衣和靴子在需要的时候必须给我换新的;如果在村子里买不到这些东西,你就得进城去买。可是我对这些现在并不担心,我现在穿着的几年里还坏不了。雇工通常的伙食对我来说没问题,不过我每天得有肉吃。""每天吗?"他立刻插嘴道,好像他对其他条件都没有什么意见似的。"每天。"我说。"你的牙很特别。"他说,以此对我的奇怪愿望表示谅解,他甚至把手伸进我的嘴里去摸我的牙齿。"那么尖利,"他说,"简直和狗牙差不多。""一句话,每天我都得有肉吃,"我说,"啤酒和烧酒你有多少我就要多少。""这要求可是多了一点，"他说，"我喝得很多。""那更好，"我说，"但是你可以限制你自己，那么我也可以限制我自己。可能你只不过因为家里的不幸才喝得那么多。""不，"他说，"这扯得上吗？那么你可以得到和我一样多的酒，我们一起喝。""不，"我说，"我不会跟任何人一起吃饭和喝酒的。我将永远一个人吃饭和喝酒。""一个人？"农民惊讶地问道，"我心里已经在反对你的愿望了。""那实际上并不多，"我说，"差不多就这些了。只有油还是我需要的，再来点一盏小油灯，它将通宵地在我身边点燃着。这盏小油灯就在我的包里，一盏很小的小灯，用油很少的。这本来根本不值得一提，我提到它只不过想要把话说得全一点，以免今后出现争执；在报酬方面我受不了任何争执。如果有人拒绝我们约定的事，那么我这个平时很好说话的人会变得很可怕的，咱们丑话说在头里。如果欠我的东西不给我，哪怕是一个很小的东西，我就有本事在你睡着的时候在你的头顶上把房子点着。如果你不拒绝我们约定的这些，甚至不时出于爱再给我一些小礼物，也可以是毫无价值的东西，那么我对你将是忠心耿耿的，并且在所有事情上都是很有用的。除了我所说的以外，我不再要求别的了，只有在8月24日，我的命名日得给我5升装的一小桶罗姆酒。""5升！"农民叫了起来，双手握在了一起。"没错，5升，"我说，"这并不多。你肯定想要降低我的份额。可是我已经限制了我的需求，当然是为你考虑，因为如果有第三者在一边听着，我会感到不好意思的。在第三者面前我不可能这样对你说话。谁也不能知道我们今天谈的话。再说，也没人会相信。"可是这农民说道："你还是走你的吧。我将一个人回去，自己试着跟老婆和解。最近我打她打得很多，现在我要稍微减少一些，她也许会因此而感激我的，孩子们我也打得很多，我总是从马厩里拿来鞭子揍他们，我将稍稍克制一点，可能情况会好一点。当然我已经经常停止过，可是情况并没有改善。可是你所要求的我没办法承受，即使我也许能够承受，不，经济上承受不了的，不，不可能，每天有肉，5升罗姆酒，就算是可能的，我的老婆也不会答应，如果她不同意，我就不能干。""那谈判那么长时间干什么呢？"我说……

廷芳 黎奇 译

包厢里的奇遇*

我坐在包厢里，旁边坐着我的妻子。正在演出一个紧张的剧作，主题是忌妒，这时，在一个金碧辉煌的、由立柱围着的大厅里，一个男人正在他那缓缓向出口移步的妻子身后举起匕首。我们紧张得趴在了胸墙上，我感觉到我妻子的鬓发拂在我的太阳穴上。这时我们忽然吓得缩回了身子，胸墙上有什么东西动了起来；我们以为是铺着天鹅绒的胸墙却原来是一个细高个子男人的背脊，他正好和胸墙的宽度一样，到刚才为止一直肚子朝下地趴在那儿，而现在正慢慢地转身，好像在寻找一个舒服的姿势。我的妻子颤抖着贴着我。他的脸离我很近，比我的手掌还窄，干净得可怕，像个蜡像，长着黑色的尖胡子。"你为什么要吓唬我们？"我叫道，"你在这里搞什么名堂？""对不起！"这人说，"我是您的妻子的一个崇拜者，感觉到她的胳膊肘支在我的身上使我十分幸福。""艾米尔，我求你，保护我！"我的妻子叫道。"我也叫艾米尔，"那人说道，他的脑袋支在一只手上，躺在那儿就像躺在一张舒适的卧床上似的。"到我这儿来，甜美的小人儿。""无赖，"我说，"再敢说一句，我就让您摔到下面观众席上去。"大概我觉得他肯定还会说话，我就动手把他往下推去，但这并不容易，他好像是牢牢属于胸墙的一部分似的，好像是安装在了胸墙里，我想把他翻个儿，但却办不到，他只是微笑着，说道："省省吧，你这小笨蛋，别过早把力气都用尽了，斗争还刚刚开始，结果只能是您的妻子满足我的渴望。""绝不！"我的妻子叫道，然后转过身来对我说："求你了，马上把他推下去。""我不行，"

---

* 本篇出处与前几篇同，即选自《笔记本和散页中的断简残篇》，约写于1920年秋至1924年春。于1953年由马克斯·勃罗德收入《乡村婚事》一书。——编者

我叫道,"你也看到了我是多么卖力,可是这里肯定有个什么花招,就是办不到。""噢,天啊!噢,天啊!"我的妻子痛苦地叫着,"我怎么办呢?""安静点,"我说,"我求你了,你的激动只会把事情搞得更糟,我现在有了一个新的计划,我要用我的刀把这里的天鹅绒割开,然后连同这个家伙一起掀到底下去。"可是我这时却找不到我的刀了。"你知道我的刀在哪里吗?"我问道。"是不是让我给落在存衣处的大衣里了?"我差点就要往存衣处跑去了,这时我的妻子使我恢复了理智。"你现在要把我一个人留在这里,艾米尔!"她叫道。"可是我没有刀怎么办?"我回头喊道。"拿我的。"她说着,用颤抖的手指在她的小口袋里寻找,当然她找出来的无非是那把一丁点儿小的贝壳小刀。

廷芳　黎奇　译

夜行船的惊讶*

我站着把小船划进了一个小港口，那里空荡荡的，在一个角落里停着两条挂帆的小舟，其他地方零星地散布着一些小船。我轻而易举地为我的小船找到了一个停靠的地方，从那儿上了岸。这只是一个小港口，但有着结实的堤墙，维持得很好。

有一些小舟在水面上滑过。我呼喊其中的一艘。一个高大的白胡子老头是船上的领班。我在上岸的台阶上犹豫了一会儿，他微笑着，我边注视着他边踏上了他的船。他向小船的头上指了指，我便在那里坐了下来。但我马上就蹦了起来，说道："你们这里有大蝙蝠！"因为有大翅膀在我的头上掠过。"放心吧。"他说，同时已经开始操作起那根桨来，我们一下子就被推离了岸边，我差不多是被摔回到了我的板凳上。我没有告诉这位领班我要到哪里去，而只是问他是否知道，从他的点头上可以得出结论，他是知道的。这对我来说是莫大的解脱，我伸开腿，把脑袋靠在后面，可是仍盯着这个领班，一边琢磨："他知道你要到哪里去，这个脑壳里面知道这一点。他把桨往海里打，只是为了把你送到那里去的。你从那么多船里正好叫的就是他，当时上船前居然还犹豫不决。"于是我心满意足地合上了眼，在我看不见那人时至少还想听到他的声音，于是我问他："像你那么大的年龄一定不想再工作了。你难道没有孩子吗？""就你一个，"他说，"你是我唯一的孩子。只为了你我才走这一趟，然后我就把这艘船卖了，以后就不再干活了。""你们这儿把乘客称为孩子吗？"我问道。"是的，"他说，"这是这里的风俗。而乘

---

* 本篇出处与上几篇同，即选自《笔记本和散页中的断简残篇》；约写于1920年秋至1924年春。1953年由马克斯·勃罗德收入《乡村婚事》一书。——编者

客把我们称为父亲。""这可真够奇怪的,"我说,"那么母亲在哪里呢?""在那儿,"他说,"在船舱里。"我直起身子,看到设在小船中间那船舱的圆形小窗里伸出一只手来向我致意,接着那里露出了一张用一条三角黑头巾裹着的强壮的妇女的脸。"是母亲吗?"我微笑着问道。"如果你愿意这么叫的话。"她说。"可是你看上去比父亲要年轻得多。"我说。"是的,"她说,"是年轻得多,他可以当我的祖父,而你可以当我的丈夫。""你知道吗,"我说,"当人们单独在夜里行舟,忽然出现了一个女人,是多么地令人惊讶。"

廷芳 黎奇 译

〔世界冠军〕*

"那伟大的游泳健将来了！那伟大的游泳健将来了！"人们呼喊着。我从安特卫普奥运会回来，我在那儿拼出了一个游泳世界纪录。我站在家乡城市火车站前的台阶上，这城市在哪儿呢？俯瞰着暮霭中模糊不清的攒动着的人头。一个让我顺手摸了一下脸蛋的姑娘利索地给我套上了一条绶带，上面用一种外语写着：献给奥运会冠军。一辆汽车开了上来，几位先生把我拥入车内，有两位也坐了进来，市长和另一个人。我们马上就进入了一个金碧辉煌的大厅，当我步入时，楼厅上一个合唱团唱了起来，这里聚集着的几百个客人都站了起来，有节奏地喊着一个什么口号，我没听清他们喊的是什么。我的左边坐着一位部长，不知道为什么，介绍他的那个词竟会使我如此惊恐，我用毫无顾忌的目光打量着他，但马上就醒悟过来。右边坐着市长夫人，一个胖女人，我觉得她身上，尤其是胸脯以上，插满了玫瑰花和鸵鸟毛。我对面坐着一个胖男人，脸色白得引人注目，介绍他的名字时我没注意，他把两个胳膊肘都支在桌子上——人们给他留的地方特别大——茫然注视着前方，一声不吭。他的左右两边坐着两个漂亮的金发姑娘，她们很快乐，有着说不完的话，我看看这个，又看看那个。尽管灯光十分充足，但其他客人我看不太清，也许是因为一切都在运动吧，服务人员来回穿梭，菜端上桌子，杯子举了起来，也许是灯光过亮地照着一切吧。此外还有一种秩序混乱，唯一的一种秩序混乱，即有些客人，尤其是女士们，背朝着桌子坐着，而且不是椅背位于桌子和背脊之间，而是背脊几乎碰到了桌子。我把这现象

---

* 本篇出处与上几篇同，即选自《笔记本和散页中的断简残篇》；约写于1920年秋至1924年春。1953年由马克斯·勃罗德收入《乡村婚事》一书。——编者

指给我对面的两位姑娘看,可是本来话那么多的这两位这回却什么也没说,而只是长时间地微笑着看着我。有人摇响了铃,服务员们的身形顿时在座位之间凝住了,对面那胖子站了起来,开始发表讲话。这人为什么这样悲伤?他一边讲话,一边用手帕擦着脸;这本来是无所谓的,像他这么胖,厅里这么热,再加上讲话的用劲,这自然是可以理解的;但我清楚地发现,这是个骗人的幌子,是用于掩饰他擦去眼泪的动作的。他老是看着我,但却仿佛他看的不是我,而是我敞开的坟墓。他讲完后,当然我就得站起来,也讲一番话。我正好有一种讲话的冲动,因为有些事我觉得有必要在这儿,或许也在别的地方做出公开的、坦率的澄清,于是我说开了:

"尊敬的与会者!我不得不承认,我获得了一项世界纪录,但你们如果问我,我是怎么得到它的,我却无法给予你们满意的答复。其实我根本不会游泳。我一直想学,可始终没有机会。那么怎么会把我从祖国送到奥运会去呢?这个问题也是我正在研究的。首先我必须肯定一点,我在这儿并不是在我的祖国,尽管做出了很大的努力,可这儿说的话我仍是一句也听不懂。那么你们会想,最大的可能是搞错人了,可是并没有搞错人,我是得到了世界纪录,是回到了我的家乡,我的名字就是你们称呼我的这个,到这里为止一切都没错,可是从这里开始一切都不对了,我不是在我的家乡,我不认识你们,也听不懂你们在说什么。还有一点也许虽然不能确切地,但总之是能够否认搞错了人的理由:我听不懂你们的话我没觉得有什么关系,听不懂我的话你们好像也没觉得有什么关系。从我前面那位尊敬的发言者的讲话中我相信我只明白了一点,即这篇讲话是极其伤感的,明白这一点对于我来说不仅已经足够了,而且太多了。我到这里后所参加的所有谈话的进程大体上都是如此。现在让我们把话题回到我的世界纪录上吧。"

廷芳 黎奇 译

〔巩　固〕*

　　在店里我们有五个人，会计是个忧郁的近视眼，他像个青蛙似的趴在主账簿上，绝对安静，只有吃力的呼吸有节奏地使他的身体一起一落，再就是那个伙计，这是个有着运动员般宽阔胸脯的小个子，只要一只手撑在案子上，他就能轻巧而姿态美妙地一跃而过，只是他的脸色在这时显得很严肃，严厉地巡视四周。我们还有个女店员，一个老小姐，纤细温柔，穿着得体，大多数时候她的脑袋总歪在一边，用她那大嘴薄唇微笑着。我这个小学徒除了拿着抹布在案子上东按一下西按一下外，没多少事要做的。当我们的小姐把她那长而弱的、干枯的、木头颜色的手漫不经心地搁在案板上时，我经常想要去抚摩它，甚至去吻它，或者，这是最理想的，把我的脸放在那个好地方，不时地改变一下位置，以便能保持舒服的姿势，而且每一边脸颊都能享受到这只手。可是这从来没有发生过，每当我靠近这位小姐，她总是偏偏就伸出这只手，给我指出一个新的工作任务，要不就是在一个老远的角落里，要不就是在梯子上方。后者尤其不舒服，因为那上面由我们用来照明的煤气火焰散发出来的热令人难以忍受，而且我也不是不会头晕的人，在那里，我经常感到恶心。有时我以要打扫得特别干净为理由，把头伸到一个格子里去，哭上一小会儿；或者，在没有人往上看的时候，我就对下面的小姐发出一通无声的言论，对她大加谴责。虽然我知道，她远远没有决定的权力，无论在这方面还是其他方面，可是我总是莫名所以地相信，如果她想要这种权力，那么她就会得到，并且对我有利地使用之。可是她不想要这种权力，

---

* 本篇出处与上几篇同，即选自《笔记本和散页中的断简残篇》，后者于1953年由马克斯·勃罗德收入《乡村婚事》一书。——编者

她甚至不利用她本身拥有的权力。比如，她是店员中唯一能让那店仆稍微听点话的人，这个店仆是个特别爱自行其是的人。当然了，他是店里资格最老的，老经理那时他就在这里干了，他参加过这里的许多事，而我们这些人对此是一无所知的。但是他从这一切中得出了一个错误的结论，认为他对一切都比其他人更懂，比如做账，他认为自己可以不是跟会计差不多，而是更好得多，能比那伙计更好地伺候顾客，等等。他说，他仅仅是出于自愿接受了店仆的位置，因为其他任何人，甚至没有能力的人也不愿意干这个工作。于是这个以前不见得有多强壮，而现在无非是一堆废肉的人便以手推车、箱子和包裹折磨了自己整整四十年。他是自愿接受这个工作的，可是人们忘记了这点，新的时期接踵而至，人们不再承认他，店里，在他的周围发生了许多巨大的错误，人们却没让他插手，于是他不得不咽下绝望，同时仍然被束缚在他的沉重的工作上。

廷芳　黎奇　译

〔督学与老师的对话〕*

　　那是一个商店学徒夜校,学徒们得到了一些小算术作业,要求他们现在用书面完成。可是从所有的板凳上发出巨大的噪声,任何人再怎么努力也无法静下心来计算。最安静的是讲台上的老师,他是个瘦瘦的年轻大学生,他拼命使自己相信,学生们正在做作业,因此他可以进行自己的学习,他用大拇指堵着耳朵进行着。有人敲门,进来的是夜校的督学。那些年轻人马上闭上了嘴,尽其一下子放弃所有有趣话题的力量,老师也把课本压在了他自己的本子上。督学还是个年轻人,比那大学生年纪大不了多少,他以疲倦的、显然有点近视的眼睛扫视着课堂。然后他登上了讲台,拿起课本,不是为了打开它,而是为了亮出下面压着的本子,接着他示意老师坐下来,他自己也在半挨着老师,在半对着他的另一把椅子上坐了下来。于是发生了下面这段对话,全班都在聚精会神地倾听,后排还站了起来,为了能看得清楚些。

　　督学:看来这里什么也没在学。我在楼下都听到了这里的噪声。

　　老师:班里有几个非常不听话的年轻人,可是其他人在做他们的算术作业。

　　督学:不对,没有人在做作业,您坐在上面学习罗马法律,别的事情也不可能做。

　　老师:是的,我利用班级里做作业的时间来学习,我想以此减少一点今夜的劳动量,白天我一点没有学习的时间。

　　督学:好吧,听上去您是无辜的,可是我们要进一步看一下具体情

----
* 本篇出处与上几篇同,即选自《笔记本和散页中的断简残篇》,后者于1953年由马克斯·勃罗德收入《乡村婚事》一书。——编者

况。我们这里是什么学校?

老师：商人公会学徒夜校。

督学：这是一个高等学校还是初等学校？

老师：一个初等学校。

督学：也许是最初等的之一？

老师：是的，是最初等的之一。

督学：对了，这是最初等的之一。它比大众学校更低，因为在教材不是重复大众学校的教材的情况下（当然这是值得尊敬的），这里涉及的便是最最初级的东西。所以我们大家，学生、老师和我——督学，都在工作，或者说我们应该按照我们的义务在最初级的学校之一中工作。这大概是不光彩的吧？

老师：不，没有一种学习是不光彩的。再说这学校对这些年轻人来说只不过是一个通道。

督学：那么对于您来说呢？

老师：对我来说其实也是的。

……

廷芳 黎奇 译

〔室内滂沱〕*

  他用上牙紧紧地咬住下唇，目视前方，一动不动。"你这样是毫无意义的。到底出了什么事？你的生意不算太好，可也并不糟糕；再说，即使破了产——这当然是无稽之谈——你也很容易找到新的出路，你又年轻又健康，学过经济学，人很能干，需要你操心的只有你自己和你的母亲，所以我要求你振作起来，告诉我，你为什么大白天把我叫来，又为什么这个样子坐着？"接着出现了小小的间歇，这时我坐在窗台上，他坐在屋子中央的一把椅子上。他终于开口了："好吧，我这就都告诉你。你所说的全都没错，可是你想想：从昨天开始雨一直下个不停，大概是从下午五点开始的吧，"他看了看表，"昨天开始下雨，而今天都四点了，还一直在下。这本来不是什么值得深思的事。但是平时街上下雨，屋子里不下，这回好像全颠倒了。你看看窗外，看看，下面是干的，对不对？好吧。可这里的水位不断地上涨着。它爱涨就涨吧。这很糟糕，但我能够忍受。只要想开一点，这事还是可以忍受的，我只不过连同我的椅子漂得高一点，整个状况并没有多大改变，所有东西都在漂，只不过我漂得更高一点。可是雨点在我头上的敲打使我无法忍受。这看上去是件微不足道的小事，但偏偏这件小事是我无法忍受的，或者不如说，这我也许甚至也能够忍受，我所不能忍受的仅仅是我的束手无策。我实在是无计可施了，我戴上一顶帽子，我撑开一把雨伞，我把一块木板顶在头上，全都是白费力气，不是这场雨穿透一切，就是在帽子下，雨伞下，木板下又下起了一场新的雨，雨点的敲击力丝毫不减。"

廷芳 黎奇 译

---

* 本篇出处与上几篇同，即选自《笔记本和散页中的断简残篇》，写于1920年秋至1924年春。1953年由马克斯·勃罗德收入《乡村婚事》一书。——编者

〔女人的力量〕*

"你的势力是建筑在什么基础上的?"

"你认为我是有势力的吗?"

"我认为你非常有势力,几乎同样令我敬佩的是你施展你的势力时所表现的保留态度,不自私,或者说你在对自己施加这种势力的时候所表现的果断和坚决。你不仅对外谨慎,而且你甚至斗争自己。对你为什么这样做的原因我不想问,这是你自己的财产,我只想问你的势力是从何而来的。我之所以有问这事的权力,我认为是因为我看出了这种势力,至今为止许多人都没能看出,我已经感觉到它的威胁(由于你的自我抑制它今天还没有走得更远),感觉到其不可抗拒。"

"你的问题我可以很容易地回答:我的势力是建筑在我的两个女人身上的。"

"在你的女人身上?"

"是的,你不是认识她们的吗?"

"你说的是那两个我昨天在你的厨房里看见的女人?"

"是的。"

"那两个胖女人?"

"是的。"

"这两个女人。我几乎没有注意她们。她们看上去,对不起,像两个女厨子。可是她们不太干净,穿得很随便。"

"对,那就是她们。"

---

* 本篇出处与前几篇同,即选自作者《笔记本和散页中的断简残篇》,写于1920年秋至1924年春。1953年由马克斯·勃罗德收入《乡村婚事》一书。——编者

"嗬，你说什么，我总是马上就相信的，只是比起我不知道那两个女人的时候，我现在对你更不理解了。"

"可是这不是谜，事情是显而易见的，我将试着向你叙述。我跟这两个女人生活在一起，你在厨房里看见了她们，可是她们是很少做饭的，吃的多半是从对面饭店里取来的，这回采西去取，下回就是阿尔巴去取。谁也不反对在家做饭，但这太困难，因为这样她们俩互相不能容忍，我这是说，她们俩相处得非常好，但必须是平静地生活在一起的情况下。比如她们可以几个小时平静地挨着躺在狭窄的长沙发上而不睡，就她们胖的程度而言这已经是很不容易的了。可是在干活方面她们互相不能容忍，马上就会爆发争吵，从争吵又发展成揪打。所以我们达成了协议（她们对理智的话是很愿意接受的），尽可能少干活。而且这也符合她们的天性。她们相信已经把房间打扫得特别干净了，而实际上房间里却是特别地脏，以致我踏上门槛就感到恶心，可是只要我走了进去，我也就很容易适应了。

"只要不干活，就不会有任何争吵，尤其是忌妒对她们来说是根本不存在的事情。忌妒又从何而来呢？我几乎无法把她们俩区分开来。也许阿尔巴的鼻子和嘴唇比采西更像黑人的，可是有时我又觉得恰恰相反。也许采西的头发比阿尔巴少一点，阿尔巴的头发本来就已经少得超过了允许的程度了，可是我会对此注意吗？我始终无法把她俩区分开来。

"我工作完后已是晚上才回到家里，白天只有在礼拜天我才能较长时间地看到她们。我总是很晚回到家里，因为在工作后我总喜欢一个人东游西逛。为了节约，我们晚上不点灯。我真的没有这笔钱，养这两个女人已经用去了我所有的收入，她们有着毫不间断地吃东西的能力。晚上我在黑暗的住处前按响门铃，然后听到这两个女人气喘吁吁地向门边跑来。采西或者阿尔巴说：'是他。'然后这两人气喘得更厉害了。如果不是我而是一个陌生人站在那里，他非害怕不可。

"然后她们打开了门，而我惯于开个玩笑，门刚开了一道缝，我就钻了进去，同时搂住两个人的脖子。'你。'一个人说，这意思是：'你是这么令人难以置信。'于是两个人都用低沉的滚动喉音笑了起来。从这时开始她们只知道跟我纠缠，要不是我抽出一只手来关上门，这道门整个晚上都会开着。

"接下来总是穿过会客室，这是只有几步远却要花上一刻钟的路，这段路上她们几乎是抬着我走。在度过不容易的一天后我真的是累了，我一会儿把脑袋搁在采西的肩膀上，一会儿搁在阿尔巴的肩膀上。两人都几乎是一丝不挂，只穿着衬衫，白天的大部分时间里她们也是这样的。只有在预告说有客人要来的时候，比如最近你来的那一次，她们才穿上几件褴褛肮脏的破衣服。

"然后我们进入我的房间，她们总是把我推进去，而她们则待在外面，然后关上门。这是一个游戏，因为这时她们为谁先进入而开始了斗争。这不是什么忌妒，不是真正的斗争，只是游戏而已。我听见她们互相给予的轻而响亮的击打声、喘息声，现在这已经是意味着真正的呼吸困难，不时交换的一两句话。最终我自己把门打开，她们一下子就冲了进来，热烈，穿着撕碎的衬衣，带着呼吸中刺鼻的气味。然后我们倒在地毯上，于是一切渐渐地静了下来。"

"喂，你怎么不说下去了？"

"我忘了上下文了。刚才是怎么说的？你问我的所谓势力来自什么地方，而我说到这两个女人。没错，就是从这两个女人那儿产生了我的势力。"

"仅仅产生于与她们的同居吗？"

"产生于同居。"

"你变得这么沉默寡言。"

"你看到了，我的势力是有局限的。有某种力量在命令我沉默。再见。"

廷芳 黎奇 译

〔本性使然〕*

"奇怪!"狗说道,它用手抹着额头,"我刚才是在什么地方跑了半天呢,先是穿过市场广场,然后穿过一条山隘向山丘上跑,然后在高地上纵横跑了好几遍,然后跌下山来,然后在公路上跑了一段,然后向右拐跑到小溪,然后沿着白桦树列跑,然后从教堂旁边跑过,而现在到了这里。为什么会这样?我都绝望了。又能够回到这里真是幸运。我害怕这种毫无目的的胡跑,害怕那些大而荒凉的空间,我在那里是怎样一个可怜的、无助的、弱小的、别人根本就找不到的狗。根本没有什么东西能够吸引我离开这里,这个院子是我的地方,这里是我的小屋,这里有我的锁链,以防止有时会发生的想咬人的现象,这里什么都有,包括充足的食品。你说说看。我永远不会自愿地离开这个地方,我在这里感到过得很舒服,对我的地位感到自豪,当我看到其他牲口的时候,一阵舒服的、然而确实是有根据的优越感便会渗透到我全身骨头里去。可是有别的哪个动物像我这样毫无意义地跑开的吗?一个都没有,那只猫不能算,那个柔软的、长着爪子的东西,那个没人要、没人想的家伙,她有她的秘密,我对此毫不关心,她在上班的时候到处跑,可也只是在这座房子的区域里。我是唯一开过小差的一个,这肯定会在什么时候使我失去我高贵的地位。幸亏今天好像没有人发现,可是主人的儿子理查德最近就此说过一个看法。那是个星期天,理查德坐在板凳上抽烟,我躺在他的脚边,脸颊贴在土地上。'凯撒,'他说,'你这只不忠实的坏狗,你今天早晨到什么地方去了?清晨五点我找过你,这时候你还应该

---

* 本篇出处与前几篇同,即选自《笔记本和散页中的断简残篇》,写于1920年秋至1924年春。1953年由马克斯·勃罗德收入《乡村婚事》一书。——编者

在放哨,可是院子里哪儿都找不到你。直到六点一刻你才回来。这是严重的失职,.你知道吗?'就这么又被发现了一回。我站了起来,坐到他的身边,用一只胳膊搂着他说道:'亲爱的理查德,这回再原谅我一次,不要说出去。我很痛心,这样的事不会再发生了。'我哭得伤心极了,出于许许多多原因,出于对我自己的绝望,出于对惩罚的害怕,出于对理查德平静的脸色的感动,出于对当场没有惩罚的工具的高兴,我哭得是那么伤心,以至泪水沾湿了理查德的上衣,以至他把我甩开,命令我趴下。当时我是保证了要改正,而今天又重复了同样的事情,我甚至比那回离开的时间更长。当然,我保证改正是发自内心的。而这不是我的过错……"

廷芳　黎奇　译

〔教堂里的"紫貂"〕*

在我们的犹太教堂里生活着一只像紫貂般大小的动物。人们经常可以非常清楚地观察它，它允许人们走到距离它顶多两米的地方。它的毛色是一种淡青色。它的毛皮还没有人摸过，这根本谈都不用谈，人们几乎认为，它的毛皮的真实颜色是看不出来的，也许能够看见的颜色只是沾在毛上的灰尘和泥浆的颜色，这种颜色也确实像教堂内抹的灰浆颜色，只是淡一点而已。撇开它的畏怯不谈，这是一个非常安静和安分的动物。如果不是它经常被赶开，它也许几乎不会更换地方，它最爱待的地方是女人室的网格栅栏，它喜欢带着显而易见的满足感抓住网格，探入脑袋，观察下面的祈祷室，这个勇敢的位置好像使它感到快乐。但是教堂仆人有个任务，就是不让它待在栅栏那儿，它可能会习惯于这个位置，可是由于那些害怕它的女人而不能允许它待在那里。为什么她们会害怕它就不清楚了。当然，第一眼看上去它是令人生畏的，尤其是那长脖子，三角脸，几乎呈水平状突出的上排牙，上唇上那一溜长长的、盖过牙齿的、显然很坚硬的、浅色的髭须，这一切是令人生畏的，可是人们很快就能看出，这一切看上去可怕的现象是毫无危险的。尤其是它总是避开人，比森林里的动物更胆小，而且看上去只受到这座建筑的约束，而它整个的不幸显然是：这座建筑物恰恰是一个犹太教堂，也就是说有时会很热闹。如果人们能够跟这个动物对话，那么人们就可以安慰它说，我们这座山区小城的教区一年小于一年，现在要筹集维修教堂的资金都困难了。不能完全排除这种可能：过了一段时间后，这座教堂变成了一个粮仓或

---

* 这篇出处与前几篇同，即选自作者《笔记本和散页中的断简残篇》，写于1920年秋至1924年春。1953年由马克斯·勃罗德收入《乡村婚事》一书。——编者

类似的场所，于是这个动物便得到了它现在痛苦地渴望着的安宁。

当然害怕这个动物的只是女人，男人早就无所谓了，一代人把它指给另一代人看，人们不断地看到它，最后人们看都不看它一眼了，甚至第一次见到它的孩子们也不会感到惊奇。它成了这座犹太教堂的家畜，为什么这座教堂不能有一个独特的、别的任何地方都见不到的家畜呢？要不是那些女人，人们几乎要忘记了这个动物的存在。但即使是女人们对这个动物也并没有真正的畏惧，如果日复一日、年复一年地老是害怕这么一个动物也就太离奇了。虽然她们以此为自己辩护：这个动物会跑到离她们比离男人们近得多的地方来，而这也是事实，它不敢下来到男人们的跟前，男人们从来不能看见它出现在地面上。当人们不让它趴在女人室的栅栏上的时候，它多半就待在栅栏对面墙上同样高度的地方。那里的墙壁有一条狭窄的突棱，顶多也就两指宽，这条突棱环绕着教堂的三面，这个动物有时在这条突棱上跑来跑去，但大多数时候它总是静静地蹲在面对女人们的一个地方。它能如此轻巧地利用这条如此狭窄的道路几乎是不可思议的，而它在那上面尽头处折转方向的方式是值得一看的，这已经是一个很老的动物了，可是它仍然会毫不迟疑地做出最勇敢的空翻来，而且从来就没有失手过，它在空中转身，然后再沿着原路往回跑。当然，如果人们见过几次，也就足够了，没有必要老是盯着看。其实使女人们躁动的既不是畏惧也不是好奇心，如果她们沉浸在祈祷中，她们可以完全忘却这个动物的存在，虔诚的女人们也确实如此，而其他女人，这却是大多数，她们总是想要引起人们对她们的注意，而这个动物就是一个受到她们欢迎的借口。如果她们能够的话，如果她们有这个胆量，她们就会把这个动物吸引得更近一些，以便能够更充分地受到惊吓。但实际上这个动物根本不会向她们靠拢，如果它不受到攻击，它对她们同对男人们一样漠不关心，它最希望也许是始终生活在隐蔽的状态中，就像它在教堂开放的时间之外所过的那种生活，显然在某一个洞穴中，一个我们还不曾发现的洞穴。只有在祈祷开始后，它才出现，被噪音所惊醒。它是想要看看发生了什么，是想要保持警惕，是想要保持自由之身，以便随时可以逃跑吗？它是出于恐惧而跑了出来，出于恐惧开始它的胡闹，而不敢退回去，直到对上帝的礼仪结束。它喜欢待在高处当然是因为那是最安全的地方，在栅栏上和墙壁突起处最有利于它的奔跑，但它绝不总是在那两个地方，有时它也跑到距离男人们更近的低处来，约柜①的幕布由一根闪亮的黄铜杆支撑着，这看来对这个动物有吸引力，它经常悄悄地潜到那里，但那里总是安静的，即使它离约柜很近，人们也不会说它带来了干扰，它以它那闪闪发亮的、总是睁开着的、也许没有睫毛的眼睛似乎在看着教民们，其实它谁也没看，而只是迎视着它感到威胁着它的危险。

　　从这个角度看，至少到不久以前，这似乎是不可理解的，不比我们的女人们更好理解。有什么危险值得它害怕的？谁又企图动它了？它难道不是从很多年来一直自顾自地平安生活着吗？男人们不关心它的存在，大多数女人好像会为失去它而感到惆怅。而且它是这座房子里唯一的一个动物，所以根本就没有敌人。这一点从年复一年的历程中已经能看得出来。对上帝的礼仪连同它的噪音也许对于这个动物是可怕的，但它每天以有限的规模重复着，在节日扩大规模，总是保持着规律，而从来就没有间断过；而这个胆小的动物应该可以习惯于这种环境的，尤其是当它看到，这不是来自追逐者的噪音，而只是一种它根本不懂的噪音时。可它仍然害怕。这是出于对早已过去的时代的回忆，或是对未来时代的预感？也许这个动物比每次汇集在教堂里的三代人知道得更多？

　　人们说，很多年前，人们确实尝试过把这个动物撵走。这有可能是真实的事情，但更可能是编造出来的故事。有据可查的是，人们当时从宗教法的角度探讨过这个问题，是否可以容忍这么一个动物待在上帝的殿堂里。人们请诸多著名的拉比做出鉴定，观点是不统一的，大多数认为应该把它赶走，重新为教堂举办开张仪式。但是从远处发号施令是容易的，在实际上却不可能抓住这个动物，所以也不可能把它撵走。因为只有抓住它，送到遥远的地方，才有一定的把握可以说是摆脱了它。

　　许多年前，人们说，人们真的尝试过把这个动物撵走。教堂仆人回

---

① 宗教用语，犹太人用以珍藏刻有摩西十诫的石块的柜子。——编者

忆说，他的祖父，当时也是教堂仆人，特别喜欢述说这一段往事。这个祖父还是小孩子的时候就听说摆脱不了这个动物的事了，他特别善于爬高，于是他的虚荣心膨胀了，在一个光线明亮的上午，这时整个教堂所有的角落都为阳光所笼罩，他悄悄地溜进了教堂，带着一根绳子、一个弹弓和一根曲棍。

廷芳　黎奇　译

〔恐 惧〕*

　　回过头来看蒙德利律师的暴死，首先能够确认的事实经过是：一天早晨将近四点半的时候，那是个美好的6月清晨，这时天已经很亮了，蒙德利太太从她四层楼上的居室中跑出来，在楼梯栏杆上弯下腰，张开臂膀叫喊，显然想要让整个房子里的人出来帮忙："我的丈夫被谋杀了！老天啊！老天啊！我的好丈夫被人谋杀了！"第一个看到蒙德利夫人和听见她的叫喊的是一个面包房小伙计，他正好在这个时候，两手提着装小面包的篮子，走在通往三楼的最后一段楼梯上。也是他在第一次审讯时断言，他牢牢记住了蒙德利太太叫喊的每一个字。可是在他后来面对蒙德利太太的时候，他却收回了自己的证言，声明说，他可能会搞错蒙德利太太说的话，因为在第一个瞬间他被这个女人的突然出现吓了一大跳。这当然是很可能的，因为在过了这几周后，他在描述这个事件的时候还是那么激动，以致他用手和脚的过分的动作陪伴着他的述说，使听众至少能够产生一种接近于他心中的那种感受的印象。根据他的陈述，蒙德利太太当时从门里跑了出来，他根本没有发觉门是怎么打开的，因此他相信本来就是开着的，她一下子扯开了痉挛地握在脑袋上方的双手，飞快地奔向楼梯。她只穿着睡衣，系着一块灰色的布，这块布甚至未能把她的上身全部遮掩住。她的头发是散开的，一部分垂在脸前，这也是使她的叫喊模糊不清的原因之一。在她奔向楼梯时，她刚看见这个面包房伙计，就用颤抖的手把他一把拽了上来，跑到他的身后，把他作为一个掩蔽物向前推，牢牢地搂着他的肩膀。在匆忙中小伙子根本就没

---

* 这篇出处与前几篇同，即选自作者《笔记本和散页中的断简残篇》，写于1920年秋至1924年春。1953年由马克斯·勃罗德收入《乡村婚事》一书。——编者

有想到把装面包的篮子在什么地方放一下,于是整个过程中就没有脱手。他们便这样以快速然而很小的步子向女人的房门走去,这女人怀着越来越强烈的恐惧把他越搂越紧,他们跨过了门槛,在昏暗而窄小的会客室里往前走。这女人的脸不时从小伙子的左边或者右边露出来,她似乎在等待着某种东西,某种马上就会出现的东西,有时她把小伙子往回拽,好像不可能再往前走了,但接下来她又以整个身体把他往前推。这女人用一只手打开出现在他们面前的第一道门,而另一只手牢牢地从后面抓住小伙子的脖子。她看了看地板、墙壁和屋顶,什么也没有发现,然后便让那道门开着,更坚决地向第二道门走去,仍然把小伙子推在前面。第二道门早就是大敞着的。刚进去时看得到的只有两张并列的床。房间里光线很暗,因为沉重的窗帘拉得很紧,只有狭小的缝隙中透出一点儿白昼的光。在进门后的第一张床旁的床头柜头上有一小段残存的蜡烛在燃烧。这张床上没有什么异常的现象,事情一定是发生在另一张床上。现在轮到小伙子不愿往前走了,可是这个女人用拳头和膝盖把他往前赶。在一次审讯时人们问他,为什么他会迟疑,是否害怕将会在床上看到的情景。他回答说,他根本就不害怕,当时也没有害怕,但当时他有一种感觉,好像有什么东西躲在房间里,会突然地跳出来。对于这个他无法描述的"东西",他要等它出来了才往前走。但由于这个女人如此急于到第二张床那里去,他终于让了步。

廷芳 黎奇 译